Über dieses Buch

Wilkie Collins' Roman um die geheimnisvolle ›Frau in Weiß‹ gilt als der erste moderne Detektivroman der Weltliteratur. Noch ermittelt kein Profi, aber der junge Zeichenlehrer Walter Hartright setzt seine scharfe Beobachtungsgabe, sein psychologisches Gespür und seine kombinatorischen Fähigkeiten ein, um die verbrecherischen Vorgänge aufklären und das Rätsel der weißen Dame lösen zu können.

Mit Begeisterung haben sich seit 1860 unzählige Leser auf die Folter spannen lassen, denn der englische Schriftsteller Wilkie Collins (1824–1889) lenkt den Leser immer wieder auf falsche Fährten durch eine raffinierte Verflechtung der Handlungsfäden. Wer dieses kriminalistische Meisterwerk noch nicht verschlungen hat, sollte nicht länger säumen: Eine neue vollständige Übersetzung liegt bereit, Geduld und starke Nerven sind mitzubringen.

Wilkie Collins

Die Frau in Weiß

Deutscher Taschenbuch Verlag

Vollständige Ausgabe.
Aus dem Englischen neu übertragen von Ingeborg Bayr.
Revision und Nachbemerkung von Hanna Newes.

Januar 1994
Deutscher Taschenbuch Verlag GmbH & Co. KG,
München

Umschlaggestaltung: Max Bartholl
Umschlagbild: John Singer Sargent,
The Cashmere Shawl, 1911
Gesamtherstellung: C. H. Beck'sche Buchdruckerei,
Nördlingen
Printed in Germany · ISBN 3-423-11793-1

Einleitung

Was die Geduld einer Frau zu ertragen und die Entschlossenheit eines Mannes zu erreichen vermag, davon handelt dieser Bericht.

Könnte man sich darauf verlassen, daß von der Gesetzesmaschinerie jeder verdächtige Fall genau überpüft wird und jedes Untersuchungsverfahren mit nur mäßigem Gebrauch von Gold als Schmiermittel vor sich geht, so hätten die Ereignisse, die diese Blätter füllen, vor einem Gerichtshof wahrscheinlich ein entsprechendes Maß an öffentlichem Interesse wachgerufen.

Aber noch ist die Justiz in gewissen Fällen unvermeidlich der pflichtbewußte Diener der vollen Geldbeutel. Also blieb es diesem Buche vorbehalten, die Geschichte erstmals zu veröffentlichen. Wie einst der Richter sie hätte hören sollen, möge jetzt der Leser sie erfahren. Vom Anfang bis zum Ende dieser Enthüllungen wird kein wichtiger Tatbestand nur vom Hörensagen berichtet. Soweit also der Schreiber dieser einleitenden Zeilen (der sich Walter Hartright nennt) die Begebenheiten besser kennt als andere, wird er sie selber schildern. Wo es ihm aber an persönlicher Erfahrung mangelt, wird er sich von seiner Rolle als Erzähler zurückziehen; und an jenem Punkte, wo er abbricht, werden andere Personen, die sich aus eigener Anschauung zu den betreffenden Ereignissen äußern können, seine Aufgabe weiterführen.

Folglich wird die hier vorgebrachte Geschichte aus mehr als einer Feder stammen – ähnlich wie im Gerichtssaal, wo von mehr als nur einem Zeugen über einen Verstoß gegen das Gesetz ausgesagt wird: Hier wie dort mit dem gleichen Ziel, nämlich die Wahrheit in ihrer reinsten und verständlichsten Form ans Licht zu bringen. Die Personen, die an den Vorgängen beteiligt waren, werden also der Reihe nach ihre eigenen Erlebnisse schildern.

Hören wir nun als ersten den Zeichenlehrer Walter Hartright, achtundzwanzig Jahre alt.

Der erste Zeitraum

Bericht
begonnen von Walter Hartright
(Clement's Inn, Zeichenlehrer)

I

Es war der letzte Julitag. Der lange heiße Sommer ging dem Ende zu, und wir, die müden Pilger über Londons Pflaster, fingen an, von Wolkenschatten über Kornfeldern und Herbstbrisen am Meeresstrand zu träumen.

Was mich selbst anlangt, so hinterließ mich der scheidende Sommer in beklagenswertem Zustand: die Gesundheit, das Gemüt, und – um die Wahrheit zu sagen – auch der Geldbeutel waren arg angeschlagen. Ich hatte im Verlaufe des letzten Jahres meine beruflichen Möglichkeiten nicht so gut genutzt wie sonst, und meine Unbedachtheit hatte nun zur Folge, daß ich mich einschränken mußte, was bedeutete, den Herbst sparsam zwischen dem Landhäuschen meiner Mutter in Hampstead und meinem eigenen Quartier in der Stadt aufzuteilen.

Der Abend war, wie ich mich erinnere, windstill und bewölkt, die Londoner Luft von drückender Hitze, in der Ferne das Summen des Straßenverkehrs kaum vernehmbar. Der kleine Puls des Lebens in mir und der mächtige Herzschlag der Stadt rund um mich her schienen zugleich mit der sinkenden Sonne immer matter und matter zu werden. Mit Mühe raffte ich mich auf von meinem Buche, über dem ich mehr geträumt als darin gelesen hatte, und verließ mein Quartier, um die kühle Nachtluft in den Vorstädten zu suchen. Es war auch einer der beiden Abende, die ich allwöchentlich mit meiner Mutter und meiner Schwester zu verbringen pflegte. Also richtete ich den Schritt nach Norden, in Richtung Hampstead.

Ereignisse, die ich noch zu berichten habe, zwingen mich, schon an dieser Stelle zu erwähnen, daß mein Vater zu der Zeit, von der ich hier erzähle, bereits seit einigen Jahren tot war, und daß von den ursprünglich fünf Geschwistern nur zwei überlebt hatten: meine Schwester Sarah und ich. Auch mein Vater war

Zeichenlehrer gewesen. Sein Fleiß hatte ihm in seinem Beruf großen Erfolg gebracht; und aus liebevoller Sorge um die Zukunft seiner Angehörigen hatte er vom Augenblicke seiner Heirat an einen weit größeren Teil seines Einkommens für eine Lebensversicherung aufgewendet, als dies die meisten anderen Männer für notwendig erachten. Dank seiner bewundernswerten Vorsorge und Selbstbescheidung waren daher nach seinem Tod meine Mutter und meine Schwester ebenso *unabhängig* wie zu seinen Lebzeiten. Ich übernahm seinen Kundenkreis und hatte alle Ursache, dankbar zu sein für die guten Aussichten zu Beginn meiner beruflichen Laufbahn.

Noch schwebte still die Dämmerung über den höchsten Bodenwellen der Heide, doch die Stadt hinter mir war schon in den Schatten der bewölkten Nacht gleich einem schweren Schlund versunken, als ich vor der Gartenpforte zum kleinen Wohnhaus meiner Mutter stand. Kaum hatte ich geläutet, flog die Haustüre auf, und mein geschätzter italienischer Freund, Professor Pesca, erschien anstelle des Dienstmädchens und stürzte mir mit der schrillen ausländischen Parodie eines englischen Hurrarufs entgegen.

Um seinetwillen und – es sei mir gestattet hinzuzufügen – auch um meinetwillen verdient der Professor die Ehre einer Vorstellung in aller Form: Der Zufall nämlich hat ihn zum Ausgangspunkt der seltsamen Familiengeschichte gemacht, die darzulegen der Zweck dieser Seiten ist.

Kennengelernt hatte ich meinen italienischen Freund in einem der großen Londoner Häuser, wo er junge Damen in seiner Muttersprache, ich sie im Zeichnen unterrichtete. Von seiner Lebensgeschichte wußte ich damals nur, daß er früher an der Universität von Padua gelehrt und Italien aus politischen Gründen verlassen hatte (über deren Natur er grundsätzlich niemandem gegenüber Auskunft gab); nun aber lebte er schon seit vielen Jahren als geachteter und geschätzter Sprachlehrer in London.

Ohne eigentlich ein Zwerg zu sein – denn er war von Kopf bis Fuß völlig wohlproportioniert –, war Pesca, glaube ich, der kleinste Mensch, den ich je außerhalb einer Schaubude gesehen habe. Durch sein Äußeres fiel er natürlich überall auf, doch mehr noch unterschied er sich von der großen Masse durch seine harmlose Exzentrik. Er schien besessen von der Idee, sich dem Lande, das ihm Zuflucht und Lebensunterhalt gewährt hatte, dankbar zu erweisen, indem er sein möglichstes tat, um sich in einen Engländer zu verwandeln. Nicht zufrieden damit, der Nation im ganzen das Kompliment zu machen, ständig Regenschirm, Gamaschen und einen weißen Hut zu tragen, strebte der Professor auch danach, nicht nur in seinen Gewohnheiten und Neigungen, sondern auch in der äußeren Erscheinung zum Engländer zu werden. Kaum hatte er erkannt, daß sich unsere Nation durch eine große Liebe zur sportlichen Betätigung auszeichnet, widmete sich der kleine Mann in der Unschuld seines Herzens – und ohne jegliche Vorkenntnisse – auch schon allem englischen Sport und Spiel, wann immer sich Gelegenheit dazu bot, überzeugt davon, er könne allein vermittels seiner Willenskraft den für uns charakteristischen Freiluft-Sport genauso übernehmen wie früher die englischen Gamaschen und den weißen Hut.

Ich war Zeuge gewesen, wie er bei der Fuchsjagd und auf dem Kricketfeld blindlings seine Gliedmaßen aufs Spiel setzte, und bald darauf sah ich ihn, ebenso blindlings, beim Baden im Meer bei Brighton sein Leben riskieren.

Wir hatten einander zufällig in Brighton getroffen und gingen nun zusammen baden. Wäre Schwimmen eine nur meiner Nation eigentümliche Art der Leibesübung gewesen, so hätte ich natürlich gut auf Pesca aufgepaßt. Da aber Ausländer sich meist ebenso gut im Wasser behaupten können wie wir Engländer, kam mir überhaupt nicht in den Sinn, es könne auch die Schwimmkunst nur eine weitere der vielen Körperübungen sein, die der Professor glaubte, aus dem Stegreif erlernen zu können. Als wir uns ein kurzes Stück vom Strand entfernt hatten, hielt ich inne, da ich merkte, daß mein Freund mir nicht nachkam, und wandte mich nach ihm um. Zu meinem Staunen und Entsetzen sah ich zwischen mir und dem Strand nichts als zwei weiße Ärmchen, die einen Moment über der Wasseroberfläche um sich schlugen und dann verschwanden. Als ich nach ihm tauchte, lag der arme kleine Mann ganz still zusammengerollt in einer Mulde auf dem kiesigen Meeresgrund und sah noch sehr viel kleiner aus als je zuvor. Während der wenigen Minuten, die ich brauchte, um ihn an Land zu schaffen, brachte ihn die Luft wieder zu Bewußtsein, und er stieg die Stufen zur Badeanstalt mit meiner Hilfe empor. Mit der schrittweisen Rückkehr seiner Lebensgeister kehrte aber auch seine phantastische Illusion hinsichtlich des Schwimmens erneut zurück. Kaum konnte er vor lauter Zähneklappern wieder sprechen, da behauptete er schon mit einem noch recht abwesenden Lächeln, es müsse wohl ein Krampf gewesen sein.

Als er sich dann vollständig erholt und am Strand zu mir gesetzt hatte, brach mit einem Mal sein warmes südliches Naturell hinter aller künstlichen englischen Zurückhaltung hervor, und er überschüttete mich mit Ausdrücken der stürmischsten Zärtlichkeit. In seiner übertriebenen italienischen Art erklärte er leidenschaftlich, sein Leben stünde hinfort gänzlich mir zur Verfügung, und versprach, nicht eher zu ruhen, als bis er mir seine Dankbarkeit durch einen Dienst bezeugen könne, der mir meinerseits bis ans Ende meiner Tage unvergeßlich bliebe.

Ich tat, was ich konnte, um der Flut seiner Tränen und Beteuerungen Einhalt zu gebieten, indem ich das ganze Abenteuer beharrlich von der heiteren Seite nahm, und so gelang es mir endlich, wie mir schien, Pesca ein wenig zu beruhigen. Freilich ahnte ich damals – und auch später, als unsere angenehmen Ferientage zu Ende gingen – nicht, daß die Gelegenheit, mir einen Dienst zu erweisen, die mein dankbarer Gefährte brennend herbeisehnte, so bald kommen sollte; daß er sie sofort ergreifen und dadurch den ganzen Verlauf meines Lebens in neue Bahnen lenken würde und ich mich selbst dabei so verändern sollte, daß ich kaum mehr wiederzuerkennen war.

Und doch war es so. Hätte ich nicht nach Professor Pesca getaucht, als er unter Wasser auf seinem Kiesbett lag, wäre ich aller menschlichen Voraussicht nach nie in die Geschichte verwickelt worden, von der diese Seiten hier berichten – hätte vielleicht nicht einmal den Namen jener Frau gehört, die seither in all meinen Gedanken lebt, der seither alle meine Anstrengungen und Taten gelten und die als mein Leitstern mein Leben lenkt und ihm ein Ziel gibt.

II

An jenem Abend, als wir einander an der Gartenpforte in Hampstead gegenüberstanden, verrieten mir Pescas Gesicht und sein Verhalten, daß etwas Außergewöhnliches vorgefallen war. Es war jedoch ganz nutzlos, ihn um eine sofortige Erklärung zu bitten. Während er mich mit beiden Händen ins Haus zog, konnte ich nur mutmaßen, daß er – mit meinen Gewohnheiten vertraut – gekommen war, um mich heute zu sehen und mir eine besonders erfreuliche Nachricht mitzuteilen.

Beide stürmten wir recht unvermittelt und ungesittet ins Wohnzimmer. Meine Mutter saß mit dem Fächer am offenen Fenster und lachte, als sie uns sah. Pesca war ihr besonderer Liebling, dem sie auch noch die wildesten Ungereimtheiten verzieh. Die Gute! Von dem Augenblick, da sie entdeckte, wie sehr der kleine Professor ihrem Sohn ergeben war, öffnete sie ihm rückhaltlos ihr Herz und fand sich ab mit allen seinen rätselhaften ausländischen Eigenheiten, ohne zu versuchen, auch nur eine davon zu begreifen.

Meine Schwester Sarah dagegen war trotz ihrer Jugend merkwürdigerweise viel weniger aufgeschlossen. Sie würdigte zwar Pescas Menschlichkeit und Güte, konnte ihn aber nicht ohne Vorbehalte annehmen, wie meine Mutter dies um meinetwillen tat. Ihre insularen Vorstellungen von dem, was sich schickt und was sich nicht schickt, empörten sich gegen Pescas grundsätzliche Gleichgültigkeit gegenüber jeglicher Etikette; und sie war immer wieder mehr oder weniger unverhohlen verblüfft über die Vertraulichkeit ihrer Mutter mit dem exzentrischen kleinen Ausländer. Ich habe nicht nur bei meiner Schwester, sondern auch bei anderen die Beobachtung gemacht, daß wir von der jungen Generation bei weitem nicht so herzlich und impulsiv sind wie manche ältere Menschen. Oft sehe ich, wie alte Leute vor Aufregung erröten, wenn sie sich auf ein bevorstehendes Vergnügen freuen, das ihre blasierten Enkel ungerührt ließe. Sind wir denn, so frage ich mich, noch ebenso frische, natürliche Jungen und Mädchen wie unsere Eltern zu ihrer Zeit? Oder hat der große Fortschritt in der Erziehung einen zu großen Schritt getan, und sind wir heutzutage vielleicht um eine ganz kleine Spur zu wohlerzogen?

Ohne diese Frage hier endgültig klären zu wollen, möchte ich zumindest eines anmerken: Jedesmal, wenn meine Mutter und Sarah sich in Pescas Gesellschaft befanden, mußte ich feststellen, daß meine Mutter als die Jüngere von beiden erschien. Das zeigte sich auch bei dieser Gelegenheit: Während die alte Dame von Herzen lachte über die jungenhafte Art, mit der wir ins Wohnzimmer gestürmt kamen, hob Sarah verstört die Scherben einer Teetasse auf, die der Professor in seiner Hast, mich am Tor zu empfangen, vom Tisch gestoßen hatte.

»Ich weiß nicht, Walter, was passiert wäre, wenn du dich verspätet hättest«, sagte meine Mutter. »Pesca ist schon halb verrückt vor Ungeduld, und ich bin's vor Neugierde. Er hat irgendeine wunderbare Neuigkeit, die, so sagt er, dich betrifft. Aber er hat sich bis jetzt entschieden gewehrt, auch nur die kleinste Andeutung zu machen, ehe sein Freund Walter kommt.«

»Wie ärgerlich! Jetzt ist das Teeservice nicht mehr komplett«, murmelte Sarah und starrte mißmutig auf die Scherben.

Unterdessen zerrte Pesca in seliger Unkenntnis des Schadens, den er unserem Geschirrvorrat zugefügt, einen großen Lehnstuhl ans andere Ende des Zimmers, um von dort wie ein Redner zu seinem Publikum zu uns zu sprechen. Er drehte uns die Rückenlehne zu, schnellte mit den Knien auf den Sitz und wandte sich von dieser improvisierten Kanzel aus an seine kleine, aus drei Personen bestehende Zuhörerschaft: »Also, meine lieben Teuren«, begann Pesca (der immer »meine lieben Teuren« sagte, wenn er »teure Freunde« meinte), »hört mich an! Die Zeit ist gekommen – ich verkünde meine frohe Botschaft – jetzt endlich spreche ich!«

»Hört, hört!« rief meine Mutter, auf den Spaß eingehend.

»Mama, als nächstes zerbricht er noch die Lehne von unserm besten Stuhl«, flüsterte Sarah.

»Ich schweife jetzt zurück in die Vergangenheit und wende mich hiermit an das edelste aller Geschöpfe«, fuhr Pesca fort, über die Lehne des Stuhls hinweg leidenschaftlich meine Wenigkeit apostrophierend. »Wer fand mich tot am Meeresgrund (infolge Krampfes)? Wer zog mich ans Licht empor? Und was sagte ich, als ich mich wieder im eigenen Leben und in den eigenen Kleidern fand?«

»Weit mehr als nötig«, entgegnete ich möglichst trocken, denn bei diesem Thema war es unvermeidlich, daß sich seine Gefühle bei der leisesten Ermunterung in einer Flut von Tränen ergossen.

»Ich sagte damals«, fuhr Pesca unbeirrt fort, »mein Leben gehöre hinfort meinem Freunde Walter – und so ist es auch. Ich versprach, nicht eher zu ruhen, bis ich Walter etwas Gutes getan; seither war ich nie mit mir zufrieden – bis zum heutigen gesegneten Tag. Jetzt aber bricht überströmendes Glück aus jeder Pore meines Körpers, wie Schweiß!« schrie der verzückte kleine Mann, so laut er konnte. »Denn bei meiner Ehre – jetzt endlich ist es soweit, und ich kann nur mehr sagen: right-all-right!«

Hier muß ich nochmals daran erinnern, daß Pesca sich etwas darauf zugute hielt, in seiner Sprache ebenso wie in der Kleidung, dem Benehmen und seinen Hobbies ein Engländer vom Scheitel bis zur Sohle zu sein. Er hatte ein paar unserer gebräuchlichen Redewendungen aufgeschnappt und streute sie so, wie sie ihm gerade einfielen, ins Gespräch, wobei er, entzückt von ihrem Klang und meist ohne genau zu wissen, was sie bedeuteten, Wiederholungen und Zusammensetzungen damit bildete, die sich wie ein einziges Wort anhörten.

»Unter den vornehmen Londoner Familien, wo ich junge Damen in der Sprache meines Vaterlandes unterrichte«, sagte der Professor und stürzte sich damit kopfüber in die so lange aufgeschobene Erklärung, »befindet sich eine ganz besonders vornehme, und zwar an einem großen Platze namens Portland Place. Meine lieben Teuren, Sie wissen, wo das ist? Jaja, sicher-sicher. Das vornehme Haus beherbergt eine vornehme Familie: eine Mamma, nett und fett; drei junge Damen, nett und fett; zwei junge Herren, nett und fett; einen Papa, den nettesten und fettesten von allen. Er ist ein gewichtiger Kaufherr, der bis zum Halse im Golde steckt. Einst war er ein schöner Mann, aber jetzt, mit kahlem Kopf und Doppelkinn, nicht länger schön. Und jetzt aufgepaßt! Ich lese mit den jungen Damen den göttlichen Dante, und – o-du-meine-Güte-meine-Güte – mit Menschenzungen ist es nicht zu sagen, wie der göttliche Dante die hübschen Köpfchen durcheinanderbringt! Macht nichts – alles braucht seine Zeit – und je mehr Stunden, desto besser für mich. Also aufgepaßt! Stellen Sie sich vor: Ich unterrichte heute die drei jungen Damen wie üblich. Alle vier sind wir gerade unten in Dantes Hölle, im Siebten Kreis – aber einerlei, sind doch alle Kreise gleich für die jungen Damen, nett und fett –, im Siebten Kreis also stecken meine Schülerinnen fest, und ich, um sie weiterzubekommen, deklamiere, expliziere und entfache mein Feuer zweckloser Begeisterung zu wilder Glut – da! ein Knarren von Stiefeln draußen auf dem Korridor, und herein kommt der goldene Papa, der gewichtige Kaufherr mit kahlem Kopf und Doppelkinn. Ha, meine lieben Teuren, ich bin der Sache schon näher, als Sie glauben! Sind Sie bisher voll Geduld gefolgt? Oder haben Sie sich gesagt: Teufel-Teufel-nochmal! Redet dieser Pesca heute wieder lang herum!«

Wir versicherten ihn unserer höchsten Aufmerksamkeit, worauf der Professor fortfuhr: »In seiner Hand hält der goldene Papa einen Brief und entschuldigt sich, daß er uns in unseren höllischen Regionen mit ganz banalen irdischen Geschäften störe. Dann wendet er sich an die drei jungen Damen und beginnt, so wie ihr Engländer in dieser besten aller Welten alle Sätze – mit einem großen O. ›O, meine Lieben!‹ sagt der gewichtige Kaufherr. ›Ich habe hier einen Brief von meinem Freund, Herrn ... Der Name ist mir entfallen, doch sei's drum, wir kommen noch darauf zurück, right-all-right! Der Papa sagt also: ›Ich habe hier einen Brief von meinem Freund, und er ersucht mich, einen Zeichenlehrer zu empfehlen, der zu ihm in sein Landhaus kommen soll.‹ O-du-meine-Güte-meine-Güte! Als ich den goldenen Papa diese Worte sagen hörte, so hätte ich, wäre ich groß genug gewesen, um zu ihm hinaufzureichen, ihn umarmt und voller Dankbarkeit an mich gedrückt. So aber wetzte ich nur auf meinem Stuhl herum, saß wie auf Nadeln, und es brannte mir auf der Zunge, aber ich hielt den Mund und ließ den Papa weiterreden. ›Vielleicht kennt ihr‹, sagt dieser gute Geldsack und dreht dabei den Brief seines Freundes zwischen seinem goldenen Daumen und seinem goldenen Zeigefinger hin und her, ›vielleicht kennt ihr, meine Lieben, einen Zeichenlehrer, den ich ihm empfehlen kann.‹ Die drei jungen Damen sehen einander an und sagen dann, beginnend mit dem unvermeidlichen großen O: ›O Papa – wir kennen keinen, aber vielleicht Mr. Pesca –!‹ Und jetzt, da sie meinen

Namen nennen, kann ich nicht länger an mich halten. Der Gedanke an Sie, meine lieben Teuren, steigt mir zu Kopfe wie Blut, ich springe auf, als wär' ein Stachel aus dem Boden und durch meinen Sitz gewachsen; ich wende mich an den gewichtigen Kaufherrn und sage (englische Wendung!): ›Sir! Ich habe den Mann. Den allerersten und allerbesten Zeichenlehrer dieser Welt! Empfehlen Sie ihn noch mit der heutigen Post, und schicken Sie ihn morgen mit Sack und Pack (wieder eine englische Wendung, ha!) – mit Sack und Pack per Eisenbahn los!‹ – ›Halt! Halt!‹ sagt der Papa. ›Ist er Ausländer oder Engländer?‹ – ›Englisch bis ins Mark‹, antworte ich. ›Auch achtbar und angesehen?‹ fragt der Papa. ›Sir!‹ rufe ich (denn diese letzte Frage empört mich, ich verzichte daher auf jegliche Vertraulichkeit): ›Sir! Das unsterbliche Feuer des Genies brennt in der Brust dieses Engländers und, was noch mehr ist, auch in der Brust seines Vaters vor ihm!‹ – ›Das ist mir gleich‹, erwidert dieser goldene Barbar. ›Ob er ein Genie ist oder nicht, ist mir gleich, Mr. Pesca. Wir brauchen keine Genies in diesem Land, es sei denn, sie sind zugleich auch angesehen und achtbar – dann allerdings sind sie uns willkommen, sehr willkommen sogar. Kann Ihr Freund Zeugnisse vorweisen, Empfehlungsschreiben, aus denen man Genaueres über ihn erfährt?‹ Nachlässig winke ich mit der Hand. ›Empfehlungsschreiben?‹ sage ich. ›Und ob! O-du-meine-Güte-meine-Güte! Die hat er! Ganze Stöße von Briefen und Mappen mit Zeugnissen, wenn's beliebt!‹ – ›Ein oder zwei Empfehlungsschreiben genügen‹, versetzt dieser Mensch aus Gold und Phlegma. ›Er soll sie mir schicken, mit Namen und Adresse. Und – halt, halt, Mr. Pesca! Ehe Sie zu Ihrem Freunde gehen, warten Sie – ich gebe Ihnen eine Note mit!‹ – ›Eine Banknote!‹ sage ich peinlich berührt. ›Bitte keine Banknote, bevor mein braver Engländer sein Geld verdient hat!‹ – ›Doch keine Banknote!‹ darauf der Papa höchst erstaunt. ›Wer redet denn von einer Banknote? Ich meine einen kurzen Brief – mit den Bedingungen. Lassen Sie sich beim Unterricht nicht stören, Mr. Pesca, ich mache unterdessen den nötigen Auszug aus dem Briefe meines Freundes.‹ Und er setzt sich hin zu Feder, Tinte und Papier, dieser Mann des Geldes und der Waren, und ich setze mich auch hin, wieder zurück zu Dante, tauche hinab in die Hölle, und meine drei jungen Damen folgen mir nach. In zehn Minuten ist der Brief fertig, und Papas Stiefel entfernen sich knarrend draußen auf dem Korridor. Meiner Treu! Von diesem Moment an weiß ich nichts mehr. Der herrliche Gedanke, daß ich endlich die Gelegenheit beim Schopfe gepackt und dem liebsten Freunde auf der Welt meinen Dank erwiesen habe, steigt mir zu Kopf und macht mich trunken. Wie ich meine jungen Damen und mich wieder aus unseren infernalischen Regionen emporziehe, was sonst danach geschieht, und wie ich mein bißchen Essen hinunterwürge – das weiß ich nicht besser als der Mann im Mond! Genug! Ich bin jedenfalls hier, mit der Note des gewichtigen Kaufherrn in der Hand – und so wahr ich lebe, ich brenne wie Feuer und bin glücklich wie ein König. Haha! Right-all-right-all-right!« Hier schwenkte der Professor den Brief mit den Bedingungen über seinem Kopf hin und her und schloß seine lange und umständliche Schilderung mit der schrillen italienischen Parodie auf einen englischen Hurra-Ruf.

Kaum war er fertig, erhob sich meine Mutter und faßte mit glühenden und strahlenden Augen den Professor an beiden Händen.

»Mein lieber, guter Pesca«, sagte sie, »ich habe nie an Ihrer aufrichtigen Zuneigung zu Walter gezweifelt – jetzt aber bin ich mehr denn je davon überzeugt!«

»Sicher sind wir Professor Pesca sehr verbunden, um Walters willen«, fügte Sarah hinzu und erhob sich halb bei diesen Worten, als wolle auch sie zum Lehnstuhl gehen; als sie aber sah, daß Pesca meiner Mutter stürmisch die Hände küßte, wurde ihre Miene ernst, und sie setzte sich wieder. ›Wenn der kleine Mann derart vertraulich mit meiner Mutter umgeht – wie dann erst mit mir?‹ Gesichter verraten manchmal die Wahrheit: Das waren zweifellos die Gedanken in Sarahs Kopf, während sie sich wieder setzte.

Obwohl ich dankbar anerkennen mußte, daß Pesca es gut mit mir meinte, freute ich mich über eine baldige Beschäftigung keineswegs in dem Maße, wie es angesichts der Aussicht auf Anstellung, die sich mir nun eröffnete, hätte der Fall sein sollen. Als der Professor mit dem Händeküssen endlich fertig war und ich ihm für seine Fürsprache wärmstens dankte, bat ich, den Brief mit den Bedingungen sehen zu dürfen, den sein achtbarer und angesehener Brotherr für mich abgefaßt.

Triumphierend schwang Pesca das Schriftstück. »Sieh's dir an!« sagte er majestätisch und überreichte es mir. »Ich schwöre dir, mein Freund, das Schreiben des goldenen Papas spricht mit Trompetenklängen für sich selbst!«

Die Note mit den Anstellungsbedingungen war jedenfalls klar und verständlich. Ich erfuhr daraus:

Erstens, daß Frederick Fairlie, Esquire, von Limmeridge House in Cumberland, sich die Dienste eines tüchtigen Zeichenlehrers zu sichern suche; und zwar für die Dauer von mindestens vier Monaten.

Zweitens, daß die Obliegenheiten des Betreffenden von zweierlei Art seien: Zum einen habe er zwei junge Damen in der Kunst des Malens mit Wasserfarben zu unterrichten; zum andern seine Mußestunden dafür zu verwenden, eine wertvolle Sammlung von Zeichnungen, die leider völlig vernachlässigt und verwahrlost war, zu restaurieren und aufzuziehen.

Drittens, daß derjenige, der obengenannte Aufgaben übernehme und zur Zufriedenheit ausführe, vier Guineas pro Woche erhalten werde; außerdem in Limmeridge House wohnen und dort wie ein Gentleman behandelt werde.

Viertens, und letztens, daß niemand sich um die Stelle zu bewerben brauche, der nicht die vortrefflichsten Referenzen hinsichtlich seiner Fähigkeiten sowie seines Leumunds vorweisen könne. Die Unterlagen habe man an Mr. Fairlies Freund in London zu schicken, der ermächtigt sei, alle notwendigen Vereinbarungen zu treffen. Dem folgten Name und Adresse von Pescas Brotherrn am Portland Place – und damit war die Note, beziehungsweise das Memorandum zu Ende.

Die Aussicht, die dieses Stellenangebot eröffnete, war zweifellos verlockend; die Arbeit vermutlich leicht und angenehm, zudem erreichte mich das Angebot im Herbst – zu jener Jahreszeit also, in der ich am wenigsten zu tun hatte; und die Bedingungen waren, meiner beruflichen Erfahrung nach, erstaunlich großzügig. Das wußte ich, und ich wußte auch, daß ich mich sehr glücklich schätzen durfte, die angebotene Stelle zu bekommen – und doch, kaum hatte ich den Brief gelesen, spürte ich unerklärlichen Widerwillen gegen dieses Unternehmen in mir aufsteigen. Noch nie zuvor waren in mir Pflicht und Neigung aus unerfindlichen Gründen so quälend in innerem Widerstreit gelegen.

»O Walter, eine solche Chance hat dein Vater in seinem ganzen Leben nicht gehabt!« rief meine Mutter, nachdem sie die Bedingungen gelesen und mir das Blatt zurückgegeben hatte.

»Und so vornehme Leute, die du da kennenlernst«, bemerkte Sarah und setzte sich in ihrem Stuhl gerade auf, »und wie angenehm, von ihnen als ihresgleichen behandelt zu werden!«

»Jaja, die Bedingungen sind wirklich in jeder Hinsicht verlockend«, erwiderte ich ungeduldig. »Aber ehe ich meine Empfehlungsschreiben abschicke, möchte ich mir die Sache doch noch überlegen –«

»Überlegen!« rief meine Mutter. »Aber Walter, was ist denn nur mit dir?«

»Überlegen!« echote meine Schwester. »Was gibt's bei diesen Bedingungen denn zu überlegen!«

»Überlegen!« stimmte Pesca ein. »Was ist da zu überlegen? Sag mir nur das eine! Beklagst du dich nicht die ganze Zeit über deine angegriffene Gesundheit, sehnst du dich nicht danach, auf dem Lande ein bißchen frische Luft zu schnappen, wie du's nennst? Nun, der Brief in deiner Hand bietet dir Landluft, und das vier Monate lang. Ist es nicht so? Ja? Und dann – du brauchst Geld. Also: Sind vier goldene Guineas pro Woche etwa nichts? O-Gott-o-Gott-o-Gott! Gib sie *mir* – und meine Stiefel sollten knarren wie die des goldenen Papas, und ich schritte darin einher im Gefühl unermeßlichen Reichtums, der solchem Stiefelträger ziemt! Vier goldene Guineas pro Woche, und dazu noch die reizende Gesellschaft zweier junger Damen, und außerdem: ein Bett, ein Frühstück, ein Dinner, dazwischen Tee am Nachmittag, bei dem man sich vollstopft, Lunchen mit schäumendem Bier – und das alles umsonst! Aber Walter, lieber guter Freund! Teufel-Teufel-Teufel! Zum ersten Mal habe ich nicht genug Augen im Kopf, um dich anzustarren und mich über dich zu wundern!«

Doch weder das offenkundige Erstaunen meiner Mutter noch Pescas eindrucksvolle Aufzählung der Vorteile meiner neuen Stellung konnten mich abbringen von meiner unerklärlichen Abneigung, nach Cumberland zu fahren. Nachdem ich alle lächerlichen Einwände, die mir einfielen, vorgebracht hatte, mußte ich zu meinem Mißvergnügen hören, wie man sie einen nach dem andern widerlegte. Schließlich versuchte ich ein letztes Hindernis aufzurichten, indem ich zu bedenken gab, was denn mit meinen anderen Schülern geschehen sollte, während ich Mr. Fairlies jungen Damen das Zeichnen nach der Natur beibrachte? Die Antwort darauf war nicht schwer: Die meisten gingen, wie im Herbst üblich, auf Reisen, und die wenigen, die daheim blieben, konnte einer meiner Kollegen betreuen, dem ich bei ähnlicher Gelegenheit den gleichen Dienst erwiesen hatte. Meine Schwester erinnerte mich daran, daß dieser Herr mir ohnedies erst kürzlich seine Dienste angeboten habe, falls ich während der laufenden Saison die Stadt zu verlassen wünsche; meine Mutter riet mir ernsten Tones, meine Gesundheit und meine eigenen Interessen nicht durch eine müßige Laune zu gefährden; und Pesca beschwor mich aufs inständigste, ich möge ihn nicht bis ins Herz treffen, indem ich den ersten Liebesdienst, den er seinem Freund und Lebensretter erweise, schnöde von mir wiese.

Diese Einwände, aufrichtig und gut gemeint wie sie waren, hätten jeden umgestimmt, der auch nur ein Atom an echtem Gefühl in sich trug. Ich konnte zwar meine unbegreifliche Verstocktheit nicht gänzlich überwinden, hatte aber doch den Anstand, mich vor mir selbst darüber zu schämen und den Streit gütlich zu beenden, indem ich nachgab und versprach, alles zu tun, was man von mir verlange.

Der Rest des Abends verging recht angenehm in heiterem Gespräch: Wir malten uns aus, wie sich in Cumberland mein künftiges Leben mit den zwei jungen Damen gestalten würde. Pesca, angefeuert von unserem englischen Grog, der ihm wie durch ein Wunder fünf Minuten, nachdem er durch seine Kehle geronnen war, zu Kopfe stieg, verteidigte seinen Anspruch, als echter Engländer zu gelten, indem er rasch hintereinander eine Reihe von Reden hielt: auf die Gesundheit meiner Mutter, auf die meiner Schwester, auf meine Gesundheit und auf die Gesundheit aller – Mr. Fairlie und die beiden jungen Damen inbegriffen. Unmittelbar darauf dankte er dafür, und zwar im Namen der gesamten Gesellschaft. »Unter uns gesagt, Walter«, vertraute mein kleiner Freund mir dann auf dem Heimweg an, »ich platze vor Stolz, wenn ich daran denke, wie gut ich heute wieder gesprochen habe. Ich vergehe vor Ehrgeiz. Eines Tages komme ich noch in euer herrliches Parlament. Es ist der Traum meines Lebens, der Sehr Ehrenwerte Pesca, Mitglied des Unterhauses, zu werden!«

Am nächsten Morgen schickte ich Zeugnisse und Referenzen an die von Pesca angegebene Adresse am Portland Place. Drei Tage verstrichen, und ich schloß daraus voll insgeheimer Befriedigung, man habe meine Papiere für unzureichend befunden. Am vierten Tag jedoch traf die Antwort ein, worin man mir mitteilte, Mr. Fairlie habe meine Dienste angenommen und ersuche mich, unverzüglich nach Cumberland aufzubrechen. Im Postskriptum standen, genau angegeben, alle für die Reise notwendigen Instruktionen.

Schweren Herzens traf ich meine Vorbereitungen, um zeitig am nächsten Morgen London zu verlassen. Gegen Abend schaute Pesca auf dem Wege zu einer Abendgesellschaft bei mir vorbei, um mir Lebewohl zu sagen. »Der erquickende Gedanke, daß nur meine glückbringende Hand es war, die dich auf den Weg zum Erfolg geschickt, wird meine Tränen trocknen, wenn du fort bist. Lebe wohl, mein Freund! Und wenn in Cumberland die Sonne scheint, dann mache, in des Himmels Namen, dein Heu (englisches Sprichwort!). Heirate eine der beiden jungen Damen! Werde der Sehr Ehrenwerte Hartright, Mitglied des Unterhauses. Und wenn du auf der Leiter ganz oben angelangt bist, dann denk daran, daß Pesca, der noch ganz unten steht, dir dazu verholfen hat!«

Ich versuchte, mit meinem kleinen Freund über diesen Abschiedsscherz zu lachen, war aber nicht Herr meiner Stimmung. Sein leichtes Abschiedsgeplauder rief einen schmerzenden Mißton in meinem Inneren wach.

Als ich wieder allein war, blieb mir nichts zu tun übrig, als zu dem Hause in Hampstead zu wandern und meiner Mutter und meiner Schwester Lebewohl zu sagen.

III

Den ganzen Tag über war es qualvoll heiß und drückend gewesen, und selbst die Nachtluft war noch dumpf und schwül.

Mutter und Schwester hatten so oft von mir Abschied genommen und mich so oft gebeten, doch noch fünf Minuten zu bleiben, daß es fast Mitternacht war, bis das Dienstmädchen die Gartenpforte hinter mir versperrte. Ich begann ein paar Schritte auf dem kürzesten Weg nach London zurück zu machen, hielt dann inne und zögerte.

Groß stand der Vollmond am dunkelblauen, sternenlosen Himmel, und in seinem geheimnisvollen Licht sah die wellige Heide so wild aus, als läge sie Hunderte von Meilen von der großen Stadt dort unten entfernt. Es widerte mich an, früher als unbedingt nötig in die Hitze und Düsternis Londons hinabzusteigen. Die Aussicht, in meinem stickigen Quartier zu Bett zu gehen, erschien mir in meiner gegenwärtigen Unruhe gleichbedeutend mit der Vorstellung, dort langsam zu erstikken. So beschloß ich, in reiner Luft und auf dem weitesten Weg langsam nach Haus zu schlendern, dabei den weißen, gewundenen Heidewegen folgend, mich über Finchley, dem am wenigsten verbauten Vorort, der Stadt zu nähern und dann in der Kühle des frischen Morgens von der Westseite des Regent's Park her heimzukehren.

Langsam wanderte ich über das einsame Heideland, genoß die himmlische Stille und bewunderte den sanften Wechsel von Licht und Schatten auf der leicht hügeligen Landschaft. Solange ich mich auf diesem ersten und angenehmsten Teil meines Spazierganges befand, nahmen meine Sinne nur die Eindrücke des Auges auf. Ich dachte kaum etwas Bestimmtes, das heißt, was meine eigenen Empfindungen betraf, dachte ich eigentlich an gar nichts.

Als ich jedoch die Heide verließ und auf einer Nebenstraße, wo es weniger zu sehen gab, eine neue Richtung einschlug, wandten sich meine Gedanken mehr und mehr der bevorstehenden Änderung in meiner Lebensweise und Beschäftigung zu. Als ich schließlich das Ende der Straße erreichte, war ich vollkommen versunken in meine eigenen phantastischen Vorstellungen von Limmeridge House sowie von Mr. Fairlie und den beiden Damen, deren Ausflüge in die Kunst des Aquarellierens ich bald beaufsichtigen sollte.

Eben war ich an jener Stelle angelangt, an der vier Straßen zusammentreffen – eine nach Hampstead, auf der ich gekommen war; eine nach Finchley, die zum West End, und schließlich jene Straße, die geradewegs zurück nach London führt. Gewohnheitsmäßig hatte ich die Richtung zur Stadt eingeschlagen, schlenderte auf der einsamen Landstraße dahin und überlegte gerade, wie die jungen Damen von Limmeridge House wohl aussähen – da legte sich plötzlich von hinten eine leichte Hand auf meine Schulter und ließ mir das Blut in den Adern gerinnen. Die Finger um meinen Knotenstock gekrallt, fuhr ich herum.

Da, mitten auf der breiten, vom Mond erhellten Straße, stand, als wäre sie eben aus der Erde geschossen oder vom Himmel gefallen, die einsame Gestalt einer Frau, von Kopf bis Fuß in Weiß gehüllt; ihr Gesicht neigte sich mit ernster Frage mir zu, während ihre Hand auf die dunkle Wolke über der Stadt deutete.

So sehr hatte mich diese seltsame Erscheinung, die so plötzlich in tiefster Nacht und an diesem einsamen Ort auftauchte, erschreckt, daß mir nicht gelang zu fragen, was sie von mir wolle. Die seltsame Erscheinung sprach zuerst. »Ist das der Weg nach London?« fragte sie.

Aufmerksam blickte ich sie an, als sie diese sonderbare Frage an mich richtete. Es war jetzt gegen ein Uhr nachts. Alles, was ich im Mondlicht feststellen konnte, war: ein farbloses, doch jugendliches Gesicht, mager und scharf um Kinn und Wangen, große, ernste, nachdenkliche Augen, ein nervöses Zucken um die Lippen und helles Haar von bräunlich-gelber Tönung. Nichts Freches oder Zudringliches konnte ich an ihr bemerken. Sie wirkte ruhig und gefaßt, ein wenig melancholisch, vielleicht noch ein wenig mißtrauisch; aus ihrem Benehmen zu schließen, war sie nicht gerade eine Dame aus den höchsten Kreisen, aber auch keine Frau aus dem Volk. Ihre Stimme – so wenig ich bis jetzt auch davon gehört hatte – klang seltsam leise und mechanisch, dabei sprach sie aber auffallend schnell. In der Hand hielt sie eine kleine Tasche, und ihre Kleidung – Hut, Kleid und Schultertuch – war weiß und, soviel ich erkennen konnte, ganz sicher nicht aus sehr feinem oder kostbarem Stoff. Ihre Gestalt war schlank und eher überdurchschnittlich groß, Haltung und Bewegungen wirkten völlig ungezwungen. Das war alles, was ich im schwachen Mondlicht und unter diesen ungewöhnlichen Umständen über sie sagen konnte. Was für eine Frau sie war und wie es kam, daß sie nach Mitternacht allein auf der Straße stand, das konnte ich natürlich nicht erraten. Nur in einem Punkt war ich ganz sicher: Auch der roheste Mensch hätte den Grund, warum sie mich ansprach, nicht mißdeuten können – trotz der verdächtig späten Stunde und dem verdächtig einsamen Ort.

»Haben Sie mich gehört?« fragte sie wieder leise und schnell, aber keineswegs ungeduldig oder gereizt. »Ich habe Sie gefragt, ob das der Weg nach London ist.«

»Ja«, erwiderte ich, »er führt an St. John's Wood und am Regent's Park vorbei. Sie müssen entschuldigen, daß ich nicht gleich geantwortet habe. Sie haben mich mit Ihrem plötzlichen Auftauchen sehr erschreckt.«

»Sie glauben doch nicht, daß ich etwas Unrechtes getan habe, oder? Ich habe nichts Unrechtes getan. Mir ist ein Unglück zugestoßen – deshalb bin ich zu so später Stunde hier ganz allein. Warum glauben Sie, ich hätte etwas Unrechtes getan?«

Das sagte sie mit mehr Ernst und Erregung als nötig, wich aber dabei gleich mehrere Schritte vor mir zurück. Also tat ich mein möglichstes, um sie zu beruhigen.

»Bitte glauben Sie nicht, daß ich auch nur den geringsten Verdacht gegen Sie hege«, sagte ich, »noch habe ich irgendeinen anderen Wunsch, als Ihnen zu helfen – wenn ich es kann. Ihr plötzliches Erscheinen auf dieser Straße hat mich überrascht, denn die Straße schien mir eben noch ganz leer.«

Sie wandte sich um und deutete nach hinten, wo die Straßen sich kreuzten: in der Hecke dort war eine Lücke.

»Ich hörte Sie kommen«, sagte sie, »und habe mich dort versteckt. Ehe ich Sie anzusprechen wagte, wollte ich Sie sehen. Aber ich hatte Angst und zögerte. Daher mußte ich Ihnen nachschleichen und Sie berühren.«

Mir nachschleichen und mich berühren? Warum nicht einfach rufen? Sehr seltsam, um es milde auszudrücken.

»Kann ich Ihnen vertrauen?« fragte sie. »Sie denken doch

nicht deshalb schlecht von mir, weil mir ein Unglück zugestoßen ist?« Verwirrt hielt sie inne, schob verlegen die Tasche von einer Hand in die andere und seufzte tief auf.

Die Verlassenheit und Hilflosigkeit dieser Frau rührte mich. Der natürliche Drang, ihr zu helfen und beizustehen, besiegte in mir alle Vorsicht und Bedenken, die ein älterer, erfahrenerer und vernünftigerer Mensch in dieser merkwürdigen Situation gehabt hätte.

»In jeder gerechten Sache können Sie sich auf mich verlassen«, sagte ich. »Und falls es Ihnen Mühe macht, mir Ihre seltsame Lage zu erklären, dann sprechen wir nicht mehr darüber. Ich habe kein Recht, Erklärungen von Ihnen zu fordern. Sagen Sie mir nur, wie ich Ihnen helfen kann, und wenn ich es kann, dann tu' ich's.«

»Sie sind sehr gütig, und ich bin sehr, sehr dankbar, daß ich Ihnen begegnet bin.« Bei diesen Worten schwang zum ersten Mal ein wenig weibliche Zärtlichkeit mit, doch in den großen, nachdenklichen Augen, die mich noch immer gebannt anblickten, glitzerten keine Tränen. »Ich bin erst ein einziges Mal in London gewesen«, fuhr sie fort, schneller und schneller sprechend, »und diese Seite der Stadt kenne ich überhaupt nicht. Kann ich eine Droschke oder irgendeinen Wagen bekommen? Oder ist's dafür zu spät? Ich weiß es nicht ... Wenn Sie mir zeigen könnten, wo ich eine Droschke finde – und wenn Sie mir nur versprechen, sich nicht um mich zu kümmern und mich fortzulassen, wann und wo ich will – ich hab' in London eine Freundin, die mich gerne aufnehmen wird –, weiter will ich nichts – versprechen Sie mir das?«

Sie blickte ängstlich die Straße hinauf und hinunter, schob wieder die Tasche von einer Hand in die andere, wiederholte: »Versprechen Sie mir das?« und sah mir dabei so flehend und angstvoll ins Gesicht, daß mir das Herz weh tat.

Was konnte ich tun? Ein hilfloses und verzweifeltes Geschöpf hatte sein Schicksal in meine Hand gelegt – und dieses Geschöpf war eine verlassene Frau. Kein Haus war in der Nähe, kein Mensch kam vorbei, mit dem ich mich hätte beraten können; ich konnte mir kein Recht über sie anmaßen, selbst wenn ich verstanden hätte, es geltend zu machen. Auch jetzt noch, da ich diese Zeilen schreibe und sich die Schatten späterer Ereignisse über das Geschriebene senken, frage ich mich ratlos: Was sollte ich tun?

Was ich nun tat, war: Zeit gewinnen, indem ich ihr Fragen stellte.

»Sind Sie sicher, daß Ihre Freundin in London Sie zu so später Stunde noch aufnimmt?« sagte ich.

»Ganz sicher... Und Sie versprechen mir, mich allein zu lassen, wenn ich es will – Sie versprechen mir, sich nicht einzumischen . . . Versprechen Sie mir das?«

Als sie diese Worte wiederholte, trat sie ganz dicht an mich heran und legte mir sanft die Hand auf die Brust – eine magere Hand, eine kalte Hand (ich spürte es, als ich sie von mir forthob) – trotz dieser schwülen Nacht. Man bedenke: Ich war jung, und die Hand, die mich berührte, war die Hand einer Frau.

»Versprechen Sie mir das?«

»Ja.«

Ein kurzes Wort, ein gewöhnliches, wohlbekanntes Wort, auf aller Lippen zu jeder Stunde des Tages. Ach! – noch jetzt zittere ich, in dem Augenblick, da ich es schreibe!

Wir wandten also unsere Schritte der Stadt zu und schritten gemeinsam durch die erste stille Stunde des neuen Tages: ich und diese Frau, deren Namen, Stand, Absichten, Lebensgeschichte, ja sogar deren Schreiten an meiner Seite für mich unergründliche Geheimnisse waren. Es war wie ein Traum. War ich Walter Hartright? War das die wohlbekannte, stille Landstraße, wo am Sonntag feiertägliches Volk spazierenging? Hatte ich wirklich vor wenig mehr als einer Stunde die stille, bürgerlich ehrbare Atmosphäre des Landhäuschens meiner Mutter verlassen? Ich war zu verwirrt – zudem spürte ich so etwas wie einen leisen Selbstvorwurf –, um mit meiner seltsamen Gefährtin zu sprechen. Wieder war es ihre Stimme, die zuerst das Schweigen brach.

»Ich muß Sie etwas fragen«, sagte sie plötzlich. »Kennen Sie in London viele Leute?«

»Ja, sehr viele.«

»Viele Herren aus adeligen Häusern?« Ich hörte unverkennbares Mißtrauen in dieser Frage und zögerte daher mit der Antwort.

»Ja, etliche«, sagte ich nach kurzem Schweigen.

»Viele ...«, sie hielt inne und blickte mir forschend ins Gesicht – »viele im Rang eines Baronets?«

Zu verblüfft, um gleich eine Antwort zu finden, fragte ich sie meinerseits: »Warum wollen Sie das wissen?«

»Weil ich um meiner selbst willen hoffe, daß Sie einen bestimmten Baronet nicht kennen.«

»Wollen Sie mir seinen Namen nennen?«

»Ich kann nicht – ich wage es nicht – ich vergesse mich, wenn ich ihn nenne.« Sie sprach laut, fast zornig, und hob drohend die geballte Faust. Doch plötzlich faßte sie sich wieder und fügte leise, fast flüsternd hinzu: »Sagen Sie mir, welche Baronets Sie kennen!«

Ich konnte ihr diese kleine Bitte nicht abschlagen und nannte die Namen von drei mir bekannten Landadeligen: Zwei davon waren Familienväter, deren Töchter ich unterrichtete, und der dritte war ein Junggeselle, der mich einmal zu einer Kreuzfahrt auf seiner Jacht eingeladen hatte, damit ich für ihn Skizzen mache.

»Ah, Sie kennen ihn also nicht!« sagte sie mit einem Seufzer der Erleichterung. »Sind Sie selbst ein Adeliger?«

»Weit gefehlt! Ich bin nur Zeichenlehrer.«

Noch während ich das sagte – ein wenig bitter vielleicht –, nahm sie mich beim Arm, hastig – wie in allen ihren Bewegungen.

»Kein Adeliger!« wiederholte sie gleichsam für sich. »Gottlob, ihm kann ich vertrauen ...«

Bis dahin war es mir gelungen, aus Rücksicht auf sie meine Neugierde zu bezwingen, aber jetzt war es damit vorbei.

»Ich fürchte, Sie haben alle Ursache, sich über einen Herrn aus den höheren Ständen zu beklagen?« sagte ich. »Der Baronet, dessen Namen Sie mir nicht nennen wollen, hat Ihnen wahrscheinlich großes Unrecht zugefügt? Ist er der Grund, daß Sie zu dieser ausgefallenen Zeit unterwegs sind?«

»Fragen Sie mich nicht! Dringen Sie nicht in mich!« bat sie. »Ich kann nicht darüber sprechen. Man hat mich grausam behandelt und mir schweres Unrecht zugefügt ... Bitte gehen wir schneller – ich möchte nicht sprechen, ich muß mich unbedingt beruhigen – wenn ich es kann ...«

Wir schritten etwas rascher aus, und wieder fiel mindestens eine halbe Stunde lang kein Wort. Da sie mir verboten hatte, ihr weitere Fragen zu stellen, warf ich nur ab und zu heimlich einen Blick auf ihr Gesicht. Es blieb unverändert: die Lippen aufeinandergepreßt, die Stirn gerunzelt, die Augen geradeaus gerichtet, der Blick ungeduldig und etwas abwesend. Schon hatten wir die ersten Häuser erreicht und befanden uns unmittelbar vor dem neuen Wesleyan College. Endlich entspannten sich ihre Züge.

»Wohnen Sie in London?« fragte sie mich.

»Ja.« Da durchzuckte mich der Gedanke, es könnte ihr vielleicht einfallen, mich um Rat und Hilfe zu bitten. Ich wollte ihr eine Enttäuschung ersparen und machte sie daher vorsichtshalber auf meine baldige Abwesenheit aufmerksam. »Aber ab morgen bin ich für einige Zeit verreist«, fügte ich hinzu, »ich fahre aufs Land.«

»Wohin?« fragte sie. »Nach Norden oder Süden?«

»Nach Norden – nach Cumberland.«

»Cumberland!« Zärtlich wiederholte sie das Wort. »Ach, ich wünschte, ich könnte auch dorthin fahren. Ich war einst sehr glücklich in Cumberland.«

Wieder versuchte ich, den Schleier zu lüften, der zwischen mir und dieser Frau hing.

»Sind Sie vielleicht in diesem schönen Land der Seen geboren?« fragte ich.

»Nein«, antwortete sie, »ich bin in Hampshire geboren, aber in Cumberland bin ich für kurze Zeit zur Schule gegangen. Seen? Ich erinnere mich an keine Seen. Das Dorf Limmeridge und Limmeridge House ist es, was ich gern wiedersehen möchte.«

Nun war es an mir, wie angewurzelt stehenzubleiben, so sehr verblüffte mich ihre beiläufige Erwähnung von Mr. Fairlies Wohnsitz.

»Haben Sie jemanden hinter uns rufen hören?« fragte sie und blickte erschrocken die Straße hinauf und hinunter, als ich stehenblieb.

»Nein, nein! Mir fiel nur der Name Limmeridge House auf – erst vor ein paar Tagen haben ihn Leute aus Cumberland erwähnt.«

»Ach, das sind sicher nicht *meine* Leute! Mrs. Fairlie ist tot, ihr Mann ist tot, und ihre Tochter ist vielleicht schon verheiratet und weggezogen. Ich weiß nicht, wer jetzt dort wohnt. Sollte es noch jemanden geben, der so heißt, dann liebe ich sie um Mrs. Fairlies willen . . .«

Anscheinend wollte sie noch etwas sagen, aber der Schlagbaum am Beginn der Avenue Road kam eben in Sicht. Mit einer Hand meinen Arm umklammernd, starrte sie ängstlich auf das Tor vor uns.

»Schaut der Zöllner heraus?« fragte sie.

Er schaute nicht heraus, niemand war zu sehen, als wir durchs Tor gingen. Der Anblick der Häuser und der Gaslampen schien sie ungeduldig zu machen und zu beunruhigen. »Wir sind also in London«, sagte sie. »Sehen Sie irgendwo eine Droschke, die ich bekommen könnte? Ich bin müde, ich habe Angst – ich möchte in einen Wagen steigen, mich einschließen und fortgebracht werden.«

Ich erklärte ihr, daß wir noch ein kleines Stück bis zum nächsten Droschkenstand gehen müßten, es sei denn, wir hätten Glück und begegneten einem leeren Fahrzeug. Dann versuchte ich, das Gespräch wieder auf Cumberland zu bringen, doch ohne Erfolg. Die Vorstellung, sich einzuschließen und dann fortfahren zu lassen, hatte ganz von ihr Besitz ergriffen, sie konnte an nichts anderes mehr denken und von nichts anderem reden.

Wir befanden uns noch im ersten Drittel der Avenue Road, als ich vor einem Haus auf der anderen Straßenseite eine Droschke vorfahren sah. Ein Herr stieg aus und schloß eine Gartenpforte auf. Als der Kutscher den Bock wieder bestieg, winkte ich ihm zu. Als wir die Straße überquerten, wuchs die Ungeduld meiner Begleiterin derart, daß sie mich fast zu laufen zwang.

»Es ist sehr spät«, sagte sie. »Ich habe es nur so eilig, weil es schon so spät ist!«

»Ich kann Sie leider nicht mitnehmen, Sir«, sagte der Kutscher höflich, als er den Wagenschlag öffnete, »außer Sie wollen nur bis zur Tottenham Court Road. Mein Pferd ist nämlich todmüde, ich krieg' es nicht weiter als bis zum Stall.«

»Ja, ja, das genügt mir, ich will ohnedies dorthin – ich will ohnedies dorthin.« Sie sagte es hastig und wollte an mir vorbei, hinein in die Droschke.

Da ich mich vergewissert hatte, daß der Mann nüchtern und manierlich war, ließ ich sie denn einsteigen. Und nun, da sie drinnen saß, bat ich sie, sie begleiten zu dürfen, bis sie in Sicherheit war.

»Nein, nein, nein!« rief sie heftig. »Jetzt fühle ich mich glücklich und geborgen. Wenn Sie ein Gentleman sind, dann denken Sie an Ihr Versprechen! Sagen Sie dem Kutscher, er soll so weit fahren, bis ich ihm ein Zeichen gebe. Vielen Dank – oh, vielen, vielen Dank!«

Meine Hand lag auf dem Wagenschlag, sie ergriff und küßte sie – und stieß sie dann von sich. In diesem Augenblick fuhr die Droschke los – und ich begann zu laufen, vielleicht glaubte ich, sie aufhalten zu können, warum, das wußte ich nicht; doch ich zögerte aus Furcht, die Frau zu beunruhigen oder zu erschrekken, und rief schließlich irgend etwas, aber nicht so laut, daß der Kutscher mich hörte. Das Rollen der Räder wurde schwächer und schwächer – die Droschke verschmolz in der Ferne mit dem schwarzen Schatten der Straße – und die Frau in Weiß war verschwunden.

Zehn Minuten oder mehr waren verstrichen. Ich befand mich noch immer auf derselben Straßenseite, bald tat ich mechanisch ein paar Schritte vorwärts, bald blieb ich unschlüssig stehen. Einen Moment lang bezweifelte ich, daß ich das alles wirklich erlebt hatte. Im nächsten Moment quälte mich das unbehagliche Gefühl, falsch gehandelt zu haben. Doch andererseits begriff ich in meiner Verwirrung nicht, was das Richtige gewesen wäre. Kaum wußte ich, wohin ich jetzt ging oder was ich als nächstes tun wollte. Da brachte mich das Geräusch rollender Räder dicht hinter mir jäh wieder zu mir selbst.

Ich befand mich gerade auf der dunklen Seite der Straße, im Schatten von Bäumen, als ich stehenblieb und mich umsah. Auf der gegenüberliegenden, helleren Seite der Straße schritt nicht weit von mir ein Polizist langsam in Richtung Regent's Park.

Der Wagen überholte mich – es war eine offene Chaise, gelenkt von zwei Männern.

»Bleib stehen!« rief der eine. »Da ist ein Constabler. Fragen wir den!«

Sie strafften die Zügel, und der Wagen hielt nur wenige Schritte hinter mir an.

»Constabler!« rief der eine. »Haben Sie in dieser Straße eine Frau gesehen?«

»Was für eine Frau, Sir?«

»Eine Frau in einem lavendelfarbenen Kleid –«

»Nein, nein«, unterbrach ihn der zweite, »die Kleider, die wir ihr gaben, hat man auf ihrem Bett gefunden. Sie muß das getragen haben, was sie anhatte, als sie zu uns kam ... Sie war in Weiß, Constabler, eine Frau in Weiß!«

»Die habe ich nicht gesehen, Sir.«

»Falls Sie oder einer Ihrer Leute auf diese Frau stoßen, halten Sie sie an und schicken Sie sie unter sorgfältiger Bewachung an diese Adresse. Ich bezahle alle Kosten, und eine anständige Belohnung gibt's obendrein.«

Der Polizist blickte auf die Visitenkarte, die ihm heruntergereicht wurde.

»Warum sollen wir sie anhalten, Sir? Was hat sie getan?«

»Getan? Sie ist aus meiner Irrenanstalt entflohen ... Also nicht vergessen: eine Frau in Weiß! ... Los, fahren wir weiter!«

IV

»Sie ist aus meiner Irrenanstalt entflohen ...«

Die schreckliche Schlußfolgerung, die ich aus diesen Worten ziehen mußte, traf mich offen gestanden nicht unerwartet. Nach meinem unüberlegten Versprechen, sie tun zu lassen, was sie wollte, hatten mich einige ihrer wunderlichen Fragen vermuten lassen, daß sie entweder von Natur aus ein wenig unstet und verdreht sein müsse oder daß ein kürzlich erlittener Schock sie aus dem Gleichgewicht gebracht habe. Freilich, der Gedanke, daß sie geisteskrank sei (der sich mit dem Wort »Irrenanstalt« verband), wäre mir denn doch nicht in den Sinn gekommen. Ich hatte an ihrer Art zu sprechen und an ihrem Benehmen nichts bemerkt, was diesen Verdacht rechtfertigte; und auch jetzt, da ich durch die Worte des Fremden die Sache in neuem Lichte sah, fand ich nichts an dieser Frau, was ihn bestätigt hätte.

Was hatte ich getan? Einem grausam und grundlos eingesperrten Opfer bei der Flucht geholfen – oder eine Unglückliche, deren Handlungen zu beaufsichtigen meine sowie jedes anderen Menschen barmherzige Pflicht war, losgelassen auf die Welt der Großstadt? Mir schwindelte, als ich diese Überlegungen anstellte und mir den Vorwurf nicht ersparen konnte, daß ich sie zu spät anstellte.

Als ich endlich mein Quartier in Clement's Inn erreichte, war es angesichts meines aufgewühlten Gemütszustands sinnlos, ans Schlafengehen zu denken, zumal ich in wenigen Stunden meine Reise nach Cumberland antreten mußte. Ich setzte mich hin und versuchte zunächst etwas zu zeichnen, dann etwas zu lesen – aber die Frau in Weiß drängte sich zwischen mich und meinen Bleistift, mich und mein Buch. War der Unglücklichen etwas zugestoßen? Das war mein erster Gedanke, dem ich mich aber selbstsüchtig nicht stellen wollte. Andere, weniger quälende Gedanken schlossen sich an. Wo hatte sie die Droschke halten lassen? Was war jetzt mit ihr? War sie von den Männern in der Chaise verfolgt und festgenommen worden? Oder war sie noch frei und Herrin ihrer Handlungen? Näherten wir uns beide auf unseren weit auseinanderliegenden Pfaden einem bestimmten Punkte, an dem wir in geheimnisvoller Zukunft einander noch einmal begegnen sollten?

Ich fühlte mich erleichtert, als der Moment kam, wo ich die Türe hinter mir schloß, um einem neuen Leben und neuen Interessen entgegenzufahren. Adieu, London! Adieu, meine Freunde, meine Schüler, mein Beruf! Sogar das Getöse und Gewühl auf dem Bahnhof, das mich sonst so störte und belästigte, belebte mich und tat mir heute wohl.

Meinen Reiseanweisungen zufolge sollte ich nach Carlisle und von dort mit einer Zweigbahn Richtung Küste fahren. Leider brach zwischen Lancaster und Carlisle unsere Lokomotive zusammen, und die dadurch verursachte Verspätung hatte zur Folge, daß ich den Anschluß versäumte. So mußte ich einige Stunden warten, und als ein späterer Zug mich schließlich an der Limmeridge House nächstgelegenen Bahnstation absetzte, war es bereits zehn Uhr vorbei und die Nacht so finster, daß ich kaum zum Pony-Wagen fand, den Mr. Fairlie für mich geschickt hatte.

Der Kutscher war offenbar verstimmt wegen meiner späten Ankunft und daher in jenem Zustand höflicher Verdrossenheit, welcher typisch für englisches Gesinde ist. Langsam und schweigend fuhren wir durch das Dunkel der Nacht. Die Straßen waren schlecht, und die undurchdringliche Finsternis machte ein zügiges Vorankommen nur noch schwieriger. Meiner Uhr nach waren wir bereits eineinhalb Stunden unterwegs, als ich in der Ferne endlich Meeresrauschen und dann das Knirschen unserer Räder über glatten Kies hörte. Wir passierten ein Tor, bevor wir auf die Einfahrt kamen, dann passierten wir ein zweites Tor und hielten schließlich vor dem Haus. Ein würdevoller, allerdings nicht livrierter Diener empfing mich, teilte mir mit, die Familie habe sich bereits zur Nachtruhe zurückgezogen, und führte mich dann in einen großen, hohen Raum, wo auf dem äußersten Ende des Eßtisches, einer unendlichen Mahagonifläche, wie verloren ein Abendessen meiner harrte.

Ich war zu müde und zu erschöpft, um viel zu essen oder zu trinken, um so mehr, als mich der würdevolle Diener so umständlich bediente, als wäre nicht ich allein, sondern eine ganze Gesellschaft zu Gast. In einer Viertelstunde war ich fertig und ließ mir den Weg in mein Schlafzimmer zeigen. Der würdevolle Diener geleitete mich in einen hübsch möblierten Raum – sagte: »Das Frühstück ist um neun, Sir« – blickte prüfend um sich, ob alles in Ordnung war – und zog sich lautlos zurück.

›Was werde ich heute nacht in meinen Träumen sehen?‹ dachte ich, als ich die Kerze ausblies. Die Frau in Weiß? Oder die mir unbekannten Bewohner dieses Herrenhauses? Es kam mir seltsam vor, wie ein Freund der Familie unter einem Dach mit Leuten zu schlafen, die ich noch nicht einmal vom Sehen kannte.

V

Als ich am nächsten Morgen aufstand und das Rouleau meines Fensters in die Höhe zog, leuchtete vor mir unter der gleißenden Augustsonne das Meer, und Schottlands ferne Küste säumte mit weichen blauen Linien den Horizont.

Die Aussicht war eine solche Überraschung und nach den mühseligen Tagen in Londons Ziegel- und Mörtellandschaft auch eine solche Veränderung, daß sich mir bei diesem Anblick eine völlig neue Welt zu eröffnen schien. Mich ergriff das sonderbare Gefühl, als hätte ich meine Vertrautheit mit allem Vergangenen verloren, ohne jedoch statt dessen eine klare Vorstellung von Gegenwärtigem oder Künftigem zu gewinnen. Erst wenige Tage alte Erlebnisse verblaßten in meiner Erinnerung, als hätten sie sich vor vielen, vielen Monaten ereignet. Pescas kurioser Bericht über die Umstände, die es ihm ermöglicht hatten, mir eine Beschäftigung zu verschaffen, der Abschiedsabend bei Mutter und Schwester, auch mein mysteriöses Abenteuer auf dem Heimweg von Hampstead: das alles schien wie eine weit zurückliegende Epoche meines Lebens. Und obgleich mir die Frau in Weiß noch vor dem inneren Auge stand, war ihr Bild doch schon schwach und verschwommen.

Kurz vor neun Uhr begab ich mich ins Erdgeschoß hinunter. Der würdige Diener vom Vorabend begegnete mir, als ich durch die Korridore irrte, und wies mir verständnisvoll den Weg ins Frühstückszimmer.

Mein erster Blick durch die von ihm geöffnete Tür fiel auf einen reich gedeckten Tisch in der Mitte eines langen Zimmers mit vielen Fenstern. Meine Augen wanderten vom Tisch bis zum letzten Fenster und erblickten dort eine Dame, die mit dem Rücken zu mir am Tisch stand. Ihre ungewöhnlich schöne Gestalt und ihre anmutige Haltung fielen mir ins Auge. Sie war hochgewachsen, doch nicht übergroß, mit schönen Rundungen, jedoch nicht dick; der Kopf saß auf einem schlanken Hals, der weich und fest zugleich schien; ihre Taille – vollkommen in den Augen eines Mannes, denn sie befand sich an dem von der Natur vorgesehenen Platz – war erfreulicherweise von keinem Schnürleibchen entstellt.

Sie hatte mich nicht eintreten gehört. Ich gestattete mir daher den Genuß, sie noch ein wenig zu bewundern, bevor ich einen Stuhl zur Seite rückte, um sie möglichst ohne Peinlichkeit auf mich aufmerksam zu machen. Augenblicklich drehte sie sich nach mir um. Die Eleganz, mit der sie sich nun vom äußersten

Ende des Zimmers auf mich zu bewegte, versetzte mich in freudige Erwartung, wie denn ihr Gesicht nun wäre. Doch kaum verließ sie ihren Platz am Fenster, so sagte ich mir: Die Dame ist schwarzhaarig. Sie kam ein paar Schritte näher – und ich sagte mir: Die Dame ist jung. Sie kam noch näher – und ich sagte mir (so überrascht, daß mir zunächst die Worte fehlten): Die Dame ist häßlich!

Niemals wurde die althergebrachte Ansicht, die Natur könne keine Fehler machen, offensichtlicher widerlegt – niemals wurde das, was eine liebliche Gestalt versprach, seltsamer und bestürzender Lügen gestraft als durch dieses Gesicht. Die Dame hatte einen ausgesprochen dunklen Teint, den schwarzen Flaum auf ihrer Oberlippe durfte man fast einen Schnurrbart nennen. Mund und Kinn waren fest und groß wie die eines Mannes, der Blick der großen braunen Augen war durchdringend und scharf, und das dichte kohlschwarze Haar wuchs ihr ungewöhnlich tief in die Stirn. Dem Gesichtsausdruck – klug, offen, intelligent – fehlte, solange sie schwieg, jener weibliche Reiz der Sanftheit und Hingabebereitschaft, ohne den die Schönheit selbst der schönsten Frau nur unvollkommen ist. Solch ein Gesicht zu sehen auf Schultern, die jeder Bildhauer gern modelliert hätte, bezaubert zu sein von der Anmut der Bewegungen, mit der die ebenmäßigen Glieder ihre Schönheit verrieten – und dann fast abgestoßen zu werden von dem harten Ausdruck eines männlichen Gesichts über diesem vollkommenen Körper –, das alles verursachte ein Gefühl der Hilflosigkeit, das seltsamerweise jenem Unbehagen glich, das uns allen aus dem Schlaf vertraut ist, wenn man das Ungewöhnliche und Widersprüchliche zwar erkennt, es jedoch nicht verbinden kann.

»Mr. Hartright?« sprach die Dame und blickte mich fragend an, wobei ihr dunkles Gesicht sich durch ein Lächeln erhellte und weicher und weiblicher wurde. »Wir hatten gestern abend alle Hoffnung aufgegeben, Sie noch zu sehen, und gingen daher zur gewohnten Stunde schlafen. Entschuldigen Sie unseren Mangel an Aufmerksamkeit, und erlauben Sie mir, mich Ihnen als eine Ihrer Schülerinnen vorzustellen. Wollen wir einander die Hand geben? Früher oder später kommt es ohnedies dazu – warum also nicht früher?«

Diesen merkwürdigen Willkommensgruß sprach sie mit klarer, wohlklingender Stimme. Die dargebotene Hand – eher groß, aber schön geformt – reichte sie mir unbekümmert und ungekünstelt, mit dem Selbstvertrauen der gebildeten Frau. Wir setzten uns zusammen an den Frühstückstisch, so herzlich und ungezwungen, als wären wir alte Bekannte, die sich in Limmeridge House verabredet hatten, um von alten Zeiten zu reden.

»Hoffentlich haben Sie gute Laune mitgebracht und sind entschlossen, aus Ihrer Lage das Beste zu machen«, fuhr die Dame fort. »Heute morgen müssen Sie beim Frühstück zunächst mit meiner Gesellschaft vorliebnehmen. Meine Schwester blieb auf ihrem Zimmer, um sich von dieser typisch weiblichen Unpäßlichkeit, nämlich einer leichten Migräne, zu kurieren, und ihre alte Gouvernante, Mrs. Vesey, hat sich ihrer erbarmt und umhegt sie fürsorglich mit stärkendem Tee. Mein Onkel, Mr. Fairlie, ißt nie mit uns gemeinsam: Er ist leidend und führt in seinen Räumen das Dasein eines Junggesellen. Sonst ist niemand im Hause. Zwei junge Damen waren hier zu Besuch, aber gestern sind sie abgereist – aus Verzweiflung, was mich gar nicht wundert, denn während ihres Aufenthalts konnten wir ihnen wegen Mr. Fairlies angegriffener Gesundheit nichts Unterhaltendes bieten: nicht ein einziges männliches Wesen, mit dem sie hätten kokettieren, tanzen und plaudern können, und die Folge davon war, daß wir uns zankten, besonders bei Tisch. Wie kann man auch von vier Frauenzimmern erwarten, daß sie Tag für Tag allein beim Essen sitzen und sich nicht zanken? Töricht wie wir sind, können wir einander bei Tisch ja nicht unterhalten. Sie sehen, Mr. Hartright, ich halte nicht viel von meinem eigenen Geschlecht – was möchten Sie, Tee oder Kaffee? –, keine Frau hält viel von ihrem eigenen Geschlecht, wenn auch nur wenige es offen eingestehen wie ich. O Gott, Sie schauen ganz verlegen drein! Warum? Wissen Sie nicht, was Sie zum Frühstück essen wollen? Oder überrascht es Sie, mich so unbekümmert daherreden zu hören? Im ersten Fall gebe ich Ihnen den freundschaftlichen Rat, den kalten Schinken liegenzulassen und zu warten, bis das Omelette kommt. Im zweiten Fall schenke ich Ihnen Tee ein, damit Sie sich wieder beruhigen, und verspreche Ihnen, alles zu tun, was eine Frau tun kann (was übrigens nur sehr wenig ist), um den Mund zu halten.«

Damit reichte sie mir fröhlich lachend eine Tasse Tee. Ihr unbeschwertes Gespräch, die lebhafte und vertrauliche Art, in der sie mit einem ihr völlig fremden Menschen umging, erschienen Hand in Hand mit so viel Natürlichkeit und angeborenem Selbstvertrauen, daß sie sich damit selbst beim größten Schwerenöter Achtung und Respekt verschafft hätte. So war es zwar unmöglich, in ihrer Gesellschaft steif und reserviert zu bleiben, nicht weniger unmöglich wäre es aber gewesen, sich ihr gegenüber selbst in Gedanken auch nur die geringste Freiheit herauszunehmen. Das fühlte ich instinktiv, während mich ihre muntere Laune jetzt schon mitriß – und ich schon mein möglichstes tat, um ihr mit ihrer eigenen Offenheit und Lebhaftigkeit zu antworten.

»Ja, ja«, rief sie, als ich versuchte, ihr meine Überraschung, so gut es eben ging, zu erklären, und fuhr fort: »Ich verstehe Sie schon. Sie sind in diesem Hause so fremd, daß meine vertraulichen Anspielungen auf dessen ehrenwerte Bewohner Sie ein wenig verunsichern. Kein Wunder – ich hätte das vorher bedenken sollen. Jedenfalls will ich das jetzt in Ordnung bringen. Soll ich bei mir selbst anfangen, damit wir dieses Kapitel möglichst schnell erledigen? Ich heiße Marian Halcombe und bin so unpräzis, wie Frauen es eben sind, wenn ich Mr. Fairlie meinen Onkel und Miss Fairlie meine Schwester nenne. Meine Mutter war zweimal verheiratet: Das erste Mal mit Mr. Halcombe, meinem Vater, das zweite Mal mit Mr. Fairlie, dem Vater meiner Halbschwester. Beide sind wir Waisen, aber sonst in jeder Hinsicht ganz verschieden. Mein Vater war arm, Miss Fairlies Vater aber reich. Ich besitze nichts, sie dagegen ein Vermögen. Ich bin dunkel und häßlich, sie dagegen ist blond und hübsch. Jeder hält mich – zu Recht – für mürrisch und verschroben, sie dagegen gilt – mit noch größerem Recht – als sanft und reizend. Kurzum, sie ist ein Engel, ich aber bin – kosten Sie doch diese Marmelade, Mr. Hartright, und beenden Sie meinen Satz selbst im Sinne weiblicher Schicklichkeit . . . Was soll ich Ihnen über Mr. Fairlie erzählen? Bei meiner Ehre, das weiß ich selbst nicht. Sicher wird er Sie nach dem Frühstück rufen lassen, und dann können Sie sich Ihr eigenes Urteil bilden. Vorläufig kann ich Ihnen nur folgende Informationen bieten: Erstens ist er der jüngere Bruder des verstorbenen Mr. Fairlie, zweitens ist er ledig und drittens ist er Miss Fairlies Vormund. Ich will ohne meine Schwester nicht leben, sie kann ohne mich nicht leben, und das ist der Grund, weshalb ich mich in Limmeridge House aufhalte. Meine Schwester und ich sind einander aufrichtig zugetan, was, wie Sie vielleicht bemerken werden, unter den gegebenen Umständen vollkommen unerklärlich ist, und ich stimme darin mit Ihnen überein – aber so ist es nun einmal. Sie müssen entweder uns beiden gefallen, Mr. Hartright, oder sie gefallen keiner von uns, und was noch schwieriger ist: Sie sind einzig und allein auf unsere Gesellschaft angewiesen. Mrs. Vesey ist eine vortreffliche Frau, im Besitze aller Kardinaltugenden, aber sie zählt nicht; und Mr. Fairlie ist, wie gesagt, zu leidend, um anderen Gesellschaft leisten zu können. Ich weiß nicht, was ihm fehlt, die Ärzte wissen es nicht, und er selbst weiß es auch nicht. Wir sagen zwar alle, es sind die Nerven, aber keiner von uns weiß, was das bedeutet. Ich rate Ihnen aber, auf seine kleinen Eigenheiten einzugehen, wenn Sie ihn heute sehen. Bewundern Sie seine Sammlungen – Münzen, Aquarelle und Radierungen –, dann haben Sie ihn schon für sich gewonnen. Und wenn das ruhige Landleben Ihnen zusagt, dann sehe ich nicht, warum Sie sich hier nicht wohlfühlen sollten. Zwischen Frühstück und Lunch werden Sie sich mit Mr. Fairlies Zeichnungen beschäftigen. Nach dem Lunch schultern Miss Fairlie und ich unsere Skizzenbücher und ziehen los, um unter Ihrer Aufsicht der Natur Gewalt anzutun. Wohlgemerkt: Zeichnen ist die Marotte meiner Schwester, nicht die meine. Frauen können nicht zeichnen – es fehlt ihnen an Konzentration, und ihre Augen sind nicht scharf genug. Einerlei – meine Schwester tut es gern, und folglich verschwende ich ihretwegen Farben und Papier – genauso unbekümmert wie andere Frauen in England auch. Was die Abende betrifft, so glaube ich, daß wir sie Ihnen irgendwie erträglich machen können. Miss Fairlie spielt wunderschön Klavier. Und meine bescheidene Rolle dabei? Ich kann zwar keine Note von der andern unterscheiden, aber bei Schach, Halma, Ekarté und (mit der unvermeidlichen weiblichen Unzulänglichkeit) sogar beim Billard kann ich mich vielleicht mit

Ihnen messen. Was halten Sie von unserem Programm? Können Sie sich mit diesem einförmigen Leben abfinden? Oder haben Sie vor, in der beschaulichen Atmosphäre von Limmeridge House ruhelos und insgeheim nach Abwechslung und Abenteuern zu dürsten?«

Bis jetzt hatte sie so dahingeplaudert, fröhlich und witzig, ohne daß ich sie unterbrochen hätte – abgesehen von ein paar Worten, welche die Höflichkeit von mir verlangte. Doch die letzte Frage oder, besser gesagt, das zufällig gebrauchte Wort »Abenteuer«, das ihr so leicht über die Lippen kam, rief mir plötzlich wieder die Begegnung mit der Frau in Weiß ins Gedächtnis und drängte mich, den – ihren eigenen Worten nach zweifellos vorhandenen – Zusammenhang herauszufinden zwischen der namenlosen Geflüchteten aus der Irrenanstalt und der früheren Herrin von Limmeridge House.

»Selbst wenn ich so ruhelos wär' wie Ahasver«, versetzte ich, »würde mich in der nächsten Zeit kein Abenteuer locken – das versichere ich Ihnen, Miss Halcombe. Gerade in der Nacht vor meiner Ankunft hier hatte ich nämlich eins, und die Aufregung, in die es mich versetzte, reicht für meinen Aufenthalt in Cumberland – wenn nicht für länger!«

»Was Sie nicht sagen, Mr. Hartright! Darf ich Genaueres erfahren?«

»Das müssen Sie sogar. Die Hauptperson bei diesem Abenteuer war mir vollkommen unbekannt, Ihnen ist sie's wahrscheinlich ebenso. Aber sie erwähnte den Namen der verstorbenen Mrs. Fairlie, und zwar im Tone aufrichtigster Verehrung und Dankbarkeit.«

»Sie erwähnte meine Mutter? Das interessiert mich mehr, als ich sagen kann. Bitte fahren Sie fort!«

Ich berichtete also über meine Begegnung mit der Frau in Weiß, und zwar genau so, wie es gewesen war – und wiederholte Wort für Wort, was sie über Mrs. Fairlie und Limmeridge House gesagt hatte.

Vom Anfang bis zum Ende des Berichts haftete Marian Halcombes klarer Blick fest an dem meinen. Ihr Gesicht drückte Interesse und Erstaunen aus, mehr allerdings nicht. Von einer Lösung dieses Rätsels war sie offenbar ebenso weit entfernt wie ich.

»Und Sie sind ganz sicher, daß diese Worte sich auf meine Mutter bezogen?« fragte sie.

»Völlig sicher«, erwiderte ich. »Wer die Frau auch sein mag – eines ist gewiß: Sie ging einmal im Dorfe Limmeridge zur Schule, wurde von Mrs. Fairlie mit besonderer Güte behandelt und empfindet in dankbarer Erinnerung daran für alle noch lebenden Mitglieder der Familie das größte Interesse. Sie weiß, daß Mrs. Fairlie und ihr Mann tot sind, und von Miss Fairlie redete sie, als hätten die beiden einander als Kinder gut gekannt.«

»Und sie behauptete, nicht von hier zu kommen, wie Sie sagen?«

»Mir erzählte sie, sie stamme aus Hampshire.«

»Und ihren Namen zu erfahren war Ihnen ganz und gar nicht möglich?«

»Leider nicht!«

»Höchst sonderbar. Immerhin, Mr. Hartright, haben Sie sicher richtig gehandelt, dem armen Geschöpf zur Freiheit zu verhelfen, denn so wie sie sich Ihnen gegenüber benahm, deutete nichts darauf hin, daß sie ihrer nicht würdig wäre. Aber ich wünschte, Sie hätten sie etwas energischer nach ihrem Namen ausgefragt. Dieses Geheimnis müssen wir wohl noch auf irgendeine Weise lüften. Es ist übrigens besser, wenn sie weder Mr. Fairlie noch meiner Schwester gegenüber etwas erwähnen. Sicher wissen beide ebensowenig wie ich, wer diese Frau ist und was sie seinerzeit mit uns verband. Außerdem sind beide, jeder auf seine Art, ziemlich empfindlich und nervös. Damit würde man nur Mr. Fairlie irritieren und meine Schwester beunruhigen, ohne etwas zu erreichen. Was mich dagegen betrifft, so brenne ich vor Neugierde und werde von jetzt ab meine ganze Kraft dafür einsetzen, diese Sache aufzuklären. Als meine Mutter nach ihrer zweiten Verehelichung nach Limmeridge kam, ließ sie die hiesige Dorfschule errichten, wie sie noch jetzt besteht. Aber die Lehrer von damals sind alle tot oder fortgezogen, von dieser Seite kann man also keine Aufklärung erhoffen. Es gibt allerdings noch eine andere Möglichkeit –«

In diesem Augenblick wurden wir durch das Hinzutreten des Dieners unterbrochen: Mr. Fairlie ließ mir ausrichten, es würde ihn freuen, mich gleich nach dem Frühstück bei sich zu sehen.

»Warten Sie draußen in der Halle, Mr. Hartright kommt gleich!« gab Miss Halcombe schnell für mich zur Antwort und fuhr zu mir gewandt fort: »Was ich gerade sagen wollte: Meine Schwester und ich haben alle Briefe aufbewahrt, die meine Mutter zuerst an meinen Vater und später an ihren Vater geschrieben hat. Mangels anderer Möglichkeiten der Information werde ich den heutigen Vormittag damit verbringen, die Korrespondenz meiner Mutter mit Mr. Fairlie durchzusehen. Da er lieber in London lebte, kam er nämlich nur selten ins Landhaus, und in seiner Abwesenheit berichtete meine Mutter ihm brieflich alles, was sich in Limmeridge so zutrug. In ihren Briefen erzählte sie ihm immer wieder von der Schule, an der sie ein so starkes Interesse nahm. Es ist also sehr wahrscheinlich, daß ich schon mehr weiß, wenn wir uns beim Lunch wiedersehen. Übrigens, Mr. Hartright, wir essen um zwei. Ich werde bei dieser Gelegenheit das Vergnügen haben, Sie meiner Schwester vorzustellen. Den Nachmittag wollen wir dazu verwenden, ein bißchen auszufahren und Ihnen unsere liebsten Aussichtspunkte zu zeigen. Also auf Wiedersehen – um zwei Uhr!«

Sie nickte mir zu, anmutig und voll ungezwungenem Vertrauen, wie bei allem, was sie tat und sagte, und verschwand durch eine Tür am anderen Ende des Raums. Kaum war sie fort, begab ich mich in die Halle hinaus und folgte dem Diener, um mich Mr. Fairlie vorzustellen.

VI

Mein Führer geleitete mich treppauf, in jenen Korridor, an dem das Zimmer lag, in dem ich vergangene Nacht geschlafen hatte. Dort öffnete er die Türe des Nebenzimmers und bat mich, einen Blick hineinzuwerfen.

»Mein Herr hat mir aufgetragen, Ihnen Ihr Wohnzimmer zu zeigen, Sir«, sagte er, »und Sie zu fragen, ob Ihnen Lage und Beleuchtung angenehm sind?«

Nur einem ewigen Nörgler hätte ein solches Zimmer und

alles, was dazugehörte, nicht gefallen. Das Erkerfenster bot dieselbe Aussicht, die ich am Morgen vom Schlafzimmer aus bewundert hatte. Die Möbel waren, was Luxus und Eleganz betraf, vollkommen. Den Tisch in der Mitte zierten bunt eingebundene Bücher, eine elegante Schreibgarnitur und prächtige Blumen. Unmittelbar neben dem Fenster befand sich ein zweiter Tisch mit allem, was man zum Aufziehen von Aquarellen brauchte; daran war eine kleine Staffelei befestigt, die man nach Belieben auseinanderziehen oder zusammenlegen konnte. Die Wände waren mit Chintz in fröhlichen Farben bespannt, und auf dem Fußboden lagen indische Bastmatten, rot und maisgelb. Es war das hübscheste und luxuriöseste Wohnzimmer, das ich je gesehen hatte, und ich bewunderte es entzückt.

Der würdevolle Diener war viel zu gut geschult, um sich die geringste Genugtuung anmerken zu lassen. Respektvoll, aber kühl verbeugte er sich, als mir keine weiteren Lobesworte mehr einfielen, und öffnete mir schweigend die Tür zum Korridor.

Nachdem wir um eine Ecke gebogen waren, betraten wir einen zweiten langen Korridor, stiegen an dessen Ende eine kurze Treppe hinauf, durchschritten eine kleine runde Halle und hielten schließlich vor einer Türe, die mit dunklem Fries bezogen war. Der Diener öffnete sie, führte mich ein paar Schritte weiter bis zu einer zweiten Türe, öffnete auch diese, und nun standen wir vor einer zweiteiligen Portière aus blasser, meergrüner Seide. Geräuschlos hob er die Stoffbahn hoch, sagte leise »Mr. Hartright« und ließ mich allein.

Ich befand mich in einem großen, hohen Raum mit herrlich geschnitzter Decke und mit einem Teppich auf dem Boden, so dick und so weich, daß er sich unter meinen Füßen wie hoch aufgeschichteter Samt anfühlte. Auf der einen Seite des Zimmers stand ein langer Bücherschrank aus edlem Holz, mit Einlegearbeit verziert, wie ich es noch nie gesehen hatte. Der Schrank war nur sechs Fuß hoch, und auf ihm stand in regelmäßigem Abstand voneinander eine Reihe von Marmorstatuetten. Auf der anderen Seite des Zimmers befanden sich zwei antike Vitrinen, und dazwischen, etwas höher, hing unter Glas das Bild einer Madonna mit dem Kinde. Auf dem vergoldeten

Täfelchen unten am Rahmen konnte man den Namen Raffaels erkennen. Rechts und links von mir gab es Chiffonieren und kleine Pfeilertischchen mit Einlegearbeit aus Perlmutter und vielfarbigem Holz, darauf standen Figuren aus Meißner Porzellan, seltene Vasen, Elfenbeinschnitzereien sowie sonstige Nippes und Kuriosa, die von Gold und Silber und kostbaren Edelsteinen funkelten. Am anderen Ende des Raumes waren die Fenster verhangen, durch die großen Rouleaus in der gleichen meergrünen Farbe wie die Portièren drang das Sonnenlicht nur gedämpft herein. Das so entstandene Licht schien wunderbar weich, gedämpft und geheimnisvoll, es fiel gleichmäßig auf alle Gegenstände und verstärkte die tiefe Stille und die Atmosphäre vollkommener Abgeschlossenheit dieses Ortes; und es umfloß mit seinem friedlichen Schein die einsame Gestalt des Hausherrn, der gleichsam erschöpft in einen großen Fauteuil zurückgefallen schien, an dem auf einer Seite ein Lesepult, auf der anderen ein Tischchen befestigt waren.

Sofern die äußere Erscheinung eines Herrn in mittleren Jahren außerhalb seines Ankleideraums sichere Rückschlüsse auf sein Alter zuläßt – was mir äußerst schwierig scheint –, hätte ich Mr. Fairlie in diesem Moment auf über fünfzig und unter sechzig geschätzt. Sein bartloses Gesicht war mager, welk und von durchsichtiger Blässe, doch faltenlos; die Nase groß und gebogen; die matten graublauen Augen standen ein wenig hervor, die Lidränder waren leicht gerötet; das Haar war schütter und von jener sandfarbenen Blondheit, welche das Ergrauen oft erst spät verrät. Er trug einen dunklen Gehrock aus einem Stoff, der viel dünner war als Tuch, und Weste und Beinkleider von untadeligem Weiß. Die Füße, zierlich wie die einer Frau, steckten in braungelben Seidenstrümpfen und weibischen Pantöffelchen aus bronzefarbenem Leder. An den zarten weißen Händen trug er zwei Ringe, deren Wert selbst einem Laien wie mir unschätzbar schien. Im ganzen wirkte er zart und zerbrechlich, überzüchtet und vielleicht leicht reizbar – die kränkelnde Zartheit seiner Erscheinung wirkte bei einem Manne geradezu widerwärtig, hätte aber auch bei einer Frau niemals natürlich oder passend wirken können. Meine Erfahrungen mit Miss Halcombe an diesem Morgen hatten in mir die Bereitschaft geweckt, an allen Bewohnern dieses Hauses Gefallen zu finden.

Doch beim ersten Anblick von Mr. Fairlie verging mir diese Neigung jäh und gründlich.

Näher an ihn herantretend, entdeckte ich, daß er doch nicht so untätig war, wie ich vermutet hatte. Inmitten anderer schöner und seltener Gegenstände stand auf einem großen runden Tisch neben ihm ein winziges Kästchen aus Ebenholz und Silber, dessen mit purpurnem Samt ausgeschlagene Schubfächer Münzen jeder Form und Größe enthielten. Eines dieser Fächer lag auf dem an der Armlehne befestigten Tischchen, und daneben befanden sich winzige Juwelierbürstchen, ein Stückchen Rehleder und ein Fläschchen mit einer Flüssigkeit – alles, um damit etwaige Unreinheiten von den Münzen zu entfernen. Als ich mich dem Hausherrn näherte und in respektvollem Abstand vor seinem Fauteuil stehenblieb, um mich zu verbeugen, sah ich zwischen seinen zarten weißen Fingern einen Gegenstand, der meinem ungeübten Auge wie eine verschmutzte Zinnmedaille mit eingerissenem Rand erschien.

»Sehr erfreut, Sie hier in Limmeridge zu haben, Mr. Hartright!« sagte er mit krächzender, wehleidig klingender Stimme, deren schriller Mißklang sich höchst unangenehm von seiner schläfrigen Redeweise abhob. »Bitte setzen Sie sich – und rücken Sie bitte nicht mit dem Stuhl! Wegen des angegriffenen Zustands meiner Nerven ist mir jegliche Erschütterung außerordentlich schmerzhaft. Haben Sie schon Ihr Atelier gesehen? Sagt es Ihnen zu?«

»Mr. Fairlie, ich komme eben von dort und kann Ihnen versichern –«

Er unterbrach mich mitten im Satz, indem er die Augen schloß und eine seiner weißen Hände beschwörend in die Höhe hielt. Erstaunt schwieg ich, und die krächzende Stimme beehrte mich mit folgender Erklärung:

»Oh – bitte! Wäre es Ihnen möglich, etwas leiser zu sprechen? Bei meinen zerrütteten Nerven ist mir jeder laute Ton eine unbeschreibliche Qual. Sie werden einem Kranken doch sicher verzeihen? Ich sage Ihnen nur, was mich meine beklagenswerte Gesundheit einem jeden zu sagen nötigt. Nun also – und das Zimmer gefällt Ihnen?«

»Ich könnte mir nichts Hübscheres und Bequemeres wünschen«, sagte ich, die Stimme senkend. Ich hatte Mr. Fairlie bereits durchschaut: zerrüttete Nerven und selbstsüchtige Affektiertheit waren bei ihm ein und dasselbe.

»Sehr erfreut! Mr. Hartright, Sie werden feststellen, daß Sie sich über Ihre Stellung hier nicht zu beklagen haben. In meinem Hause gibt es nicht die Spur von jener barbarischen englischen Geisteshaltung gegenüber der gesellschaftlichen Stellung eines Künstlers. Ich bin als junger Mensch sehr viel im Ausland gewesen und habe daher meine diesbezügliche insulare Haut gänzlich abgestreift. Ich wünschte, ich könnte das gleiche von der Gentry behaupten – ein abscheuliches Wort, aber ich muß es gebrauchen; ich meine den niederen Adel, unsere Nachbarschaft. Auf dem Gebiet der Kunst sind das reine Barbaren, Mr. Hartright! Auf mein Wort, das sind Menschen, die vor Staunen die Augen aufgerissen hätten, wären sie dabei gewesen, als Karl V. einem Tizian den Pinsel aufhob. Mr. Hartright, hätten Sie die Güte, das Schubfach mit Münzen in das Kästchen zurückzuschieben und mir das nächste zu reichen! Infolge meiner zerrütteten Nerven ist mir jede Anstrengung höchst zuwider . . . Nun also – ich danke Ihnen.«

Als praktischen Kommentar zu seiner liberalen Gesellschaftstheorie, mit deren Darlegung er mich soeben beehrt hatte, amüsierte mich dieses Ansinnen. So höflich, wie ich konnte, nahm ich die eine Lade, schob sie an ihren Platz, und reichte ihm die andere. Sofort fing er an, sich mit den neuen Münzen und den kleinen Bürsten zu befassen, und während er mit mir sprach, betrachtete er immer wieder bewundernd, ja schmachtend die eine oder andere Münze.

»Tausend Dank! Ich bitte Sie vielmals um Entschuldigung! Interessieren Sie sich für Münzen? Ja? Sehr erfreut, daß wir noch andere gemeinsame Interessen haben außer unserer Liebe zur Kunst. Und was nun unser pekuniäres Arrangement betrifft – bitte sagen Sie mir ganz offen: Sind Sie damit zufrieden?«

»Aber gewiß, Mr. Fairlie.«

»Sehr erfreut. Ja, und was ich noch sagen wollte – oh, jetzt fällt es mir ein: Was die Remuneration betrifft, die Sie freundlicherweise annehmen wollen, um mich dafür mit Ihrem künstlerischen Talent zu unterstützen – darüber wird sich am Ende der ersten Woche mein Hausverwalter mit Ihnen ins Einvernehmen setzen und Ihre Wünsche entgegennehmen. Und – ah – was noch? Sonderbar, nicht wahr? Ich hatte Ihnen doch noch viel mehr zu sagen, doch das will mir nicht mehr einfallen. Hätten Sie die Güte zu klingeln? Ja, dort in der Ecke ist die Glocke. Ja. Ich danke Ihnen!«

Ich läutete. Geräuschlos trat ein neuer Diener ein – ein Ausländer mit verbindlichem Lächeln und sorgfältig gebürstetem Haar – jeder Zoll ein Kammerdiener.

»Louis, ich habe heute morgen einige Eintragungen in meinen Notizblock gemacht«, sagte Mr. Fairlie, sich mit einem Bürstchen verträumt die Fingerspitzen abstaubend. »Bring ihn her. Ich bitte Sie tausendmal um Verzeihung, Mr. Hartright! Ich muß befürchten, Sie zu langweilen.«

Ehe ich noch antworten konnte, schloß er erschöpft die Augen, und da er mich nun allerdings ganz gewiß langweilte, sagte ich nichts, sondern blickte nur zu Raffaels Madonna mit dem Kinde empor. Der Kammerdiener verließ das Zimmer und kehrte kurz darauf mit einem kleinen, in Elfenbein gebundenen Notizblock zurück. Mr. Fairlie stieß zunächst einen gezierten Seufzer der Erleichterung aus, klappte dann mit der einen Hand den Notizblock auf und hielt mit der andern das Bürstchen hoch, als Zeichen für den Diener, auf weitere Befehle zu warten.

»Ja. Das ist es!« verkündete Mr. Fairlie nach dem Blick in seine Notizen. »Louis, hol diese Mappe herunter!« Er deutete auf ein Mahagoniregal neben dem Fenster. »Nein, nicht die mit dem grünen Rücken – die enthält meine Rembrandt-Radierungen. Interessieren Sie sich für Radierungen, Mr. Hartright? ... Ja? ... Sehr erfreut, daß wir noch ein weiteres gemeinsames Interesse haben ... Louis! Die Mappe mit dem roten Rücken! Laß sie nicht fallen! Sie können sich nicht vorstellen, Mr. Hartright, welche Qual es für mich bedeutete, wenn Louis die Mappe fallen ließe. Liegt sie hier sicher, auf dem Stuhl? Glauben Sie, Mr. Hartright, daß sie dort sicher ist? Ja? Sehr erfreulich. Wollen Sie mir den Gefallen tun und sich die Zeichnungen ansehen – wenn Sie wirklich glauben, daß sie dort ganz sicher liegen. Geh hinaus, Louis! Was bist du doch für ein Esel! Siehst du nicht, daß ich noch immer den Notizblock halte? Meinst du denn, ich hielte ihn gern? Warum nimmst du ihn mir dann nicht ab, ohne daß man es dir sagen muß? Bitte tausendmal um Verzeihung, Mr. Hartright. Diener sind solche Esel, finden Sie nicht auch? Aber jetzt sagen Sie mir doch – was halten Sie von diesen Zeichnungen? Sie stammen von einer Auktion und sind in einem fürchterlichen Zustand – mir schienen sie abscheulich nach Händler- oder Maklerfingern zu stinken, als ich sie das letzte Mal betrachtete. Würden Sie sich die Mühe machen?«

Meine Nerven waren zwar nicht so feinfühlig, den Geruch plebejischer Finger wahrzunehmen, der Mr. Fairlies Nasenlöcher beleidigte, aber mein künstlerisches Urteilsvermögen reichte hin, beim raschen Durchblättern der Mappe den Wert der Zeichnungen zu erkennen. Es handelte sich größtenteils um wirklich schöne Exemplare englischer Aquarellierkunst, die von ihrem früheren Eigentümer eine bessere Behandlung verdient hätten, als dies offenbar der Fall gewesen war.

»Man müßte diese Zeichnungen sorgsam glätten und aufziehen«, erklärte ich. »Meiner Meinung nach stünde es unbedingt dafür –«

»Bitte um Verzeihung«, fiel mir Mr. Fairlie ins Wort, »haben Sie etwas dagegen, wenn ich die Augen schließe, während Sie sprechen? Selbst dieses Licht ist schon zuviel für sie ... Nun?«

»Ich wollte sagen, daß sich Zeit und Mühe lohnen würden –«

Unvermittelt öffnete Mr. Fairlie wieder die Augen und blickte in hilfloser Bestürzung hin zum Fenster.

»Mr. Hartright, ich beschwöre Sie – entschuldigen Sie mich«, sagte er und fing ganz leicht zu zittern an, »aber hören Sie nicht auch irgendwelche gräßlichen Kinder unten im Garten? In meinem eigenen Garten!«

»Nein, Mr. Fairlie, ich höre nichts.«

»Hätten Sie die Güte – Sie haben schon soviel Nachsicht mit meinen armen Nerven gehabt – seien Sie doch so gut und heben Sie das Rouleau an einer Ecke hoch. Aber lassen Sie keinesfalls Sonnenlicht herein, Mr. Hartright! Haben Sie das Rouleau hochgehoben, ja? Wollen Sie die Güte haben und in den Garten hinunterschauen, um sich zu vergewissern?«

Ich kam seinem Wunsche nach. Eine Mauer umschloß den Garten von allen Seiten. Kein menschliches Wesen, weder groß noch klein, ließ sich hier in seinem Heiligtum blicken. Ich meldete Mr. Fairlie diese erfreuliche Tatsache.

»Tausend Dank! Wahrscheinlich habe ich es mir nur eingebildet. Im Hause gibt es, Gott sei Dank, keine Kinder; aber die Dienstboten – Leute, die ohne Nerven geboren werden – lassen immer wieder die Dorfkinder herein. Solche Rangen – o mein Gott, solche Rangen! Ich muß Ihnen gestehen, Mr. Hartright – mir scheint es dringend notwendig, die Konstruktion der Kinder zu verbessern. Von Natur aus sind sie ja, so will mir scheinen, nichs als Maschinen zur pausenlosen Erzeugung von Lärm. Ist da nicht unter allen Umständen die Auffassung unseres hinreißenden Raffaelo vorzuziehen?«

Damit deutete er auf das Bild der Madonna, in dessen oberem Teil man die für die italienische Kunst typischen Engel sah; der Himmel hatte mit runden, braungelben Wölkchen dafür gesorgt, daß sie ihr Kinn aufstützen konnten. »Eine wirklich vorbildliche Familie!« sagte Mr. Fairlie mit einem schiefen Blick auf die Engelchen. »So hübsche runde Gesichter, so hübsche zarte Flügel – und sonst gar nichts. Keine schmutzigen Beinchen, auf denen sie herumlaufen, keine kräftigen kleinen Lungen, mit denen sie schreien können. Wie unvergleichlich überlegen, im Vergleich zur irdischen Konstruktion! . . . Wenn Sie erlauben, Mr. Hartright, schließe ich jetzt wieder die Augen. Und Sie glauben also, mit den Zeichnungen zurechtzukommen? . . . Sehr erfreulich! Ist sonst noch etwas zu besprechen? Wenn ja, dann habe ich es wahrscheinlich vergessen. Wollen wir noch einmal nach Louis klingeln?«

Wie ihm war auch mir sehr daran gelegen, dem Gespräch rasch ein Ende zu bereiten, daher versuchte ich, ihn davon abzubringen, noch einmal den Kammerdiener herzurufen, und wechselte das Thema, indem ich auf meine eigene Aufgabe zu sprechen kam. »Der einzige Punkt, der noch zu klären bleibt, betrifft den Zeichenunterricht, den ich den beiden jungen Damen erteilen soll«, sagte ich.

»Ach ja, ganz recht«, meinte Mr. Fairlie. »Ich wollte, ich fühlte mich kräftig genug, auf diesen Teil unserer Vereinbarung einzugehen – doch dem ist nicht so. Die Damen, die von ihren freundlichen Diensten Nutzen und Gewinn ziehen sollen, müssen sich eben selbst entscheiden und alles weitere bestimmen. Meine Nichte liebt diese wunderschöne Kunst, doch sie versteht gerade nur soviel davon, um sich ihrer eigenen bedauerlichen Mängel bewußt zu werden. Bitte geben Sie sich Mühe mit ihr! Nun also. Ist da sonst noch etwas? Ich glaube nicht ... Wir beide verstehen uns doch, nicht wahr? Ich darf Sie jetzt von Ihrer schönen Beschäftigung nicht länger fernhalten, wie? Sehr angenehm, alles mit Ihnen geregelt zu haben – man fühlt sich so erleichtert, wenn das Geschäftliche vorbei ist. Würden Sie bitte nach Louis läuten, damit er die Mappe auf Ihr Zimmer trägt?«

»Ich werde sie selbst tragen, Mr. Fairlie, wenn Sie es erlauben.«

»Wirklich? Können Sie das? Wie schön, so kräftig zu sein! Werden Sie die Mappe bestimmt nicht fallen lassen? Sehr erfreut, Sie in Limmeridge zu haben, Mr. Hartright! Ich bin so leidend, daß ich kaum hoffen darf, Ihre Gesellschaft oft zu genießen ... Würden Sie so gut sein und darauf achten, die Mappe nicht fallen zu lassen und die Türen nicht zuzuschlagen. Ich danke Ihnen. Vorsicht mit den Portièren, bitte! Das leiseste Geräusch fährt mir durch Mark und Bein. Jawohl! Guten Morgen!«

Die meergrünen Portièren und die beiden mit Fries bezogenen Türen hatten sich hinter mir geschlossen. Einen Augenblick blieb ich in der kleinen runden Vorhalle stehen und holte vor Erleichterung tief Atem. Nun, da ich mich außerhalb von Mr. Fairlies Zimmer befand, war mir, als wäre ich nach langem Untertauchen endlich wieder an die Wasseroberfläche gestiegen.

Sobald ich wieder in meinem hübschen kleinen Atelier war und es mir dort bequem gemacht hatte, beschloß ich, nie wieder einen Fuß in Mr. Fairlies Gemächer zu setzen – außer in dem höchst unwahrscheinlichen Fall, daß er mich nochmals mit einer Einladung beehrte. Kaum hatte ich diesen in bezug auf mein Benehmen gegen Mr. Fairlie höchst befriedigenden Entschluß gefaßt, kehrte meine gute Laune zurück, die mir mein Brotgeber durch seine hochnäsige Vertraulichkeit und impertinente Höflichkeit genommen hatte. Die noch verbleibenden Stunden des Vormittags verbrachte ich auf angenehme Weise: Zuerst sah ich die Zeichnungen durch, ordnete sie nach ihrer Zusammengehörigkeit, schnitt die eingerissenen Ränder zurecht und bereitete alles Nötige für die Arbeit des Aufziehens vor. Vielleicht hätte ich noch mehr tun können, doch je näher die Essenszeit heranrückte, desto unruhiger und nervöser wurde ich und desto weniger gelang es mir, meine Aufmerksamkeit der Arbeit zuzuwenden, obwohl es sich nur um bescheidene Handarbeit handelte.

Um zwei Uhr stieg ich erwartungsvoll die Treppe zum Frühstücksraum hinab. In wenigen Minuten sollte ich Miss Fairlie vorgestellt werden; und falls Miss Halcombe beim Lesen der Briefe ihrer Mutter den von ihr erwarteten Erfolg gehabt hatte, wäre somit die Zeit gekommen, das Geheimnis der Frau in Weiß zu lüften.

VII

Als ich den Raum betrat, fand ich Miss Halcombe und eine ältliche Dame bereits am Eßtisch sitzen.

Die ältliche Dame erwies sich, als ich ihr vorgestellt wurde, als Miss Fairlies frühere Gouvernante, eine Mrs. Vesey, von der meine muntere Gefährtin beim Frühstück behauptet hatte, sie besitze alle Kardinaltugenden, zähle aber nicht. Ich kann nur bezeugen, daß Miss Halcombes kurze Charakteristik stimmte. Mrs. Vesey war die personifizierte Gemütsruhe und weibliche Liebenswürdigkeit. Aus dem verschlafenen Lächeln auf ihrem vollen, friedlichen Gesicht glänzte die stille Freude an einem ruhigen Dasein. Manche Menschen hetzen durchs Leben, manche von uns bummeln durchs Leben. Mrs. Vesey saß sich durchs Leben: sie saß im Hause, früh und spät, sie saß im Garten, sie saß unvermutet in Fensternischen auf den Korridoren, sie saß (auf einem Klappstuhl), wenn Freunde versuchten, mit ihr spazierenzugehen, sie setzte sich, noch ehe sie etwas ansah, sprach oder die einfachste Frage mit Ja oder Nein beantwortete – und immer und in jeder nur erdenklichen Situation saß sie mit dem gleichen friedlichen Lächeln auf den Lippen, das Gesicht höflich, doch ausdruckslos dem Sprechenden zugewandt, Hände und Arme behaglich aufgestützt: Eine sanfte, willfährige, unsäglich ruhige und harmlose alte Dame, die einem den Gedanken nahelegte, sie sei seit der Stunde ihrer Geburt nie wirklich lebendig gewesen. Die Natur hat auf dieser

Welt so viel zu tun und muß gleichzeitig so viel Verschiedenartiges schaffen, daß sie sicher zuweilen allzu verwirrt und zerstreut ist, um zwischen den verschiedenen Prozessen, die sie da gleichzeitig ablaufen läßt, unterscheiden zu können. So gesehen, werde ich immer davon überzeugt bleiben, daß die Natur bei Mrs. Veseys Geburt gerade mit Kohlköpfen beschäftigt war, so daß die gute Dame unter den Folgen litt, die diese vegetabilische Inanspruchnahme unser aller Mutter Natur mit sich gebracht hatte.

»Nun, Mrs. Vesey, was möchten Sie gerne?« fragte Miss Halcombe. Neben der gelassenen alten Dame an ihrer Seite wirkte sie noch munterer und lebhafter als sonst. »Darf es ein Kotelett sein?«

Mrs. Vesey nahm die Hände mit den Grübchen drin von der Tischkante, lächelte mild und sagte: »Ja, meine Liebe.«

»Was ist denn das dort gegenüber von Mr. Hartright? Gekochtes Huhn, oder nicht? Dies mögen Sie doch lieber als Kotelett, nicht wahr, Mrs. Vesey?«

Mrs. Vesey nahm die rundlichen Hände von der Tischkante und faltete sie über ihrem Schoß, nickte milde dem gekochten Huhn zu und sagte: »Ja, meine Liebe.«

»Also was möchten Sie denn nun wirklich? Soll Mr. Hartright Ihnen Huhn geben? Oder möchten Sie von mir ein Kotelett?«

Mrs. Vesey legte ein Patschhändchen zurück auf die Tischkante, zögerte verträumt und sagte dann: »Wie es Ihnen beliebt, meine Liebe.«

»Barmherziger Himmel! Sie, meine Gute, sollen ja wählen, nicht ich! Wie wär's, wenn Sie von beidem ein bißchen nähmen? Vielleicht vom Huhn zuerst, denn Mr. Hartright schaut drein, als könnte er es nicht erwarten, das Huhn für Sie zu tranchieren.«

Mrs. Vesey legte nun auch das zweite Patschhändchen zurück auf die Tischkante, ein kurzes Lächeln huschte über ihr Gesicht, dann neigte sie folgsam den Kopf und sagte: »Wenn es Ihnen genehm ist, Sir.«

Ist das nicht wirklich eine sanfte, gefällige, stille und unsäglich harmlose alte Dame? Vielleicht haben wir aber, vorläufig jedenfalls, genug von Mrs. Vesey.

Von Miss Fairlie dagegen bisher nicht die Spur... Schon waren wir mit dem Lunch fertig, aber noch immer war sie nicht erschienen. Miss Halcombe, deren scharfen Augen nichts entging, bemerkte, daß ich von Zeit zu Zeit einen Blick auf die Türe warf.

»Ich verstehe Sie, Mr. Hartright«, sagte sie, »Sie möchten wissen, was aus Ihrer anderen Schülerin geworden ist. Meine Schwester hat zwar ihre Migräne überwunden und ihr Zimmer bereits verlassen, ist aber noch nicht bei Appetit. Wenn Sie sich meiner Führung anvertrauen wollen – ich glaube, wir können sie irgendwo im Garten finden.«

Damit nahm sie einen Sonnenschirm vom Stuhl daneben und führte mich durch eine große Glastüre hinaus auf einen Rasenplatz. Überflüssig zu sagen, daß Mrs. Vesey am Tisch sitzenblieb, die gefalteten Hände auf der Tischkante, und, wie es schien, fest entschlossen, den ganzen Nachmittag in dieser Stellung zu verharren.

Als wir über den Rasen gingen, sah mich Miss Halcombe bedeutungsvoll an und schüttelte den Kopf. »Ihr geheimnisvolles Abenteuer«, bemerkte sie, »liegt nach wie vor in dem ihm angemessenen mitternächtlichen Dunkel. Heute vormittag habe ich die Korrespondenz meiner Mutter durchgesehen, ohne bisher etwas zu entdecken. Aber verlieren Sie nicht die Hoffnung, Mr. Hartright! Die Neugier ist geweckt, und Sie haben eine Frau als Verbündete. Damit ist Ihnen früher oder später der Erfolg gewiß. Ich habe noch nicht alle Briefe gelesen, es fehlen noch drei Pakete, aber Sie können sich darauf verlassen, daß ich mich den ganzen Abend dahinter setzen werde.«

Eine meiner vormittäglichen Erwartungen hatte sich also nicht erfüllt; und so fragte ich mich, ob die Begegnung mit Miss Fairlie, von der ich mir seit dem frühen Morgen ein bestimmtes Bild gemacht hatte, nicht ebenfalls eine Enttäuschung bringen würde.

»Und wie sind Sie mit Mr. Fairlie zurechtgekommen?« erkundigte sich Miss Halcombe, als wir den Rasen verließen und einen Strauchweg betraten. »War er heute morgen besonders nervös? Sie brauchen Ihre Worte nicht so sorgfältig zu bedenken, Mr. Hartright! Mir genügt es schon, daß Sie nicht gleich antworten. Ich sehe es Ihrem Gesicht an, daß er in der Tat besonders nervös war. Und da ich Sie nicht in den gleichen Zustand versetzen möchte, frage ich am besten wohl nicht weiter.«

Bei diesen ihren Worten waren wir in einen gewundenen Weg eingebogen, der zu einem hübschen Gartenhaus führte. Es war aus Holz und sah aus wie ein Schweizer Châlet, nur viel kleiner. Wir stiegen die paar Stufen zum Eingang hinauf und fanden dort, im einzigen Raume dieses Gartenhauses, eine junge Dame vor. Sie stand neben einem Bauerntisch und betrachtete durch eine Lücke zwischen den Bäumen die schöne Aussicht über Moor und Heide. Zerstreut blätterte sie dabei in einem kleinen Skizzenbuch. Das also war Miss Fairlie.

Wie kann ich sie beschreiben? Wie trenne ich sie von meinen eigenen Gefühlen und von all dem, was später noch geschah? Wie kann ich sie heute noch so sehen wie an diesem Tag, als ich sie zum ersten Mal erblickte – wie sie in den Augen derer erscheinen soll, die sie jetzt durch diese Blätter kennenlernen?

Das Aquarell, das ich später von Laura Fairlie malte, so wie ich sie damals zum ersten Mal sah, liegt vor mir, da ich diese Worte schreibe. Während ich es betrachte, tritt vor dem dunklen, grün-braunen Hintergrund des Gartenhauses eine lichte, jugendliche Gestalt hervor, in ein einfaches Musselinkleid mit zarten, hellblauen und weißen Streifen gekleidet. Ein Schal aus dem gleichen Stoff schmiegt sich um ihre Schultern, ein Hütchen aus naturfarbenem Stroh, mit einem Band verziert, das zum Kleid paßt, wirft seinen perlfarbenen Schatten über ihr Gesicht. Das Haar ist von einem so zarten, hellen Braun – nicht flachsfarben, aber doch fast so hell – nicht goldfarben, aber doch mit einem goldenen Schimmer –, daß es hier und dort mit dem Schatten des Strohhutes fast verschmilzt. Es ist gescheitelt und glatt zurückgekämmt, nur der Haaransatz ist über der Stirne leicht gewellt. Die Brauen sind etwas dunkler als das Haar, und die Augen sind von jenem hellen zarten Türkisblau, das die Dichter so oft besingen und das es doch so selten gibt: schöne Augen in Form und Farbe, groß und sanft und ausdrucksvoll, schöner noch durch ihre Offenheit und Klarheit, aus denen durch allen Wechsel des Ausdrucks hindurch das Licht einer reineren und besseren Welt uns leuchtet. Der Zauber – so zart und doch so deutlich ausgeprägt –, den diese Augen über das ganze Gesicht ausstrahlen, verändert und verbirgt die kleinen Mängel an anderer Stelle, so daß es schwierig ist zu beurteilen, wo vielleicht noch Fehler und/oder Vorzüge liegen könnten. Kaum bemerkt man, daß die untere Gesichtshälfte um das Kinn fast zu klein ist, um zur oberen zu passen; oder daß die Nase gar nicht scharf und gerade ist (eine Adlernase wirkt ja bei Frauen immer hart und grausam, wie schön sie auch geformt sein mag), sondern zum anderen Extrem hinneigt und so die ideale Linie etwas vermissen läßt; daß die süßen, zart geschwungenen Lippen, wenn sie lächelt, ein bißchen nervös zucken, was zur Folge hat, daß sie sie in den Mundwinkeln ein wenig in die Höhe zieht. Im Gesicht einer anderen Frau fielen derlei Mängel stark ins Auge, bei ihr aber beachtet man sie kaum, so sehr sind sie Bestandteil ihres Ausdrucks, den das Zusammenspiel aller Einzelheiten, vor allem aber die lebhafte Sprache ihrer Augen überstrahlt.

Zeigt mir mein unzulängliches Aquarell, die liebevolle und geduldige Arbeit langer, glücklicher Tage, denn dies alles? Ach, wie wenig davon ist in dieses blasse Bild geflossen, wie viel dagegen in meine Gedanken, wenn ich es betrachte! Ein zartes, liebliches Mädchen in einem hellen Kleide, das in einem Skizzenbuch blättert und mit offenen, unschuldigen blauen Augen aufblickt – das ist alles, was das Bild sagen kann, vielleicht auch alles, was selbst bei tieferem Bemühen der Feder und dem Gedanken greifbar ist. Jene Frau, die unseren unklaren Vorstellungen von Schönheit zum ersten Mal Licht, Leben und Gestalt verleiht, füllt damit eine Leere in uns aus, deren wir uns bis dahin nicht bewußt sind. Gefühle, zu tief, um sie in Worte zu kleiden, zu tief fast für Gedanken, werden in solchem Augenblick von anderen Reizen berührt als jenen, die die Sinne wahrnehmen und unsere Ausdrucksmittel deuten können. Das Geheimnis, das die weibliche Schönheit birgt, wird erst dann unserer Ausdruckskraft erreichbar, wenn es die Saite unseres tiefsten Seelengeheimnisses zum Schwingen bringt. Dann, nur dann gelangt es über jenen engeren Bereich hinaus, der in dieser Welt erhellbar ist durch Zeichenstift und Feder.

Möge der geneigte Leser sie sich genau so vorstellen wie das erste weibliche Wesen, das je seine Pulse schneller schlagen ließ. Er tauche seinen Blick in diese gütigen, klaren blauen Augen – so wie sie den meinen begegneten, mit jenem einen unvergleichlichen Blick, an den wir uns beide so gut erinnern. Er lasse ihre Stimme mit jenem süßen Klang ertönen, der ihm einst der liebste war, wohltönend für sein Ohr, so wie für das meine. Er lasse ihren Schritt, wenn sie in diesen Seiten kommt und geht, so wie jenen anderen Schritt klingen, zu dessen leichtfüßigem Gang sein Herz einst den Takt schlug. Er nehme sie hin als das Traumgeschöpf seiner eignen Phantasie, denn so wird sie ihm immer mehr ans Herz wachsen – als jene Frau, die ganz in meinem Herzen lebt.

Unter den Gefühlen, die auf mich bei ihrem ersten Anblick einstürmten, Gefühlen, die wir alle kennen, die fast in jedem Herzen einmal auflebten, die in so vielen Herzen wieder absterben und ihren hellen Strahl so selten noch einmal erneuern – unter diesen Gefühlen war eines, das mich verwirrte und beunruhigte: Eines, das mir in bezug auf Miss Fairlie seltsam widersprüchlich und fehl am Platze schien.

So sehr auch der Liebreiz von Kopf und Gesicht, das sanfte Lächeln, die bezaubernde Natürlichkeit ihres Wesens mich beeindruckten, so sagte mir doch dieses unbestimmte Gefühl, daß irgend etwas fehlte. Zunächst meinte ich, der Mangel läge an ihr selbst, dann wieder schien mir, es läge an mir, daß ich sie nicht so sah, wie ich sie hätte sehen sollen. Das Widersprüchliche daran aber war, daß dieser Eindruck immer dann am stärksten schien, wenn sie mich anblickte, oder mit anderen Worten, wenn ich mir des Reizes und der Harmonie ihres Gesichts am deutlichsten bewußt war und doch gleichzeitig ein Gefühl der Unvollständigkeit empfand, dem ich nicht auf die Spur kommen konnte. Es fehlte etwas, ja, es fehlte etwas – doch was und wo, das konnte ich nicht sagen.

Diese sonderbare Laune meiner Einbildung (wofür ich es damals hielt) hatte zur Folge, daß ich mich bei diesem ersten Zusammentreffen mit Miss Fairlie eher unbehaglich fühlte. Nach den paar freundlichen Worten des Willkommens, die sie für mich fand, war ich nicht geistesgegenwärtig genug, ihr auf die übliche Weise zu danken. Miss Halcombe bemerkte mein Zögern, führte es auf eine momentane Schüchternheit meinerseits zurück und riß daher das Gespräch, unbefangen und selbstverständlich wie immer, an sich.

Auf das Skizzenbuch und auf die kleine zarte Hand deutend, die noch immer damit spielte, sagte sie: »Sehen Sie sich das an, Mr. Hartright! Nun haben Sie endlich eine Musterschülerin – das müssen Sie doch zugeben! Sie hört, daß Sie im Hause sind, und schon ergreift sie ihr geliebtes Skizzenbuch, sieht der Natur geradewegs ins Auge und brennt darauf, mit der Arbeit zu beginnen!«

Miss Fairlie lachte gutgelaunt, wobei ihr hübsches Gesicht aufleuchtete, als wäre es Teil des Sonnenscheins über uns.

»Ich darf mir kein Lob anmaßen, wo mir keins gebührt«, erwiderte sie und blickte mit ihren klaren blauen Augen abwechselnd auf Miss Halcombe und auf mich. »Ich zeichne ja gerne, weiß aber, wie wenig ich davon verstehe, daher fürchte ich mich jetzt eher davor, als daß ich mich darauf freue. Und nun, da ich erfahren habe, daß Sie hier sind, Mr. Hartright, habe ich meine Skizzen rasch durchgesehen – so wie ich als Kind schnell meine Aufgaben durchlas, wenn ich Angst hatte, sie nicht zu beherrschen.«

Das sagte sie mit so viel ungeziertem, rührendem, kindlichem Ernst und zog dabei das Skizzenbuch näher an sich heran. Miss Halcombe, energisch und direkt wie immer, zerschnitt sogleich den kleinen Knoten der Verlegenheit.

»Ob gut, ob schlecht, ob mittelmäßig – die Skizzen müssen durch die Feuerprobe«, sagte sie. »Der Meister wird sie beurteilen, und damit Punktum! Was meinst du, Laura, wenn wir sie im Wagen mitnehmen und sie während der Fahrt, wenn es pausenlos rüttelt, unserem Lehrer nun gleich zeigen? Vielleicht können wir ihn damit in Verwirrung stürzen, daß er sich nicht mehr zurechtfindet zwischen der Natur, so wie sie ist, wenn er aufblickt, und der Natur, wie sie nicht ist, wenn er in unsere Skizzenbücher schaut. Dadurch treiben wir ihn zur Verzweiflung, und so bleibt ihm zuletzt nichts anderes übrig, als uns Komplimente zu machen. So schlüpfen wir ihm durch die Finger, ohne daß auch nur eine einzige Feder unserer Eitelkeit geknickt wird.«

»Hoffentlich macht mir Mr. Hartright keine Komplimente«, sagte Miss Fairlie, als wir das Gartenhaus verließen.

»Darf ich erfahren, warum Sie das hoffen?« wollte ich wissen.

»Weil ich alles glauben werde, was Sie sagen«, erklärte sie schlicht.

Mit diesen paar Worten gab sie mir unbewußt den Schlüssel zu ihrem ganzen Herzen in die Hand: jenem großherzigen Vertrauen in andere, welches dem Gefühl der Wahrhaftigkeit entsprang, das in ihrer eigenen Natur lag. Damals spürte ich es nur, jetzt weiß ich es aus Erfahrung.

Wir warteten, bis sich die gute Mrs. Vesey von ihrem Platz am Eßtisch, an dem sie noch immer saß, erhoben hatte, und bestiegen dann einen offenen Wagen, um die vorgesehene Spazierfahrt zu machen. Die alte Dame und Miss Halcombe nahmen die Rücksitze ein, Miss Fairlie und ich saßen auf den Vordersitzen, das Skizzenbuch geöffnet zwischen uns, endlich meinem sachkundigen Blick ausgesetzt. Jede ernsthafte Kritik an den Skizzen – auch wenn ich sie zu üben bereit gewesen wäre – machte Miss Halcombe mutwillig zunichte: Sie hatte beschlossen, die schönen Künste, so wie ihre Schwester, sie selbst und die Frauen im allgemeinen sie ausübten, nur von der komischen Seite zu sehen. Ich erinnere mich viel besser an unser Gespräch als an die Skizzen, die ich nur mechanisch überflog. Vor allem Miss Fairlies Worte, wenn sie sich daran beteiligte, blieben mir bis heute im Gedächtnis haften – so als hätte ich sie erst vor wenigen Stunden gehört.

Ja, ich muß es hier gestehen: Schon an diesem ersten Tag ließ mich der Reiz ihrer Gegenwart vergessen, wer ich war und weshalb man mich hergeholt hatte. Die nebensächlichste Frage, die sie an mich richtete, etwa, wie sie den Bleistift gebrauchen oder die Farben mischen sollte, sowie der geringste Wechsel des Ausdrucks in ihren lieben Augen, wenn sie mich ansah mit dem ernsten Wunsch, alles zu lernen, was ich sie lehren, und alles zu sehen, was ich ihr zeigen konnte, fesselten meine Aufmerksamkeit mehr als die schönste Gegend, durch die wir fuhren, oder die großartigsten Wechsel von Licht und Schatten über dem hügeligen Heidemoor oder auf dem flachen Strand.

Ist es übrigens nicht seltsam, wie wenig – wann und wie und unter welchen Umständen auch immer – die Gegenstände der natürlichen Welt, in deren Mitte wir doch leben, auf unser Herz und unsre Sinne wirken? Nur in Büchern suchen wir in der Natur Trost im Leid und Anteilnahme in der Freude. Die Bewunderung der Naturschönheiten, von der modernen Dichtung so beredt und ausführlich dargestellt, ist nicht einmal bei den Besten von uns ein angeborener Instinkt. Als Kind besitzt ihn keiner, und auch dem Ungebildeten ist er fremd. Und gerade diejenigen, die ausschließlich inmitten der immer neuen Wunder von Land und Meer leben, sind am wenigsten dafür empfänglich – mit Ausnahme jener Naturerscheinungen, die unmittelbar mit ihrem Berufsinteresse zusammenhängen. Die Fähigkeit, die Schönheiten der Erde, auf der wir leben, zu empfinden, ist in Wahrheit eine Errungenschaft der Zivilisation, von uns erlernt wie eine Kunst: Doch leider üben wir sie nur selten aus, es sei denn, unser Sinn weiß sich gerade mit nichts anderem zu beschäftigen. Wieviel Anteil haben denn schon diese Schönheiten an unseren Gefühlen oder denen unserer Freunde, seien sie nun freudiger oder schmerzlicher Art? Welchen Raum nehmen sie in unseren unzähligen täglichen Gesprächen ein? Alles, was unser Denken zu erfassen, unser Herz zu lernen vermag, können wir mit gleichem Gewinn, gleicher Gewißheit und gleicher Befriedigung für uns sowohl in der dürftigsten wie in der schönsten Landschaft dieser Welt vollbringen. Diese mangelnde Übereinstimmung zwischen Geschöpf und Schöpfung ist sicher nicht ohne Grund – vielleicht liegt er in den unterschiedlichen Zielen für den Erdenbürger und für die Welt, die ihn umgibt. Das großartigste Panorama, das sich dem Auge bietet, geht dem Nichts entgegen, die Regung eines reinen Herzens aber der Unsterblichkeit.

Wir waren fast drei Stunden fort gewesen, als der Wagen wieder die Tore von Limmeridge House passierte.

Auf dem Rückweg hatte ich die Damen selbst bestimmen lassen, welche Ansicht sie am nächsten Nachmittag unter meiner Anleitung zeichnen wollten. Als sie sich zum Dinner umkleideten und ich währenddessen in meinem kleinen Atelier saß, verließ mich schlagartig meine gute Stimmung. Ich fühlte mich unbehaglich und war unzufrieden mit mir, wußte aber nicht, warum. Vielleicht wurde mir erstmals bewußt, daß ich unsere Ausfahrt eher wie ein Gast genossen und zu wenig an meine Stellung im Hause als Zeichenlehrer gedacht hatte. Vielleicht verfolgte mich noch immer jenes seltsame Gefühl, daß irgend etwas fehlte – dieses Gefühl, das mich seit der ersten Begegnung mit Miss Fairlie an diesem Vormittage befiel; ob es an ihr lag oder an mir selbst, vermochte ich nicht zu sagen. Jedenfalls war ich erleichtert, als die Essenszeit mich von meiner Einsamkeit erlöste und in die Gesellschaft der Damen des Hauses zurückrief.

Als ich den Salon betrat, verblüffte mich der sonderbare Kontrast ihrer Kleidung, weniger im Hinblick auf die Farbe, als was den Stoff betraf: Während Mrs. Vesey und Miss Halcombe (jede so, wie es am besten zu ihrem Alter paßte – die eine in Silbergrau, die andere in jenem zarten Primelgelb, welches sich von einem dunklen Teint gut abhebt) kostbar gekleidet waren, trug Miss Fairlie ein einfaches, fast schlichtes weißes Musselinkleid. Zugegeben, es war von reinstem Weiß und stand ihr wunderbar, aber es war ein Kleid, wie es Frau oder Tochter eines armen Mannes hätte tragen können, und es ließ sie, zumindest dem Äußeren nach, weniger vermögend erscheinen als die eigene Gouvernante. Später, als ich sie besser kannte, entdeckte ich, daß dieser sonderbare Kontrast von ihrem angeborenen Zartgefühl herrührte: Sie vermied es immer peinlichst, den eigenen Reichtum zur Schau zu stellen. Weder Mrs. Vesey noch Miss Halcombe konnten sie dazu bewegen, ihnen, die beide arm waren, diese Überlegenheit in der Kleidung zu nehmen und für sich selbst, die reich war, zu beanspruchen.

Nach dem Dinner kehrten wir in den Salon zurück. Mr. Fairlie hatte mich zwar durch seinen Butler fragen lassen, welche Weinsorte ich nach dem Essen bevorzugte (offensichtlich wollte er es jenem Monarchen gleichtun, welcher sich mit großartiger Geste herabließ, Tizians Pinsel aufzuheben), aber ich war stark genug, der Versuchung zu widerstehen, in vornehmer Einsamkeit zwischen Flaschen meiner Wahl herumzusitzen, und vernünftig genug, die Damen um Erlaubnis zu bitten, während meines Aufenthalts in Limmeridge House den Tisch mit ihnen zugleich verlassen zu dürfen – so wie es im zivilisierten Ausland üblich ist.

Der Salon, in den wir uns nun für den Rest des Abends

zurückzogen, lag ebenerdig und glich dem Frühstückszimmer in Form und Größe. Breite Glastüren führten auf eine Terrasse, die in ihrer ganzen Länge verschwenderisch mit Blumen geschmückt war. Die weiche Dämmerung im Garten verschmolz Blätter und Blüten gleichermaßen zu einer Harmonie von zarten Farben, und durch die offenen Glastüren atmete uns der Wohlgeruch der Blumen ein duftendes Willkommen entgegen. Die gute Mrs. Vesey (immer die erste, die sich setzte) nahm einen Armsessel in einer Ecke in Besitz, machte sich's dort gemütlich und nickte ein. Auf meine Bitte hin begab sich Miss Fairlie ans Klavier. Ich ließ mich auf einem Stuhl in ihrer Nähe nieder, und Miss Halcombe zog sich in die Nische eines Seitenfensters zurück, um beim letzten stillen Strahl der Abendsonne die Briefe ihrer Mutter weiter durchzusehen.

Wie deutlich ersteht vor mir, nun, da ich diese Zeilen schreibe, das Bild dieses friedlichen häuslichen Lebens! Von meinem Platz aus konnte ich, halb im sanften Dämmerlicht, halb im geheimnisvollen Schatten, Miss Halcombes anmutige Gestalt erblicken, aufmerksam über die Briefe auf ihrem Schoß gebeugt, indes, mir näher, das hübsche Profil der Klavierspielerin sich zart abhob vom unmerklich dunkler werdenden Hintergrund. Draußen auf der Terrasse bewegten sich Ranken, Ziergräser und üppige Blumenkissen so sacht im leichten Abendwind, daß ihr Rascheln nicht bis zu uns drang. Der Himmel war wolkenlos, im Osten dämmerte geheimnisvoll das Mondlicht schon herauf. Friede und Abgeschiedenheit besänftigten Gefühle und Gedanken, und diese balsamische Stille nahm mit der Dunkelheit zu und schwebte noch milder über uns, als vom Klavier her Mozarts himmlische Musik erklang. Es war ein Abend, den Aug' und Ohr niemals vergessen können.

Wir saßen alle schweigend auf den von uns gewählten Plätzen – Mrs. Vesey schlief, Miss Fairlie spielte, Miss Halcombe las –, bis das Licht verging. Unterdessen hatte sich der Mond schon rund um die Terrasse gestohlen, schon fielen seine milden geheimnisvollen Strahlen quer über den Hintergrund des Raums. Der Übergang von Dämmerung zu Dunkelheit war so schön, daß wir einmütig die Lampen zurückwiesen, die der Diener brachte, und den Raum im Dunkeln ließen. Nur die zwei Kerzen auf dem Klavier verbreiteten ihren schwachen Schein.

Noch eine halbe Stunde lang lauschten wir der Musik. Dann lockte die vom Mondlicht übergossene Terrasse Miss Fairlie ins Freie; und ich folgte ihr. Als man die Kerzen angezündet hatte, war Miss Halcombe ums Klavier gekommen, um bei Licht weiterlesen zu können. Nun saß sie auf einem niedrigen Stuhl, so vertieft in ihre Lektüre, daß sie unser Hinausgehen offenbar nicht bemerkte.

Wir mochten wohl kaum länger als fünf Minuten auf der Terrasse gewesen sein – Miss Fairlie band sich auf meinen Rat hin als Schutz gegen die Nachtluft gerade ihr weißes Halstuch um den Kopf –, als ich Miss Halcombe meinen Namen rufen hörte, leise, ungeduldig und in einem etwas anderen Ton als sonst.

»Mr. Hartright«, rief sie, »kommen Sie doch herein! Ich muß mit Ihnen sprechen.« Ich ging augenblicklich zu ihr. Miss Halcombe saß auf der den Glastüren abgewandten Seite des Klaviers, die Briefe lagen auf ihrem Schoß, einen davon hielt sie ans Kerzenlicht. Zwischen ihr und der Terrasse stand eine niedrige Ottomane, auf der ich Platz nahm. Von dort war es nicht weit zu den Glastüren. Deutlich konnte ich Miss Fairlie sehen, wie sie im hellen Mondlicht auf der Terrasse langsam auf und ab ging.

»Hören Sie zu!« sagte Miss Halcombe. »Ich lese Ihnen den Schluß dieses Briefes vor, und Sie sagen mir dann, ob er Licht in Ihr seltsames Abenteuer bringt. Meine Mutter hat ihn an Mr. Philip Fairlie gerichtet, ihren zweiten Mann, und zwar vor etwa elf oder zwölf Jahren. Zu dieser Zeit lebte auch meine Halbschwester Laura hier, ich hingegen war nicht in Limmeridge House, weil ich damals, um meine Erziehung abzuschließen, in Paris zur Schule ging.«

Sie sah ernst aus und, wie mir schien, auch ein wenig nervös. Gerade als sie den Brief zur Kerze hochhielt und ihn vorlesen wollte, kam Miss Fairlie an einer offenen Türe vorbei, sah kurz herein, bemerkte, daß wir beschäftigt waren, und ging langsam weiter.

Miss Halcombe fing zu lesen an:

»›Es wird Dich langweilen, mein lieber Philip, ständig von

meiner Schule zu hören. Gib aber bitte nicht mir die Schuld, sondern dem öden Einerlei des Lebens in Limmeridge. Übrigens habe ich Dir diesmal etwas wirklich Interessantes über eine neue Schülerin zu erzählen. Du kennst doch die alte Mrs. Kempe in unserm Dorfladen. Nach jahrelangem Leiden stirbt sie langsam dahin, der Arzt hat sie aufgegeben. Ihre einzige noch lebende Verwandte, eine Schwester, kam vorige Woche hier an und kümmert sich um sie. Diese Frau stammt aus Hampshire – sie heißt Mrs. Catherick. Vor vier Tagen suchte sie mich auf und brachte ihr einziges Kind mit: Ein reizendes kleines Mädchen, etwa ein Jahr älter als unser Liebling Laura –‹«

Eben ging Miss Fairlie wieder an der offenen Türe vorbei, leise vor sich hinsingend – eine jener Melodien, die sie zuvor gespielt hatte. Miss Halcombe wartete, bis sie unserm Blick entschwunden war, und las dann weiter:

»›Mrs. Catherick ist eine ehrbare, anständige Frau mit guten Manieren, in mittlerem Alter, und man sieht ihr an, daß sie früher einmal einigermaßen hübsch war, aber nur einigermaßen. Doch ist etwas an ihrem Auftreten wie ihrem Wesen, aus dem ich nicht recht klug werde. Was ihre Person betrifft, so ist sie so verschwiegen, daß es an Geheimnistuerei grenzt, und ihr Gesicht verrät – warum und weshalb kann ich nicht sagen –, daß etwas sie bedrückt. Sie ist sozusagen ein wandelndes Geheimnis. Ihr Anliegen an mich war jedoch ganz einfach: Als sie, um ihre Schwester zu pflegen, Hampshire verließ, mußte sie ihr Kind mitnehmen, weil dort niemand war, der sich um die Kleine kümmern konnte. Nun, vielleicht stirbt Mrs. Kempe schon in einer Woche, vielleicht aber ist sie noch monatelang krank. Mrs. Catherick bat mich also, daß ihre kleine Anne meine Schule besuchen dürfe, unter der Bedingung, daß sie nach Mrs. Kempes Tod sofort heimkehren kann. Natürlich willigte ich ein, und als Laura und ich noch am selben Tag unsern Spaziergang machten, zeigten wir der Kleinen (sie ist elf Jahre alt) die Schule, die sie nun besucht.‹«

Wieder schwebte Miss Fairlies Gestalt, hell und zart in ihrem schneeweißen Kleid – das Gesicht aufs reizendste umrahmt vom weißen Tuch, das sie unterm Kinn zusammengebunden hatte –, draußen im Mondlicht vorbei. Wieder wartete Miss Halcombe, bis sie außer Sicht war, und fuhr dann fort:

»›Ich finde großen Gefallen an meiner Schülerin, und zwar aus einem Grunde, den ich Dir, lieber Philip, um Dich zu überraschen, erst zuletzt sagen will. Da mir Mrs. Catherick über ihr Kind ebensowenig mitgeteilt hat wie über ihre eigene Person, fand ich selbst heraus (und zwar gleich am ersten Tag, als man ihr in der Schule ein paar Aufgaben stellte), daß die arme Kleine geistig ein wenig zurückgeblieben ist. Deshalb bestellte ich sie für den nächsten Tag zu mir und bat den Arzt, doch ebenfalls zu kommen. Ich wollte, daß er sie beobachte und befrage und mir nachher sein Urteil sage. Die Sache werde sich geben, behauptete er nach der Untersuchung, die Kleine entwickle sich eben später als andere Kinder, doch gerade jetzt sei eine sorgfältige Schulung besonders wichtig. Ihre ungewöhnlich langsame Auffassungsgabe lasse nämlich darauf schließen, daß sie alles, was sie jetzt aufnimmt, auch ungewöhnlich lang behalten werde. Du darfst freilich nicht glauben, lieber Philip, ich hätte eine Schwachsinnige ins Herz geschlossen. Diese arme Kleine ist ein liebes, zärtliches und dankbares Ding und sagt zuweilen in einer etwas jähen, überraschten, halb verschreckten Art die herzigsten und drolligsten Sachen (wie Du sogleich an einem Beispiel sehen wirst). Sie ist zwar nett und ordentlich angezogen, aber ihre Kleider zeigen, was Schnitt und Farbe betrifft, leider überhaupt keinen Geschmack. Daher ließ ich gestern ein paar von Lauras abgelegten weißen Kleidchen und weißen Hütchen für Anne Catherick ändern und erklärte ihr, kleine Mädchen mit hellem Teint sähen besser und hübscher in Weiß als in einer anderen Farbe aus. Sie schien verwirrt und wußte keine Antwort, aber dann begriff sie plötzlich, errötete, und faßte meine Hand. Sie küßte sie, Philip, und sagte ganz, ganz ernst: ›Ich werde immer Weiß tragen – solange ich lebe. Und wenn ich wieder von hier fort bin und Sie nicht mehr sehen kann, Madam, wird es mir helfen, mich an Sie zu erinnern, und ich werde mir vorstellen, daß ich Ihnen noch immer gefalle.‹ Dies als Beispiel für die drolligen Sachen, die sie so allerliebst herausbringt! Die arme Kleine! Ich werde ihr einen ganzen Vorrat von weißen Kleidern machen lassen, mit vielen Säumen zum Auslassen, wenn sie größer wird –‹«

Miss Halcombe hielt inne und blickte mich über das Klavier

hinweg an. »War die einsame Frau, der Sie auf der Landstraße begegneten, noch jung?« fragte sie. »Etwa zweiundzwanzig oder dreiundzwanzig Jahre?«

»Ja, so jung war sie.«

»Und seltsam gekleidet, von Kopf bis Fuß ganz in Weiß?«

»Ganz in Weiß.«

Als ich das sagte, glitt Miss Fairlie nun zum vierten Mal über die Terrasse, blieb aber mit dem Rücken zu uns plötzlich stehen, lehnte sich über die Balustrade und blickte in den Garten. Meine Augen ruhten auf dem weißen Schimmer ihres Kleides und ihres Kopftuchs, und ein Gefühl beschlich mich, für das ich keine Worte finden kann – ein Gefühl, das meinen Puls schneller schlagen und mein Herz flattern ließ.

»Ganz in Weiß?« wiederholte Miss Halcombe. »Aber die wichtigsten Sätze dieses Briefes stehen an seinem Schluß, den ich Ihnen gleich vorlesen werde. Immerhin – ein seltsamer Zufall: das weiße Kleid der Frau, die Sie trafen, und die Antwort der kleinen Schülerin meiner Mutter. Vielleicht hat sich der Arzt geirrt, als er behauptete, die Sache werde ›sich geben‹. Vielleicht hat sie sich geistig nicht weiterentwickelt, und die Idee, sich aus Dankbarkeit hinfort nur in Weiß zu kleiden, vom kleinen Kinde zweifellos ernst gemeint, ist bei ihr zur Marotte geworden?«

Was ich darauf sagte, weiß ich nicht mehr. Ich hatte nur Augen für Miss Fairlies weißschimmerndes Musselinkleid.

»Mr. Hartright, hören Sie nun den Schluß des Briefes«, fuhr Miss Halcombe fort. »Ich glaube, Sie werden staunen!«

Sie hielt den Brief zur Kerze hin. In diesem Augenblick drehte sich Miss Fairlie um, machte einen Schritt zur Glastüre hin, blieb davor stehen und sah uns an.

Unterdessen hatte Miss Halcombe zu lesen begonnen:

»›Und nun, mein lieber Philip, da ich am Ende des Blatts angelangt bin, möchte ich Dir noch den wahren Grund meiner zärtlichen Gefühle für die kleine Anne Catherick sagen: Sie ist zwar nicht halb so hübsch, aber sie ist durch eine zufällige Ähnlichkeit – eine Laune der Natur, die sich manchmal ergibt – hinsichtlich Haar, Teint, Augenfarbe und Gesichtsschnitt ganz das Ebenbild unserer –‹«

Noch ehe Miss Halcombe zu Ende lesen konnte, fuhr ich von

meinem Sitz hoch. So wie damals, als sich auf der einsamen Landstraße von hinten eine leichte Hand auf meine Schulter gelegt hatte, gefror mir das Blut in den Adern.

Da stand Miss Fairlie: eine weiße Gestalt, allein im Mondenschein und – aus der Entfernung gesehen – in Haltung, Hautfarbe und Gesichtsschnitt das Ebenbild der Frau in Weiß! Die Zweifel, die mir in den vergangenen Stunden so viel zu schaffen gemacht hatten, wurden schlagartig zur Gewißheit. Das »Fehlende«, das mir aufgefallen war, schien mir mit einem Mal klar: Ich hatte unbewußt die rätselvolle Ähnlichkeit zwischen der Flüchtigen aus der Irrenanstalt und meiner Schülerin in Limmeridge House erkannt.

»Sie sehen es selbst!« sagte Miss Halcombe, ließ den überflüssig gewordenen Brief fallen, und ihre Augen blitzten, als sie meinem Blick begegneten. »Sie sehen es selbst – so wie es meine Mutter vor elf Jahren sah!«

»Ich sehe es – doch mir gefällt nicht, was ich sehe. Jene einsame, freund- und hilflose Frau auch nur durch eine zufällige Ähnlichkeit mit Miss Fairlie in Zusammenhang zu bringen hieße einen Schatten werfen auf die Zukunft jenes strahlenden Wesens, das vor uns steht und uns ansieht. Lassen Sie mich so schnell wie möglich diesen Eindruck wieder abschütteln! Rufen Sie sie herein, fort aus diesem traurigen Mondlicht – ich bitte Sie, rufen Sie sie herein!«

»Mr. Hartright, ich muß mich wundern über Sie! Sprechen wir nicht von den Frauen – aber immerhin hätte ich gedacht, daß im neunzehnten Jahrhundert wenigstens die Männer nicht mehr abergläubisch sind.«

»Ich bitte Sie, rufen Sie sie herein!«

»Beruhigen Sie sich! Sie wird schon von selbst kommen. Sagen Sie ihr nichts von unserer Entdeckung – das soll ein Geheimnis bleiben zwischen Ihnen und mir ... Komm herein, Laura, komm herein und wecke mit Klavierspiel Mrs. Vesey aus dem Schlaf! Mr. Hartright ersucht dich, etwas zu spielen, und zwar Musik von der leichtesten und heitersten Art.«

VIII

So endete mein ereignisreicher erster Tag in Limmeridge House.

Miss Halcombe und ich behielten unser Geheimnis für uns. Nach der Entdeckung der Ähnlichkeit schien kein neues Licht mehr auf meine mysteriöse Begegnung zu fallen. Bei der ersten günstigen Gelegenheit brachte Miss Halcombe ihre Halbschwester vorsichtig dazu, von ihrer Mutter, von alten Zeiten und auch von Anne Catherick zu sprechen. Doch Miss Fairlie erinnerte sich nur vage und ganz allgemein an das kleine Mädchen. Wohl entsann sie sich der Ähnlichkeit mit ihr, die damals angeblich bestanden habe, erwähnte aber nichts von den weißen Kleidern, die man dem Mädchen schenkte, und wußte auch nicht, auf welche eigentümliche Art es dafür gedankt hatte. Anne sei nur wenige Monate in Limmeridge geblieben und dann nach Hampshire zurückgekehrt. Sie könne nicht sagen, ob Mutter und Tochter je wiedergekommen seien oder ob man später noch einmal von ihnen gehört habe.

Auch Miss Halcombes weiteres Suchen in den wenigen noch ungelesenen Briefen trug nicht dazu bei, die noch offenen Fragen zu klären. Jene Unglückliche, welcher ich zur Nachtzeit begegnet war, war mit Anne Catherick identisch – soviel hatten wir jedenfalls festgestellt. Und immerhin hatten wir einen Zusammenhang entdeckt zwischen ihrer zweifellos vorhandenen Beschränktheit und ihrer Marotte, sich stets in Weiß zu kleiden, um auf diese Weise ihrer ehemaligen Gönnerin auch noch später ihre Dankbarkeit zu zeigen. Aber damit waren unsere Entdeckungen vorläufig zu Ende.

Tage vergingen, Wochen vergingen, und die Spur des goldenen Herbstes zog sich hell und sichtbar durch das Sommergrün der Bäume. Du glückliche, friedvolle, rasch dahinfließende Zeit! Mein Bericht gleitet über dich hinweg – so schnell wie du damals über mich. Von all den Schätzen des Glücks, die du so freigebig in mein Herz gegossen hast – was ist mir davon geblieben, das wichtig und wertvoll genug wäre, hier vermerkt zu werden? Nichts, außer dem betrüblichsten aller Bekenntnisse, die ein Mann machen kann: dem Bekenntnis seiner eigenen Torheit.

Was ich hiermit angedeutet habe, sollte mir nicht schwerfallen zu erzählen, zumal ich ja kein Geheimnis daraus mache. Worte, nur schwach und blaß, mit denen es mir nicht gelang, Miss Fairlie zu beschreiben, haben ohnedies die Gefühle verraten, die sie in mir weckte. So geht es uns allen: Unsere Worte sind Riesen, wo sie uns schaden, und Zwerge, wo sie uns nützen.

Ich liebte sie.

Ach, ich weiß nur zu gut, wieviel Spott und Kummer diese drei Worte enthalten! Ich kann darüber seufzen mit der zartfühlendsten Frau, die dies liest und mich bemitleidet; ich kann darüber lachen mit dem härtesten Mann, der dies Geständnis voll Verachtung von sich weist. Ich liebte sie! Fühlt mit mir oder verachtet mich – ich bekenne es dennoch, mit dem unerschütterlichen Entschluß, die Wahrheit zu sagen!

Gab es keine Entschuldigung für mich? Doch, in gewisser Hinsicht schon, bedenkt man meine Lebensumstände in Limmeridge House als auf Zeit bestellter Zeichenlehrer.

Die Vormittagsstunden vergingen still und ruhig in der Abgeschiedenheit meines kleinen Ateliers. Wenn ich die Zeichnungen aus dem Besitz meines Brotgebers aufzog, hatte ich damit gerade genug Arbeit, um Hände und Augen angenehm zu beschäftigen, während meine Gedanken frei blieben, um sich dem unheilvollen Luxus ihrer ungezügelten Phantasien hinzugeben. Eine gefährliche Einsamkeit, denn sie währte lang genug, mich aufzuregen, doch nicht lang genug, um mich zu stärken. Eine gefährliche Einsamkeit, denn ihr folgten, Tag für Tag, und über Wochen hinweg, Nachmittage und Abende, die ich allein in Gesellschaft zweier Frauen verbrachte, von denen die eine alle Vorzüge von Anmut, Geist und Bildung besaß, die andere alle Reize der Schönheit, Sanftmut, schlichten Wahrhaftigkeit – lauter Eigenschaften, die das Herz eines Mannes erheben und bezwingen können. In dieser gefährlichen Vertraulichkeit zwischen Lehrer und Schülerin verging nicht ein Tag, an dem meine Hand nicht Miss Fairlies Hand gestreift hätte oder meine Wange, wenn wir uns über ihr Skizzenbuch beugten, die ihre nicht fast berührt. Je genauer sie die Bewegung meines Pinsels beobachtete, desto näher spürte ich den Duft ihres Haares und den warmen Hauch ihres Atems. Es gehörte zu meinem Dienst, in ihrer unmittelbaren Nähe mich aufzuhalten: mich über sie zu beugen, so nahe ihrem Busen, daß ich zitterte bei dem Gedanken, ihn zu berühren; oder daß sie sich über mich beugte, um zu sehen, was ich gerade zeichnete, und ihre Stimme senkte, wenn sie mit mir sprach, und ihre Haarbänder im leichten Wind meine Wange streiften, ehe sie sie wieder fortschob.

Die Abende, die den nachmittäglichen Zeichen-Exkursionen folgten, förderten diese unschuldigen und unvermeidlichen Vertraulichkeiten eher, als daß sie sie eindämmten. Durch mein natürliches Interesse an der Musik, die sie so seelenvoll und fraulich-zart zu spielen verstand, wie andererseits durch ihre Freude, mir durch die Ausübung ihrer Kunst den Genuß zu vergelten, den ich ihr durch die Ausübung meiner Kunst verschaffte, entstand zwischen uns beiden ein weiteres Band, das uns enger und enger zueinander zog. Die Zufälle der Konversation, die einfache Lebensweise in Limmeridge House, durch die auch kleine Dinge wie eine Sitzordnung bei Tisch überflüssig wurden, Miss Halcombes gutmütiger Spott, der sich gegen mich als übereifrigen Lehrer und gegen sie als begeisterte Schülerin richtete, Mrs. Veseys harmlos-schläfriges Lob, das Miss Fairlie und mich als zwei musterhafte junge Leute verband, die sie niemals störten – alle diese Kleinigkeiten, und dazu manche andere, brachten uns in diesem engen häuslichen Kreise einander näher und trieben uns unmerklich dem hoffnungslosen Ende zu.

Selbstverständlich hätte ich meine Stellung bedenken und mich insgeheim vorsehen sollen. Das tat ich auch, doch erst, als es zu spät war. Alle Vorsicht, alle Erfahrung, die mir bei anderen Frauen genützt und mich vor Versuchungen bewahrt hatten, versagten hier bei ihr. Seit vielen Jahren schon hatte es mein Beruf mit sich gebracht, mit weiblichen Wesen jeglichen Alters, ganz gleich, ob schön, ob häßlich, in engerem Kontakt zu stehen. Daran war nichts zu ändern, das gehörte nun einmal dazu, und ich hatte gelernt, alle für mein Alter nur zu natürlichen Gefühle im Vestibül des jeweiligen Brotherrn abzugeben, so wie ich meinen Regenschirm dort abgab, ehe ich treppaufwärts stieg. Eines hatte ich schon lange gelernt, als selbstverständlich hinzunehmen: Meine Stellung gab mir die Gewißheit, daß meine Schülerinnen keinerlei persönliches Interesse an mir nahmen und ich mich daher zwischen schönen und bezaubernden Frauen ganz wie ein harmloses Haustier bewegen konnte, das man ins Zimmer eingelassen hatte. Diese Erfahrung hatte ich mir schon bald zu eigen gemacht, als einen Schutz, dank dessen ich als armer Zeichenlehrer auf meinem schmalen Lebenspfade wandeln konnte, ohne auch nur ein einziges Mal danebenzutreten. Jetzt aber hatte mein getreuer Talisman zum ersten Mal versagt. Meine mühevoll erworbene Selbstbeherrschung war so restlos dahin, als hätte ich sie nie besessen; es erging mir nicht anders als anderen Männern in ähnlich kritischen Situationen, wenn es um Frauen geht. Heute weiß ich es – ich hätte von Anfang an mein Gewissen erforschen sollen, mich fragen sollen, warum ein Zimmer hier in diesem fremden Hause mich schöner als jegliche Heimat dünkte, sobald sie es betrat, und zur öden Wüste ward, sobald sie es verließ; warum ich sofort die geringste Veränderung in ihrer Kleidung sah, die ich bei anderen Frauen nie bemerkt hätte; warum ich sie ansah, anhörte und berührte (wenn wir am Morgen und am Abend einander die Hand gaben), so wie ich noch nie eine andere angesehen, angehört und berührt hatte. Ich hätte in mein Herz hineinschauen sollen und dieses neue Gefühl, das dort wuchs, ausreißen müssen, solange es noch ein Pflänzchen war. Warum gelang mir diese leichte, einfache Tat der Selbstzucht nicht? Warum ging sie über meine Kräfte? Die Erklärung dafür ist bereits geschrieben, mit den drei Worten, die für mein Geständnis reichten: Ich liebte sie.

Tage vergingen, Wochen vergingen, es nahte der dritte Monat meines Aufenthalts in Cumberland. In stiller Zurückgezogenheit floß unser heiteres, beschauliches Leben dahin, und ich ließ mich treiben wie ein Schwimmer im Strom. Jede Erinnerung an Vergangenes, jeder Gedanke an Kommendes, jedes Gefühl dafür, wie hoffnungslos meine Lage war, schlummerten in trügerischer Ruhe tief in mir. Mit Augen, die die Gefahr nicht sahen, mit Ohren, die nichts hörten, trieb ich den verhängnisvollen Klippen nah und näher. Die Warnung, die mich schließlich aufschreckte und mir unter Selbstvorwürfen meine Schwäche deutlich machte, war die deutlichste, aufrichtigste und liebevollste aller Warnungen, denn sie kam wortlos – und von ihr selbst.

Wir waren eines Abends wie gewöhnlich auseinandergegangen. Weder damals noch vorher war mir je ein Wort über die Lippen gekommen, das mich verraten oder sie zur plötzlichen Erkenntnis der Wahrheit hätte aufschrecken können. Doch als wir einander am nächsten Morgen wiedersahen, war eine Veränderung über sie gekommen – eine Veränderung, die mir alles sagte.

Ich schreckte damals so wie auch heute noch davor zurück, in das Heiligtum ihres Herzens einzudringen und es den Blikken anderer auszusetzen, wie ich es bei meinem eigenen Herzen tat. Es soll genügen, wenn ich sage: Sie hat damals das Geheimnis meines und, wie ich fest glaube, auch ihres Herzens entdeckt und noch in derselben Nacht ihr Verhalten zu mir geändert. Ihr Charakter, zu aufrichtig, um andere zu täuschen, war auch zu edel, um sich selber zu belügen. Als die Bedenken, die ich beiseite geschoben hatte, sich mit schwerer Last auch auf ihr Herz legten, bekannte ihr offenes Gesicht alles und sagte in der ihm eigenen schlichten Sprache: Ich bin darüber sehr bekümmert, seinetwegen und auch meinetwegen.

Das drückte es aus, und noch mehr, was ich damals nicht deuten konnte. Die Veränderung in ihrem Verhalten verstand ich nur zu gut: Vor anderen war sie zu mir noch freundlicher, noch zuvorkommender, was meine Wünsche betraf – doch waren wir zufällig einmal allein, wurde sie traurig und zurückhaltend und vertiefte sich in die erstbeste Beschäftigung. Ich begriff, warum ihre süßen Lippen so selten und so gezwungen lächelten, warum die klaren blauen Augen mich zuweilen mitleidig wie ein Engel und zuweilen verwirrt wie ein unschuldiges Kind anblickten. Aber die Veränderung machte sich auch noch auf andere Weise bemerkbar: ihr Händedruck war kalt, ihr Gesicht unnatürlich starr und alle ihre Bewegungen drückten Angst und Selbstanklage aus. Freilich, mit den Gefühlen, die ich in ihr und in mir entdeckt hatte, mit jenen unausgesprochenen Gefühlen, welche uns gemeinsam waren, hatte das nichts zu tun. Noch gab es, obwohl sie sich verändert hatte, manches, das uns heimlich verband, aber auch anderes, das uns heimlich auseinanderzutreiben begann.

Unsicher, und auch verwirrt durch den vagen Verdacht, daß man etwas vor mir verberge, das ich ohne Hilfe entdecken mußte, suchte ich in Miss Halcombes Blicken und Verhalten Aufklärung. Wenn man so eng zusammenlebt wie wir damals, konnte bei keinem eine größere Veränderung auftreten, die die anderen nicht ebenso beeinflußt hätte. Die Veränderung von Miss Fairlie blieb daher ihrer Halbschwester nicht verborgen. Zwar deutete Miss Halcombe mit keiner Silbe an, daß sie jetzt anders zu mir stünde, doch ihre Augen, denen nichts entging, beobachteten mich unausgesetzt. Manchmal lag verhaltener Zorn in ihrem Blick, manchmal bemerkte ich unterdrückte Angst, manchmal weder das eine noch das andere – jedenfalls entdeckte ich nichts, was ich verstanden hätte. So verging eine Woche, während der wir alle drei in einem Zustand der Befangenheit verharrten. Als mir – zu spät – bewußt wurde, wie schwach und unbeherrscht ich mich verhalten hatte, wurde meine Situation unerträglich, und ich fühlte, daß ich mich ein für allemal von dem Druck befreien mußte, unter dem ich lebte – doch wie ich das am besten anstellen oder was ich zuerst sagen sollte, das wußte ich selbst nicht.

Miss Halcombe erlöste mich aus dieser peinlichen und erniedrigenden Situation, indem sie mir die harte, bittere und unerwartete Wahrheit mitteilte. Mit ihrer Herzlichkeit und Güte half sie mir, diesen schweren Schlag zu ertragen. Mit ihrem Mut und ihrer praktischen Vernunft konnte sie ein Ereignis, das für mich und andere in Limmeridge House bedrohlich hätte werden können, zum Guten wenden.

IX

Es war ein Donnerstag, gegen Ende des dritten Monats meines Aufenthalts in Limmeridge House.

Ich kam morgens zur gewohnten Stunde ins Frühstückszimmer. Zum ersten Mal, seit wir uns kannten, saß Miss Halcombe nicht auf ihrem Platz.

Miss Fairlie stand draußen auf dem Rasen. Sie nickte mir zu, kam aber nicht herein. Kein Wort war über ihre oder meine Lippen gekommen, das uns hätte verwirren können – doch in unserer Verlegenheit vermieden wir es, miteinander allein zu sein. Sie wartete also draußen und ich im Eßzimmer, bis Mrs. Vesey oder Miss Halcombe erscheinen würden. Wie rasch wäre ich noch vor vierzehn Tagen zu ihr hinausgegangen, hätte ihr herzlich die Hand geschüttelt und unbefangen zu plaudern begonnen!

Wenige Minuten später trat Miss Halcombe ein. Sie sah nachdenklich aus und entschuldigte sich etwas zerstreut wegen ihres Zuspätkommens.

»Mr. Fairlie wünschte in einer privaten Angelegenheit mit mir zu sprechen. Das hat mich aufgehalten«, sagte sie.

Miss Fairlie kam vom Garten herein, und wir begrüßten einander. Ihre Hand war kälter denn je. Sie sah mich nicht an und war sehr blaß. Sogar Mrs. Vesey bemerkte es, als sie kurz danach das Zimmer betrat.

»Vermutlich hat sich der Wind gedreht – das wird es sein«, meinte die alte Dame. »Der Winter kommt – ja, ja, liebes Kind, bald wird er da sein!«

In ihrem Herzen und in meinem war er es schon.

Unser Frühstück, das früher immer fröhliche Plauderei über den Tagesplan begleitet hatte, war diesmal kurz, nur selten fiel ein Wort. Miss Fairlie fühlte offenbar das Drückende dieser langen Pausen und sah ihre Schwester flehentlich an, doch etwas zu sagen. Miss Halcombe setzte auch ein- oder zweimal zum Sprechen an, brach aber plötzlich wieder ab, was man bei ihr sonst gar nicht gewohnt war.

Endlich sagte sie: »Laura, ich habe heute morgen mit deinem Onkel gesprochen. Er meint, wir sollen das bordeauxrote Zimmer herrichten lassen. Außerdem bestätigte er, was ich dir sagte: Montag ist der Tag – nicht Dienstag.«

Miss Fairlie hatte mit gesenktem Blick zugehört. Nervös spielten ihre Finger mit Brotkrumen auf dem Tischtuch. Nicht nur ihre Wangen, auch ihre Lippen wurden blaß und zitterten. Ich war nicht der einzige, der das bemerkte – Miss Halcombe sah es ebenfalls. Sofort stand sie auf und gab uns hiermit das Zeichen, daß das Frühstück beendet sei.

Mrs. Vesey und Miss Fairlie verließen zusammen das Zimmer. Ihre lieben blauen Augen blickten mich kummervoll an, als ahnten sie den kommenden langen Abschied. Mein Herz gab mir einen Stich, der mir sagte, ich würde sie bald verlieren, doch sie angesichts dieses Verlustes nur um so tiefer lieben.

Als sich die Türe hinter ihr geschlossen hatte, drängte es mich ins Freie. Miss Halcombe stand, den Schirm überm Arm, den Hut in der Hand, vor der großen Glastüre, die in den Garten führte, und betrachtete mich aufmerksam.

»Haben Sie ein bißchen Zeit, ehe Sie in Ihrem Zimmer wieder an die Arbeit gehen?« erkundigte sie sich.

»Gewiß, Miss Halcombe, ich stehe Ihnen immer zu Diensten.«

»Mr. Hartright, ich möchte mit Ihnen allein sprechen. Nehmen Sie Ihren Hut und kommen Sie in den Garten! Dort wird man uns zu dieser frühen Stunde gewiß nicht stören.«

Wir traten auf den Rasen hinaus. Da kam einer der Gärtnergehilfen, ein ganz junger Bursche, auf dem Weg ins Haus mit einem Brief in der Hand an uns vorbei. Miss Halcombe hielt ihn an.

»Ist der Brief für mich?« fragte sie.

»Nein, Miss, ich glaube, er ist für Miss Fairlie«, antwortete der Gärtnergehilfe und hielt ihr den Brief hin.

Miss Halcombe nahm ihm den Brief ab und sah auf die Adresse.

»Eine ganz fremde Handschrift. Wer kann das nur sein?« sagte sie leise vor sich hin. »Wo hast du den Brief her?«

»Miss, ich hab' ihn gerade von einer Frau bekommen.«

»Von welcher Frau?«

»Also, mir kam sie schon sehr alt vor.«

»Von einer alten Frau? Kanntest du sie?«

»Also, die hab' ich meiner Lebtag noch nicht gesehn.«

»Welchen Weg nahm sie?«

»Durchs Tor«, antwortete er, wandte sich langsam um und deutete weitausholend nach Süden, als meinte er diesen ganzen Teil Englands.

»Sonderbar. Ein Bettelbrief vermutlich«, erklärte Miss Halcombe und gab dem Burschen den Brief zurück. »Hier. Trag ihn ins Haus und gib ihn dort ab! Mr. Hartright, wenn es Ihnen recht ist, kommen Sie mit mir.«

Wortlos führte sie mich denselben Weg, den ich am Tag nach meiner Ankunft mit ihr gegangen war. Beim Gartenhaus, in dem Laura Fairlie und ich einander erstmals gesehen hatten, blieb sie stehen und brach das Schweigen. »Was ich Ihnen zu sagen habe, kann ich hier sagen.«

Mit diesen Worten betrat sie das Gartenhaus, setzte sich an den runden Tisch und bedeutete mir, dort ebenfalls Platz zu nehmen. Schon im Frühstückszimmer hatte ich geahnt, was kommen würde, jetzt wußte ich es sicher.

»Mr. Hartright«, begann sie, »zunächst muß ich Ihnen ein Geständnis machen. Ich will es Ihnen geradeheraus sagen, denn ich hasse Phrasen und verachte Komplimente. Also: Im Verlauf der letzten Wochen und Monate habe ich Sie immer mehr achten und schätzen gelernt. Es hat mich gleich für Sie eingenommen, als Sie mir Ihre Begegnung mit dieser Unglücklichen schilderten. Ihr Verhalten war angesichts der seltsamen Umstände vielleicht nicht sehr vorsichtig, aber es verriet mir Mitgefühl, Feinfühligkeit und Selbstbeherrschung – wie es sich für einen geborenen Gentleman gehört. Ich erwartete demnach nur Gutes von Ihnen, und Sie haben mich nicht enttäuscht.«

Sie hielt inne – hob jedoch ihre Hand zum Zeichen, daß sie, ehe sie weitersprach, von mir keine Antwort erwarte. Bis dahin hatte ich überhaupt nicht an die Frau in Weiß gedacht, jetzt aber erinnerten mich Miss Halcombes Worte wieder an mein Abenteuer. Während des ganzen Gesprächs stand es mir nun vor Augen – was übrigens nicht ohne Folgen blieb.

»Als Ihre Freundin möchte ich Ihnen offen und ehrlich, wie ich es gewohnt bin, sagen, daß ich Ihr Geheimnis entdeckt habe, ohne daß irgend jemand es mir verraten hätte. Mr. Hartright, Sie haben – ohne die Folgen zu bedenken – zu meiner Schwester leider eine Zuneigung gefaßt – eine tiefe, ernstzunehmende Zuneigung. Ich weiß, Sie sind viel zu ehrlich, diese Schuld abzuleugnen, und daher will ich Sie nicht damit quälen, sie einzugestehen und darüber zu sprechen. Ich will Ihnen nicht einmal Vorhaltungen machen – ich bedauere Sie nur, weil Ihre Liebe hoffnungslos ist. Sie haben die Situation nicht rücksichtslos ausgenützt, Sie haben auch nicht versucht, sich mit meiner Schwester heimlich zu verständigen. Ihre Schuld liegt, außer in Ihrer Schwäche, höchstens darin, daß Sie nicht besser auf Ihre eigenen Interessen achten. Hätten Sie sich in Ihrem Verhalten weniger bescheiden und zartfühlend gezeigt, ich hätte Sie auf der Stelle aus dem Hause gewiesen, auf eigene Verantwortung. Freilich, so wie die Dinge liegen, kann ich eine Schuld nur in Ihrer Jugend und in Ihrer Stellung finden, nicht aber in Ihnen selbst. Reichen Sie mir die Hand, Mr. Hartright: Ich habe Ihnen Kummer bereitet, und ich werde Ihnen noch mehr Kummer bereiten. Aber es geht nicht anders – doch reichen Sie Ihrer Freundin Marian Halcombe zuerst die Hand!«

Ihre unerwartete Güte, ihre innige, hochherzige Teilnahme, mit der sie mich taktvoll und großmütig als Gleichgestellten behandelte, überwältigten mich. Ich versuchte sie anzusehen, als sie meine Hand ergriff, aber die Augen wurden mir feucht. Ich versuchte ihr zu danken, aber die Stimme versagte mir.

»Hören Sie mich an!« sagte sie und übersah voll Rücksicht meinen Verlust an Selbstbeherrschung. »Hören Sie mich an, damit wir es rasch hinter uns bringen. Ich fühle mich wirklich erleichtert, daß ich bei dem, was ich sagen muß, auf die Frage des Standesunterschieds – die mir übrigens hart und grausam erscheint – nicht einzugehen brauche. Ich habe Ihnen etwas mitzuteilen, das Sie zwar zutiefst treffen wird, das es mir jedoch erspart, einen Mann, der auf vertrautem Fuß mit uns unter einem Dach lebt, mit demütigenden Fragen nach Stellung und gesellschaftlicher Position zu quälen. Mr. Hartright, Sie müssen, ehe noch Schlimmeres geschieht, Limmeridge House verlassen. Ich halte es für meine Pflicht, Ihnen das zu sagen – aber selbst wenn Sie der reichsten und ältesten Familie Englands angehörten, müßten Sie uns verlassen, nicht weil Sie Zeichenlehrer sind –«

Einen Augenblick zögerte sie und sah mir dabei fest ins Gesicht, streckte dann ihre Hand über den Tisch und faßte mich am Arm.

»Nicht weil Sie Zeichenlehrer sind«, wiederholte sie, »sondern weil Laura Fairlie verlobt ist.«

Ihre Worte trafen mich ins Herz wie eine Kugel. Mein Arm fühlte die Hand nicht mehr, die ihn umfaßte. Ich bewegte mich weder, noch sprach ich. Der schneidende Herbstwind, der uns tote Blätter vor die Füße streute, durchfuhr plötzlich meinen Körper, als wären meine törichten Hoffnungen auch nur tote Blätter, verweht vom Wind wie alle anderen. Ach, meine Hoffnungen! Ob verlobt oder nicht – für mich war sie unerreichbar, in jedem Fall. Hätten andere Männer an meiner Stelle das auch gedacht? Nicht, wenn sie sie geliebt hätten, wie ich sie liebte.

Der schneidende Schmerz verging, zurück blieb nur ein dumpfer Druck. Ich spürte wieder ihre Hand, die sich jetzt fester um meinen Arm schloß – hob den Kopf und schaute sie an. Ihre großen schwarzen Augen, die fest auf mich gerichtet waren, verfolgten auf meinem Gesicht das Erbleichen, das ich spürte.

»Reißen Sie es aus Ihrem Herzen!« rief sie. »Hier, wo Sie sie zum ersten Mal sahen – hier reißen Sie es aus Ihrem Herzen! Zerbrechen Sie nicht daran, als wären Sie ein Weib! Sie müssen Ihr Gefühl aus Ihrem Herzen reißen und es zertreten, wie ein Mann!«

Die unterdrückte Leidenschaft in ihren Worten, die Kraft, die ihr Wille – konzentriert in dem Blick, mit dem sie mich fixierte, und in dem Druck auf meinen Arm, den sie noch nicht losgelassen hatte – meinem Willen aufzwang, stärkten mich. Wir sahen einander an und schwiegen, minutenlang. Schließlich konnte ich ihr hochherziges Vertrauen, das sie in meine Mannhaftigkeit gesetzt hatte, rechtfertigen. Ich hatte mich wieder in der Gewalt, wenigstens nach außen.

»Haben Sie sich gefaßt, Mr. Hartright?«

»Ja, zumindest soweit, um Sie und Miss Fairlie um Verzeihung zu bitten. Und auch soweit, mich von Ihrem Rat leiten zu lassen und meine Dankbarkeit auf diese Weise zu zeigen, wenn ich es schon nicht anders kann.«

»Mr. Hartright, Sie haben sie mir schon mit diesen Worten bewiesen! Wir wollen einander nichts verschweigen, und daher muß ich Ihnen sagen, was meine Schwester mir unbewußt verraten hat. Ja, Sie müssen uns verlassen, um Ihretwillen, aber auch um meiner Schwester willen. ... Mr. Hartright, Ihre Anwesenheit in Limmeridge House, unser Zusammensein, so harmlos es, weiß Gott, in jeder Hinsicht war, hat meine Schwester verwirrt und unglücklich gemacht. Ich, die sie mehr liebt als das eigene Leben – ich, die schon immer an ihre reine, edle, unschuldige Natur geglaubt hat wie an meine Religion, weiß nur zu gut, wie sehr sie unter Selbstvorwürfen leidet, seit sich ihres Herzens ein Gefühl bemächtigt hat, das sie mit ihrem

Verlöbnis nicht vereinbaren kann. Ich behaupte nicht – nach allem, was geschehen ist, erübrigt sich das auch –, daß ihr Verlöbnis auf einer starken Neigung beruht. Es ist eine Sache der Ehre, nicht der Liebe – als ihr Vater vor zwei Jahren starb, war es sein letzter Wunsch – sie selbst war weder dafür noch dagegen – sie fügte sich einfach seinem Wunsche. Bevor Sie nach Limmeridge House kamen, war sie in der gleichen Lage gewesen wie Hunderte von anderen Mädchen, die einen Mann heiraten, ohne sich von dem Betreffenden besonders angezogen oder besonders abgestoßen zu fühlen, und die ihren Mann statt vor der Heirat nach der Heirat lieben (wenn nicht hassen!) lernen. Ich hoffe inständig – und Sie, Mr. Hartright, sollten soviel Mut und Selbstverleugnung haben, es ebenfalls zu hoffen –, daß diese neuen Gefühle, die ihr die Ruhe und Zufriedenheit nahmen, nicht allzu tief in ihr verwurzelt sind. Ihre Abwesenheit, Mr. Hartright – glaubte ich nicht an Ihren Mut, Ihre Ehre und Ihre Einsicht, würde ich Ihnen nicht so sehr vertrauen –, Ihre Abwesenheit also wird mich bei meinen Bemühungen unterstützen, und die Zeit wird uns allen dreien eine Hilfe sein. Immerhin weiß ich, daß von Anfang an mein Vertrauen in Sie berechtigt war und daß Sie der Schülerin gegenüber, deren Verhältnis zu Ihnen Sie leider vergessen hatten, bestimmt nicht weniger ehrlich, weniger hilfsbereit und weniger rücksichtsvoll sein werden als gegenüber der unglücklichen Fremden, die nicht umsonst bei Ihnen Hilfe suchte.«

Wieder die zufällige Anspielung auf die Frau in Weiß! War es denn nicht möglich, von Miss Fairlie und mir zu sprechen, ohne dabei die Erinnerung an Anne Catherick heraufzubeschwören und sie zwischen uns zu stellen gleich einem unabwendbaren Verhängnis?

»Miss Halcombe, sagen Sie mir doch: Wie soll ich mich bei Mr. Fairlie dafür entschuldigen, daß ich meinen Vertrag breche? Und sofern er meine Entschuldigung annimmt – werden Sie mir dann sagen, wann ich gehen soll? Ich richte mich ganz nach Ihren Wünschen, das verspreche ich.«

»Ja, den geeigneten Zeitpunkt zu wählen, ist sicher wichtig«, antwortete sie. »Sie waren dabei, als ich heute früh den kommenden Montag nannte, an dem das bordeauxrote Zimmer bereit sein muß. Der Gast nämlich, der dann bei uns eintrifft –«

Ich wollte es nicht hören, denn nach allem, was ich jetzt wußte, und aus Miss Fairlies Verhalten beim Frühstück, konnte ich nur eines schließen: Der Gast, den man erwartete, war ihr Verlobter. Ich versuchte mich zu beherrschen, aber in mir stieg etwas hoch, das stärker war als mein Wille: Ich unterbrach Miss Halcombe. »Lassen Sie mich heute gehen!« sagte ich bitter. »Je früher, desto besser.«

»Nein, heute nicht«, erwiderte sie. »Mr. Fairlie wird nämlich Ihre vorzeitige Abreise nur dann gestatten, wenn Sie ihm sagen, daß unvorhergesehene Ereignisse Sie zu einer Rückkehr nach London zwingen. Sie müssen daher warten, bis morgen die Post eintrifft, und können erst dann mit ihm sprechen. Wenn er Ihre plötzliche Sinnesänderung auf den Erhalt eines Briefes zurückführt, wird er Verständnis haben. Ich weiß, es ist widerlich und erbärmlich, jemanden täuschen zu müssen, auch wenn die Sache noch so harmlos ist – aber ich kenne Mr. Fairlie. Wenn er Verdacht schöpft, läßt er Sie sicherlich nicht fort. Sprechen Sie also erst morgen vormittag mit ihm, beschäftigen Sie sich nachher mit den Zeichnungen, damit Sie die Arbeit, wenn auch unfertig, so doch halbwegs geordnet zurücklassen, und reisen Sie am Samstag ab. So bleibt Zeit genug für Sie – und für uns alle.«

Ehe ich ihr noch versichern konnte, daß ich mich ganz nach ihren Wünschen richten würde, schreckten uns Schritte auf. Sie kamen näher und näher durchs Gebüsch – jemand suchte uns. Das Blut schoß mir ins Gesicht – und wich dann wieder daraus. Wer konnte es sein, der sich zu dieser Stunde, unter solchen Umständen so hastig uns näherte? Miss Fairlie etwa?

Ich fühlte mich erleichtert (so traurig, so hoffnungslos war eben alles zwischen uns geworden) – ich fühlte mich tatsächlich erleichtert, als die Person, deren Schritte uns gestört hatten, vor dem Gartenhaus stand: Es war Miss Fairlies Zofe.

»Darf ich Sie kurz sprechen, Miss?« fragte das Mädchen hastig und nervös.

Miss Halcombe erhob sich, stieg die Stufen hinunter und ging mit dem Mädchen ein paar Schritte zur Seite.

Allein gelassen, richteten sich meine Gedanken mit einem Gefühl der Verlassenheit, das zu beschreiben ich keine Worte finde, auf meine baldige Rückkehr in mein trauriges, einsames

Londoner Quartier. Ich gedachte meiner guten alten Mutter und meiner Schwester, die sich so sehr über meine gut bezahlte Stelle in Limmeridge House gefreut hatten. Zu meiner Schande mußte ich gestehen: Die Gedanken an sie hatte ich schon lange aus meinem Herzen verbannt – jetzt kamen sie plötzlich zurück, traurig wie alte, vernachlässigte Freunde. Meine Mutter und meine Schwester – was würden sie sagen zu meinem vorzeitig gelösten Kontrakt und dem Eingeständnis meines traurigen Geheimnisses? Sie, die so hoffnungsvoll an jenem letzten glücklichen Abend in Hampstead von mir Abschied genommen hatten?

Anne Catherick! Schon wieder! Sogar die Erinnerung an den Abschiedsabend verband sich mit der Erinnerung an meine nächtliche Rückkehr nach London. Was bedeutete das? Sollten diese Frau und ich einander nochmals begegnen? fragte ich mich. Es wäre immerhin möglich ... Weiß sie, daß ich in London wohne? Ja, ich habe es ihr gesagt, entweder vor oder nach ihrer mißtrauischen Frage, ob ich unter dem niederen Adel Bekannte hätte – etwa im Rang eines Baronets ... Ja, es war vorher oder nachher gewesen, aber nervös, wie ich war, konnte ich mich jetzt nicht mehr genau daran erinnern.

Es vergingen einige Minuten, ehe Miss Halcombe die Zofe wegschickte und zu mir zurückkam. Jetzt wirkte auch sie nervös.

»Mr. Hartright, wir haben also alles geklärt«, sagte sie, »und wir verstehen einander – wie Freunde. Gehen wir ins Haus zurück? Offengestanden – Laura macht mir Sorgen. Sie hat mir sagen lassen, sie möchte mich sofort sprechen. Und die Zofe hat berichtet, ihre Herrin habe sich anscheinend über einen Brief sehr aufgeregt, den sie heute morgen erhielt, denselben wahrscheinlich, den ich ins Haus schickte, bevor wir hierher kamen.«

Rasch gingen wir den Heckenweg zum Haus zurück. Miss Halcombe hatte zwar alles gesagt, was sie für notwendig hielt, ich aber noch lange nicht alles, was ich auf dem Herzen hatte. Von dem Moment an, da ich entdeckte, daß der erwartete Besuch Miss Fairlies Verlobter war, wurde ich von quälender, brennender Neugier erfaßt und wollte jetzt auf der Stelle wissen, wer er sei, zumal sich vielleicht keine weitere Gelegenheit zu einer solchen Frage bieten würde. Also wagte ich auf dem Weg zum Haus zu sagen: »Miss Halcombe, Sie waren so gütig, mir zu bedeuten, daß wir einander verstehen. Nun, da Sie meines Gehorsams und meiner Dankbarkeit sicher sind, darf ich Sie doch fragen, wer –« (ich zögerte, ich hatte mich zwar gezwungen, an ihn zu denken, aber schwieriger war es, von ihm als ihrem zukünftigen Ehemann zu sprechen) – »wer Miss Fairlies Verlobter ist?«

Miss Halcombe war offenbar mit der Nachricht beschäftigt, die sie von ihrer Schwester erhalten hatte, denn sie antwortete hastig und zerstreut: »Ein Herr aus Hampshire, mit großem Vermögen.«

Hampshire! Anne Cathericks Heimat. Wieder und immer wieder die Frau in Weiß. Darin lag doch etwas Schicksalhaftes!

»Und wie heißt er?« fragte ich so ruhig und gelassen wie möglich.

»Sir Percival Glyde.«

Sir – Sir Percival? Anne Cathericks Frage – ihre mißtrauische Frage betreffend Männer im Range eines Baronets, die mir bekannt seien – wurde mir durch Miss Halcombes Antwort wieder in Erinnerung gebracht. Ich blieb stehen und blickte ihr ins Gesicht.

»Sir Percival Glyde«, wiederholte sie, wahrscheinlich in der Annahme, ich hätte sie nicht verstanden.

»Knight oder Baronet?« fragte ich so aufgeregt, daß ich es nicht mehr verbergen konnte.

Sie zögerte kurz und antwortete dann eher kühl: »Ein Baronet selbstverständlich.«

X

Kein Wort fiel mehr, während wir zum Haus zurückgingen. Dort eilte Miss Halcombe sofort ins Zimmer ihrer Schwester; und ich ging in mein Atelier, um die Zeichnungen, die ich noch nicht restauriert und aufgezogen hatte, zu ordnen, ehe ich sie einem andern zur Weiterbehandlung überließ. Nun, da ich allein war, drängten sich mir Gedanken auf, die ich bisher unterdrückt hatte, Gedanken, die mir meine Lage noch unerträglicher machten.

Sie war verlobt, und ihr zukünftiger Mann war Sir Percival Glyde, ein Baronet, Grundbesitzer in Hampshire.

Natürlich gibt es Hunderte von Baronets in England und Dutzende von Grundbesitzern in Hampshire, überlegte ich. Es bestand also wirklich nicht der geringste Grund, Sir Percival Glyde mit den argwöhnischen Fragen der Frau in Weiß in Verbindung zu bringen; und doch tat ich es. Vielleicht, weil er in meinem Denken jetzt mit Miss Fairlie verknüpft war? Oder vielleicht, weil ich Miss Fairlie – seit jenem Abend, an welchem ich die rätselhafte Ähnlichkeit entdeckt hatte – in Verbindung mit Anne Catherick sah? Hatten die Ereignisse dieses Morgens meine Nerven derart mitgenommen, daß jeder harmlose Zufall mich täuschen und meiner Phantasie einen Streich spielen konnte? Ich wußte es nicht. Nur eines wußte ich: Was zwischen Miss Halcombe und mir auf unserem Rückweg vom Gartenhäuschen vorgegangen war, konnte ich mir nicht mehr aus dem Kopf schlagen. Mich überkam das unbestimmte Vorgefühl, als ob im Dunkel der Zukunft eine unbekannte Gefahr auf uns alle lauere. Unheil zog sich über uns zusammen. Eine Ahnung, als sei ich bereits ein Glied in einer Kette von Ereignissen, die nicht einmal meine baldige Abreise aus Cumberland würde sprengen können, zog sich immer düsterer über meinem Haupt zusammen. Konnte denn einer von uns bereits das Ende erkennen? Und von welcher Art würde dieses Ende sein? All das bedrückte mich. Und so quälend der Schmerz auch war, den mir der traurige Verlauf meiner kurzen vermessenen Liebe auch verursachte – er schien mir jetzt abgestumpft, ja sogar verdrängt durch das noch stärkere Gefühl einer Bedrohung, die, noch unsichtbar im Schoß der Zeiten schwebend, gewißlich eines Tages über uns hereinbrechen würde.

Über eine halbe Stunde war ich bereits mit den Zeichnungen beschäftigt gewesen, als es an der Türe klopfte. Auf meine Aufforderung öffnete sie sich, und zu meiner Überraschung trat Miss Halcombe ein.

Sie sah verärgert aus. Ich wollte ihr einen Platz anbieten, aber sie schob selbst einen Stuhl zu mir hin und setzte sich.

»Mr. Hartright«, sagte sie, »ich hatte gehofft, alle peinlichen

Gespräche seien erledigt, für heute wenigstens. Doch dem ist leider nicht so. Irgend jemand treibt da ein übles Spiel, um meiner Schwester vor der bevorstehenden Hochzeit Angst einzujagen. Sie waren ja heute dabei, als ich den Gärtnergehilfen mit einem Brief für Miss Fairlie ins Haus schickte.«

»Gewiß.«

»Das war ein anonymer Brief, in dem auf übelste Weise versucht wird, Sir Percival Glyde in den Augen meiner Schwester herabzusetzen. Der Brief hat sie so aufgeregt, daß es mir nur mit größter Mühe gelungen ist, sie soweit zu beruhigen, daß ich ihr Zimmer verlassen und zu Ihnen kommen konnte. Ich weiß, es ist eigentlich eine Familienangelegenheit, in der ich Sie nicht zu Rate ziehen sollte, zumal Sie als Außenstehender sicher kein Interesse –«

»Verzeihen Sie, Miss Halcombe – aber ich habe das größte Interesse an allem, was Miss Fairlies Glück oder Ihr eigenes Wohlergehen betrifft.«

»Das freut mich zu hören. Sie sind ja tatsächlich der einzige Mensch innerhalb und außerhalb dieser Mauern, mit dem ich mich beraten kann. Mr. Fairlie kommt bei seinem Gesundheitszustand nicht in Frage, außerdem geht er Schwierigkeiten und Verwicklungen immer tunlichst aus dem Wege. Der Ortspfarrer ist ein guter, aber schwacher Mensch, dessen Horizont nicht über seine Amtsgeschäfte hinausreicht, und unsere Nachbarn gehören zu jenen unverbindlichen Alltagsbekanntschaften, die man in Zeiten von Not und Gefahr am besten nicht behelligt. Ich überlege gerade folgendes: Soll ich sofort die notwendigen Schritte unternehmen, um zu erfahren, wer diesen Brief geschrieben hat? Oder soll ich warten und mich morgen an Mr. Fairlies Rechtsberater wenden? Es geht darum, ob ich einen Tag gewinnen – was vielleicht wichtig ist – oder einen Tag verlieren soll. Sagen Sie mir, wie Sie darüber denken, Mr. Hartright! Hätte ich Sie nicht schon früher in einer delikaten Angelegenheit ins Vertrauen ziehen müssen, so wäre vielleicht nicht einmal meine hilflose Lage jetzt eine Entschuldigung für mich. Aber wie die Dinge nun einmal liegen, kann es nach all dem, was inzwischen geschehen ist, doch nicht unrecht sein, wenn ich in diesem Augenblick nicht berücksichtige, daß unsere Freundschaft erst drei Monate alt ist.«

Damit reichte sie mir den Brief. Er begann unvermittelt, ohne jede Anrede:

»Glauben Sie an Träume? Um Ihretwillen hoffe ich es. Lesen Sie in der Heiligen Schrift nach, was dort über Träume und deren Erfüllung steht (1. Buch Moses 40,8 und 41,25; Daniel 4,18–25); und beherzigen Sie diese Warnung, ehe es zu spät ist.

In der vergangenen Nacht habe ich von Ihnen geträumt, Miss Fairlie. Ich befand mich innerhalb des Altarraums: ich auf der einen Seite, auf der anderen Seite der Geistliche, im Priestergewand und mit Gebetbuch.

Nach einer Weile kamen durch das Kirchenschiff ein Mann und eine Frau auf uns zu, um sich trauen zu lassen. Die Frau waren Sie. In Ihrem schönen weißen Seidenkleid und mit dem langen weißen Spitzenschleier sahen Sie so hübsch und unschuldig aus, daß mir Ihretwegen weh ums Herz wurde und die Tränen in die Augen traten.

Es waren Tränen des Mitleids, die der Himmel segnet, und anders als die gewöhnlichen Tränen, die wir alle vergießen, fielen sie mir nicht aus den Augen, sondern verwandelten sich in zwei Lichtstrahlen, die sich mehr und mehr auf den Mann richteten, der mit Ihnen vor dem Altar stand, und schließlich seine Brust berührten. Die beiden Strahlen zwischen ihm und mir waren gekrümmt wie Regenbogen, und ich blickte ihm über die Brücke tief in sein Herz hinein.

Äußerlich sah der Mann, den sie heiraten wollten, gut aus. Er war weder groß noch klein, aber doch eher kleiner als der Durchschnitt; etwa fünfundvierzig Jahre alt, lebhaft und kräftig. Die hohe Stirn über dem bleichen Gesicht war schon ein bißchen kahl, doch sonst hatte er dichtes, dunkles Haar. Das Kinn war glattrasiert, doch an der Oberlippe und den Backen wuchs ihm ein Bart von schönem, dichtem Braun. Auch seine lebhaften Augen waren braun und glänzten. Seine Nase war gerade und fein und zartgeformt wie bei einer Frau. Ab und zu plagte ihn ein trockener Husten, und wenn er seine schmale rechte Hand vor den Mund hielt, konnte man auf dem Handrücken die rote Narbe einer alten Wunde sehen. Hat mir von dem richtigen Mann geträumt? Sie wissen es am besten, Miss Fairlie, und Sie können daher sagen, ob ich mich getäuscht habe oder nicht. Jetzt aber lesen Sie bitte weiter, was ich unter dieser äußeren Hülle gesehen habe – und ich flehe Sie an: lesen Sie, und ziehen Sie die Lehre daraus!

Den beiden Lichtstrahlen folgend, sah ich direkt in sein Herz: es war schwarz wie die Nacht, und darin stand geschrieben, in roten flammenden Buchstaben, welche da sind die Handschrift des gefallenen Engels: ›Ohne Mitleid und ohne Reue. So wie er die Pfade anderer in Leid getaucht hat, so wird er auch den Pfad des Weibes an seiner Seite in Leid tauchen.‹ Das also las ich, und dann wanderten die Lichtstrahlen weiter, über seine Schulter hinweg, und da, genau hinter ihm, stand ein Teufel und lachte. Und nochmals wanderten die Lichtstrahlen weiter, über Ihre Schulter hinweg, und da, hinter Ihnen, stand ein Engel und weinte. Da wanderten die Lichtstrahlen ein drittes Mal und legten sich genau zwischen Sie und diesen Mann, sie wurden breiter und breiter und drängten Sie beide auseinander. Vergebens suchte der Geistliche in seinem Buch nach den Trauformeln. Sie fehlten. Er schloß das Buch und legte es verzweifelt nieder. – Da wachte ich auf, mit klopfendem Herzen, die Augen voll Tränen – ich nämlich *glaube* an Träume!

Miss Fairlie, ich beschwöre Sie: Glauben auch Sie diesem Traum – ich flehe Sie an, um Ihretwillen! Auch Joseph und Daniel und andere in der Heiligen Schrift glaubten an Träume. Forschen Sie nach in der Vergangenheit dieses Mannes mit der roten Narbe auf der Hand, ehe Sie das Wort sagen, das Sie zu seiner unglücklichen Frau macht! Ich warne Sie – nicht um meinetwillen, sondern um Ihretwillen. Ihr Wohl wird mir am Herzen liegen, solange ich atme. Weil Sie Mrs. Fairlies Tochter sind, bin ich Ihnen zärtlich zugetan – denn Ihre Mutter war meine erste, meine beste, meine einzige Freundin!«

So endete dieser ungewöhnliche Brief, der keine Unterschrift trug.

Auch die Handschrift bot keine Hinweise: steife, unsichere Buchstaben auf vorgezogenen Linien wie in einem Schulheft, eine ganz gewöhnliche Schrift, die blaßblaue Tinte war durch Kleckse entstellt. Sonst war nichts Auffallendes daran.

»Ein gänzlich ungebildeter Mensch schreibt nicht so«, meinte Miss Halcombe, »aber andererseits hat dieser Brief wieder nicht genug Stil, um den Schreiber den gebildeten und höheren Kreisen zuzuordnen. Daß Brautkleid und Schleier erwähnt sind – sowie andere Kleinigkeiten –, läßt vermuten, daß es sich um eine Frau handelt. Was meinen Sie, Mr. Hartright?«

»Das glaube ich auch. Vermutlich ist dieser Brief von einer Frau, die aber im Kopf etwas –«

»– durcheinander ist, wollen Sie sagen. Ja, das war auch mein erster Eindruck.«

Ich antwortete nicht, sondern dachte an den letzten Satz des Briefs: »Weil Sie Mrs. Fairlies Tochter sind, bin ich Ihnen zärtlich zugetan – denn Ihre Mutter war meine erste, meine beste, meine einzige Freundin!« Diese Worte und zugleich der eben geäußerte Zweifel, ob der Briefschreiber denn auch ganz klar bei Sinnen war, brachten mich auf einen Gedanken, den auszusprechen ich mich scheute und den ich auch nicht weiter verfolgen wollte. Allmählich befürchtete ich, selbst aus dem seelischen Gleichgewicht, selbst in die Fänge einer fixen Idee zu geraten: Jede seltsame Begebenheit, jedes unerwartete Wort führte ich auf dieselbe verborgene Fährte, auf denselben unheilvollen Einfluß zurück. Doch diesmal wollte ich einen klaren Kopf bewahren und keinesfalls eine Entscheidung treffen, die nicht durch Tatsachen gerechtfertigt war; zudem mußte ich vermeiden, mich von bloßen Mutmaßungen verführen zu lassen.

Miss Halcombe den Brief zurückgebend, bemerkte ich: »Sofern es überhaupt möglich ist, die Absenderin zu ermitteln, wäre es gut, jede sich bietende Gelegenheit zu nützen. Ich glaube, wir sollten noch einmal mit dem Gärtnergehilfen sprechen; vielleicht erfahren wir Genaueres über die alte Frau, die ihm den Brief überreicht hat, und können dann im Dorfe nachforschen. Aber erlauben Sie mir vorher noch eine Frage: Sie wollen sich doch morgen mit Mr. Fairlies Anwalt beraten? Wäre es nicht möglich, sich früher mit ihm in Verbindung zu setzen? Warum nicht gleich heute?«

»Um Ihnen das zu erklären, muß ich Ihnen ein paar Dinge darlegen, die sich auf das Verlöbnis meiner Schwester beziehen und die ich bisher nicht erwähnte, weil mir dies weder wünschenswert noch notwendig erschien. Einer der Gründe für Sir Percivals Besuch bei uns ist nämlich die Frage des Hochzeitstermins, der bis jetzt noch nicht feststeht. Ihm liegt sehr daran, daß die Hochzeit noch vor Jahresende stattfindet.«

»Weiß Miss Fairlie von diesem Wunsch?« fragte ich.

»Sie hat keine Ahnung davon, und nach allem, was geschehen ist, will ich es auch nicht auf mich nehmen, sie darüber aufzuklären. Sir Percival hat seine Wünsche nur Mr. Fairlie mitgeteilt, und dieser hat mir gesagt, er sei als Lauras Vormund ebenfalls für einen baldigen Termin. Deshalb hat er unserem Londoner Rechtsanwalt geschrieben. Aber Mr. Gilmore, der sich derzeit in Glasgow befindet, schlug in seiner Antwort vor, seine Rückreise nach London hier zu unterbrechen. Daher kommt er also morgen und bleibt ein paar Tage bei uns, um Sir Percival Zeit für Besprechungen einzuräumen. Anschließend kehrt Mr. Gilmore nach London zurück und nimmt den Entwurf für den Ehevertrag mit. Sie verstehen jetzt, Mr. Hartright, warum wir bis morgen auf den Rat eines Juristen warten müssen. Mr. Gilmore ist der alte und erprobte Freund zweier Fairlie-Generationen, ihm können wir vertrauen wie sonst keinem.«

Ehevertrag! Schon das Wort allein weckte in mir eine eifersüchtige Verzweiflung, die mein besseres Selbst vergiftete. Und leider muß ich bekennen – aber ich darf in meinem Bericht über diese furchtbaren Tage nichts verschweigen: Ich dachte voll Haß und inbrünstiger Hoffnung an die vagen Anschuldigungen gegen Sir Percival Glyde, die der anonyme Brief enthielt. Was, wenn diese gräßlichen Behauptungen auf Wahrheit beruhten? Was, wenn man die Wahrheit beweisen könnte, bevor das fatale Ja-Wort gesprochen, bevor der Ehevertrag unterzeichnet war?

Ich habe mir seither immer einzureden versucht, daß der Impuls, der mich damals zum Handeln trieb, nur auf dem Wunsch beruhte, Miss Fairlies Interessen zu dienen. Aber es ist mir nie gelungen, mich selbst zu belügen, und daher will ich erst gar nicht versuchen, andere zu belügen. Mein Gefühl damals war nichts anderes als blinder, ohnmächtiger, unversöhnlicher Haß gegen den Mann, der sie heiraten wollte.

Unter diesem Einfluß, der jetzt mein Handeln bestimmte, sagte ich zu Miss Halcombe: »Wenn wir etwas herausfinden wollen, dürfen wir keine Minute ungenützt verstreichen lassen. Ich schlage daher nochmals vor, den Gärtnergehilfen zu befragen und sich dann im Dorf zu erkundigen.«

»Dabei kann ich Ihnen helfen«, sagte Miss Halcombe und erhob sich. »Gehen wir gleich, Mr. Hartright, und tun wir, was in unseren Möglichkeiten liegt.«

Meine Hand lag bereits auf der Türklinke, aber ich zögerte, denn vor unserem Aufbruch hatte ich noch eine wichtige Frage: »In diesem anonymen Brief steht in einem Absatz eine präzise Personenbeschreibung. Zugegeben, Sir Percivals Name ist nicht genannt – aber trifft diese Beschreibung auf ihn zu?«

»Ganz genau. Sogar das Alter stimmt: fünfundvierzig –«

Fünfundvierzig! Und sie war noch nicht einmal einundzwanzig! Männer dieses Alters heiraten tagtäglich junge Mädchen, und erfahrungsgemäß sind solche Ehen oft die glücklichsten. Und doch: Der Gedanke an diesen Altersunterscheid verstärkte noch mein Mißtrauen und meinen blinden Haß gegen ihn.

»Es stimmt alles ganz genau«, fuhr Miss Halcombe fort, »sogar die Narbe auf der rechten Hand – die Folge einer Verletzung, die er vor Jahren auf einer Italienreise davontrug. Zweifellos weiß die Verfasserin dieses Briefes sehr genau, wie Sir Percival aussieht, selbst besondere Merkmale sind ihr bekannt.«

»Sie erwähnt sogar einen Husten, der ihn plagt, wenn ich mich recht erinnere?«

»Ja, auch das ist richtig. Er selbst nimmt zwar die Sache nicht ernst, seine Freunde aber machen sich manchmal Sorgen um ihn.«

»Und bisher ist sonst keine üble Nachrede an Ihr Ohr gedrungen?«

»Mr. Hartright! Sie lassen sich doch hoffentlich nicht von diesem niederträchtigen Brief beeinflussen?«

Ich fühlte, wie mir das Blut in die Wangen stieg, denn ich wußte ja, daß er mich tatsächlich beeinflußt hatte.

»Nein, nein«, stammelte ich verwirrt. »Vielleicht hatte ich ja auch kein Recht, diese Frage zu stellen.«

»Es ist gut, daß Sie gefragt haben«, erklärte sie, »denn das gibt mir Gelegenheit, Sir Percivals Ruf ins rechte Licht zu setzen. Mr. Hartright! Weder ich noch meine Familie haben je etwas Abträgliches über ihn gehört. Er hat sich zwei Wahlen gestellt und diese Feuerprobe ohne jeden Kratzer überstanden. Wenn einer das in England zustande bringt, ist sein Ruf als untadeliger Mann gesichert.«

Wortlos öffnete ich ihr die Türe und folgte ihr hinaus. Sie hatte mich nicht überzeugt. Und wäre jener Engel vom Himmel herabgestiegen, der die guten und die bösen Taten der Menschen aufzeichnet, und hätte sein Buch vor meinen Augen aufgeschlagen – auch er hätte mich nicht überzeugt.

Wir fanden den Gärtnergehilfen wie üblich bei seiner Arbeit. Aber wir konnten noch so eindringlich fragen, wir brachten aus dem Burschen in seiner undurchdringlichen Dummheit nichts heraus: Die Frau, die ihm den Brief gegeben hatte, war eine ältere Frau; sie hatte kein einziges Wort gesagt und war eiligst in südlicher Richtung davongegangen. Das war alles, was wir von ihm erfuhren.

Südlich von Limmeridge House lag das Dorf. Also begaben wir uns dorthin.

XI

Im Dorf stellten wir gründliche Nachforschungen in alle Richtungen an, doch sie blieben ohne Erfolg. Drei Dorfbewohner versicherten uns allerdings, die Frau gesehen zu haben, doch waren sie weder imstande, sie zu beschreiben, noch konnten sie sich über die Richtung einigen, in die sie gegangen war. Diese drei glorreichen Ausnahmen von der hier allgemein üblichen Stumpfheit brachten uns also auf unserer Suche auch nicht weiter als ihre vielen unbeholfenen und unaufmerksamen Nachbarn.

Im Verlauf unserer nutzlosen Nachforschungen erreichten wir schließlich das Ende des Dorfs, wo die von Mrs. Fairlie gegründete Schule stand. Als wir an jenem Teil des Gebäudes vorbeikamen, wo das Schulzimmer der Knaben lag, schlug ich Miss Halcombe vor, einen letzten Versuch zu unternehmen und den Schulmeister zu befragen, von dem man aufgrund seines Amtes annehmen durfte, daß er der intelligenteste Mensch im Ort sei.

»Mr. Dempster hatte wahrscheinlich gerade Unterricht, als

diese Frau auf ihrem Hin- und Rückweg durchs Dorf kam«, meinte Miss Halcombe. »Aber versuchen wir es trotzdem!«

Wir betraten den Schulhof und gingen am Fenster des Schulzimmers vorbei, weil wir zum Eingang an der Rückseite des Gebäudes wollten. Vor dem Fenster blieb ich kurz stehen und blickte hinein.

Der Schulmeister saß am Katheder, den Rücken mir zugewandt, und hielt anscheinend eine Strafpredigt. Alle Schüler waren vor ihm angetreten, mit einer Ausnahme. Dieser eine war ein kräftiger, weißblonder Knabe, der in einer Ecke stand: ein kleiner einsamer Robinson Crusoe auf der einsamen Insel der Schande und Strafe.

Als wir den Eingang erreichten, stand die Türe ein wenig offen, und die Stimme des Schulmeisters drang klar und deutlich zu uns heraus, als wir einen Augenblick im Eingang innehielten:

»Also Kinder«, sagte er gerade, »paßt auf, was ich euch sage! Wenn mir noch ein einziges Wort über Gespenster zu Ohren kommt, könnt ihr euch auf etwas gefaßt machen. Gespenster gibt es nicht. Und ein Schüler, der an Gespenster glaubt, glaubt an Dinge, die nicht existieren, handelt wider die Vernunft und Ordnung und muß folglich bestraft werden. Ihr alle seht Jacob Postlethwaite zu seiner Schande dort in der Ecke stehen. Ich habe ihn bestraft, nicht, weil er gesagt hat, daß er gestern abend auf dem Kirchhof ein Gespenst gesehen hat, sondern weil er zu frech und zu störrisch ist, um Vernunft anzunehmen. Er beharrt darauf, ein Gespenst gesehen zu haben, obwohl ich ihm erklärt habe, daß es so etwas nicht gibt. Und wenn nichts anderes hilft, treibe ich ihm das Gespenst noch mit dem Rohrstock aus – und solltet auch ihr an derlei Dummheiten glauben, gehe ich noch einen Schritt weiter und treibe der ganzen Schule das Gespenst mit dem Rohrstock aus!«

»Wir haben für unseren Besuch offenbar einen unpassenden Moment gewählt«, meinte Miss Halcombe, als der Lehrer geendet hatte, und stieß die Türe auf.

Unser Erscheinen erregte bei den Jungen beträchtliches Aufsehen. Offenbar glaubten sie, wir seien eigens gekommen, um zuzuschauen, wie Jacob Postlethwaite geprügelt wurde.

»So. Jetzt nach Hause mit euch! Geht essen!« rief der Schulmeister. »Nur Jacob bleibt dort in der Ecke. Dem soll das Gespenst das Essen bringen, sofern es dazu Lust hat.«

Mit dem Schwinden der Aussicht auf Essen und dem Verschwinden der Schulkameraden verließ den Jungen seine Standhaftigkeit. Jacob zog die Hände aus der Tasche, sah auf seine Knöchel und preßte die kleinen Fäuste fest auf die Augen. Dabei schniefte er in raschen und regelmäßigen Abständen und gab auf diese Weise seinem kindlichen Schmerz Ausdruck.

»Mr. Dempster, wir sind hier, um Ihnen eine Frage zu stellen«, sagte Miss Halcombe, zum Schulmeister gewandt. »Aber wir waren nicht darauf gefaßt, Sie mit Gespenstern beschäftigt zu sehen. Was soll das? Was ist denn geschehen?«

»Dieser Bengel hat die ganze Schule in Schrecken versetzt, indem er behauptete, er habe gestern abend ein Gespenst gesehen, und er hält trotz aller Bemühungen an dieser albernen Geschichte fest.«

»Sehr sonderbar«, meinte Miss Halcombe. »Ich hätte kaum geglaubt, daß einer dieser Jungen genug Phantasie hat, einen Geist zu sehen. Das ist sicher eine zusätzliche Belastung bei Ihrer ohnehin so schwierigen Aufgabe, die Jugend von Limmeridge zu bilden – ich wünsche Ihnen viel Erfolg dabei, Mr. Dempster! Doch erlauben Sie mir, daß ich Ihnen erkläre, warum Sie mich hier sehen.« Dann stellte sie ihm die gleiche Frage, die wir vorher an fast alle Dorfbewohner gerichtet hatten. Auch von ihm kam die gleiche entmutigende Antwort. Mr. Dempster war die Fremde, die wir suchten, überhaupt nicht unter die Augen gekommen.

»Mr. Hartright, eigentlich könnten wir nach Hause gehen – die Auskunft, die wir suchen, können wir anscheinend nicht bekommen«, meinte Miss Halcombe.

Damit nickte sie Mr. Dempster zu und wollte eben das Zimmer verlassen, als der kleine Jacob Postlethwaite, der noch immer schluchzend in dem Arme-Sünder-Eckchen stand, ihre Aufmerksamkeit auf sich zog. Sie blieb stehen, um dem kleinen Missetäter ein paar freundliche Worte zu sagen.

»Kleines Dummerchen, laß das doch bleiben mit dem Gespenst! Warum bittest du Mr. Dempster nicht um Entschuldigung?«

»Miss, ich hab's doch gesehen!« sagte er mit entsetztem Blick und unter Tränen.

»Unsinn! Du hast nichts dergleichen gesehen! Ein Gespenst! So etwas! Wer soll denn auf dem Kirchhof als Gespenst –«

»Verzeihen Sie, Miss Halcombe«, unterbrach sie der Schulmeister ein bißchen verlegen, »ich glaube, Sie sollten dem Jungen keine Fragen stellen. Es ist nicht zu fassen, wie halsstarrig er auf seiner Meinung beharrt, und da könnte es passieren, daß er in seiner Torheit –«

»In seiner Torheit – was?« fragte Miss Halcombe scharf.

»– daß er in seiner Torheit Ihre Gefühle verletzt«, ergänzte Mr. Dempster und sah dabei sehr verlegen drein.

»Mr. Dempster, Sie überschätzen meine Gefühle, wenn Sie glauben, so ein Knirps könnte sie verletzen!«

Ein bißchen spöttisch wandte sie sich dem Kleinen zu und begann ihn nun selbst auszufragen. »Hör zu, du kleiner Schlingel! Ich möchte alles wissen!« sagte sie. »Wann hast du das Gespenst gesehen?«

»Gestern, es war schon finster«, erwiderte Jacob.

»Aha, also gegen Abend. Und wie sah es aus?«

»Ganz, ganz weiß – wie halt Gespenster sind«, antwortete der kleine Geisterseher, selbstsicher wie ein Erwachsener.

»Und wo war das?«

»Dort drüben, auf dem Kirchhof – wo halt Gespenster umgehen.«

»Wo Gespenster umgehen! Kleines Dummerchen, du redest, als wären dir von Kindesbeinen an Sitten und Gebräuche der Gespenster vertraut. Jedenfalls bist du um eine Antwort nicht verlegen. Vielleicht kannst du mir auch sagen, wer dir auf dem Kirchhof als Gespenst erschien?«

»Natürlich kann ich das!« antwortete Jacob triumphierend und nickte bedeutungsvoll mit dem Kopf.

Mr. Dempster hatte schon mehrmals versucht, Miss Halcombe zu unterbrechen. Jetzt endlich verschaffte er sich Gehör. »Verzeihen Sie, Miss Halcombe!« rief er energisch. »Ich erlaube mir festzustellen, daß Sie ihn durch Ihre Fragen geradezu ermutigen.«

»Mr. Dempster, ich will nur noch eines wissen – dann gebe ich mich gern zufrieden ... Nun, Jacob, wer also ist dir auf dem Kirchhof als Gespenst erschienen?«

»Der Geist von Mrs. Fairlie«, flüsterte der Knabe.

Die Antwort wirkte auf Miss Halcombe genau so, wie Mr. Dempster es befürchtet hatte. Ihr Gesicht wurde purpurrot vor Zorn – wütend blickte sie den Kleinen an, der vor Schreck erneut in Tränen ausbrach –, schon setzte sie zum Sprechen an, faßte sich jedoch wieder, wandte sich zum Schulmeister und sagte: »Es ist sinnlos, einen so kleinen Jungen für das, was er sagt, verantwortlich zu machen. Sicher haben ihm andere diese Idee in den Kopf gesetzt. Mr. Dempster, sollte es in diesem Dorf Leute geben, die vergessen haben, wieviel Dankbarkeit und Achtung sie dem Andenken meiner Mutter schuldig sind – dann werde ich sie finden! Und ich werde auch Mr. Fairlie soweit bringen, daß sie dafür büßen!«

»Miss Halcombe, ich glaube – nein, ich bin sicher: Sie irren sich!« erwiderte Mr. Dempster. »Diese ganze Geschichte ist einzig und allein der Phantasie dieses törichten und halsstarrigen Jungen entsprungen. Als er gestern abend am Kirchhof vorbeiging, sah er eine Frau in Weiß – oder glaubte sie zu sehen –, und sie stand, ob nun wirklich oder nur in seiner Einbildung, neben dem Marmorkreuz, das jedermann als Mrs. Fairlies Grabmal kennt. Schon allein diese Tatsache genügt, den Jungen auf eine Idee zu bringen, die Sie, Miss Halcombe, natürlich zutiefst verletzen muß.«

Miss Halcombe schienen zwar diese Worte nicht ganz zu überzeugen, aber sie war klug genug, dem Schulmeister nicht zu widersprechen. Immerhin klang es ja sehr vernünftig, was er da sagte. Sie dankte ihm kurz für seine Freundlichkeit und versprach, ihn wieder zu besuchen, sobald ihre Bedenken zerstreut wären. Dann nickte sie ihm zu und verließ, von mir gefolgt, das Zimmer.

Während dieses seltsamen Auftritts hatte ich etwas abseits gestanden, aufmerksam zugehört und meine eigenen Schlüsse gezogen. Kaum waren wir wieder allein, fragte mich Miss Halcombe, ob ich mir über diese Sache eine Meinung gebildet hätte.

»Jawohl, und ich werde sie auch ganz entschieden vertreten«, erklärte ich. »Meiner Meinung nach ist die Geschichte dieses Jungen gar nicht erfunden. Ich gestehe, daß ich jetzt darauf brenne, Mrs. Fairlies Grab zu sehen und dort nach Spuren zu suchen.«

»Dann führe ich Sie hin.«

Schweigend und nachdenklich schritt sie auf den Friedhof zu und nahm das Gespräch erst nach einer Weile wieder auf. »Was sich in der Schule eben abgespielt hat«, meinte sie, »hat mich vom Gegenstand unserer Nachforschungen, dem Briefe nämlich, so weit abgelenkt, daß ich mich kaum mehr zurechtfinde. Sollen wir also nicht weiter nachforschen und die Sache morgen Mr. Gilmore übergeben?«

»Keinesfalls, Miss Halcombe! Was sich in der Schule abgespielt hat, ermutigt mich im Gegenteil, die Nachforschungen fortzusetzen.«

»Und warum?«

»Weil es einen bestimmten Verdacht bestätigt, den ich ohnedies schon hatte, als Sie mir den Brief zu lesen gaben.«

»Vermutlich hatten Sie Ihre Gründe, mir bis jetzt davon nichts zu sagen?«

»Ich befürchtete, meinen Verdacht auf diese Weise noch zu nähren. Zuerst nämlich hielt ich ihn für vollkommen absurd – eine Ausgeburt meiner Phantasie, der ich mißtraute. Doch nun mißtraue ich ihr nicht länger. Nicht nur, was der Kleine Ihnen geantwortet hat, sondern auch, was der Schulmeister zufällig dazu bemerkte, hat mich in meiner Ansicht bestärkt. Mag sein, daß die Wirklichkeit mich widerlegt, Miss Halcombe, das wird sich bald erweisen, aber im Augenblick ist es meine Überzeugung, daß das angebliche Gespenst auf dem Kirchhof und die Schreiberin des anonymen Briefes ein und dieselbe Person sind.«

Sie blieb stehen, erblaßte und sah mir gespannt ins Gesicht.

»Wer also ist es?«

»Der Schulmeister hat es Ihnen, ohne es zu ahnen, bereits verraten, als er von einer Frau in Weiß sprach, die der Junge auf dem Kirchhof sah.«

»Doch nicht Anne Catherick?«

»Ja, es ist Anne Catherick.«

Sie hängte sich bei mir ein und stützte sich schwer auf meinen Arm. »Ich weiß nicht, warum«, sagte sie leise, »aber Ihr Verdacht macht mich ganz schwach und elend. Mir wird ganz –« Sie hielt inne und versuchte, sich durch Lachen zu befreien. »Mr. Hartright«, fuhr sie dann fort, »ich zeige Ihnen das Grab und gehe dann nach Hause. Vielleicht ist es besser, wenn ich mich um Laura kümmere. Ich sollte sie wohl nicht so lange allein lassen.«

Mit diesen Worten hatten wir den Kirchhof fast erreicht. Die Kirche, ein düsteres Gebäude aus grauem Stein, stand in einer Mulde, geschützt gegen den rauhen Wind, der hier über das Moorland fegt. Der Kirchhof mit den Gräbern zog sich von der Längsseite der Kirche den Hang hinauf. Umgeben von einer niedrigen Bruchsteinmauer lag er ungeschützt unter dem freien Himmel, kein Baum, kein Strauch, nur an einer Stelle, wo ein Rinnsal den steinigen Hang heruntertröpfelte, warf eine Gruppe von Zwergbäumen schmale Schatten auf das kurze schüttere Gras. Unmittelbar daneben, nicht weit entfernt von drei Trittsteinen, mit deren Hilfe man hier über die Mauer gelangte, erhob sich das weiße Marmorkreuz, das Mrs. Fairlies Ruhestätte von den bescheideneren ringsum unterschied.

»Weiter brauche ich nicht mit Ihnen zu gehen«, sagte Miss Halcombe und deutete auf das Grab. »Sollten Sie irgend etwas finden, das Ihre Vermutung bestätigt, lassen Sie es mich wissen! Wir sehen uns zu Hause.«

Sie ging. Ich stieg den Hang hinab und über die Trittsteine – und stand vor Mrs. Fairlies Grab.

Es gab keine Fußspuren – dazu war das Gras zu kurz und der Boden zu hart. Enttäuscht betrachtete ich als nächstes das Marmorkreuz auf dem würfelförmigen Sockel, der eine gemeißelte Inschrift trug.

Das natürliche Weiß des Kreuzes war da und dort von Wetterflecken getrübt, desgleichen auch eine Hälfte des Sockels, und zwar auf jener Seite, wo sich die Inschrift befand. Es fiel mir jedoch sofort auf, daß die andere Hälfte weder fleckig noch schmutzig war. Als ich näher hinsah, bemerkte ich, daß man sie gereinigt hatte, vor kurzem erst, und zwar von oben nach unten. Die Linie zwischen dem gereinigten und dem noch nicht gereinigten Teil konnte man dort, wo die Schrift den Marmor frei ließ, genau erkennen. Wer hatte damit begonnen, den Marmor zu säubern, und dann unvermittelt wieder aufgehört?

Neugierig blickte ich mich um, um eine Antwort auf meine Frage zu finden. Von der Stelle aus, wo ich stand, ließ ich meine Blicke umherwandern; weit und breit keine Spur von menschlicher Behausung, hier wohnten wirklich nur die Toten. Ich kehrte zur Kirche zurück, ging um sie herum und dann – auch hier gab es Trittsteine – über die Mauer. Hier befand ich mich am Beginn eines Pfads, der zu einem verlassenen Steinbruch hinunterführte. Dort stand eine Hütte, die höchstens zwei Räume haben mochte. Vor der Türe wusch eine alte Frau Wäsche.

Ich ging zu ihr hin und verwickelte sie in ein Gespräch über die Kirche und den Kirchhof. Sie war recht mitteilsam und erzählte mir auch gleich von ihrem Mann, der hier Küster und Totengräber war. Hierauf sagte ich ihr ein paar anerkennende Worte über Mrs. Fairlies Grabmal. Da schüttelte die Alte den Kopf und meinte, es befände sich jetzt leider in keinem guten Zustand. Zwar sei es ihres Mannes Geschäft, sich darum zu kümmern, aber der sei schon monatelang leidend und geschwächt und daher kaum imstande, sich sonntags in die Kirche zu schleppen und seinen Dienst zu tun; und auch die Grabpflege habe er daher etwas vernachlässigen müssen. Jetzt allerdings gehe es ihm schon ein bißchen besser, in acht oder zehn Tagen hoffe er kräftig genug zu sein, um sich an die Arbeit zu machen.

Diese Auskunft – die gekürzte Fassung eines endlosen weitschweifigen Berichts in breitestem Cumberland-Dialekt – sagte mir alles, was ich wissen wollte. Ich gab der Alten eine Kleinigkeit und kehrte umgehend nach Limmeridge House zurück.

Offensichtlich hatte also eine fremde Hand das Grabmal zu säubern begonnen. Wenn ich das, was ich bisher herausbekommen hatte, mit dem verknüpfte, was ich über das angebliche Gespenst vermutete, war es wohl das beste, noch am selben Abend Mrs. Fairlies Grab zu beobachten. Also faßte ich den Entschluß, bei Sonnenuntergang zurückzukehren und in der Nähe zu warten, bis die Nacht hereinbrach. Der Marmor war ja nur zum Teil gereinigt worden, daher schien es mir wahrscheinlich, daß die betreffende Person wieder zurückkommen würde, um Ihre Arbeit zu beenden.

In Limmeridge House unterrichtete ich Miss Halcombe von meiner Absicht. Sie sah mir während meines Berichts überrascht und unruhig ins Gesicht, hatte aber nichts dagegen einzuwenden. »Hoffentlich nimmt das ein gutes Ende!« war alles, was sie sagte. Ehe wir uns trennten, erkundigte ich mich noch so gleichgültig wie möglich nach Miss Fairlies Befinden. Ja, sie sei jetzt weniger bedrückt, meinte Miss Halcombe. Sie hoffe, ihre Schwester zu einem kleinen Nachmittagsspaziergang überreden zu können, solange die Sonne noch scheine.

Ich ging in mein Atelier und befaßte mich wieder mit dem Ordnen der Zeichnungen. Diese Arbeit mußte ohnehin getan werden, und für mich war sie doppelt notwendig, da sie meine Aufmerksamkeit für Dinge beanspruchte, die mich ablenkten von Gedanken an die hoffnungslose Zukunft, die nun vor mir lag. Ab und zu hielt ich mit der Arbeit inne, um aus dem Fenster zu schauen und die Sonne zu beobachten, wie sie tiefer und tiefer sank. Bei einer solchen Gelegenheit sah ich auf dem breiten Kiesweg unten eine Gestalt. Es war Miss Fairlie.

Ich hatte sie seit dem Morgen nicht mehr gesehen und auch da kaum mit ihr gesprochen. Ein Tag noch in Limmeridge, das war alles, was mir blieb, und nach diesem Tage würde ich sie vielleicht nie wiedersehen... Dieser Gedanke genügte, um mich ans Fenster zu bannen. Immerhin war ich dabei so rücksichtsvoll, den Vorhang vorzuschieben, so daß sie mich nicht sehen konnte, wenn sie zufällig heraufschaute; aber ich hatte nicht die Kraft, der Versuchung zu widerstehen, ihr auf ihrem Spaziergang so lange wie möglich wenigstens mit den Augen zu folgen.

Sie trug einen braunen Umhang und darunter ein schlichtes, schwarzes Seidenkleid. Ihren Kopf bedeckte derselbe einfache Strohhut wie an jenem Morgen, an welchem ich sie zum ersten Mal gesehen hatte. Heute allerdings war ein Schleier daran befestigt, der mir ihr Gesicht verbarg. Neben ihr lief ihr kleines italienisches Windspiel, ihr liebster Gefährte, wenn sie spazierenging, angetan mit scharlachroter Tuchdecke, um das zarte Fell vor dem Wind zu schützen. Sie schien den Hund nicht zu bemerken. Mit leicht gesenktem Kopf ging sie immer geradeaus, die Arme unter dem Umhang verschränkt. Die toten Blätter, die der Wind vor mir aufgewirbelt hatte, als ich von ihrem Verlöbnis gehört hatte, wirbelte er jetzt vor ihr her, hob sie hoch, ließ sie sinken, und streute sie ihr vor die Füße, als sie im blassen, schwindenden Sonnenlicht dahinschritt. Der Hund zitterte und drängte sich ungeduldig an die Falten ihres Kleides, wollte, daß sie sich mit ihm beschäftige, aber sie beachtete ihn nicht, ging weiter und weiter, fort von mir, indes tote Blätter sie umflatterten auf ihrem Pfad, fort von mir, bis meine schmerzenden Augen sie nicht mehr sehen konnten und ich mit meinem schwerem Herzen allein blieb.

Eine Stunde später war ich mit meiner Arbeit fertig, holte mir Hut und Überrock aus der Vorhalle und schlüpfte aus dem Hause, ohne jemandem zu begegnen.

Drohend standen im Westen Wolken, kalt blies der Wind von der See her. Obwohl es bis zur Küste weit war und das Moor dazwischenlag, hörte ich das Dröhnen der Brandung, das traurig an mein Ohr schlug – auch dann noch, als ich den Kirchhof betrat. Keine Menschenseele war zu sehen, der Ort wirkte verlassener denn je. Ich bezog meinen Posten und wartete, die Augen auf das Kreuz über Mrs. Fairlies Grab geheftet.

XII

Die völlig ungeschützte Lage des Kirchhofs hatte mich genötigt, die Wahl meines Standorts gut zu überlegen.

Der Haupteingang zur Kirche lag auf der dem Kirchhof zugewandten Seite; die kleine Vorhalle war überdacht und links und rechts zugemauert. Ich zögerte eine Weile, denn mich dort zu verbergen verursachte mir Widerwillen. Doch angesichts meines Vorhabens entschied ich mich für dieses Versteck, zumal die Mauer zu beiden Seiten je ein winziges Fenster hatte. Durch das eine konnte ich Mrs. Fairlies Grab beobachten, durch das andere hatte ich den Blick auf den Steinbruch mit der Hütte des Totengräbers. Schaute ich geradeaus, konnte ich von hier den baumlosen Teil des Kirchhofs überblicken, dahinter ein Stück der niedrigen Steinmauer auf dem bräunlichen Hang, über dem schwarz und schwer die Wolken zogen. Kein Lebewesen war zu sehen oder zu hören – kein Vogel flog vorüber, kein Hund bellte. Wenn das ferne Dröhnen der Brandung aussetzte, hörte ich vom Grab herüber die Zwergbäume traurig rauschen und das Wasser des Rinnsals leise plätschern. Ein düsterer Ort, eine düstere Stunde. Meine Stimmung sank, ich begann, in meinem Versteck die nicht enden wollenden Minuten zu zählen.

Etwas mehr als eine halbe Stunde war vergangen, das Licht der untergehenden Sonne erhellte noch den Himmel, die Dämmerung war noch nicht hereingebrochen – da hörte ich Schritte und eine Stimme. Die Schritte näherten sich von der anderen Seite der Kirche, die Stimme war die einer Frau.

»Mach dir keine Sorgen wegen des Briefs, Kind!« sagte die Stimme. »Ich gab ihn dem Burschen, und der hat ihn wortlos übernommen. Dann ging er zum Haus, und ich kam zurück. Niemand ist mir gefolgt – dafür verbürge ich mich!«

Die Worte versetzten mich in eine Spannung, die mir fast körperlichen Schmerz bereitete. Jetzt herrschte Schweigen, doch die Schritte kamen näher. Einen Augenblick später kamen zwei Personen, beides Frauen, an meinem Ausguck vorbei und schritten geradewegs auf das Grab zu, wobei sie mir den Rücken zuwandten.

Die eine trug Hut und Umhang, die andere Frau ein langes, dunkelblaues Reisecape, dessen Kapuze sie über den Kopf gezogen hatte. Unter dem Saum lugte das Kleid ein wenig hervor. Mein Herz schlug heftig, als ich die Farbe sah – es war weiß.

Ungefähr auf halbem Wege zwischen Kirche und Grab blieben sie stehen. Die Frau im Cape drehte den Kopf zu ihrer Begleiterin, aber der vorstehende Rand der großen Kapuze verdeckte ihr Profil.

»Behalte nur ja das warme Cape an!« sagte die Stimme, die ich schon gehört hatte – die Stimme der Frau mit dem Umhang. »Mrs. Todd hat recht, wenn sie sagt, daß du gestern zu auffallend warst – so ganz in Weiß. Während du zu Ende führst, was du begonnen hast, sehe ich mich ein bißchen um – Kirchhöfe sind nicht nach meinem Geschmack, auch wenn es dir hier noch so gut gefällt. Sieh zu, daß du mit deiner Arbeit fertig wirst – wir wollen wieder daheim sein, bevor es dunkel ist!«

Mit diesen Worten machte sie kehrt und ging zurück, und diesmal wandte sie mir ihr Gesicht zu. Es war das Gesicht einer älteren Frau, braun, faltig, gesund, in dem nichts Unehrliches oder Verdächtiges lag. Kurz vor der Kirche blieb sie stehen und zog den Umhang enger um die Schultern.

»Spaßig ist sie, wirklich spaßig«, murmelte sie vor sich hin. »Aber so ist sie eben, voll absonderlicher Einfälle, seit ich sie kenne. Aber harmlos, die Arme, gut und einfältig wie ein Kind.«

Seufzend ließ sie den Blick etwas ängstlich über den Kirchhof gleiten, schüttelte den Kopf, wie um auszudrücken, daß ihr der düstere Ort keineswegs behage, bog um die Ecke und verschwand hinter der Kirche.

Einen Augenblick lang war ich unschlüssig, ob ich ihr folgen und mit ihr sprechen sollte oder nicht. Doch mein Verlangen, Aug' in Auge mit ihrer Begleiterin zu sein, war stärker. Natürlich hätte ich in der Nähe des Kirchhofs die Rückkehr der Alten erwarten können, aber es schien mir zweifelhaft, ob sie mir die gewünschte Auskunft geben konnte. Die Person, die den Brief abgegeben hatte, war weniger wichtig. Eine ausführlichere Antwort konnte mir nur jene Person geben, die den Brief geschrieben hatte – und die stand hier auf dem Kirchhof, davon war ich überzeugt.

Während mir das alles durch den Kopf ging, bemerkte ich, daß sie ans Grab herantrat und es eine Weile still betrachtete. Dann sah sie sich nach allen Seiten um, zog ein weißes Tuch – vielleicht war es ein Taschentuch – unter dem Cape hervor und ging zum Wasser. Das Rinnsal floß durch einen winzigen Bogen im untern Teil der Mauer herein und nach ein paar kleinen Windungen durch eine ähnliche Öffnung wieder hinaus. Sie tauchte das Tuch ins Wasser und kehrte zum Grab zurück, und ich sah, wie sie das Marmorkreuz küßte. Dann kniete sie sich vor dem Sockel mit der Inschrift nieder und fing an, ihn zu putzen.

Ich überlegte, wie ich mich bemerkbar machen könnte, ohne sie zu erschrecken, und beschloß, gleich neben meinem Standort über die Mauer zu steigen, außen an ihr entlangzugehen und über die Trittsteine nahe dem Grab wieder hereinzukommen; so würde sie mich allmählich und nicht zu plötzlich sehen. Aber sie war in ihre Arbeit so vertieft, daß sie mich erst hörte, als ich bereits über die Mauer gestiegen war. Sie schrie leise auf, sprang auf die Füße und starrte mich stumm und vor Schreck versteinert an.

Ihr Entsetzen bemerkend, blieb ich stehen. »Erschrecken Sie nicht!« sagte ich. »Sie erinnern sich doch sicher an mich?«

Erst dann trat ich vorsichtig ein paar Schritte näher, blieb stehen und kam auf diese Weise näher und näher heran, bis ich vor ihr stand. Wäre ich meiner Sache nicht ohnehin sicher gewesen – jetzt gab es keinen Zweifel mehr. Über das Grab hinweg starrte mich dasselbe Gesicht an wie damals auf der nächtlichen Straße.

»Erkennen Sie mich jetzt? Wir begegneten einander in der Nacht, und ich zeigte Ihnen den Weg nach London. Das haben Sie doch sicher nicht vergessen?«

Ihre Züge entspannten sich, erleichtert holte sie tief Atem. Und ich beobachtete, wie die totenähnliche Starre, die die Angst ihrem Gesicht aufgedrückt hatte, sich allmählich löste und freudigem Erkennen wich.

»Sie brauchen nicht gleich zu antworten«, fuhr ich fort, »erholen Sie sich zuerst von Ihrem Schreck – lassen Sie sich Zeit für das Gefühl, daß ich Ihr Freund bin.«

»Sie sind sehr gütig«, flüsterte sie, »so gütig wie damals.«

Damit verstummte sie, und auch ich schwieg. Nicht nur ihr ließ ich Zeit, sich zu fassen, auch ich wollte Zeit gewinnen. Wieder waren wir einander begegnet, diesmal im fahlen Abendlicht, zwischen uns ein Grab, um uns nur Tote, ein öder Kirchhof, von Einsamkeit umschlossen. Die Zeit, der Ort und die Umstände, unter denen wir einander in der Abendstille gegenüberstanden, die weitreichenden Folgen, die sich vielleicht durch die nächsten Worte ergeben würden, die Möglichkeit, daß Laura Fairlies Zukunft – im Guten wie im Bösen – davon abhing, ob diese Unglückliche zu mir Vertrauen faßte oder nicht – all das bedrohte meine Fassung und meine Festigkeit, die für meinen Erfolg jetzt unerläßlich waren. Da ich dies fühlte, versuchte ich, mich zu sammeln und diese kurze Zeit des Nachdenkens nach Kräften zu nutzen.

»Haben Sie sich beruhigt?« fragte ich sie, sobald ich es für richtig hielt, wieder zu sprechen. »Können Sie mit mir reden, ohne sich zu fürchten und ohne zu vergessen, daß ich Ihr Freund bin?«

»Wie sind Sie hierher gekommen?« sagte sie, ohne auf meine Fragen einzugehen.

»Erinnern Sie sich nicht, daß ich Ihnen damals von meiner bevorstehenden Fahrt nach Cumberland erzählte? Nun, seither bin ich eben hier und wohne in Limmeridge House.«

»In Limmeridge House!« Ihr blasses Gesicht fing an zu strahlen, als sie diese Worte wiederholte, und ihr unsteter Blick heftete sich mit plötzlichem Interesse auf mich. »Ah, wie glücklich müssen Sie dort sein!« rief sie und sah mich, diesmal ohne jede Spur von Mißtrauen, lebhaft an.

Ich nützte sogleich ihr neu erwachtes Vertrauen zu mir, um ihr Gesicht aufmerksam und neugierig zu prüfen, was ich bisher vorsichtshalber unterlassen hatte. Ich betrachtete sie und dachte dabei an jenes andere, so liebliche Gesicht, welches mich auf der vom Mond erhellten Terrasse so sehr an dieses erinnert hatte. Damals hatte ich bei Miss Fairlie die Ähnlichkeit mit Anne Catherick gesehen, und jetzt sah ich bei Anne Catherick die Ähnlichkeit mit Miss Fairlie – sah sie um so deutlicher, da sowohl das Unterschiedliche als auch das Gleichartige sichtbar wurden. Was die allgemeine Erscheinung betraf – Gesichtsschnitt und Gesichtszüge, Haarfarbe und das leicht nervöse Zucken um die Lippen, Größe und Figur sowie Kopf- und Körperhaltung –, fiel mir die Ähnlichkeit noch viel stärker auf als bisher. Doch das war auch alles, denn im Detail zeigte sich die Verschiedenheit: Dem bleichen, müden Gesicht, das sich mir zuwandte, fehlten die zarte Schönheit von Miss Fairlies Teint, die durchsichtige Klarheit der Augen, die samtige Reinheit der Haut und das blühende Rot der Lippen. Obwohl ich mich selber dafür haßte, ertappte ich mich bei der Vorstellung, daß eine etwaige künftige Veränderung zum Schlechteren genügen könnte, um später die Ähnlichkeit vollkommen zu machen. Sollten je Leid und Sorgen auf Miss Fairlies jungem, schönem Antlitz ihre Spuren ziehen, dann, nur dann allerdings, wären sie und Anne Catherick durch eine zufällige Ähnlichkeit wie Zwillingsschwestern: die eine das lebendige Ebenbild der anderen.

Mir schauderte bei diesem Gedanken. Dieses blinde, unüberlegte Mißtrauen gegen die Zukunft, ausgelöst durch eine nur flüchtige Vorstellung, schien mir etwas Gräßliches. Es war mir daher eine willkommene Unterbrechung, als ich Anne Cathericks Hand auf meiner Schulter spürte, so unerwartet wie damals bei unserer nächtlichen Begegnung.

»Sie sehen mich an, und Sie denken etwas dabei«, sagte sie rasch und atemlos wie immer. »Was ist es?«

»Ach – nichts Besonderes ... Ich habe mich nur gefragt, wieso Sie hier sind.«

»Ich bin erst vor zwei Tagen hergekommen, mit einer Freundin, die mir wohl will.«

»Und Sie waren auch schon gestern hier an diesem Ort?«

»Woher wissen Sie das?«

»Ich habe nur geraten.«

Sich von mir abwendend, kniete sie wieder vor dem Grabstein nieder. »Wohin sollte ich denn gehen, wenn nicht hierher?« rief sie. »Sie, die mir mehr als eine Mutter war, ist die einzige Freundin, die ich in Limmeridge besuchen kann. Ach, es tut mir im Herzen weh, auch nur einen Flecken auf diesem Grabstein zu sehen! Um ihretwillen sollte er weiß wie Schnee sein! So habe ich ihn gestern zu reinigen begonnen – ich konnte nicht anders -, aber ich wurde nicht fertig, und bin deshalb heute wieder da. Ist das etwa unrecht? Hoffentlich nicht. Was ich um Mrs. Fairlies willen tue, daran kann doch gewiß nie etwas Unrechtes sein?«

Die alte Dankbarkeit gegen ihre gütige Wohltäterin beherrschte offenbar noch immer ihr Denken – ihr eingeschränktes Denken, das seit ihren früheren und glücklicheren Tagen keinen anderen Eindruck mehr aufgenommen hatte. Um ihr Vertrauen zu gewinnen, hielt ich es für das beste, sie bei der einfachen Arbeit, deretwegen sie gekommen war, nicht zu stören; ich ermunterte sie sogar, damit fortzufahren, worauf sie sich sofort eifrig daran machte. Zart strich sie über den harten Marmor, so zart, als fühle er jeden Druck, und sprach dabei leise die Worte der Inschrift vor sich hin, immer wieder, als könnte sie damit die entschwundenen Tage ihrer Kindheit beschwören, als sie, an Mrs. Fairlies Knie gelehnt, geduldig ihre Schulaufgaben lernte.

»Würde es Sie sehr überraschen, wenn ich Ihnen gestehe, daß ich mich freue, Sie hier zu sehen?« fragte ich, behutsam auf jene Fragen zusteuernd, die noch in der Luft hingen. »Als Sie damals in der Droschke davonfuhren, war ich nämlich sehr in Sorge um sie.«

Rasch blickte sie auf. »In Sorge?« wiederholte sie argwöhnisch. »Warum?«

»Nachdem wir uns getrennt hatten, ist etwas Merkwürdiges passiert: zwei Männer in einer Chaise überholten mich, blieben in meiner Nähe stehen, ohne mich zu sehen, und sprachen mit einem Constabler, der auf der anderen Straßenseite ging.«

Augenblicklich hielt sie in ihrer Arbeit inne. Die Hand, in der sie das nasse Tuch hielt, fiel herab, mit der anderen klammerte sie sich an den Grabstein. Sprachlos vor Entsetzen wandte sie mir langsam ihr Gesicht zu. Ich redete unbeirrt weiter, denn für ein Innehalten war es jetzt zu spät. »Die beiden Männer fragten den Constabler, ob er Sie gesehen habe. Aber er hatte Sie nicht gesehen; und dann erklärte einer der beiden Männer, Sie seien aus seiner Anstalt entwichen.«

Miss Catherick fuhr hoch, als wären die Verfolger hinter ihr her.

»Halt! Halt! Hören Sie mich doch zu Ende!« rief ich. »Ich sage Ihnen jetzt, wie ich Ihnen geholfen habe. Ein Wort von mir, und die Männer hätten gewußt, in welche Richtung Sie gefahren waren – aber ich sagte nichts. Ich habe Ihnen bei der Flucht geholfen, so daß Sie sich in Sicherheit bringen konnten. Begreifen Sie das? Versuchen Sie doch, das zu begreifen! Versuchen Sie, mich zu verstehen!«

Meine eindringliche Stimme schien sie mehr zu beeindrukken als meine Worte. Jedenfalls bemühte sie sich, meinen Gedanken zu folgen. Sie schob das nasse Tuch von einer Hand in die andere, immer wieder, so wie sie es damals auf der nächtlichen Straße mit ihrer Tasche getan hatte. Verwirrt und aufgeregt, wie sie war, schien sie die Sache nur langsam zu erfassen. Aber allmählich entspannten sich ihre Züge, und die Angst in ihren Augen wich einer immer stärkeren Neugier.

»Sie glauben doch nicht, daß ich in die Anstalt zurück sollte, oder?« fragte sie scheu.

»Ganz gewiß nicht! Ich bin froh, daß Sie von dort fliehen konnten und daß ich Ihnen dabei geholfen habe.«

»Ja, Sie haben mir wirklich geholfen, gerade als es am schwierigsten war«, fuhr sie ein wenig gedankenverloren fort. »Von dort wegzulaufen war leicht – sonst wäre es mir ja nicht gelungen. Man hat mir nie mißtraut wie den anderen. Ich war so still, so folgsam und so leicht einzuschüchtern. Das Schwierigste war eben, den Weg nach London zu finden – und dabei haben Sie mir geholfen. Habe ich Ihnen schon gedankt? Wenn nicht, so danke ich Ihnen jetzt – von ganzem Herzen!«

»War die Anstalt eigentlich weit von jenem Ort entfernt, wo wir uns trafen? ... Kommen Sie, geben Sie mir doch einen Beweis dafür, daß Sie mich für Ihren Freund halten – und sagen Sie mir, wo diese Anstalt liegt!«

Darauf nannte sie mir die Adresse dieser Anstalt, die – nach der Gegend, wo sie lag, zu schließen – offenbar eine private Anstalt war; und nicht weit von jener Stelle, an welcher sie mich erblickt hatte. Doch dann wiederholte sie, von plötzlichem Mißtrauen erfaßt, ihre frühere Frage: »Sie glauben doch nicht, daß ich in die Anstalt zurück sollte, oder?«

»Noch einmal: Ich bin froh, daß Sie von dort fliehen konnten – und daß es Ihnen, nachdem wir uns getrennt hatten, gut ging«, antwortete ich. »Sie sagten damals, Sie hätten in London eine Freundin, zu der Sie gehen wollten. Haben Sie sie angetroffen?«

»Ja. Es war natürlich sehr spät, doch im Haus war gottlob noch jemand wach: eine Näherin – und die weckte Mrs. Clements. Mrs. Clements ist meine Freundin, eine liebe, gute Frau, aber natürlich nicht so wie Mrs. Fairlie. Ach, niemand ist wie Mrs. Fairlie!«

»Kennen Sie Mrs. Clements schon lang?«

»Ja. Zu Hause, in Hampshire, war sie unsere Nachbarin; sie war immer nett zu mir und kümmerte sich um mich, als ich ein Kind war. Und als sie nach London übersiedelte – das war vor vielen Jahren –, schrieb sie mir ihre Adresse ins Gebetbuch und sagte dazu: ›Anne, wenn du je in Not bist, komm zu mir! Ich hab' keinen Mann, der mir was dreinreden könnte, und ich hab' keine Kinder, um die ich mich kümmern muß. Ich bin immer für dich da!‹ Gütige Worte, nicht wahr? Ich glaube, ich hab' mir diese Worte nur gemerkt, weil sie so gütig waren. Sonst merke ich mir nur wenig – ja, wenig, wirklich wenig.«

»Und Ihr Vater und Ihre Mutter – haben die sich nicht um Sie gekümmert?«

»Mein Vater? Den habe ich nie gesehen, meine Mutter hat nie von ihm gesprochen. Mein Vater? Ach Gott, wahrscheinlich ist er tot.«

»Und Ihre Mutter?«

»Mit der komme ich nicht gut aus. Wir sind einander nur Mühe und Angst.«

Mühe und Angst? Ein Verdacht stieg in mir auf: Hatte vielleicht ihre Mutter sie ins Irrenhaus gesteckt?

»Fragen Sie mich nicht nach meiner Mutter!« sagte sie. »Lieber rede ich von Mrs. Clements – die denkt wie Sie. Auch sie meint, ich soll nicht in die Anstalt zurück, auch sie ist froh, daß ich von dort weg bin. Sie hat über mein Unglück geweint und gesagt, daß niemand davon erfahren darf.«

Ihr Unglück? fragte ich mich im stillen. Was meinte sie mit diesem Wort? Lag hier das Motiv für den anonymen Brief? Das übliche, allzu häufige Motiv, nämlich auf diese Weise zu verhindern, daß der Verführer eine andere heiratet ... Diese Frage mußte ich klären, bevor die Rede auf anderes kam.

»Welches Unglück?« sagte ich.

»Man hat mich ins Irrenhaus gesperrt – das ist mein Unglück. Was denn sonst?« anwortete sie, sichtlich erstaunt über meine Frage.

Doch so leicht ließ ich mich nicht abschütteln. So taktvoll und zartfühlend wie möglich fuhr ich fort:

»Es gibt noch ein anderes Unglück, das eine Frau treffen kann, bei dem sie lebenslang Schmach und Schande zu erdulden hat.«

»Was meinen Sie damit?« fragte sie neugierig.

»Das Unglück, allzu unschuldig der eigenen Tugend wie auch der Ehre und Anständigkeit des geliebten Mannes zu vertrauen.«

Arglos und unschuldig wie ein Kind blickte sie zu mir empor – weder errötete sie, noch konnte ich Verlegenheit oder Schuldbewußtsein von diesem Gesicht ablesen, das doch sonst so deutlich jedes Gefühl verriet. Mit Worten hätte sie mich nicht mehr überzeugen können als jetzt mit diesem Blick, daß der Beweggrund, Miss Fairlie einen anonymen Brief zu schreiben, sicher anderswo lag. Das war mir jetzt klar – nur brachte es mir neue Ungewißheit. Zugegeben, was sie geschrieben hatte, richtete sich gegen Sir Percival Glyde – obgleich sein Name nicht genannt war. Wenn sie diesen Mann auf solche Weise bei Miss Fairlie denunzierte, mußte sie einen ernst zu nehmenden Grund haben – vielleicht hatte er sie schwer gekränkt. Doch lag der Grund sicher nicht im Verlust ihres Rufes und ihrer Unschuld. Was immer dieser Mann ihr angetan haben mochte – damit jedenfalls hatte es nichts zu tun. Was aber war es?

»Ich verstehe Sie nicht«, erklärte sie schließlich, nachdem sie sich offenkundig lang und vergeblich bemüht hatte, hinter die Bedeutung meiner Worte zu kommen.

»Das macht nichts«, erwiderte ich. »Knüpfen wir dort an, wo wir vorhin stehengeblieben sind. Sagen Sie mir lieber, wie lange Sie bei Mrs. Clements in London waren und auf welche Weise Sie hierher gekommen sind!«

»Wie lange ich in London war?« wiederholte sie. »Bis vor zwei Tagen – da sind wir beide hergefahren.«

»Sie wohnen mit Mrs. Clements also im Dorf? Merkwürdig – davon habe ich nichts erfahren –«

»Nein, nicht im Dorf!« entgegnete sie rasch. »Wir wohnen in einem Bauernhaus, drei Meilen von hier, Todd's Corner nennen es die Leute. Kennen Sie's?«

Ich erinnerte mich sehr wohl an dieses Gehöft, wir waren bei unseren Ausfahrten oft daran vorbeigekommen. Es war eines der ältesten Anwesen in dieser Gegend, etwas abseits im Landinnern gelegen, in einer windgeschützten Mulde zwischen zwei Hügeln.

»Die Leute dort sind Verwandte von Mrs. Clements«, fügte sie hinzu. »Sie hatten sie schon oft eingeladen. Und jetzt ist sie also hergefahren und hat mich mitgenommen, weil es hier so ruhig ist und die Luft so gut. Das ist doch nett von ihr, nicht? Ich wäre überallhin mitgefahren, wo es ruhig ist, wo ich sicher bin und niemandem im Weg. Und als ich hörte, daß Todd's Corner in der Nähe von Limmeridge ist – ach, da war ich ja so glücklich! Barfuß wäre ich hergelaufen, nur um das Dorf, die Schule und Limmeridge House wiederzusehen! Die Leute von Todd's Corner sind sehr nett, hoffentlich kann ich recht lang bleiben – nur eines mag ich an ihnen nicht, und auch an Mrs. Clements nicht –«

»Und das ist?«

»Sie necken mich, weil ich immer ganz in Weiß gehe – und sie sagen, ich sähe so eigen aus. Aber was wissen diese Leute schon! Mrs. Fairlie wußte wohl am besten, was mir steht – sie hätte mich nie dieses häßliche blaue Reisecape tragen lassen.

Ach, sie hatte Weiß so gerne! Und der Stein auf ihrem Grab hier, der ist auch ganz weiß, und ihr zuliebe mach' ich ihn noch weißer. Sie selbst ging natürlich oft in Weiß, und ihre kleine Tochter hat sie auch nur weiß gekleidet. Wie geht es eigentlich Miss Fairlie? Ist sie glücklich? Trägt sie noch immer Weiß, wie damals, als sie klein war?«

Ihre Stimme wurde leiser, als sie von Miss Fairlie sprach – ganz langsam hatte sie ihr Gesicht von mir gewandt. Und daran meinte ich zu erkennen, daß ihr bewußt wurde, was sie mit dem anonymen Briefe angerichtet hatte. Sie schien sichtlich verlegen, daher nutzte ich die Gelegenheit, sie zu einem Geständnis zu bewegen.

»Miss Fairlie geht es heute nicht gut, sie ist auch gar nicht glücklich«, sagte ich.

Darauf murmelte sie ein paar Worte, aber so leise und unverständlich, daß ich ihre Bedeutung nicht einmal erraten konnte.

»Haben Sie nicht eben gefragt, warum es Miss Fairlie nicht gut geht?« sagte ich.

»Nein, nein, das habe ich nicht gefragt«, erwiderte sie schnell und eifrig.

»Dann sage ich es Ihnen auch ohne Ihre Frage. Miss Fairlie hat Ihren Brief erhalten.«

Sie war schon eine ganze Weile neben dem Sockel gekniet und hatte sorgfältig die letzten Verwitterungsspuren von der Inschrift abgerieben, während wir uns unterhielten. Nun aber hörte sie plötzlich damit auf und wandte mir, noch immer knieend, das Gesicht zu und erstarrte bei meinem letzten Satz buchstäblich zu Stein. Das Tuch entfiel ihren Händen, ihr Mund blieb offen stehen, aus ihrem Gesicht wich jegliche Farbe.

»Woher wissen Sie das?« fragte sie mit schwacher Stimme. »Wer hat Ihnen den Brief gezeigt?« Das Blut schoß ihr wieder ins Gesicht, als ihr blitzartig bewußt wurde, daß sie sich damit selbst verraten hatte. Verzweifelt schlug sie die Hände zusammen. »Ich habe ihn nicht geschrieben«, stieß sie erschrocken hervor, »ich weiß nichts davon!«

»Doch«, sagte ich. »Sie haben ihn geschrieben, und Sie wissen sehr wohl davon. Es war unrecht, einen solchen Brief zu schicken, es war unrecht, Miss Fairlie so zu erschrecken. Wenn

Sie etwas zu sagen haben, das Miss Fairlie hören sollte und dürfte, dann hätten Sie nach Limmeridge House gehen und selbst mit der jungen Dame sprechen müssen.«

Das Mädchen schmiegte sich an die flache Grabstätte, bis ihr Gesicht nicht mehr zu sehen war, und gab keine Antwort.

»Miss Fairlie wird genauso gütig und freundlich zu Ihnen sein, wie ihre Mutter es war, wenn Sie es nur gut mit ihr meinen«, fuhr ich fort. »Auch wird Miss Fairlie Ihr Geheimnis bewahren und dafür sorgen, daß Ihnen kein Leid geschieht. Soll sie morgen zu Ihnen nach Todd's Corner kommen? Oder wollen Sie im Garten von Limmeridge House mit ihr sprechen?«

»Ach, wäre ich doch tot und könnte bei Ihnen ruhen, Mrs. Fairlie!« An den Grabstein gepreßt, richtete sie diese Worte zärtlich und leidenschaftlich an die sterblichen Überreste, die darunter ruhten. »O Mrs. Fairlie, Mrs. Fairlie! Sie wissen, wie sehr ich Ihre Tochter liebe, und zwar um Ihretwillen! Sagen Sie mir, wie ich sie retten kann! Seien Sie wieder meine liebe, gütige Mutter und sagen Sie mir, was ich tun soll, damit alles gut wird!«

Ich hörte, wie ihre Lippen den Stein küßten und sah sie mit den Händen leidenschaftlich darauf schlagen. Geräusch und Anblick rührten mich zutiefst. Mich zu ihr hinunterbeugend, nahm ich ihre armen hilflosen Hände sanft in die meinen und versuchte, sie zu trösten.

Doch es nützte nichts. Sie entriß mir ihre Hände und blieb mit dem Gesicht auf dem Stein liegen. Ich mußte jetzt mit allen Mitteln versuchen, sie so rasch wie möglich zu beruhigen, denn anscheinend befürchtete sie, ich könnte mich besinnen und sie doch für nicht zurechnungsfähig halten. Also sagte ich ganz sanft: »Kommen Sie, versuchen Sie doch sich zu fangen! Oder wollen Sie, daß ich meine Meinung über Sie ändere? Soll ich etwa annehmen, daß die Person, die Sie in die Anstalt einliefern ließ, vielleicht doch –«

Die nächsten Worte erstarben mir auf den Lippen. Schon die kleinste Anspielung auf denjenigen, der sie ins Asyl gebracht hatte, genügte, sie hochfahren zu lassen, und dabei veränderten sich ihre Züge aufs erstaunlichste und erschreckendste: ihr Gesicht, sonst so sanft und rührend, verfinsterte sich mit einem

Mal, und was mir jetzt daraus entgegenleuchtete, war Entsetzen und leidenschaftlicher Haß. Im matten Abendlicht glänzten ihre Augen so groß wie die eines wilden Tiers. Sie packte das feuchte Tuch, das neben ihr zu Boden gefallen war, umschloß es mit beiden Händen und drückte es zusammen, als wäre es etwas Lebendiges, das sie vernichten wollte. Unter ihrem würgenden Griff fielen ein paar Wassertropfen auf den Grabstein.

»Sprechen Sie von etwas anderem!« stieß sie mit zusammengepreßten Zähnen hervor. »Ich vergesse mich sonst, wenn ich davon höre!«

Jede Spur milderer Empfindungen, wie sie noch kurz zuvor ihr Gemüt erfüllt hatten, war verflogen. Offenbar war also Mrs. Fairlies Güte nicht der einzige starke Eindruck in ihrer Erinnerung, wie ich zuerst gedacht hatte. Neben dem dankbaren Gedenken an die Schulzeit in Limmeridge gab es noch die haßerfüllte Erinnerung an das Unrecht, das man ihr angetan, indem man sie ins Asyl sperrte. Wer aber hatte das getan? Doch nicht ihre Mutter?

Es fiel mir schwer, jetzt nicht weiter in sie zu dringen, aber ich zwang mich dazu, von weiteren Nachforschungen abzusehen. So wie ich sie jetzt vor mir sah, wäre es grausam gewesen, sie mit neuen Fragen zu quälen.

»Ich werde nichts sagen, was Sie betrübt«, versetzte ich begütigend.

»Sie wollen etwas von mir«, erwiderte sie scharf und argwöhnisch. »Sehen Sie mich nicht so an! Sagen Sie mir doch, was Sie von mir wollen!«

»Ich will nur, daß Sie sich beruhigen und dann, sobald Sie sich wieder gefaßt haben, über das nachdenken, was ich Ihnen gesagt habe.«

»Gesagt?« Sie schwieg, drehte das Tuch in den Händen hin und her und flüsterte vor sich hin: »Was hat er eigentlich gesagt?« Darauf wandte sie sich wieder mir zu und schüttelte ungeduldig den Kopf. »Warum helfen Sie mir nicht?« fragte sie mit jähem Zorn.

»Gut, gut, ich werde Ihnen helfen – es wird Ihnen gleich wieder einfallen. Ich bat Sie, morgen mit Miss Fairlie zu sprechen und ihr die Wahrheit über diesen Brief zu sagen.«

»Ach ja! Miss Fairlie – Fairlie – Fairlie –«

Der bloße Klang des geliebten, ihr wohlbekannten Namens schien sie zu beruhigen. Ihr Gesicht entspannte sich, und sie sah wieder aus wie sonst.

»Haben Sie keine Angst vor Miss Fairlie, und fürchten Sie nicht, daß Sie durch diesen Brief zu Schaden kommen!« sagte ich. »Miss Fairlie weiß bereits so viel, daß es Ihnen nicht schwerfallen wird, ihr alles zu sagen. Es ist sinnlos, etwas zu verschweigen, wo kaum noch etwas zu verschweigen ist. Sie nennen zwar keinen Namen in diesem Brief, aber Miss Fairlie weiß, daß Sie Sir Percival Glyde –«

Kaum hatte ich den Namen ausgesprochen, sprang sie auf und stieß einen Schrei aus, der die Stille zerriß, daß mir vor Schreck das Herz im Leibe hämmerte. Der finstere, entstellende Ausdruck, der eben aus ihrem Gesicht gewichen war, legte sich wieder über ihre Züge, doch diesmal noch stärker als zuvor. Ihr Aufschrei bei diesem Namen, ihr entsetzter, haßerfüllter Blick sagten alles. Da gab es keinen Zweifel mehr: nicht ihre Mutter hatte sie einsperren lassen, sondern ein Mann – und dieser Mann war Sir Percival Glyde.

Ihr Aufschrei hatte noch andere Ohren erreicht als nur die meinen. Ich bemerkte, wie sich die Türe des Küsterhauses öffnete, und auch von der andern Seite hörte ich die Stimme ihrer Gefährtin, jener Frau mit dem Umhang nämlich, die Anne Catherick »Mrs. Clements« nannte. »Ich komme! Ich komme!« rief sie hinter einer Gruppe von verkümmerten Bäumen. Einen Augenblick später stand die Frau vor mir.

»Wer sind Sie?« rief sie energisch, den Fuß auf den Zauntritt setzend. »Wie können Sie es wagen, ein armes hilfloses Geschöpf so zu erschrecken?«

Bevor ich antworten konnte, stand sie schon neben Anne Catherick und legte ihren Arm um sie. »Was ist geschehen, Kind?« sagte sie. »Was hat er dir getan?«

»Nichts«, erwiderte das arme Geschöpf. »Nichts. Ich habe nur Angst.«

Mrs. Clements wandte sich mit so viel furchtloser Entrüstung gegen mich, daß sie meine Achtung gewann. Ich sagte: »Ich würde mich zutiefst schämen, wenn ich diesen wütenden Blick verdiente. Aber ich verdiene ihn wirklich nicht. Ich habe das Mädchen erschreckt, ohne es zu wollen. Übrigens sieht sie mich heute nicht zum ersten Mal. Fragen Sie sie selbst, und sie wird Ihnen bestätigen, daß ich nicht imstande bin, ihr oder sonst einer Frau ein Leid zu tun.«

Ich sprach sehr deutlich, damit Anne Catherick mich hören und verstehen konnte, und bemerkte, daß diese meine Worte und deren Sinn durchaus erfaßte.

»Ja, ja,« sagte sie, »er war damals so gut zu mir, er half mir –« Das übrige flüsterte sie ihrer Freundin ins Ohr.

»Das ist wirklich seltsam!« erklärte Mrs. Clements überrascht. »Dann sieht die Sache anders aus. Es tut mir leid, Sir, daß ich so grob zu Ihnen war, aber Sie müssen zugeben, der Schein sprach gegen Sie. Die Schuld liegt übrigens mehr bei mir als bei Ihnen, weil ich auf ihre Launen eingegangen bin und sie an einem solchen Ort alleine ließ ... Komm, Kind – komm jetzt nach Hause!«

Die gute Frau schien mir bei dem Gedanken an den einsamen Rückweg etwas ängstlich, daher bot ich mich an, beide bis in Sichtweite von Todd's Corner zu begleiten. Doch Mrs. Clements dankte höflich und lehnte ab. Sie meinte, sie würden sicher auf dem Moor dem einen oder anderen Landarbeiter begegnen.

»Versuchen Sie mir zu vergeben«, sagte ich zu Anne Catherick, als sie den Arm ihrer Freundin nahm, um mit ihr nach Hause zu gehen. Schuldlos wie ich war – ich hatte sie weder erschrecken noch aufregen wollen –, tat es mir weh, als ich ihr bleiches, gequältes Gesicht erblickte.

»Ich will's versuchen«, erwiderte sie, »aber Sie wissen zuviel – ich fürchte, ich werde jetzt immer vor Ihnen Angst haben müssen.«

Mrs. Clements warf mir einen Blick zu und schüttelte mitleidsvoll den Kopf.

»Gute Nacht, Sir«, sagte sie. »Sie konnten nichts dafür, das weiß ich, aber es wäre mir lieber, Sie hätten mich erschreckt und nicht sie.«

Die beiden machten ein paar Schritte, und ich glaubte sie schon fort, da blieb Anne plötzlich stehen und löste sich von ihrer Freundin.

»Warte ein bißchen!« sagte sie. »Ich muß noch Lebewohl sagen.«

Damit kehrte sie zum Grab zurück, legte beide Hände zärtlich auf das Marmorkreuz und küßte es.

»Jetzt ist mir wohler«, sagte sie mit einem Seufzer und blickte mich ruhig an. »Ich vergebe Ihnen.«

Sie kehrte zu ihrer Freundin zurück, und beide verließen den Kirchhof. Ich sah sie bei der Kirche stehenbleiben und mit der Küstersfrau sprechen, die in einiger Entfernung gewartet und uns beobachtet hatte. Dann nahmen die beiden den Pfad, der ins Moor hinaufführte. Ich blickte Anne Catherick nach, bis sie in der Dämmerung verschwunden war, und war so bekümmert und betrübt, als sei dies das letzte Mal, daß ich in diesem irdischen Tal der Tränen die Frau in Weiß erblicken durfte.

XIII

Eine halbe Stunde später war ich wieder in Limmeridge House und berichtete Miss Halcombe von meinem Erlebnis.

Sie hörte mir vom Anfang bis zum Ende mit schweigender Aufmerksamkeit zu, was bei einer Frau ihres Temperaments der größte Beweis dafür war, wie tief sie mein Bericht beeindruckte.

»Mir schwant nichts Gutes«, war alles, was sie schließlich sagte. »Mir schwant nichts Gutes, was die Zukunft anlangt.«

»Vermutlich hängt die Zukunft davon ab, wie wir die Gegenwart nutzen«, entgegnete ich. »Vielleicht öffnet sich Anne Catherick einer Frau gegenüber leichter als einem Mann. Wenn Miss Fairlie –«

Miss Halcombe fiel mir ins Wort. »Daran ist im Augenblick nicht zu denken«, erklärte sie entschieden.

»Dann darf ich Ihnen vorschlagen, daß Sie selbst mit Anne Catherick sprechen und womöglich ihr Vertrauen gewinnen? Was mich betrifft, so möchte ich dieses arme Geschöpf nicht noch einmal so erschrecken, wie ich dies heute leider tun mußte. Haben Sie etwas dagegen, morgen mit mir zum Gehöft zu gehen?«

»Ganz und gar nicht. Für Laura tue ich alles. Sie haben den Namen zwar schon genannt – aber wie heißt das Gehöft?«

»Sie kennen es sicher gut. Es wird Todd's Corner genannt.«

»Allerdings. Es gehört ohnedies Mr. Fairlie. Unsere Kuhmagd ist eine Tochter des Pächters, sie geht fast jeden Abend nach Hause. Vielleicht hat sie dort etwas gesehen oder gehört, was uns nützen könnte. Ich lasse sofort nachsehen, ob sie hier ist.«

Sie läutete und schickte den Diener hinunter. Er kam gleich wieder: das Mädchen sei heute in Todd's Corner; sie habe drei Tage lang ihre Eltern nicht besuchen können, daher habe ihr die Haushälterin heute abend ein paar Stunden freigegeben.

»Ich kann auch morgen mit ihr sprechen«, meinte Miss Halcombe, als der Diener wieder fort war. »Bis dahin muß ich mir klar machen, was durch ein Gespräch mit Anne Catherick zu gewinnen ist. Sind Sie wirklich sicher, daß es Sir Percival Glyde war, der sie in die Anstalt einliefern ließ?«

»Daran besteht kein Zweifel! Das einzig Ungeklärte daran ist sein *Motiv*. Angesichts des großen Standesunterschieds zwischen den beiden, der jede Verwandtschaft mit ihr ausschließt, müssen wir unbedingt herausfinden, warum er eine so große Verantwortung auf sich nahm und sie einsperren ließ – selbst wenn man von der Voraussetzung ausgeht, daß ihr Zustand nach Beaufsichtigung verlangte –«

»Sagten Sie nicht, es sei eine private Anstalt?«

»Ja, und deshalb sind die Kosten auch entsprechend hoch. Ein Armer könnte sie nicht aufbringen.«

»Mr. Hartright, ich sehe jetzt, wo das Problem liegt, und verspreche Ihnen, der Sache auf den Grund zu gehen, gleichviel, ob Anne Catherick uns morgen dabei behilflich ist oder nicht. Sir Percival Glyde muß unserem Rechtsanwalt und mir diesbezüglich sofort nach seinem Eintreffen eine zufriedenstellende Auskunft geben. Es geht um die Zukunft meiner Schwester, und nichts auf dieser Welt könnte mir mehr am Herzen liegen. Mein Einfluß auf sie ist immerhin groß genug, daß ich bei der Frage ihrer Verheiratung ein Wort mitreden kann.«

Es war spät geworden, und so trennten wir uns für diesen Tag.

Am nächsten Morgen konnten wir nicht gleich nach dem Frühstück nach Todd's Corner aufbrechen. Ich hatte ganz vergessen, daß dies mein letzter Tag in Limmeridge House sein würde und ich, gemäß Miss Halcombes Rat, zuerst die Post abwarten und dann Mr. Fairlie ersuchen mußte, meinen Kontrakt einen Monat früher zu lösen, und zwar – wie ich ihm sagen sollte – gewisser unvorhergesehener Ereignisse wegen, die mich nach London zurückriefen.

Zum Glück für die Wahrscheinlichkeit der Ausrede brachte mir die Post gerade an diesem Morgen zwei Briefe von Londoner Freunden. Ich nahm sie sofort mit mir aufs Zimmer, schickte dann den Diener zu Mr. Fairlie und ließ fragen, wann ich ihn in einer geschäftlichen Angelegenheit sprechen könnte.

Gelassen wartete ich auf Antwort, denn es war mir vollkommen gleichgültig, wie Mr. Fairlie mein Ersuchen aufnahm. Ob er ihm nachkam oder nicht – ich mußte fort. Das Bewußtsein, nunmehr den ersten Schritt auf jenem traurigen Weg zu tun, der mich von Miss Fairlie hinwegführen sollte, hatte anscheinend meine Empfindlichkeit und meinen Stolz ganz abgestumpft: dahin war die leichte Verletzbarkeit der Armen, dahin meine Eitelkeit als Künstler. Mr. Fairlies Unverschämtheit – falls es ihm wieder einfallen sollte, unverschämt zu sein – konnte mir nichts mehr anhaben.

Der Diener kehrte mit einer Botschaft zurück, die mich nicht unvorbereitet traf. Mr. Fairlie bedauere, sein Gesundheitszustand an diesem Morgen beraube ihn leider aller Hoffnung, das Vergnügen meiner Gegenwart genießen zu können. Ich möge gütigerweise seine Entschuldigung annehmen und so freundlich sein, ihm meine Wünsche brieflich mitzuteilen.

In den drei Monaten meines Aufenthalts in diesem Hause hatte ich ab und zu ähnliche Botschaften erhalten. Während dieser ganzen Zeit war Mr. Fairlie zwar erfreut gewesen, mich zu »besitzen«, hatte sich aber nie kräftig genug gefühlt, mich ein zweites Mal bei sich zu sehen. Der Diener trug jeden neuen Stoß restaurierter Zeichnungen mit meinen »besten Empfehlungen« zu seinem Herrn und kam dann zurück, mit leeren Händen, doch mit Mr. Fairlies »freundlichen Grüßen«, »bestem Dank« und »aufrichtigem Bedauern«, daß sein Gesundheitszustand ihn noch immer zum einsamen Gefangenen in seinem Zimmer mache. Man hätte kaum eine befriedigendere Lösung für beide Seiten finden können. Schwer zu sagen, wer von uns unter den gegebenen Umständen Mr. Fairlies angegriffener Gesundheit dankbarer war: er oder ich.

Ich setzte mich also hin und verfaßte einen Brief, wobei ich mich so kurz, klar und höflich wie nur möglich ausdrückte. Mr. Fairlie hatte es mit seiner Antwort nicht eilig. Fast eine Stunde verging, ehe man sie mir überreichte. Sie stand auf einem Briefpapier, glatt wie Elfenbein, fast so stark wie Karton, mit veilchenfarbener Tinte, in schöner, zierlicher und regelmäßiger Handschrift, und lautete wie folgt:

»Mr. Fairlies Empfehlungen an Mr. Hartright. Mr. Fairlie ist über Mr. Hartrights Anliegen mehr erstaunt und enttäuscht, als er (in seinem gegenwärtigen Gesundheitszustand) auszudrücken vermag. Mr. Fairlie versteht nichts von Geschäften, hat sich aber mit seinem Hausverwalter beraten, der davon etwas versteht, und derselbe bestätigt Mr. Fairlies Ansicht, daß Mr. Hartrights Ersuchen, seinen Kontrakt zu lösen, durch keinerlei Notwendigkeit zu rechtfertigen sei, außer durch Tod oder Krankheit. Wäre Mr. Fairlies Hochschätzung der Kunst und ihrer Jünger, die ihm angesichts seines Leidens Trost und Glück bedeuten, leicht zu erschüttern, so hätte Mr. Hartrights Vorgehen dies vermocht. Dem ist aber nicht so – ausgenommen mit Bezug auf Mr. Hartright selbst.

Dies ist seine Meinung, die er hiermit kundtut – das heißt, soweit sein akutes Nervenleiden es ihm überhaupt erlaubt, eine Meinung kundzutun. Dem bleibt weiter nichts hinzuzufügen, außer daß Mr. Fairlie das Ansinnen für höchst regelwidrig hält. Doch da Mr. Fairlies Zustand vollkommene körperliche und seelische Ruhe verlangt, soll besagte Ruhe durch Mr. Hartright nicht gestört werden, indem dieser im Hause bleibt, zumal unter Umständen, die für beide Teile notwendigerweise irritierend wären. Demzufolge verzichtet Mr. Fairlie auf sein Recht der Verweigerung – dies allerdings einzig und allein mit Rücksicht auf die Erhaltung seiner eigenen Seelenruhe – und läßt Mr. Hartright hiermit wissen, daß er gehen darf.«

Ich faltete das Schreiben zusammen und legte es zu meinen übrigen Papieren. Es hatte eine Zeit gegeben, da hätte mich so ein Schreiben als schwere Beleidigung empört. Jetzt sah ich darin nichts als die schriftliche Entbindung von meinen Pflichten. Ich dachte nicht mehr daran, ja, ich hatte es sogar vergessen, als ich ins Frühstückszimmer hinunterkam und Miss Halcombe ankündigte, ich sei bereit, mit ihr nach Todd's Corner zu gehen.

»Haben Sie von Mr. Fairlie eine befriedigende Antwort erhalten?« fragte sie, als wir das Haus verließen.

»Er hat mir gestattet zu gehen, Miss Halcombe.«

Sie sah mich kurz an und nahm dann, zum ersten Mal seit ich sie kannte, von selbst meinen Arm. Worte hätten nicht zartfühlender ausdrücken können, daß sie wußte, auf welche Weise man mir die Erlaubnis erteilt hatte, und mir zeigen wollte, wie sehr sie mit mir fühlte, nicht aus Herablassung, sondern aus Freundschaft. Der unverschämte Brief dieses Mannes hatte mich nicht berührt, aber die Güte dieser Frau, mit der sie alles wiedergutzumachen suchte, rührte mich zutiefst.

Auf unserem Weg zum Gehöft vereinbarten wir, daß Miss Halcombe allein hineingehen, ich aber mittlerweile in Rufweite warten sollte. Nach allem, was sich am Vorabend auf dem Kirchhof ereignet hatte, war nämlich zu befürchten, daß Anne Catherick bei meinem Anblick wieder die Nerven verlor, zumal eine ihr fremde Dame in meiner Gesellschaft bei ihr ein noch größeres Mißtrauen hervorrufen konnte.

Ich blieb also in einigem Abstand vom Gehöft stehen und wartete, indes Miss Halcombe hineinging und zunächst mit der Frau des Pächters reden wollte (von deren Bereitwilligkeit, ihr auf jede Weise zu helfen, sie überzeugt war). Demgemäß hatte ich mich darauf eingestellt, einige Zeit allein zu bleiben – doch zu meiner Verblüffung waren kaum fünf Minuten vergangen, als Miss Halcombe zu mir zurückkam.

»Weigert sich Anne Catherick, mit Ihnen zu sprechen?« fragte ich erstaunt.

»Anne Catherick ist fort.«

»Fort?«

»Ja, zusammen mit Mrs. Clements. Heute früh um acht sind beide weggefahren.«

Ich brachte keinen Ton heraus – damit, so fühlte ich, war unsere letzte Chance, Licht in die Angelegenheit zu bringen, dahin.

»Mrs. Todd konnte mir natürlich einiges erzählen, aber so wie ich tappt auch sie im Dunkeln«, meinte Miss Halcombe.

»Beide kamen gestern vom Kirchhof wohlbehalten zurück und verbrachten den Abend, wie üblich, mit der Pächterfamilie. Doch unmittelbar vor dem Abendbrot versetzte Anne Catherick allen einen großen Schrecken, indem sie bewußtlos zusammenbrach. Schon am Tag ihrer Ankunft habe sie einen ähnlich besorgniserregenden Ohnmachtsanfall gehabt, erklärte mir Mrs. Todd, vielleicht habe Anne Catherick damals etwas in unserem Lokalblatt gelesen, das gerade auf dem Tisch gelegen sei.«

»Weiß Mrs. Todd, welche Stelle im Lokalblatt Anne Catherick in diesen Zustand versetzte?« fragte ich.

»Nein«, antwortete Miss Halcombe. »Mrs. Todd hat daraufhin das Lokalblatt durchgesehen, aber nichts Aufregendes darin entdeckt. Trotzdem bat ich sie vorhin, selbst einen Blick hineinwerfen zu dürfen, und gleich auf der ersten Seite fiel mir auf, daß der Redakteur seine spärlichen Tagesneuigkeiten durch Familiennachrichten ergänzt hatte. Unter anderem war hier, unter der Rubrik ›Aus der Gesellschaft‹, wie sie in Londoner Blättern üblich ist, die Verlobung meiner Schwester angekündigt. Meiner Meinung nach ist das die Nachricht, auf die Anne Catherick so seltsam reagierte. Zudem sehe ich darin den Anlaß für den anonymen Brief, den sie uns am folgenden Tag ins Haus geschickt hat.«

»Es gibt für beide Fälle keine andere Erklärung. Aber was hörten Sie über den gestrigen Ohnmachtsanfall – was könnte daran schuld gewesen sein?«

»Dessen Ursache ist völlig rätselhaft. Es sei nur die Familie im Zimmer gewesen, auch unsere Kuhmagd – eine Tochter von Mrs. Todd, wie ich Ihnen schon erzählte – sei zu Besuch gekommen. Man habe über verschiedene Neuigkeiten in Limmeridge gesprochen, doch plötzlich habe Anne Catherick aufgeschrien, sei totenblaß geworden, allerdings ohne ersichtlichen Grund; darauf hätten Mrs. Todd und Mrs. Clements sie in die Schlafkammer hinaufgetragen, und Mrs. Clements sei bei ihr geblieben. Später habe man sie lange miteinander reden hören, und heute früh habe Mrs. Clements die völlig verblüffte Mrs. Todd mit der Ankündigung überrascht, unverzüglich abreisen zu müssen. Das einzige, was Mrs. Todd aus ihrer Freundin herausbekommen konnte, war, daß irgend etwas geschehen sei, woran niemand im Hause die Schuld trage, doch sei die Sache so ernst, daß Anne Catherick nicht länger in Limmeridge bleiben könne. Es sei vergebens gewesen, weiter in Mrs. Clements zu dringen, denn diese habe kopfschüttelnd alle Erklärungen abgelehnt und nur gebeten, man möge ihr keine weiteren Fragen stellen – um Annes willen. Mrs. Clements selbst sei sehr erregt gewesen und habe immer wieder gesagt, Anne müsse fort und sie würde mit ihr gehen, aber wohin, das dürfe keiner wissen ... Ich will Ihnen jetzt nicht im einzelnen aufzählen, Mr. Hartright, wie Mrs. Todd auf alle mögliche Weise versuchte, Mrs. Clements zum Bleiben zu bewegen. Jedenfalls endete es damit, daß sie die beiden vor mehr als drei Stunden zur Bahnstation gefahren hat. Noch unterwegs habe sie versucht, aus Mrs. Clements etwas herauszubekommen, doch umsonst. Diese formlose Hast und das mangelnde Vertrauen hätten sie derart verletzt und verärgert, daß sie die beiden vor der Bahnstation einfach absetzte. Ohne sich von ihnen zu verabschieden, sei sie wütend wieder nach Hause gefahren ... Das also hat sich hier abgespielt – nun aber, Mr. Hartright, versuchen Sie doch selbst, darüber nachzudenken, ob gestern auf dem Kirchhof irgend etwas vorgefallen ist, was diese überstürzte Abreise erklären könnte!«

»Zunächst, Miss Halcombe, hätte ich gerne gewußt, weshalb Anne Catherick gestern abend ohnmächtig wurde – immerhin waren zu diesem Zeitpunkt bereits mehrere Stunden verstrichen: sie hatte mittlerweile genügend Zeit, sich von der Aufregung, die ich ihr leider verursacht hatte, zu erholen. Haben Sie übrigens Mrs. Todd gefragt, worüber man sich gerade unterhielt, als sie in Ohnmacht fiel?«

»Ja, aber Mrs. Todd war gerade mit Hausarbeit beschäftigt – das hat sie vom Gespräch abgelenkt. Sie konnte mir nur sagen, es sei vermutlich der übliche Dorfklatsch gewesen.«

»Vielleicht hat die Tochter ein besseres Gedächtnis als die Mutter«, meinte ich. »Wenn wir zurück sind, sollten Sie vielleicht mit der Kuhmagd sprechen.«

Miss Halcombe folgte meinem Vorschlag sofort. Kaum waren wir in Limmeridge House angelangt, führte sie mich ins Wirtschaftsgebäude, wo wir das Mädchen wie erwartet antrafen: die Ärmel bis zu den Schultern aufgerollt, spülte sie gerade eine große Milchkanne aus und sang dabei fröhlich vor sich hin.

»Hannah, ich möchte diesem Herrn deinen Kuhstall zeigen«, sagte Miss Halcombe. »Er gehört ja zu den Glanzpunkten des Hauses und macht dir wirklich alle Ehre!«

Das Mädchen errötete, knickste und sagte verlegen, sie versuche eben, so gut wie möglich alles sauber und ordentlich zu halten.

»Wir kommen gerade von deinen Eltern«, fuhr Miss Halcombe fort. »Wie ich höre, warst du gestern abend zu Hause. Ihr habt Besuch gehabt?«

»Ja, Miss.«

»Deine Mutter erzählte mir, jemand sei ohnmächtig geworden. Habt ihr vielleicht etwas gesagt oder getan, was die Betreffende erschreckte? Du hast doch nichts Gruseliges erzählt, oder?«

»O nein, Miss!« rief das Mädchen lachend. »Wir haben nur davon geredet, was es hier so Neues gibt.«

»Deine Schwestern erzählten dir wahrscheinlich, was es bei euch Neues gibt?«

»Ja, Miss.«

»Und du erzähltest ihnen, was es in Limmeridge House Neues gibt?«

»Ja, Miss. Ich weiß ganz genau, daß kein Wort fiel, das die Arme hätte erschrecken können, und als sie umsank, war gerade ich an der Reihe. Mir wurde ganz bang, Miss, denn ich hab' so was noch nie gesehen!«

Ehe wir noch weitere Fragen an sie richten konnten, wurde sie an die Tür der Meierei gerufen, um einen Korb Eier entgegenzunehmen. Während sie fort war, sagte ich leise zu Miss Halcombe: »Fragen Sie sie doch, ob sie gestern abend zufällig erwähnt hat, daß man in Limmeridge House Besuch erwartet!«

Miss Halcombe gab mir durch einen Blick zu verstehen, daß sie wußte, was ich meinte. In diesem Augenblick kam das Mädchen zurück, und Miss Halcombe stellte ihr die von mir vorgeschlagene Frage.

»O ja, Miss, das habe ich auch erzählt«, sagte das Mädchen schlicht. »Vom Besuch, der ins Haus kommt, und von der scheckigen Kuh, die gestürzt ist – das sind ja alles Neuigkeiten!«

»Hast du Namen genannt? Hast du gesagt, daß wir am Montag Sir Percival Glyde erwarten?«

»Ja, Miss – ich hab' ihnen erzählt, daß Sir Percival Glyde am Montag kommt! Das ist ja hoffentlich nichts Schlimmes – hoffentlich hab' ich nichts Unrechtes getan?«

»O nein, gewiß nicht! ... Kommen Sie, Mr. Hartright! Hannah glaubt sonst, wir wollen sie nur von der Arbeit abhalten.«

Als wir wieder allein waren, blieben wir stehen und sahen einander an.

»Miss Halcombe, haben Sie jetzt noch den geringsten Zweifel?«

»Sir Percival Glyde wird mir diesen Zweifel nehmen – oder aber Laura wird niemals seine Frau!«

XIV

Als wir eben vor dem Haupteingang des Herrenhauses anlangten, sahen wir von der Bahn her einen Einspänner die Auffahrt heraufkommen. Miss Halcombe blieb auf den Stufen stehen und wartete, bis der Einspänner vorfuhr. Kaum war der Tritt heruntergeklappt, stieg ein alter Herr aus und schüttelte Miss Halcombe die Hand. Mr. Gilmore war eingetroffen.

Wir wurden einander vorgestellt. Ich konnte meine Neugier und mein Interesse an ihm kaum verbergen, sah ihn an und dachte dabei: Mr. Gilmore also wird nach meiner Abreise hier sein, er wird Sir Percival Glydes Rechtfertigung hören und als erfahrener Jurist Miss Halcombe helfen, sich ein Urteil zu bilden; er wird hierbleiben, bis die Frage der Heirat entschieden ist und dann, wenn es denn dazu kommt, den Text des Ehevertrags aufsetzen, der Miss Fairlie unwiderruflich an die eingegangene Verpflichtung bindet.

Sogar damals schon, da ich doch im Vergleich zu dem, was ich heute weiß, noch gar nichts wußte, betrachtete ich den Rechtsberater der Familie mit einem Interesse wie noch nie zuvor einen mir völlig fremden Mann. Seinem Aussehen nach war Mr. Gilmore das genaue Gegenteil der landläufigen Vorstellung von einem alten Advokaten. Sein Gesicht war frisch, das weiße Haar sorgfältig gebürstet und eher lang, Weste, Rock und Hose, alle schwarz, von tadellosem Sitz, die weiße Halsbinde sorgfältig geknotet, und die lavendelfarbenen Glacéhandschuhe hätten einem hohen Geistlichen zur Zierde gereicht. Sein Benehmen war höchst angenehm: gute Manieren und Liebenswürdigkeit der alten Schule waren durch Lebhaftigkeit, Gewandtheit und Schlagfertigkeit gewürzt, wie dies eben zu einem Manne paßt, dessen Geschäft es verlangt, daß er sich seine geistige Spannkraft erhält; dem Temperament nach ein Sanguiniker, hatten ihm seine schon von Anfang an besten Berufsaussichten in der Folge eine beachtliche Karriere und großen Wohlstand gebracht, und nun war er noch im Alter wohl gelaunt, viel beschäftigt und allseits angesehen – das war der allgemeine Eindruck, den ich bei der Vorstellung von Mr. Gilmore empfing, und gerechterweise muß ich hinzufügen, daß meine späteren Erfahrungen diesen Eindruck rundum bestätigten.

Ich ließ den alten Herrn mit Miss Halcombe allein ins Haus gehen, damit sie, ungestört von einem Fremden, die Familienangelegenheiten besprechen konnten. Sie begaben sich durch die Halle in den Salon, und ich stieg wieder die Stufen zum Garten hinunter, um dort mit mir allein zu sein.

Meine Stunden in Limmeridge House waren gezählt, meine Abreise für den nächsten Morgen festgesetzt, mein Anteil an den Nachforschungen, die der anonyme Brief mit sich brachte, geleistet. Niemand anderem außer mir selbst erwuchs daraus ein Schaden, wenn ich in der kurzen Zeit, die mir noch blieb, mein Herz vom grausamen Zwang befreite und meinen Gedanken nachhing – Abschied nahm von den Plätzen, die sich mit meinem kurzen Traum von Glück und Liebe verbanden.

Instinktiv schlug ich den Weg ein, wo ich Laura von meinem Fenster aus gestern am späten Nachmittag mit ihrem Hündchen hatte gehen sehen. Ich folgte dem Pfad, den ihre teuren Füße so oft gegangen waren, bis ich zum Pförtchen ihres Rosengartens kam, wo schon winterlich-öde Kahlheit herrschte: die Blumen, deren Namen sie mich gelehrt, waren verschwunden, die schmalen weißen Wege zwischen den Beeten feucht und von Gras überwuchert. Ich ging weiter in die Allee mit den großen Bäumen, wo wir zusammen den warmen Duft der Augustabende geatmet, gemeinsam die vielfältigen Verschmelzungen von Licht und Schatten zu unsern Füßen bewundert hatten. Nun taumelten rund um mich welke Blätter von den im Wind ächzenden Ästen, und der Geruch ließ mir das Mark gefrieren. Ein Stück noch, und ich ließ den Park hinter mir und folgte jenem Pfad, der in sanften Kehren auf die nächsten Hügel führte. Der gefällte Baum, auf dessen Stamm wir ausgeruht hatten, war naß vom Regen, und die Grasbüschel und Farne gegenüber an der Bruchsteinmauer, die ich für sie gezeichnet hatte, bildeten jetzt eine schmutzige Unkrautinsel inmitten einer Pfütze. Auf der Anhöhe angekommen, blickte ich hinab: doch das war nicht mehr die Aussicht, die wir in einer glücklicheren Zeit so oft bewundert hatten – jetzt war alles kahl und erstorben. Der Sonnenschein ihrer Gegenwart war fern von mir, der Klang der geliebten Stimme bezauberte nicht mein Ohr. Hier, wo ich jetzt stand, hatte sie mir von ihrem Vater berichtet, der ihre Mutter überlebt hatte, und erzählt, wie nahe sie einander waren, wie sehr er ihr noch immer fehlte, wenn sie im Haus bestimmte Zimmer betrat oder wenn sie sich mit irgend etwas lang Vergessenem beschäftigte, das mit der Erinnerung an ihn verknüpft war. War diese Aussicht, wie ich sie damals, ihren Worten lauschend, vor mir sah, tatsächlich die gleiche, die jetzt vor mir lag, wo ich ganz allein hier auf dem Hügel stand? Ich machte kehrt und stieg hinunter, zuerst auf demselben Pfad, dann über Moor und Dünen bis zum Meer. Da war die weiße Wut der Brandung, die vielfältige Pracht der anspringenden Wogen – aber wo war die Stelle, an der sie mit dem Sonnenschirm gedankenverloren Figuren in den Sand gezeichnet hatte? Die Stelle, wo wir rasteten und sie mich mit typisch weiblicher Genauigkeit über meine Mutter und meine Schwester ausfragte und dann überlegte, ob ich wohl je mein Junggesellenquartier in London aufgeben und es zu einem eigenen Haus und einer Familie bringen würde? Wind und Wellen hatten längst die Spur verwischt, die sie im Sand zurückgelassen hatte. Ich blickte über die eintönige Weite des Strandes, und die Stelle, wo wir stundenlang miteinander in der Sonne gesessen waren, schien mir so fremd, als hätte ich sie nie gekannt – so fremd, als stünde ich schon jetzt am Strande eines fernen Meeres.

Das leere Schweigen des Strandes fiel mir kalt ins Herz hinein. Ich ging zurück zu Park und Herrenhaus, und an jeder Ecke gab es Spuren, die von ihr sprachen, immer nur von ihr.

Auf dem Weg zur Westterrasse traf ich Mr. Gilmore. Er schien mich zu suchen, denn als er mich erblickte, beschleunigte er seinen Schritt. Mein Gemütszustand setzte mich kaum instand für ein Gespräch mit einem Fremden, aber die Begegnung war unvermeidlich, und so ergab ich mich darein.

»Gerade Sie habe ich gesucht!« sagte der alte Herr. »Ich möchte Ihnen ein paar Worte sagen, und wenn Sie nichts dagegen haben, nutze ich die sich jetzt bietende Gelegenheit. Um es kurz zu machen: Miss Halcombe und ich haben Familienangelegenheiten besprochen, um derentwillen ich hergekommen bin, und im Lauf unseres Gesprächs erwähnte sie natürlich auch den peinlichen Vorfall mit dem anonymen Brief, sowie Ihren höchst passenden, verdienstvollen Anteil an den bisherigen Nachforschungen. Aus diesem Ihrem Anteil nun entstand, wie ich verstehe, ein Interesse Ihrerseits am zukünftigen Vorgehen in dieser Sache, das Sie sonst vielleicht nicht empfunden hätten, sowie der Wunsch, es möge dies in sicheren Händen liegen. Mr. Hartright, seien Sie diesbezüglich ganz unbesorgt: ich selbst habe die Ermittlungen übernommen!«

»Mr. Gilmore, Sie sind in jeder Hinsicht besser geeignet, der Familie mit Rat und Tat zur Seite zu stehen, als ich. Wäre es indiskret, Sie zu fragen, ob Sie sich schon für ein bestimmtes Vorgehen entschieden haben?«

»Soweit möglich, habe ich meine Entschlüsse bereits gefaßt. Ich beabsichtige, eine Abschrift des Briefs, zusammen mit der Schilderung der Begleitumstände, an Sir Percivals Rechtsanwalt in London zu senden, den ich übrigens kenne. Den Brief selbst behalte ich hier und werde ihn Sir Percival gleich nach seiner Ankunft zur Kenntnis bringen. Auch die beiden Frauen lasse ich suchen: ich habe einen von Mr. Fairlies Dienern, einen zuverlässigen Mann, zur Bahnstation geschickt, wo er sich nach den beiden Frauen erkundigen soll. Er hat nicht nur Geld, sondern auch genaue Anweisungen erhalten, und falls sich ein Anhaltspunkt ergibt, wird er ihnen nachfahren. Bis zur Ankunft von Sir Percival am Montag ist nichts anderes zu tun. Ich zweifle nicht, daß er uns bereitwillig jede Erklärung gibt, die man von einem Gentleman und Ehrenmann erwarten darf. Sir Percival ist eine hochgestellte Persönlichkeit mit makellosem Ruf. Was also das Ergebnis betrifft, bin ich völlig unbesorgt, jawohl, völlig unbesorgt – wie ich Ihnen erfreulicherweise versichern kann. Bei meiner Tätigkeit sind derlei Dinge alltäglich: anonyme Briefe – eine unglückliche Frau – betrüblicher Zustand der Gesellschaft. Ich gebe zu, daß im vorliegenden Fall besondere Komplikationen vorliegen mögen, aber grundsätzlich ist der Fall doch sehr gewöhnlich – wirklich sehr gewöhnlich.«

»Ich fürchte, Mr. Gilmore, ich habe das Unglück, mit meiner Auffassung des Falles von der Ihren sehr weit abzuweichen.«

»Aber gewiß, mein lieber Herr, gewiß! Sie müssen wissen: Ich bin ein alter Mann und stehe auf dem praktischen Standpunkt, Sie sind ein junger Mann und stehen auf dem romantischen Standpunkt. Wir wollen über unsere Standpunkte nicht diskutieren! Durch meinen Beruf lebe ich ja immer nur von Zank und Streit umgeben und bin dankbar, wenn ich dem einmal entkomme, so wie hier. Warten wir das Weitere ab – ja, ja, warten wir es ab! ... Ein wunderschöner Besitz, dieses Landgut, nicht wahr? Ob man hier gut jagen kann? Vermutlich nicht – Mr. Fairlies Land ist nicht eingehegt, glaube ich. Trotzdem, ein angenehmes Haus, und bezaubernde Bewohner! ... Mr. Hartright, Sie zeichnen und malen, höre ich? Beneidenswert der Mann, der das beherrscht! Welchen Stil bevorzugen Sie?«

Wir gerieten in eine allgemeine Unterhaltung – oder, besser gesagt, Mr. Gilmore redete, und ich hörte ihm zu. Meine Gedanken waren jedoch weit entfernt von ihm und jenen Themen, über die er so geläufig plauderte. Mein einsamer Spaziergang wirkte noch immer in mir nach und rief den Wunsch wach, meine Abreise vorzuverlegen. Warum sollte ich die bittere Prüfung des Abschiednehmens auch nur um eine unnütze Minute hinauszögern? Wem konnte ich hier noch von Nutzen sein? Nein, ein weiterer Aufenthalt war sinnlos; zudem hatte mir Mr. Fairlie in seinem Brief keine bestimmte Zeit genannt, zu der ich gehen sollte. Warum also nicht gleich der Sache ein Ende machen?

Das beschloß ich denn auch. Noch war es hell – warum sollte ich meine Rückreise nach London nicht am Nachmittag antreten? Ich entschuldigte mich bei Mr. Gilmore mit der erstbesten Ausrede und ging ins Haus.

Auf dem Weg hinauf in mein Zimmer begegnete mir auf der Treppe Miss Halcombe. An meiner Eile und an meinem veränderten Verhalten erkannte sie, daß ich etwas Bestimmtes vorhatte, und wollte wissen, was geschehen sei.

Ich nannte ihr die Gründe, die mich bewogen, meine Abreise vorzuverlegen.

»Nein, nein, verlassen Sie uns doch wie ein Freund!« entgegnete sie ernst und liebenswürdig. »Brechen Sie noch einmal das Brot mit uns! Bleiben Sie zum Abendbrot noch hier – bleiben Sie hier und helfen Sie uns, den letzten Abend mit Ihnen so glücklich wie möglich zu verbringen – so glücklich wie früher. Ich lade Sie ein, Mrs. Vesey lädt Sie ein –« Sie zögerte ein wenig und fügte dann hinzu: »Und auch Laura lädt Sie ein.«

Ich versprach zu bleiben. Weiß Gott, ich wollte keine von ihnen auch nur im mindesten kränken!

Mein eigenes Zimmer schien mir der beste Warteraum bis zum Läuten der Dinner-Glocke. Als es soweit war, ging ich hinunter.

Ich hatte den ganzen Tag nicht mit Miss Fairlie gesprochen, ich hatte sie nicht einmal gesehen. Als ich ihr im Salon begegnete, wurde unsere Selbstbeherrschung auf eine harte Probe gestellt. Auch sie hatte ihr möglichstes getan, an diesem Abend die alte, die goldene Zeit, die niemals wiederkehren würde, noch einmal für uns erstehen zu lassen. Sie hatte jenes Kleid angezogen, das ich von allen, die sie besaß, am meisten bewunderte: aus dunkelblauer Seide, mit altmodischen Spitzen garniert. Und ganz wie früher kam sie mir entgegen und reichte mir die Hand, mit der offenen, unschuldigen Freundschaft glücklicherer Tage. Nur die kalten Finger, die zitternd meine Hand umschlossen, die bleichen Wangen, auf denen ein hellroter Fleck brannte, und das matte Lächeln, das sie auf den Lippen zu halten suchte – was ihr aber nicht gelang, als ich sie anblickte –, verrieten mir, wie schwer es ihr wurde, ihre Fassung zu bewahren. Noch nie stand sie meinem Herzen näher – ich liebte sie wie nie zuvor.

Mr. Gilmore war uns eine große Hilfe. Er war in bester Laune und hielt das Gespräch unausgesetzt in Gang. Miss Halcombe unterstützte ihn dabei, so gut sie konnte, und ich tat mein möglichstes, ihrem Beispiel zu folgen. Die lieben blauen Augen, in denen ich alles so gut lesen konnte, sahen mich flehentlich an, als wir uns zu Tisch setzten. Helfen Sie meiner Schwester, schienen sie zu sagen, helfen Sie meiner Schwester, dann helfen Sie mir!

Dem äußeren Schein nach segelten wir während des Essens glücklich über alle Untiefen hinweg. Die Damen erhoben sich, und Mr. Gilmore und ich blieben allein im Eßzimmer zurück. Da beanspruchte ein neuer Gegenstand des Interesses unsere Aufmerksamkeit und verschaffte mir die Gelegenheit, mich wieder zu beruhigen, da ich einige Minuten lang nichts reden mußte. Der Diener nämlich, den man Anne Catherick und Mrs. Clements nachgeschickt hatte, kehrte mit seinem Bericht zurück und wurde unverzüglich zu uns ins Eßzimmer geschickt.

»Nun«, sprach Mr. Gilmore, »was haben Sie herausbekommen?«

»Beide Frauen haben Fahrkarten nach Carlisle gelöst, Sir.«

»Und da sind Sie natürlich nachgefahren?«

»Ja, Sir, aber leider hat sich dort ihre Spur verloren.«

»Haben Sie sich auf dem Bahnhof nach ihnen erkundigt?«

»Ja, Sir.«

»Und auch in den Gasthöfen?«

»Ja, Sir.«

»Und Sie haben den Bericht, den ich für Sie schrieb, bei der Polizei abgegeben?«

»Ja, Sir.«

»Gut, mein Freund. Sie haben getan, was Sie konnten, und ich habe getan, was ich konnte – und darauf müssen wir bis auf weiteres die Sache beruhen lassen . . .«

Sobald der Diener das Zimmer verlassen hatte, wandte sich Mr. Gilmore mir zu. »Wir haben unsere Trümpfe ausgespielt«, sagte er. »Fürs erste zumindest haben uns die Frauen überlistet. So bleibt nichts anderes übrig, als auf Sir Percival zu warten . . . Wollen Sie noch ein Glas Wein? Das ist eine gute Flasche Portwein – ein alter Wein mit Körper und Bouquet. In meinem Keller habe ich zwar einen noch besseren . . .«

Wir begaben uns in den Salon hinüber – in jenen Raum, in dem ich die glücklichsten Abende meines Lebens verbracht hatte, und den ich heute zum letzten Mal sehen sollte. Seit das Wetter kälter und die Tage kürzer wurden, sah es hier etwas verändert aus: die Glastüren zur Terrasse waren geschlossen und hinter dicken Vorhängen verborgen, statt der sanften Dämmerung gab es jetzt helles Lampenlicht, das meine Augen blendete. Alles hatte sich verändert, hier innen wie draußen – alles hatte sich verändert.

Miss Halcombe und Mr. Gilmore setzten sich an den Kartentisch, Mrs. Vesey ließ sich wie gewohnt auf ihrem Armsessel nieder. Sie alle verbrachten den Abend völlig ungezwungen, indes ich mir, was mir um so schmerzlicher zu Bewußtsein kam, großen Zwang antun mußte. Miss Fairlie stand unschlüssig neben dem Notentisch. In früheren Zeiten hätte ich mich wahrscheinlich neben sie gestellt. Unentschlossen wartete ich – ohne zu wissen, wohin ich gehen oder was ich tun sollte. Sie warf mir einen raschen Blick zu, nahm ein Notenheft vom Tisch und kam von selbst zu mir.

»Soll ich eines jener kleinen Mozartstücke spielen, die Sie immer so gern gehört haben?« fragte sie, öffnete das Heft und schlug die Augen nieder.

Ehe ich ihr noch danken konnte, ging sie rasch zum Klavier. Der Stuhl, auf dem ich immer gesessen war, stand daneben. Sie schlug ein paar Akkorde an, schaute zu mir herüber – dann wieder auf die Noten.

»Wollen Sie sich nicht auf Ihren alten Platz setzen?« sagte sie schnell und sehr leise.

»Am letzten Abend darf ich's wohl«, antwortete ich.

Sie sagte nichts, sondern widmete ihre Aufmerksamkeit ganz den Noten – obgleich sie diese Stücke oft und oft auswendig gespielt hatte. Daß sie aber meine Antwort gehört hatte und sich meiner Nähe bewußt war, erkannte ich daran, daß der rote Fleck auf der mir zugewandten Wange verschwand und einer tiefen Blässe wich.

»Es tut mir sehr leid, daß Sie gehen«, sagte sie ganz leise, fast flüsternd, indes sie ihre Augen nur auf die Noten heftete. Ihre Finger flogen über die Tasten dahin, in hektischer Eile, wie ich sie noch nie an ihr bemerkt hatte.

»Miss Fairlie, ich werde Ihre gütigen Worte nie vergessen, auch wenn der morgige Tag schon längst vorüber ist.«

Sie wurde noch bleicher und wandte sich von mir ab. »Reden Sie nicht von morgen!« sagte sie. »Lassen Sie die Musik sprechen, vom heutigen Abend, und in einer Sprache, die seliger ist als die unsere.«

Ihre Lippen zuckten – ein leiser Seufzer, den sie vergebens zu unterdrücken suchte, entrang sich ihrer Brust. Ihre Finger wurden unsicher, sie schlug eine falsche Taste an, versuchte die richtige zu finden und ließ verwirrt und verärgert die Hände in den Schoß sinken. Miss Halcombe und Mr. Gilmore blickten erstaunt vom Kartentisch auf. Sogar Mrs. Vesey, die auf ihrem Stuhl döste, erwachte, als die Musik plötzlich verstummte, und erkundigte sich, was denn geschehen sei.

»Mr. Hartright, spielen Sie Whist?« fragte Miss Halcombe, den Blick vielsagend auf mich gerichtet.

Ich wußte, was sie meinte, wußte, daß sie recht hatte, und erhob mich. Während ich zum Kartentisch hinüberging, hörte ich, wie Miss Fairlie umblätterte und wieder zu spielen begann, diesmal mit sicherer Hand. »Ich will es spielen, ja, ich will es an diesem letzten Abend spielen!« rief sie leidenschaftlich.

»Kommen Sie, Mrs. Vesey!« rief Miss Halcombe. »Mr. Gilmore und ich haben genug vom Ekarté – kommen Sie und spielen Sie mit Mr. Hartright als Partner eine Partie Whist!«

Der alte Jurist lächelte spöttisch, er hatte die besseren Karten gehabt und eben einen König gezogen. Offenbar glaubte er, Miss Halcombe habe das Spiel abgebrochen, weil Frauen eben nicht mit Anstand verlieren können.

Der Rest des Abends verging ohne ein Wort oder einen Blick von ihr. Sie blieb am Klavier und ich am Kartentisch. Sie spielte ohne Unterlaß – als wäre Musik ihre letzte Zuflucht. Zuweilen berührten ihre Finger die Tasten sanft und innig, in klagender Zärtlichkeit, traurig und unsagbar schön. Manchmal aber wurden sie unsicher und stockten, oder sie glitten mechanisch über die Tasten hinweg, als wären sie der Aufgabe nicht gewachsen. Doch auch wenn ihre Finger ihr nicht immer ganz gehorchen wollten – Miss Fairlie gab nicht nach und spielte entschlossen weiter und stand erst vom Klavier auf, als wir uns alle erhoben und einander gute Nacht sagten.

Mrs. Vesey war der Türe am nächsten und schüttelte mir als erste die Hand.

»Ich werde Sie morgen nicht mehr sehen, Mr. Hartright«, sagte die alte Dame. »Es tut mir aufrichtig leid, daß Sie wegfahren ... Sie waren immer so nett und aufmerksam, und eine alte Frau wie ich weiß das zu schätzen. Ich wünsche Ihnen alles Gute, Sir – und sage Ihnen ein herzliches Lebewohl!«

Der nächste war Mr. Gilmore.

»Mr. Hartright, hoffentlich haben wir bald Gelegenheit, einander näher kennenzulernen. Und was diese kleine Angelegenheit betrifft, so wissen Sie, daß sie bei mir gut aufgehoben ist, ja? ... Mein Gott, wie kalt es schon wird! Ich will Sie hier an der Türe nicht länger aufhalten. *Bon voyage,* mein Herr – *bon voyage,* wie die Franzosen sagen!«

Miss Halcombe folgte.

»Also morgen früh um halb acht«, sagte sie und fügte leise hinzu: »Ich habe mehr gehört und gesehen, als Sie glauben. Ihr Verhalten heute abend hat mich für immer zu Ihrer Freundin gemacht.«

Miss Fairlie kam zuletzt. Ich wagte nicht, sie anzusehen, als ich ihr die Hand gab und dabei an den nächsten Morgen dachte.

»Ich reise sehr früh ab«, sagte ich, »und ich werde schon fort sein, wenn Sie –«

»Keinesfalls!« fiel sie mir hastig ins Wort. »Sie gehen nicht fort, ehe ich herunterkomme. Ich werde zugleich mit Marian frühstücken. Es wäre undankbar von mir, die letzten drei Monate so leicht zu vergessen –«

Die Stimme versagte ihr. Ihre Hand schloß sich sanft um meine – und ließ sie plötzlich wieder los. Ehe ich gute Nacht sagen konnte, war sie gegangen.

Das Ende eilt mir entgegen – so rasch und unvermeidlich wie das Licht des letzten Morgens in Limmeridge House.

Es war kurz vor acht, als ich hinunterging – aber beide saßen schon am Frühstückstisch und erwarteten mich. Die Luft war kühl, das Licht trüb, der Morgen noch düster. Wir versuchten zu essen, wir versuchten zu sprechen. Es war sinnlos und hoffnungslos, den Schein zu wahren. So erhob ich mich, um dem Ganzen ein Ende zu machen.

Ich streckte meine Hand aus, und Miss Halcombe – sie stand gerade neben mir – ergriff sie. Miss Fairlie wandte sich plötzlich ab und lief aus dem Zimmer. Die Türe schloß sich hinter ihr, und Miss Halcombe sagte: »Es ist besser so – für Sie und für Laura.«

Ich war nicht imstande, etwas zu sagen – so hart war es, sie zu verlieren ohne ein letztes Wort, ohne einen letzten Blick. Als ich mich wieder gefaßt hatte, versuchte ich für Miss Halcombe einige passende Worte des Abschieds zu finden, aber alles, was ich ihr gern gesagt hätte, schrumpfte zusammen zu einem einzigen Satz.

»Hab' ich's verdient, daß Sie mir einmal schreiben?« war alles, was ich herausbrachte.

»Und ob! Sie haben sich auf vornehmste Art um uns verdient gemacht. Solange wir beide leben, werde ich alles für Sie tun. Was immer auch geschehen wird – Sie sollen es erfahren!«

»Und sollte ich Ihnen später einmal helfen können – wenn Sie nicht mehr daran denken, wie töricht und vermessen ich war –«

Ich konnte nicht weiter. Die Stimme versagte mir, die Augen wurden mir feucht, so sehr ich mich auch dagegen sträubte.

Sie ergriff meine Hände, drückte sie mit festem, männlichem Druck – ihre schwarzen Augen glänzten –, tiefe Röte überzog ihre Wangen, ihr Gesicht glühte vor Willenskraft und verschönte sich durch das reine Licht ihrer Großmut und ihres Mitgefühls.

»Ich vertraue Ihnen – und wenn ich Ihrer wirklich einmal bedarf, werde ich Ihnen vertrauen als meinem Freund und ihrem Freund, als meinem Bruder und ihrem Bruder.« Damit zog sie mich an sich, küßte mich schwesterlich auf die Stirn und fuhr fort: »Gott segne Sie, Walter! Warten Sie hier ein wenig, bis Sie sich beruhigt haben! Ich gehe jetzt. Es wird für uns beide besser sein, wenn ich Ihnen vom Balkon aus nachschaue, wenn Sie abfahren.«

Sie verließ das Zimmer, und ich wandte mich dem Fenster zu, wo sich meinen Augen nichts anderes bot als der Blick auf die einsame herbstliche Landschaft; ich wollte mich fassen, ehe auch ich das Zimmer verließ, für immer.

Eine Minute mochte vergangen sein – sicher war es nicht länger –, da hörte ich, wie sich die Türe leise öffnete und ein Frauenkleid über den Teppich raschelte. Mein Herz hämmerte, ich wandte mich um: Miss Fairlie kam auf mich zu.

Sie zögerte und blieb stehen, als sie bemerkte, daß wir allein waren. Mit einem Mut, den Frauen in kleinen Nöten so leicht, in großen jedoch so selten verlieren, kam sie näher heran, seltsam bleich und seltsam gefaßt; mit der einen Hand tastete sie sich am Tischrand entlang, mit der anderen hielt sie etwas, das die Falten ihres Kleides verbargen.

»Ich ging nur in den Salon, um das zu holen«, sagte sie. »Es soll Sie an Limmeridge House erinnern und an die Freunde, die Sie hier zurücklassen. Sie haben mir einmal gesagt, ich hätte mich im Zeichnen sehr verbessert, und da dachte ich, es würde Sie vielleicht freuen –«

Sie wandte das Gesicht ab und hielt mir eine Zeichnung des Gartenhäuschens hin, wo wir einander kennengelernt hatten. Das Blatt zitterte in ihrer Hand, als sie es mir überreichte, und es zitterte in der meinen, als ich es entgegennahm.

Ich wagte nicht zu sagen, was ich fühlte – so sagte ich nur: »Ich will es immer bei mir behalten, solange ich lebe; es wird das Kostbarste sein, das ich habe. Ich danke Ihnen sehr – ich danke Ihnen wirklich sehr, daß Sie mich nicht ohne Abschied reisen lassen.«

»Ach«, meinte sie mit unschuldigem Blick, »wie hätte ich Sie ohne Abschied fort lassen können – nach den vielen glücklichen Tagen, die wir zusammen verbracht haben!«

»Diese Tage werden nicht wiederkehren, Miss Fairlie – Ihr Weg und mein Weg gehen weit auseinander. Sollte aber einmal die Zeit kommen, da die Kraft meines Herzens und meine Ergebenheit Ihnen ein bißchen Glück verschaffen und ein wenig Kummer ersparen könnten – wollen Sie dann versuchen, sich des armen Zeichenlehrers zu erinnern, der Sie unterrichten durfte? Miss Halcombe hat versprochen, mir zu vertrauen – wollen auch Sie es mir versprechen?«

Abschiedstrauer lag in den lieben blauen Augen und schimmerte matt durch die aufsteigenden Tränen.

»Ich verspreche es«, sagte sie mit gebrochener Stimme. »O sehen Sie mich doch nicht so an! Ich verspreche es ja!«

Ich wagte mich ein wenig näher zu ihr und hielt ihr meine Hand hin.

»Miss Fairlie, Sie haben viele Freunde, die Sie lieben. Ihr künftiges Glück ist der größte Wunsch von vielen. Darf ich Ihnen zum Abschied sagen, daß dies auch für mich gilt?«

Tränen strömten über ihre Wangen. Sie stützte sich zitternd mit der einen Hand auf den Tisch, während sie mir die andere reichte. Ich nahm sie und hielt sie fest, beugte mich nieder, meine Tränen fielen darauf, ich berührte sie mit meinen Lippen – nicht in Liebe, o nicht in Liebe, sondern in Kummer und Verzweiflung.

»O Gott, lassen Sie mich!« hauchte sie schwach.

Mit dieser flehentlichen Bitte gab sie das Geheimnis ihres Herzens preis. Ich hatte kein Recht, diese Worte zu hören, kein Recht, sie zu beantworten. Sie verrieten ihre Schwäche und verbannten mich aus dem Zimmer. Alles war vorbei. Ich ließ ihre Hand los, ich sagte nichts mehr. Meine Tränen verbargen mir ihren Anblick, ich wischte sie fort, um Laura ein letztes Mal zu sehen. Noch ein Blick: Sie sank auf einen Stuhl, stützte die Arme auf den Tisch und ließ müde den Kopf darauf fallen. Ein letzter Blick, dann schloß sich die Türe hinter mir. Abgrundtief lag die Trennung zwischen uns – schon war Laura Fairlies Bild nur mehr Erinnerung.

(Ende der Erzählung Hartrights)

Bericht
fortgesetzt von Vincent Gilmore
(Chancery Lane, Rechtsanwalt)

I

Ich schreibe diese Zeilen auf Ersuchen meines Freundes, Herrn Walter Hartright. Ihr Ziel ist es, jene Ereignisse festzuhalten, die bald nach Mr. Hartrights Abreise von Limmeridge House eintraten und Miss Fairlies Interessen aufs ernstlichste beeinträchtigten.

Es erübrigt sich für mich die Frage, ob ich die Veröffentlichung dieser ungewöhnlichen Familiengeschichte, zu der ich hiermit beitrage, billige oder nicht. Mr. Hartright hat die Verantwortung dafür ganz auf sich genommen, zumal er ja auch das Recht dazu erwarb, wie sich später zeigen wird. Sein Plan sieht vor, alles möglichst lebhaft und wahrheitsgetreu schildern zu lassen, und zwar der Reihe nach von jenen Personen, die an den stattfindenden Ereignissen jeweils besonders eng beteiligt waren.

Mein Auftritt als Erzähler ist daher an diesem Punkt die notwendige Folge seines Plans. Ich war während Sir Percival Glydes Aufenthalt in Cumberland ebenfalls anwesend, außerdem persönlich beteiligt an einem wichtigen Ergebnis seines kurzen Besuches unter Mr. Fairlies Dach. Es ist daher meine Pflicht, der Kette der Ereignisse diese neuen Glieder hinzuzufügen und die Erzählung genau an jener Stelle aufzunehmen, wo Mr. Hartright sie – allerdings nur vorübergehend – aus der Hand gegeben hat.

Ich traf am Freitag, dem 2. November, in Limmeridge House ein. Zweck meines Aufenthalts war, Sir Percivals Eintreffen abzuwarten. Sollte es dabei zu einer Einigung betreffs des Datums seiner Hochzeit mit Miss Fairlie kommen, so würde ich die nötigen Anweisungen mit nach London nehmen und mich dem Entwurf des Ehevertrags für die Braut widmen.

Am Freitag hatte ich nicht die Ehre, von Mr. Fairlie empfangen zu werden. Er war seit Jahren leidend oder bildete es sich jedenfalls ein – und fühlte sich nicht wohl genug, um mich zu sehen. Miss Halcombe war die erste, die ich von der Familie traf. Sie kam mir beim Hauseingang entgegen und stellte mir Mr. Hartright vor, der sich schon seit geraumer Zeit hier aufhielt.

Miss Fairlie begegnete ich erst später an diesem Tag, und zwar beim Dinner. Sie sah nicht wohl aus, und das betrübte mich, denn sie ist ein sanftes, liebenswertes Mädchen, ebenso freundlich und aufmerksam gegen jedermann wie seinerzeit ihre vortreffliche Mutter – obgleich sie in ihrem Äußeren ihrem Vater nachgerät. Mrs. Fairlie hatte dunkles Haar und dunkle Augen – ihre ältere Tochter, Miss Halcombe, erinnert mich stark an sie. Miss Fairlie spielte nach dem Dinner Klavier, doch nicht so gut wie sonst, wie mir schien. Und wir anderen erholten uns inzwischen bei einer Partie Whist, was sich allerdings, so wie wir es spielten, zu einer Entweihung dieses edlen Kartenspiels gestaltete. Mr. Hartright hatte, als wir einander vorgestellt worden waren, einen günstigen Eindruck auf mich gemacht, aber bald fand ich heraus, daß er nicht frei war von den gesellschaftlichen Unzulänglichkeiten der jungen Generation. Drei Eigenschaften gehen den Leuten seines Alters ab: sie können nicht beim Wein sitzen, sie können nicht Whist spielen und sie verstehen es nicht, einer Dame ein Kompliment zu machen. Mr. Hartright bildete diesbezüglich keine Ausnahme. Sonst aber fiel er mir – obwohl unsere Bekanntschaft kurz war – als bescheidener und wohlerzogener junger Mann auf.

So verging der Freitag. Die ernsteren Angelegenheiten, die mich noch am selben Tag beschäftigten, brauche ich hier nicht zu erwähnen: den anonymen Brief an Miss Fairlie, die Maßnahmen, die ich in dieser Sache für zweckmäßig erachtete, und meine feste Überzeugung, daß Sir Percival Glyde uns bereitwilligst jede Auskunft geben würde, die wir von ihm verlangten – all das ist ja, wie ich höre, in dem Bericht enthalten, der meinem vorangeht.

Mr. Hartright war bereits abgereist, als ich am nächsten Morgen zum Frühstück kam. Miss Fairlie blieb den ganzen Tag auf ihrem Zimmer, und auch Miss Halcombe schien gedrückter Stimmung. Limmeridge House war eben nicht mehr das, was es zu Mr. und Mrs. Philip Fairlies Zeiten einmal war. Am Vormittag ging ich allein spazieren und sah mich ein bißchen um. Aber wohin ich auch blickte, es war alles nicht mehr so wie vor dreißig Jahren, als ich zum ersten Male in geschäftlichen Angelegenheiten der Familie hiergewesen war.

Um zwei Uhr ließ mir Mr. Fairlie mitteilen, er fühle sich kräftig genug, mich zu empfangen. Er wenigstens hatte sich nicht verändert: er redete das gleiche wie eh und je – über sich und seine Leiden, seine schönen Münzen und seine unvergleichlichen Rembrandt-Radierungen. Kaum fing ich vom Geschäftlichen an, weswegen ich ja gekommen war, erklärte er, dies »enerviere« ihn. Ich ließ jedoch nicht davon ab, ihn zu »enervieren«, indem ich immer wieder auf den Gegenstand zurückkam. Das einzige, was ich jedoch aus ihm herausbekommen konnte, war, daß ihm die Heirat seiner Nichte als beschlossen galt; ihr Vater habe sie gutgeheißen, und auch er heiße sie gut, denn diese Ehe sei wünschenswert; und er persönlich wäre wirklich froh, wenn diese ganze Unruhe endlich vorbei wäre. Und was den Ehevertrag betreffe, so möge ich mich doch mit seiner Nichte beraten, meine Kenntnisse der Familienverhältnisse so sehr vertiefen, wie es mir beliebe, und alles fertigmachen, seinen Anteil an der Sache aber darauf beschränken, ihn als Vormund im richtigen Augenblick Ja sagen zu lassen – natürlich werde er meinen Wünschen und den Wünschen aller mit unendlichem Vergnügen entgegenkommen. Doch unterdessen sähe ich ihn, einen hilflos Leidenden, ans Zimmer gefesselt. Ob ich etwa der Meinung sei, daß man ihn unbedingt quälen müsse? Nein? Warum ihn also quälen?

Vielleicht wäre ich ein wenig überrascht gewesen, daß Mr. Fairlie so gar keinen Wert auf seine Rechte als Vormund legte, hätte ich als Kenner der Familienverhältnisse nicht gewußt, daß er unverheiratet war und nicht mehr als die Nutznießung von Limmeridge House auf Lebenszeit hatte. Angesichts dieser Tatsachen war ich vom Ergebnis der Unterredung weder überrascht noch enttäuscht. Mr. Fairlie verhielt sich so, wie ich's von ihm erwartet hatte, und damit war die Sache erledigt.

Der Sonntag war ein trüber Tag, draußen wie drinnen. Ich erhielt ein Schreiben von Sir Percivals Rechtsanwalt, in dem er mir den Empfang der Briefkopie und meines Begleitschreibens bestätigte. Am Nachmittag gesellte sich Miss Fairlie zu uns. Sie war bleich und niedergeschlagen – und ganz anders als sonst.

Ich unterhielt mich mit ihr und wagte eine leise Anspielung auf Sir Percival. Sie hörte mir zu, sagte aber nichts. Auf jedes andere Thema ging sie bereitwillig ein – nur diesem wich sie aus. Ich fragte mich im stillen, ob sie etwa ihre Verlobung bedaure – wie es bei jungen Damen oft der Fall ist, wenn die Reue zu spät kommt.

Am Montag kam Sir Percival an. Was sein Äußeres und seine Umgangsformen betraf, mußte man sich zu ihm hingezogen fühlen. Er sah zwar älter aus, als ich es erwartet hatte, und war bereits ein wenig kahl über der Stirn, auch sein Gesicht schien mir ein bißchen faltig und verlebt, aber seine Bewegungen waren so lebhaft und sein Geist so rege wie der eines jungen Mannes. Seine Begrüßung von Miss Halcombe war herzlich und natürlich, und mir begegnete er, nachdem man uns bekanntgemacht, so freundlich und ungezwungen, als wären wir alte Freunde. Miss Fairlie war bei seiner Ankunft nicht zugegen, sondern kam erst etwa zehn Minuten später ins Zimmer. Sir Percival erhob sich und machte ihr sein Kompliment mit der Gewandtheit des perfekten Gentlemans. Auch er war sichtlich bestürzt über ihr verändertes Aussehen, was ihn jedoch veranlaßte, sich ihr gegenüber besonders zärtlich und rücksichtsvoll zu verhalten. Stimme, Tonfall und Benehmen verrieten ein Taktgefühl, das seiner Bildung und Erziehung alle Ehre machte. Daher überraschte es mich, daß Miss Fairlie trotzdem bedrückt und befangen wirkte und die erstbeste Gelegenheit ergriff, sich wieder zu entfernen. Sir Percival verlor kein Wort über ihre zurückhaltende Begrüßung und ihr plötzliches Verschwinden. Solange sie dagewesen war, hatte er sich ihr nicht aufgedrängt, und jetzt, da sie gegangen war, brachte er Miss Halcombe nicht durch Fragen in Verlegenheit. Wie ich während meines Aufenthalts in diesem Hause feststellen konnte, war sein Gefühl für das Richtige und Schickliche stets über jede Kritik erhaben.

Kaum hatte Miss Fairlie das Zimmer verlassen, ersparte er uns die Peinlichkeit, das Gespräch auf den anonymen Brief zu bringen, indem er selbst davon zu reden begann: Auf seiner Herfahrt habe er die Reise in London unterbrochen, seinen Rechtsanwalt aufgesucht, die Abschrift des Briefes und mein Begleitschreiben gelesen und möchte uns jetzt so rasch wie möglich mit einer ausführlichen Erklärung beruhigen. Ich bot ihm hierauf den Originalbrief an, den ich zu seiner persönlichen Einsichtnahme bereithielt. Er dankte mir und meinte, dies sei nicht notwendig, er habe ohnedies die Abschrift gelesen, ich möge das Original nur weiterhin bei mir behalten.

Die Erklärung, die er uns unverzüglich gab, war so simpel und in jeder Hinsicht befriedigend, wie ich es nicht anders erwartet hatte:

Er sei Mrs. Catherick, wie er sagte, wegen ihrer treuen Dienste, die sie ihm und seiner Familie in früheren Jahren geleistet habe, zu Dank verpflichtet. Diese Frau habe im Leben viel Unglück gehabt. Ihr Mann habe sie bald nach der Heirat verlassen, und ihre einzige Tochter sei schon von klein auf geistig etwas zurückgeblieben. Infolge ihrer Verheiratung sei Mrs. Catherick in eine Gegend gezogen, die weit von seinen Gütern liege, trotzdem habe er sich auch dann noch um sie gekümmert. Es sei bewundernswert, wie mutig und geduldig sie ihr schweres Los ertragen habe. Im Lauf der Jahre hätten dann bei ihrer unglücklichen Tochter die Symptome einer Geisteskrankheit in einem Ausmaß zugenommen, daß eine entsprechende ärztliche Aufsicht notwendig geworden sei. Mrs. Catherick habe das eingesehen, doch habe sie sich davor gescheut – nicht zuletzt aus Standesrücksichten –, ihr Kind dem Armenrecht entsprechend in eine öffentliche Irrenanstalt einweisen zu lassen. Sir Percival habe diese Bedenken respektiert – wie er ja überhaupt ein gewisses Maß an Selbstbewußtsein in jeder Gesellschaftsschicht respektiere – und daher beschlossen, die Kosten für die Unterbringung in einer Privatanstalt zu übernehmen – sozusagen als Dank für Mrs. Cathericks Anhänglichkeit an seine Familie. Leider habe aber dieses unglückliche Geschöpf seine Rolle bei dieser Internierung herausgefunden und verfolge ihn seither mit Mißtrauen und blindem Haß. Eben dieser Feindseligkeit, die sich auch schon in der Anstalt verschiedentlich geäußert habe, sei offenbar der anonyme Brief zuzuschreiben, den sie nach ihrer Flucht verfaßte. Sollten wir – also Miss Halcombe oder ich – uns mit dieser Erklärung nicht begnügen und weitere Einzelheiten wissen wollen (er nannte Namen und Adresse der Anstalt sowie auch der beiden behandelnden Ärzte), sei er bereit, jede Frage zu beantworten und alle Unklarheiten zu beseitigen. Er habe dem unglücklichen Geschöpf gegenüber seine Pflicht bereits insofern erfüllt, als er seinem Rechtsanwalt aufgetragen habe, keine Kosten zu scheuen, um sie baldigst aufzufinden und weiter unter ärztliche Aufsicht zu stellen. Und jetzt wünsche er nur noch, auch Miss Fairlie gegenüber seine Pflicht zu erfüllen und ihr sowie ihren Angehörigen ebenso offen Rede und Antwort zu stehen.

Ich war der erste, der diesem Verlangen nachkam. Mein weiteres Vorgehen war mir klar. Gerade das ist ja das Schöne an der Jurisprudenz, daß man jede Erklärung, egal in welcher Form oder unter welchen Umständen sie vorgebracht wird, in Zweifel ziehen kann. Wäre es also meines Amtes gewesen, gegen Sir Percival Glyde – auf Grund seiner eigenen Aussage – ein Verfahren einzuleiten, hätte ich das ganz leicht tun können. Aber darin lag ja in diesem Fall nicht meine Aufgabe, sie war vielmehr rein richterlicher Art. Ich sollte die Erklärung, die ich eben gehört hatte, prüfen, den untadeligen Ruf dieses Mannes als Gentleman entsprechend berücksichtigen, das Für und Wider abwägen und nach bestem Wissen und Gewissen entscheiden, ob auf Grund von Sir Percivals Aussage die Beweise für oder gegen ihn sprächen. Meiner eigenen Überzeugung nach sprachen sie eindeutig für ihn, und so erklärte ich, daß meines Erachtens seine Darstellung absolut zufriedenstellend sei.

Miss Halcombe wandte mir zunächst ernste Blicke zu und sagte dann zu Sir Percival ein paar Worte im gleichen Sinn – freilich etwas zögernd, was mir der Tatbestand nicht zu rechtfertigen schien. Ich selbst könnte nicht sicher sagen, ob Sir Percival dies bemerkt hatte oder nicht, neige jedoch zu ersterer Meinung – sonst hätte er nicht noch einmal das Thema aufgegriffen, obgleich man es doch mit vollem Recht als erledigt betrachten durfte.

»Wäre meine Erklärung nur an Mr. Gilmore gerichtet gewesen«, sagte er, »würde ich es für unnötig erachten, auf diese mißliche Angelegenheit zurückzukommen. Von einem Gentleman wie Mr. Gilmore darf ich erwarten, daß er mir Glauben schenkt, und wenn er mir diese Gerechtigkeit widerfahren läßt, erübrigt sich jede weitere Diskussion. Doch einer Dame gegenüber ist meine Lage anders. Ihr schulde ich – was ich keinem Mann zugestehen würde – einen Wahrheitsbeweis. Miss

Halcombe, Sie können ihn von sich aus nicht verlangen, und daher bin ich es Ihnen – aber mehr noch Ihrer Schwester – schuldig, einen solchen anzubieten. Darf ich Ihnen daher vorschlagen, Mrs. Catherick, der Mutter dieses unglücklichen Geschöpfs, zu schreiben und sie zu ersuchen, meine Aussage zu bestätigen?«

Ich sah, wie Miss Halcombe die Farbe wechselte und etwas verlegen dreinsah. Sir Percivals Vorschlag, höflich wie er war, schien ihr – wie auch mir – sehr taktvoll auf das kurze Zögern anzuspielen, mit dem sie sich verraten hatte.

»Sir Percival, Sie nehmen doch nicht an, daß ich Ihnen mißtraue?« sagte sie rasch.

»Gewiß nicht, Miss Halcombe! Mein Vorschlag ist nur ein Akt der Aufmerksamkeit Ihnen gegenüber. Entschuldigen Sie bitte, daß ich weiterhin darauf zu bestehen wage!«

Er ging zum Schreibtisch, schob einen Stuhl davor und öffnete die Schreibmappe.

»Darf ich Sie bitten, den Brief zu schreiben«, sagte er, »mir zuliebe. Es bedarf nur weniger Minuten – Sie brauchen bloß zwei Fragen an Mrs. Catherick zu richten: erstens, ob ihre Tochter mit ihrem Wissen und ihrer Zustimmung in die Anstalt gebracht wurde, und zweitens, ob mein Anteil daran so ist, daß ich ihre Dankbarkeit verdiene. Ich weiß, was diese ganze unangenehme Sache betrifft, ist Mr. Gilmore jetzt beruhigt, und auch Sie sind beruhigt – bitte beruhigen Sie auch mich, indem Sie diesen Brief schreiben!«

»Sir Percival, Sie nötigen mich, auf Ihre Bitte einzugehen, obgleich ich sie lieber ablehnen möchte«, sagte sie, erhob sich von ihrem Sitz und setzte sich an den Schreibtisch. Sir Percival dankte ihr, reichte ihr eine Feder und ging zum Kamin hinüber, vor dem Miss Fairlies italienisches Windspiel lag. Er streckte die Hand aus. »Komm, Nina«, sagte er gutmütig, »wir kennen einander doch schon, was?«

Das kleine Biest, feig und eigensinnig wie viele verzärtelte Hunde, sah ihn bös an, wich vor der ausgestreckten Hand zurück, winselte, zitterte und verkroch sich unterm Sofa. Es war kaum anzunehmen, daß ihn eine solche Kleinigkeit wie das Verhalten eines Hundes aus der Fassung bringen konnte – aber ich sah, daß er den Kamin überstürzt verließ und zum Fenster ging. Vielleicht ist er zuweilen reizbaren Gemüts? Wenn ja, hat er mein volles Verständnis, auch ich bin es zuweilen.

Miss Halcombe saß nicht lange am Schreibtisch. Als sie fertig war, erhob sie sich und hielt Sir Percival das beschriebene Blatt hin. Er verbeugte sich, nahm es ihr ab, faltete den Brief zusammen, ohne ihn zu lesen, versiegelte ihn, schrieb die Adresse und gab ihn ihr wortlos wieder zurück. Das Ganze tat er mit so viel Anstand und Anmut, wie ich es in meinem Leben noch nie erlebt hatte.

»Und Sie bestehen darauf, daß ich diesen Brief aufgebe, Sir Percival?« fragte Miss Halcombe.

»Ich ersuche Sie darum«, erklärte er. »Und jetzt, da er geschrieben und versiegelt ist, gestatten Sie mir ein paar Fragen über dieses unglückliche Geschöpf. Ich habe zwar Mr. Gilmores Begleitschreiben gelesen, in dem er schildert, wie man die Verfasserin des anonymen Briefes entdeckt hat. Aber bestimmte Punkte sind darin nicht berührt. Hat Anne Catherick Miss Fairlie aufgesucht?«

»Nein«, erwiderte Miss Halcombe.

»Haben Sie Anne Catherick gesehen?«

»Nein.«

»Sie hat also hier niemanden gesehen, außer einen gewissen Mr. Hartright, der sie auf dem Kirchhof antraf?«

»Ja, er war der einzige.«

»Mr. Hartright war hier als Zeichenlehrer beschäftigt, glaube ich? Ist er Mitglied eines Aquarellistenvereins?«

»Ich glaube ja«, meinte Miss Halcombe.

Er schwieg eine Weile, als denke er über diese Antwort nach. Dann erst fuhr er fort: »Haben Sie herausgefunden, wo Anne Catherick hier in der Gegend gewohnt hat?«

»Ja, auf einem Gehöft, das Todd's Corner genannt wird.«

»Es ist unsere Pflicht, die Ärmste wiederzufinden, und zwar um ihrer selbst willen«, erklärte Sir Percival. »Vielleicht hat sie zu den Leuten dort etwas gesagt, das uns auf ihre Spur bringen könnte. Ich werde hingehen und mich erkundigen. Da ich es nicht übers Herz bringe, mit Miss Fairlie über dieses peinliche Thema zu sprechen, möchte ich Sie bitten, ihr inzwischen alles Nötige zu sagen – aber natürlich erst, wenn Sie eine Antwort auf diesen Brief haben.«

Miss Halcombe versprach ihm, seine Bitte zu erfüllen. Er dankte ihr, nickte uns freundlich zu und verließ uns, um sich in sein Zimmer zurückzuziehen. In dem Moment, als er am Sofa vorbeikam, bellte das Windspiel, streckte seine spitze Schnauze hervor und schnappte nach ihm.

»Wir haben heute gute Arbeit geleistet, Miss Halcombe«, sagte ich, sobald wir allein waren. »Der mit Sorge erwartete Tag hat ein gutes Ende gefunden.«

»Ja, sicher. Ich bin sehr froh, daß Sie zufrieden sind.«

»Doch nicht nur ich! Auf Grund dieses Briefs können auch Sie beruhigt die Antwort abwarten.«

»Ach ja – wie könnte es anders sein? Ich habe ja im Grunde immer gedacht, daß so etwas unvorstellbar wäre«, sagte sie leise und mehr zu sich selbst als zu mir. »Aber ich wollte, Walter Hartright wäre noch hier und hätte gehört, wie Sir Percival mich dazu brachte, diesen Brief zu schreiben.«

Ich war verblüfft – vielleicht auch ein wenig verärgert über das, was sie sagte.

»Zugegeben, die Ereignisse haben es mit sich gebracht, daß Mr. Hartright in diese Affäre hineingezogen wurde, und ich muß gestehen, er hat sich im großen und ganzen diskret und rücksichtsvoll verhalten. Aber ich begreife nicht, welchen nützlichen Einfluß seine Gegenwart auf Sie oder mich hätte ausüben können, als Sir Percival vor uns seine Erklärung abgab.«

»Ach, es war nur so eine Idee«, erwiderte sie zerstreut, »sprechen wir nicht mehr darüber, Mr. Gilmore! Ihre Erfahrung müßte für mich die beste Stütze sein, die ich mir nur wünschen kann – und sie ist es ja auch.«

Es war mir nicht unbedingt willkommen, daß sie so betont die ganze Verantwortung mir aufbürdete. Bei Mr. Fairlie hätte mich so etwas nicht gewundert. Aber die kluge, energische Miss Halcombe war die letzte, von der ich erwartet hätte, daß sie vor einer klaren Meinungsäußerung zurückschrecken würde.

»Warum verheimlichen Sie mir Ihre Bedenken? Sagen Sie doch offen: Haben Sie einen Grund, Sir Percival zu mißtrauen?«

»Nicht den geringsten.«

»Sehen Sie etwas Unwahrscheinliches oder Widersprüchliches in seiner Erklärung?«

»Wie kann ich das? Er hat mir doch den Wahrheitsbeweis angeboten! Gibt es ein besseres Zeugnis zu seinen Gunsten als das Zeugnis von Anne Cathericks Mutter?«

»Es gibt kein besseres, Miss Halcombe. Falls die Antwort auf Ihre Anfrage zufriedenstellend ausfällt, wüßte ich nicht, was man noch von ihm verlangen könnte.«

»Dann schicken wir den Brief jetzt ab«, sagte sie und erhob sich, um das Zimmer zu verlassen. »Verfolgen wir die Sache nicht weiter, sondern warten wir auf die Antwort! Nehmen Sie mein Zögern nicht ernst, Mr. Gilmore! Ich bin in letzter Zeit übermäßig besorgt um Laura – anders kann ich es mir nicht erklären. Aber Sorgen machen eben auch den Stärksten unsicher.«

Bei diesen letzten Worten versagte ihre sonst so feste Stimme; sie wandte sich jäh um und verließ mich. Welch heftige, leidenschaftliche und doch feinfühlige Natur – eine Frau unter Zehntausenden in diesen oberflächlichen, banalen Zeiten. Ich kannte sie von klein auf; als sie zur Frau heranwuchs, mußte sie sich mehr als einmal in Familienkrisen bewähren. Und gerade weil mir dies alles bewußt war, maß ich ihrem Zögern doch eine gewisse Bedeutung bei, was bei einer andern Frau nicht der Fall gewesen wäre. Ich sah zwar keinen Grund zu Besorgnis und Beunruhigung, aber ein bißchen besorgt und beunruhigt hatte sie mich doch gemacht. In jüngeren Jahren hätte ich mich geärgert und aufgeregt über meine Unvernunft, doch jetzt, im Alter, war ich klüger: Ich ging ins Freie, um auf einem Spaziergang meinen Ärger loszuwerden.

II

Beim Dinner trafen wir wieder alle zusammen.

Sir Percival war in bester Laune und so laut, daß ich in ihm kaum denselben Mann wiedererkannte, dessen Vornehmheit, Taktgefühl und klarer Verstand mich am Morgen so beeindruckt hatten. Nur in seinem Verhalten gegen Miss Fairlie konnte ich noch Spuren seines besseren Selbst entdecken: Ein

Blick oder ein Wort von ihr unterbrach sein lautestes Lachen, hemmte seinen munteren Redefluß – blitzartig gehörte seine ganze Aufmerksamkeit nur ihr und keinem sonst. Er versuchte zwar nicht, sie in ein Gespräch zu verwickeln, nutzte aber jede wie immer geartete Gelegenheit, sie wie zufällig daran teilnehmen zu lassen und ihr dann gerade das zu sagen, was ein Mann mit weniger Takt und Gewandtheit ihr immer gleich gesagt hätte, sobald es ihm durch den Kopf ging. Zu meinem nicht geringen Erstaunen schien Miss Fairlie diese Aufmerksamkeiten hinzunehmen, ohne sich davon beeindruckt zu zeigen. Wenn er sie ansah oder zu ihr sprach, schien sie vielleicht manchmal verlegen, aber sie blieb kalt. Gesellschaftliche Stellung, Vermögen, gutes Aussehen, gute Erziehung, die Ehrerbietung eines Gentleman und die Ergebenheit eines Liebenden wurden ihr demütig zu Füßen gelegt – doch allem Anschein nach vergeblich.

Am nächsten Morgen, am Dienstag also, begab sich Sir Percival mit einem Diener als Führer nach Todd's Corner. Seine Nachforschungen blieben erfolglos, wie ich später erfuhr. Nach seiner Rückkehr hatte er eine Unterredung mit Mr. Fairlie, und am Nachmittag ritten er und Miss Halcombe aus. Es ereignete sich nichts Nennenswertes. Der Abend verging wie üblich. An Sir Percival war keine Veränderung zu bemerken, ebensowenig an Miss Fairlie.

Die Mittwoch-Post brachte Neuigkeiten – nämlich Mrs. Cathericks Antwort. Ich habe mir eine Abschrift dieses Briefes aufgehoben und zitiere ihn an dieser Stelle. Er lautete wie folgt:

> »Madam – Ich erlaube mir, den Empfang Ihres Briefes zu bestätigen, in dem Sie anfragen, ob meine Tochter Anne mit meinem Wissen und meiner Zustimmung unter ärztliche Aufsicht gestellt wurde und ob der Anteil Sir Percival Glydes daran so sei, daß dieser Herr den Ausdruck meiner Dankbarkeit verdiene. Gestatten Sie, daß ich beide Fragen bejahe. Ich verbleibe hiermit hochachtungsvoll Ihre sehr ergebene
>
> Jane Anne Catherick.«

Knapp, sachlich und präzis: der Form nach für eine Frau fast zu geschäftsmäßig, dem Inhalt nach eine genaue Bestätigung von Sir Percivals Angaben. Das war meine Meinung, und mit kleinen Vorbehalten auch Miss Halcombes Meinung. Wir zeigten Sir Percival den Brief. Er schien über den knappen, sachlichen Ton nicht erstaunt, sondern meinte, Mrs. Catherick sei eine Frau, die nicht viele Worte mache – eine kluge, offene, phantasielose Person, die so kurz und deutlich schreibe, wie sie spreche.

Nun, da wir die Antwort erhalten hatten, mußten wir Miss Fairlie pflichtgemäß von Sir Percivals Erklärung unterrichten. Miss Halcombe hatte diese Aufgabe übernommen. Doch kaum hatte sie das Zimmer verlassen, um sich zu ihrer Schwester zu begeben, kehrte sie auch schon wieder zurück und setzte sich neben den Lehnstuhl, in dem ich saß und eine Zeitung lesen wollte. Sir Percival war nicht da, er besichtigte gerade die Pferdeställe. Wir waren daher allein.

»Wir haben also wirklich alles getan, was in unserer Macht steht?« sagte sie und drehte dabei Mrs. Cathericks Brief hin und her.

»Wenn wir Sir Percivals Freunde sind, die ihn kennen und ihm vertrauen, haben wir alles getan, was notwendig ist – ja sogar mehr als das«, erwiderte ich ein wenig verdrossen, weil sie schon wieder zögerte. »Sind wir aber seine Feinde, die ihn verdächtigen –«

»An diese Alternative möchte ich nicht einmal denken«, fiel sie mir ins Wort. »Wir sind Sir Percivals Freunde, und wenn Nachsicht und Großmut Eigenschaften sind, die man bewundert, dann sollten wir sogar zu seinen Bewunderern zählen. Sie wissen ja, daß er gestern ein Gespräch mit Mr. Fairlie hatte und nachher mit mir beisammen war!«

»Ja, ich sah Sie zusammen ausreiten.«

»Wir unterhielten uns zuerst über Anne Catherick und deren nächtliche Begegnung mit Mr. Hartright. Doch bald ließen wir dieses Thema fallen, und Sir Percival sprach dann auf die großmütigste Weise von Laura und seinem Verlöbnis: Er habe bemerkt, daß sie bedrückt sei, und sofern man ihm nichts Gegenteiliges beweise, schreibe er ihr derzeitiges Verhalten eben dieser Stimmung zu. Gäbe es jedoch einen ernsteren Grund für ihre Veränderung, würde er Mr. Fairlie und mich dringend bitten, keinerlei Zwang auf sie auszuüben. Sie möge in diesem Fall lediglich noch einmal darüber nachdenken, unter welchen Umständen seinerzeit das Verlöbnis zustandegekommen sei, und wie er selbst sich von Anfang an ihr gegenüber verhalten habe. Sollte sie dann nach reiflichem Überlegen zu dem Entschluß kommen, es wäre wünschenswert, daß er auf die Ehre, ihr Gemahl zu werden, verzichte, und ihm dies persönlich mitteilen, so würde er sich opfern und Laura auf ihren Wunsch von ihrem Verlöbnis entbinden.«

»Ein größeres Entgegenkommen kann man wirklich nicht von ihm erwarten«, meinte ich. »Meiner Erfahrung nach wären andere Männer in einer solchen Situation nicht so großzügig.«

Sie antwortete mir nicht gleich, sondern schaute mich nur betroffen und bekümmert an. »Ich beschuldige niemanden und ich verdächtige niemanden!« rief sie dann unvermittelt. »Aber ich kann und will nicht die Verantwortung übernehmen, Laura zu dieser Ehe zuzureden.«

»Sie sollen ja nicht in sie dringen, darum bittet er Sie doch«, sagte ich erstaunt. »Er hat Sie ausdrücklich ersucht, keinerlei Zwang auf Laura auszuüben.«

»Aber indirekt nötigt er mich dazu – und zwar, indem ich ihr seine Botschaft ausrichten soll.«

»Wie ist so etwas möglich?«

»Mr. Gilmore, Sie kennen Laura, und auf Grund Ihrer Erfahrungen wissen Sie sehr genau, sobald ich ihr sage, sie möge sich der Umstände erinnern, unter denen seinerzeit das Verlöbnis zustandekam, appelliere ich an die zwei stärksten Gefühle in ihr: die Liebe zu ihrem verstorbenen Vater, und die Liebe zur Wahrheit. Wie Sie wissen, hat Laura noch nie in ihrem Leben ein Versprechen gebrochen, und wie Sie ebenfalls wissen, hat sie in die Verlobung eingewilligt, als ihr Vater schwer erkrankte. Noch auf dem Sterbebett sprach er voll freudiger Hoffnung von ihrer Hochzeit mit Sir Percival Glyde.«

Ich gebe zu, Miss Halcombes Ansicht verdroß mich ein wenig. »Wollen Sie damit sagen, daß Sir Percival, als er gestern mit Ihnen sprach, ein solches Resultat ins Auge faßte?«

Ehe sie noch antworten konnte, las ich ihrem offenen,

furchtlosen Gesicht schon ab, was sie sagen wollte. Empört rief sie: »Glauben Sie denn, ich würde auch nur einen Augenblick in der Gesellschaft eines Mannes bleiben, den ich derart niedriger Motive verdächtige?«

Mir gefiel es, daß sie mir ihre Empörung so offen zeigte; denn in meinem Beruf begegnet man so viel Bosheit und so wenig aufrichtiger Empörung.

»In diesem Fall, Miss Halcombe, verzeihen Sie mir, wenn ich Ihnen mit einer Juristenphrase sagen muß, daß Sie vom Gegenstand abschweifen! Was immer der Ausgang sein mag, Sir Percival hat ein Recht darauf, daß Ihre Schwester sich die Sache reiflich überlegt, ehe sie ihn bittet, sie vom Verlöbnis zu entbinden. Sollte dieser unselige Brief sie gegen ihn eingenommen haben, dann erklären Sie ihr augenblicklich, daß sich Sir Percival in Ihren und in meinen Augen vollkommen gerechtfertigt hat. Was kann sie jetzt noch gegen ihn einwenden? Mit welcher Ausrede könnte sie ihre Sinnesänderung gegen einen Mann begründen, den sie immerhin vor mehr als zwei Jahren als künftigen Ehemann angenommen hat ...«

»Zugegeben, Mr. Gilmore, vom Standpunkt des Rechts und der Vernunft gibt es dafür keinerlei Gründe. Wenn Laura trotzdem zögert – und auch ich noch immer zögere –, können Sie unser seltsames Verhalten von mir aus einer Laune zuschreiben. Diesen Vorwurf müssen Laura und ich eben auf uns nehmen.«

Mit diesen Worten erhob sie sich unvermittelt und ließ mich allein. Eines ist sicher: Wenn eine vernünftige Frau einer ernsten Frage durch eine schnippische Antwort ausweicht, hat sie in neunundneunzig von hundert Fällen etwas zu verbergen. Ich wandte mich wieder der Zeitungslektüre zu. Sofort stieg in mir der Verdacht auf, Miss Halcombe und Miss Fairlie hätten ein Geheimnis, das sie vor mir und Sir Percival Glyde verbergen wollten – was ich für einen Akt der Unfreundlichkeit hielt, nicht nur mir, sondern vor allem Sir Percival gegenüber.

Meine Zweifel – oder besser gesagt meine Überzeugung – fand ich durch Miss Halcombes Worte und Verhalten bestätigt, als ich sie später am Tag wiedersah und sie mir vom Ergebnis ihrer Aussprache mit Miss Fairlie mit auffallender Kürze und Zurückhaltung berichtete: Sie habe ihrer Schwester gegenüber die Briefaffäre ins rechte Licht gerückt, und diese habe sie ruhig angehört; doch als sie erfahren habe, daß Sir Percival schon jetzt das Hochzeitsdatum festzusetzen wünsche, habe sie darum gebeten, ihr Zeit zu geben – und damit sei das Thema nun erledigt. Sir Percival möge vorläufig nicht weiter in sie dringen, sie werde ihn noch vor Jahresende ihre endgültige Entscheidung wissen lassen. Sie habe so angstvoll und aufgeregt um diesen Aufschub gebeten, daß Miss Halcombe ihr versprechen mußte, sich nötigenfalls selbst für sie einzusetzen; und damit sei, auf Miss Fairlies dringende Bitte, jede weitere Erörterung der Heiratsfrage zu Ende gewesen.

Dieses Hinausschieben des Termins mochte für die junge Dame willkommen sein, den Schreiber dieser Zeilen jedoch brachte es einigermaßen in Verlegenheit. Die Morgenpost hatte mir einen Brief von meinem Kompagnon gebracht: dringende Gründe zwangen mich, am nächsten Tag nach London zu fahren. Es war unwahrscheinlich, daß ich in diesem Jahre nochmals Gelegenheit finden würde, nach Limmeridge zu kommen. Vorausgesetzt, daß Miss Fairlie an ihrem Verlöbnis festhielt, wäre die für die Niederschrift des Ehevertrags erforderliche persönliche Unterredung unmöglich – das war mir klar. Wir hätten nur schriftlich anstatt mündlich verhandeln können. Doch ehe ich Sir Percival vom erbetenen Aufschub verständigt hatte, wollte ich diese Schwierigkeit nicht zur Sprache bringen. Höflich und zuvorkommend wie er war, erklärte er sich mit einem späteren Termin sofort einverstanden. Als mich Miss Halcombe davon unterrichtete, sagte ich ihr, daß ich noch vor meiner Abreise ihre Schwester unbedingt sehen müßte. Es wurde vereinbart, daß die Aussprache am nächsten Morgen in ihrem Wohnzimmer stattfinden sollte. Miss Fairlie kam nicht zum Dinner herunter, und auch für den Rest des Abends blieb sie unsichtbar. Sie fühle sich nicht wohl, hieß es – und Sir Percival schien mir zu Recht darüber ein wenig verärgert.

Am nächsten Morgen nach dem Frühstück ging ich zu Miss Fairlie hinauf. Das arme Mädchen sah blaß und traurig aus, begrüßte mich aber so lieb und reizend, daß ich auf der Stelle meinen Entschluß fallen ließ, ihr wegen ihrer Launen und ihres Wankelmuts Vorwürfe zu machen, so wie es noch auf dem

Weg meine Absicht gewesen war. Ich führte sie zu dem Stuhl zurück, von dem sie sich erhoben hatte, und nahm ihr gegenüber Platz. Das widerspenstige Windspiel, ihr kleiner Liebling, befand sich ebenfalls im Zimmer, und ich nahm an, daß es mich zur Begrüßung anbellen und nach mir schnappen würde. Seltsamerweise verhielt sich das launische kleine Tierchen anders, als ich erwartet hatte. Kaum hatte ich mich gesetzt, sprang es auf meinen Schoß und legte seine spitze Schnauze vertrauensvoll auf meine Hand.

»Als Kind sind Sie oft auf meinen Knien gesessen, und nun scheint Ihr Hündchen entschlossen, den verlassenen Thron einzunehmen«, sagte ich. »Haben vielleicht Sie dieses hübsche Bild gemalt?«

Ich zeigte auf ein kleines Album, das neben ihr auf dem Tisch lag, in dem sie bei meinem Eintreten geblättert hatte. Die aufgeschlagene Seite zeigte, sauber aufgezogen, ein Landschafts-Aquarell. Dieses Bild hatte mich zu meiner Frage veranlaßt, zu einer höchst überflüssigen Frage natürlich. Aber ich konnte doch nicht gleich mit den geschäftlichen Dingen anfangen.

»Nein«, sagte sie und wich verlegen meinem Blick aus, »es ist nicht von mir.«

Sie hatte schon als Kind die Gewohnheit gehabt, wenn jemand mit ihr sprach, mit dem erstbesten Gegenstand nervös herumzuspielen. Diesmal wanderten ihre Finger zum Album hin und strichen zerstreut über den Rand des Aquarells. Der melancholische Ausdruck in ihrem Gesicht verstärkte sich. Sie sah weder mich noch das Bild an. Ihre Augen wanderten ruhelos von einem Gegenstand zum andern und verrieten mir, daß sie wußte, weshalb ich mit ihr sprechen wollte. Daher hielt ich es für das beste, gleich zur Sache zu kommen.

»Liebes Kind, vor allem bin ich hier, um mich von Ihnen zu verabschieden«, begann ich. »Ich muß heute nach London zurück, doch bevor ich abreise, möchte ich noch über Ihre eigenen Angelegenheiten mit Ihnen sprechen.«

»Es tut mir sehr leid, daß Sie schon wieder fort müssen«, sagte sie und sah mich freundlich an. »Wenn Sie hier sind, ist es wie in den schönen alten Zeiten.«

»Ich hoffe wiederzukommen und die schönen Erinnerungen auffrischen zu können«, sagte ich, »aber man weiß nie, was die

Zukunft bringt, und daher muß ich heute die Gelegenheit nützen und mit Ihnen sprechen. Ich bin Ihr alter Freund und Rechtsberater und darf Sie daher, ohne daß Sie es mir übelnehmen, daran erinnern, daß Sie vielleicht Sir Percival Glyde ehelichen werden.«

Ihre Hand zuckte so jäh vom Album zurück, als hätte sie sich daran verbrannt. Nervös spielte sie mit ihren Fingern und blickte dabei zu Boden; ein gezwungener Ausdruck legte sich auf ihr Gesicht – der Ausdruck war fast schmerzlich, wie mir schien.

»Ist es wirklich notwendig, von meinem Verlöbnis zu sprechen?« fragte sie mit leiser Stimme.

»Ja, ich muß kurz darauf eingehen«, antwortete ich. »Nehmen wir an, Sie heiraten. In diesem Fall muß ich vorher einen Vertragsentwurf machen, aber das kann ich nicht, ohne mich vorher mit Ihnen zu beraten, und sei es auch nur aus Höflichkeit. Es ist dies vielleicht die einzige Gelegenheit für mich, Ihre Wünsche zu erfahren. Nehmen wir also an, Sie entschließen sich zu dieser Heirat. Für diesen Fall muß ich Sie kurz davon unterrichten, wie Ihre Lage heute ist, beziehungsweise was Sie, sofern es Ihnen beliebt, für die Zukunft daraus machen können.«

Ich erklärte ihr den Zweck eines Ehevertrags und sagte ihr dann, welche Aussichten sie hätte, erstens sobald sie mündig sei, und zweitens bei einem etwaigen Ableben ihres Onkels, wobei ich sie auf den Unterschied aufmerksam machte zwischen Vermögen mit lebenslanger Nutznießung und Vermögen, über das sie selbst verfügen könne. Sie hörte mir aufmerksam zu, aber immer noch mit gezwungenem Gesichtsausdruck und nervös spielenden Fingern.

»Und jetzt«, erklärte ich abschließend, »nennen Sie mir etwaige Bedingungen, die ich für Sie einfügen soll – vorausgesetzt natürlich, daß Ihr Vormund diesen zustimmt, da Sie noch nicht mündig sind.«

Verlegen rückte sie auf dem Stuhl hin und her und sah mir dann plötzlich sehr ernst ins Gesicht. »Falls es dazu kommt«, begann sie leise, »falls –«

»Falls Sie heiraten«, ergänzte ich, um ihr zu helfen.

»Lassen Sie es nicht zu, daß er mich von Marian trennt!« rief sie ganz energisch. »O Mr. Gilmore, bitte machen Sie es zur Bedingung, daß Marian bei mir bleiben darf!«

Unter anderen Voraussetzungen hätte mich wahrscheinlich nach diesen langen Erklärungen eine so typisch weibliche Interpretation meiner Frage amüsiert. Aber der Ton ihrer Stimme und der Blick ihrer Augen waren so, daß ich mehr als ernst wurde: ich war bestürzt. Ihre Worte, so wenige es auch gewesen waren, verrieten ein verzweifeltes Festhalten an Vergangenem, das mir für die Zukunft nichts Gutes verhieß.

»Wenn Marian Halcombe weiterhin bei Ihnen wohnen soll, so kann man das durch eine private Regelung erreichen«, meinte ich. »Ich glaube, Sie haben meine Frage nicht ganz verstanden: sie betrifft Ihr Vermögen und Ihr Verfügungsrecht darüber. Gesetzt den Fall, Sie machen, wenn Sie mündig sind, ein Testament: Wem möchten Sie Ihr Geld hinterlassen?«

»Marian ist mir Mutter und Schwester zugleich«, sagte das gute, liebe Ding, und ihre schönen blauen Augen glänzten dabei. »Darf ich es Marian hinterlassen, Mr. Gilmore?«

»Gewiß, mein Kind«, antwortete ich. »Aber bedenken Sie, welch große Summe es ist. Möchten Sie, daß Miss Halcombe alles bekommt?«

Sie zögerte. Ihr Gesicht wurde abwechselnd rot und weiß, und verstohlen legten sich ihre Finger wieder auf das Album.

»Nein, nicht alles«, sagte sie. »Außer Marian gibt es noch jemanden –«

Sie hielt inne, das Blut schoß ihr in die Wangen, und die Finger schlugen sacht auf den Rand des Aquarells, als hätte die Erinnerung an eine geliebte Melodie diese Bewegung automatisch in Gang gesetzt.

»Sie meinen wohl außer Miss Halcombe noch ein anderes Familienmitglied?« sagte ich, da ich bemerkte, daß sie stockte.

Die Röte breitete sich jetzt über Stirn und Nacken, die nervösen Finger schlossen sich fest ums Album.

»Es gibt noch jemanden«, sagte sie, ohne auf meine Frage einzugehen, obwohl sie sie sicher gehört hatte, »es gibt noch jemanden, der vielleicht gern ein kleines Andenken hätte, wenn ich stürbe und etwas hinterlasse. Das wäre ja nichts Unrechtes –«

Wieder hielt sie inne. Das Blut, das ihr so plötzlich in die

Wangen gestiegen war, wich ebenso plötzlich wieder aus ihrem Gesicht. Die Hand ließ das Album los, zitterte ein wenig und schob es von sich. Einen Augenblick lang sah sie mich an, dann wandte sie das Gesicht ab. Ihr Taschentuch fiel zu Boden, als sie ihre Haltung wechselte, und rasch verbarg sie ihr Gesicht in den Händen.

Traurig! Wenn man sie in Erinnerung hatte als das glücklichste und lebhafteste Kind, das den ganzen Tag lachte – und sie jetzt sah, in der Blüte ihrer Jugend und Schönheit, gebeugt und gebrochen!

Angesichts des Kummers, den sie mir bereitete, vergaß ich die Jahre, die inzwischen vergangen waren und unsere Stellung zueinander verändert hatten. Ich schob meinen Stuhl zu ihr hin, hob das Taschentuch auf und zog ihr sachte die Hände vom Gesicht. »Weine nicht, mein Kind!« flüsterte ich und trocknete ihr die Tränen, mit denen sich ihre Augen gefüllt hatten – als wäre sie noch immer die kleine Laura Fairlie von vor zehn langen Jahren.

Es war wohl am besten, sie auf diese Weise zu beruhigen. Sie legte den Kopf auf meine Schulter und lächelte matt durch die Tränen.

»Es tut mir leid, daß ich mich so vergessen habe«, sagte sie einfach. »Schon die ganze Zeit fühle ich mich nicht gut und bin schwach und nervös. Oft weine ich ohne Grund, wenn ich allein bin. Jetzt ist mir besser, und ich kann Ihnen so antworten, wie Sie es von mir erwarten, Mr. Gilmore, ja, ganz bestimmt kann ich das!«

»Nicht doch, mein Kind!« sagte ich. »Wollen wir die Sache als erledigt betrachten, vorläufig wenigstens! Jedenfalls haben Sie mir zu verstehen gegeben, daß ich mich Ihrer Interessen nach besten Kräften annehmen darf – Einzelheiten können wir ein andermal besprechen. Lassen wir das Geschäftliche jetzt bleiben und reden wir nicht mehr davon!«

Ich lenkte das Gespräch auf andere Themen, und schon nach zehn Minuten war ihre Stimmung besser. Dann stand ich auf, um mich zu verabschieden.

»Kommen Sie bald wieder!« sagte sie ernst. »Ich werde mich bemühen, mich Ihres Wohlwollens würdig zu erweisen – wenn Sie nur wiederkommen, Mr. Gilmore!«

Immer noch dieses Festhalten an Vergangenem, das ich für sie auf meine Art verkörperte wie Miss Halcombe auf die ihre. Es betrübte mich, daß sie, die am Beginn ihres Lebens stand, fast so wehmütig auf frühere Zeiten zurückschaute wie ich, der ich doch am Ende meines Lebens stehe.

»Sollte ich wiederkommen, hoffe ich, daß Sie sich besser fühlen und glücklicher sind!« sagte ich. »Gott segne Sie, mein Kind!«

Statt einer Antwort hielt sie mir ihre Wange zum Kuß hin. Selbst Rechtsanwälte haben ein Herz. Meines schmerzte ein wenig, als ich von ihr Abschied nahm.

Unser Gespräch hatte kaum mehr als eine halbe Stunde gedauert – sie hatte mir ihr Geheimnis nicht preisgegeben und mit keinem Wort angedeutet, was ihr angesichts der bevorstehenden Heirat offensichtlich soviel Kummer und Sorge bereitete –, und doch war es ihr gelungen, mich auf ihre Seite zu ziehen – wie und warum, vermochte ich nicht zu sagen. Ich war mit dem Gefühl zur ihr gekommen, daß Sir Percival alle Ursache hätte, sich über ihr Benehmen zu beklagen. Nun verließ ich sie mit der heimlichen Hoffnung, daß sie ihn beim Wort nehmen und ihn bitten möge, sie freizugeben. Einem Mann in meinen Jahren und mit meinen Erfahrungen stand es wohl nicht zu, so unvernünftig hin- und herzuschwanken. Ich finde keine Entschuldigung für mich – ich kann nur die Wahrheit sagen: So war es eben.

Die Stunde meiner Abreise kam heran. Ich ließ Mr. Fairlie ausrichten, daß ich mich gern von ihm verabschieden würde, falls er dies wünsche, allerdings müsse er entschuldigen, daß ich in Eile sei. Er schickte mir folgende Antwort, mit Bleistift auf einen Zettel geschrieben:

»Herzlichen Gruß und beste Wünsche, lieber Gilmore. Jegliche Eile ist mir unsäglich zuwider. Passen Sie nur gut auf sich auf! Adieu!«

Bevor ich abfuhr, konnte ich Miss Halcombe noch kurz allein sprechen.

»Haben Sie Laura alles gesagt, was Sie ihr sagen wollten?« fragte sie.

»Ja. Sie ist sehr schwach und nervös – ich bin froh, daß Sie sich um sie kümmern.«

Miss Halcombes scharfe Augen studierten aufmerksam mein Gesicht.

»Sie haben Ihre Meinung über Laura geändert«, stellte sie fest. »Sie sind heute eher als gestern dazu bereit, nachsichtig mit ihr zu sein.«

Kein vernünftiger Mann läßt sich unvorbereitet auf ein Wortgefecht mit einer Frau ein. Daher sagte ich bloß: »Lassen Sie mich wissen, was geschieht! Ich unternehme nichts, bevor ich von Ihnen höre.«

Sie sah mir noch immer fest ins Gesicht. »Mr. Gilmore, ich wünschte, es wäre alles vorüber – und gut vorüber. Das gleiche wünschen ja auch Sie.« Mit diesen Worten verließ sie mich.

Sir Percival bestand höflicherweise darauf, mich bis an den Wagenschlag zu begleiten. »Sollten Sie je in die Gegend kommen, in der ich lebe, vergessen Sie bitte nicht, daß ich aufrichtig daran interessiert bin, unsere Bekanntschaft zu vertiefen. Ein erprobter und verläßlicher alter Freund dieser Familie wird mir in jedem meiner Häuser stets ein willkommener Gast sein.«

Ein wirklich unwiderstehlicher Mann! Höflich, rücksichtsvoll, auf bezaubernde Art frei von Stolz – jeder Zoll ein Gentleman. Als ich zur Bahnstation fuhr, hatte ich das Gefühl, mit Freuden alles tun zu wollen, was Sir Percivals Interessen förderte – alles in der Welt, nur nicht den Ehevertrag für seine künftige Frau aufsetzen.

III

Ich war schon eine Woche in London, doch von Miss Halcombe hatte ich nichts gehört.

Am achten Tag lag ein Brief mit ihrer Handschrift bei der übrigen Post auf meinem Schreibtisch.

Ich entnahm ihm, daß Sir Percival als künftiger Ehemann akzeptiert wurde und die Hochzeit – wie gewünscht – noch vor Jahresende sein sollte. Aller Wahrscheinlichkeit nach würde die Trauung in der zweiten Dezemberhälfte stattfinden.

Miss Fairlies einundzwanzigster Geburtstag lag Ende März – sie würde demnach drei Monate vor ihrer Mündigkeit Sir Percivals Gemahlin.

Ich hätte darüber weder erstaunt noch bestürzt sein sollen, dennoch war ich das eine wie das andere. Ein klein wenig Enttäuschung über die Kürze dieses Briefes mischte sich in diese Gefühle und trug dazu bei, mich für den restlichen Tag zu verstimmen: mit sechs Zeilen kündigte Miss Halcombe die bevorstehende Hochzeit an, mit drei weiteren teilte sie mir mit, Sir Percival habe Cumberland verlassen und sei auf seinen Landsitz in Hampshire zurückgekehrt, und mit zwei abschließenden Sätzen sagte sie mir erstens, daß Laura dringend ein wenig Veränderung und heitere Gesellschaft brauche, und zweitens, daß sie deshalb beschlossen habe, mit ihrer Schwester ein paar alte Freunde in Yorkshire zu besuchen. Damit endete der Brief, ohne auch nur mit einem Wort anzudeuten, was Miss Fairlie bewogen hatte, innerhalb einer Woche ihren Sinn zu ändern und Sir Percivals Hand anzunehmen.

Später hat man mir den Grund für diesen plötzlichen Entschluß ausführlich erklärt. Aber es steht mir nicht zu, etwas nur unvollständig und nach bloßem Hörensagen zu berichten. Dies gehört zu Miss Halcombes persönlichen Erfahrungen, die sie im anschließenden Bericht, mit allen Einzelheiten und genau wie es sich zugetragen hat, schildern wird. Unterdessen bleibt mir als letzte Aufgabe, ehe ich meinerseits die Feder niederlege und mich zurückziehe, meinen Anteil an der Abfassung des Ehevertrags zu schildern, an dessen Entwurf ich maßgeblich beteiligt war.

Von diesem Dokument in verständlicher Weise zu berichten, ist nur möglich, wenn man vorher auf gewisse Details eingeht, die die Vermögensverhältnisse der Dame betreffen. Ich will mich bemühen, meine Erläuterungen möglichst knapp und deutlich und frei von Fachausdrücken zu halten, denn die Sache ist von allergrößter Wichtigkeit. Ich mache den Leser dieser Zeilen darauf aufmerksam, daß Miss Fairlies Erbschaft bei dieser Geschichte eine wesentliche Rolle spielt, und daß er sich gewisse juristische Kenntnisse zu eigen machen muß, sofern ihm daran liegt, die folgenden Berichte zu verstehen.

Miss Fairlies Erbaussichten waren also von zweierlei Art: erstens – für den Fall, daß ihr Onkel starb – die Nutznießung des Vermögens aus Grund und Boden; und zweitens, sobald sie mündig wurde, die uneingeschränkte Verfügung über ein Kapital.

Sprechen wir zuerst vom Grundbesitz.

Nach dem Ableben von Miss Fairlies Großvater väterlicherseits (nennen wir ihn Mr. Fairlie senior) galt für das Besitztum Limmeridge House als Fideikommiß folgende Regelung:

Mr. Fairlie senior hinterließ drei Söhne: Philip, Frederick und Arthur. Philip, der Älteste, erbte den Grundbesitz. Falls er starb, ohne einen Sohn zu hinterlassen, ging dieser Grundbesitz an seinen jüngeren Bruder Frederick, und falls dieser ebenfalls ohne männlichen Nachkommen starb, an Arthur, den jüngsten Bruder.

Nun geschah es aber, daß Mr. Philip Fairlie bei seinem Ableben eine einzige Tochter hinterließ, nämlich besagte Laura. Der Grundbesitz fiel daher seinem jüngeren Bruder Frederick zu, der unverheiratet war. Arthur, der jüngste Bruder, war schon vor Philip gestorben und hatte einen Sohn und eine Tochter hinterlassen. Dieser Sohn war als Achtzehnjähriger in Oxford ertrunken, wodurch Laura, die Tochter Mr. Philip Fairlies, die mutmaßliche Erbin des Vermögens wurde, zumal sie auch ihren Onkel Frederick, wenn dieser ohne männlichen Nachkommen starb, beerben würde.

Ausgenommen den Fall, daß Mr. Frederick Fairlie doch noch heiraten und einen Sohn hinterlassen würde (beides so ziemlich das Unwahrscheinlichste, was man sich vorstellen konnte), erhielt also seine Nichte Laura das Vermögen, von dem sie bisher nur die Nutznießung auf Lebenszeit hatte. Sollte sie unverheiratet oder kinderlos sterben, ginge der Grundbesitz an ihre Kusine Magdalen, die Tochter Arthur Fairlies. Falls sie jedoch heiratete, würde ihr durch eine entsprechende Regelung – mit anderen Worten: durch den Ehevertrag, den ich entwerfen sollte – der Ertrag aus dem Grundbesitz (gut dreitausend Pfund jährlich) auf Lebenszeit zur freien Verfügung stehen. Falls sie vor ihrem Ehemann starb, konnte dieser natürlich für die Zeit seines Lebens mit dem Ertrag – als Erbteil – rechnen. Sollte sie aus dieser Ehe einen Sohn haben, würde dieser der Erbe sein – nicht aber ihre Kusine Magdalen. Daher hatte Sir Percival, wenn er Miss Fairlie heiratete, nach Mr. Frederick Fairlies Tod – was das Vermögen seiner Frau betraf – folgende Vorteile:

erstens, ein Jahreseinkommen von dreitausend Pfund (zu Lebzeiten seiner Frau mit ihrer Genehmigung, nach ihrem Tode – falls er sie überlebte – kraft seines eigenen Rechts); und zweitens, Limmeridge als Erbteil für seinen Sohn, falls er einen hatte.

Soweit also der Grundbesitz und dessen Ertrag. Beim Entwurf des Ehevertrags für Miss Fairlie erwartete ich in diesem Punkt keinerlei Schwierigkeiten oder Meinungsverschiedenheiten zwischen Sir Percivals Rechtsanwalt und mir.

Der nächste Punkt betraf Miss Fairlies persönliches Vermögen oder – mit anderen Worten – das Geld, das ihr ab ihrem einundzwanzigsten Geburtstag zufallen würde.

Dieser Teil ihrer Erbschaft war an sich schon ein nettes kleines Vermögen. Laut Testament ihres Vaters belief es sich auf zwanzigtausend Pfund. Außerdem hatte sie noch die Nutznießung auf Lebenszeit von weiteren zehntausend Pfund, einer Summe, die nach Miss Fairlies Tod der einzigen Schwester ihres Vaters, ihrer Tante Eleanor, zukommen sollte. Um für den Leser die Familienangelegenheiten besser überschaubar zu machen, möchte ich an dieser Stelle erklärend einfügen, warum die Tante bis zum Tod ihrer Nichte auf ihr Erbteil warten mußte.

Mr. Philip Fairlie hatte sich mit seiner Schwester, solange sie ledig gewesen war, gut verstanden. Doch als sie, längst nicht mehr die Jüngste, endlich heiratete, noch dazu einen Italiener namens Fosco oder genauer gesagt, einen italienischen Adeligen, der den Titel »Conte« führte, mißbilligte Mr. Fairlie ihr Verhalten so vehement, daß er nicht mehr mit ihr verkehrte, ja er ging sogar noch weiter und strich ihren Namen aus seinem Testament. Die anderen Familienmitglieder allerdings hielten diese Tat des Zorns für mehr oder minder ungerecht. Conte Fosco war zwar kein reicher Mann, aber auch kein mittelloser Abenteurer. Er verfügte über ein kleines, aber ausreichendes Einkommen, hatte viele Jahre in England gelebt und war ohne Zweifel ein Mitglied der guten Gesellschaft. Doch derlei Dinge zählten bei Mr. Fairlie nicht. In seinem Denken war er ein Engländer der alten Schule: Ausländer waren ihm verhaßt, aus keinem anderen Grund, als weil sie eben Ausländer waren. Das Äußerste, was man ihm nach Jahren abringen konnte, war, daß er – hauptsächlich auf Miss Fairlies Bitten hin – den Namen seiner Schwester wieder in sein Testament einsetzte, sie jedoch auf ihr Erbteil warten ließ, indem er seiner Tochter auf Lebenszeit die Zinsen – und das Kapital selbst, falls ihre Tante sterben sollte, ihrer Kusine Magdalen vermachte. Bedenkt man den Altersunterschied der beiden Damen (den normalen Gang der Natur vorausgesetzt), wurde für die Tante die Aussicht, an die zehntausend Pfund je heranzukommen, mehr als zweifelhaft. Contessa Fosco rächte sich für diese Behandlung selbst auf ungerechte Weise – wie es in solchen Fällen zumeist eben ist –, indem sie sich weigerte, ihre Nichte zu sehen, zumal sie nicht glauben wollte, daß Mr. Fairlie erst auf Drängen seiner Tochter ihren Namen wieder ins Testament eingefügt hatte.

Das ist also die Geschichte der zehntausend Pfund. Auch in diesem Punkt – so dachte ich – würden sich keine Schwierigkeiten mit Sir Percivals Rechtsberater ergeben: die Zinsen stünden seiner Frau zur Verfügung, und das Kapital fiel nach ihrem Tode entweder der Tante oder der Kusine zu.

Ich hoffe, die Sachlage hiermit im vorhinein geklärt zu haben. Nun aber komme ich auf den Kern des Problems zu sprechen – jene zwanzigtausend Pfund.

Dieses Geld war uneingeschränkt Miss Fairlies persönliches Eigentum, sobald sie das einundzwanzigste Lebensjahr erreicht hatte; die künftige Verfügung darüber hing allerdings von den Bedingungen ab, die ich im Ehevertrag für sie herausholen konnte. Die anderen Klauseln in diesem Dokument waren reine Formsache, ich brauche sie daher hier nicht zu erwähnen. Nur die eine, die dieses Geld betrifft, ist zu wichtig, um sie zu übergehen. Ein paar Zeilen werden genügen, um das Wesentliche festzuhalten.

Mein diesbezüglicher Vorschlag lautete, kurz gesagt, wie folgt: Die Zinsen des Kapitals sollten der künftigen Lady Glyde auf Lebenszeit zufließen und nach ihrem Tode dem Witwer, ebenfalls auf Lebenszeit; das Kapital dagegen den Kindern aus dieser Ehe zufallen. Blieb Lady Glyde kinderlos, so hätte sie über das Kapital testamentarisch zu verfügen, für welchen Zweck ich ihr das Recht vorbehielt, ein Testament zu machen. Hier, kurz zusammengefaßt, dessen Bestimmungen, so wie ich sie mir vorstellte: Starb sie kinderlos, sollten ihre Halbschwester, Miss Halcombe, und sonstige Verwandte oder Freunde, denen sie etwas hinterlassen wollte, nach dem Tod Sir Percivals das Kapital so unter sich aufteilen, wie sie es testamentarisch festlegte. Hinterließ sie jedoch Kinder, so stand natürlich deren Interesse über allen anderen.

Das also war mein Vorschlag; und jeder, der ihn liest, wird mir beipflichten, daß er allen Beteiligten Gerechtigkeit widerfahren ließ.

Wir werden gleich sehen, wie man meinen Vorschlag auf der Seite des künftigen Ehemanns aufnahm.

Als Miss Halcombes Brief mich in London erreichte, war ich mehr als sonst mit Arbeit überlastet. Dennoch nahm ich mir Zeit, den Vertrag auszuarbeiten. In weniger als einer Woche war ich damit fertig und schickte ihn an Sir Percivals Rechtsberater zur Einsichtnahme.

Zwei Tage später erhielt ich das Dokument zurück, versehen mit Einschüben und Anmerkungen. Die Einwände des Anwalts waren im großen und ganzen eher nichtig und bedeutungslos – bis zu jener Klausel, welche die zwanzigtausend Pfund betraf. Hier war der Text mit roter Tinte durchgestrichen und mit folgender Ergänzung versehen:

»Unzulässig. Das Kapital hat an Sir Percival Glyde zu fallen, falls er Lady Glyde überlebt und die Ehe kinderlos geblieben ist.«

Das heißt also: nicht ein einziger Farthing von den ganzen zwanzigtausend Pfund sollte Miss Halcombe oder anderen Verwandten oder Freunden Lady Glydes zukommen. Blieb sie kinderlos, konnte Sir Percival Glyde das ganze Geld einstecken.

Meine Entgegnung auf diesen unverschämten Vorschlag war so kurz und so scharf wie möglich:

»Sehr geehrter Herr. Miss Fairlies Ehevertrag betreffend, bestehe ich auf dem ursprünglichen Wortlaut der von Ihnen beanstandeten Klausel. Hochachtungsvoll.«

Die Antwort traf schon nach einer Viertelstunde ein:

»Sehr geehrter Herr. Miss Fairlies Ehevertrag betreffend, bestehe ich auf der mit roter Tinte geschriebenen und von Ihnen beanstandeten Ergänzung. Hochachtungsvoll.«

Die Sache war also »festgefahren«, wie man im scheußlichen

Jargon unserer Zeit zu sagen pflegt, und es blieb uns beiden nichts anderes übrig, als erneut mit dem eigenen Klienten zu beraten.

Wie die Dinge lagen, war mein Klient – da Miss Fairlie das einundzwanzigste Lebensjahr noch nicht vollendet hatte – ihr Vormund, nämlich Mr. Frederick Fairlie. Ich schrieb ihm noch am selben Tag und beschrieb ihm den Sachverhalt genau, wobei ich nicht nur jedes erdenkliche Argument anführte, um ihn zu bewegen, auf der von mir verfaßten Klausel zu beharren, sondern ihm auch deutlich zu verstehen gab, daß der Einspruch gegen meine Fassung auf rein gewinnsüchtigen Motiven beruhe. Ich hatte nämlich, als mir von Sir Percivals Seite die Vertragsunterlagen pflichtgemäß zur Prüfung vorgelegt worden waren, festgestellt, daß auf seinem Grundbesitz enorme Schulden lasteten und sein Einkommen auf dem Papier zwar groß, doch für einen Mann in seiner gesellschaftlichen Stellung tatsächlich fast null war. Er benötigte also dringend Bargeld, und der Vermerk seines Rechtsberaters bei der betreffenden Vertragsklausel war nichts anderes als das offene Eingeständnis dieser prekären finanziellen Situation.

Mr. Fairlies Antwort kam umgehend und erwies sich als im höchsten Grade unpräzis und unbrauchbar. Dem Sinn nach drückte sie etwa folgendes aus:

»Würde der liebe Gilmore vielleicht die Güte haben und seinen Freund und Klienten mit einer solchen an den Haaren herbeigezogenen Situation, die in ferner Zukunft vielleicht eintreten könnte, nicht behelligen? Kann man denn annehmen, daß eine Einundzwanzigjährige eher stirbt als ein Fünfundvierzigjähriger, und noch dazu kinderlos? Andererseits kann man auf dieser jammervollen Welt den Wert von Ruhe und Frieden doch nicht hoch genug einschätzen. Und böte man jemandem diese zwei himmlischen Segnungen als Tausch für eine derartige irdische Lappalie wie die in weiter Ferne liegende Aussicht auf zwanzigtausend Pfund – wäre das nicht ein günstiges Geschäft? Ganz gewiß! Warum dann nicht darauf eingehen?«

Angewidert warf ich den Brief weg. Gerade als er zu Boden geflattert war, klopfte es an der Türe, und Sir Percivals Rechtsberater, Mr. Merriman, trat ein. Es gibt auf dieser Welt vielerlei geriebene Advokaten, aber am allerschwersten wird man mit jenen fertig, welche einen unter dem Deckmantel einer unerschütterlich guten Laune überlisten. Ein freundlich lächelnder Dicker ist von allen Verhandlungspartnern der schwierigste. Mr. Merriman gehörte dieser Sorte an.

»Und wie geht es unserem guten Mr. Gilmore?« begann er, glühend von der Wärme seiner eigenen Liebenswürdigkeit. »Freut mich sehr, Sie bei so glänzender Gesundheit zu sehen. Ich kam gerade zufällig hier vorbei und dachte, ich sehe nach, ob Sie mir vielleicht etwas zu sagen haben. Lassen Sie uns, ich bitte Sie, lassen Sie uns doch diese kleine Meinungsverschiedenheit von Angesicht zu Angesicht bereinigen! Haben Sie von Ihrem Klienten schon gehört?«

»Ja. Und Sie von Ihrem?«

»Mein lieber, guter Herr Kollege! Ich wollte, ich hätte von ihm gehört, und sei's, was immer. Ich wünsche mir von ganzem Herzen, er nähme die Verantwortung von meinen Schultern. Aber er ist starrköpfig, oder besser gesagt: fest entschlossen, sie mir nicht abzunehmen. ›Merriman, die Einzelheiten überlasse ich Ihnen. Tun Sie, was Sie in meinem Interesse für richtig halten, und rechnen Sie damit, daß ich mich persönlich nicht einmische, solange die Sache nicht erledigt ist.‹ Das waren Sir Percivals Worte von vierzehn Tagen, und auf diesem Standpunkt beharrt er. Mehr erreiche ich nicht. Ich bin nicht hart, Mr. Gilmore, das wissen Sie. Wenn es auf mich allein ankäme, würde ich diesen Vermerk sofort streichen. Doch wenn Sir Percival nicht darauf eingeht und mir blind alle seine Interessen anvertraut – was kann ich da anderes tun, als sie so gut wie möglich wahrzunehmen? Mir sind die Hände gebunden – sehen Sie das nicht, mein lieber Herr? Mir sind die Hände gebunden!«

»Sie bestehen also weiterhin auf Ihrem Vermerk, so wie Sie es auch durch Ihren Brief bestätigten?« fragte ich.

»Ja – zum Teufel! Ich habe doch keine andere Wahl!« Er ging zum Kamin hinüber und wärmte sich, während er mit voller Baßstimme den Refrain eines Liedes sang. »Und was meint Ihre Partei?« fuhr er fort. »Bitte sagen Sie mir, wie sich Ihre Partei dazu stellt!«

Ich schämte mich, es ihm zu sagen, und bemühte mich, Zeit zu gewinnen. Noch schlimmer: ich ließ mich soweit hinreißen, daß ich meinen juristischen Instinkten nachgab und sogar zu handeln versuchte.

»Zwanzigtausend Pfund sind eine zu stattliche Summe, um von der Familie und den Freunden der Dame innerhalb von zwei Tagen aufgegeben zu werden«, meinte ich.

»Sehr richtig!« erwiderte Mr. Merriman und betrachtete nachdenklich seine Stiefel. »Gut gesagt, Sir – sehr gut sogar!«

»Ein Kompromiß, der das Interesse der Familie Fairlie sowie das Interesse des künftigen Ehemanns berücksichtigt, hätte meinen Klienten vielleicht nicht so erschreckt«, fuhr ich fort. »Hören Sie mir zu, Mr. Merriman: Es ergibt sich immerhin die Möglichkeit eines Handels. Wie hoch wäre Ihre Mindestforderung?«

»Das mindeste wären – neunzehntausendneunhundertneunundneunzig Pfund, neunzehn Shilling, elf Pence und drei Farthing. Hahaha! Entschuldigen Sie, Mr. Gilmore, es ist ja nur ein kleiner Spaß!«

»Der gerade den restlichen Farthing wert ist«, bemerkte ich.

Mr. Merriman war entzückt. Er lachte über meine schlagfertige Entgegnung, daß das Zimmer dröhnte. Mir hingegen war nicht halb so lustig zumute. So kam ich wieder aufs Geschäftliche zurück, um dem Gespräch ein Ende zu bereiten.

»Heute ist Freitag«, sagte ich. »Lassen Sie uns bis Dienstag Zeit!«

»Selbstverständlich«, meinte Mr. Merriman, »auch länger, wenn Sie es wünschen.« Er nahm seinen Hut und wollte gehen, sagte aber dann doch noch zu mir: »Nebenbei bemerkt – haben Ihre Klienten in Cumberland noch etwas von dieser Frau gehört, die den anonymen Brief schrieb?«

»Nein, nicht mehr«, antwortete ich. »Haben Sie denn eine Spur von ihr gefunden?«

»Noch nicht«, sagte mein Kollege. »Aber wir geben nicht auf. Sir Percival hat den Verdacht, daß man sie versteckt – aber wir lassen die betreffende Person beobachten.«

»Sie meinen die alte Frau, die mit ihr in Cumberland war?« fragte ich.

»Nein, jemand anderen«, antwortete Mr. Merriman. »Die betreffende Person ist ein Mann – und er ist in London. Wir lassen ihn nicht aus den Augen, denn der Verdacht liegt nahe, daß er es war, der ihr auf ihrer Flucht aus der Anstalt half. Sir Percival wollte ihn sofort befragen, ich war aber dagegen und meinte, das würde ihn nur warnen. Es ist sicher besser, ihn zu beobachten und abzuwarten – man wird ja sehen, was passiert. Sie müssen wissen, Mr. Gilmore: Dieses Frauenzimmer ist gefährlich, wer weiß, was sie noch alles anstellt, wenn man sie auf freiem Fuße läßt ... Ich wünsche Ihnen einen guten Morgen, Sir! Nächsten Dienstag hoffe ich das Vergnügen zu haben, von Ihnen zu hören.« Damit lächelte er verbindlich und ging.

Meine Gedanken waren zuletzt woanders gewesen: ich machte mir Sorgen wegen des Ehevertrags, daher hatte ich Mr. Merrimans letzten Worten wenig Aufmerksamkeit gewidmet. Kaum war ich allein, begann ich, mein weiteres Vorgehen zu überlegen.

In jedem anderen Fall hätte ich mich an die Weisungen meines Klienten gehalten, mochten sie mir persönlich auch noch so widerstreben: ich hätte in der Frage der zwanzigtausend Pfund sofort nachgegeben. Doch gegen Miss Fairlie konnte und wollte ich nicht so geschäftsmäßig gleichgültig verfahren. Ich war ihr ehrlich zugetan und bewunderte sie; auch erinnerte ich mich dankbar ihres Vaters, der mir der gütigste Freund und Gönner gewesen war; beim Aufsetzen des Ehevertrags hatte ich ihr gegenüber so empfunden wie – wäre ich nicht selbst ein alter Junggeselle – gegenüber einer eigenen Tocher; daher war ich denn entschlossen, kein Opfer zu scheuen, sofern es ihrem Interesse diente. Ein zweites Mal an Mr. Fairlie zu schreiben kam nicht in Frage: das gab ihm nur eine zweite Chance, mir noch einmal durch die Finger zu schlüpfen. Ihn aufzusuchen und ihm meine ernsthaften Einwände vorzutragen, mochte möglicherweise nützlicher sein. Der nächste Tag war ein Samstag. Ich beschloß, mir eine Rückfahrkarte zu kaufen und meine alten Knochen von der Eisenbahn durchrütteln zu lassen, in der Hoffnung, ihn doch noch zu einem gerechten, anständigen und geraden Weg zu überreden. Zugegeben, die Aussichten auf Erfolg waren gering, aber wenigstens wäre nachher mein Gewissen ruhig. Ich hätte dann alles versucht, was ein Mann in meiner Stellung tun konnte, um den Interessen des einzigen Kindes eines alten Freundes zu dienen.

Das Wetter am Samstag war schön: Westwind und strahlender Sonnenschein. In letzter Zeit hatte ich immer wieder unter einem dumpfen, drückenden Gefühl im Kopf gelitten, vor dem mich schon vor über zwei Jahren mein Arzt so ernstlich gewarnt hatte. So beschloß ich, mir bei dieser Gelegenheit ein wenig Bewegung zu verschaffen. Ich ließ meine Reisetasche zum Bahnhof bringen und ging zu Fuß zum Euston Square. Als ich den Stadtteil Holborn erreichte, kam mir raschen Schrittes ein Herr entgegen, blieb stehen und sprach mich an. Es war Mr. Walter Hartright.

Hätte er mich nicht als erster begrüßt, wäre ich sicher an ihm vorbeigegangen. Er sah so verändert aus, daß ich ihn kaum erkannte. Sein Gesicht war bleich und eingefallen, die Bewegungen waren hastig und fahrig, und seine Kleidung, die ich als sauber und geschmackvoll in Erinnerung hatte, sah jetzt so vernachlässigt aus, daß es mir peinlich gewesen wäre, wäre einer meiner Schreiber so herumgelaufen.

»Sind Sie schon lange aus Cumberland zurück?« fragte er. »Ich habe kürzlich von Miss Halcombe gehört. Sir Percival Glydes Erklärung ist also befriedigend ausgefallen? Wird die Hochzeit bald stattfinden? Wissen Sie es zufällig, Mr. Gilmore?«

Er sprach so schnell und reihte seine Fragen so rasch und so wirr aneinander, daß ich ihm kaum folgen konnte. Wie vertraut er auch mit den Bewohnern von Limmeridge House gewesen sein mochte, schien er mir doch nicht berechtigt, Auskunft über ihre Familienangelegenheiten zu erhalten. So beschloß ich denn, ihn so rasch wie möglich mit ein paar Worten über Miss Fairlies Hochzeit abzufertigen.

»Das wird die Zeit weisen, Mr. Hartright«, sagte ich. »Wenn man in den Zeitungen unter dem Titel ›Eheschließungen‹ nachsieht, kann man diesbezüglich sicher etwas finden ... Doch entschuldigen Sie meine Frage: Ich stelle mit Bedauern fest, daß Sie nicht so gut aussehen wie in Limmeridge?«

Ich bemerkte ein kurzes, nervöses Zucken um seine Lippen und bereute es fast, ihm so ausweichend geantwortet zu haben.

»Es stand mir wohl nicht zu, mich nach ihrer Hochzeit zu erkundigen«, versetzte er dann bitter. »Ich muß warten, bis ich es wie alle anderen aus der Zeitung erfahre ... Ja, Mr. Gilmore, ich habe mich in letzter Zeit nicht wohl gefühlt«, fuhr er fort, ehe ich mich wegen meiner Antwort entschuldigen konnte. »Was ich brauche, ist eine Veränderung von Ort und Tätigkeit. Sie haben einen großen Bekanntenkreis, Mr. Gilmore. Sollten Sie einmal von einer Expedition hören, die einen Zeichner braucht, und sollten Sie niemand anderen wissen, so wäre ich Ihnen sehr dankbar, wenn Sie mich vorschlügen. Meine Zeugnisse sind zufriedenstellend, dafür bürge ich. Übrigens ist es mir einerlei, wohin ich fahre, wie das Klima ist und wie lange die Reise dauert.« Während er sprach, blickte er merkwürdig mißtrauisch auf die zahlreichen Passanten auf der Straße, so als fühlte er sich beobachtet.

»Wenn ich diesbezüglich etwas höre, werde ich Sie verständigen«, entgegnete ich, und um mich ihm gegenüber in Hinblick auf die Familie Fairlie nicht allzu reserviert zu zeigen, fügte ich hinzu: »Übrigens fahre ich heute aus beruflichen Gründen nach Limmeridge. Miss Halcombe und Miss Fairlie sind aber zur Zeit nicht dort, sondern bei Freunden in Yorkshire.«

Seine Augen leuchteten auf, anscheinend wollte er etwas sagen; um seine Lippen zuckte es wieder, wortlos ergriff er meine Hand, drückte sie fest und tauchte unter in der Menge. Ich kannte ihn zwar kaum, aber als er ging, blieb ich eine Weile stehen und blickte ihm bekümmert nach. Immerhin habe ich in meinem Beruf schon genügend Erfahrungen gesammelt, um bei jungen Leuten an bestimmten Anzeichen erkennen zu können, wenn sie auf die schiefe Bahn geraten. Als ich meinen Weg zum Bahnhof fortsetzte, hatte ich – es tut mir leid, das sagen zu müssen – schwere Bedenken, was Mr. Hartrights Zukunft betraf.

IV

Da ich mit einem Frühzug gefahren war, traf ich noch vor dem Dinner in Limmeridge ein. Das Haus war bedrückend still und leer. Ich hatte erwartet, daß in Abwesenheit der jungen Damen wenigstens die gute Mrs. Vesey mir Gesellschaft leisten würde, aber sie war erkältet und daher ans Zimmer gefesselt. Die Diener zeigten sich von meiner Ankunft so überrascht, daß sie kopflos umherhasteten und alles falsch machten. Sogar der Butler – alt genug, um es besser wissen zu müssen – brachte mir eine Flasche Portwein, die gekühlt war. Was man über Mr. Fairlies Gesundheit hörte, war das Übliche, und als ich ihm mein Eintreffen melden ließ, richtete man mir aus, er würde sich freuen, mich am nächsten Morgen zu empfangen: Mein unerwartetes Auftauchen habe ihm so heftiges Herzklopfen verursacht, daß er den heutigen Abend das Bett hüten müsse.

Die ganze Nacht hindurch heulte ein scheußlicher Wind, überall in dem leeren Haus hörte man es ächzen und knarren. Ich schlief so elend wie nur möglich, stand am nächsten Morgen übelgelaunt auf und frühstückte ganz allein.

Um zehn Uhr geleitete man mich zu Mr. Fairlie. Er befand sich in seinem gewohnten Zimmer, in seinem gewohnten Fauteuil und körperlich wie seelisch ebenfalls in dem gewohnten widerwärtigen Zustand. Als ich eintrat, stand gerade sein Kammerdiener vor ihm und hielt einen schweren Bildband, so lang und so breit wie mein Schreibtisch, ihm zur Ansicht hin. Gelassen blätterte sein Herr darin und betrachtete mit einem Vergrößerungsglas die verborgenen Schönheiten der Radierungen, indes der beklagenswerte Ausländer unterwürfig grinste und so aussah, als würde er vor Müdigkeit bald umfallen.

»Sie bester aller guten alten Freunde«, sagte Mr. Fairlie und lehnte sich erst träge zurück, ehe er mich ansah, »sind Sie bei guter Gesundheit? Wie nett von Ihnen, mich in meiner Einsamkeit zu besuchen, teuerster Gilmore!«

Ich hatte erwartet, daß er jetzt den Kammerdiener entlassen würde, aber nichts dergleichen geschah. Wie angewurzelt stand dieser vor seinem Herrn und hielt zitternd den riesigen Band, während Mr. Fairlie mit heiterer Miene das Vergrößerungsglas zwischen den Fingern seiner bleichen Hand herumwirbelte.

»Ich bin gekommen, um mit Ihnen über eine sehr wichtige Angelegenheit zu sprechen«, sagte ich. »Verzeihen Sie, wenn ich vorschlage, daß wir dabei allein sind.«

Der unselige Kammerdiener warf mir einen dankbaren Blick zu. Mr. Fairlie jedoch wiederholte mit schwacher Stimme meine drei letzten Worte: ». . . dabei allein sind?«, und zwar mit allen Anzeichen höchsten Erstaunens.

Ich war aber nicht zu Scherzen aufgelegt und beschloß daher, ihm ganz klar zu sagen, was ich meinte. »Geben Sie bitte diesem Mann hier Erlaubnis, sich zurückzuziehen«, versetzte ich und deutete auf den Kammerdiener.

Überrascht zog Mr. Fairlie die Augenbrauen hoch und spitzte den Mund zu einem sarkastischen Lächeln. »Diesen Mann?« wiederholte er. »Sie schlimmer alter Gilmore, was in aller Welt meinen Sie, wenn Sie ihn einen Mann nennen? Vielleicht war er ein Mann noch vor einer halben Stunde, ehe ich mir die Radierungen ansah, und wird vielleicht wieder ein Mann sein, wenn ich damit fertig bin. Aber zur Zeit ist er nichts als ein Bücherständer. Was können Sie nur gegen einen Bücherständer haben, Gilmore?«

»Ich habe etwas dagegen, Mr. Fairlie, und bitte Sie hiermit zum dritten Mal, Mr. Fairlie, daß wir bei unserm Gespräch allein sind.«

Mein Ton ließ ihm keine Wahl. Es blieb ihm nichts anderes übrig, als sich mir zu fügen. Dem Diener einen verdrießlichen Blick zuwerfend, deutete er auf einen Tisch neben dem Fauteuil.

»Leg die Radierungen hierher und geh!« sagte er. »Aber gib acht, daß dieselbe Seite aufgeschlagen bleibt! Ärgere mich nicht, indem du sie mit einer andern verwechselst, ja? Bist du sicher, daß es dieselbe Seite ist? Und hast du mir die Handglokke in Reichweite gestellt? Ja? Warum, zum Teufel, bist du dann noch hier?«

Der Kammerdiener zog sich zurück. Mr. Fairlie drehte sich in seinem Fauteuil zur Seite, polierte mit einem Batisttaschentuch das Vergrößerungsglas und warf einen schmachtenden Seitenblick auf den geöffneten Band. Unter diesen Umständen fiel es mir schwer, mich zu beherrschen, aber es gelang mir.

»Im Interesse Ihrer Familie und Ihrer Nichte habe ich die Unannehmlichkeit einer langen Bahnfahrt auf mich genommen und glaubte daher erwarten zu dürfen, daß Sie mir ihre Aufmerksamkeit schenken«, sagte ich.

»Tyrannisieren Sie mich nicht!« rief Mr. Fairlie, sank hilflos in seinen Stuhl zurück und schloß die Augen. »Bitte tyrannisieren Sie mich nicht! Dafür bin ich zu schwach.«

Um Laura Fairlies willen hatte ich mir vorgenommen, mich

nicht von ihm reizen zu lassen, und fuhr daher unbeirrt fort: »Der Zweck meines Besuches ist, Sie ernstlich zu bitten, Ihren Brief noch einmal zu überdenken. Zwingen Sie mich nicht, die gerechten Ansprüche Ihrer Nichte und aller, die ihr angehören, aufzugeben! Lassen Sie mich Ihnen meine Gründe noch einmal darlegen – zum letzten Mal!«

Mr. Fairlie schüttelte den Kopf und seufzte zum Gotterbarmen. »Das ist herzlos von Ihnen – wirklich herzlos«, sagte er. »Aber bitte sehr – fahren Sie fort!«

Ich ging alle Punkte sorgfältig durch und beleuchtete den Fall in allen erdenklichen Aspekten. Während meiner Erklärung lag er die ganze Zeit mit geschlossenen Augen in den Fauteuil zurückgelehnt. Als ich zu Ende war, öffnete er seine Augen, nahm sein silbernes Riechfläschchen vom Tisch und schnupperte mit affektiertem Genuß daran.

»Guter Gilmore«, sagte er und schnupperte wieder an dem Fläschchen, »wie nett von Ihnen! Wie Sie mich doch mit der menschlichen Natur versöhnen!«

»Mr. Fairlie, geben Sie mir eine klare Antwort auf eine klare Frage! Ich sage Ihnen nochmals: Sir Percival Glyde hat überhaupt kein Recht, mehr als die Zinsen zu erwarten. Das Kapital selbst soll, falls Ihre Nichte kinderlos bleibt, ihr gehören und später wieder an ihre Familie zurückfallen. Wenn Sie fest bleiben, muß Sir Percival nachgeben. Er muß nachgeben, ich sage es Ihnen nochmals, oder er setzt sich dem Verdacht aus, Miss Fairlie nur ihres Geldes wegen zu heiraten.«

Mr. Fairlie drohte mir lächelnd mit dem Riechfläschchen. »Sie teuerster alter Gilmore – wie Sie doch den Adel hassen! Sie mögen Sir Percival nicht, bloß weil er zufällig ein Baronet ist, nicht wahr? Was sind Sie doch für ein Revolutionär!«

Ich – ein Revolutionär? Ich bin zwar bereit, mir viel gefallen zu lassen, aber ich, der ich mein Lebtag den gesunden Grundsätzen der Konservativen anhänge, konnte mir doch nicht nachsagen lassen, ich sei ein Revolutionär! Es kochte in mir bei dieser Unterstellung – sprachlos vor Entrüstung sprang ich auf.

»Erschüttern Sie das Zimmer nicht!« schrie Mr. Fairlie. »Um Himmels willen, erschüttern Sie das Zimmer nicht! Teuerster Gilmore, ich wollte Sie nicht beleidigen! Meine eigenen Ansichten sind so extrem liberal, daß ich mich schon selbst für einen Revolutionär halte. Seien Sie bitte nicht böse! Ich kann mich nicht mit Ihnen streiten, das würde meine Kräfte übersteigen. Wollen wir das Thema fallen lassen? Ja? Kommen Sie und schauen Sie sich diese reizenden Radierungen an! Ich möchte Sie lehren, die himmlische Klarheit der Linien zu begreifen. Kommen Sie, mein lieber, guter Gilmore!«

Während er so vor sich hin schwätzte, hatte ich glücklicherweise Zeit, mich wieder zu fassen. Und als ich von neuem zu sprechen anfing, war ich ruhig genug, seine Impertinenz mit so viel Verachtung zu übergehen, wie er es verdiente. Ich sagte: »Sir, Sie irren sich, wenn Sie meinen, ich hätte Vorurteile gegen Sir Percival Glyde. Bedauerlicherweise hat er die Angelegenheit ganz seinem Rechtsberater übergeben und es mir dadurch unmöglich gemacht, mich an ihn selbst zu wenden. Aber ich habe keine Vorurteile gegen ihn. Was ich gesagt habe, gilt für jeden, da sei er nun von Adel oder nicht. Das Prinzip, das ich hier vor Ihnen vertrete, ist von allgemeiner Gültigkeit. Fragen Sie doch in der nächsten Stadt irgendeinen angesehenen Rechtsanwalt – er wird Ihnen als Fremder das gleiche sagen, was ich Ihnen als Freund sage: Es ist sittenwidrig und gegen jede Regel, das Vermögen einer Frau gänzlich dem Mann zu überlassen, den sie heiratet. Jeder Rechtsanwalt würde es auf der Grundlage einer ganz selbstverständlichen juristischen Vorsicht ablehnen, dem Ehemann auf Grund von zwanzigtausend Pfund ein Interesse am Tod seiner Ehefrau zu geben.«

»Wirklich? Ich versichere Ihnen, lieber Gilmore, wenn ein anderer etwas nur halb so Schreckliches zu mir sagte, würde ich sofort nach Louis klingeln und dem Mann die Türe weisen!«

»Reizen Sie mich nicht, Mr. Fairlie! Um Ihres verstorbenen Bruders und Ihrer Nichte willen – reizen Sie mich nicht! Aber eines sollen Sie wissen, bevor ich gehe: Die ganze Verantwortung für diesen schändlichen Handel übernehmen Sie!«

»Bitte sagen Sie das nicht – bitte nicht!« rief Mr. Fairlie. »Gilmore, bedenken Sie doch, wie kostbar Ihre Zeit ist – und vergeuden Sie sie nicht! Wenn ich könnte, würde ich mit Ihnen über diese Sache diskutieren, aber ich kann nicht, das stehe ich nicht durch. Du lieber Gott! Sie wollen nur mich aufregen, Sir

Percival aufregen und Laura aufregen – und sich selbst regen Sie auch auf! Und das alles wegen einer Möglichkeit, mit der man doch wohl als allerletzter rechnen muß. Nein, lieber Freund – um des lieben Friedens willen ganz entschieden: Nein!«

»Ich muß also zur Kenntnis nehmen, daß Sie auf Ihrer Meinung beharren – so wie Sie mir geschrieben haben?«

»Ja, bitte! Ich bin so froh, daß wir einander endlich verstehen! Setzen Sie sich doch wieder, ja?«

Ich ging sofort zur Türe. Resigniert klingelte Mr. Fairlie nach dem Kammerdiener. Ehe ich hinausging, drehte ich mich noch einmal um und sagte: »Sir, was immer geschehen wird, denken Sie daran, daß ich Sie vor einer Gefahr gewarnt habe, wie es meine Pflicht ist. Als treuer Freund und Diener der Familie erkläre ich Ihnen zum Abschied: Hätte ich eine Tochter, so würde ich sie unter den Bedingungen, die Sie mich in Miss Fairlies Ehevertrag aufzunehmen zwingen, nie und nimmer diesen Mann heiraten lassen.«

Hinter mir tat sich die Türe auf, der Kammerdiener wartete auf der Schwelle.

»Louis, führe Mr. Gilmore hinaus und komm dann zurück, um mir das Buch zu halten!« sagte Mr. Fairlie. »Bitte, Gilmore, lassen Sie sich unten einen guten Lunch servieren – lassen Sie sich von einem Domestiken, diesen faulen Bestien, einen guten Lunch servieren!«

Er ekelte mich so an, daß ich nicht antworten konnte. Ich drehte mich auf dem Absatz um und verließ ihn wortlos. Um zwei Uhr nachmittags ging ein Zug nach London, und mit diesem fuhr ich zurück. Am Dienstag schickte ich den abgeänderten Ehevertrag ab, in dem gerade diejenigen Personen enterbt wurden, von welchen Miss Fairlie gesagt hatte, daß sie ihnen gern etwas vermachen würde. Ich hatte keine andere Wahl. Hätte ich mich geweigert, diesen Vertrag aufzusetzen, so wäre ein anderer Anwalt für mich eingesprungen.

Meine Aufgabe ist hiermit zu Ende, denn mein persönlicher Anteil an den Ereignissen reicht nicht weiter als bis zu diesem Punkt. Andere werden die noch ausstehenden seltsamen Begebenheiten schildern. Aufs äußerste besorgt, schließe ich meinen kurzen Bericht, und ebenso besorgt wiederhole ich hier meine Abschiedsworte an Mr. Fairlie: Hätte ich eine Tochter, so würde ich sie unter den mir für Laura Fairlie aufgezwungenen Bedingungen nie und nimmer heiraten lassen – und zwar keinen Mann auf Erden.

(Ende der Erzählung Mr. Gilmores)

Bericht
fortgesetzt von Marian Halcombe
in Auszügen aus ihrem Tagebuch*

I

Limmeridge House

8. November. Heute morgen hat uns Mr. Gilmore verlassen.

Seine Unterredung mit Laura hat ihn offenbar mehr betrübt und überrascht, als er eingestehen wollte. Die Art, wie er sich von mir verabschiedete, ließ mich befürchten, sie könnte ihm unbeabsichtigt verraten haben, warum sie so niedergeschlagen ist und ich so bekümmert bin. Diese Sorge quälte mich so, daß ich nachher nicht mit Sir Percival ausritt, sondern zu Laura ging.

Seitdem ich weiß, wie sehr ich die Stärke von Lauras unglücklicher Neigung unterschätzt habe, bin ich, was diese schwierige und beklagenswerte Affäre betrifft, selbst unsicher geworden. Ich hätte mir darüber klar sein müssen, daß alle guten Eigenschaften des armen Hartright – Takt, Rücksicht, Ehrgefühl –, um derentwillen ich ihn schätzte und bewunderte, auf Lauras natürliches Feingefühl und natürliche Großherzigkeit unwiderstehlich wirken mußten. Und doch hatte ich, ehe sie mir ihr Herz entdeckte, nicht geahnt, daß dieses neue Gefühl bereits so starke Wurzeln in ihr geschlagen hatte. Zuerst hoffte ich, die alles heilende Zeit würde ihr darüber hinweghelfen, aber jetzt befürchte ich, daß dies Gefühl von Dauer ist und sie für ihr Leben verändert. Die Erkenntnis, wie sehr ich mich in diesem Punkt geirrt, macht mich jetzt in jeder Hinsicht unsicher. In bezug auf Sir Percival bin ich jetzt trotz deutlichster Beweise unschlüssig. Ich scheue auch davor zurück, mit Laura zu sprechen. Sogar heute morgen zögerte ich, die Hand bereits auf dem Türgriff, ob ich ihr die Fragen, deretwegen ich zu ihr kam, auch wirklich stellen sollte.

Ich öffnete die Türe zu ihrem Zimmer und fand sie in großer Ungeduld auf- und abgehend. Sie sah gerötet und erregt aus. Ehe ich noch den Mund aufmachen konnte, kam sie mir entge-

* (Ausgelassen sind nur solche Stellen, die sich weder auf Miss Fairlie noch auf die anderen Beteiligten beziehen.)

gen und rief: »Ja, dich wollte ich sprechen! Komm – setz dich zu mir aufs Sofa! ... Marian, ich ertrage es nicht länger – ich will und muß die Sache endlich bereinigen.«

Mir schien sie dabei zu rot im Gesicht, zu entschieden in ihren Worten, zu energisch in ihrem Benehmen. Das kleine Album mit Hartrights Aquarellen – dieses fatale Album, über dem sie träumt, wenn sie allein ist – hielt sie in der Hand. Sanft, doch mit strengem Blick nahm ich es ihr ab und legte es außer Sichtweite auf ein Tischchen.

»Liebling, sag mir jetzt ganz ruhig, was du tun willst. Hat dir Mr. Gilmore einen Rat gegeben?« fragte ich.

Sie schüttelte den Kopf. »Nein, nicht, was das betrifft, worüber ich gerade nachdenke. Er war sehr lieb und gut zu mir, Marian – und ich schäme mich, sagen zu müssen, daß ich geweint und ihn dadurch betrübt habe. Ich bin so schrecklich hilflos, ich kann mich nicht beherrschen. Schon um meinetwillen, um unser aller willen, muß ich den Mut aufbringen, der Sache ein Ende zu machen.«

»Meinst du damit, daß du ihn bitten willst, dich freizugeben?« fragte ich.

»Nein, Liebe. Ich muß den Mut aufbringen, ihm die Wahrheit zu sagen.«

Sie umarmte mich und lehnte den Kopf an meine Brust. An der gegenüberliegenden Wand hing ein Miniaturporträt ihres Vaters. Als ich mich über sie beugte, bemerkte ich, daß sie hinblickte. »Ich kann niemals verlangen, daß man mich von meinem Versprechen entbindet«, fuhr sie fort. »Wie immer die Sache ausgeht – für *mich* muß sie traurig enden, und das einzige, was ich tun kann, ist, mein Elend nicht noch zu verschlimmern, indem ich mein Wort breche und den letzten Wunsch meines Vaters mißachte.«

»Was also willst du tun?« fragte ich sie.

»Sir Percival die Wahrheit sagen. Er kann mich dann freigeben, wenn er will – nicht weil ich ihn darum bitte, sondern weil er alles weiß.«

»Alles? Was meinst du damit? Es genügt, wenn Sir Percival weiß, daß die Heirat gegen deinen Wunsch ist. Mehr brauchst du ihm nicht zu sagen.«

»Kann ich ihm das denn sagen, wo doch mein Vater das

Verlöbnis arrangierte und ich mich damit einverstanden erklärte? Ich hätte dies Versprechen auch gehalten, nicht gerade von Glück erfüllt, doch immerhin ergeben in mein Schicksal ...« Sie hielt inne, wandte sich mir zu und legte ihre Wange an die meine. »Ich hätte mein Versprechen gehalten, Marian, wäre in meinem Herzen nicht eine andere Neigung aufgekeimt, die nicht da war, als ich Sir Percival meine Hand versprach.«

»Laura, du wirst dich doch nicht selbst erniedrigen und ihm ein Geständnis machen!«

»In meinen Augen würde ich mich nur dann selbst erniedrigen, wenn ich ihm etwas verheimlichte, das zu wissen er ein Recht hat und womit ich meine Freiheit erlangen könnte.«

»Aber er hat doch nicht den Schatten eines Rechts auf dein Geständnis!«

»Falsch, Marian, ganz falsch! Ich darf doch niemanden betrügen – am allerwenigsten jenen Mann, dem mein Vater mich versprach und dem ich mein Wort gab«, sagte sie und küßte mich. »Beste Marian! Du hast mich viel zu lieb und bist viel zu stolz auf mich, so daß du in meinem Fall all das vergißt, was du an meiner Stelle für selbstverständlich halten würdest. Vielleicht wird Sir Percival mein Verhalten und meine Motive mißdeuten. Aber es ist besser so, als wenn ich in Gedanken falsch zu ihm wäre und dann noch niedrig genug, mir einen Vorteil zu verschaffen, indem ich diese Falschheit vor ihm verhehle.«

Betroffen blickte ich sie an. Zum ersten Mal in unserm Leben hatten wir die Rollen vertauscht: alle Entschlußkraft war jetzt auf ihrer Seite, alle Zweifel auf der meinen. Ich sah in ihr blasses, stilles, ergebenes, junges Gesicht, ich blickte in ihre reinen, unschuldigen Augen, in diese liebevollen Augen, die ihren Blick in meinen tauchten – und die kleinmütigen weltlichen Einwände und Warnungen, die sich mir auf die Lippen drängten, schrumpften und versanken in ihrer eigenen Nichtigkeit. Schweigend senkte ich den Kopf. Wäre ich an ihrer Stelle gewesen, so hätte der kleinliche Stolz, der viele Frauen zu Lügnerinnen macht, auch mich gepackt und zur Lügnerin gemacht.

»Sei mir nicht böse, Marian«, sagte sie, mein Schweigen mißdeutend.

Statt jeder Antwort zog ich sie fest an mich, denn ich fürchtete, in Tränen auszubrechen, wenn ich den Mund aufmachte.

Meine Tränen fließen nicht so leicht, ich weine nicht leichter als ein Mann, dann aber unter Schluchzen, das mir fast die Brust zersprengt und alle rund um mich erschreckt.

»Seit Tagen schon, Liebe, denke ich daran, mit ihm zu sprechen«, fuhr sie fort, und ihre Finger spielten dabei mit meinem Haar, so wie es manchmal unruhige Kinder tun (was ihr die gute Mrs. Vesey noch immer mit viel Geduld, doch ohne Erfolg abzugewöhnen versucht), »seit Tagen schon denke ich ernstlich daran, und ich kann mich auch auf meinen Mut verlassen, wenn mir mein Gewissen sagt, daß ich richtig handle. Marian, ich werde morgen mit ihm sprechen, in deiner Gegenwart, und ich will ihm nichts als die Wahrheit sagen, nichts, dessen du oder ich uns schämen müssen. Ach, wie wird es mir das Herz erleichtern, wenn dies erbärmliche Versteckspiel ein Ende hat. Ich muß fühlen und wissen, daß ich mich keiner Täuschung schuldig mache; und dann, wenn er gehört hat, was ich ihm zu sagen habe, soll er tun, was er für richtig hält.«

Aufseufzend legte sie den Kopf wieder an meine Brust. Traurige Ahnungen überkamen mich. Wie wird das alles enden? Aber da ich selbst unsicher war, versprach ich ihr, alles zu tun, was sie von mir verlangte. Sie dankte mir, und dann redeten wir von anderen Dingen.

Heute abend kam sie wieder zum Dinner herunter und verhielt sich Sir Percival gegenüber ungezwungener als sonst. Nach Tisch setzte sie sich ans Klavier, spielte aber nur moderne Musik unmelodischer, überladener Art, die sehr viel Fingerfertigkeit erforderte. Die wunderschönen Melodien von Mozart, die der arme Hartright so sehr liebte, hat sie, seit er fort ist, nie mehr gespielt. Das Heft liegt nicht mehr auf dem Notenständer. Sie hat es von dort entfernt, niemand kann sie daher bitten, daraus etwas vorzuspielen.

Bevor sie Sir Percival gute Nacht wünschte, hatte ich keine Gelegenheit zu erfahren, ob sie ihren Vorsatz von heute morgen geändert hatte oder nicht – dann aber hörte ich mit eigenen Ohren, daß es dabei geblieben war. Sie sagte ihm, sehr gefaßt, daß sie ihn nach dem Frühstück zu sprechen wünsche und er sie mit mir in ihrem Wohnzimmer antreffen werde. Er wechselte die Farbe, und als die Reihe an mich kam, ihm gute Nacht zu wünschen, spürte ich, daß seine Hand ein wenig zitterte. Das

Gespräch am nächsten Morgen würde über seine Zukunft entscheiden; und es war ihm offensichtlich bewußt.

Wie jeden Abend ging ich auch heute von meinem Schlafzimmer durch die Verbindungstüre zu Laura, um ihr, bevor sie einschlief, gute Nacht zu sagen. Ich beugte mich über sie und wollte sie küssen – da sah ich Hartrights kleines Album halb versteckt unter ihrem Kissen, dort, wo sie als Kind immer ihr Lieblingsspielzeug aufbewahrte. Ich brachte es nicht übers Herz, etwas zu sagen, sondern deutete nur mit dem Finger darauf und schüttelte den Kopf. Sie reckte die Hände hoch zu meinen Wangen und zog mein Gesicht zu sich herab, bis unsere Lippen sich trafen.

»Laß es heute nacht noch da!« flüsterte sie. »Der Morgen wird vielleicht grausam – und mich zwingen, für immer davon zu lassen.«

9. November. – Das erste Ereignis heute früh war nicht dazu angetan, mich froher zu stimmen. Vom armen Hartright kam ein Brief an mich – die Antwort auf mein Schreiben, in dem ich ihm mitteilte, in welcher Weise sich Sir Percival von den Anschuldigungen in Anne Cathericks Brief gereinigt hat. Was diese Erklärungen betrifft, stellt Hartright kurz und bitter fest, so stehe es ihm nicht zu, sich über höherstehende Personen ein Urteil zu erlauben. Das ist betrüblich. Doch noch mehr betrübt mich, was er über sich selbst berichtet. Er behauptet, es fiele ihm von Tag zu Tag schwerer, sich in der alten Umgebung zurechtzufinden und seine frühere Beschäftigung wieder aufzunehmen; er bittet mich – falls ich dazu in der Lage sei –, mich für ihn zu verwenden und ihm eine neue Tätigkeit zu verschaffen, die ihn dazu zwingt, England zu verlassen und anderswo und unter anderen Menschen zu leben. Diese Bitte werde ich ihm um so lieber erfüllen, als er in seinem Brief etwas erwähnt, das mich bestürzt: Er berichtet mir, er habe von Anne Catherick weder etwas gesehen noch gehört – und deutet mir dann eher unvermittelt an, er fühle sich seit seiner Rückkehr nach London verfolgt und beobachtet. Er habe zwar keine Beweise dafür, doch werde er diesen Verdacht nicht los. Was er da schreibt, erschreckt mich, zumal es fast so aussieht, als leide Hartright in Folge seiner unglücklichen Neigung zu Laura an

einer fixen Idee. Ich werde unverzüglich an ein paar einflußreiche Leute in London – alte Freunde meiner Mutter – schreiben und sie auf ihn aufmerksam machen. Ortsveränderung und eine andere Arbeit könnten ihm über diese Krise vielleicht hinweghelfen.

Beim Frühstück ließ sich Sir Percival zu meiner großen Erleichterung durch den Butler entschuldigen: Er habe heute früh in seinem Zimmer schon eine Tasse Kaffee getrunken und sei derzeit noch mit seiner Korrespondenz beschäftigt; falls es uns genehm sei, werde er sich um elf Uhr beehren, uns seine Aufwartung zu machen.

Während man uns das bestellte, beobachtete ich Lauras Gesicht. Als ich heute früh zu ihr gekommen war, hatte ich sie seltsam ruhig und gefaßt gefunden, und das blieb sie auch während des Frühstücks. Selbst als wir in ihrem Zimmer zusammen auf dem Sofa saßen und Sir Percival erwarteten, bewahrte sie ihre Selbstbeherrschung.

»Sorg dich nicht um mich, Marian! Ich kann mich vielleicht vor einem alten Freund wie Mr. Gilmore oder vor meiner lieben Schwester vergessen, nie aber vor Sir Percival«, war alles, was sie sagte.

Ich hörte ihr still und staunend zu: In all den Jahren unseres Vertrautseins war mir diese Widerstandskraft verborgen geblieben – auch ihr selbst war sie verborgen geblieben; erst Liebe und Leid brachten sie an den Tag.

Die Uhr auf dem Kaminsims schlug elf, Sir Percival klopfte an und betrat das Zimmer. Seine Gesichtszüge verrieten Nervosität und unterdrückte Angst. Der trockene Husten, der ihn immer plagte, schien ihn mehr denn je zu quälen. Er nahm uns gegenüber am Tisch Platz, und Laura blieb neben mir sitzen. Aufmerksam betrachtete ich beide: er war der Blässere.

Sichtlich bestrebt, seine gewohnte Unbefangenheit zu bewahren, sagte er ein paar unverbindliche Worte. Aber seine Stimme klang unsicher, auch seine Augen zeigten Unruhe. Wahrscheinlich spürte er es selbst, denn er stockte mitten im Satz und versuchte nicht länger, seine Aufregung zu verbergen.

Einen Augenblick lang war es totenstill, dann begann Laura zu sprechen: »Sir Percival, ich wünsche mit Ihnen über eine

Sache zu sprechen, die für uns beide sehr wichtig ist. Meine Schwester ist deshalb hier, weil ihre Gegenwart mir Mut und Selbstvertrauen gibt. Sie hat mich überhaupt nicht beeinflußt. Was ich Ihnen zu sagen habe, sind ausschließlich meine eigenen Gedanken und nicht ihre. Bitte nehmen Sie dies, ehe ich weiterspreche, zur Kenntnis!«

Sir Percival verneigte sich leicht. Bis jetzt schien Laura äußerlich vollkommen ruhig und gefaßt. Sie sah ihn an, und er sah sie an. Beide schienen zumindest zu Beginn des Gesprächs entschlossen, offen miteinander sprechen zu wollen.

»Wie ich von Marian gehört habe, brauche ich Sie nur zu bitten, unser Verlöbnis zu lösen, und Sie werden mich freigeben. Das ist großmütig und nachsichtig von Ihnen, Sir Percival. Ich weiß es zu würdigen und bin Ihnen dankbar für das Angebot. Indessen glaube ich, es mir selbst und meiner eigenen Würde zu schulden, daß ich dieses Angebot nicht annehme.«

Seine Züge entspannten sich ein wenig, aber ich bemerkte, wie er unterm Tisch mit dem Fuß leise und stetig auf den Teppich klopfte, und spürte, daß er insgeheim noch genauso beunruhigt war wie zuvor.

»Ich habe nicht vergessen«, sagte sie, »daß Sie sich der Erlaubnis meines Vaters versicherten, ehe Sie mich mit Ihrem Antrag beehrten. Vielleicht haben auch Sie nicht vergessen, was ich gesagt habe, als ich in die Verlobung einwilligte? Ich erlaubte mir die Bemerkung, daß ich mich in erster Linie nach dem Willen meines Vaters richtete. Ich ließ mich von meinem Vater leiten, weil ich in ihm stets den treuesten aller Ratgeber, den besten und zärtlichsten Freund und Beschützer fand. Ich habe ihn verloren, nur die Erinnerung an ihn ist mir geblieben – und auch mein Vertrauen zu dem lieben Toten. Heute so wie damals bin ich der Meinung, daß er wußte, was für mich am besten ist, und daß seine Wünsche und Hoffnungen auch meine Wünsche und Hoffnungen sein sollten.«

Hier zitterte ihre Stimme zum ersten Mal, und ihre ruhelosen Finger stahlen sich zu mir herüber und umklammerten meine Hand. Wieder war es einen Moment lang totenstill, dann sagte Sir Percival: »Darf ich fragen, ob ich mich je des Vertrauens, das zu besitzen seither mein größter Stolz und mein größtes Glück ist, unwürdig erwiesen habe?«

»Ich habe an Ihrem Betragen nie etwas auszusetzen gehabt«, antwortete sie. »Sie kamen mir stets mit Zartgefühl und Rücksichtnahme entgegen. Sie haben mein Vertrauen verdient und – was noch wichtiger ist – Sie haben das Vertrauen meines Vaters verdient, aus dem meines erwachsen ist; Sie haben mir, selbst wenn ich ihn gesucht hätte, keinen Anlaß gegeben, mein gegebenes Wort zurückzunehmen. Was ich bis jetzt gesagt habe, entspricht einzig und allein dem Wunsch, meine Verpflichtung Ihnen gegenüber anzuerkennen. Sowohl meine Hochachtung für diese Verpflichtung wie auch meine Achtung vor der Erinnerung an meinen Vater und die Achtung vor meinem eigenen Versprechen verbieten mir, von mir aus von dem Verlöbnis zurückzutreten. Dies müßte einzig und allein Ihr Wunsch sein – der Vorschlag müßte von Ihnen ausgehen, Sir Percival, nicht von mir!«

Er hörte plötzlich auf, mit dem Fuß zu klopfen, und neigte sich mit gespannter Aufmerksamkeit zu ihr hin.

»Der Vorschlag müßte von mir ausgehen?« fragte er. »Welchen Grund hätte ich denn, mich zurückzuziehen?«

Ich hörte ihren Atem schneller gehen und spürte, wie ihre Hand kalt wurde. Trotz allem, was sie mir vorher gesagt hatte, begann ich für sie zu fürchten; doch zu unrecht.

»Einen Grund, den zu nennen mir sehr schwerfällt«, antwortete sie. »Sir Percival, bei mir ist eine Veränderung eingetreten – eine Veränderung, die so ernst ist, daß Sie mit gutem Recht unser Verlöbnis lösen können.«

Er erblaßte, sogar die Lippen verloren ihre Farbe. Dann hob er den Arm, mit dem er sich auf den Tisch gelehnt hatte, drehte sich zur Seite und stützte den Kopf in die Hand, so daß wir nur sein Profil sehen konnten.

»Welche Veränderung?« fragte er. Der Ton dieser Frage war mir unangenehm – es lag darin etwas mühsam Unterdrücktes.

Sie seufzte tief und lehnte ihre Schulter an mich. Ich spürte, wie sie zitterte, und wollte sie schonen, indem ich selbst zum Reden ansetzte, doch ein leiser Druck ihrer Hand warnte mich und hielt mich davon ab. Ohne Sir Percival anzusehen, fuhr sie fort: »Es heißt, und ich glaube es auch, daß die tiefste und echteste aller Neigungen jene sein soll, die eine Frau ihrem Ehemann entgegenbringt. Nachdem wir uns verlobt hatten, lag es an mir, Ihnen meine Neigung zu schenken, wenn ich konnte, und es lag an Ihnen, meine Neigung zu gewinnen, wenn Sie es konnten. Wollen Sie mir vergeben, Sir Percival, und nachsichtig mit mir sein, wenn ich gestehe, daß dies nicht auf mich zutrifft?«

Schweigend wartete sie auf seine Antwort. Tränen sammelten sich in ihren Augen und rannen ihr langsam über die Wangen. Er sagte kein Wort. Die Hand, auf die er den Kopf gestützt hatte, verbarg jetzt sein ganzes Gesicht. Ich sah über dem Tisch nur seinen Oberkörper. Nicht ein Muskel bewegte sich, die Finger hatte er in sein Haar vergraben, was verborgenen Gram, aber auch verborgenen Ärger ausdrücken konnte. Die Hand blieb ganz ruhig. Nichts, absolut nichts gab es, was uns seine Gefühle hätte verraten können – in diesem Augenblick, der für ihn und für sie die entscheidende Wendung in beider Leben brachte.

Ich war entschlossen, ihn um Lauras willen zu einer Erklärung zu zwingen. Scharf sagte ich: »Sir Percival! Haben Sie nichts zu sagen, nachdem meine Schwester Ihnen so viel gesagt hat?« Ich konnte mich nicht beherrschen, mein unglückliches Temperament übermannte mich. »Und zwar meiner Meinung nach weit mehr als das, worauf ein Mann in Ihrer Lage Anspruch hat«, fügte ich hinzu.

Diese übereilten Worte öffneten ihm ein Schlupfloch, durch das er, wenn er wollte, entwischen konnte. Und er nützte es sogleich.

»Verzeihen Sie, Miss Halcombe«, sagte er, wobei er noch immer die Hand vor dem Gesicht ließ, »verzeihen Sie, wenn ich Sie daran erinnere, daß ich ein solches Recht nicht beansprucht habe.«

Die paar Worte, die nötig gewesen wären, ihn wieder auf den früheren Punkt festzunageln, hatte ich auf der Zunge, als Laura mich davon abhielt, indem sie selbst zu sprechen begann: »Ich hoffe, ich habe Ihnen dies schmerzliche Geständnis nicht umsonst gemacht – ich hoffe, ich habe Ihr ganzes Vertrauen, wenn ich jetzt noch weiterspreche.«

»Seien Sie dessen versichert!« Seine kurze Antwort war voll Wärme; dabei ließ er die Hand auf den Tisch sinken und wandte sich uns zu. Man merkte ihm nicht an, was in ihm vorgegangen sein mochte. Erwartungsvoll blickte er auf Laura, und sein Gesicht drückte nur den Wunsch aus, sie anzuhören, sonst nichts.

»Sir Percival, Sie sollen wissen, daß ich nicht aus eigensüchtigen Motiven spreche«, sagte Laura. »Falls Sie, nach allem, was Sie gehört haben, vom Verlöbnis zurücktreten sollten, so werde ich meine Freiheit nicht nützen, um einen anderen zu heiraten: ich würde ledig bleiben. Wenn ich mich schuldig gemacht habe, dann nur in meinen Gedanken – mehr ist es nicht und wird es nie sein. Es ist kein Wort gefallen –«, sie zögerte, sichtlich verlegen, weil sie nicht wußte, wie sie fortfahren sollte, was mich tief und schmerzlich berührte, »es ist kein Wort gefallen«, fuhr sie tapfer und unbeirrt fort, »zwischen mir und demjenigen, den ich jetzt zum ersten und letzten Mal in Ihrer Gegenwart erwähne; über meine Gefühle zu ihm oder seine zu mir wird auch nie ein Wort fallen, wir werden einander wahrscheinlich nie mehr wiedersehen. Ich bitte Sie ernstlich, mir zu ersparen, noch mehr darüber zu sagen, und mir das, was ich Ihnen gesagt habe, auf mein Wort zu glauben. Es ist die Wahrheit, Sir Percival – die Wahrheit, die zu wissen mein Verlobter ein Anrecht hat, ohne Rücksicht auf meine eigenen Gefühle. Ich vertraue auf seine Großmut, mir zu vergeben, und verlasse mich auf ihn als Ehrenmann, der mein Geheimnis zu bewahren weiß.«

»Ihr Vertrauen zu rechtfertigen ist mir heilig, Miss Fairlie.«

Er schwieg und sah sie an, als erwarte er, mehr zu hören.

»Ich habe alles gesagt, was ich sagen wollte«, fügte sie leise hinzu, »ich habe mehr als genug gesagt, damit Sie mit vollem Recht vom Verlöbnis zurücktreten können.«

»Sie haben mehr als genug gesagt, damit ich in diesem Verlöbnis das schönste Ziel meines Lebens sehe«, erklärte er. Bei diesen Worten erhob er sich und tat ein paar Schritte zu ihr hin.

Sie zuckte heftig zusammen. In ihrer Überraschung schrie sie leise auf. Ohne es zu wissen, hatte sie ihm mit jedem Wort ihre Reinheit und Wahrheitsliebe bewiesen – ihm, der sicher den Wert eines reinen und wahrheitsliebenden jungen Wesens am besten zu schätzen wußte. Gerade ihre edle Gesinnung war ihr versteckter Feind gewesen und hatte alle Hoffnungen zunichte gemacht. Ich hatte das von Anfang an befürchtet und hätte es verhindert, hätte sie mir nur Gelegenheit dazu gelassen. Sogar jetzt noch, als der verhängnisvolle Fehler bereits geschehen war, wartete und lauerte ich auf ein Wort von Sir Percival, das es mir ermöglichte, ihn ins Unrecht zu setzen.

»Miss Fairlie, Sie haben es mir überlassen, auf Sie zu verzichten, aber ich bin nicht gefühllos. Wie könnte ich auf eine Frau verzichten, die sich eben als die edelste aller Frauen erwiesen hat?«

Er sagte es so herzlich und innig, so begeistert und doch so zart, daß sie plötzlich aufblickte, leicht errötete und ihm direkt ins Gesicht sah. »Nein! Sie ist die beklagenswerteste aller Frauen, wenn sie sich verheiratet, ohne Liebe geben zu können!« erklärte sie mit fester Stimme.

»Vielleicht kann sie es später, wenn sie erkennt, daß ihr Mann das einzige Ziel seines Lebens darin sieht, sich diese Liebe zu verdienen?« meinte er.

»Wenn Sie an unserm Verlöbnis festhalten wollen, Sir Percival, kann ich vielleicht Ihre treue und ergebene Frau werden; Ihre liebende Frau, soweit ich mein Herz kenne, aber nie!«

Sie sagte diese mutigen Worte und sah dabei so unwiderstehlich schön aus, daß wohl keiner sein Herz gegen sie hätte verschließen können. Ich bemühte mich, mir vorzustellen, daß nur Sir Percival an allem schuld sei, und wollte das auch sagen; aber als Frau mußte ich ihn eigentlich wider Willen bemitleiden.

»Ich nehme dankbar Ihr Vertrauen und Ihre Offenheit an«, sagte er. »Das Geringe, das Sie mir bieten können, bedeutet mir mehr als das größte Glück, das ich mir bei einer anderen erhoffen könnte.«

Ihre Linke hielt mich noch immer fest, doch ihre Rechte hing kraftlos an ihr herab. Er führte diese Hand sacht an seine Lippen, mit denen er sie berührte, aber nicht küßte, verbeugte sich zu mir hin und verließ unter diskretem Schweigen das Zimmer.

Weder bewegte sie sich, noch sprach sie ein Wort, als er gegangen war. Kalt und starr saß sie neben mir, den Blick auf den Boden geheftet. Ich erkannte, daß es hoffnungs- und sinnlos war, mit ihr zu reden; so schlang ich nur den Arm um sie und drückte sie still an mich. Lange verharrten wir gedrückt in dieser Stellung, wie mir schien, so lange, daß ich unruhig wurde und leise zu sprechen begann, in der Hoffnung, sie aus ihrer Teilnahmslosigkeit herauszureißen.

Der Klang meiner Stimme brachte sie anscheinend wieder zu sich. Plötzlich machte sie sich von mir los und erhob sich.

»Ich muß mich fügen, so gut ich kann, Marian«, sagte sie. »Mein neues Leben hat seine schweren Pflichten, und eine davon beginnt jetzt gleich.«

Mit diesen Worten schritt sie zum Tischchen am Fenster, wo ihre Zeichenmaterialien lagen; sorgfältig packte sie sie zusammen, legte sie in eine Schublade ihrer Schreibkommode, sperrte sie ab und gab mir den Schlüssel.

»Ich muß mich von allem trennen, was mich an ihn erinnert«, sagte sie. »Verwahre den Schlüssel, wo du willst, ich werde ihn nie mehr wieder verlangen.«

Ehe ich ein Wort sagen konnte, war sie an den Bücherschrank herangetreten und hatte das Album mit Walter Hartrights Aquarellen herausgenommen. Sie zögerte kurz, strich mit den Händen zart darüber – dann hob sie es an ihre Lippen und küßte es.

»Ach Laura!« sagte ich, nicht erzürnt, nicht vorwurfsvoll – nur mit Kummer in der Stimme und im Herzen.

»Marian, es ist das letzte Mal«, bat sie flehentlich. »Ich nehme Abschied für immer.«

Sie legte das Album auf den Tisch und zog aus ihrem Haar den Kamm, der es aufgesteckt hielt. Es fiel ihr makellos schön über Schultern und Rücken, hinab bis tief unter die Taille. Dann nahm sie eine lange dünne Locke, trennte sie von den anderen, schnitt sie ab und legte sie sorgfältig in Form eines Ringes auf das erste, leere Blatt des Albums. Kaum war das geschehen, schloß sie es rasch und drückte es mir in die Hände.

»Du schreibst an ihn, und er schreibt an dich«, sagte sie. »Solange ich lebe, sag ihm immer, wenn er nach mir fragt, daß es mir gut geht – sag ihm nie, daß ich unglücklich bin. Du darfst ihn nicht traurig machen, Marian – mir zuliebe mach ihn niemals traurig! Und wenn ich vor ihm sterbe, dann versprich mir, daß du ihm dieses kleine Album gibst mit meiner Locke darin. Wenn ich nicht mehr bin – und du ihm dann sagst, daß ich sie hineingelegt habe –, daran kann doch nichts Unrechtes sein? Und sage ihm – o Marian, sage ihm dann für mich, was ich selbst nie sagen kann – sage ihm, ich habe ihn geliebt!«

Sie warf die Arme um meinen Nacken und flüsterte mir die letzten Worte ins Ohr, glücklich und leidenschaftlich, weil sie es endlich aussprechen konnte. Aber mir brach es fast das Herz, als ich das hörte. Der Zwang, den sie sich so lange auferlegt hatte, wich dem ersten und letzten Ausbruch von Zärtlichkeit. Mit hysterischer Kraft riß sie sich von mir los und warf sich weinend aufs Sofa, wobei heftiges Schluchzen ihren ganzen Körper erschütterte.

Vergebens versuchte ich sie zu beruhigen und ihr gut zuzureden – sie war jenseits von guten Worten und gutem Rat. Das war für uns beide das traurige und jähe Ende dieses denkwürdigen Tages. Als sie sich endlich gefangen hatte, war sie zu erschöpft, um noch zu sprechen. Sie schlief bis in den Nachmittag hinein. Indessen räumte ich das Album fort, damit sie es beim Aufwachen nicht mehr sähe.

Wie es auch in meinem Herzen aussah – mein Gesicht war ruhig, als sie die Augen wieder öffnete. Wir erwähnten die betrüblichen Ereignissen des heutigen Morgens nicht mehr. Keiner von uns beiden gedachte an diesem Tag noch einmal Sir Percivals, und auch von Walter Hartright war nicht mehr die Rede.

10. November. – Heute morgen fand ich sie gefaßter vor, daher konnte ich auch das peinliche Thema von gestern aufgreifen, weil ich sie nämlich bitten wollte, sie möge mir gestatten, mich, klarer und energischer als sie imstande war, mit Sir Percival und Mr. Fairlie über diese bedauerliche Heirat zu besprechen. Sie jedoch unterbrach mich sanft, aber entschlossen mitten im Reden: »Ich suchte die Entscheidung gestern«, sagte sie, »und gestern ist sie auch gefallen. Für jede Änderung ist es zu spät.«

Am Nachmittag brachte Sir Percival mir gegenüber das Gespräch auf das, was sich in Lauras Zimmer ereignet hatte. Er versicherte mir, das beispiellose Vertrauen, das sie in ihn setze, habe ein ebenso großes Vertrauen in ihre Reinheit und Unschuld in ihm wachgerufen, daß er weder in ihrer Gegenwart noch später auch nur einen Augenblick lang eine unwürdige

Eifersucht empfunden hätte. – Zwar beklagte er jene unselige Neigung, welche ihn daran gehindert habe, die sonst wohl möglichen Fortschritte in ihrer Achtung und Wertschätzung zu machen; doch sei er überzeugt, daß jene Neigung bisher uneingestanden geblieben sei und – trotz etwaiger späterer Veränderungen und auch angesichts aller in Hinkunft möglichen Umstände – uneingestanden bleiben werde. Dies sei sein unerschütterlicher Glaube, den er schon allein dadurch beweise, daß er überhaupt nicht frage, ob diese Neigung jüngeren Datums sei oder nicht oder wer der Gegenstand der Neigung sei. Sein unbegrenztes Vertrauen in Miss Fairlie mache ihn mit dem zufrieden, was sie ihm zu sagen für richtig erachtet habe, und er selbst habe in aller Aufrichtigkeit nicht den geringsten Wunsch, noch mehr darüber zu erfahren.

Als er fertig war, blickte er mir abwartend ins Gesicht. Aber ich war mir meiner vielleicht ungerechtfertigten Abneigung gegen ihn so sehr bewußt – so bewußt auch des unwürdigen Verdachts, daß er vielleicht gerade damit rechnete, von mir unbesonnene Antworten auf jene Fragen zu hören, von welchen er behauptete, er wolle sie nicht stellen, daß ich es mit einem Gefühl der Verwirrung vorzog, diesem Thema auszuweichen. Zugleich war ich aber fest entschlossen, nicht die kleinste Gelegenheit ungenützt zu lassen, um für Lauras Sache einzutreten; also sagte ich ihm gerade heraus, wie sehr ich es bedauere, daß seine Großmut ihn nicht noch einen Schritt weitergeführt und ihn dazu gebracht habe, vom Verlöbnis ganz zurückzutreten.

Auch in diesem Fall entwaffnete er mich, indem er gar nicht erst versuchte, sich zu verteidigen, sondern mich bloß bat, den Unterschied zu bedenken: Wenn er Miss Fairlie erlaube, ihn aufzugeben, so müsse er sich dabei ihren Wünschen nur fügen, doch wenn man ihn zwinge, Miss Fairlie aufzugeben, verlange man von ihm, gleichsam der Mörder seiner eigenen Hoffnungen zu werden. Ihr Verhalten am Vortag habe die Bewunderung und unwandelbare Liebe, die er in den vergangenen zwei Jahren für sie zu empfinden gelernt, nur noch vertieft; es stünde daher nicht mehr in seiner Macht, gegen dies Gefühl wirksam anzukämpfen. Wenn ich ihn nun für schwach und selbstsüchtig hielte und für gefühllos gegenüber jener Frau, welche er anbete, müsse er sich mit meiner Meinung von ihm eben abfinden; allerdings möchte er mir gleichzeitig folgendes zu bedenken geben: ob Lauras Zukunft als unverheiratete Frau, die unter einer unglücklichen Neigung dahinwelke, zu der sie sich nie bekennen könne, erstrebenswerter sei als ihre Zukunft an der Seite eines Ehemanns, der sogar den Boden anbete, auf dem sie schreite. Im letzten Falle könnte man seine Hoffnung – und sei sie noch so gering – immerhin auf die Zeit setzen, im ersten jedoch gäbe es überhaupt keine Hoffnung, wie sie schon selbst gesagt habe.

Ich antwortete ihm – nur deshalb, weil meine Zunge eben eine Frauenzunge ist und antworten muß, nicht aber weil ich etwas Überzeugendes vorzubringen hatte. Es war nur allzu klar, daß Lauras Geständnis vom Vortag ihn in die vorteilhafte Position gebracht hatte, aus der er nach Belieben Nutzen ziehen konnte – und er nutzte sie in der Tat. Dies hatte ich schon gestern gespürt, und ich empfinde es genauso stark auch jetzt noch, da ich, diese Zeilen schreibend, in meinem Zimmer sitze. Bleibt nur zu hoffen, daß sein Motiv wirklich in der unwiderstehlichen Stärke seiner Neigung zu Laura begründet liegt, wie er behauptet.

Ehe ich heute abend mein Tagebuch schließe, muß ich noch festhalten, daß ich im Interesse des armen Hartright an zwei alte Londoner Freunde meiner Mutter schrieb – beides Männer von Rang und Einfluß. Falls sie etwas für ihn tun können, werden sie es tun, dessen bin ich sicher. Laura ausgenommen, war ich noch nie um jemanden so besorgt wie derzeit um Walter. Alles, was seit seinem Abschied geschah, hat meine Achtung und Sympathie für ihn nur noch verstärkt. Ich hoffe, ich handle richtig, wenn ich mich bemühe, ihm eine Beschäftigung im Ausland zu verschaffen – ich hoffe von ganzem Herzen, daß noch alles gut wird.

11. November. – Sir Percival hatte eine Unterredung mit Mr. Fairlie, zu der auch ich gebeten wurde. Die Aussicht, daß der »Familienauflauf« (wie Mr. Fairlie die Heirat seiner Nichte freundlicherweise bezeichnet) bald vorüber sein wird, scheint ihn sehr zu erleichtern. Bis jetzt hatte ich mich nicht veranlaßt gefühlt, ihm meine Meinung zu sagen, aber als er auf seine

widerwärtig schmachtende Art weiterredete und erklärte, man müsse, Sir Percivals Wunsch gemäß, den Termin unverzüglich festsetzen, gestattete ich mir das Vergnügen, Mr. Fairlies Nerven zu strapazieren, indem ich mit scharfen Worten dagegen protestierte, Laura zu einer Entscheidung zu drängen.

Sir Percival versicherte mir augenblicklich, er halte meinen Einwand für richtig – übrigens käme der Vorschlag ja gar nicht von seiner Seite. Worauf Mr. Fairlie sich in seinem Fauteuil zurücklehnte, die Augen schloß und erklärte, wir beide gereichten der menschlichen Natur zur Zierde; und dann wiederholte er seinen Vorschlag so unbewegt, als hätten weder Sir Percival noch ich ein Wort dagegen eingewendet. Die Aussprache endete damit, daß ich es glattweg ablehnte, mit Laura darüber zu reden – es sei denn, sie finge selbst davon an. Mit diesen Worten erhob ich mich und ging zur Türe. Sir Percival sah sehr verlegen und unbehaglich aus. Mr. Fairlie streckte seine faulen Beine auf dem Samtschemel aus und erklärte: »Teure Marian! Wie beneide ich dich um dein robustes Nervensystem! Bitte schlag die Türe nicht zu!«

Auf dem Weg zu Laura erfuhr ich, daß sie nach mir gefragt und von Mrs. Vesey gehört habe, ich sei bei Mr. Fairlie. Als ich zu ihr kam, erkundigte sie sich gleich, warum man mich gerufen hätte. Ich berichtete ihr, was sich zugetragen hatte, ohne dabei auch nur den Versuch zu machen, meinen Ärger zu verbergen. Ihre Antwort überraschte und betrübte mich unaussprechlich – auf nichts war ich weniger gefaßt gewesen.

»Mein Onkel hat recht«, sagte sie. »Ich habe dir und meiner ganzen Umgebung genug Ärger und Sorgen gemacht. Damit soll jetzt Schluß sein – Marian, laß Sir Percival entscheiden!«

Ich machte ihr wärmste Vorhaltungen, aber nichts, was ich sagen konnte, brachte sie von ihrem Entschluß ab.

»Ich bin an meine Verpflichtung gebunden«, erwiderte sie. »Mit meinem früheren Leben habe ich gebrochen. Der furchtbare Tag kommt nicht weniger gewiß, wenn ich ihn hinausschiebe. Nein, Marian! Noch einmal, mein Onkel hat recht. Ich habe allen schon genug Ärger und Sorgen bereitet, ich will dem jetzt ein Ende machen.«

Früher war sie immer so nachgiebig gewesen, aber jetzt war sie unbeugsam in ihrer Resignation – fast möchte ich sagen, in ihrer Verzweiflung. So lieb ich sie hatte, es hätte mich weniger geschmerzt, sie in heftiger Erregung zu sehen; ihre gegenwärtige Kälte und Fühllosigkeit war so himmelweit entfernt von ihrem natürlichen Charakter.

12. November. – Beim Frühstück stellte Sir Percival mir einige Fragen über Laura, die mir keine andere Wahl ließen, als ihm zu berichten, was sie gesagt hatte.

Während wir uns unterhielten, kam sie selbst herunter und gesellte sich zu uns. Auch vor Sir Percival blieb sie genauso unnatürlich gefaßt wie gestern. Nach dem Frühstück hatte er Gelegenheit, in einer Fensternische ein paar Worte allein mit ihr zu sprechen. Sie blieben dort nicht länger als zwei oder drei Minuten, dann trennten sie sich; Laura verließ mit Mrs. Vesey das Zimmer, und Sir Percival kam zu mir und sagte mir, er habe sie inständig gebeten, sie möge ihm den Gefallen tun und, von ihrem Vorrecht Gebrauch machend, den Hochzeitstag selbst festsetzen.

Ich habe nicht die Geduld weiterzuschreiben. In diesem Punkt, wie in allen anderen, hat Sir Percival sich auf eine Weise durchgesetzt, die durchaus für ihn spricht, allem zum Trotz, was ich dagegen sagen oder tun könnte. Seine Wünsche sind natürlich nach wie vor dieselben; und Laura, die sich in das unvermeidliche Opfer ihrer Eheschließung fügt, bleibt so eisig hoffnungslos und steinern wie zuvor. Indem sie sich von allem trennte, was sie an Hartright erinnern konnte, scheint sie auch alle Zärtlichkeit und Empfindung abgelegt zu haben.

Es ist erst drei Uhr nachmittag, da ich diese Zeilen schreibe. Sir Percival hat uns mit der glücklichen Hast des Bräutigams verlassen, um sein Haus in Hampshire für den Empfang seiner jungen Frau vorzubereiten. Sofern nicht etwas Unerwartetes geschieht, wird die Hochzeit genau so stattfinden, wie er es gewünscht hat – noch vor Jahresende. Wie mir beim Niederschreiben die Finger brennen!

13. November. – Eine schlaflose Nacht aus Sorge um Laura. Gegen Morgen kam mir der Gedanke, ob nicht eine Ortsveränderung sie vielleicht heilen würde. Gewiß wird sie nicht in ihrer gegenwärtigen Erstarrung der Gefühle verharren, wenn

ich sie von Limmeridge fortbringe und sie mit den vertrauten Gesichtern alter Freunde umgebe? Nach einiger Überlegung beschloß ich, an die Arnolds in Yorkshire zu schreiben. Das sind gütige, einfache, gastfreundliche Leute, die sie seit ihrer Kindheit kennt. Ich steckte erst den Brief in den Postsack und sagte ihr dann, was ich getan hatte. Es wäre mir eine Erleichterung gewesen, hätte sie jetzt nur ein bißchen Willenskraft gezeigt und dagegen protestiert und sich gewehrt. Doch nein – sie sagte nur: »Mit dir, Marian, gehe ich überall hin. Ich glaube, du hast recht – ich glaube, die Veränderung wird mir guttun.«

14. November. – Ich habe an Mr. Gilmore geschrieben und ihm mitgeteilt, daß es aller Wahrscheinlichkeit nach zu dieser unseligen Heirat kommen wird. Zugleich erwähnte ich meine Absicht, Laura durch eine Ortsveränderung ein wenig abzulenken. Ich hatte nicht das Herz, auf Einzelheiten einzugehen. Dafür ist Zeit genug, wenn wir uns dem Jahresende nähern.

15. November. – Drei Briefe für mich. Der erste von den Arnolds, voller Freude über die Nachricht, Laura und mich zu sehen. Der zweite von einem Herrn, an den ich wegen Walter Hartright geschrieben habe: Er benachrichtigt mich, daß sich glücklicherweise eine Möglichkeit böte, meiner Bitte zu entsprechen. Der dritte von Walter selbst: Der Arme dankt mir in wärmsten Worten dafür, daß ich es ihm ermöglicht habe, seine Freunde und sein Land zu verlassen. Eine Privatexpedition, die in den Ruinenstädten Zentralamerikas Ausgrabungen durchführen soll, werde demnächst von Liverpool absegeln. Der Zeichner, der sich durch Vertrag verpflichtet hatte, die Expedition zu begleiten, habe den Mut verloren und in letzter Minute abgesagt. Walter wird also an seine Stelle treten. Vom Zeitpunkt der Landung in Honduras an wird er sich für sechs Monate verpflichten – und später vielleicht noch für ein weiteres Jahr, sofern man bei den Ausgrabungen Erfolg habe und die Geldmittel reichten. Sein Brief schließt mit dem Versprechen, mir mit dem Lotsen eine Abschiedszeile zu schicken, sobald das Schiff in See gestochen ist. Ich kann nur hoffen und beten, daß alles gut geht. Es ist doch ein so gewagter Schritt, zu dem

er sich entschlossen hat, daß mich schon der bloße Gedanke daran erschreckt. Aber wie könnte ich von ihm erwarten oder verlangen, daß er in dieser mißlichen Lage hierbliebe?

16. November. – Der Wagen ist vorgefahren. Laura und ich reisen heute zu den Arnolds.

Polesdean Lodge, Yorkshire

23. November. – Eine Woche in der neuen Umgebung und bei diesen freundlichen Menschen hat ihr gutgetan, freilich nicht in dem Ausmaß, wie ich es erhoffte. Ich habe mich entschlossen, unseren Aufenthalt um mindestens eine Woche zu verlängern. Ohne absolute Notwendigkeit nach Limmeridge zurückzukehren ist sinnlos.

24. November. – Eine traurige Nachricht in der heutigen Morgenpost. Die Expedition nach Zentralamerika ist am einundzwanzigsten abgesegelt. Wir haben einen treuen Freund verloren. Walter Hartright hat England verlassen.

25. November. – Gestern eine traurige, heute eine schlechte Nachricht. Sir Percival Glyde hat an Mr. Fairlie geschrieben, und Mr. Fairlie an Laura und an mich: Wir mögen unverzüglich nach Limmeridge zurückkehren.

Was kann das bedeuten? Hat man in unserer Abwesenheit den Tag der Trauung festgesetzt?

II

Limmeridge House

27. November. – Meine bangen Ahnungen haben sich bestätigt. Die Hochzeit ist auf den zweiundzwanzigsten Dezember festgesetzt.

Am Tage nach unserer Abreise nach Polesdean Lodge erhielt Mr. Fairlie, wie es scheint, einen Brief von Sir Percival, worin dieser ihn folgendes wissen ließ: die notwendigen Verbesserungen und Veränderungen an seinem Hause in Hampshire würden weit mehr Zeit beanspruchen als ursprünglich angenommen; er werde die Voranschläge zwar demnächst erhalten, aber es wäre leichter, die endgültigen Vereinbarungen mit den Handwerkern zu treffen, wenn er schon jetzt den Hochzeitstermin wüßte; dann könne er besser abschätzen, wie lange die Umgestaltung des Hauses dauern dürfe; zudem könne er sich rechtzeitig bei einigen Freunden entschuldigen, die er für diesen Winter zu sich eingeladen habe; denn wenn das Haus voller Handwerker sei, könnte er natürlich niemanden empfangen.

Darauf hatte Mr. Fairlie ihm geantwortet, daß doch Sir Percival selbst den Tag der Trauung vorschlagen möge, Miss Fairlies Billigung vorausgesetzt, die zu erhalten er als Vormund sein möglichstes tun werde.

Sir Percival antwortete postwendend: Er schlug einen der letzten Dezembertage vor, etwa den zweiundzwanzigsten oder vierundzwanzigsten oder irgendeinen anderen Tag, der der Braut oder deren Vormund genehm sei – also genau das, was er von Anfang an gewollt hatte. Da die Braut verreist war und daher nicht für sich selbst sprechen konnte, hatte ihr Vormund in ihrer Abwesenheit den frühesten Termin gewählt – den zweiundzwanzigsten Dezember – und uns daher nach Limmeridge zurückgerufen.

Nachdem mir Mr. Fairlie bei einer Aussprache unter vier Augen diese Einzelheiten mitgeteilt hatte, legte er mir auf liebenswürdigste Weise nahe, gleich heute die notwendigen Verhandlungen zu eröffnen. Widerstand war zwecklos, das fühlte ich, es sei denn, es würde mir gelingen, Lauras Einverständnis zu gewinnen. Ich willigte also ein, mit ihr zu sprechen, erklärte aber, sie keinesfalls zum Eingehen auf Sir Percivals Wunsch überreden zu wollen. Mr. Fairlie machte mir ein Kompliment über mein »vortreffliches Gewissen« – ungefähr so, als hätte er mir auf einem Spaziergang ein Kompliment über meine »vortreffliche Gesundheit« gemacht – und schien restlos befriedigt, eine weitere, die Familie betreffende Verantwortung von sich abgewälzt und mir aufgebürdet zu haben.

So sprach ich also heute früh mit Laura. Ihre seit Sir Percivals Abreise mühsam aufrechterhaltene Fassung – vielleicht wäre der Ausdruck »Gefühllosigkeit« besser- war dem Schock dieser neuesten Nachricht nicht gewachsen. Als ich ihr den nahen

Hochzeitstermin mitteilte, erblaßte sie und begann heftig zu zittern.

»Nicht so bald!« flehte sie. »O Marian, nicht so bald!« Der kleinste Wink, den sie mir geben konnte, war genug für mich. Ich erhob mich, um den Raum zu verlassen und sogleich für sie den Kampf mit Mr. Fairlie auszufechten.

Meine Hand lag schon auf dem Türgriff, da faßte Laura mich am Kleid und hielt mich fest.

»Laß los!« rief ich. »Mir brennt es auf der Zunge, deinem Onkel zu sagen, daß er und Sir Percival nicht alles nach ihrem Willen haben sollen.«

Sie seufzte tief, hielt mich aber weiterhin fest. »Nein«, sagte sie matt, »es ist zu spät, Marian – zu spät!«

»Keine Minute zu spät!« rief ich. »Der Termin ist unsere Sache – verlaß dich darauf, Laura, daß ich diesen Vorteil für uns Frauen voll zu wahren weiß!«

Ich öffnete ihre Hand, daß sie von meinem Kleid abließ, aber sie schlang ihre Arme um mich und hielt mich noch fester als zuvor.

»Das bringt uns nur noch größeren Streit und Ärger«, erklärte sie. »Du wirst dich mit meinem Onkel entzweien, dann wird Sir Percival herkommen und neuen Grund zur Klage haben –«

»Um so besser!« rief ich wütend. »Was gehen uns seine Klagen an? Soll denn dein Herz brechen, nur damit er sich wohlfühlt? Kein Mann verdient ein solches Opfer von uns Frauen. O diese Männer! Sie sind die Feinde unserer Unschuld und unseres Seelenfriedens – sie nehmen uns mit Leib und Seele und fesseln unser hilfloses Leben an sich wie einen Hund an seine Hundehütte. Und womit kann uns selbst der Beste dafür danken? O Laura, ich werde rasend, wenn ich daran denke! Laß mich gehen!«

Tränen – die schwachen, verzweifelten Tränen einer Frau in ohnmächtigem Zorn – traten mir in die Augen. Traurig lächelnd, hielt Laura mir ihr Taschentuch vors Gesicht, um meine Schwäche, von der sie wußte, daß ich sie verachtete, vor mir selber zu verbergen.

»O Marian!« rief sie. »Du weinst? Bedenke, was du zu mir sagen würdest, wären unsere Rollen vertauscht – wenn das nun meine Tränen wären? Dein ganzer Mut, deine ganze Liebe und Anhänglichkeit können nicht mehr ändern, was früher oder später doch geschehen muß. Soll mein Onkel seinen Willen haben! Laß uns doch Schmerz und Aufregungen vermeiden, wenn dies durch ein Opfer von mir möglich ist. Marian – sag mir nur, daß du bei mir lebst, wenn ich verheiratet bin – und sonst sag nichts!«

Doch ich sagte noch etwas, ich konnte nicht schweigen. Ich drängte diese schändlichen Tränen zurück, die mir den Kummer nicht nahmen, dafür aber ihr nur Kummer machten – und redete ihr zu und drang mit so viel Gründen in sie, wie ich's vermochte. Aber es nützte nichts. Zweimal mußte ich ihr versprechen, bei ihr zu leben, wenn sie verheiratet war, und dann fragte sie mich plötzlich etwas, was meine mitfühlende Sorge um sie in eine andere Richtung lenkte. Sie sagte: »Als wir in Polesdean waren, da hast du doch einen Brief erhalten, Marian –«

Ihre veränderte Stimme, die fahrige Art, wie sie den Blick abwandte und ihr Gesicht an meiner Schulter barg, und ihre zögernden Worte – das alles sagte mir nur zu deutlich, auf wen diese unvollendete Frage zielte.

»Laura, ich dachte, wir sollen nie mehr von ihm sprechen«, erwiderte ich sanft.

»Der Brief war von ihm?« fragte sie hartnäckig.

»Ja, wenn du es durchaus wissen willst.«

»Hast du vor, ihm noch einmal zu schreiben?«

Ich zögerte. Es war mir gar nicht wohl bei dem Gedanken, ihr von seiner Abreise aus England zu erzählen, noch von der Art und Weise, wie meine Bemühungen, ihm zu neuen Hoffnungen und Plänen zu verhelfen, mich mit dieser Abreise verknüpften. Was sollte ich ihr antworten? Er war an einem Ort, wo ihn für Monate, ja vielleicht Jahre keine Briefe mehr erreichen konnten.

»Und wenn ich ihm wirklich wieder schreibe – was dann, Laura?« fragte ich endlich.

Ihre Wange an meinem Nacken wurde glühend heiß, ihre Arme zitterten und schlossen sich noch fester um mich.

»Sag ihm nichts vom zweiundzwanzigsten!« flüsterte sie. »Versprich mir, Marian – bitte versprich mir, nicht einmal meinen Namen zu erwähnen, wenn du ihm das nächste Mal schreibst!«

Kummervollen Herzens versprach ich es ihr. Sofort löste sie ihren Arm von meiner Taille, ging zum Fenster und blickte hinaus, den Rücken zu mir gekehrt. »Gehst du jetzt zu meinem Onkel?« fragte sie dann, ohne sich umzudrehen. »Sagst du ihm, daß ich mit allem einverstanden bin, was er für richtig hält? Du kannst mich getrost alleine lassen, Marian, es ist besser für mich –«

Ich ging hinaus. Doch hätte ich, kaum in den Korridor getreten, durch ein Heben eines Fingers Mr. Fairlie und Sir Percival Glyde ans Ende der Welt versetzen können, dieser Finger wäre gehoben worden ohne einen Augenblick des Zögerns. Immerhin war mein ungestümes Temperament diesmal meine Rettung, denn ich wäre zusammengebrochen, übermannt von einem Tränenstrom, hätte die Glut meines Zorns ihn nicht schon vorher ausgetrocknet. So aber stürzte ich in Mr. Fairlies Zimmer und rief so entschlossen wie möglich: »Laura ist mit dem Zweiundzwanzigsten einverstanden!« – und stürzte, ohne auf Antwort zu warten, wieder hinaus, wobei ich hinter mir die Türe zuschlug. Hoffentlich habe ich für den Rest des heutigen Tages Mr. Fairlies Nerven ordentlich zerrüttet.

28. November. – Heute früh las ich nochmals den Abschiedsbrief des armen Hartright, denn seit gestern drücken mich Zweifel, ob es klug ist, Laura seine Abreise zu verheimlichen.

Nach reiflicher Überlegung glaube ich immer noch, im Recht zu sein. Was er über die Vorbereitungen zu dieser Expedition schreibt, beweist, daß deren Leiter sich darüber klar sind, welche Gefahren ihnen drohen. Wenn dieses Wissen schon mich beunruhigte – wie müßte es erst auf Laura wirken? Schlimm genug, daß seine Abreise uns den besten aller Freunde raubt, auf dessen Treue wir uns in der Stunde der Not verlassen können, sollte uns diese Stunde jemals drohen. Schlimmer noch ist es zu wissen, daß er von uns ging, um sich den Gefahren eines ungesunden Klimas, eines wilden Landes und einer aufrührerischen Bevölkerung auszusetzen. Es wäre doch nichts als allzu grausame Offenheit, Laura ohne wirkliche, drängende Notwendigkeit davon zu berichten?

Wahrscheinlich sollte ich sogar einen Schritt weiter gehen und den Brief verbrennen – aus Furcht, er könnte eines Tages in unrechte Hände gelangen. Nicht nur, weil darin von Laura auf eine Art die Rede ist, die zwischen dem Schreiber und mir auf ewig ein Geheimnis bleiben müßte, sondern auch, weil Hartright darin seinen – so hartnäckigen, so unbegreiflichen und so beunruhigenden Verdacht wiederholt: daß er nämlich seit seiner Abreise von Limmeridge heimlich beobachtet werde. Er versichert, er habe zwei Männer, die ihm in London auf den Fersen gewesen seien, unter den Zuschauern erkannt, als sich die Expedition in Liverpool einschiffte, und als er an Bord gegangen sei, habe hinter ihm einer den Namen von Anne Catherick genannt. In Hartrights Brief heißt es wörtlich: »Diese Dinge haben eine bestimmte Bedeutung, und sie müssen zu einem Ergebnis führen. Das Geheimnis der Anne Catherick ist keineswegs schon aufgeklärt. Vielleicht werde ich ihr nie mehr begegnen; sollten aber Sie, Miss Halcombe, ihr begegnen, nützen Sie die Gelegenheit besser, als ich es getan habe! Ich sage das aus innerster Überzeugung. Denken Sie an meine Worte – ich beschwöre Sie!«

Soweit Mr. Walter Hartright. Es besteht keine Gefahr, daß ich seine Worte je vergessen könnte – mein Gehirn ist nur allzu willig, über allem ausführlich zu brüten, was er über Anne Catherick sagt. Aber es ist gefährlich, diesen Brief aufzuheben. Der kleinste Zufall könnte ihn einem Fremden in die Hände spielen. Ich könnte erkranken, könnte sterben – besser ihn gleich verbrennen, und eine Sorge weniger haben.

Ich habe ihn verbrannt! Die Asche dieses Abschiedsbriefes – vielleicht seines letzten Briefes an mich – liegt in schwarzen Flocken im Kamin. Ist das das traurige Ende dieser ganzen traurigen Geschichte? O nicht das Ende soll es sein – doch nicht schon das Ende!

29. November. – Die Vorbereitungen für die Hochzeit haben begonnen. Die Schneiderin ist da und wartet auf Anweisungen. Laura ist völlig teilnahmslos, sie kümmert sich überhaupt nicht um Dinge, für die sich eine Braut sonst doch interessiert, und überläßt alles mir und der Schneiderin. Wäre der arme Hartright ein Baronet und der vom Vater vorgesehene Ehe-

mann – wie anders würde Laura sich verhalten! Wie sorgfältig und kapriziös wäre sie – welch schwierige Aufgabe hätte dann die beste aller Schneiderinnen, sie zufriedenzustellen!

30. November. – Von Sir Percival hören wir jeden Tag. Zuletzt hieß es, die geplante Umgestaltung von Blackwater Park wäre erst in vier bis sechs Monaten beendet. Könnten Maler, Schreiner und Tapezierer durch ihre Arbeit nicht nur äußere Pracht, sondern auch inneres Glück schaffen, so würde es mich interessieren, was sie in Lauras künftigem Zuhause gerade anstellen. Aber so wie die Dinge liegen, gibt es in Sir Percivals Brief nur eine einzige Stelle, die mich nicht kalt läßt: sie bezieht sich auf die Hochzeitsreise. Da Laura von zarter Gesundheit ist und der Winter ungewöhnlich streng zu werden droht, möchte er mit ihr nach Rom fahren und bis zum Frühsommer in Italien bleiben. Sollte sie damit nicht einverstanden sein, sei er bereit, mit ihr in London die Saison zu verbringen und – da er in der Stadt keinen eigenen Besitz habe – zu diesem Zwecke ein entsprechendes möbliertes Haus zu mieten.

Schalte ich bei dieser Frage mich und meine eigenen Gefühle aus (was ich tun muß und bisher auch getan habe), so ist zweifellos der erste Vorschlag der vernünftigere. Mich von Laura zu trennen, ist zunächst unvermeidlich. Wenn sie ins Ausland reist, wird die Trennung länger, als wenn sie in London bleibt – aber dieser Nachteil wird dadurch aufgehoben, daß Laura den Winter in einem milden Klima verbringt, und zudem wird die Freude über ihre Reise ins interessanteste Land der Welt ihr sicher helfen, ihre gute Laune wiederzugewinnen und das neue Leben leichter zu ertragen. Die üblichen Vergnügungen in London hingegen heitern sie bestimmt nicht auf, sie würde daraus keine Kräfte schöpfen, sondern den Druck dieser unseligen Heirat nur um so schwerer fühlen. Gerade am Beginn dieses neuen Lebensabschnitts fürchte ich für sie – mehr, als ich mit Worten sagen kann. Wenn sie verreist, so kann ich für sie hoffen; wenn sie hierbleibt, nicht.

Es mutet mich seltsam an, wenn ich diese letzte Eintragung in meinem Tagebuch nochmals durchlese. Ich sehe, daß ich über Lauras Hochzeit und die Trennung von mir so schreibe, als sei daran nichts mehr zu ändern. Scheint es nicht kalt und gefühllos, wenn man angesichts eines grausamen Schicksals so gefaßt ist? Doch was bleibt mir anderes übrig, jetzt, da der Tag immer näher rückt? Ehe noch der Monat zu Ende geht, ist sie *seine* Laura – und nicht mehr meine. *Seine* Laura! Ich kann mir kaum vorstellen, was diese zwei Worte bedeuten – meine Sinne sind davon so betäubt, so stumpf, als schriebe ich, indem ich von ihrer Hochzeit schreibe, über ihren Tod.

1. Dezember. – Ein trauriger, trauriger Tag, ein Tag, den ausführlich zu beschreiben ich nicht das Herz habe. Nachdem ich es gestern abend aus Schwäche aufgeschoben hatte, mußte ich heute morgen über die Hochzeitsreise, wie Sir Percival sich's vorstellt, mit ihr sprechen.

Fest davon überzeugt, daß ich immer bei ihr wäre, wohin sie auch gehe, war dieses arme Kind (denn in vieler Hinsicht ist sie ja noch ein solches) fast glücklich über die Aussicht, die Wunder von Florenz und Rom und Neapel zu sehen. Es brach mir fast das Herz, ihr diese Hoffnungen zu nehmen und ihr die bittere Wahrheit ins Gesicht zu sagen. Ich mußte erklären, daß kein Mann bei seiner Frau einen Rivalen duldet – und sei es auch eine Rivalin –, einerlei, wie er sich später einmal selbst verhält. Ich mußte sie warnen: Es würde mir nur möglich sein, ständig unter einem Dach mit ihr zu leben, wenn ich Sir Percival nicht mißtrauisch und eifersüchtig mache, indem ich mich als Vertraute seiner Frau und Mitwisserin ihrer Geheimnisse zwischen die Eheleute stelle. Tropfen um Tropfen ließ ich die ernüchternde Wahrheit in dieses reine Herz und dieses unschuldige Gemüt einfließen, indes sich in mir jedes höhere und bessere Gefühl gegen die scheußliche Aufgabe sträubte.

Nun ist's vorbei. Sie hat die harte Lektion gelernt, die ich ihr nicht ersparen konnte. Die naiven Illusionen ihrer Mädchenzeit hat sie abgelegt, und meine Hand hat sie ihr abgerissen. Besser durch meine als durch seine – das ist mein einziger Trost –, besser durch meine als durch seine.

So ist denn der erste Vorschlag angenommen: Sie fahren nach Italien, und ich soll, mit Sir Percivals Erlaubnis, alle Vorbereitungen treffen, damit ich nach ihrer Rückkehr bei ihnen lebe. Mit anderen Worten: Ich soll zum ersten Mal in meinem Leben einen Gefallen für mich erbitten, und dies ausgerechnet von jenem Mann, dem ich am wenigsten verpflichtet sein möchte. Nun ja, ich glaube, um Lauras willen könnte ich sogar noch mehr auf mich nehmen.

2. Dezember. – Wenn ich in meinem Tagebuch zurückblättere, ertappe ich mich dabei, von Sir Percival stets herabsetzend zu sprechen. Doch wegen der Wendung, die die Dinge nun genommen haben, muß und will ich mein Vorurteil gegen ihn ablegen. Ich weiß nicht, wie es entstanden ist – jedenfalls war es früher nicht vorhanden.

Was hat mich gegen ihn eingenommen? Liegt es an Lauras Widerstand dagegen, seine Frau zu werden? Hat Hartrights ablehnende Haltung (die nur allzu begreiflich ist) auf mich gewirkt, ohne daß ich mir dessen bewußt gewesen wäre? Hat Anne Cathericks Brief in mir ein Mißtrauen hinterlassen – ungeachtet der Erklärung, die Sir Percival uns gab, und des in meinem Besitz befindlichen Wahrheitsbeweises? Ich kann meine Gefühle nicht begründen. Eines aber ist mir klar: Es ist meine Pflicht und Schuldigkeit, Sir Percival nicht durch unbegründeten Argwohn unrecht zu tun. Sollte ich es mir bereits zur Gewohnheit gemacht haben, immer nur Ungünstiges über ihn zu schreiben, dann muß und will ich meinen üblen Hang bezähmen, auch wenn ich dadurch gezwungen bin, mein Tagebuch erst nach der Hochzeit weiterzuführen. Ich bin ernstlich unzufrieden mit mir – heute schreibe ich nicht weiter.

16. Dezember. – Volle zwei Wochen sind vergangen, ohne daß ich nur ein einziges Mal das Tagebuch aufgeschlagen hätte. Ich habe inzwischen genügend Abstand gewonnen, um, wie ich hoffe, Sir Percival besser und gerechter beurteilen zu können.

Über die letzten Tage ist nicht viel zu sagen. Sämtliche Kleider sind so gut wie fertig, die neuen Reisekoffer aus London angekommen. Meine arme liebe Laura geht mir den ganzen Tag kaum von der Seite, und gestern nacht, als wir beide nicht schlafen konnten, kam sie zu mir ins Bett, um dort mit mir zu reden. »Ich werde dich bald verlieren, Marian«, sagte sie, »daher möchte ich, so oft ich kann, an deiner Seite sein.«

Sie werden in der Kirche von Limmeridge heiraten. Gottlob hat man keinen unserer Nachbarn zur Hochzeit eingeladen.

Der einzige Gast ist Mr. Arnold, der von Polesdean kommt, um Lauras Brautführer zu sein, denn Lauras Onkel ist ja von so anfälliger Gesundheit, daß er sich daher bei diesem unfreundlichen Wetter nicht aus dem Hause wagen kann. Hätte ich mir nicht vorgenommen, von heut' an nur die hellen Seiten unseres Dasein zu betonen, so würde mich das Fehlen eines männlichen Verwandten im wichtigsten Moment von Lauras Leben traurig stimmen und trübe, dunkle Ahnungen in mir wecken. Doch genug von Mißtrauen, von dunklen Ahnungen – ich will in diesem Tagebuch über derlei Stimmungen nicht mehr schreiben.

Sir Percival trifft morgen ein. Er erbot sich, falls wir Wert auf strenge Etikette legen, bei unserem Pfarrer anzufragen, ob er bis zum zweiundzwanzigsten Dezember, dem Tag der Trauung, bei ihm wohnen dürfe. Doch wie die Dinge nun einmal liegen, halten weder Mr. Fairlie noch ich es für nötig, auf derlei leere, altmodische Bräuche Rücksicht zu nehmen. In unserem einsamen Heideland und dem großen, einsamen Haus können wir mit Fug und Recht behaupten, über trivialen Konventionen zu stehen, wie man sie andernorts einhalten muß. Ich habe also an Sir Percival geschrieben, ihm für sein höfliches Anerbieten gedankt und ihm vorgeschlagen, er möge doch wie bisher die gewohnten Räume in Limmeridge House beziehen.

17. Dezember. – Er ist heute eingetroffen und sieht, wie mir scheint, eher sorgenvoll und müde aus, spricht und lacht aber, als wäre er bester Laune. Er hat wirklich schöne Geschenke mitgebracht – Schmuck, den Laura mit liebenswürdigster Miene und, äußerlich zumindest, vollkommen gefaßt entgegennahm. Doch wie schwer es ihr fallen muß, in dieser Zeit der Prüfung den Schein zu wahren, erkenne ich bei ihr einzig daran, daß sie seit kurzem nicht allein sein will. Anstatt sich, wie sonst, in ihr Zimmer zurückzuziehen, scheint sie es jetzt angstvoll zu meiden. Als ich heute nach dem Lunch hinaufging, um mir für den Spaziergang einen Hut zu holen, schloß sie sich mir an. Und vor dem Dinner stieß sie die Verbindungstüre zwischen unseren Zimmern auf, damit wir während des Umkleidens miteinander plaudern konnten. »Gib mir immer etwas zu tun, Marian!« sagte sie. »Ich möchte immer in Gesellschaft sein. Laß mich

nicht zum Nachdenken kommen, das ist alles, worum ich dich bitte – laß mich nur nicht zum Nachdenken kommen!«

Ihre traurige Veränderung macht sie für Sir Percival nur noch anziehender, denn er legt es, wie mir scheint, zu seinen Gunsten aus. Die fiebrige Röte ihrer Wangen, der fiebrige Glanz in ihren Augen dünkt ihm als Anzeichen für die Wiederkehr ihrer Schönheit und ihrer Heiterkeit. Heute bei Tisch plapperte sie dahin mit einer aufgesetzten Munterkeit, die so falsch war und so gar nicht zu ihr paßte, daß ich mich insgeheim bei dem Wunsch ertappte, ihr den Mund zu verschließen und sie fortzubringen. Doch Sir Percival schien über alle Maßen überrascht und entzückt. Die Sorge, die ich bei seiner Ankunft auf seinem Gesicht bemerkte, war mit einem Mal verschwunden, und er wirkte, auch in meinen Augen, gute zehn Jahre jünger, als er ist.

Zweifellos ist Lauras künftiger Ehemann – obgleich ich dies durch eine merkwürdige Verdrehtheit des Geistes selbst nicht sehen kann – ein ausgesprochen schöner Mann. Regelmäßige Gesichtszüge wirken immer vorteilhaft – und er hat sie; leuchtende braune Augen sind bei Mann oder Frau stets anziehend – und er hat sie; sogar Kahlheit – sofern nur oberhalb der Stirne (wie in seinem Fall) – steht einem Mann wohl an, denn es verleiht dem Gesicht einen Ausdruck von Klugheit, wenn die Stirne höher ist; er bewegt sich natürlich und anmutig, ist höflich, lebhaft und gesprächig – das alles sind unleugbare Vorzüge. Man kann Mr. Gilmore, der von Lauras Geheimnis nichts weiß, sicher keinen Vorwurf machen, wenn ihn ihr Bedauern über das Verlöbnis wundert. Jeder Außenstehende würde diese Meinung mit unserem guten alten Freunde teilen. Fragte man mich in diesem Augenblick, welche Fehler ich an Sir Percival entdeckt habe, könnte ich nur zwei nennen. Der eine: seine Reizbarkeit und ständige Unruhe, die vielleicht auf seine ungewöhnliche Energie zurückzuführen sind. Der andere: seine scharfe, kurz angebundene, übellaunige Art, wenn er mit Dienstboten spricht – aber vielleicht ist das nur eine schlechte Gewohnheit. Nein, ich kann es nicht bestreiten und will es auch nicht – Sir Percival ist ein ausgesprochen schöner und angenehmer Mann. So! Damit habe ich es geschrieben, es steht hier schwarz auf weiß, und ich bin froh, es hinter mir zu haben.

18. Dezember. – Da ich mich heute morgen traurig und niedergeschlagen fühlte, ließ ich Laura bei Mrs. Vesey und machte allein einen meiner kurzen Mittagsspaziergänge, die ich in letzter Zeit oft leider unterlassen habe, und zwar wählte ich den Höhenweg über das Moor, der nach Todd's Corner führt. Ich war etwa eine halbe Stunde unterwegs, als ich zu meiner größten Überraschung Sir Percival auf mich zukommen sah. Den Kopf wie üblich hoch erhoben, schritt er zügig voran, schwang seinen Stock, sein offener Jagdrock flatterte im Wind. Als wir aufeinandertrafen, wartete er nicht erst meine Frage ab, sondern berichtete mir gleich, er sei in Todd's Corner gewesen, um sich dort zu erkundigen, ob man seit seinem letzten Besuch in Limmeridge nichts von Anne Catherick gehört habe.

»Aber man weiß dort doch nichts von ihr?« fragte ich.

»Überhaupt nichts. Ich befürchte, wir haben ihre Spur endgültig verloren. Wissen Sie vielleicht, ob der Maler – Mr. Hartright – in der Lage wäre, uns Auskunft zu geben?« fragte er und sah mir dabei aufmerksam ins Gesicht.

»Seit er von hier fort ist, hat er weder von ihr gehört noch sie gesehen«, antwortete ich.

»Sehr bedauerlich«, sagte Sir Percival enttäuscht, wirkte dabei aber merkwürdigerweise sichtlich erleichtert. »Es ist schwer sich auszumalen, was dem armen Geschöpf nicht alles zugestoßen sein könnte. Ich bin verärgert, daß alle meine Bemühungen, ihr wieder den Schutz und die Pflege, die sie so dringend braucht, angedeihen zu lassen, vergeblich waren.«

Diesmal sah er wirklich irritiert aus. Ich sagte ein paar mitfühlende Worte; aber auf dem Heimweg sprachen wir dann von anderen Dingen. Hat mir dieses zufällige Zusammentreffen nicht einen weiteren vorteilhaften Charakterzug von ihm gezeigt? Sicher war es selbstlos und rücksichtsvoll von ihm, so knapp vor seiner Hochzeit an Anne Catherick zu denken und den langen Weg nach Todd's Corner nicht zu scheuen, um sich nach ihr zu erkundigen, zumal er die Zeit in Lauras Gesellschaft viel angenehmer hätte verbringen können. Bedenkt man, daß er aus reiner Menschenfreundlichkeit gehandelt hat, so spricht angesichts dieser Umstände ein solches Verhalten für eine ungewöhnliche Gutmütigkeit und verdient daher größtes Lob. So! Hiermit sei mein Lob vermerkt – und damit punktum!

19. Dezember. – Neue Entdeckungen aus dem unerschöpflichen Vorrat von Sir Percivals Tugenden.

Heute brachte ich den Wunsch zur Sprache, daß ich, sobald Laura wieder zurück war, bei ihr leben möchte. Kaum hatte ich die erste diesbezügliche Andeutung gemacht, ergriff er begeistert meine Hände und erklärte, ich hätte gerade das ausgesprochen, was er mir ohnehin von sich aus hätte vorschlagen wollen. Ich sei genau die Gefährtin, welche er sich für seine Gemahlin wünsche. Er bitte mich zu glauben, daß er es zu schätzen wüßte, wenn ich bei ihr leben würde, wie ich's bisher getan.

Ich dankte ihm in ihrem und in meinem Namen für seine rücksichtsvolle Güte gegen uns beide. Dann gingen wir zum Thema Hochzeitsreise über und begannen von der englischen Gesellschaft in Rom zu reden, in die er Laura einzuführen gedachte. Er nannte mir etliche Freunde, die er in diesem Winter dort zu treffen hoffte, alles Engländer soviel ich weiß – mit einer Ausnahme, nämlich Conte Fosco.

Dieser Name sowie die Tatsache, daß der Conte und seine Frau wahrscheinlich mit den Neuvermählten zusammentreffen würden, lassen Lauras Heirat erstmals in einem günstigen Licht erscheinen. Vielleicht läßt sich dadurch eine Familienfehde beenden. Bisher nämlich hat Madame Fosco es vorgezogen, ihre Verpflichtungen als Lauras Tante zu verleugnen, und zwar aus schierem Zorn auf den verstorbenen Mr. Philip Fairlie, der sie durch sein Testament so lange auf ihr Erbteil warten läßt. Jetzt aber kann sie sich nicht länger von Laura distanzieren. Sir Percival und Conte Fosco sind gute alte Freunde, und ihren Frauen wird nichts anderes übrig bleiben, als höflich und gesittet miteinander zu verkehren. Madame Fosco war zu ihrer Mädchenzeit eines der impertinentesten Frauenzimmer, die ich kenne – launisch, anmaßend und eitel wie ein Pfau. Sollte es ihrem Mann gelungen sein, sie zur Vernunft zu bringen, verdient er den Dank sämtlicher Familienmitglieder – den meinen hat er schon.

Ich bin gespannt darauf, ihn kennenzulernen – ist er doch Sir Percivals vertrautester Freund und erregt schon deshalb mein Interesse. Weder Laura noch ich haben ihn je gesehen. Ich weiß von ihm lediglich, daß er vor Jahren in Rom auf der Treppe von Trinità dei Monti Sir Percival half, einem Raub- und

Mordanschlag zu entgehen, und zwar gerade in dem kritischen Moment, als der Räuber ihn an der Hand verwundet hatte und der nächste Stich sein Herz getroffen hätte. Ich erinnere mich auch, daß Lauras Vater seinerzeit absurde Einwände gegen die Heirat seiner Schwester vorbrachte, worauf ihm der Conte einen gemäßigten und sehr vernünftigen Brief in dieser Anlegenheit schrieb, der aber – ich schäme mich, es zu gestehen – unbeantwortet blieb. Das ist alles, was ich über Sir Percivals Freund weiß. Ich bin neugierig, ob er je nach England kommt. Ob er mir gefallen würde?

Meine Feder geht mit mir durch. Kehren wir zu den nüchternen Tatsachen zurück. Sicher ist, daß Sir Percival meine vielleicht etwas aufdringliche Bitte, bei seiner Frau leben zu dürfen, mehr als freundlich, ja fast herzlich aufgenommen hat. Er wird gewiß keinen Grund finden, sich über mich zu beklagen, wenn nur alles weiter so bleiben kann wie bisher. Ich habe bereits erklärt, daß er gutaussehend und angenehm, voll Mitgefühl für Unglückliche wie auch gütig und freundlich zu mir ist. Wirklich – ich erkenne mich selbst nicht wieder in meiner neuen Rolle als Sir Percivals wärmste Freundin!

20. Dezember. – Ich hasse Sir Percival! Ich leugne seine Schönheit, ich halte ihn für mürrisch und unangenehm, er ist rücksichtslos und ohne jede Güte. Gestern abend kam das Päckchen mit den Visitenkarten, die Sir Percival bestellt hatte. Laura öffnete es und erblickte erstmals ihren künftigen Namen gedruckt. Sir Percival blickte ihr dabei plump vertraulich über die Schulter und sah ebenfalls auf die neue Visitenkarte, auf der Miss Fairlie bereits zu Lady Glyde geworden war. Dabei lächelte er selbstgefällig und flüsterte Laura etwas Widerliches ins Ohr. Ich weiß nicht, was es war – Laura will es mir nicht sagen –, aber sie erbleichte, und ich dachte schon, sie würde ohnmächtig werden. Er bemerkte es nicht – diesem Barbaren wurde nicht einmal bewußt, etwas Verletzendes gesagt zu haben! Meine alten feindseligen Gefühle überkamen mich wieder. Seither sind Stunden vergangen, und nichts hat sich an meiner Haltung geändert. Vielleicht bin ich ungerecht und unvernünftig – aber es geht mir so leicht von der Hand, die drei Worte hinzuschreiben: Ich hasse ihn.

21. Dezember. – Haben die vielen Ängste in dieser ruhelosen Zeit mich am Ende doch ein wenig mitgenommen? Ich habe während der letzten Tage in einem so sorglosen Ton geschrieben, mit dem mein Herz – Gott weiß – nichts zu tun hat; dies beim Überlesen der letzten Eintragungen in meinem Tagebuch zu entdecken, hat mich erschreckt.

Vielleicht hatte mich Lauras gekünstelte Fröhlichkeit von letzter Woche angesteckt? Wenn ja, dann ist diese Anwandlung zwar schon vorbei, hat mich aber in einem sonderbaren Gemütszustande zurückgelassen. Seit gestern abend drängt sich mir immer wieder der Gedanke auf, daß noch irgend etwas geschehen wird, um die Hochzeit zu verhindern. Wie komme ich auf diese merkwürdige Idee? Ist sie das indirekte Ergebnis meiner Befürchtungen für Lauras Zukunft? Oder suche ich damit unbewußt eine Erklärung für die zunehmende Reizbarkeit und Rastlosigkeit, die ich an Sir Percival immer deutlicher bemerke, je näher der Hochzeitstag heranrückt? Unmöglich zu sagen. Ich weiß nur, daß mich diese Idee verfolgt – doch so wie die Dinge liegen, ist es sicher die abenteuerlichste Idee, die einer Frau je einfiel. Aber so sehr ich mich auch bemühe, ich kann nicht herausfinden, woher sie kam.

Der gestrige Tag bestand nur aus Angst und Verwirrung. Kann ich denn darüber schreiben? Doch, es muß sein! Alles ist besser, als nur über meinen düsteren Gedanken zu brüten.

Die gute Mrs. Vesey, die wir in letzter Zeit zu sehr übersehen und vergessen hatten, verursachte uns, ohne daß sie etwas dafür konnte, einen traurigen Morgen. Sie hat für ihren geliebten Schützling monatelang an einem Umhängetuch aus Shetlandwolle gearbeitet – eine erstaunliche und wunderschöne Arbeit für eine Frau ihres Alters, bedenkt man noch dazu ihren Hang zur Bequemlichkeit. Voll Stolz überreichte sie ihr heute früh das Geschenk; und die arme warmherzige Laura verlor gänzlich die Fassung, als die alte Freundin und Hüterin ihrer mutterlosen Kindheit ihr voll Stolz das Umhängetuch um die Schultern legte.

Mir blieb kaum Zeit, die beiden zu beruhigen und meine eigenen Tränen zu trocknen, denn schon ließ Mr. Fairlie mich zu sich rufen; er beehrte mich mit einer langen Aufzählung aller Vorkehrungen, die er getroffen habe, um am Hochzeitstag in seiner Ruhe nicht gestört zu werden: Die liebe Laura solle schon heute sein Hochzeitsgeschenk erhalten – einen schäbigen Ring, verziert mit einer Haarlocke ihres zärtlichen Onkels (anstatt mit einem kostbaren Stein), auf der Innenseite eine nichtssagende französische Inschrift über verwandte Gefühle und ewige Freundschaft; »die liebe Laura« solle die liebevolle Gabe sofort empfangen, und zwar aus meinen Händen – so habe sie genügend Zeit, sich von der dadurch verursachten Gemütsbewegung zu erholen, ehe sie ihrem Onkel unter die Augen trete; »die liebe Laura« solle ihn am Abend kurz besuchen und die Güte haben, keine Szene zu machen; am nächsten Morgen solle ihn »die liebe Laura« nochmals im Brautkleid besuchen und wieder die Güte haben, keine Szene zu machen; und ehe »die liebe Laura« das Haus verlasse, solle sie (zum dritten Mal!) zu ihm kommen, doch ohne Tränen und ohne durch die Nennung der genauen Stunde ihrer Abreise seine Gefühle vielleicht in Aufruhr zu versetzen. »Im Namen der Barmherzigkeit, liebe Marian, im Namen der gegenseitigen Zuneigung und des häuslichen Friedens und der charmantesten Manieren – ganz ohne Tränen!«

Ich ärgerte mich derart über sein erbärmliches, selbstsüchtiges Getue an einem solchen Tag, daß ich ihm sicher einige harte und bittere Wahrheiten, die er noch nie im Leben gehört hat, ins Gesicht geschleudert hätte, wäre nicht gerade Mr. Arnold aus Polesdean eingetroffen, was mich zu neuen Pflichten nach unten rief.

Was den Rest des Tages betrifft, so bin ich außerstande, ihn zu beschreiben. Ich glaube, niemand im Haus weiß genau, wie er verlief, denn das Durcheinander hat uns alle verwirrt. Die Schneiderin lieferte noch Kleider, die sie vergessen hatte, es wurde eingepackt und ausgepackt und umgepackt, Hochzeitsgeschenke von allen möglichen Freunden und Bekannten trafen ein. Alle hasteten sinnlos und planlos umher, alle erwarteten aufgeregt den morgigen Tag. Besonders Sir Percival war sichtlich unruhig – er schien nicht imstande, auch nur fünf Minuten am selben Ort auszuharren. Sein scharfer, trockener Husten quälte ihn mehr denn je. Er war einmal da, einmal dort, ging ein und aus und war mit einem Mal so wißbegierig, daß er sogar vollkommen fremde Leute ausfragte, die zufällig irgend etwas ins Haus lieferten.

Zu allem Übel mußten Laura und ich noch ständig an den Abschied denken. Keine von uns sprach es aus, aber jeder war es bewußt, daß diese unselige Heirat sich für sie als verhängnisvoller Irrtum und für mich als quälender Kummer erweisen könnte. Erstmals in unserem bisher so glücklichen Zusammenleben vermieden wir es, einander ins Gesicht zu sehen. Wir schreckten davor zurück, an diesem Abend unter vier Augen miteinander zu reden. Ich bin nicht imstande, noch mehr darüber zu schreiben... Was immer auch die Zukunft mir an Kummer bringen mag, auf diesen einundzwanzigsten Dezember werde ich immer als auf den trostlosesten und elendsten Tag meines Lebens zurückblicken.

Ich bin allein in meinem Zimmer und schreibe diese Zeilen lange nach Mitternacht. Eben war ich bei Laura drüben und habe sie heimlich betrachtet. Sie liegt in ihrem hübschen weißen Bett, in dem sie seit ihrer Mädchenzeit schläft.

Dort lag sie, ohne zu spüren, daß ich sie betrachtete. Sie war ruhig, ruhiger als ich zu hoffen wagte, schlief aber nicht. Der Schimmer des Nachtlichts zeigte mir, daß ihre Augen nur halb geschlossen waren; Spuren von Tränen glitzerten zwischen den Lidern. Mein Geschenk an sie, nur eine einfache Brosche, liegt auf ihrem Nachttisch, daneben ihr Gebetbuch und das Miniaturbild ihres Vaters, das sie überallhin mitnimmt. Eine Weile wartete ich hinter dem Kopfende des Bettes und blickte auf sie hinab. Den einen Arm auf die weiße Decke gelegt, atmete sie so ruhig, daß sich nicht einmal die Rüschen ihres Nachthemds bewegten. Ich wartete und betrachtete sie, wie ich sie schon Tausende Male betrachtet hatte und wie ich sie nie mehr betrachten werde. Dann ging ich leise in mein Zimmer zurück. Du Liebste! Wie bar aller Freunde du bist – trotz deines Reichtums und deiner Schönheit! Der Mann, der sein Leben für dich geben würde, ist weit fort, auf hoher See, in stürmischer Nacht. Wer ist dir geblieben? Kein Vater, kein Bruder – niemand außer der hilf- und nutzlosen Frau, die diese traurigen Zeilen schreibt und neben dir bis in den Morgen wacht, mit einem Schmerz, den sie nicht lindern, mit einem Zweifel, den sie nicht besiegen kann. O welch teures Pfand wird morgen in dieses Mannes Hände gelegt! Sollte er das jemals vergessen, sollte er ihr je ein Haar ihres Hauptes krümmen –!

22. Dezember. Sieben Uhr. – Im Haus geht alles drunter und drüber. Sie ist eben aufgestanden. Nun, da die Stunde gekommen ist, sieht sie besser und gefaßter aus als gestern.

Zehn Uhr. – Sie ist im Brautkleid. Wir haben einander geküßt und versprochen, nicht den Mut zu verlieren. Ich bin kurz auf mein Zimmer gegangen. Trotz meiner Verwirrung ist da noch immer diese sonderbare Idee, etwas Unvorhergesehenes könnte die Hochzeit verhindern. Hat er das gleiche Gefühl? Vom Fenster aus kann ich ihn sehen: Er geht vor dem Eingang zwischen den haltenden Wagen hin und her, er ist beunruhigt. – Wie kann ich etwas so Törichtes erhoffen! Die Hochzeit ist so gut wie sicher. In weniger als einer halben Stunde fahren wir zur Kirche.

Elf Uhr. – Es ist alles vorbei. Sie sind verheiratet.

Drei Uhr. – Sie sind fort. Ich bin blind vom Weinen – ich kann nicht mehr schreiben –

(Hier endet der erste Zeitraum des Berichts)

Der zweite Zeitraum

Bericht
fortgesezt von Marian Halcombe

I

Blackwater Park, Hampshire

11. Juni 1850. – Sechs Monate sind verstrichen – sechs lange, einsame Monate –, seit Laura und ich einander zum letzten Mal sahen!

Wie viele Tage muß ich noch warten? Nur einen noch! Morgen, am achtundzwanzigsten, kehren die Hochzeitsreisenden zurück. Ich kann es nicht fassen, kann kaum glauben, daß es nur noch vierundzwanzig Stunden dauert, bis der letzte Tag meiner Trennung von Laura zu Ende geht.

Sie und ihr Mann haben den ganzen Winter in Italien verbracht. Anschließend waren sie in Tirol, und nun reisen sie mit Conte und Contessa Fosco nach England. Der Conte beabsichtigt, sich in der Umgebung von London niederzulassen, wird aber mit seiner Frau die Sommermonate in Blackwater Park verbringen und dann erst einen passenden Wohnsitz suchen. Wenn nur Laura wiederkommt, wer sonst mit ihr kommt, ist mir einerlei. Von mir aus kann Sir Percival das Haus von unten bis oben mit Gästen vollstopfen – das Wichtigste ist: Laura und ich sind beieinander!

Inzwischen bin ich in Blackwater Park eingetroffen, »dem alten, interessanten Wohnsitz« (wie die Chronik der Grafschaft mich freundlicherweise belehrt), »von Sir Percival Glyde, Baronet«. Es ist auch der künftige Wohnsitz (wie ich nun in meinem Namen hinzufügen darf) von Marian Halcombe, einer reizlosen alten Jungfer, die eben in einem gemütlichen kleinen Wohnzimmer sitzt, neben sich eine Tasse Tee und rundherum in drei Kisten und einem Reisesack all ihr irdisches Hab und Gut.

Vor zwei Tagen habe ich Lauras lieben Brief aus Paris erhalten, und gestern bin ich von Limmeridge abgereist. Bis dahin war es nicht sicher gewesen, ob ich sie in London oder in

Hampshire treffen würde. Doch Laura schreibt, Sir Percival wolle in Southampton landen und von dort direkt auf sein Anwesen fahren; er habe auf der Reise so viel Geld verbraucht, daß er den Aufwand einer Londoner Saison nicht mehr bestreiten könne. Aus Sparsamkeitsgründen also wolle er Sommer und Herbst in Blackwater Park verbringen. Nun, Laura hatte mehr als genug Abwechslung und Vergnügungen; sie freut sich jetzt auf die ländliche Ruhe und Zurückgezogenheit, wie die Sparsamkeit ihres Gatten sie ihr verschafft. Was mich betrifft, bin ich bereit, in ihrer Gesellschaft überall glücklich zu sein. Jeder von uns ist also fürs erste auf seine Weise zufrieden.

Die Nacht von gestern auf heute verbrachte ich in London. Heute vormittag wurde ich durch verschiedene Besuche und Besorgungen derart aufgehalten, daß ich erst nach Einbruch der Dunkelheit hier eintraf.

Nach dem ersten, flüchtigen Eindruck zu urteilen, ist Blackwater Park das genaue Gegenteil von Limmeridge House. Das Herrenhaus steht auf völlig flachem Gelände und wird von Bäumen umschlossen – fast erstickt, wie mir als Nordengländerin scheinen will. Ich habe noch niemanden gesehen außer jenem Diener, der mir das Tor öffnete, und der Haushälterin, einer sehr netten Frau, die mich in meine Zimmer führte und mir dann den Tee brachte. Mein hübsches kleines Boudoir und Schlafzimmer befinden sich im ersten Stock am Ende eines langen Korridors. Die Dienerzimmer sowie einige unbewohnte Gästezimmer liegen im zweiten Stock, die Wohnräume hingegen sind alle im Erdgeschoß. Ich habe sie noch nicht gesehen und weiß auch sonst nichts über sie zu berichten – außer daß der eine Flügel des Gebäudes angeblich fünfhundert Jahre alt ist, einst von einem Wallgraben umgeben war und den Namen Blackwater von einem See im Park hat.

Vom Türmchen über dem Mitteltrakt, das ich bei meiner Ankunft gerade noch hatte sehen können, hat es eben elf geschlagen – feierlich und gespenstisch. Der Klang der Glocke hat offenbar einen großen Hund geweckt, der jetzt hinter irgendeiner Ecke heult und jämmerlich jault. Von den unteren Korridoren herauf höre ich den Widerhall von Schritten, am

Haustor werden Riegel und Eisenstangen vorgeschoben. Offenbar gehen jetzt die Dienstboten zu Bett. Soll ich ihrem Beispiel folgen?

Nein, ich bin noch nicht schläfrig. Schläfrig, sagte ich? Mir ist, als könnte ich nie wieder meine Augen schließen. Die Vorfreude, morgen das liebe Gesicht zu sehen und die wohlbekannte Stimme zu hören, läßt mich vor Erregung fiebern. Hätte ich die Vorrechte eines Mannes, würde ich mir sofort Sir Percivals bestes Pferd satteln lassen und in die Nacht hinaussprengen, dem Osten zu, der aufgehenden Sonne entgegen – ich würde im Galopp dahinreiten, stundenlang, ohne anzuhalten – wie bei dem berühmten Ritt der Räuber nach York. Aber ich bin nur eine Frau, auf Lebenszeit verdammt zu Geduld, Schicklichkeit und Unterröcken, daher muß ich darauf Rücksicht nehmen, was wohl die Haushälterin von mir denken würde, und versuchen, mich auf eine schwache, weibliche Art zu fangen.

An Lesen ist nicht zu denken – kein Buch vermag meine Aufmerksamkeit zu fesseln. Ich will also versuchen, so lange zu schreiben, bis ich müde und erschöpft bin. In letzter Zeit habe ich ohnehin mein Tagebuch sehr vernachlässigt. Was kann ich noch nachtragen, jetzt, an der Schwelle zu einem neuen Leben? Was soll ich mir in Erinnerung rufen – über die Personen, die Ereignisse und die Veränderungen in den sechs langen, leeren Monaten seit Lauras Hochzeit?

Vor allem zu Walter Hartright gehen meine Gedanken – er steht ganz vorne in der schattenhaften Prozession meiner abwesenden Freunde. Nach der Landung der Expedition schrieb er mir ein paar Zeilen, die heiterer und hoffnungsvoller klangen als seine früheren Nachrichten. Etwa vier oder sechs Wochen später las ich einen Auszug aus einer amerikanischen Zeitung, der den Aufbruch dieser Abenteurer ins Landesinnere beschreibt. Zuletzt sah man sie, jeder mit geschultertem Gewehr und dem Gepäck auf dem Rücken, wie sie den Urwald betraten. Seither fehlt von ihnen jede Spur. Walter Hartright hat mir nicht mehr geschrieben, auch in den Zeitungen finden sich keine Nachrichten über die Expedition.

Das gleiche undurchdringliche Dunkel liegt über dem

Schicksal von Anne Catherick und Mrs. Clements, ihrer Begleiterin. Weder von der einen noch von der anderen hat man je wieder gehört. Ob sie in England, ob sie außer Landes sind, ob sie noch leben oder nicht – niemand weiß es. Sogar Sir Percivals Rechtsanwalt hat jede Hoffnung verloren und die ergebnislose Suche nach den Flüchtigen einstellen lassen.

Unser guter alter Freund Mr. Gilmore hat leider seinen Beruf aufgeben müssen. Zu unserer Bestürzung hörten wir vor einigen Monaten, er sei bewußtlos an seinem Schreibtisch gefunden worden – nach dem Befund der Ärzte war's ein Schlaganfall. Sie hatten ihn davor gewarnt, nicht wie ein junger Mann von früh bis spät zu arbeiten, denn er hatte schon seit längerem über Kopfschmerzen und Benommenheit geklagt. Die Folge ist, daß er mindestens ein Jahr lang mit der Arbeit aussetzen muß; er soll sich körperlich und geistig ausruhen und seine bisherige Lebensweise von Grund auf ändern. Die Kanzlei wird inzwischen von seinem Kompagnon geführt; er selbst befindet sich derzeit in Deutschland bei Verwandten, die sich dort als Kaufleute niedergelassen haben. So haben wir also noch einen treuen Freund und verläßlichen Berater verloren – aber hoffentlich nur vorübergehend.

Die gute Mrs. Vesey fuhr mit mir nach London. Ohne Laura und mich konnte man sie nicht der Einsamkeit von Limmeridge überlassen. Jetzt lebt sie bei einer unverheirateten jüngeren Schwester, die in Clapham eine Schule leitet. Im kommenden Herbst soll sie ihren Schützling – fast könnte man sagen: ihr Adoptivkind – hier besuchen. Ich habe die gute alte Dame zu ihrem Wohnsitz begleitet und in der Obhut ihrer Schwester zurückgelassen. Sie freut sich, daß sie in wenigen Monaten Laura wiedersehen wird.

Was Mr. Fairlie betrifft, mache ich mich sicher keiner Ungerechtigkeit schuldig, wenn ich behaupte, daß er sich unsäglich erleichtert fühlt, sämtliche Frauen aus dem Hause zu haben. Der Gedanke, er könnte seine Nichte vermissen, ist einfach absurd – in früheren Zeiten sah er sie manchmal monatelang nicht, und was mich und Mrs. Vesey betrifft, erlaube ich mir zu sagen, daß seine Versicherung, unsere Abreise breche ihm das Herz, gleichzusetzen ist mit dem Eingeständnis seiner heimlichen Freude, uns loszuwerden. Seine neueste Kaprize besteht darin, zwei Photographen pausenlos damit zu beschäftigen, von seinen Schätzen und Kuriositäten Lichtbilder zu machen. Diese Photographien, auf feinsten Karton aufgezogen und versehen mit auffallenden roten Bildunterschriften – wie »Madonna mit dem Kinde von Raffael, aus dem Besitz von Frederick Fairlie, Esquire« oder »Kupfermünze aus der Zeit von Tiglatpileser, aus dem Besitz von Frederick Fairlie, Esquire« oder »Einzigartige Rembrandt-Radierung, in Europa allgemein als ›Der Klecks‹ bekannt (wegen des beim Druck entstandenen Schmierflecks, den es sonst bei keinem Exemplar gibt), Schätzwert etwa dreihundert Guineas, aus dem Besitz von Frederick Fairlie, Esquire« –, sollen als Sammelband dem Handwerkerverein von Carlisle überreicht werden. Dutzende von Lichtbildern dieser Art, alle mit den entsprechenden Unterschriften, waren bereits fertig, ehe ich Cumberland verließ, und Hunderte müssen noch gemacht werden. Dergestalt auf interessante Weise beschäftigt, wird Mr. Fairlie noch viele, viele Monate ein glücklicher Mann sein, und die beiden bedauernswerten Photographen werden jenes gesellschaftliche Martyrium erdulden müssen, das Mr. Fairlie bisher nur dem Kammerdiener angedeihen ließ.

Soviel also über Personen und Ereignisse, denen meine wichtigste Erinnerung gilt. Doch was weiß ich über jene, welche in meinem Herzen den ersten Platz einnimmt? Während ich diese Zeilen schreibe, ist mir Laura immer gegenwärtig. Und ehe ich für heute mein Tagebuch schließe, frage ich mich: Was weiß ich über sie? Was habe ich in diesen sechs Monaten von ihr gehört?

Nur aus ihren Briefen erfuhr ich etwas über sie, doch auf die wichtigste aller Fragen geht sie in keinem davon ein, daher bin ich nach wie vor im Ungewissen.

Behandelt er sie gut? Ist sie jetzt glücklicher als an ihrem Hochzeitstag, da wir uns voneinander trennten? In allen meinen Briefen habe ich ihr diese Fragen gestellt, mehr oder weniger direkt, bald in dieser, bald in jener Form, doch sie ließ sie unbeantwortet oder interpretierte sie so, als hätte ich mich nach ihrem Gesundheitszustand erkundigt. Immer wieder versicherte sie mir, sie sei wohlauf, das Reisen bekomme ihr gut, sie habe erstmals in ihrem Leben den Winter ohne Erkältung überstanden – aber nirgends finde ich ein Wort, das mir verrät, ob sie sich mit ihrer Ehe abgefunden hat und ob sie jetzt ohne die bitteren Gefühle von Reue und Bedauern an jenen zweiundzwanzigsten Dezember zurückdenken kann. Sir Percival erwähnt sie in ihren Briefen nur wie einen Freund, der sie begleitet und die Reise vorbereitet hat. »Sir Percival« hat vorgesehen, daß wir an dem und dem Tag weiterfahren – »Sir Percival« hat sich für die und die Route entschieden – und dergleichen mehr. Manchmal nennt sie ihn auch »Percival«, doch in neun von zehn Fällen stellt sie den Titel »Sir« voran.

Seine Ansichten und Gewohnheiten scheinen sie in keiner Weise zu beeinflussen. Die durch eine Ehe ausgelöste moralische Veränderung, die doch bei jeder jungen, empfindsamen Frau eintritt, fand bei Laura allem Anschein nach nicht statt. Sie beschreibt ihre eigenen Gedanken und Eindrücke von all den Wundern ihrer Reise ganz genau, so wie sie darüber jemand anderem berichten würde, wäre ich an Stelle ihres Gatten mitgefahren. Nirgends findet sich die geringste Andeutung eines Gefühls, das sie mit ihm verbände. Auch wenn sie dann und wann nicht über ihre Reise schreibt, sondern sich mit ihrem zukünftigen Leben in England beschäftigt, drehen sich ihre Gedanken nicht um ihre Zukunft als Sir Percivals Ehefrau, sondern um ihr künftiges Zusammenleben mit mir. Trotzdem kann ich nirgends einen Unterton des Bedauerns entdecken, der mir andeutet, daß sie in ihrer Ehe unglücklich ist. Der Eindruck, den ihre Briefe auf mich machen, läßt mich gottlob nicht zu diesem traurigen Schluß kommen. Freilich, wann immer sie in diesen Berichten ihre Rolle als meine Schwester mit jener als Sir Percivals Frau vertauscht, bemerke ich an ihr eine Art Lethargie – eine traurige Gleichgültigkeit. Mit anderen Worten: Während dieser ganzen sechs Monate war es immer Laura Fairlie, die an mich schrieb, nie aber Lady Glyde.

Das gleiche befremdliche Schweigen, das sie über die Person ihres Ehemanns bewahrt, behält sie auch in ihren späteren Briefen bei, wenn von Conte Fosco, Sir Percivals Busenfreund, die Rede ist.

Aus irgendeinem unerfindlichen Grund hatten Conte und Contessa im letzten Herbst ihre Pläne jäh geändert und waren nach Wien gefahren – nicht aber nach Rom, wo Sir Percival sie eigentlich treffen wollte. Erst im Frühjahr verließen sie dann Wien und begaben sich nach Tirol, um von dort aus gemeinsam mit dem jungen Ehepaar die Rückreise nach England anzutreten. Laura beschreibt ausführlich das Zusammentreffen mit Madame Fosco und versichert mir, ihre Tante habe sich so zu ihrem Vorteil verändert – sie sei jetzt viel ruhiger und vernünftiger –, daß ich sie kaum wiedererkennen würde. Doch was Conte Fosco anlangt (der mich weit mehr interessiert als seine Frau), ist Laura auffallend zurückhaltend und schweigsam. Sie bemerkt lediglich, er sei ihr ein Rätsel; Näheres wolle sie mir erst mitteilen, nachdem ich ihn selbst kennengelernt und mir eine eigene Meinung über ihn gebildet hätte.

Das spricht, glaube ich, eher gegen den Conte als für ihn. Laura hat sich nämlich mehr als andere Leute die Fähigkeit erhalten, wie ein Kind instinktiv zu erkennen, ob ihr jemand wohlgesinnt ist oder nicht. Falls ich mich nicht täusche, ist also ihr erster Eindruck von Conte Fosco ungünstig. Daher besteht bei mir die Gefahr, schon von vornherein diesem allseits geschätzten Herrn zu mißtrauen, und zwar ehe ich ihn noch zu Gesicht bekommen habe. Doch Geduld! Geduld! Diese Ungewißheit wird, wie andere Unklarheiten, bald beseitigt sein. Vom morgigen Tag an wird sich so manches Widersprüchliche aufklären – früher oder später.

Eben hat es zwölf geschlagen; ich habe einen Blick aus dem Fenster geworfen und will für heute mein Tagebuch schließen.

Die Nacht ist still, schwül und ohne Mond. Am Himmel stehen ein paar blasse Sterne. Die Bäume, die nach allen Seiten den Ausblick verstellen, sind schwarz und wirken aus der Entfernung wie eine mächtige Felswand. Irgendwo höre ich Frösche leise quaken. Das Echo der Glockenschläge hallt in der reglosen Stille mehrfach nach. Wie Blackwater Park wohl bei Tag aussieht? Bei Nacht bin ich nicht allzu sehr davon angetan.

12. Juni. – Ein Tag des Erkundens und Entdeckens, der aus vielerlei Gründen interessanter verlief, als ich zuvor zu hoffen wagte.

Zuerst besichtigte ich natürlich das Herrenhaus.

Der Haupttrakt stammt aus der Zeit jener stark überschätzten Frau, Königin Elisabeth. Im Erdgeschoß gibt es zwei niedrige, ungeheuer lange Galerien, die parallel verlaufen und durch scheußliche Ahnenbilder (die ich allesamt verbrennen möchte) noch düsterer und gruseliger wirken, als sie's ohnehin schon sind. Die darüberliegenden Zimmer des ersten Stocks befinden sich in einigermaßen gutem Zustand, werden jedoch kaum benützt. Die höfliche Haushälterin, die mich herumführte, war zwar bereit, sie mir zu zeigen, machte aber die fürsorgliche Einschränkung, sie befürchte, es sei dort lange nicht aufgeräumt worden. Da mir meine Strümpfe und Unterröcke weitaus wichtiger sind als sämtliche elisabethanischen Schlafgemächer des Königreichs, wollte ich mein hübsches sauberes Gewand nicht mit Staub verschmutzen und lehnte die Besichtigung der oberen Regionen ab. Die Haushälterin versetzte darauf: »Ich bin ganz Ihrer Meinung, Miss«, und hielt mich sicher für die vernünftigste Frau, die ihr seit langer Zeit begegnete.

Soviel also über das Hauptgebäude. Links und rechts davon wurde je ein Flügeltrakt angebaut. Der halb verfallene linke Flügel (von der Vorderseite des Hauses aus gesehen) stammt aus dem vierzehnten Jahrhundert und war früher einmal ein alleinstehendes Wohngebäude. Zu Zeiten besagter Königin Elisabeth ließ einer von Sir Percivals Vorfahren mütterlicherseits (welcher, weiß ich nicht, es ist mir auch einerlei) den jetzigen Haupttrakt im rechten Winkel dazu errichten. Die Haushälterin sagte mir, Kenner hielten die Architektur des »alten Flügels« sowohl innen wie außen für besonders schön. Ein kurzer Blick darauf belehrte mich aber, daß Kenner zu diesem Urteil nur kommen können, wenn sie vor der Besichtigung von Sir Percivals antikem Prunkstück jede Furcht vor Ratten, Finsternis und Feuchtigkeit ablegen. Dies bedenkend, beschloß ich, es den Kennern nicht gleichzutun, sondern schlug der Haushälterin vor, mit dem »alten Flügel« genauso zu verfahren wie mit den elisabethanischen Schlafgemächern. Wieder sagte sie: »Ich bin ganz Ihrer Meinung, Miss«, und wieder bedachte sie mich mit einem Ausdruck aufrichtiger Bewunderung, der meinem außergewöhnlich gesunden Menschenverstand galt.

Nun kam der rechte Flügel an die Reihe, der, um das Maß dieses architektonischen Durcheinanders von Blackwater Park voll zu machen, zur Zeit Georges des Zweiten entstanden ist.

Dies also ist der bewohnbare Teil von Blackwater Park. Man

hat ihn Lauras wegen in seinem Innern umgestaltet und neu eingerichtet. Meine beiden Zimmer wie auch sämtliche Schlafzimmer liegen im ersten Stock. Im Erdgeschoß befinden sich ein Salon, ein Eßzimmer, eine Bibliothek, ein Zimmer, das den Damen zum Morgenaufenthalt dient, und ein hübsches kleines Boudoir für Laura. Alle Räume sind nach der neuen Mode hell tapeziert, alle sind modern, elegant und luxuriös eingerichtet. Keiner ist auch nur annähernd so groß und luftig wie unsere Zimmer in Limmeridge House, aber sie sind wohnlich. Nach allem, was ich über Blackwater Park gehört hatte, hatte ich voll Schreck steife antike Stühle erwartet, scheußlich bemaltes Fensterglas, muffige, schimmelige Wandbehänge – mit einem Wort: jenen barbarischen Plunder, welchen Leute ohne Sinn für Gemütlichkeit um sich anhäufen, ohne zu bedenken, was sie der Bequemlichkeit ihrer Freunde schuldig sind. Es bedeutet mir eine unaussprechliche Erleichterung, feststellen zu können, daß das neunzehnte Jahrhundert bereits in mein künftiges Zuhause vorgedrungen ist und »die gute alte Zeit« mit ihrem Schmutz aus unserem Alltag weggefegt hat.

Ich vertrödelte den Vormittag teils in den Räumen des Erdgeschosses, teils im Freien, und zwar auf dem großen viereckigen Vorplatz, den das Gebäude von drei Seiten umschließt und der nach vorn durch hohe eiserne Gitter und Tore geschützt ist. Dort befindet sich auch ein rundes, steinernes Fischbecken, in der Mitte mit einem allegorischen Ungeheuer aus Blei. Im Wasser wimmelt es von Gold- und Silberfischen, und rundherum gibt es den weichsten Rasen, den ich je betreten habe. Auf diesem Vorplatz also verbrachte ich, in angenehmem Schatten sitzend, die Zeit bis zum Lunch. Nach dem Essen nahm ich meinen großen Strohhut und wanderte in den schönen warmen Sonnenschein hinaus, um die Umgebung zu erkunden.

Das Tageslicht bestätigte meinen Eindruck von gestern abend: Es gibt hier zu viele Bäume, das Haus wird davon erstickt. Meist sind es junge Bäume, doch viel zu dicht gepflanzt. Vermutlich wurde hier noch vor Sir Percivals Zeit alles abgeholzt, und der nächste Besitzer wollte so rasch und gründlich wie möglich die Lücken wieder schließen. Ich sah mich vor dem Haus ein wenig um und bemerkte zu meiner Linken ein Blumengärtchen. Dorthin ging ich, aber ich fand es recht dürftig und ungepflegt. So ließ ich es hinter mir, öffnete die Pforte eines Gartenzauns und gelangte in eine Kiefernschonung.

Ein künstlich angelegter, hübscher Pfad schlängelt sich zwischen den Bäumen hindurch. Auf Grund meiner Erfahrungen als Nordengländerin erkannte ich, daß ich mich sandigem Heideboden näherte. Nach etwa einer halben Meile machte der Pfad plötzlich eine scharfe Wendung, ich trat aus dem Kiefernwäldchen heraus und stand auf einer großen Lichtung mit Blick auf den Blackwater-See, von dem das Herrenhaus seinen Namen hat.

Der sanft geneigte Hang war ganz sandig, nur wenige mit Heidekraut bewachsene Stellen unterbrachen diese Einförmigkeit. Früher hatte der See offenbar bis hierher gereicht, inzwischen ist er zurückgegangen und auf weniger als ein Drittel seines ehemaligen Umfangs eingetrocknet. In einer etwa eine Viertelmeile von mir entfernten Senke erblickte ich sein stilles, sumpfiges Wasser, durch Schilf und Röhricht und kleine Erdhügel in Tümpel und Teiche getrennt. Auf der anderen Seite des Sees stehen die Bäume dicht beisammen, werfen ihre schwarzen Schatten auf das seichte stehende Wasser und versperrten mir die Aussicht. Weiter zum See hinuntergehend, bemerkte ich, daß der Boden am anderen Ufer feucht und sumpfig ist, dicht bewachsen mit saurem Gras und kümmerlichen Weiden. Auf der offenen sandigen Seite, die von der Sonne beschienen wird, ist das Wasser klar, während es drüben am sumpfigen Ufer, im Schatten des überhängenden Dickichts, schwarz und faulig wirkt. Frösche quakten, Ratten huschten zwischen Wasser und Ufer hin und her wie lebende Schatten, als ich mich dem sumpfigen Ufer näherte. Das verrottete Wrack eines umgestürzten Bootes ragte halb aus dem Wasser, durch eine Lücke zwischen den Ästen der Bäume fiel ein kränklicher dünner Sonnenstrahl auf den trockenen Teil des Rumpfes, wo eine phantastisch eingerollte Natter in verräterischer Stille ein Sonnenbad nahm. Rund um mich herum machte alles den gleichen traurigen Eindruck von Verfall und Einsamkeit; die helle Pracht des Sonnenhimmels über mir ließ mich die Öde und Düsternis des Ortes nur noch stärker empfinden. Ich kehrte um und ging wieder hinauf bis zu den Kiefern, wo der Boden sandig und trocken ist. Dabei wich ich ein wenig vom Wege ab und gelangte zu einem alten Schuppen, dem ich, fasziniert von diesem verwilderten See, bisher noch keine Aufmerksamkeit geschenkt hatte.

Als ich näherkam, entdeckte ich, daß dieser schäbige Holzbau früher einmal ein Bootshaus war. Anscheinend hatte man versucht, eine Art primitiver Laube daraus zu machen, indem man eine Bank, einen Tisch und ein paar Schemel hineinstellte. Ich ging hinein – ich wollte ausruhen und wieder zu Atem kommen.

Kaum hatte ich mich niedergesetzt, fiel mir auf, daß meine eigenen hastigen Atemzüge von einem seltsamen Echo begleitet wurden, das von unten her zu kommen schien. Gespannt horchte ich auf. Ein leises Röcheln drang unter der Bank hervor, auf der ich saß. Ich bin nicht leicht zu erschrecken, aber diesmal fuhr ich entsetzt in die Höhe, schrie auf – und erhielt keine Antwort. So nahm ich denn meinen ganzen Mut zusammen und schaute unter die Bank.

Dort lag, in eine Ecke gekauert, die Ursache meines Schreckens in Gestalt eines armen kleinen Hundes, eines schwarzweißen Spaniels. Ich wollte ihn zu mir locken und rief etwas, aber er winselte nur und bewegte sich nicht. So rückte ich die Bank zur Seite und sah näher hin. Die Augen des armen Tieres waren ganz glasig, auf den weißen Flecken seines Fells war Blut zu sehen. Das Elend einer stummen, hilflosen Kreatur ist sicher das Traurigste, was es auf der Welt gibt. Ich nahm den armen Hund so sanft wie möglich auf den Arm und machte, indem ich mein Kleid vorn etwas schürzte, eine Art Hängematte für ihn. Darin trug ich ihn so schnell und so vorsichtig wie möglich ins Haus.

In der Halle konnte ich niemanden finden, daher ging ich sofort in mein Wohnzimmer, bereitete aus einem alten Umhängetuch ein Lager für den Hund und klingelte dann. Darauf erschien das größte und dickste Dienstmädchen, das man sich vorstellen kann, und zwar in einem Zustand derart gutgelaunter Dummheit, daß selbst einem Heiligen die Geduld gerissen wäre. Als sie das verwundete Geschöpf auf dem Boden liegen sah, verzog ihr fettes, formloses Gesicht sich zu einem breiten Grinsen.

»Was gibt es da zu lachen?« fragte ich sie wütend, als wäre sie eine von meinen Dienstboten. »Weißt du, wem dieser Hund gehört?«

»Nein, Miss, ich hab' keine Ahnung.« Sie bückte sich und betrachtete das verletzte Tier. Da erhellte sich plötzlich ihr Gesicht wie durch eine jähe Eingebung, und befriedigt kichernd zeigte sie auf die Wunde. »Das hat der Baxter getan, da können Sie Gift drauf nehmen«, erklärte sie dann.

Ich war so aufgebracht, daß ich sie hätte ohrfeigen können. »Baxter?« schrie ich. »Wer ist der Rohling, den du Baxter nennst?«

Das Mädchen grinste noch vergnügter als zuvor. »Baxter ist der Forstaufseher, und wenn der fremde Hunde wildern sieht, schießt er sie tot. Das ist doch seine Pflicht, Miss! Der Hund wird draufgehen, glaub' ich. Da, an dieser Stelle ist er angeschossen. Jaja, das hat der Baxter getan, Miss, wie's eben seine Pflicht ist.«

Beinahe war ich böse genug zu wünschen, Baxter hätte statt des Hundes das Mädchen angeschossen. Aber ich sah ein, daß ich von dieser dickfelligen Person keine Hilfe für das leidende Tier erwarten konnte, daher schickte ich sie zur Haushälterin, um diese zu mir bitten zu lassen. Das Mädchen ging, wie sie gekommen war: von einem Ohr zum andern grinsend, und als sie die Türe hinter sich schloß, murmelte sie nochmals: »Jaja, das hat der Baxter getan, der Baxter – wie es eben seine Pflicht ist.«

Die Haushälterin, eine Frau von Bildung und Intelligenz, brachte vorsorglich Milch und warmes Wasser. Kaum hatte sie den Hund erblickt, zuckte sie zusammen und wechselte die Farbe. »Du lieber Gott!« rief sie. »Das ist doch der Hund von Mrs. Catherick!«

»Wem soll dieser Hund gehören?« fragte ich verblüfft.

»Er gehört Mrs. Catherick. Kennen Sie denn diese Frau?«

»Nicht persönlich, nur dem Namen nach. Wohnt sie hier? Hat sie von ihrer Tochter gehört?«

»Nein – im Gegenteil: Sie kam, um sich bei uns nach ihr zu erkundigen.«

»Wann war sie hier?«

»Erst gestern. Sie behauptete, eine Fremde, die wie ihre Tochter aussieht, sei angeblich hier in dieser Gegend. Wir haben allerdings nichts von diesem Gerücht gehört, auch im Dorf weiß man nichts, ich ließ dort natürlich gleich nachfragen. Sie hat jedenfalls diesen armen Hund bei sich gehabt – ich sah ihn hinter ihr herlaufen, als sie fortging. Offenbar streunte er im Kiefernwäldchen umher und wurde dabei angeschossen. Wo haben Sie ihn gefunden, Miss Halcombe?«

»Im alten Schuppen, oberhalb vom See.«

»Ach ja – dort, wo die Kiefernschonung beginnt. Das arme Tier hat sich wahrscheinlich bis zum nächsten Versteck geschleppt – wie Hunde es eben tun, wenn sie sterben müssen. Vielleicht können Sie ihm ein bißchen Milch geben, Miss Halcombe – ich will unterdessen versuchen, die Wunde vom verklebten Haar zu reinigen. Leider fürchte ich, daß unsere Hilfe zu spät kommt – aber versuchen müssen wir's.«

Mrs. Catherick! Der Name klang mir noch immer in den Ohren, als hätte die Haushälterin mich erst in diesem Augenblick mit seiner Nennung überrascht. Während wir uns mit dem Hund beschäftigten, fielen mir Walter Hartrights Worte ein: »Sollten Sie, Miss Halcombe, ihr je begegnen, nützen Sie die Gelegenheit besser, als ich es tat!« Die Entdeckung des verwundeten Spaniels hatte zumindest schon dazu geführt, daß ich von Mrs. Cathericks Besuch erfuhr, und das konnte vielleicht zu weiteren Entscheidungen führen. Ich beschloß also, die Situation nach Kräften zu nützen und so viel wie möglich aus der Haushälterin herauszubekommen. »Sagten Sie, daß Mrs. Catherick hier in der Nähe wohnt?« fragte ich.

»O nein, gewiß nicht. Sie wohnt in Welmingham, am anderen Ende unserer Grafschaft – gute fünfundzwanzig Meilen von hier entfernt.«

»Sie kennen Mrs. Catherick vermutlich schon lange?«

»Aber im Gegenteil, Miss Halcombe – gestern habe ich sie zum ersten Mal gesehen. Natürlich hatte ich schon von ihr gehört, weil ich weiß, daß Sir Percival ihr freundlicherweise behilflich war, als ihre Tochter unter ärztliche Aufsicht kommen mußte. Mrs. Catherick hat vielleicht ein etwas merkwürdiges Benehmen, sieht aber sehr solide und anständig aus. Gestern war sie ganz außer sich, als sie hörte, daß an dem Gerücht nichts Wahres sei – jedenfalls konnte ihr hier niemand bestätigen, daß ihre Tochter gesehen worden wäre.«

»Mir ist sehr daran gelegen, mehr über Mrs. Catherick zu erfahren«, sagte ich, um das Gespräch so lange als möglich in Gang zu halten. »Ich wünschte, ich wäre nicht erst am Abend eingetroffen. Hielt sie sich länger hier bei Ihnen auf?«

»Ja, sie blieb einige Zeit bei mir sitzen und wäre wohl noch länger geblieben, hätte man mich nicht weggerufen: Es kam nämlich ein Herr, der wissen wollte, wann wir Sir Percival wieder zurück erwarten. Als Mrs. Catherick hörte, daß wir ihn dieser Tage erwarten, stand sie sofort auf und ging. Vorher bat sie mich noch, Sir Percival nichts von ihrem Besuch zu sagen. Ich fand das etwas merkwürdig – vor allem gegenüber einer Person in meiner verantwortungsvollen Stellung.«

Auch mir kam die Bemerkung seltsam vor. Jedenfalls hatte Sir Percival in Limmeridge so getan, als herrsche zwischen ihm und Mrs. Catherick das beste Einvernehmen. War dies tatsächlich der Fall, warum wollte sie dann ihren Besuch in Blackwater Park geheimhalten? Da nun aber offenbar die Haushälterin meine Meinung über Mrs. Cathericks merkwürdige Bitte hören wollte, sagte ich: »Wahrscheinlich meint sie, es würde Sir Percival unnötigerweise verstimmen, wenn er durch ihren Besuch daran erinnert wird, daß ihre Tochter noch immer nicht gefunden ist. Hat sie übrigens zu diesem Thema etwas gesagt?«

»Eigentlich sehr wenig«, antwortete die Haushälterin. »Hauptsächlich hat sie von Sir Percival gesprochen und eine Menge Fragen gestellt – wohin seine Hochzeitsreise ging, was für eine Art von Dame seine junge Frau sei und dergleichen. Es schien sie überhaupt mehr zu ärgern als zu betrüben, hier keine Spur von ihrer Tochter zu entdecken. ›Ich nehme an, daß sie verschwunden ist‹, war, soweit ich mich erinnere, das letzte, was sie über ihre Tochter sagte. ›Ein für alle Mal verschwunden.‹ Dann aber kam sie gleich auf Lady Glyde zu sprechen, ob sie hübsch sei, liebenswürdig, gesund, anmutig und so fort – ach Gott! Ich dachte mir, daß es so enden wird. Schauen Sie her, Miss Halcombe! Das arme Tier hat ausgelitten!«

Der Hund war tot. Er hatte noch ein schwaches Röcheln ausgestoßen, ein letztes Mal mit den Beinen gezuckt – gerade als die Worte »gesund« und »anmutig« gefallen waren. Die Veränderung war erschreckend schnell eingetreten – innerhalb einer Sekunde lag das arme Tier leblos unter unseren Händen.

Acht Uhr. – Eben komme ich von meinem einsamen Abendessen zurück. Rot glüht der Sonnenuntergang über den dichten Bäumen, die ich vom Fenster aus betrachte. Ich sitze wieder über meinem Tagebuch, um auf diese Weise meine sehnsüchtige Erwartung zu bezähmen. Nach meiner Berechnung sollten sie schon da sein. Wie einsam und verlassen liegt das Haus in der schläfrigen Stille des Abends! Ach, wie viele Minuten noch, bis ich die Wagenräder höre, hinunterlaufe und Laura in die Arme schließe?

Der arme kleine Hund! Ich wünschte, mein erster Tag in Blackwater Park wäre nicht mit Tod verbunden gewesen – auch wenn es nur der Tod eines streunenden Hundes war.

Welmingham also – Welmingham heißt der Ort, in dem Mrs. Catherick lebt. In meinem Tagebuch blätternd stieß ich wieder auf diesen Namen. Ihren Brief habe ich noch – jenen Brief, mit dem sie auf meine Anfrage antwortete, die mich Sir Percival zu schreiben zwang. Ergibt sich einmal die Gelegenheit, werde ich diesen Brief als Empfehlungsschreiben mitnehmen und sehen, was ich damit bei einem persönlichen Gespräch herausbekommen kann. Ich begreife nicht, warum sie ihren Besuch vor Sir Percival geheimhalten will; zudem bin ich gar nicht so sicher, daß ihre Tochter Anne nicht doch in der Nähe ist. Was würde Walter Hartright in diesem Falle tun? Der arme gute Hartright! Schon jetzt fehlen mir sein ehrlicher Rat und seine Hilfsbereitschaft.

Eben hörte ich etwas. Waren das nicht eilige Schritte in der Einfahrt? Ja! Ich höre den Hufschlag der Pferde, das Rollen der Räder – sie sind da!

II

15. Juni. – Die Verwirrung, die durch ihre Ankunft entstand, hat sich allmählich gelegt. Erst zwei Tage sind seither verstrichen, aber diese Zeit genügt, um die neue Maschinerie unseres Zusammenlebens in Blackwater Park einigermaßen in Gang zu bringen. Ich kann wieder meine Gedanken sammeln, mich an mein Tagebuch setzen und wie gewohnt meine Eintragungen machen.

Ich beginne wohl am besten mit einer Feststellung, die sich mir nach Lauras Rückkehr aufdrängt: Wenn zwei Verwandte oder zwei gute Freunde getrennt werden und der eine ins Ausland reist, der andere aber zu Hause bleibt, dann gerät anscheinend der Daheimgebliebene beim Wiedersehen immer ins Hintertreffen. Der plötzliche Zusammenstoß neuer Gedanken und aktiv erworbener Gewohnheiten auf der einen Seite mit überholten Gedanken und passiv beibehaltenen Gewohnheiten auf der andern scheint zuerst einmal die Verwandten – oder die Freunde –, so sehr sie sonst einander lieben und aneinander hängen, ein wenig zu entfremden, was natürlich für beide unerwartet, aber auch unausweichlich ist.

Die erste Wiedersehensfreude zwischen uns beiden hatte sich kaum gelegt, wir hatten uns Hand in Hand niedergesetzt, um Atem zu holen und uns zu beruhigen – da empfand ich plötzlich diese Fremdheit und bemerkte, daß es Laura ihrerseits nicht anders ging.

Nun, da wir fast alle unsere alten Gewohnheiten wiederaufgenommen haben, ist dieses Gefühl kaum mehr vorhanden, und bald wird es sich wahrscheinlich ganz verflüchtigen. Jedenfalls hat es meinen ersten Eindruck von ihr stark beeinflußt, und deshalb halte ich es für richtig, diese Überlegungen hier anzumerken.

Laura findet mich ganz unverändert – sie aber ist eine andere geworden, in ihrem Äußeren und in einer Hinsicht auch in ihrem Wesen. Ich könnte nicht behaupten, sie sei weniger schön als früher – ich kann nur sagen: Für *mich* ist sie weniger schön.

Andere, die sie nicht mit meinen Augen und meiner Erinnerung sehen, werden wahrscheinlich finden, daß sie durch die Veränderung gewonnen hat. Ihr Gesicht ist voller und hat frischere Farben als zuvor; ihre Gestalt wirkt nicht mehr so zart, die Bewegungen sind sicherer und unbefangener als zu ihrer Mädchenzeit. Doch wenn ich sie genau betrachte, vermisse ich etwas an Lady Glyde, das einst zur glücklichen, unschuldigen Laura Fairlie gehörte. In ihrem Gesicht lag früher etwas Frisches, Sanftes, Zartes, das ihm eine abwechslungsreiche und doch stets vorhandene Schönheit verlieh, die man nicht in Worte fassen konnte – und auch nicht in Bilder, wie der arme

Hartright oft bekannte. Das hat sie verloren. Mir war, als erblickte ich einen Augenblick lang eine Spur davon, als sie am Abend ihrer Ankunft in der Freude des Wiedersehens jäh erblaßte – doch seither ward's nicht mehr gesehen. Keiner ihrer Briefe hat mich auf diese Veränderung vorbereitet. Im Gegenteil, sie ließen mich erwarten, daß ihre Ehe sie zumindest äußerlich ganz unbeeindruckt ließ. Vielleicht habe ich in ihren Briefen etwas gelesen, was nicht stimmte? Oder vielleicht weiß ich jetzt in ihrem Gesicht nicht richtig zu lesen? Gleichviel! Ob nun in den letzten sechs Monaten ihre Schönheit gewonnen oder verloren hat – die Trennung jedenfalls hat mir Laura teurer gemacht denn je, und das wenigstens ist ein positives Ergebnis dieser Ehe!

Die zweite Veränderung, nämlich jene in ihrem Wesen, überrascht mich nicht, denn der Ton ihrer Briefe hat mich darauf vorbereitet. Nun, da sie wieder hier ist, finde ich, daß sie genauso ungern über ihre Ehe spricht wie in der Zeit unserer Trennung, solange wir einander nur schreiben konnten. Als ich erstmals auf den verbotenen Gegenstand anzuspielen wagte, legte sie mir die Finger auf die Lippen, mit einer Geste und einem Blick, die mich fast schmerzlich an ihre Mädchenzeit und die glücklichen Jahre erinnerten, in denen wir keine Geheimnisse voreinander hatten.

»Wir werden, wann immer wir beisammen sind, Marian, viel glücklicher sein und heiterer miteinander umgehen, wenn wir meine Ehe als gegeben hinnehmen und so wenig wie möglich daran denken oder davon sprechen. Liebling, ich würde dir ja alles über mich erzählen«, fuhr sie fort und öffnete und schloß unruhig meine Gürtelschnalle, »wenn sich meine Eröffnungen nur auf mich bezögen. Doch das ist nicht möglich – es würde zu unvermeidlichem Geplauder über meinen Gatten führen, und dies möchte ich, da ich nun einmal verheiratet bin, vermeiden – um seinetwillen, um deinetwillen und auch um meinetwillen. Damit soll nicht gesagt sein, daß meine Bekenntnisse dich oder mich betrüben würden – das darfst du wirklich nicht glauben. Aber – da ich dich jetzt wiederhabe, möchte ich glücklich sein und auch dich glücklich wissen –« Sie hielt unvermittelt inne und blickte im Zimmer umher. Es war mein Zimmer, in dem wir saßen. »Ach«, rief sie und schlug vor Wiedersehensfreude die Hände zusammen, »ich erkenne schon wieder einen alten Freund! Da ist ja dein Bücherständer, Marian, dein lieber, kleiner, schäbiger Bücherständer aus indischem Seidenholz – wie freue ich mich, daß du ihn von Limmeridge mitgenommen hast! Und auch den entsetzlichen, schweren Männerschirm, mit dem du bei Regen immer ausgehst! Und als Allerwichtigstes ist ja dein eigenes liebes, dunkles, kluges Zigeunergesichtchen hier, das mir so vertraut entgegenblickt! Hier zu sein, das ist fast wie zu Hause. Was können wir tun, damit's noch heimatlicher wird? Hier hänge ich das Bild meines Vaters auf – nicht in meinem Zimmer – und bringe alle meine kleinen Schätze aus Limmeridge zu dir; dann werden wir jeden Tag viele Stunden in diesen freundlichen vier Wänden sein. O Marian!« rief sie, setzte sich auf den Schemel zu meinen Füßen und blickte mir von unten her ernst ins Gesicht, »versprich mir, nie zu heiraten und mich nie zu verlassen! Ich weiß, es ist egoistisch, so etwas zu sagen! Aber unverheiratet ist man viel besser dran – es sei denn, man liebt . . . Du aber wirst außer mir niemand anderen lieb haben, ja?« Wieder hielt sie inne, legte meine Hände auf meinen Schoß und bettete dann ihr Gesicht darauf. »Hast du in letzter Zeit viele Briefe geschrieben und viele Briefe erhalten?« fragte sie leise und mit plötzlich veränderter Stimme. Ich wußte, was sie meinte, hielt es aber für meine Pflicht, ihr nicht auf halbem Wege entgegenzukommen und sie dadurch vielleicht zu ermutigen. »Hast du von ihm gehört?« fuhr sie fort und drückte mir schmeichelnd einen Kuß auf die Hand, damit ich ihr diese direkte Frage vergebe. »Ist er gesund und glücklich, hat er Erfolg in seinem Beruf? Hat er sich wieder gefaßt – und *mich* vergessen?«

Sie hätte mir diese Fragen nicht stellen dürfen – sie hätte sich an ihren Entschluß von jenem Morgen erinnern sollen, als Sir Percival sie nicht freigab und sie Hartrights Aquarelle für immer meiner Obhut anvertraute. Aber ach! Wo gibt es das fehlerlose Wesen, das bei seinem Vorsatz bleibt, ohne je zu wanken oder zu straucheln? Wo ist die Frau, die das Bild, das wahre Liebe ihr eingeprägt hat, wirklich aus ihrem Herzen reißen kann? In Büchern lesen wir, daß es derlei unirdische Wesen gibt. Was aber hält unsere eigene Erfahrung diesen Büchern entgegen?

Ich versuchte gar nicht erst, ihr Vorwürfe zu machen; vielleicht, weil es doch für sie sprach, daß sie offen und furchtlos eingestand, was andere Frauen in ihrer Lage wahrscheinlich vor ihren besten Freundinnen verheimlicht hätten – vielleicht auch, weil ich zutiefst davon überzeugt war, daß ich an ihrer Stelle das gleiche gedacht und das gleiche gefragt hätte. Ich konnte es verantworten, ihr mitzuteilen, ich hätte in letzter Zeit weder an ihn geschrieben, noch von ihm gehört. Hierauf lenkte ich das Gespräch auf ein weniger verfängliches Thema.

Leider hat mich diese Aussprache – die erste vertrauliche seit ihrer Rückkehr – in vielerlei Hinsicht traurig gestimmt. In unserem Leben gibt es erstmals etwas, worüber ich nicht mit ihr reden darf, was unser vertrautes Verhältnis belastet; zudem bin ich zur traurigen Gewißheit gelangt, daß es in dieser Ehe weder Gefühlswärme noch echte Zuneigung gibt, was schon allein ihre Worte – ohne daß sie's wollte – mir verraten haben; und schließlich habe ich zu meinem Kummer entdecken müssen, daß diese unglückliche Neigung (gleichviel wie harmlos und unschuldig sie sei) noch immer tief in ihrem Herzen wurzelt. Dies alles muß eine Frau wie mich, die ihr aufrichtig zugetan ist und für sie fühlt, aufs tiefste betrüben.

Es gibt nur eines, was mich angesichts dieses Kummers trösten kann – und tatsächlich auch tröstet: die liebliche Sanftmut des Charakters, ihr offenes, gütiges Entgegenkommen, alle die süßen, schlichten, weiblichen Reize, die ihr immer sofort die Herzen aller Menschen in ihrer Nähe zu Füßen legten, sind mir mit ihr wieder zurückgekehrt. Bezüglich meiner sonstigen Eindrücke befallen mich immer wieder Zweifel, doch dieser letzte, beste, glücklichste von allen verstärkt sich mir von Stund' zu Stunde.

Um nun auch ihre Reisegefährten zu erwähnen: meine Aufmerksamkeit gilt zunächst Sir Percival, das versteht sich von selbst. Was habe ich seit seiner Rückkehr entdeckt, das meine Meinung über ihn verbessern könnte?

Schwer zu sagen. Seit seiner Rückkehr hatte er offenbar mit Ärger und Verdruß zu kämpfen, und unter solchen Umständen zeigt sich kein Mann von seiner besten Seite. Er scheint mir etwas schlanker zu sein als früher, und sein unangenehmer Husten und die beständige Unruhe haben sich verstärkt. Sein

Benehmen – zumindest mir gegenüber – ist schroffer als in Limmeridge. Als er mich bei seiner Ankunft begrüßte, bemerkte ich nichts, oder kaum etwas, von seiner früheren Höflichkeit – er hieß mich nicht willkommen – er zeigte keine Freude, mich wiederzusehen – er schüttelte mir kurz die Hand und sagte nur: »Wie geht's, Miss Halcombe? Schön, daß Sie da sind.« Anscheinend sah er in mir eine Art notwendiges Möbel von Blackwater Park, war zufrieden, mich auf meinem Platze vorzufinden, und ging dann einfach über mich hinweg.

Wenn sie zu Hause sind, zeigen die meisten Männer oft Züge ihres Charakters, die sie anderswo verbergen. Und Sir Percival legt eine fast manische Ordnungswut an den Tag, die mir bei ihm völlig neu ist. Nehme ich ein Buch aus der Bibliothek und lasse es auf dem Tisch liegen, geht er mir nach und stellt es wieder auf seinen Platz. Erhebe ich mich von einem Stuhl und das Buch bleibt dort liegen, ordnet er es sofort wieder auf dem Regal ein. Blumenblätter hebt er vom Teppich auf und murrt, als handle es sich um glühende Kohlen, die Löcher brennen. Und hat das Tischtuch eine Falte oder fehlt ein Messer auf dem gedeckten Tisch, schreit er die Diener an, als hätten sie ihn persönlich beleidigt.

Ich habe bereits erwähnt, daß er nach seiner Rückkehr anscheinend einigen Ärger hatte. Mag sein, daß die schlechte Stimmung, die ich an ihm bemerke, diesem Umstand zuzuschreiben ist. Jedenfalls versuche ich, es mir einzureden, weil ich mich nicht schon jetzt vor der Zukunft fürchten möchte. Sicher ist es ärgerlich, wenn man nach langer Abwesenheit sein Haus betritt und gleich Verdruß hat – so wie es Sir Percival, noch dazu in meiner Gegenwart, widerfuhr.

Als nämlich die beiden Hochzeitsreisenden ankamen, folgte mir die Haushälterin in die Halle, um ihren Herrn und ihre Herrin sowie deren Gäste zu empfangen. Sir Percival erblickte sie und erkundigte sich sofort, ob in letzter Zeit jemand nach ihm gefragt habe. Die Haushälterin meldete ihm, was sie mir gegenüber schon erwähnt hatte: Ein ihr unbekannter Mann sei dagewesen und habe wissen wollen, wann sie ihren Herrn zurück erwarte. Sir Percival fragte sofort nach dem Namen – aber der Mann hatte ihn nicht genannt. Weswegen der Mann gekommen sei – das hatte er nicht gesagt. Wie er ausgesehen habe? Die Haushälterin bemühte sich, ihn zu beschreiben, aber es fielen ihr keine persönlichen Merkmale ein, aufgrund derer ihr Herr ihn hätte erkennen können. Sir Percival runzelte die Stirn, stampfte mit dem Fuß auf den Boden und ging die Treppe hinauf, ohne von irgend jemandem Notiz zu nehmen. Warum er wegen einer solchen Nichtigkeit die Fassung gleich verlor, das weiß ich nicht. Aber es bestand kein Zweifel, daß er ernsthaft wütend war.

Vielleicht ist es besser, wenn ich mir vorläufig keine feste Meinung über sein Benehmen, seine Sprache und sein Verhalten im eigenen Haus bilde, sondern warte, bis er seine derzeitigen Sorgen (welcher Art sie auch sein mögen) wieder los ist. Ich schlage also in meinem Tagebuch ein neues Blatt auf und lasse Lauras Ehemann einstweilen beiseite.

Die beiden Gäste, Conte und Contessa Fosco, sind als nächste an der Reihe. Ich will mir die Contessa zuerst vornehmen, um diese Sache so schnell wie möglich hinter mich zu bringen. Man kann Laura wirklich keine Übertreibung vorwerfen, wenn sie in ihren Briefen schrieb, ich würde ihre Tante kaum wiedererkennen. Noch nie fand ich eine Frau durch die Ehe so verändert wie Madame Fosco!

Als Eleanor Fairlie schwätzte sie noch im Alter von siebenunddreißig Jahren pausenlos baren Unsinn und peinigte ihre unglücklichen Verehrer mit Ansprüchen, wie sie nur eitle und törichte Frauen der duldenden Männerwelt auferlegen können. Als Madame Fosco sitzt sie nun mit dreiundvierzig Jahren stundenlang da, ohne ein Wort zu sagen, als wäre sie gänzlich zu Eis erstarrt. An Stelle ihrer lächerlichen Schmachtlocken, die ihr zu beiden Seiten des Gesichts herabzuhängen pflegten, hat sie nun kleine Reihen steifer kurzer Löckchen, wie man sie von altmodischen Perücken kennt. Eine schlichte Matronenhaube bedeckt ihren Kopf und verleiht ihr, erstmals seit ich sie kenne, das Aussehen einer ehrbaren Dame. Niemand (ihr Mann natürlich ausgenommen) sieht heute das, was früher alle sahen: ich meine die Struktur der weiblichen Anatomie rund um Schlüsselbeine und Schulterblätter. Angetan mit einem schwarzen oder grauen hochgeschlossenen Gewand – Kleidung, über die sie in ihrer Mädchenzeit gelacht oder laut aufgeschrien hätte – sitzt sie wortlos in der Ecke. Ihre trockenen weißen Hände (so trocken, daß die Poren ihrer Haut wie kreidig wirken) sind unaufhörlich beschäftigt, entweder mit einer langweiligen Stickerei oder mit dem Drehen von Zigaretten für den persönlichen Bedarf des Conte. Wenn ihre kalten blauen Augen, was nur selten geschieht, von der Arbeit aufschauen, richten sie sich meist mit stummem, unterwürfigem Blick auf ihren Mann – so wie wir es von treuen Hunden kennen. Die einzigen Gelegenheiten, bei denen sie unter ihrem Eispanzer leicht auftaute, waren Anfälle unterdrückter, rasender Eifersucht auf jedes weibliche Wesen im Hause (Dienstmädchen mitgerechnet), zu dem der Conte spricht oder das er nur ein wenig interessiert betrachtet. Diesen Fall ausgenommen, ist sie immer – morgens, mittags, abends, drinnen oder draußen, bei schönem Wetter oder bei schlechtem – so kalt wie eine Statue und so unempfindlich wie der Stein, aus dem diese gemacht ist. Für das allgemeine Zusammenleben ist die an ihr geschehene Veränderung ohne Zweifel von Vorteil, denn sie hat aus ihr eine höfliche, unauffällige Frau gemacht, die niemandem im Wege steht. Wie weit sie sich dadurch in ihrem Wesen verbessert oder verschlechtert hat, ist eine andere Frage. Einige Male habe ich gesehen, wie ihre zusammengekniffenen Lippen sich plötzlich veränderten und auch der Ton ihrer sonst so ruhigen Stimme anders wurde – was mich vermuten läßt, daß ihre derzeitige Unterwürfigkeit vielleicht etwas Gefährliches in ihrem Wesen verschlossen hält, das sich in der Freiheit ihres früheren Lebens auf harmlose Weise Luft zu schaffen wußte. Möglicherweise ist diese Idee aber auch ganz abwegig. Doch mein Gefühl sagt mir, daß ich recht habe. Nun – die Zukunft bringt es an den Tag.

Und der Zauberer, der diese wunderbare Wandlung bewirkt hat – der Ausländer, der diese einst so launische Engländerin gezähmt hat, auf daß ihre eigenen Verwandten sie kaum wiedererkennen – der Conte selbst? Was soll ich über ihn sagen?

In zwei Worten: Er sieht aus, als könnte er alles und jede zähmen. Hätte er eine Tigerin geheiratet anstatt einer Frau – er hätte auch sie gezähmt. Hätte er *mich* geheiratet, würde ich ihm ebenso Zigaretten drehen, wie sie es tut – und ich würde auf einen Blick von ihm hin den Mund halten, wie sie es tut.

Fast scheue ich davor zurück, es selbst diesen geheimen Blättern anzuvertrauen: Der Mann interessiert mich, zieht mich an – zwingt mich, ihn zu mögen. Nach zwei Tagen schon erfreut er sich meiner Gunst und meiner Achtung – doch wie er dieses Wunder zustande gebracht hat, weiß ich nicht. Nun, da ich an ihn denke, erschreckt es mich geradezu, wie deutlich ich ihn vor mir sehe. Deutlicher als Sir Percival oder Mr. Fairlie oder Walter Hartright oder andere Leute, die ich kenne – einzig Laura ausgenommen! Ich höre seine Stimme, als spräche er eben mit mir. Was er mir gestern sagte, ist mir so gegenwärtig, als hörte ich ihn in diesem Augenblick.

Wie soll ich ihn beschreiben? Was sein Äußeres, seine Gewohnheiten, seine Vergnügungen betrifft, so gibt es da viele merkwürdige Dinge, die ich bei einem andern Mann aufs schärfste verurteilen oder aufs mitleidloseste verspotten würde. Was aber ist daran schuld, daß ich ihn weder verurteilen noch verspotten kann?

Zum Beispiel ist er ungeheuer fett. Bisher war mir Korpulenz immer ein Greuel. Das landläufige Vorurteil, das außerordentliche Korpulenz und große Gutmütigkeit so gern verbindet, würde meiner Meinung nach bedeuten, daß entweder nur nette Menschen Fett ansetzen, oder daß das zufällige Ansetzen von soundso viel Pfund Fleisch das Gemüt des Betreffenden günstig beeinflußt. Diese irrige Ansicht habe ich stets bekämpft, indem ich dicke Menschen aufzählte, die ebenso gemein, grausam und boshaft waren wie manche magere Menschen unter ihren Zeitgenossen, die den übelsten Ruf hatten. War etwa Heinrich VIII. liebenswert? War Papst Alexander VI. ein guter Mensch? Waren nicht Mr. und Mrs. Manning – ein Mörder und eine Mörderin – ungeheuer dick? Sind nicht gemietete Krankenschwestern, deren Brutalität ja sprichwörtlich ist, meist die fettesten Frauenzimmer von ganz England? Ich könnte die Liste beliebig fortsetzen – mit Beispielen aus alter und neuer Zeit, aus dem In- und Ausland, mit Personen hoher und niedriger Abkunft. Und trotz meiner festen Überzeugung, an der ich auch jetzt noch festhalte, hat sich Conte Fosco, fett wie Heinrich VIII., in meine Gunst geschlichen, ohne daß ihn seine abscheuliche Korpulenz daran gehindert hätte. Das ist in der Tat erstaunlich!

Ist es sein Gesicht, das mich für ihn eingenommen hat? Vielleicht. Er hat eine große Ähnlichkeit mit Napoleon. Seine Züge haben die gleiche Ebenmäßigkeit, ihr Ausdruck erinnert mich an die Kraft und die Ruhe, die das Gesicht dieses großen Feldherrn ausstrahlte. Diese schlagende Ähnlichkeit hat mich sicher beeindruckt. Doch daneben gibt es noch etwas, was eine noch stärkere Wirkung auf mich ausübt; und wenn ich's genau bedenke, so liegt es wahrscheinlich an seinen Augen. Jedenfalls hat er die unergründlichsten grauen Augen, die ich je gesehen habe. Manchmal findet sich darin ein Glanz – kalt, klar, schön und unwiderstehlich –, der mich ihn anzusehen zwingt, wobei dies Empfindungen in mir hervorruft, die ich lieber nicht haben möchte. Auch anderes an seinem Gesicht und an seinem Kopf wirkt eigentümlich. Sein Teint beispielsweise ist von einem fahlen Weiß, das zum Dunkelbraun seines Haares gar nicht paßt – ich glaube fast, er trägt eine Perücke; sein glattrasiertes Gesicht ist straffer und faltenfreier als meines, obwohl er, laut Sir Percival, fast sechzig ist. Aber meiner Ansicht nach sind das nicht die hervorstechenden Merkmale, die ihn von anderen Männern unterscheiden. Das, was ihn aus der großen Masse heraushebt, liegt – soweit ich bis jetzt sagen kann – in dem ungewöhnlichen Ausdruck und der ungeheuren Kraft in seinen Augen.

Bis zu einem gewissen Grade trugen sicher auch sein Benehmen und seine Beherrschung unserer Sprache dazu bei, daß er sich meine Wertschätzung errungen hat. Er zeigt, wenn er einer Frau zuhört, jenen Ausdruck ruhiger Ehrerbietung, von freudigem, begierigem Interesse, und wenn er zu einer Frau spricht, jene geheime Zärtlichkeit in seiner Stimme, der keine von uns widerstehen kann – da möge sie sagen, was sie wolle. Auch hier hilft ihm natürlich seine ungewöhnliche Beherrschung der englischen Sprache. Ich weiß sehr wohl, daß viele Italiener unsere kraftvolle, nördliche Sprache vorzüglich meistern, aber ehe ich den Conte kennenlernte, hätte ich es nie für möglich gehalten, daß ein Ausländer es zu solcher Vollkommenheit bringen kann. Manchmal ist es seiner Aussprache überhaupt nicht anzumerken, daß er kein Landsmann ist; nur wenige gebürtige Engländer sprechen unsere Sprache so fließend wie er. Er stockt selten, er wiederholt sich kaum. Vielleicht ist der Satzbau manchmal bei ihm noch etwas ausländisch, aber ich habe noch nie gehört, daß er einen falschen Ausdruck gebraucht oder bei seiner Wortwahl auch nur einen Augenblick gezögert hätte. Sogar die kleinsten Eigenheiten dieses seltsamen Mannes haben etwas Originelles und verblüffend Widersprüchliches an sich. So dick und alt er auch ist, so sind doch seine Bewegungen erstaunlich leicht und geschmeidig. Im Hause bewegt er sich genauso leise wie wir Frauen – und was noch erstaunlicher ist: Trotz seiner unleugbaren Kraft und Geistesgegenwart ist er nervöser als die zarteste Frau. Bei einem zufälligen Geräusch fährt er jedesmal genauso heftig zusammen wie Laura. Gestern, als Sir Percival einen der Spaniels schlug, schreckte er zusammen und wand sich so, daß ich mich ob meiner Gefühlsarmut im Vergleich mit dem Conte schämte.

Dieser Vorfall bringt mich auf eine seiner sonderbarsten Eigenschaften, die ich bisher noch nicht erwähnt habe, nämlich seine ungewöhnliche Liebe zu allen möglichen zahmen Tieren. Einige seiner Lieblinge hat er im Ausland zurückgelassen; mitgebracht hingegen hat er einen Kakadu, zwei Kanarienvögel und eine ganze Familie von weißen Mäusen. Er hat diese seltsamen Hausgenossen abgerichtet und kümmert sich selbst um alle ihre Bedürfnisse. Sie sind ihm gegenüber erstaunlich anhänglich und ihm zugetan; besonders der Kakadu, sonst ein launisches und boshaftes Biest, scheint mit großer Liebe an ihm zu hängen. Läßt der Conte ihn aus dem Käfig heraus, hüpft er gleich auf sein Knie, klettert dann auf dem großen Körper in die Höhe und reibt seinen Schopf auf das zärtlichste an Conte Foscos weißem Doppelkinn. Er braucht nur die Türe des Kanarienkäfigs aufzumachen und seine Lieblinge zu rufen – schon flattern die hübschen, klugen und wohlerzogenen Tierchen furchtlos auf seine Hand, hüpfen von einem ausgestreckten Finger zum andern, höher und höher, wenn er »Hinauf!« kommandiert, und singen, oben angelangt, aus voller Kehle. Seine weißen Mäuse hausen in einer kleinen Pagode aus buntem Draht, die er selbst entworfen und angefertigt hat. Sie sind fast so zahm wie die Kanarienvögel und werden ebenfalls sehr oft herausgelassen. Dann krabbeln sie auf ihm herum, kriechen in seine Westentaschen und flitzen wieder heraus, oder sitzen paarweise, weiß wie Schnee, auf seinen gewaltigen Schultern.

Die Mäuschen hat er anscheinend noch lieber als die anderen Tiere. Er lächelt ihnen zu, küßt sie und gibt ihnen allerlei Kosenamen. Man stelle sich einen Engländer vor, der an solch kindischen Spielereien Gefallen findet; ich bin sicher, der Betreffende würde sich seiner Schwäche schämen und sich in Gesellschaft Erwachsener wegen seines Tuns entschuldigen. Doch der Conte findet offenbar nichts Lächerliches an diesem seltsamen Gegensatz zwischen seiner massigen Gestalt und seinen zarten Lieblingen. Inmitten einer Runde englischer Fuchsjäger würde er seine weißen Mäuse genauso zärtlich küssen und mit seinen Kanarienvögeln turteln und jene Menschen, die am lautesten über ihn lachten, bemitleiden und für Barbaren halten.

Es scheint kaum glaubhaft, doch es ist so: Dieser Mann, der zu seinem Kakadu zärtlich wie eine alte Jungfer ist, der seine weißen Mäuse mit der Fingerfertigkeit eines Leierkastenjungen zu lenken weiß, ist, sobald er sich durch irgend etwas angeregt fühlt, ein außerordentlicher Gesprächspartner. Gedankliche Kühnheit und Unabhängigkeit, seine Kenntnisse der Weltliteratur, seine gesellschaftlichen Verbindungen in vielen europäischen Hauptstädten machten ihn bei jedem Treffen der gebildeten Welt sogleich zum Mittelpunkt. Dieser Kanarienvogelzüchter, dieser Konstrukteur von Pagoden für weiße Mäuse ist (wie Sir Percival mir selbst erzählt hat) einer der ersten experimentellen Chemiker unserer Zeit und hat, neben anderen großen Erfindungen, ein Mittel entdeckt, durch das man den Körper nach dem Tode versteinern kann, so daß er bis ans Ende aller Zeiten hart wie Marmor bleibt. Dieser dicke, träge, ältliche Mensch, dessen Nerven so empfindlich sind, daß er bei jedem Geräusch zusammenfährt, und der zittert, wenn ein Haushund die Peitsche bekommt, ging am Morgen nach seiner Ankunft in den Hof bei den Stallungen und legte dem dort angeketteten Bluthund, einer wilden Bestie, der sogar der Reitknecht beim Füttern nicht zu nahe kommt, die Hand auf den Kopf. Die Contessa und ich waren auch dabei, und ich werde die Szene, so kurz sie war, nicht so bald vergessen.

»Nehmen Sie sich in acht, Sir«, sagte der Reitknecht, »er fällt jeden an!«

»Das tut er nur, weil sich alle vor ihm fürchten«, sagte der Conte ruhig. »Warten wir ab, ob er auch mich anfällt!« Er ließ seine dicken, gelblichen Finger, auf denen noch zehn Minuten vorher die Kanarienvögel herumgehüpft waren, auf dem Kopf dieses gräßlichen Tieres liegen, beugte sich nieder und sah ihm in die Augen. Sein Gesicht war vom Hundekopf kaum einen Zoll entfernt. »Ihr großen Hunde seid doch alle feig«, sagte der Conte verächtlich. »Ein Kätzchen würdest du totbeißen, du verdammter Feigling! Auf einen halbverhungerten Bettler würdest du losgehen, du verdammter Feigling! Alle, die du hinterrücks anfallen kannst – alle, die sich vor deiner Kraft, deinen spitzen weißen Zähnen und deinem sabbernden, blutrünstigen Maul fürchten –, auf alle die gehst du los. Du möchtest mir jetzt gern an die Kehle springen, du elender, erbärmlicher Mörder, aber du traust dich nicht einmal, mir ins Gesicht zu sehen – weil ich mich nicht vor dir fürchte. Vielleicht überlegst du dir's doch und probierst deine Fänge an meinem dikken Nacken aus? Pah! Das wagst du nicht!« Der Conte drehte sich um und lachte über die Verblüffung aller Anwesenden, indes der Hund demütig in seine Hütte zurückkroch. »Oh, meine schöne Weste!« rief der Conte pathetisch. »Schade darum! Hat mir doch dieses Vieh tatsächlich meine schöne saubere Weste angesabbert!«

Seine Worte verrieten eine seiner weiteren unbegreiflichen Schrullen: er ist in schöne Kleidung vernarrt wie ein Geck; an den zwei Tagen, die er hier verbracht hat, ist er bereits in vier verschiedenen prächtigen Westen erschienen, alle in hellen bunten Farben und alle viel zu groß, sogar für ihn.

Sein Takt und seine Klugheit auch bei Kleinigkeiten sind ebenso bemerkenswert wie die sonderbaren Widersprüchlichkeiten seines Wesens und die platte, kindische Art, in der er sich am häufigsten die Zeit vertreibt.

Er ist sichtlich bemüht, während seines Hierseins mit uns allen auf das beste auszukommen. Offenbar hat er bemerkt, daß Laura ihn insgeheim ablehnt (soviel habe ich denn doch aus ihr herausbekommen, als ich sie danach fragte) – aber er hat auch bemerkt, daß sie Blumen besonders gern hat. Wann immer sie den Wunsch nach einem kleinen Strauß verrät – schon hat er einen für sie bereit, Blumen, die er selbst gepflückt und gebunden hat, und was mich dabei besonders amüsiert: Er hat klugerweise immer gleich ein Duplikat dabei (genau die gleichen Blumen, genauso gebunden), um seine eisige, eifersüchtige Gattin zu besänftigen, ehe sie sich überhaupt verletzt fühlen könnte. Überhaupt ist es bewundernswert, wie er die Contessa in Gegenwart von anderen behandelt. Er verneigt sich vor ihr, nennt sie immer »mein Engel«, trägt ihr auf seinen Fingern die Kanarienvögel zu einem Besuch hin, damit sie für sie singen; er küßt ihr die Hand, wenn sie ihm die von ihr gedrehten Zigaretten reicht, und belohnt sie dafür mit Bonbons, die er ihr nekkisch in den Mund steckt und von denen er immer eine ganze Dose bei sich trägt. Die eiserne Zuchtrute, mit der er sie beherrscht, kommt vor anderen nie zum Vorschein – sie ist Privatsache und bleibt stets oben in ihren Räumen.

Seine Methode, sich bei mir beliebt zu machen, ist ganz anders. Er schmeichelt meiner Eitelkeit, indem er sich mit mir so ernst und vernünftig unterhält, als wäre ich ein Mann. Freilich durchschaue ich ihn, allerdings nur, wenn ich mich nicht in seiner Gesellschaft befinde. Hier oben, in meinem Zimmer, weiß ich ganz genau, daß er meiner Eitelkeit schmeichelt – und doch: Gehe ich zu ihm hinunter, lasse ich mich wieder blenden und fühle mich geschmeichelt – ganz, als hätte ich ihn nie durchschaut! Er weiß mich zu nehmen, so wie er seine Frau und Laura zu nehmen weiß, so wie er den Hund im Hof zu behandeln wußte – wie er sogar Sir Percival immer wieder richtig zu nehmen weiß. »Mein guter Percival, wie sehr gefällt mir deine rauhe englische Art!« sagt er ihm – oder: »Mein guter Percival! Wie sehr freut mich dein gesunder englischer Hausverstand!« Auf diese Weise pariert er Sir Percivals rüdeste Bemerkungen über seinen weibischen Geschmack und Zeitvertreib, wobei er den Baronet stets beim Vornamen nennt; er lächelt überlegen, klopft ihm auf die Schulter und zeigt sich nachsichtig wie ein gutmütiger Vater gegen den ungeratenen Sohn.

Ich kann nicht umhin, mich für diesen seltsamen und originellen Menschen zu interessieren. So erkundigte ich mich bei Sir Percival über die Vergangenheit des Conte.

Entweder weiß er selbst nur wenig, oder er will mir nur wenig sagen. Ich konnte von ihm fast nichts erfahren: Er und der Conte hätten einander vor Jahren in Rom kennengelernt, und zwar in einer gefährlichen Situation, die ich schon erwähnt habe. Seit dieser Zeit sind sie ständig zusammen – in London, in Paris und in Wien, nie aber in Italien.

Merkwürdigerweise hat der Conte die Grenzen seines Vaterlandes seit Jahren nicht mehr überschritten. Vielleicht ist er das Opfer politischer Verfolgung? Als guter Patriot scheint er jedenfalls bemüht zu sein, keinen seiner in England lebenden Landsleute aus den Augen zu verlieren. Gleich nach seiner Ankunft erkundigte er sich, wie weit wir von der nächsten Stadt entfernt seien und ob dort etwa Italiener lebten. Sicher korrespondiert er mit sehr vielen Leuten in ganz Europa, denn er erhält Briefe mit allerlei seltsamen Marken. Heute beim Frühstück beispielsweise wartete auf seinem Platz ein Schreiben mit einem riesigen, amtlich aussehenden Siegel. Vielleicht steht er mit seiner Regierung im Briefwechsel? Freilich, dies ließe sich mit meiner Vermutung, daß er ein politischer Flüchtling sei, nicht gut vereinbaren.

Wieviel habe ich eben über Conte Fosco geschrieben! Unser armer lieber Mr. Gilmore würde in seiner nüchternen geschäftlichen Art fragen, welchen Nutzen das wohl haben soll. Ich aber kann nur wiederholen: Zwar kenne ich ihn erst seit kurzem, doch ich hege eine merkwürdige, halb freiwillige, halb unfreiwillige Sympathie für ihn. Anscheinend hat er über mich die gleiche Macht wie über Sir Percival. So dreist und so grob dieser auch gelegentlich zu seinem italienischen Freund ist, so fürchtet er sich doch, ihn ernstlich zu beleidigen – das fällt mir auf. Fürchte denn auch ich mich vor ihm? Sicher ist: Ich kenne niemanden, den ich so wenig zum Feinde haben möchte wie ihn. Kommt das davon, weil ich ihn mag oder weil ich ihn fürchte? *Chi sa*? – würde Conte Fosco in seiner Muttersprache sagen. Wer weiß?

16. Juni. – Heute gibt es außer meinen eigenen Gedanken und Eindrücken auch noch anderes zu berichten. Es kam Besuch. Laura und ich hatten nichts davon gewußt, und auch für Sir Percival kam er anscheinend unerwartet.

Wir saßen gerade beim Lunch, in dem Zimmer mit den neuen Flügeltüren aus Glas, die auf die Veranda hinausgehen. Der Conte (der Backwerk in solchen Mengen verschlingt, wie es sonst nur halbwüchsigen Internatszöglingen gelingt) hatte uns gerade zum Lachen gebracht, weil er mit ernster Miene um ein Stück Torte bat – das vierte.

Da kam der Diener herein und meldete: »Sir Percival, Mr. Merriman ist eingetroffen und wünscht Sie sofort zu sprechen.«

Sir Percival fuhr zusammen und richtete auf den Mann einen Blick voll ärgerlicher Unruhe. »Mr. Merriman?« wiederholte er, als traue er seinen Ohren nicht.

»Ja, Sir Percival – Mr. Merriman aus London.«

»Wo ist er?«

»In der Bibliothek, Sir Percival.«

Worauf sich Sir Percival voll Hast erhob und den Raum verließ, ohne uns andere eines Wortes zu würdigen.

»Wer ist Mr. Merriman?« fragte mich Laura.

»Ich habe keine Ahnung«, war alles, was ich zu sagen wußte.

Der Conte war eben mit dem vierten Stück Torte fertig und hatte sich zu einem Ecktischchen begeben, um nach seinem boshaften Kakadu zu sehen. Den Vogel auf der Schulter, wandte sich der Conte zu uns um und sagte ruhig: »Mr. Merriman ist Sir Percivals Anwalt.«

Sir Percivals Anwalt. Das war zwar die richtige Antwort auf Lauras Frage, doch, so wie die Dinge lagen, keine wirklich befriedigende. Wäre Mr. Merriman von seinem Klienten ausdrücklich herbeigerufen worden, hätte man in seinem Kommen nichts Befremdliches erblickt. Doch reist ein Advokat von London nach Hampshire, ohne daß man ihn ruft, und erschreckt durch sein Kommen den Klienten, dann kann man annehmen, daß er wichtige und unerwartete Nachrichten bringt, die entweder sehr gut oder sehr schlecht sind, keinesfalls aber alltäglicher Natur.

Laura und ich blieben schweigend noch etwa eine Viertelstunde lang bei Tische sitzen, uns im stillen fragend, was wohl geschehen sein mochte, und warteten auf Sir Percivals Rückkehr – doch vergeblich. So erhoben wir uns schließlich, um das Zimmer zu verlassen.

Der Conte, aufmerksam wie immer, kam aus seiner Ecke, wo er den Kakadu gefüttert hatte. Das Tier saß noch immer auf seiner Schulter. Der Conte öffnete die Türe für uns, Laura und Madame Fosco gingen als erste hinaus. Ich wollte ihnen eben folgen, da gab er mir ein Zeichen und sagte etwas, das mich merkwürdig berührte: »Ja, Miss Halcombe, es ist etwas passiert.« Damit sprach er das aus, was mir gerade durch den Kopf gegangen war – ganz als hätte ich es laut gesagt.

Ich war nahe daran, ihm zu antworten: »Ich hab' doch nichts gesagt.« Aber der boshafte Kakadu spreizte seine gestutzten Flügel und kreischte derart, daß es mir durch Mark und Bein ging und ich froh war, hinaus zu gelangen.

Am Fuße der Treppe traf ich Laura. Ihre Gedanken waren die gleichen wie jene, bei denen mich Conte Fosco ertappt hatte – und als sie zu reden anfing, waren ihre Worte gleichsam ein Echo: Auch sie sagte leise zu mir, sie befürchte, es sei etwas passiert.

III

16. Juni. – Ehe ich heute zu Bett gehe, muß ich meine Eintragung ergänzen.

Ungefähr zwei Stunden nachdem Sir Percival sich vom Lunch erhoben hatte, um seinen Anwalt, Mr. Merriman, in der Bibliothek zu empfangen, verließ ich mein Zimmer und wollte ein bißchen spazierengehen. Ich befand mich gerade auf dem Treppenabsatz, als sich die Türe der Bibliothek öffnete und die beiden Herren heraustraten. Es schien mir besser, sie nicht zu stören. Daher beschloß ich, so lange zu warten, bis sie die Halle durchquert hatten. Sie sprachen zwar nur halblaut miteinander, aber immerhin so deutlich, daß ihre Worte bis zu mir heraufdrangen.

»Machen Sie sich keine Sorgen, Sir Percival!« hörte ich den Advokaten sagen. »Die Entscheidung liegt ausschließlich bei Lady Glyde.«

Ich hatte mich schon umgewandt, um in mein Zimmer zurückzugehen, aber Lauras Name, von einem Fremden ausgesprochen, ließ mich wie angewurzelt stehenbleiben. Zugegeben, es ist sehr unrecht und sehr schändlich, wenn man horcht – aber welche Frau ist imstande, sich nach abstrakten Ehrprinzipien zu richten, wenn Gefühle und die sich daraus ergebenden Interessen in die entgegengesetzte Richtung weisen?

Daher horchte ich – und in einer ähnlichen Situation würde ich es wieder tun, jawohl! Auch mit dem Ohr am Schlüsselloch, wenn es nicht anders ginge.

»Sie haben mich also verstanden, Sir Percival?« fuhr Mr. Merriman fort. »Lady Glyde muß in Gegenwart eines Zeugen – oder zweier Zeugen, wenn Sie besonders vorsichtig sein wollen – unterschreiben, dann – nach alter englischer Gepflogenheit – ihren Finger auf das Siegel legen und sagen: ›Es ist dies mein ausdrücklicher Wunsch und Wille.‹ Wenn dies binnen Wochenfrist geschieht, ist damit alles erledigt, und die Sorgen haben ein Ende. Wenn nicht –«

»Was heißt ›wenn nicht‹?« fragte Sir Percival verärgert. »Wenn etwas geschehen *muß*, dann geschieht *es!* Das verspreche ich Ihnen, Merriman.«

»Sehr richtig, Sir Percival – sehr richtig! Aber es gibt bei allen Transaktionen immer wenigstens zwei Möglichkeiten, und wir Advokaten müssen immer auch mit der anderen Möglichkeit rechnen. Sollte durch unvorhergesehene Umstände diese Regelung *nicht* möglich sein, könnte ich die Betreffenden vielleicht dazu bewegen, Wechsel mit drei Monaten Laufzeit anzunehmen. Wie wir dann allerdings das Geld auftreiben, wenn die Wechsel fällig werden –«

»Zum Teufel mit den Wechseln! Das Geld kann ich mir nur auf diese eine Weise beschaffen, und ich sage Ihnen nochmals, ich *werde* es mir beschaffen! Trinken Sie mit mir noch ein Glas Wein, Merriman, bevor Sie gehen?«

»Danke, Sir Percival! Leider darf ich keine Zeit verlieren, wenn ich den Zug nach London erreichen will. Sie lassen es mich wissen, sobald die Sache geregelt ist, ja? Und Sie werden die Vorsichtsmaßnahmen nicht vergessen –«

»Natürlich nicht! Draußen wartet der Einspänner auf Sie. Mein Reitknecht bringt Sie zum Bahnhof. Los, Benjamin, fahr wie der Teufel! Wenn Mr. Merriman den Zug versäumt, gebe ich dir den Laufpaß! Halten Sie sich fest, Merriman, und wenn Benjamin umwirft, vertrauen Sie darauf: Unkraut verdirbt nicht!« Nach diesem Abschiedssegen drehte sich Sir Percival um und ging in die Bibliothek zurück.

Zwar hatte ich nicht viel gehört, aber es reichte, um mich zu beunruhigen. Was Conte Fosco mit den Worten »Es ist etwas passiert« meinte, war ganz offensichtlich eine ernste Geldverlegenheit, und von Laura hängt es ab, ob Sir Percival sich ihr entziehen kann. Der Gedanke, sie in seine uneingestandenen Schwierigkeiten verwickelt zu sehen, erfüllt mich mit Angst, die aber vielleicht übertrieben ist, da ich von geschäftlichen Dingen nichts verstehe und zudem Sir Percival nach wie vor mißtraue.

Anstatt einen Spaziergang zu machen, wie ich es vorgehabt hatte, ging ich unverzüglich zu Laura und erzählte ihr, was ich gehört hatte.

Sie nahm diese schlechte Nachricht gefaßt auf, was mich überraschte. Offenbar weiß sie mehr über ihren Mann und dessen Schwierigkeiten, als ich bisher vermutete.

»Ich habe es gleich befürchtet, als ich von dem Unbekannten hörte, der sich nach Sir Percival erkundigte und seinen Namen nicht nennen wollte«, sagte sie.

»Und wer kann dieser Mann gewesen sein?«

»Irgend jemand, der eine große Forderung an Sir Percival hat«, anwortete sie, »und der auch der Grund für Mr. Merrimans Besuch ist.«

»Weißt du über diese Forderungen etwas Näheres?«

»Nein.«

»Laura, versprich mir, daß du nichts unterschreibst, ohne es vorher genau durchzulesen!«

»Bestimmt nicht, Marian! Falls ich es vor mir selbst verantworten kann, so helfe ich ihm – schon deshalb, damit du, Liebe, und ich so glücklich und ungestört leben können wie nur möglich. Aber ich tue nichts, weswegen wir uns vielleicht später schämen müßten. Sprechen wir nicht mehr davon! ... Ich sehe, du hast den Hut auf – wollen wir ausgehen und den Nachmittag im Park verträumen?«

Wir verließen das Haus, um den nächstgelegenen schattigen Platz aufzusuchen. Auf einer Lichtung unter den Bäumen vor dem Haus ging Conte Fosco langsam auf und ab und sonnte sich in der heißen Glut des Julinachmittags. Er trug seinen großen runden Strohhut mit veilchenblauem Band. Seinen gewaltigen Leib umhüllte eine blaue Bluse, auf der Brust reich mit weißer Stickerei verziert und dort, wo früher die Taille gewesen sein mochte, zusammengehalten von einem breiten, scharlachfarbenen Ledergürtel. Eine rötlichgelbe Baumwollhose, oberhalb der Knöchel ebenfalls weiß bestickt, und purpurrote Pantoffeln aus Saffianleder schmückten seine unteren Extremitäten. Er sang Figaros berühmte Arie aus dem ›Barbier von Sevilla‹ mit einer Geläufigkeit, wie man sie nur von italienischen Kehlen hören kann, wobei er sich auf dem Akkordeon begleitete und immer vor Begeisterung die Arme in die Höhe warf und den Kopf anmutig hielt, wandte und drehte – wie eine dicke heilige Cäcilia, die sich als Mann verkleidet hat. »Figaro quà! Figaro là! Figaro sù! Figaro giù!« sang der Conte, schwenkte das Akkordeon zur Seite und verbeugte sich zu uns hin, graziös und elegant wie ein Zwanzigjähriger.

»Auf mein Wort, Laura, dieser Mann ist über Sir Percivals Geldverlegenheit informiert«, sagte ich, als wir seinen Gruß aus sicherer Entfernung erwiderten.

»Was bringt dich auf diesen Gedanken?«

»Wie hätte er sonst wissen können, daß Mr. Merriman Sir Percivals Anwalt ist?« entgegnete ich. »Als ich hinter dir das Eßzimmer verließ, sagte er mir – ohne daß ich ihn gefragt hätte –, es sei etwas passiert. Verlaß dich darauf, Laura: Er weiß mehr als wir!«

»Auch wenn dies der Fall ist: Frag ihn nicht, zieh ihn nicht ins Vertrauen!«

»Du scheinst ihn wirklich nicht zu mögen, Laura. Hat er dir etwas gesagt oder getan?«

»Nichts, Marian. Im Gegenteil. Auf unserer Heimreise war er die Güte und Aufmerksamkeit selbst. Und wenn Sir Percival seine Zornesausbrüche hatte, verhielt er sich mir gegenüber ganz besonders rücksichtsvoll. Vielleicht mag ich ihn nicht, weil er auf meinen Mann viel mehr Einfluß hat als ich. Vielleicht fühle ich mich in meinem Stolz verletzt, weil ich ihm zu Dank verpflichtet bin. Sicher ist nur: Ich ertrage ihn einfach nicht!«

Die restlichen Stunden dieses Tages verliefen ruhig und friedlich. Am Abend spielten der Conte und ich Schach. Die beiden ersten Spiele ließ er mich höflicherweise gewinnen, dann aber, als er merkte, daß ich ihn durchschaute, entschuldigte er sich und setzte mich beim dritten Spiel nach zehn Minuten matt. Sir Percival erwähnte während des ganzen

Abends mit keinem Wort den Besuch seines Anwalts. Doch hatte entweder Mr. Merriman oder irgend etwas anderes bei ihm ganz entschieden eine Wendung zum Besseren bewirkt. Er war zu uns allen höflich und liebenswürdig, ganz wie seinerzeit in Limmeridge, und zu seiner Frau war er so erstaunlich lieb und aufmerksam, daß sogar die eisige Madame Fosco sich bewogen fühlte, ihn ernsthaft und verwundert anzublicken. Was hat das zu bedeuten? Ich glaube, ich kann es erraten; ich fürchte, auch Laura kann es erraten; und ich bin sicher, Conte Fosco weiß es. Im Laufe dieses Abends habe ich Sir Percival mehr als einmal dabei ertappt, wie er ihm insgeheim einen Blick zuwarf, als erwarte er seinen Beifall.

17. Juni. – Ein ereignisreicher – hoffentlich muß ich nicht hinzufügen: ein unheilvoller – Tag. Was die geheimnisvolle »Regelung« (der Advokat hatte diesen Ausdruck gebraucht) betraf, die uns da bevorsteht, hüllte sich Sir Percival genauso wie am Vorabend in Schweigen. Eine Stunde später jedoch kam er plötzlich in das Zimmer, das den Damen zum Morgenaufenthalt dient. Laura und ich warteten dort, den Hut auf dem Kopf, auf Madame Fosco. Er erkundigte sich nach dem Conte. »Wir erwarten ihn jeden Augenblick«, sagte ich.

Nervös auf und ab gehend fuhr Sir Percival fort: »Es handelt sich nämlich um folgendes: Ich möchte, daß Fosco und seine Frau kurz in die Bibliothek kommen. Es ist etwas Geschäftliches – eine reine Formalität –, auch du, Laura, sollst dabei sein.« Er hielt inne und schien erst jetzt zu bemerken, daß wir zum Ausgehen angekleidet waren. »Seid ihr eben zurückgekommen, oder geht ihr gerade fort?« fragte er.

»Wir hatten vor, heute vormittag zum See zu gehen«, sagte Laura. »Aber wenn du etwas anderes vorschlagen möchtest –«

»Nein, nein!« antwortete er hastig. »Die Sache kann warten. Ob nach dem Frühstück oder nach dem Lunch ist einerlei. Ihr geht also alle zum See, wie? Eine gute Idee. Vertreiben wir uns den Vormittag mit einem Spaziergang – ich komme mit!«

Er meinte es wirklich so. Selbst wenn man seine sonst unübliche Bereitschaft, die eigenen Pläne dem Vergnügen anderer unterzuordnen, nicht sofort begriff, fühlte man, wie erleichtert er war, einen Vorwand zu finden, »die Formalität« noch ein wenig hinauszuschieben. Mir sank das Herz ein wenig tiefer, als ich den unvermeidlichen Schluß daraus zog.

Jetzt kamen der Conte und die Contessa herein. Die Dame trug den bestickten Tabaksbeutel und den kleinen Papiervorrat, um Zigaretten für den Herrn zu drehen; der Herr, wie üblich in Bluse und mit Strohhut, hatte den bunten Pagodenkäfig mit seinen geliebten weißen Mäusen in der Hand. Er lächelte ihnen und uns mit einer einfachen Liebenswürdigkeit zu, die wir alle unwiderstehlich fanden.

»Mit Ihrer gütigen Erlaubnis«, erklärte der Conte, »nehme ich meine kleine Familie, meine hübschen, harmlosen Mäuschen, mit auf den Spaziergang. Es gibt Hunde hier im Haus. Soll ich ihnen meine armen verlassenen Kinder auf Gnade und Ungnade ausliefern? Niemals!«

Darauf zirpte er seinen kleinen weißen Kinderchen durch die Gitterstäbe väterlich zu, und wir machten uns auf den Weg zum See.

In der Kiefernschonung absentierte sich Sir Percival. Anscheinend gehört es zu seinem unsteten Wesen, sich bei derlei Gelegenheiten immer von den anderen abzusondern. Und jedes Mal schnitzt er sich dann einen neuen Stock. Schon allein das bloße Abhauen und das Zurechtschneiden auf gut Glück scheinen ihn irgendwie zu befriedigen. Das ganze Haus ist voller Spazierstöcke, die er selbst angefertigt, doch nie ein zweites Mal benützt hat. Nach einmaligem Gebrauch erlischt sein Interesse, und alles, was er will, ist – weitere anfertigen.

Im alten Bootshaus stieß er wieder zu uns. Wir setzten uns alle nieder. Ich will die Unterhaltung, die nun folgte, genau wiedergeben. Was mich betrifft, war es ein wichtiges Gespräch, denn es hat dazu geführt, daß ich von nun an dem Einfluß des Conte auf meine Gedanken und Gefühle mit Argwohn begegne und ihm nach Kräften zu widerstehen versuche.

Das Bootshaus war groß genug für uns alle; nur Sir Percival blieb draußen und bearbeitete den neuen Spazierstock mit seinem Taschenmesser. Wir drei Frauen fanden auf der Bank reichlich Platz. Laura holte ihre Handarbeit hervor, und Madame Fosco begann Zigaretten zu drehen. Ich selbst hatte wie gewöhnlich nichts zu tun. Meine Hände sind schon seit jeher so ungeschickt wie Männerhände und werden's wohl auch bleiben. In bester Laune wählte der Conte für sich einen Schemel, der viel zu klein war. Um das Gleichgewicht zu halten, lehnte er sich mit dem Rücken gegen die Wand, die unter seinem Gewicht knarrte und ächzte. Dann stellte er den Pagodenkäfig auf seine Knie und ließ die Mäuse heraus, die wie gewohnt an ihm herumturnten. Es sind herzige, harmlose Tierchen, kriechen sie jedoch auf einem menschlichen Körper herum, überkommt mich ein unangenehmes Gefühl. Auch mir beginnt es dann auf der Haut zu kribbeln, und vor meinem inneren Auge stehen grauenhafte Bilder auf, wie etwa Kerker, in denen Sterbende den hungrigen Nagern hilflos preisgegeben sind.

Der Morgen war windig und wolkig, und der schnelle Wechsel von Licht und Schatten auf der Sumpflandschaft ließ diese noch düsterer und geheimnisvoller erscheinen.

»Manche Leute halten das für malerisch«, meinte Sir Percival und zeigte mit seinem halbfertigen Stock auf die Landschaft vor uns. »Ich halte es für einen Schandfleck meiner Güter. Zur Zeit meines Urgroßvaters reichte der See bis hierher. Und jetzt? Seht euch das an! Er ist nicht einmal vier Fuß tief und besteht nur aus Pfützen und Tümpeln! Ich wünschte, ich hätte das Geld, ihn trockenzulegen und das ganze Areal zu bepflanzen. Mein Gutsverwalter, dieser abergläubische Dummkopf, behauptet, der See sei verflucht wie das Tote Meer. Was sagst du dazu, Fosco? Genau der richtige Platz, für einen Mord, wie?«

»Mein guter Percival!« sagte der Conte vorwurfsvoll. »Du mit deinem gesunden englischen Menschenverstand! Was fällt dir eigentlich ein? Das Wasser ist doch viel zu seicht, um die Leiche zu verstecken! Und überall gibt es Sand, in dem der Mörder seine Fußspuren hinterläßt! Meiner Meinung nach ist das kein geeigneter Platz für einen Mord.«

»Unsinn! Du weißt, was ich meine«, sagte Sir Percival und schnitt wütend an dem Stock herum. »Die düstere Gegend, die einsame Lage! Wenn du willst, verstehst du mich – wenn nicht, werde ich mir nicht die Mühe machen, dir zu erklären, was ich meine.«

»Und warum nicht, wenn es sich mit zwei Worten erklären läßt?« sagte der Conte. »Wenn ein Narr einen Mord begehen will, dann wäre dein See gewiß der erste Platz, den er dafür wählen würde, für einen klugen Mann dagegen wär's sicherlich der letzte. Ist es das, was du meinst? Wenn ja, dann hast du hiermit deine Erklärung. Nimm Sie hin, Percival, zugleich mit dem Segen deines guten Fosco!«

Laura blickte den Conte an, wobei ihre Abneigung sich vielleicht allzu deutlich in ihren Zügen malte. Aber er war so mit seinen Mäusen beschäftigt, daß er es nicht bemerkte.

»Es schmerzt mich zu hören, daß diese Aussicht auf den See mit etwas so Schrecklichem wie Mord in Verbindung gebracht wird«, sagte sie. »Und wenn Conte Fosco nicht umhin kann, Mörder in Klassen einzuteilen, so hat er dafür nicht die richtigen Ausdrücke gewählt. Einen Mörder als Narr zu bezeichnen, scheint mir eine unverdiente Nachsicht, und ihn als Klugen zu bezeichnen, ist geradezu ein Widerspruch – habe ich doch immer gehört, daß wahrhaft kluge Menschen auch wahrhaft gute Menschen sind und jedes Verbrechen verabscheuen.«

»Verehrteste, das sind bewundernswerte Merksätze – auch ich habe sie schon als Überschrift in Schulheften gelesen«, versetzte der Conte, holte sich eine weiße Maus auf die Handfläche und sprach sie auf seine komische Art an: »Mein hübscher kleiner Schlingel, merke dir wohl, ein wirklich kluges Mäuschen ist ein wirklich gutes Mäuschen! Sei so lieb und sag das auch deinen Gefährten – und nag nie mehr an den Stäben deines Käfigs!«

»Es ist leicht, alles ins Lächerliche zu ziehen«, entgegnete Laura energisch. »Aber es wird Ihnen nicht ganz so leicht fallen, Conte, mir einen weisen Mann zu nennen, der ein großer Verbrecher war.«

Conte Fosco zuckte die mächtigen Schultern und lächelte Laura aufs freundlichste an. »Da haben Sie recht«, sagte er, »denn nur ein Dummer läßt sich erwischen, das Verbrechen eines Weisen hingegen wird nicht entdeckt. Wenn ich Ihnen also ein Beispiel nennen soll, so kann es sich gar nicht um einen Weisen handeln. Ihr gesunder englischer Menschenverstand, Verehrteste, ist mir überlegen. Diesmal bin ich schachmatt – nicht wahr, Miss Halcombe?«

»Bleib fest, Laura!« spottete Sir Percival, der auf seinem Platz vor der Türe zugehört hatte. »Sag ihm als nächstes: Es ist nichts so fein gesponnen, es kommt doch ans Licht der Sonnen. – Da hast du noch eine Schulbuchweisheit, Fosco! Was für ein höllischer Unsinn!«

»Ich glaube aber daran«, erklärte Laura ruhig.

Sir Percival lachte aus vollem Halse – so laut und so heftig, daß er uns alle erschreckte, am meisten den Conte.

»Auch ich glaube daran«, sagte ich, Laura zu Hilfe kommend.

Sir Percival, den die Worte seiner Frau ohne ersichtlichen Grund so sehr belustigt hatten, war durch meine Bemerkung ebenfalls ohne ersichtlichen Grund irritiert. Er hieb mit dem neuen Stock zornig in den Sand und ging davon.

»Armer guter Percival!« rief Conte Fosco und schaute ihm belustigt nach. »Er ist ein Opfer des englischen Spleens. Aber verehrte Miss Halcombe, teure Lady Glyde – glauben Sie denn wirklich, daß jedes Verbrechen an den Tag kommt?« Zu seiner Frau gewandt, die bisher kein Wort gesagt hatte, fügte er hinzu: »Und du, mein Engel, glaubst du es auch?«

»Ich lasse mich belehren, ehe ich es wage, in Gegenwart wohlunterrichteter Männer meine Meinung zu verkünden«, erwiderte die Contessa und blickte Laura und mich mit eisigem Vorwurf an.

»In der Tat, Contessa?« sagte ich. »Ich erinnere mich noch an die Zeit, da Sie für die Rechte der Frau eintraten – wozu auch die Meinungsfreiheit gehörte.«

»Was ist deine Meinung dazu, Graf?« fragte Madame Fosco ihren Mann und drehte in aller Ruhe weiterhin Zigaretten, ohne von mir die geringste Notiz zu nehmen.

Nachdenklich streichelte der Conte mit seinem kleinen, fetten Finger eines seiner Mäuschen, bevor er antwortete: »Es ist wahrhaft erstaunlich, wie leicht sich die Gesellschaft mit ein paar Phrasen über ihre schlimmsten Vergehen hinwegtröstet. Ihr Apparat, der Verbrechen entdecken soll, ist höchst unzulänglich – und so erfindet man eben einen Spruch mit moralischem Sinngehalt und behauptet, daß er stimme. Und von da an sind die Leute wie mit Blindheit geschlagen und glauben an diesen Unsinn. Es kommt also ans Licht der Sonne – nicht wahr? Oder: Die Sonne bringt es an den Tag – nicht wahr? Lady Glyde, fragen Sie doch in einer größeren Stadt den Untersuchungsrichter, der die Obduktionsbefunde auswertet, ob es die Sonne an den Tag bringt! Miss Halcombe, fragen Sie bei den Lebensversicherungen, ob das zutrifft! Lesen Sie doch die Zeitungen! Findet man darin nicht Beispiele genug für aufgefundene Ermordete – ohne daß man deren Mörder je entdeckt? Rechnen Sie die Fälle hinzu, von denen nichts in der Zeitung steht, rechnen Sie die Ermordeten hinzu, die man nicht findet – und zu welchem Schluß kommen Sie? Zu folgendem: ungeschickte Verbrecher werden entdeckt, kluge Verbrecher entgehen ihrer Bestrafung. Ob es dem Verbrecher gelingt, seine Tat zu verschleiern, oder ob es der Polizei gelingt, das Verbrechen aufzuklären, ist nichts anderes als eine Art Wettkampf zwischen diesen beiden, wobei es auf die größere Geschicklichkeit ankommt. Ist der Verbrecher ein dummer, ungeschickter Mensch, siegt in neun von zehn Fällen die Polizei; ist er aber schlau, wagemutig und hochintelligent, verliert die Polizei in neun von zehn Fällen. Siegt die Polizei, hört man meist von der Geschichte – verliert sie hingegen, hört man kein Wort davon. Und auf dieser unsicheren Grundlage errichtet ihr eure bequeme moralische Maxime, daß das Unrecht an den Tag kommt! Jawohl – Verbrechen kommen an den Tag, aber nur jene, von welchen ihr gehört habt. Und was ist mit den übrigen?«

»Verdammt wahr ist das, und sehr gut gesagt dazu!« rief eine Stimme vom Eingang des Bootshauses. Sir Percival hatte seinen Gleichmut wiedergefunden und war, während wir dem Conte zugehört hatten, zurückgekehrt.

»Zum Teil mag es stimmen, und sicher war es gut gesagt«, sagte ich. »Aber eigentlich sehe ich nicht ein, warum Conte Fosco den Sieg des Verbrechers über die Gesellschaft mit einer solchen Freude feiert oder warum Sie, Sir Percival, ihm deshalb so stürmisch Beifall klatschen.«

»Jetzt hast du es gehört, Fosco! Ich rate dir: Schließ Frieden mit deinen Zuhörerinnen!« rief Sir Percival. »Und sag ihnen, daß Tugend etwas Herrliches ist – das gefällt ihnen, mein Wort darauf!«

Der Conte lachte leise in sich hinein. Von diesem Beben aufgeschreckt, stürzten zwei weiße Mäuse aus seiner Weste und krabbelten eiligst in ihren Käfig zurück. »Mein guter Percival, eigentlich müßten die Damen über Tugend sprechen«, meinte er, »denn sie können das mit mehr Berechtigung als ich; sie wissen, was Tugend ist, ich aber weiß es nicht.«

»Habt ihr das gehört?« fragte Sir Percival. »Das ist doch schrecklich!«

»Aber wahr!« sagte der Conte unbewegt. »Als Weltbürger habe ich in meinem Leben schon so verschiedene Arten von Tugenden kennengelernt, daß ich mir jetzt, da ich alt bin, den Kopf darüber zerbreche, was die richtigen Tugenden sind und was die falschen. Hier in England beispielsweise gilt etwas Bestimmtes als Tugend, doch in China gilt etwas anderes als Tugend. Der Engländer sagt: ›Was ich unter Tugend verstehe, ist richtig.‹ Und der Chinese behauptet das gleiche. Ich sage daher ›ja‹ zu dem einen, oder ›nein‹ zu dem anderen – bin aber in beiden Fällen gleich unsicher, ob es sich nun um den Engländer oder um den Chinesen handelt... Ach, mein hübsches Mäuschen, komm und küß mich! Wer ist für dich, du meine Allerschönste, ein tugendhafter Mann? Einer, der dich warmhält und dir Futter gibt, nicht wahr? Übrigens gar keine so schlechte Definition – jedenfalls ist sie verständlich.«

»Halten Sie einmal kurz inne, Conte!« unterbrach ich ihn. »Um auf Ihr Beispiel zurückzukommen – wir Engländer besitzen doch sicherlich eine bestimmte Tugend, die den Chinesen nichts gilt. Die chinesische Regierung läßt Tausende unschuldiger Menschen unter fadenscheinigen Vorwänden umbringen. Wir in England sind frei von jeglicher Schuld dieser Art, solch gräßliche Verbrechen begehen wir nicht, sinnloses Blutvergießen verabscheuen wir aus ganzem Herzen.«

»Sehr richtig, Marian«, sagte Laura. »Das hast du genau überlegt und gut ausgedrückt!«

»Bitte gestatten Sie doch dem Conte weiterzusprechen«, sagte Madame Fosco streng und höflich. »Sie werden sehen, meine Damen, er kann seine Behauptungen immer mit guten Gründen verteidigen.«

»Ich danke dir, mein Engel«, sagte der Conte zu ihr. »Willst du ein Bonbon?« Er zog ein hübsches, mit Elfenbein eingelegtes Döschen aus der Tasche, öffnete es und stellte es auf den Tisch. »›Chocolat à la Vanille‹, angeboten von Fosco, um den bezaubernden Damen zu huldigen!« Er verneigte sich vor unserer kleinen Runde, klopfte auf das Döschen und ließ die Bonbons darinnen fröhlich klappern.

»Bitte sprich doch weiter! Tu mir den Gefallen und antworte Miss Halcombe!« sagte Madame Fosco gehässig.

»Miss Halcombes Beweise sind unwiderlegbar«, erklärte der Italiener wohlerzogen, »das heißt, so weit sie eben damit geht. Ja, Miss Halcombe, ich bin ganz Ihrer Meinung. Der Engländer verabscheut die Greueltaten der Chinesen. Er urteilt rasch, wenn es darum geht, bei anderen Fehler zu finden; aber er ist der langsamste Mensch auf Erden, wenn es darauf ankommt, eigene Fehler zu entdecken. Ist er denn auf seine Art so viel besser als jene, welche er verdammt? Die englische Gesellschaft macht sich oft mitschuldig an Verbrechen – auch wenn sie es verabscheut. Jawohl, so ist's! Hierzulande nämlich gilt das gleiche wie anderswo: Die Moral hat einen doppelten Boden. Je ärger es ein Schuft treibt, der für Weib und Kinder zu sorgen hat, desto größer wird eure Teilnahme für seine Angehörigen. Das kommt ihm natürlich auch selbst zugute. Ein berüchtigter Verschwender, der sich immer wieder von seinen Freunden Geld ausborgt, kriegt aus ihnen mehr heraus als ein Ehrenmann, der nur ein einziges Mal, durch bitterste Not gezwungen, um Geld bittet. Beim Verschwender zeigen sich die Freunde überhaupt nicht überrascht – daher geben sie ihm das Geld. Doch beim Ehrenmann sind sie höchst überrascht – daher zögern sie. Ist das Gefängnis, in dem der Schuft schließlich landet, etwa ein unangenehmerer Aufenthaltsort als das Armenhaus, in das der Ehrenmann gerät? Wenn ein Philanthrop – wie seinerzeit John Howard – Not lindern will, sucht er sie in Gefängnissen, wo sie eine Folge des Verbrechens ist – nicht aber in den Hütten der Armen, wo Not eine Folge der Tugend sein kann. Welcher englische Dichter hat bei allen Leuten das größte Mitgefühl – wer gibt das beste Thema ab für pathetische Dichtung und pathetische Malerei? Dieser nette junge Mann, der sein Leben mit einem Betrug begann und durch Selbstmord beendete – euer geliebter, romantischer, interessanter Thomas Chatterton! Was meinen Sie, Miss Halcombe, welche von zwei halbverhungerten Näherinnen fährt besser – die eine, die der Versuchung widersteht und ehrlich bleibt, oder die andere, die der Versuchung erliegt und stiehlt? Wir alle wissen, daß die zweite es durch Diebstahl zu Vermögen bringt – das macht sie berühmt in ganz England, wo man so nachsichtig und wohltätig ist! Als Gesetzesbrecherin geht sie frei aus – sie wäre aber in aller Stille verhungert, hätte sie sich an das Gesetz gehalten ... Komm, mein lustiges Mäuschen! He! *Presto*! Her mit dir! Ich verwandle dich hiermit für kurze Zeit in eine Dame! Bleib auf meiner großen Hand, meine Liebe, und hör mir zu: Du heiratest den armen Mann, den du liebst, o Maus, und wie verhalten sich deine Freunde? Sie bemitleiden dich oder machen dir Vorwürfe. Aber wenn du das Gegenteil tust, dich für Gold an einen Mann verkaufst, an dem dir nichts liegt, werden sich alle deine Freunde über dich freuen. Ein Geistlicher der anglikanischen Kirche sanktioniert den schändlichen Menschenhandel, und bist du höflich und lädst ihn nachher zum Essen ein, lächelt er dich süß an ... He! *Presto*! Her zu mir! Sei wieder eine Maus und quieke! Bliebst du nämlich noch länger eine Dame, würdest du mir sicher sagen, daß die Gesellschaft Verbrechen verabscheue – dann aber, o Maus, würde ich daran zweifeln, ob dir deine Augen und deine Ohren überhaupt etwas nutzen ... Ach, ich bin ein schlechter Mensch, nicht wahr, Lady Glyde? Ich sage, was andere nur denken. Und wenn die Menschheit sich verschworen hat, die Maske für das wahre Gesicht zu halten, dann bin ich der erste, der die dicke Pappe wegreißt und die bloßen Knochen darunter zeigt. Aber jetzt werde ich mich auf meine dicken Elefantenbeine stellen, bevor ich noch weiter in Ihrer Achtung sinke. Ich werde mich erheben und allein ein bißchen herumgehen, um Luft zu schnappen. Verehrte Damen – es ist, wie Ihr trefflicher Sheridan sagt: ›Ich gehe – und lasse meinen guten Ruf zurück.‹«

Er stand auf, stellte den Käfig auf den Tisch und zählte seine Mäuschen: »Eins, zwei, drei, vier – ha!« rief er entsetzt. »Wo um Himmels willen ist die Fünfte – die Jüngste, die Weißeste, die Liebenswerteste von allen – mein Benjamin?«

Weder Laura noch ich waren zu Scherzen aufgelegt. Seine zynische Art hatte uns eine neue Seite seines Charakters gezeigt, die uns beiden Angst machte. Doch der komische Schmerz eines so großen dicken Mannes über den Verlust eines winzigen Mäuschens brachte uns wider Willen zum Lachen. Madame Fosco erhob sich, damit wir ihrem Beispiel folgten und alle das Bootshaus räumten. So konnte ihr Mann auch die entferntesten Winkel durchstöbern.

Wir hatten noch keine drei Schritte getan, da entdeckte der Conte mit scharfem Auge das verlorene Mäuschen unter der Bank, auf der wir gesessen hatten. Er schob sie zur Seite und nahm das Tierchen in die Hand. Noch kniend bemerkte er unmittelbar vor sich einen Fleck auf dem Boden. Rasch richtete er sich auf, doch seine Hand zitterte derart, daß er kaum imstande war, die Maus in den Käfig hineinzustecken. Eine gelbliche Blässe überzog plötzlich sein Gesicht.

»Percival!« flüsterte er. »Percival! Komm herein!«

Sir Percival hatte uns während der letzten zehn Minuten überhaupt nicht beachtet. Er hatte, ganz in Gedanken versunken, mit der Stockspitze Ziffern in den Sand geschrieben und sie wieder verwischt.

»Was ist denn jetzt wieder los?« sagte er und schlenderte uninteressiert hinein.

»Siehst du dort etwas?« fragte der Conte und klammerte sich mit der einen Hand an ihn, während er mit der anderen auf die Stelle deutete, wo er die Maus gefunden hatte.

»Ich sehe trockenen Sand und mitten drin einen Schmutzfleck«, antwortete Sir Percival.

»Das ist kein Schmutz«, flüsterte der Conte und umklammerte Sir Percival nun auch mit der andern Hand, »das ist Blut.« Er zitterte am ganzen Leib.

Laura stand nahe genug, um das letzte Wort zu hören – so leise es auch gesprochen war. Mit vor Schreck geweiteten Augen wandte sie sich zu mir.

»Sei nicht töricht, Liebe! Kein Grund zu erschrecken! Es ist nur das Blut eines armen kleinen Hundes, der sich verlaufen hatte«, sagte ich.

Verwundert richteten aller Augen sich auf mich. »Woher wissen Sie das?« fragte mich Sir Percival.

»Ich fand den Hund hier sterbend vor – es war am Tag, als Sie nach Blackwater Park zurückkehrten«, sagte ich. »Das arme Tier hatte sich im Kiefernwäldchen verlaufen, und Ihr Aufseher hatte ihn angeschossen.«

»Wem gehörte denn der Hund? Es war keiner von meinen!«

»Hast du versucht, diesem armen Geschöpf das Leben zu retten?« fragte mich Laura ernst. »Ja, sicher hast du es versucht!«

»Natürlich. Die Haushälterin und ich taten unser möglichstes, aber der Hund war schwer verletzt und verendete unter unseren Händen.«

»Wem gehörte dieser Hund?« fragte mich Sir Percival nochmals. Seine Stimme klang gereizt. »Oder war's doch einer von meinen?«

»Nein.«

»Wem hat er dann gehört? Wußte es die Haushälterin?«

Im Augenblick, da er diese Frage stellte, schoß mir's durch den Kopf, daß Mrs. Catherick die Haushälterin gebeten hatte, Sir Percival nichts von ihrem Besuch zu sagen; daher schien es mir ratsam, besser nicht zu antworten. Doch in meinem Drang, die anderen nicht zu beunruhigen, hatte ich mich unvorsichtigerweise zu weit vorgewagt und konnte nun nicht mehr zurück, ohne durch mein Schweigen nur Verdacht zu erregen und dadurch die Sache zu verschlimmern. So blieb mir nichts anderes übrig, als zu antworten, und zwar sofort und ohne Rücksicht auf die Folgen. »Ja, die Haushälterin wußte es«, gab ich zu. »Der Hund gehörte Mrs. Catherick.«

Ich stand bereits unter der Türe, als ich das sagte, indes Sir Percival sich noch immer zusammen mit dem Conte im Bootshaus befand. Doch kaum kam mir der Name »Catherick« über die Lippen, stieß er den Conte grob zur Seite und pflanzte sich draußen im Tageslicht dicht vor mir auf. »Wieso wußte die Haushälterin, daß es Mrs. Cathericks Hund war?« fragte er, mit zusammengezogenen Brauen seinen Blick in den meinen bohrend, was mich teils ärgerte, teils erschreckte.

»Sie wußte es, weil der Hund mit Mrs. Catherick gekommen war«, entgegnete ich ruhig.

»Mit ihr gekommen? Wohin?«

»Hierher, nach Blackwater Park.«

»Was zum Teufel hatte sie hier zu suchen?« Sein Ton war fast noch beleidigender als die Worte, derer er sich bediente. Ich bedeutete ihm meine Mißbilligung seines Benehmens, indem ich mich wortlos abwandte.

In diesem Augenblick legte ihm der Conte begütigend die Hand auf die Schulter. »Mein guter Percival – sachte doch, sachte!« hörte ich ihn mit melodiöser Stimme sagen.

Sir Percival drehte sich wütend nach ihm um, aber der Conte

lächelte nur und wiederholte seinen Beruhigungsversuch: »Sachte, mein Guter – sachte!«

Einen Moment lang zögerte Sir Percival, dann aber ging er mir zu meiner Überraschung ein paar Schritte nach und entschuldigte sich bei mir. »Ich bitte Sie um Verzeihung, Miss Halcombe«, sagte er. »In letzter Zeit bin ich leider etwas nervös und daher leicht reizbar. Aber es interessiert mich natürlich sehr, was Mrs. Catherick hier wollte. Ist die Haushälterin die einzige, die sie gesehen hat?«

»Soviel ich weiß, ja.«

Wieder mischte sich der Conte ein. »Warum fragst du denn nicht gleich die Haushälterin selbst?« sagte er. »Warum begibst du dich nicht an den Quell des Wissens selbst, o Percival?«

»Da hast du recht«, meinte Sir Percival. »Natürlich muß man zuerst die Haushälterin fragen. Wie dumm von mir, nicht gleich daran zu denken!« Mit diesen Worten verließ er uns, um unverzüglich zum Haus zurückzukehren.

Zunächst war's mir ein Rätsel, warum sich der Conte eingemischt hatte. Doch kaum war Sir Percival fort, verriet er sich: Er überschüttete mich mit Fragen über Mrs. Catherick und über den Grund ihres Besuches in Blackwater Park – Fragen, die er in Gegenwart seines Freundes nicht hätte stellen können. Ich beantwortete sie so knapp, wie es die Höflichkeit zuließ – denn ich war fest entschlossen, selbst den geringsten Versuch des Conte zum Austausch von Vertraulichkeiten zwischen uns von vornherein zu unterbinden. Doch unwissentlich half ihm Laura, aus mir alles herauszuholen, indem sie ihrerseits Fragen an mich richtete, die mir keine andere Wahl ließen, als sie zu beantworten, wollte ich nicht in den unangenehmen und auch falschen Ruf kommen, Sir Percivals Geheimnis zu kennen. Es endete damit, daß der Conte nach etwa zehn Minuten alles wußte: über Mrs. Catherick, aber auch über die Fäden, die auf so seltsame Weise von uns zu ihrer Tochter liefen, angefangen von Walter Hartrights nächtlicher Begegnung – kurzum alles, was sich bisher ereignet hatte.

Seine Reaktion auf meine Auskünfte verriet mir, daß er, obgleich mit Sir Percival befreundet und über dessen Privatangelegenheiten im allgemeinen gut informiert, Anne Cathericks Geheimnis genauso wenig kennt wie ich. Diese rätselhafte Geschichte wird mir dadurch nur noch verdächtiger, da ich jetzt sicher bin, daß sich Sir Percival in dieser Angelegenheit nicht einmal seinem allerbesten Freunde anvertraut hat. Die unverhohlene Neugier, mit der er jedes Wort von mir aufnahm, bekräftigt meine Überzeugung. Ich weiß, daß es viele Arten von Neugier gibt – aber die der restlosen Verblüffung ist unverkennbar. Wenn ich ihr in meinem Leben je begegnet bin, dann heute in den Gesichtszügen von Conte Fosco.

Unter diesem Hin und Her von Frage und Antwort wanderten wir langsam durch die Kiefernschonung heimwärts. Vor dem Herrenhaus angekommen, erblickten wir als erstes Sir Percivals Dogcart, davor das angeschirrte Pferd, daneben wartete der Reitknecht in seiner Stalljacke. Nach diesem unvermuteten Anblick zu schließen, hatte das Verhör der Haushälterin also bereits bedeutsame Ergebnisse erbracht.

»Ein schönes Pferd, mein Freund«, sagte der Conte mit gewinnendster Leutseligkeit zum Reitknecht. »Du fährst aus?«

»Ich nicht, Sir, mein Herr fährt aus«, antwortete der Bursche, blickte auf seine Stalljacke und fragte sich offenbar verwundert, ob der Herr aus dem Ausland die wohl für die Livree hielt.

»Ach so! Merkwürdig, daß er sich diese Mühe macht – wo er doch dich als Kutscher hat! Wird er diesen schönen, schimmernden Hengst heute durch eine weite Fahrt ermüden?«

»Das weiß ich nicht, Sir«, sagte der Reitknecht. »Wenn's gestattet ist, Sir – das Pferd ist eine Stute, das spritzigste Tier aus unserem Stall. Sie heißt Brown Molly und rennt bis zum Umfallen. Für kurze Strecken nimmt Sir Percival gewöhnlich den Isaac von York.«

»Und eine schimmernde, spritzige Brown Molly für die langen?«

»Jawohl, Sir.«

Der Conte wirbelte herum und sagte, zu mir gewandt: »Die logische Schlußfolgerung daraus ist, daß Sir Percival heute eine lange Fahrt beabsichtigt.«

Ich erwiderte nichts. Angesichts des Einspänners zog ich aus dem, was ich von der Haushälterin wußte, meinen eigenen Schluß, aber es lag mir nicht daran, ihn mit Conte Fosco zu teilen. In Cumberland – so dachte ich bei mir – war Sir Percival den weiten Weg nach Todd's Corner gegangen, um sich nach Anne zu erkundigen. Wird er jetzt, wo er in Hampshire ist, den weiten Weg nach Welmingham fahren, um sich bei Mrs. Catherick nach Anne zu erkundigen?

Wir gingen alle ins Haus. Als wir die Halle betraten, kam Sir Percival aus der Bibliothek heraus. Er schien sehr in Eile und war blaß und nervös, zeigte sich aber trotzdem von seiner höflichsten Seite. »Ich bedaure, Sie verlassen zu müssen«, erklärte er. »Ich habe eine lange Fahrt vor mir – eine Sache, die ich nicht aufschieben kann. Morgen bin ich wieder zurück. Aber bevor ich wegfahre, möchte ich diese kleine Formalität, von der ich heute morgen gesprochen habe, erledigen. – Laura, könntest du bitte in die Bibliothek kommen? Es dauert nicht länger als eine Minute – eine reine Formsache, wie gesagt. Contessa, darf ich Sie ebenfalls bemühen? Ich benötige Sie und den Conte als Zeugen bei einer Unterschrift – mehr nicht. Kommen Sie doch gleich, damit wir es hinter uns haben!«

Er hielt die Türe zur Bibliothek so lange offen, bis alle drinnen waren, dann folgte er ihnen und schloß sie leise hinter sich.

Ich blieb in der Halle eine Weile stehen; mein Herz pochte heftig, denn ich ahnte nichts Gutes. Dann ging ich zur Treppe und stieg langsam die Stufen zu meinem Zimmer hinauf.

IV

17. Juni. – Meine Hand lag schon auf dem Türgriff da hörte ich Sir Percivals Stimme. »Miss Halcombe!« rief er. »Ich muß Sie bitten, wieder herunterzukommen! Es ist Foscos Schuld, nicht meine. Unsinnigerweise hat er etwas dagegen, daß seine Frau Zeugin ist. Daher bin ich genötigt, mich an Sie zu wenden.«

Ich eilte sofort hinunter und betrat zugleich mit Sir Percival die Bibliothek. Laura wartete neben dem Schreibtisch, ihre Hand spielte nervös mit dem runden Strohhut. Neben ihr saß Madame Fosco in einem Lehnstuhl; ihr Blick ruhte bewundernd auf dem Conte, der am Fenster stand und dort von den Topfpflanzen welke Blätter abzupfte. Kaum war ich eingetreten, ging der Conte auf mich zu und bot mir eine Erklärung an. »Miss Halcombe, ich bitte Sie tausendmal um Verzeihung!«

sagte er. »Sie wissen ja, in welchem Ruf wir Italiener hierzulande stehen. Für John Bull sind wir von Natur aus alle listig und verschlagen. Halten Sie mich, wenn's Ihnen beliebt, für nicht besser als meine Landsleute: ich bin eben ein listiger, verschlagener Italiener. Sie haben es sich sicher schon selbst gedacht, nicht wahr, Verehrteste? Und weil ich also listig und verschlagen bin, habe ich etwas dagegen, daß meine Frau bei dieser Unterschrift Zeugin ist, zumal ich selbst ebenfalls Zeuge bin ...«

»Deine Bedenken teile ich überhaupt nicht«, fiel ihm Sir Percival ins Wort. »Ich habe dir bereits erklärt, daß nach englischem Recht sowohl deine Frau als auch du Zeugen bei einer Unterschrift sein können.«

»Das mag schon stimmen. Englische Gesetze lassen es zu – aber Foscos Gewissen lehnt es ab.« Damit legte er die gespreizten Finger seiner feisten Hand auf die Brust und verbeugte sich feierlich, als wollte er uns hiermit sein Gewissen vorstellen, um unsere Gesellschaft durch dies erlauchte Wesen zu bereichern. »Was das für ein Dokument ist, das Lady Glyde jetzt unterschreiben soll, weiß ich nicht, noch wünsche ich es zu wissen«, fuhr er fort. »Ich stelle nur fest: Es könnte sich später einmal eine Situation ergeben, die Sir Percival oder auch seinen Vertreter zwingt, sich auf die beiden Zeugen zu berufen. In diesem Fall wäre es sicher wünschenswert, daß besagte Zeugen zwei verschiedene, voneinander unabhängige Ansichten vertreten. Dies trifft aber nicht zu, denn für meine Frau und mich gilt nur eine Meinung, nämlich meine. Ich möchte mir nicht vorwerfen lassen, Madame Fosco habe unter Zwang gehandelt und sei folglich nicht als Zeugin anzusehen. Demnach schlage ich in Sir Percivals Interesse vor, daß ich, als bester Freund des Ehemanns, und Miss Halcombe, als beste Freundin der Ehefrau, unterschreiben. Von mir aus können Sie mich für einen Jesuiten halten oder für einen Haarspalter oder für einen Kleinkrämer oder für einen Menschen mit Grillen und Skrupeln – das ist mir egal! Aber bitte berücksichtigen Sie meine Bedenken und gehen Sie auf meinen Vorschlag ein – aus Rücksicht auf meinen Charakter als verschlagener Italiener und mein grundsätzlich schlechtes italienisches Gewissen!« Er verneigte sich nochmals, trat ein paar Schritte zurück und entzog unserer

Gesellschaft sein Gewissen genauso höflich, wie er es uns vorgestellt hatte.

Die Bedenken des Conte waren vernünftig und aufrichtig gemeint – doch so, wie er sie begründet hatte, verstärkte dies nur meinen Widerwillen, mit dieser Unterschrift irgend etwas zu tun zu haben. Einzig und allein die Rücksicht auf Laura hätte mich veranlaßt, mich als Zeugin zur Verfügung zu stellen. Ein Blick auf ihr verängstigtes Gesicht bekräftigte in mir den Entschluß, lieber alles zu riskieren, als sie im Stich zu lassen.

»Ich bin bereit, mich hier zur Verfügung zu halten«, erklärte ich. »Und falls nun nicht auch ich Anlaß für irgendwelche Skrupel finde, werde ich als Zeugin unterschreiben.«

Sir Percival sah mich scharf an, als wolle er etwas sagen. Doch in diesem Moment zog Madame Fosco seine Aufmerksamkeit auf sich. Sie erhob sich – vermutlich hatte sie einen Blick von ihrem Mann aufgefangen, der ihr zu verstehen gab, sie möge das Zimmer verlassen.

»Contessa, Sie brauchen nicht zu gehen!« rief Sir Percival.

Fragend blickte Madame Fosco den Conte an, erhielt wieder ihren Befehl, erklärte dann, sie möchte uns bei geschäftlichen Dingen nicht stören, und verließ energischen Schrittes den Raum. Der Conte zündete sich eine Zigarette an, ging zum Fenster zurück und blies kleine Rauchwölkchen auf die Topfpflanzen, offenbar im ernsten Bemühen, schädliche Insekten damit zu vernichten.

Sir Percival öffnete inzwischen ein Kästchen, das sich unterhalb des Bücherregals befand, zog ein der Länge nach mehrfach gefaltetes Dokument hervor, legte es auf den Schreibtisch, machte die letzte Falte auf und hielt den zusammengelegten Teil mit der anderen Hand nieder. Zu sehen war lediglich ein Stück unbeschriebenen Papiers mit einigen Siegelmarken darauf. Der Text blieb verborgen. Laura und ich blickten einander an. Sie war bleich, doch verriet ihr Gesicht weder Angst noch Unentschlossenheit.

Sir Percival tauchte eine Feder ins Tintenfaß und reichte sie seiner Frau. »Hier mußt du unterschreiben!« sagte er und zeigte auf eine bestimmte Stelle. »Sie, Miss Halcombe, und Fosco unterzeichnen nachher, und zwar neben diesen beiden Siegelmarken. So komm doch her, Fosco! Wenn man bei einer Unterschrift Zeuge ist, darf man nicht zum Fenster hinausschauen und Rauch in die Luft blasen!«

Der Conte warf seine Zigarette fort und stellte sich zu uns. Er stand ganz ungezwungen da und hatte die Hände unter seinen roten Ledergürtel gesteckt, doch seine Augen waren prüfend auf Sir Percivals Gesicht gerichtet. Auch Laura, die Feder in der Hand, starrte Sir Percival an. Dieser hielt noch immer das zusammengefaltete Dokument mit der Hand nieder, warf dabei aber mir über den Schreibtisch hinweg einen Blick zu, finster, verlegen und unsicher – wie ein Angeklagter vor Gericht, und nicht wie der Herr im eigenen Hause.

»Hier mußt du unterschreiben!« wiederholte er, sich plötzlich an Laura wendend. Wieder zeigte er auf die Stelle.

»Und was soll ich unterschreiben?« fragte Laura ruhig.

»Ich habe keine Zeit für Erklärungen! Draußen wartet der Wagen, ich muß fort. Übrigens würdest du es ohnehin nicht verstehen – es sind so viele juristische Fachausdrücke im Text. Ich habe es dir schon gesagt: Es ist eine reine Formsache. Also schreib schon deinen Namen, damit wir es hinter uns haben!«

»Aber ich muß doch wissen, was ich unterschreiben soll!«

»Unsinn! Was verstehen Frauen von finanziellen Dingen! Ich sage dir nochmals: Du würdest es nicht begreifen!«

»Laß mich doch wenigstens den Versuch machen! Wenn Mr. Gilmore für mich etwas erledigte, hat er es mir immer erklärt – und ich habe es immer verstanden.«

»Schon möglich. Als dein Anwalt war er dazu verpflichtet – dafür hast du ihn bezahlt. Ich aber bin dein Mann – da liegen die Dinge anders. Ich bin nicht dazu verpflichtet ... Wie lange soll ich noch warten? Ich sage dir nochmals: Zum Lesen ist jetzt keine Zeit, der Wagen steht vor der Türe. Wirst du jetzt endlich unterschreiben?«

Sie hielt die Feder noch immer in der Hand. »Wenn meine Unterschrift mich zu irgend etwas verpflichtet, habe ich ein Recht, es zu wissen«, sagte sie unbewegt.

Er packte das Dokument und schlug damit auf den Schreibtisch. »Du mißtraust mir also! Sag es offen – du bist ja so wahrheitsliebend! Sag, daß du mir mißtraust – von mir aus auch vor den anderen!«

Der Conte zog eine Hand unter dem Gürtel hervor und legte

sie Sir Percival auf die Schulter. Irritiert schüttelte dieser sie ab, doch der Conte ließ sich nicht beirren und legte ihm die Hand wieder auf die Schulter. »Du mußt dich beherrschen, Percival!« sagte er. »Lady Glyde hat recht.«

»Recht? Eine Frau hat recht, wenn sie ihrem Mann mißtraut?« schrie er.

»Es ist grausam und unverantwortlich von dir, wenn du mir Mißtrauen vorwirfst«, sagte Laura. »Frag doch Marian, ob man mir zumuten kann, daß ich etwas unterschreibe, von dem ich nicht weiß, was es ist!«

»Laß Miss Halcombe aus dem Spiel! Sie hat mit der Sache nichts zu tun!«

Bis dahin hatte ich schweigend zugehört. Auch jetzt hätte ich am liebsten geschwiegen, aber Lauras bekümmerte Miene und die Frechheit und Ungerechtigkeit ihres Mannes ließen mir keine andere Wahl. »Sie entschuldigen, Sir Percival, aber als Zeugin bin ich der Meinung, daß ich sehr wohl mit der Sache etwas zu tun habe. Lauras Einwand scheint mir vollkommen begründet, und was mich selbst betrifft, so kann ich es nicht verantworten, Zeugin ihrer Unterschrift zu sein, wenn Laura nicht weiß, was sie unterschreibt.«

»Das schlägt dem Faß den Boden aus!« schrie Sir Percival. »Wenn Sie sich wieder bei irgendwem einladen, Miss Halcombe, so rate ich Ihnen, die Gastfreundschaft des Betreffenden nicht dadurch zu vergelten, daß Sie auf seiten seiner Frau gegen ihn Partei ergreifen, und noch dazu in einer Sache, die Sie gar nichts angeht!«

Ich sprang auf, als hätte ich einen Schlag von ihm erhalten. Wäre ich ein Mann, ich hätte mich auf ihn gestürzt, ihn zu Boden geworfen und sein Haus verlassen, um es nie wieder zu betreten. Aber ich bin ja nur eine Frau – und ich habe Laura so lieb!

Gerade diese Liebe zu ihr wappnete mich jetzt mit Geduld. Wortlos setzte ich mich wieder. Laura aber wußte, was ich ihretwegen auf mich nahm. Sie lief zu mir, Tränen rannen ihr übers Gesicht. »O Marian, wäre meine Mutter noch am Leben – mehr als du hätte sie nicht für mich tun können!« flüsterte sie.

»Komm her und unterschreib jetzt!« rief Sir Percival von der andern Seite des Schreibtisches herüber.

»Soll ich?« fragte sie mich leise. »Ich tu's, wenn du es sagst.«

»Nein, Laura. Recht und Wahrheit sind auf deiner Seite – unterschreib nichts, bevor du es nicht gelesen hast!«

»Komm her und unterschreib jetzt!« wiederholte er, so laut und wütend er konnte.

Schweigend und aufmerksam hatte uns Conte Fosco beobachtet. Nun mischte er sich zum zweiten Mal ein. »Percival!« sagte er. »Ich bin mir bewußt, in Gesellschaft von Damen zu sein. Sei so gut und denke auch du daran!«

Sprachlos vor Wut, drehte Sir Percival sich zu ihm hin. Der Conte ließ seine Hand auf Sir Percivals Schulter, der feste Griff verstärkte sich. »Sei so gut und denke auch du daran!« wiederholte er mit unbewegter Stimme.

Sie starrten einander ins Gesicht. Nur langsam entzog sich Sir Percival dem Griff des Conte, nur langsam wich er seinem Blick aus und schaute mit verbissenem Gesicht auf das Dokument. Als er zu sprechen anfing, war sein Ton mürrisch. Er unterwarf sich murrend wie ein gezähmtes Tier, nicht aber in der besseren Einsicht eines Mannes, den man überzeugt hat.

»Ich will niemanden beleidigen«, erklärte er, »aber der Starrsinn meiner Frau stellt die Geduld eines Heiligen auf die Probe. Mehrmals schon habe ich ihr gesagt, daß es sich um eine reine Formsache handle – was will sie denn noch wissen? Sag, was du willst, Fosco – aber es steht einer Frau wirklich nicht an, sich ihrem Mann zu widersetzen. Also, Lady Glyde, zum letzten Mal: Unterschreibst du oder unterschreibst du nicht?«

Laura stellte sich wieder neben ihn und nahm die Feder in die Hand. »Ich bin gern bereit, zu unterschreiben, wenn du mich auch die Verantwortung dafür tragen läßt. Mir ist es gleich, welches Opfer man von mir verlangt – sofern es niemand anderem schadet oder zu schlimmen Folgen führt –«

»Wer redet davon, daß man von dir ein Opfer verlangt?« unterbrach er sie und hielt mit Mühe seinen Zorn zurück.

»Ich will damit sagen: Zu Zugeständnissen, die ich verantworten kann, bin ich bereit. Warum bringt es dich so auf, wenn ich Bedenken habe, ein Dokument zu unterschreiben, dessen Inhalt ich nicht kenne? Ich verstehe nicht, warum du die Bedenken des Conte mehr berücksichtigst als meine?«

Diese unglückliche, wenn auch verständliche Bemerkung,

die indirekt darauf anspielte, welche Macht der Conte über ihren Mann hat, ließ Sir Percivals Zorn im Nu wieder aufkommen. »Bedenken!« äffte er sie nach. »Deine Bedenken! Dafür ist es jetzt schon ziemlich spät – immerhin hätte ich gedacht, du bist über derlei Schwächen hinweg, seit du aus der Not eine Tugend gemacht und mich geheiratet hast!«

Kaum waren diese Worte über seine Lippen, warf Laura die Feder hin, schaute ihn an – mit einem Ausdruck in den Augen, den ich noch nie an ihr bemerkt hatte – und kehrte ihm dann wortlos den Rücken.

Daß Laura ihm ihre offene, bitterste Verachtung so klar zum Ausdruck brachte, sah ihr so gar nicht ähnlich, war so konträr zu ihrem sonstigen sanften Wesen, daß es uns allen die Rede verschlug. Hinter der offenen Brutalität seiner Worte lag zweifellos etwas verborgen, eine versteckte Beleidigung, die ich nicht verstand, die aber auf Lauras Gesicht eine so deutliche Spur hinterließ, daß sogar ein Fremder sie hätte sehen können.

Der Conte, nun wirklich kein Fremder, sah nicht weniger klar als ich. Als ich mich erhob und neben Laura stellte, hörte ich, wie er Sir Percival zuflüsterte: »Du Idiot!«

Laura schritt auf die Türe zu, und ich folgte ihr. Sir Percival versuchte es ein letztes Mal: »Du verweigerst mir also deine Unterschrift?« fragte er im veränderten Ton eines Mannes, dem es bewußt war, daß er sich durch seine ungezügelte Sprache selbst geschadet hatte.

»Nach dem, was du mir eben sagtest, verweigere ich meine Unterschrift, und zwar so lange, bis ich jede Zeile dieses Dokuments gelesen habe«, erwiderte sie. »Komm mit mir, Marian, wir haben lang genug hier ausgeharrt!«

»Einen Augenblick«, rief Conte Fosco, ehe noch Sir Percival etwas sagen konnte, »einen Augenblick, Lady Glyde, ich beschwöre Sie!«

Laura hätte, ohne auf ihn zu achten, das Zimmer verlassen, aber ich hielt sie zurück. »Mach dir den Conte nicht zum Feind!« flüsterte ich ihr zu. »Was auch immer du tust, mach dir den Conte nicht zum Feind!«

Sie hörte auf mich. So schloß ich wieder die Türe, und wir blieben abwartend daneben stehen. Sir Percival setzte sich an den Schreibtisch, den Arm auf das zusammengefaltete Dokument gelegt, den Kopf auf die geballte Faust gestützt. Der Conte stand zwischen uns und ihm – wie immer, so auch diesmal ganz Herr der Lage, so schrecklich sie auch war.

»Lady Glyde«, sagte er mit einer Sanftheit, die sich mehr auf unsere hilflose Situation zu beziehen schien als auf uns selbst, »bitte verzeihen Sie mir, wenn ich einen Vorschlag zu machen wage, und bitte glauben Sie mir, daß meine Hochachtung und meine aufrichtigen Gefühle für die Herrin dieses Hauses mir meine Worte diktieren.« Er wandte sich zu Sir Percival um und sagte scharf: »Percival, ist es denn unbedingt notwendig, daß diese Sache heute noch unterschrieben wird?«

»Für meine Pläne und für meine Wünsche ist es notwendig«, antwortete er verstockt. »Aber derlei Gründe haben ja, wie du bemerkt hast, bei Lady Glyde gar kein Gewicht.«

»Antworte auf meine präzise Frage ebenso präzis! Kann man das Ganze auf morgen verschieben? Ja oder nein?«

»Ja – wenn du dich darauf versteifst.«

»Wozu verschwendest du dann deine Zeit noch hier? Die Unterschrift kann bis morgen warten – bis du wieder zurück bist.«

Sir Percival hob seinen finsteren Blick zu ihm hoch und stieß einen unterdrückten Fluch aus. »Du sprichst in einem Ton mit mir, den ich nicht mag und den ich mir von keinem Menschen bieten lasse!«

»Ich rate dir zu deinem Besten«, antwortete der Conte mit einem ruhigen, verächtlichen Lächeln. »Laß dir Zeit! Und laß Lady Glyde Zeit! Hast du vergessen, daß draußen der Dogcart wartet? Also mein Ton überrascht dich, wie? Das mag schon sein, denn es ist der Ton eines Mannes, der sich beherrschen kann. Wie oft habe ich dir schon einen guten Rat gegeben? Unzählige Male! Und habe ich je unrecht gehabt? Du wirst mir nicht ein einziges Beispiel nennen können! Geh jetzt und fahr los! Die Sache mit der Unterschrift kann bis morgen warten. Laß sie warten – und gehe sie neu an, wenn du wieder zurückkommst.«

Sir Percival zögerte und sah auf die Uhr. Offenbar wußte er nicht, was ihm mehr Sorgen machte: seine geheimnisvolle Fahrt, an die ihn der Conte erinnert hatte, oder die Unterschrift, die er von Laura erhalten mußte. Er überlegte kurz und erhob sich dann.

»Für dich, Fosco, ist es leicht, mich niederzureden, denn ich habe keine Zeit, dir zu antworten. Ich halte mich an deinen Rat – nicht weil ich ihn brauche oder für gut befinde, sondern weil ich nicht länger bleiben kann.« Er hielt inne und warf seiner Frau einen finsteren Blick zu. »Wenn du morgen nach meiner Rückkehr nicht unterschreibst –!« Das übrige wurde von dem Geräusch überdeckt, das er beim Öffnen des Kästchens machte, als er das Dokument wieder einschloß. Er nahm Hut und Handschuhe vom Schreibtisch und ging auf die Türe zu. Laura und ich traten zurück, um ihn vorbeizulassen. »Morgen also – denk daran!« rief er seiner Frau noch zu und trat hinaus.

Wir warteten an der Tür, um ihm Zeit zu geben, durch die Halle zu gehen und vor dem Eingang den Dogcart zu besteigen. Da kam der Conte auf uns zu. »Miss Halcombe, Sie haben Sir Percival eben von seiner schlechtesten Seite erlebt«, sagte er. »Als sein alter Freund schäme ich mich und entschuldige mich für ihn. Und als sein alter Freund verspreche ich Ihnen: Morgen wird er sich nicht so unwürdig benehmen wie heute.«

Laura hatte mich inzwischen beim Arm genommen und gab mir einen leisen Druck, als der Conte fertiggesprochen hatte. Er wäre für jede Frau eine Zumutung gewesen, wenn im eigenen Hause der Freund des Ehemannes es sich anmaßt, dessen Betragen zu entschuldigen – und eine Zumutung war es auch für sie. Ich dankte dem Conte höflich und führte Laura hinaus. Ja! Ich dankte ihm, denn ich fühlte in diesem Augenblick, hilflos und gedemütigt wie ich war, daß es entweder seine Laune oder sein Interesse war, was mein Bleiben in Blackwater Park sicherte; und ich weiß, daß ich nach den groben Worten Sir Percivals ohne Unterstützung durch den Conte nicht hierbleiben könnte. Ausgerechnet sein Einfluß, den ich mehr als alles andere fürchte, bietet mir das einzige Band, das mich in der Stunde von Lauras größter Not bei ihr hält!

Als wir die Halle betraten, hörten wird den Kies der Auffahrt unter den Wagenrädern knirschen. Sir Percival war zu seiner Reise aufgebrochen.

»Wo fährt er hin?« flüsterte mir Laura zu. »Alles, was er unternimmt, läßt mich für die Zukunft fürchten. Hast du irgendeine Vermutung?«

Nach allem, was sie heute schon durchgemacht hatte, wollte ich ihr nichts von meinem Verdacht gestehen. »Wie sollte ich seine Geheimnisse kennen?« antwortete ich ausweichend.

»Ob vielleicht die Haushälterin es weiß?«

»Sicher nicht. Sie weiß doch ebenso wenig wie wir.«

Zweifelnd schüttelte Laura den Kopf. »Hast du denn nicht von der Haushälterin erfahren, daß Anne Catherick hier in der Gegend gesehen wurde? Vielleicht ist er weggefahren, um sie zu suchen, meinst du nicht, Marian?«

»An deiner Stelle, Laura, würde ich versuchen, mir darüber nicht den Kopf zu zerbrechen. Nach allem, was sich in der Bibliothek abgespielt hat, folge jetzt am besten meinem Beispiel, komm zu mir in mein Zimmer und ruh dich ein wenig aus!«

Wir setzten uns ans offene Fenster und ließen uns vom duftenden Sommerwind das Gesicht kühlen.

»Ich schäme mich, dir ins Gesicht zu blicken, Marian, wenn ich daran denke, was du dir unten meinetwegen gefallen ließest! Ach, meine Liebe, Gute, das bricht mir fast das Herz! Aber ich will alles tun, um es wiedergutzumachen – ja, das will ich!«

»Sprich nicht davon! Mach dir keine Gedanken darüber!« beruhigte ich sie. »Was bedeutet schon die geringfügige Verletzung meines Stolzes im Vergleich zum grausamen Opfer deines Glücks!«

»Hast du gehört, was er zu mir sagte, Marian?« fuhr sie hastig und erregt fort. »Du hast es gehört, aber du weißt nicht, was er damit meinte – du weißt nicht, warum ich die Feder hinwarf und ihm den Rücken drehte.« Sie erhob sich und schritt erregt auf und ab. »Marian, ich habe dir vieles verheimlicht, aus Angst, dich zu betrüben und dich schon im voraus unglücklich zu machen. Du ahnst nicht, wie er mich behandelt hat! Und doch solltest du es wissen, denn heute hast du gesehen, wie er mit mir umgeht. Du hast gehört, wie er mich wegen meiner Bedenken verhöhnt und mir vorgeworfen hat, ich hätte, als ich ihn heiratete, aus der Not eine Tugend gemacht.« Sie setzte sich wieder, ihre Wangen glühten, ihre Hände verkrampften sich. »Ich kann jetzt nicht darüber sprechen, Marian – sonst kommen mir die Tränen. Später, wenn ich mich gefaßt habe, werde ich dir davon erzählen. Mein Kopf tut mir weh, schrecklich weh. Wo hast du dein Riechfläschchen, Marian? – Aber sprechen wir jetzt von dir. Ach, hätte ich doch unterschrieben, um deinetwillen! Soll ich morgen unterschreiben, wenn er zurück ist? Lieber will ich nachgeben, als daß er dir Schwierigkeiten macht ... Nun, da du gegen ihn Partei ergriffen hast, wird er alle Schuld dir geben, wenn ich nochmals meine Unterschrift verweigere. Was sollen wir tun? O hätten wir doch einen Freund, der uns hilft, der uns berät – einen Freund, dem wir vertrauen könnten!«

Sie seufzte. Ich sah ihr an, daß sie an Hartright dachte – ich wußte es, zumal auch ich, als sie das sagte, an ihn denken mußte. Erst sechs Monate sind seit ihrer Hochzeit vergangen, und schon bedürfen wir der treuen Dienste, die er uns beim Abschied angeboten hat. Damals dachte ich nicht, daß wir sie je benötigen könnten.

»Laura, wir müssen versuchen, uns selbst zu helfen«, sagte ich. »Überlegen wir in Ruhe, welche Möglichkeiten es für uns gibt!«

Was ich von ihr über die Geldverlegenheit ihres Mannes gehört habe und was ich seinem Gespräch mit dem Anwalt entnehmen konnte, läßt darauf schließen, daß durch das fragliche Dokument Geld aufgetrieben werden soll. Und zu diesem Zweck benötigt Sir Percival Lauras Unterschrift. Die juristische Seite des Vertrages und die Frage, welches Maß an persönlicher Verantwortung Laura übernimmt, wenn sie dieses Dokument blind unterzeichnet, erforderten Überlegungen, die unsere Kenntnisse und unsere Erfahrungen bei weitem überstiegen. Ich selbst bin davon überzeugt, daß der geheime Inhalt dieses Dokuments die Grundlage für eine niedrige, betrügerische Transaktion abgeben soll.

Zu diesem Schluß bin ich nicht erst gekommen, seit Sir Percival sich weigerte, uns den Inhalt des Schriftstückes wissen zu lassen, denn dies ließe sich auch als Folge seines Starrsinns und seiner Herrschsucht erklären. Was mich jedoch veranlaßt, ihm zu mißtrauen, ist die Veränderung, die ich seit seiner Rückkehr nach Blackwater Park an ihm beobachte. Sein jetziges Verhalten hat mich zur Überzeugung kommen lassen, daß während seiner Probezeit in Limmeridge House alles, was er tat, nur vorgespiegelt war: sein ungewöhnliches Zartgefühl, seine zeremonielle Höflichkeit, die den altmodischen Mr. Gilmore so beeindruckte, seine Ergebenheit gegenüber Laura, seine Freundlichkeit zu mir und die milde Nachsicht gegenüber Mr. Fairlies Schrullen – alles nur die Tricks eines schlauen, brutalen, niederträchtigen Menschen, der seine Maske fallen läßt, sobald er durch sein Doppelspiel das Ziel erreicht hat – wie heute, als er in der Bibliothek sein wahres Gesicht zeigte. Ich will gar nicht vom Kummer reden, den mir um Lauras willen diese Entdeckung bereitet, denn er ist nicht mit Worten auszudrücken. Ich erwähne diese Überlegungen nur deshalb, weil sie mich bewogen, Lauras Unterschrift – ungeachtet der Folgen, die dieser Entschluß vielleicht nach sich zieht, falls man sie über den Inhalt des Dokuments weiterhin im unklaren läßt – um jeden Preis zu verhindern.

Unter diesen Umständen bleibt uns nur ein Ausweg: bis morgen einen stichhaltigen Einwand gegen diese Unterschrift zu finden, den Sir Percival nicht zurückweisen kann und der ihn glauben macht, daß Laura und ich in juristischen und finanziellen Dingen nicht weniger gut Bescheid wüßten als er selbst.

Nach längerer Überlegung beschloß ich, dem einzigen Menschen, dem wir uns in unserer schwierigen Lage anvertrauen und von dem wir Hilfe erwarten könnten, zu schreiben. Es ist dies der Kompagnon unseres erkrankten Freundes Gilmore, Mr. Kyrle, der vorübergehend allein das Anwaltsbüro leitet. Mr. Gilmore selbst hat mir seinerzeit versichert, wir könnten uns auf die Diskretion und Redlichkeit dieses Mannes verlassen, zudem sei er über alle Angelegenheiten der Familie Fairlie informiert. Dies gab ich also Laura zu bedenken und schrieb mit ihrem Einverständnis unverzüglich den Brief. Ich schilderte dem Anwalt genau unsere Lage und bat ihn um seinen Rat, und zwar möglichst klar und einfach ausgedrückt, so daß es keinen Irrtum und keine falsche Auslegung geben könne. Ich hielt den Brief so kurz wie möglich und vermied auch, wie ich hoffe, unnötige Einzelheiten und überflüssige Entschuldigungen.

Eben wollte ich das Kuvert mit der Adresse versehen, da fiel Laura ein Hindernis ein, an das ich in meinem Eifer gar nicht gedacht hatte.

»Wie können wir seine Nachricht rechtzeitig erhalten?« fragte sie. »Dein Brief kommt erst morgen früh in London an. Die Antwort kann also erst übermorgen hier sein.«

Der einzige Ausweg war also, den Anwalt zu bitten, seine Antwort durch einen Boten zu schicken. Ich fügte noch eine Nachschrift hinzu, in der ich ihn darum bat, den Boten mit dem Elf-Uhr-Zug zu schicken; dann könne er zwanzig Minuten nach eins ankommen und spätestens um zwei Uhr in Blackwater Park eintreffen; er solle im Hause nach mir fragen, niemand anderem eine Auskunft geben und den Brief nur mir aushändigen.

»Falls Sir Percival morgen schon vor zwei Uhr zurück ist«, sagte ich zu Laura, »würdest du gut daran tun, den ganzen Vormittag mit einem Buch oder einer Handarbeit irgendwo im Park zu verbringen und erst ins Haus zu kommen, wenn der Bote den Brief abgegeben hat. Ich werde ihn hier erwarten, damit nichts Unvorhergesehenes dazwischenkommt. Auf diese Weise glaube und hoffe ich, uns vor Überraschungen schützen zu können. Komm, Laura, gehen wir jetzt in den Salon hinunter. Es könnte Verdacht erregen, wenn wir uns zu lange zurückziehen.«

»Verdacht?« wiederholte sie. »Wessen Verdacht könnte es erregen, nun, da Sir Percival außer Haus ist? Meinst du etwa den Conte?«

»Vielleicht.«

»Auch dir erregt dieser Mann Widerwillen, nicht wahr, Marian?«

»Nein, Widerwille ist es nicht, denn der wäre mehr oder weniger mit Verachtung verbunden. Doch ich kann nichts am Conte entdecken, das ein solches Gefühl rechtfertigen würde.«

»Hast du Angst vor ihm?«

»Vielleicht – ein wenig.«

»Obwohl er sich heute für uns eingesetzt hat?«

»Ja, Laura, ich habe mehr Angst vor seiner Vermittlung als vor Sir Percivals Grobheit. Vergiß nicht, was ich dir in der

Bibliothek zuflüsterte: Was du auch tust, Laura, mach dir den Conte nicht zum Feind!«

Wir gingen hinunter. Laura betrat den Salon, während ich die Halle durchquerte, um den Brief in die Posttasche an der gegenüberliegenden Wand zu stecken.

Als ich an der offenen Haustüre vorbeikam, sah ich den Conte und die Contessa draußen auf den Stufen stehen. Sie hatten mir ihre Gesichter zugewendet und unterhielten sich gerade. Kaum hatte Madame Fosco mich erspäht, kam sie eiligst herein und fragte mich, ob ich Zeit für ein kurzes Gespräch hätte. Ich war zwar ein wenig überrascht über diese Bitte – ausgerechnet von Madame Fosco! –, erklärte mich aber dazu bereit und steckte den Brief noch rasch in die Posttasche. Die Contessa zeigte sich ungewohnt freundlich und herzlich, nahm mich beim Arm und führte mich hinaus auf den Rasen. Conte Fosco, der noch auf den Stufen stand, verbeugte sich lächelnd, als wir an ihm vorbeikamen. Er ging ins Haus, machte die Türe zur Halle hinter sich zu, ließ sie aber nicht ins Schloß fallen.

Langsam promenierten die Contessa und ich rund um das große Fischbecken. Ich hatte erwartet, daß sie mir etwas Vertrauliches mitteilen würde, aber zu meinem Erstaunen sagte sie mir bloß, daß ich nach allem, was sich in der Bibliothek abgespielt hatte, ihrer aufrichtigen Sympathie gewiß sein könne. Ihr Mann habe ihr alles erzählt. Die beleidigenden Äußerungen Sir Percivals hätten sie so schockiert, daß sie – um meinetwillen und um Lauras willen – beschlossen habe, bei einer neuerlichen Szene dieser Art das Haus auf der Stelle zu verlassen. Der Conte habe sie in ihrem Vorsatz bestärkt, und sie hoffe, daß auch ich ihn billige.

Mir kam das Verhalten dieser sonst so zurückhaltenden Frau zwar etwas merkwürdig vor, zumal wir ja noch am Vormittag im Bootshaus einen scharfen Wortwechsel gehabt hatten, aber ich hielt es für meine Pflicht, das höfliche und freundliche Entgegenkommen einer älteren Dame ebenso höflich und freundlich zu erwidern. Daher ging ich bei meiner Antwort auf den von ihr angeschlagenen Ton ein und glaubte, damit sei von beiden Seiten alles gesagt.

Ich wollte wieder ins Haus zurückgehen, doch Madame Fosco schien entschlossen, sich nicht von mir zu trennen. Zu meiner Verblüffung redete diese bisher so schweigsame Frau ohne Unterlaß, überschüttete mich mit Gemeinplätzen über das Eheleben, sprach über Sir Percivals und Lauras Ehe, über ihr eigenes Eheglück, über Mr. Philip Fairlies Verhalten das Vermächtnis betreffend und über ein halbes Dutzend andere Themen – bis sie mich, während wir noch immer um das Fischbekken spazierten, länger als eine halbe Stunde aufgehalten und völlig erschöpft hatte. Ob sie es schließlich bemerkte oder nicht, vermag ich nicht zu sagen; jedenfalls hielt sie plötzlich inne (ebenso plötzlich wie sie damit angefangen hatte), warf einen Blick auf die Haustüre, wurde mit einem Mal wieder eisig und ließ meinen Arm los, ehe ich mir noch einen Vorwand ausdenken konnte, um mich von ihr frei zu machen.

Ich stieß die Türe auf, betrat die Halle und fand mich unversehens dem Conte gegenüber. Er steckte gerade einen Brief in die Posttasche, verschloß sie und fragte mich, wo ich Madame Fosco gelassen hätte. Ich sagte ihm, daß sie noch draußen sei. Er schien mir auffallend ruhig, fast bedrückt, und als er hinausging, drehte ich mich nach ihm um und fragte mich im stillen, weshalb er wohl so deprimiert sei. War er vielleicht krank?

Warum ich geradewegs zur Posttasche ging, meinen Brief wieder herausnahm und ihn mißtrauisch betrachtete, wobei mir der Gedanke kam, ihn sicherheitshalber zu versiegeln, bleibt mir ein Rätsel, das ich mir nicht erklären kann. Nun handeln Frauen, wie jedermann weiß, meist auf Grund von Impulsen, über die sie sich selbst nicht im klaren sind; vermutlich war diesmal ein solcher Impuls der Grund für mein eigenartiges Vorgehen.

Was immer mich dazu bewogen haben mochte, diesem Impuls zu folgen – als ich mich in meinem Zimmer anschickte, den Brief zu versiegeln, stellte ich fest, daß ich alle Ursache hatte, mir zu gratulieren. Denn ursprünglich hatte ich das Kuvert auf die übliche Weise verschlossen, indem ich die mit Gummi versehene Stelle angefeuchtet und fest angedrückt hatte. Als ich jetzt aber, nach Ablauf einer Dreiviertelstunde, das Kuvert berührte, ging es sofort auf – ohne Mühe und ohne Riß. Vielleicht hatte ich die Verschlußstelle nicht fest genug angedrückt? Vielleicht war der Gummi nicht in Ordnung gewesen?

Oder vielleicht – nein! Schon der Gedanke an diese dritte Möglichkeit ist zu widerwärtig! Ich möchte sie nicht auch noch schwarz auf weiß vor mir erblicken!

Fast fürchte ich den morgigen Tag – so viel hängt von meiner Besonnenheit und Selbstbeherrschung ab! Zwei Vorsichtsmaßregeln darf ich unter keinen Umständen vergessen: ich muß mich dem Conte gegenüber freundlich zeigen, und ich muß sehr gut aufpassen, wenn der Bote mit dem Brief hier eintrifft.

V

17. Juni. – Als die Dinnerstunde uns wieder zusammenführte, war der Conte – wie üblich – glänzender Laune. Er bemühte sich, uns zu unterhalten und aufzuheitern, um dadurch jede Erinnerung an die nachmittäglichen Vorfälle in der Bibliothek bei uns auszulöschen; wir hörten amüsante Anekdoten über bekannte Persönlichkeiten, denen er im Ausland begegnet war, er verglich die gesellschaftlichen Gepflogenheiten der europäischen Nationen und erläuterte sie an Beispielen; er gestand uns seine harmlosen Jugendtorheiten – einst hatte er in einer italienischen Provinzstadt den Ton angegeben und für ein italienisches Provinzblatt alberne Romane nach französischem Vorbild geschrieben – und all das floß ihm so leicht und lustig über die Lippen und kam unserer Neugier und unserem Interesse so geschickt und taktvoll entgegen, daß Laura und ich ihm mit ebensoviel Aufmerksamkeit und, so wenig plausibel dies auch scheinen mag, mit ebensoviel Bewunderung zuhörten wie Madame Fosco. Frauen können der Liebe eines Mannes widerstehen, desgleichen seinem Ruhm, seinem Geld und seinem Aussehen – nicht aber seiner beredten Zunge, sofern er sie nur richtig zu gebrauchen weiß.

Nach dem Essen, als der günstige Eindruck, den er auf uns gemacht hatte, noch frisch in unserer Erinnerung war, zog sich der Conte bescheiden in die Bibliothek zurück, um zu lesen.

Laura schlug mir einen Spaziergang im Park vor, um die lange Abenddämmerung zu genießen. Höflicherweise mußten wir auch Madame Fosco dazu auffordern, doch anscheinend hatte sie diesmal schon vorher ihre Befehle erhalten und bat uns, sie zu entschuldigen. »Der Conte wird wahrscheinlich noch Zigaretten brauchen, und niemand außer mir kann sie zu seiner Zufriedenheit drehen.« Aus ihren kalten blauen Augen leuchtete bei diesen Worten fast ein wenig innere Wärme. Sie scheint wirklich stolz darauf zu sein, ihrem Herrn und Gebieter als Medium zu dienen, das ihm den Genuß von Tabakrauch verschafft!

Laura und ich gingen also allein. Der Abend war schwül und dunstig, in der Luft lag so etwas wie ein Gifthauch: Die Blumen im Garten ließen ihre Köpfe hängen, die Erde war ausgedörrt und ohne Tau. Der Himmel im Westen, hinter den dichten Bäumen, stand in einem bleichen Gelb, die untergehende Sonne versank in feinem Dunst. Es sah nach Regen aus, wahrscheinlich würde er schon in der Nacht fallen.

»Welchen Weg sollen wir nehmen?« fragte ich.

»Zum See, Marian, wenn es dir recht ist.«

»Du zeigst eine unbegreifliche Neigung zu diesem traurigen Ort.«

»Nein, Marian, nicht zum See, sondern zur Landschaft rund herum: Sand, Moor, Kiefern – das ist das einzige, was mich hier an Limmeridge erinnert. Doch wenn's dir lieber ist, können wir auch in eine andere Richtung gehen ...«

»Ich habe in Blackwater Park keine Lieblingsspaziergänge. Ein Weg ist für mich wie der andere. Gehen wir also zum See – vielleicht ist es in der dortigen Weite kühler als hier!«

Schweigend schritten wir durch das Dunkel der Kiefernschonung. Die abendliche Schwüle bedrückte uns beide, und als wir das Bootshaus erreichten, waren wir froh, uns setzen und ausruhen zu können.

Nebel hing über dem See. Die braune Linie der dichten Bäume vom anderen Ufer wirkte, als würde ein Zwergenwald am Himmel schweben. Der sanft geneigte, sandige Hang verlor sich geheimnisvoll im milchigen Nebel. Die Stille war unheimlich. Kein Rascheln der Blätter, kein Vogelruf, kein Kreischen der Wasservögel, nicht einmal die Frösche quakten im Sumpf des verborgenen Sees.

»Öd und verlassen ist es hier – aber dafür sind wir ungestört«, sagte Laura ruhig und blickte dabei nachdenklich auf die vor uns liegende Wildnis aus Sand und Nebel. Sie schien zu sehr mit eigenen Gedanken beschäftigt, um das Bedrückende dieser Landschaft zu fühlen. »Marian, ich habe dir versprochen, dir die Wahrheit zu sagen und dich nicht mehr deinen Mutmaßungen zu überlassen. Es ist das erste Geheimnis, das ich vor dir hatte – du Liebe –, und es soll auch das letzte sein. Ich habe bisher geschwiegen, um deinetwillen, und vielleicht auch ein wenig um meinetwillen. Ach, Marian, es ist schwer, wenn man als Frau gestehen muß, daß dem Mann, dem man sein Leben anvertraut hat, an diesem Geschenk überhaupt nichts liegt. Wärst du verheiratet, Marian – glücklich verheiratet –, würdest du mich noch mehr bedauern und noch besser verstehen, als eine unverheiratete Frau dies kann – so gut und aufrichtig sie es auch mit mir meint.«

Was konnte ich ihr antworten? Wortlos nahm ich ihre Hand und schaute ihr aus ganzem Herzen tief in die Augen.

»Wie oft hast du dich über das, was du deine Armut nennst, lustig gemacht! Wie oft hast du mich im Scherz zu meinem Reichtum beglückwünscht! Ach, Marian, lache nie mehr über deine Armut! Danke Gott dafür, denn sie beläßt dir deine Freiheit und bewahrt dich vor *meinem* Los!«

Wie traurig für eine Jungvermählte, dies gestehen zu müssen – traurig in seiner schlichten, reinen Wahrheit! Die wenigen Tage unseres Zusammenseins in Blackwater Park hatten gereicht, um mir ganz deutlich klar zu machen – um jedem deutlich klar zu machen, warum Sir Percival sie geheiratet hatte.

»Ich möchte dich nicht durch die Beschreibung, wie bald meine Prüfungen und Enttäuschungen begannen und worin sie bestanden, unglücklich machen. Schlimm genug, daß sie meine Erinnerung belasten. Ich will dir nur schildern, wie es mir bei meinem ersten und letzten Versuch erging, mich gegen diese herzlose Behandlung zu wehren, denn das sagt mehr als viele Worte. Es war in Rom. Wir ritten auf der Via Appia bis zum Grabmal der Cecilia Metella. Der Himmel war klar, die Luft ruhig – und die großartige alte Ruine wunderschön. Der Gedanke, daß ein Mann das Bauwerk zur Erinnerung an seine Frau hatte errichten lassen, erfüllte mich mit einer bis dahin noch nie empfundenen Zärtlichkeit für Sir Percival. ›Würdest du ein solches Monument für *mich* errichten lassen?‹ fragte ich ihn. ›Du hast mir, bevor wir heirateten, deine Liebe beteuert, aber seither –‹ Marian, ich konnte nicht weitersprechen – er sah mich nicht einmal an! So zog ich mir den Schleier vors Gesicht, denn ich wollte ihn meine Tränen nicht sehen lassen, und dachte, er habe es nicht bemerkt, doch darin täuschte ich mich. ›Komm jetzt!‹ sagte er; als er mir in den Sattel half, lachte er, bestieg sein eigenes Pferd, und als wir fortritten, lachte er wieder und sagte: ›Sollte ich dir je ein Grabmal bauen lassen, dann auf deine Kosten. Ob wohl Cecilia Metella mit ihrem eigenen Geld dafür bezahlt hat?‹ Ich brachte kein Wort hervor – wie denn auch, da ich doch hinter meinem Schleier schluchzte? ›Ach, ihr Blondinen seid doch alle so empfindlich!‹ sagte er. ›Was willst du denn? Immer nur Komplimente und Süßholzgeraspel? Meinetwegen! Ich bin heute guter Laune – betrachte die Komplimente als gegeben, das Süßholz als geraspelt.‹ Wenn Männer harte Worte zu uns sagen, ahnen sie wohl gar nicht, wie sehr sie uns damit verletzen und wie gut wir sie in unserem Gedächtnis aufbewahren! Hätte ich mich nur ausweinen können! Doch seine verächtliche Behandlung ließ meine Tränen versiegen und verhärtete mein Herz. Und von diesem Augenblick an habe ich mich nicht mehr gezwungen, Walter Hartright zu vergessen. Die Erinnerung an die glücklichen Tage, als wir einander heimlich liebten, lebte wieder auf, ich habe bei ihr Trost gesucht – und auch gefunden. Wärst du bei mir gewesen, Marian, du hättest mir vielleicht helfen können. Ich weiß, Liebe, es ist nicht recht, was ich tue – aber sag mir, ist es wirklich so unentschuldbar?«

Ich mußte mein Gesicht abwenden. »Frag mich nicht, Laura!« sagte ich. »Du hast mehr gelitten als ich. Es steht mir nicht zu, darüber zu urteilen.«

»Immer mußte ich an ihn denken«, fuhr sie fort, und ihre Stimme wurde ganz leise, als sie näher zu mir rückte, »ja, immer habe ich an ihn gedacht, wenn Sir Percival mich abends allein ließ und sich mit den Leuten von der Oper traf. Ich habe mir ausgemalt, wie es sein könnte, wenn es Gott gefallen hätte, mich mit Armut zu segnen, und ich Walters Frau geworden wäre: Dann sah ich mich in einem einfachen, billigen Kleid, ich sah mich zu Hause auf ihn, der unser Brot verdiente, warten, sah ihn kommen, müde, und sah uns bei Tische sitzen, wo ich ihn mit Gerichten überraschte, die ich selbst gekocht hatte ... O Marian! Hoffentlich ist er nie so einsam und so betrübt, daß er mich so vor sich sehen muß wie ich ihn!«

Während sie voller Trauer von ihm sprach, wurde ihre Stimme wieder so weich wie ehedem, und auf ihr Gesicht kehrte die einstige Schönheit zurück. Liebevoll ruhte ihr Blick auf der wilden, unheimlichen Landschaft vor uns, als sähe sie unter dem düsteren Himmel die lieblichen Hügel von Cumberland.

»Sprich nicht von Walter!« sagte ich, als ich mich wieder gefaßt hatte. »O Laura, mach es uns nicht unnötig schwer!«

Zärtlich richteten sich ihre Augen auf mich. »Bevor ich *dir* Kummer mache, Marian, rede ich lieber nie mehr von ihm.«

»Ich sage dir das in deinem Interesse. Wenn dein Mann dich hörte ...«

»... würde es ihn nicht überraschen«, ergänzte sie kühl und unbewegt. Der veränderte Ton in ihrer Stimme bestürzte mich nicht minder als ihre Worte.

»Es würde ihn nicht überraschen?« wiederholte ich. »Laura! Bedenke, was du sagst! Du erschreckst mich.«

»Ja, Marian, so ist es. Ich wollte es dir schon vorhin sagen, heute, als wir in deinem Zimmer saßen. Du weißt ohnehin, wie es damals war. Als ich ihm in Limmeridge mein Herz öffnete, habe ich ihm mein Geheimnis anvertraut – das konnte ich doch mit ruhigem Gewissen. Nur den Namen habe ich ihm verschwiegen – er aber hat ihn herausgefunden!«

Schweigend hörte ich sie an. Das bißchen Hoffnung, das ich bisher noch hatte, war dahin.

»Es war in Rom«, fuhr sie fort, ebenso kühl und unbewegt wie zuvor. »Mr. und Mrs. Markland, die mit Sir Percival befreundet sind, hatten uns und noch andere Engländer eingeladen. Im Laufe des Abends ersuchten einige Gäste Mrs. Markland, die im Rufe steht, sehr gut zu zeichnen, ihnen ihre Bilder zu zeigen. Wir alle bewunderten ihre Arbeiten, aber irgend etwas, was ich sagte, lenkte ihre besondere Aufmerksamkeit auf mich. ›Ah, Sie zeichnen auch?‹ fragte mich Mrs. Markland. ›Ja, früher einmal habe ich mich ein bißchen damit beschäftigt, aber ich habe es aufgegeben‹, antwortete ich. ›Nun, vielleicht fangen Sie doch wieder an – für diesen Fall könnte ich Ihnen einen ausgezeichneten Lehrer empfehlen‹, meinte sie. Ich ging auf das Thema nicht ein – du kannst dir denken, warum – und versuchte, von etwas anderem zu sprechen. Doch Mrs. Markland ließ nicht locker. ›Ich habe schon alle möglichen Lehrer gehabt‹, erklärte sie, ›doch der beste, intelligenteste und aufmerksamste war Mr. Hartright. Sollten Sie je wieder zu zeichnen beginnen, versuchen Sie es doch mit ihm! Er ist bescheiden und ein Gentleman – ich bin sicher, dieser junge Mann wird Ihnen gefallen.‹ Bedenke, Marian, das mußte ich hören, vor allen Gästen, vor fremden Leuten, die Mrs. Markland eingeladen hatte, um die Jungvermählten kennenzulernen! Ich tat alles, um mich zu beherrschen – ich sagte kein Wort, sondern beugte mich über die Zeichnungen. Als ich endlich aufzuschauen wagte, begegnete ich dem Blick meines Mannes und sah ihm an, daß ich mich verraten hatte. ›Wenn wir nach England zurückkommen, werden wir mit Mr. Hartright Verbindung aufnehmen‹, sagte er, ohne mich aus den Augen zu lassen. ›Ich bin ganz Ihrer Meinung, Mrs. Markland – er wird Lady Glyde sicher gefallen.‹ Und das sagte er mit Nachdruck. Meine Wangen brannten, mein Herz hämmerte, als wollte es zerspringen. Danach verlor er kein Wort mehr darüber, und bald verließen wir die Gesellschaft. Auch auf der Fahrt ins Hotel sagte er nichts. Er half mir aus dem Wagen und ging, wie immer, hinter mir die Treppe hinauf. Kaum waren wir im Zimmer angelangt, versperrte er die Türe, drückte mich auf einen Stuhl nieder und pflanzte sich, die Hände auf meinen Schultern, drohend vor mir auf. ›Seit jenem Tag in Limmeridge, an welchem du mit frecher Stirn deine Schuld eingestanden hast, wollte ich erfahren, wer es war – und heute konnte ich es dir am Gesicht ablesen!‹ schrie er. ›Er war dein Zeichenlehrer, und er heißt Hartright! Das wirst du bereuen, und auch er wird es bereuen – bereuen bis ans Ende eurer Tage! Geh schlafen und träum von ihm – mit den Striemen meiner Reitpeitsche auf dem Rücken sollst du ihn sehen!‹ – Und jedes Mal, wenn er sich über mich ärgert, spielt er seither höhnisch oder drohend darauf an. Ich kann ihn nicht daran hindern, daß er mein damaliges Geständnis, das ich ihm in deiner Gegenwart gemacht habe, so niederträchtig auslegt. Er glaubt mir nicht, er redet immer wieder davon. Du warst erstaunt, als er mir heute sagte, ich hätte aus der Not eine Tugend gemacht und ihn geheiratet.

Aber jetzt wirst du nicht mehr erstaunt sein, wenn er es – sobald er in Zorn gerät – wiederholt. O Marian, laß mich! Du tust mir weh!«

Ich hatte sie in meine Arme genommen und in der Qual meiner Reue wie in einer Zwinge an mich gedrückt. Ja, in der Qual meiner Reue! Einem stummen Vorwurf gleich sah ich vor mir die unsägliche Verzweiflung in Walters Gesicht, als ich ihn damals im Gartenhaus von Limmeridge mit meinen grausamen Worten mitten ins Herz getroffen hatte. Meine Hand war es gewesen, die den Mann, den meine Schwester liebt, fortwies, Schritt um Schritt, fort von seinem Land, fort von seinen Freunden. Ich hatte mich zwischen diese beiden Herzen gestellt und sie getrennt, und jetzt liegen sein Leben und ihr Leben zerstört vor mir – als Zeugen dieser Tat! Das habe ich getan, getan für Sir Percival Glyde.

Für Sir Percival Glyde!

Ich hörte sie sprechen und erkannte am Ton ihrer Stimme, daß sie mich trösten wollte – mich, die ich nichts anderes verdiente als vorwurfsvolles Schweigen. Wie lange es dauerte, bis ich imstande war, meinen Jammer zu überwinden, vermag ich nicht zu sagen. Erst als sie mich küßte, kam ich wieder zu mir, wurde mir bewußt, wo ich mich befand, nahm die Dinge um mich wahr und erkannte, daß ich teilnahmslos geradeaus auf die düstere Landschaft gestarrt hatte.

»Es ist spät«, hörte ich sie flüstern. »Unter den Kiefern wird es schon ganz finster sein.« Sie schüttelte mich am Arm und wiederholte: »Marian, unter den Kiefern wird es schon finster sein!«

»Eine Minute noch!« bat ich sie. »Eine Minute noch, dann bin ich bereit.«

Ich wagte noch immer nicht, sie anzusehen; meine Augen waren starr geradeaus gerichtet.

Es war wirklich spät geworden. Die dichte braune Linie der Himmelsbäume hatte sich in der Dämmerung aufgelöst wie eine langgezogene Rauchfahne, der Nebel über dem See breitete sich aus und kroch langsam näher und näher. Atemlose Stille herrschte – aber sie hatte ihren Schrecken verloren, sie schien mir jetzt nur mehr geheimnisvoll.

»Bis nach Hause ist es weit«, flüsterte Laura. »Laß uns heimgehen!« Plötzlich blieb sie stehen und wandte ihr Gesicht von mir weg in Richtung Bootshaus.

»Marian!« flüsterte sie und zitterte heftig. »Siehst du nichts? Schau!«

»Wo?«

»Dort unten, unter uns!« sagte sie und deutete mit der Hand.

Jetzt sah auch ich es. Eine lebendige Gestalt bewegte sich in der Ferne über das Moor, kreuzte hinter dem Bootshaus unser Gesichtsfeld, zog dunkel am Rande des Nebels dahin. Weit entfernt blieb sie vor uns stehen, wartete, bewegte sich weiter, hinter sich und über sich einen weißen Nebelstreif, langsam, ganz langsam – bis sie hinter dem Rand des Bootshauses verschwand und wir sie nicht mehr sahen.

Die Ereignisse dieses Tages hatten unsere Nerven arg mitgenommen. Es vergingen mehrere Minuten, ehe Laura sich in die Kiefernschonung wagte und ich mich entschließen konnte, sie nach Haus zu geleiten.

»War es ein Mann oder eine Frau?« flüsterte sie, als wir endlich wieder draußen in der feuchten Nachtluft waren.

»Es sah eher wie eine Frau aus.«

»Mir kam es eher vor wie ein Mann mit langer Pelerine«, flüsterte Laura verschreckt.

»Schon möglich. In diesem trüben Licht kann man nicht sicher sein.«

»Bleib stehen, Marian! Ich hab' Angst – ich sehe keinen Pfad ... Und was ist, wenn die Gestalt uns folgt?«

»Das ist unwahrscheinlich, Laura. Du brauchst wirklich keine Angst zu haben. Vom Seeufer ist's nicht weit ins Dorf, die Leute dürfen diesen Weg benützen, bei Tag wie bei Nacht. Ich wundere mich ohnehin, daß wir bisher noch niemandem begegnet sind.«

Wir befanden uns jetzt mitten in der Kiefernschonung. Es war sehr dunkel – so dunkel, daß wir den Pfad nur mit Mühe fanden. Laura hatte sich bei mir eingehängt, wir gingen so schnell wir konnten. Plötzlich blieb sie stehen und zwang mich, ebenfalls stehenzubleiben. Sie horchte. »Still! Ich höre etwas hinter uns.«

»Tote Blätter«, sagte ich, um sie zu beruhigen, »oder ein Zweig, der durch den Wind vom Baum fiel.«

»Marian, es ist doch Sommer, und es gibt nicht den leisesten Windhauch! Horch!«

Auch ich hörte es – es klang wie das Trippeln leichter Schritte, die uns folgten.

»Einerlei, wer es ist oder was es ist«, sagte ich. »Wir gehen weiter! Eine Minute noch, und wir sind dem Hause so nahe, daß man uns rufen hört, falls uns etwas erschreckt.«

Wir gingen schneller und schneller. Laura war schon ganz außer Atem, als wir den Rand der Kiefernschonung erreichten und die hell erleuchteten Fenster des Herrenhauses erblickten.

Ich blieb stehen, damit sie zu Atem kommen konnte. Eben wollten wir weitergehen, da hielt sie mich fest und deutete nach hinten. Beide hörten wir in der schwarzen Tiefe der Bäume ganz deutlich einen langen, tiefen Seufzer.

»Wer ist da?« rief ich.

Keine Antwort.

»Wer ist da?« rief ich noch einmal.

Es folgte ein Moment der Stille; dann hörten wir eilige Schritte – leiser und leiser, sich im Dunkel verlierend, bis sie eins wurden mit dem Schweigen der Nacht.

Ohne daß ein weiteres Wort zwischen uns fiel, fingen wir an zu laufen, über den Rasen, über den Vorplatz – endlich erreichten wir das Haus.

Im Schein der Lampe in der Halle blieb Laura stehen und sah mich an, mit bleichen Wangen und vor Schreck geweiteten Augen. »Ich bin halb tot vor Angst«, stieß sie hervor. »Wer kann es nur gewesen sein?«

»Wir werden morgen versuchen, es herauszufinden«, antwortete ich. »Und einstweilen sage niemandem, was wir gesehen und gehört haben!«

»Warum?«

»Nur Schweigen schützt uns – und eines Schutzes bedürfen wir in diesem Hause.«

Dann schickte ich Laura hinauf, wartete noch eine Weile, nahm inzwischen den Hut ab und strich mir das Haar glatt und betrat dann die Bibliothek. Unter dem Vorwand, mir ein Buch zu holen, wollte ich hier mit meinen Nachforschungen beginnen.

Conte Fosco füllte mit seinem Körper den geräumigsten Lehnstuhl des Hauses aus; seine Füße ruhten auf einem Polsterschemel, der Hemdkragen war offen, und die Halsbinde lag auf seinen Knien. Er rauchte und las. Auf einem Hocker neben ihm saß wie ein artiges Kind Madame Fosco und drehte Zigaretten. Der Zweck meiner Kontrolle schien mir erreicht, als ich sie hier sitzen sah: keiner der beiden war außer Haus gewesen, keiner der beiden war knapp vor uns eiligst zurückgekehrt. Höflich wie immer, erhob sich der Conte und legte leicht verlegen seine Halsbinde um, als ich hereintrat.

»Bitte lassen Sie sich nicht stören«, sagte ich, »ich wollte mir nur ein Buch holen.«

»Alle unglücklichen Männer meines Leibesumfangs leiden unter dieser Hitze«, sagte er und fächelte sich mit einem großen grünen Fächer Luft zu. »Ich wünschte, ich könnte mit meiner exzellenten Gemahlin Platz tauschen. Ihr ist jetzt genauso kühl wie draußen im Fischbecken den Fischen.«

Dieser scherzhafte Vergleich veranlaßte die Contessa, ein wenig aufzutauen. »Mir ist nie heiß, Miss Halcombe«, bemerkte sie, mit der Bescheidenheit einer Frau, die nur ungern von ihren Vorzügen spricht.

»Haben Sie mit Lady Glyde einen Abendspaziergang gemacht?« erkundigte sich der Conte, indes ich, um den Schein zu wahren, ein Buch vom Regal nahm.

»Ja, wir wollten ein bißchen Luft schnappen.«

»Darf ich wissen in welcher Richtung?«

»In Richtung See – zum alten Bootshaus.«

»Ah – tatsächlich bis zum Bootshaus?«

Unter anderen Umständen hätte mich seine Neugier wahrscheinlich geärgert, doch heute war sie mir willkommen: Sie bewies, daß weder er noch seine Frau mit der geheimnisvollen Erscheinung etwas zu tun hatten.

»Keine neuen Abenteuer erlebt? Diesmal nichts gefunden – wie unlängst den verletzten Hund?« fragte er und fixierte mich mit seinen unergründlichen grauen Augen, deren kalter, unwiderstehlicher Glanz mich ihn anzusehen zwingt und mich unsicher macht. Bei solchen Gelegenheiten überkommt mich stets der Verdacht, daß er mich aushorchen will. Auch diesmal war es so.

»Nein, kein Fund, kein Abenteuer«, sagte ich kurz.

Ich wollte von ihm wegschauen und das Zimmer verlassen, aber es wäre mir nicht gelungen, hätte Madame Fosco mir nicht geholfen.

Sie sagte: »Graf, du hast Miss Halcombe keinen Stuhl angeboten«, und nötigte ihn dadurch, seinen Blick von mir zu nehmen. Suchend sah er sich nach einem Stuhle um, ich aber nützte die Gelegenheit, dankte ihm, entschuldigte mich und schlüpfte hinaus.

Eine Stunde später, als Lauras Zofe gerade im Zimmer ihrer Herrin war, nützte ich die Gelegenheit, sie auszufragen, weil ich wissen wollte, wie die Dienstboten den Abend verbracht hatten. »Die Nacht ist schwül – habt ihr heute auch so unter der Hitze gelitten?« fragte ich.

»Nein, Miss, es war auszuhalten.«

»Ihr seid vermutlich in den Wald gegangen?«

»Einige von uns hatten es vor, Miss. Aber im Hof ist es auch kühl, und da hat sich die Köchin auf ihren Stuhl vor die Küchentür gesetzt. Wir sind dann alle dort sitzen geblieben.«

Die einzige, von der ich bis jetzt kein Alibi hatte, war also die Haushälterin.

»Ist Mrs. Michelson schon zu Bett gegangen?« fragte ich.

»Mrs. Michelson wird eher ans Aufstehen als ans Schlafengehen denken«, erwiderte das Mädchen lachend.

»Warum? Was willst du damit sagen? War Mrs. Michelson denn tagsüber im Bett?«

»Das gerade nicht, Miss, aber so ähnlich. Sie liegt schon den ganzen Abend auf ihrem Sofa und schläft.«

Meine Beobachtungen und Erkundigungen lassen nur den einen Schluß zu: Die Gestalt, die wir gesehen haben, war weder Madame Fosco noch der Conte, noch einer von den Domestiken. Und die Schritte, die wir hinter uns gehört haben, waren nicht die eines Hausbewohners gewesen.

Wer aber konnte es gewesen sein?

Es ist sinnlos, sich darüber den Kopf zu zerbrechen. Ich bin ja nicht einmal sicher, ob es ein Mann oder eine Frau war; ich glaube aber eher, es war eine Frau.

VI

18. Juni. – In der Einsamkeit der Nacht kam mir alles wieder in Erinnerung, was mir Laura von ihrer Ehe erzählt hatte. Selbstvorwürfe quälten mich, ließen mich nicht schlafen, machten mich elend und unglücklich.

Ich zündete eine Kerze an und blätterte in meinem Tagebuch, um nachzulesen, inwieweit ich an diesem verhängnisvollen Irrtum mitschuldig war und was ich damals hätte tun können, um Laura davor zu bewahren. Was ich las, beruhigte mich ein wenig, denn es zeigte, daß ich, wenn auch blind und unwissend, mein Bestes hatte tun wollen.

Meist machen Tränen bei mir alles nur noch schlimmer, doch in der vergangenen Nacht war dies nicht der Fall – sie erleichterten mir das Herz. Seit heute morgen bin ich ruhiger. Mein Entschluß steht fest: Was immer Sir Percival tun oder sagen mag – es wird mich weder reizen, noch einen Augenblick lang vergessen lassen, daß ich ungeachtet aller Drohungen, Demütigungen und Beleidigungen hier durchhalten muß, um Lauras willen und um ihr zu helfen.

Ein Mißgeschick, das Laura sehr betrübt, hat uns bis jetzt keine Zeit gelassen, der Frage nachzugehen, wer es gewesen sein mochte, den wir gestern in der Dämmerung gesehen und gehört haben. Laura hat nämlich die kleine Brosche verloren, die ich ihr am Vortag ihrer Hochzeit zum Andenken schenkte. Ich hatte sie bei unserem Aufbruch noch an ihrem Ausschnitt gesehen – vermutlich fiel sie im Bootshaus oder auf unserem Rückweg zu Boden. Wir schickten die Dienstboten auf die Suche, doch ohne Erfolg, und nun ist Laura selbst unterwegs. Ob sie die Brosche findet oder nicht – wenigstens ist dadurch ihre Abwesenheit begründet, sollte Sir Percival früher eintreffen als die Antwort von Mr. Kyrle.

Eben hat es eins geschlagen. Ich überlege, ob ich den Boten hier erwarten oder in der Nähe des Pförtnerhauses abfangen soll.

Da ich in diesem Hause allem und jedem mißtraue, halte ich es für klüger, dem Boten entgegenzugehen. Vor dem Conte bin ich sicher. Er sitzt noch im Frühstückszimmer und dressiert seine Kanarienvögel. Als ich vor zehn Minuten nach oben lief, stand die Türe offen, und ich hörte ihn sagen: »Kommt heraus, meine Hübschen! Auf meinen kleinen Finger! Heraus mit euch, und jetzt hüpft ihr die Finger hinauf! Eins, zwei, drei – oben! Drei, zwei, eins – unten! Eins, zwei, drei – piep-piep-piep!« Die Vögel zwitscherten und trällerten, und der Conte pfiff dazu, als wäre er selbst einer von ihnen.

Ich höre das schrille Singen und Pfeifen bis in mein Zimmer. Wenn ich wirklich unbeobachtet das Haus verlassen will, wäre jetzt der geeignete Augenblick.

Vier Uhr. – Die letzten drei Stunden haben den Gang der Ereignisse in eine neue Richtung gelenkt – ob zum Guten oder zum Schlechten, vermag und wage ich nicht zu sagen.

Ich will dort anknüpfen, wo ich abgebrochen habe – sonst verliere ich, verwirrt wie ich bin, den Faden. Wie geplant ging ich also dem Boten entgegen. Auf der Treppe traf ich niemanden, und aus dem Frühstückszimmer hörte ich die Stimme des Conte, der noch immer seine Vögel dressierte. Als ich das Haus verließ, mußte ich an Madame Fosco vorbei, die – wie sie dies gern alleine tut – rund um das Fischbecken spazierte. Sofort verlangsamte ich meine Schritte – sie sollte nicht glauben, daß ich in Eile sei. Sicherheitshalber fragte ich sie, ob sie noch vor dem Lunch einen Spaziergang zu machen gedenke. Sie lächelte freundlich und erklärte, sie bleibe lieber in der Nähe des Hauses, nickte mir zu und ging in die Halle. Ich drehte mich um und vergewisserte mich, daß sie die Haustüre schloß, ehe ich durch eine kleine Pforte neben der Wageneinfahrt den Fahrweg erreichte.

In weniger als einer Viertelstunde war ich beim Pförtnerhaus.

Der Fahrweg biegt dort scharf nach links, verläuft dann ein Stück geradeaus, biegt nach rechts und trifft auf die Landstraße. Zwischen diesen beiden Kurven, an einer Stelle, die man weder vom Pförtnerhaus noch von der Landstraße aus sehen kann, ging ich zwischen den hohen Hecken auf und ab und wartete. Nach etwa zwanzig Minuten hörte ich das Rollen von Wagenrädern, und von der Landstraße her näherte sich ein Einspänner. Auf ein Zeichen von mir hielt der Kutscher an, und ein achtbar aussehender Mann steckte den Kopf zum Fenster heraus und wollte wissen, was denn los sei.

»Entschuldigen Sie bitte, aber vermute ich richtig, daß Sie nach Blackwater Park fahren?« sagte ich.

»Jawohl, Madam.«

»Mit einem Brief?«

»Ja, für Miss Halcombe.«

»Sie können ihn mir geben – ich bin selbst Miss Halcombe.«

Der Mann nahm den Hut ab, stieg aus und überreichte mir das Schreiben.

Ich öffnete es sofort und las die folgenden Zeilen. Hier die Abschrift dieses Briefes, denn das Original will ich vorsichtshalber vernichten:

»Verehrte Miss Halcombe. – Ihr heute früh eingegangener Brief bereitet mir große Sorgen. Ich will ihn so kurz und so klar wie möglich beantworten.

Nach reiflicher Erwägung der von Ihnen geschilderten Vorgänge sowie der finanziellen Situation Lady Glydes laut Ehevertrag kann ich leider nur zu dem Schluß kommen, daß Sir Percival eine Anleihe auf das seinem Bevollmächtigten zu treuen Händen übergebene Kapital zu machen beabsichtigt (mit anderen Worten, daß er die zwanzigtausend Pfund von Lady Glydes Vermögen zum Teil beleihen will) und daß man ihre Zustimmung zu diesem offenkundigen Vertrauensbruch durch ihre Unterschrift sichern will, falls sie später dagegen protestieren sollte. Sonst wäre es nicht erklärlich, warum man, so wie die Dinge liegen, ihre Unterschrift überhaupt benötigt.

Sollte Lady Glyde ein solches Dokument (es kann sich um nichts anderes handeln) unterzeichnen, würde dies die Treuhänder ermächtigen, Sir Percival von diesen zwanzigtausend Pfund eine bestimmte Summe vorzuschießen. Falls diese Anleihe nicht zurückgezahlt wird, würde sich das Vermögen um die betreffende Summe verringern. Anders ausgedrückt: Bei dieser Transaktion könnte es sich, sofern man Lady Glyde absichtlich darüber im dunkeln läßt, um einen Betrug an ihren ungeborenen Kindern handeln. Angesichts dieser schwerwiegenden Folgen würde ich Lady Glyde empfehlen, mit ihrer Unterschrift zu warten und als Grund dafür anzugeben, daß sie dieses Dokument zuerst mir, dem Anwalt der Familie (in Mr. Gilmores Vertretung), vorzulegen wünscht. Gegen ein solches Vorgehen läßt sich nichts einwenden – denn sollte es sich um eine juristisch einwandfreie Transaktion handeln, werde ich ihr selbstverständlich zustimmen.

Mit der aufrichtigen Versicherung meiner Bereitschaft, Ihnen stets mit Rat und Tat zu dienen, verbleibe ich mit den besten Empfehlungen Ihr ergebener William Kyrle.«

Dankbar las ich diesen freundlichen, vernünftigen Brief, verschaffte er doch Laura einen plausiblen Grund, ihre Unterschrift zu verweigern – einen Grund, den wir beide verstehen konnten. Der Bote wartete mittlerweile neben mir, um meine Anweisungen entgegenzunehmen.

»Wollen Sie bitte so freundlich sein und Mr. Kyrle ausrichten, daß ich den Inhalt verstehe und ihm für seinen Rat herzlich danke. Mehr ist im Augenblick nicht zu bestellen«, sagte ich. Da stand Conte Fosco wie aus dem Boden gewachsen vor mir. Während ich den Brief gelesen hatte, war er, vermutlich von der Landstraße her, um die Biegung gekommen.

Sein plötzliches Auftauchen, zumal an einem Ort, wo ich ihn nie vermutet hätte, verblüffte mich derart, daß ich kein Wort herausbrachte. Der Bote wünschte mir einen guten Morgen und bestieg den Wagen – ich war nicht einmal imstande, ihm zuzunikken. Das Gefühl, ertappt zu sein, und ausgerechnet von diesem Menschen, hatte mich im wahrsten Sinne des Wortes versteinert.

»Gehen Sie nach Hause, Miss Halcombe?« fragte er mich, ohne die geringste Überraschung zu zeigen. Er sah dem Einspänner, der eben losfuhr, nicht einmal nach.

Ich hatte meine Fassung soweit wiedergewonnen, daß ich als Zeichen der Bejahung mit dem Kopfe nicken konnte.

»Auch ich gehe nach Hause«, sagte er. »Gestatten Sie mir, Sie zu begleiten? Darf ich Ihnen meinen Arm anbieten? Sie scheinen überrascht, mich zu sehen?«

Ich nahm seinen Arm. Der erste meiner zerstreuten Sinne, der wieder zu mir zurückkam, warnte mich davor, mir den Conte zum Feind zu machen – für diesen Zweck war jedes Opfer recht und billig.

»Sie sind überrascht, mich zu sehen?« wiederholte er in seiner ruhigen, beharrlichen Art.

»Ich glaubte Sie im Frühstückszimmer mit Ihren Kanarienvögeln beschäftigt«, antwortete ich, so fest und ruhig es mir möglich war.

»Allerdings. Aber wissen Sie, Verehrteste, meine gefiederten Kinderchen sind genau so wie andere Kinder; sie haben ihre Launen und wollten in den Käfig zurück. Da kam meine Frau herein und sagte mir, Sie seien ausgegangen. Sie haben ihr doch selbst erzählt, daß Sie einen Spaziergang machen wollten, nicht wahr?«

»Gewiß.«

»Nun, das Vergnügen, Sie zu begleiten, war für mich eine zu große Versuchung. In meinem Alter darf man so etwas gestehen, nicht wahr? So nahm ich also meinen Hut und folgte Ihnen, um mich Ihnen als Begleiter anzubieten. Immerhin – ein dicker alter Mann wie Fosco ist doch besser als gar keiner... Leider ging ich den falschen Weg und mußte umkehren – doch hier bin ich nun – darf ich es sagen? – auf dem Gipfel meines Glücks!«

Er redete und redete und machte mir Komplimente, mit einer Geläufigkeit, die es mir erleichterte, meine Fassung zu bewahren. Auf das, was er gesehen hatte – den Boten und den Brief, den ich noch in der Hand hielt –, spielte er überhaupt nicht an.

Diese auffallende Diskretion bestärkt mich in meinem Verdacht, daß er durch irgendwelche Machenschaften den Inhalt meines Schreibens an Mr. Kyrle kennt; und nun, da er sich von der heimlichen Übernahme der Antwort überzeugt hat, weiß er genug für seine Zwecke und ist nur mehr darauf bedacht, meinen Argwohn zu zerstreuen.

Doch so wie die Dinge liegen, war ich auf unserem Heimweg klug genug, ihn nicht durch Ausreden täuschen zu wollen – und empfindsam genug (abgesehen von meiner Angst vor ihm), das Gefühl zu haben, durch die Berührung mit seinem Arm meine Hand zu beflecken.

Vor dem Hause begegneten wir dem Dogcart, den der Reitknecht in den Stall führte. Sir Percival war eben zurückgekehrt. Wahrscheinlich hatte er uns schon erwartet, denn er kam uns über die Stufen entgegen. Welchen Erfolg seine Fahrt gehabt hat, vermag ich nicht zu sagen – seine Laune hat sich jedenfalls nicht gebessert.

»Ah – da sind ja endlich zwei von euch!« sagte er mit finsterem

Gesicht. »Warum ist das ganze Haus verlassen? Wo ist Lady Glyde?«

Ich erzählte ihm, daß Laura eine Brosche verloren habe und im Kiefernwäldchen sei, um sie zu suchen.

»Ob sie eine Brosche verloren hat oder nicht, ist mir einerlei«, knurrte er. »Ich rate ihr, nicht zu vergessen, sich am Nachmittag in der Bibliothek einzufinden. In einer halben Stunde erwarte ich sie dort.«

Ich nahm meine Hand vom Arm des Conte und stieg langsam die Stufen hinauf. Er beehrte mich mit einer seiner superben Verbeugungen und wandte sich dem grollenden Hausherrn zu.

»Nun, Percival, hattest du eine angenehme Fahrt?« erkundigte er sich mit heiterer Miene. »Ist deine hübsche seidig glänzende Brown Molly nicht recht müde?«

»Der Henker soll Brown Molly holen – wie überhaupt die ganze Fahrt! Ich will jetzt essen!«

»Und ich will mit dir reden, Percival, fünf Minuten nur, und zwar hier, mein Freund, hier auf der Stelle!«

»Und worüber?«

»Über eine Sache, die vor allem dich betrifft.«

Ich blieb lange genug im Eingang stehen, um mithören zu können. Verdrossen steckte Sir Percival seine geballten Fäuste in die Hosentasche. »Wenn du mir wieder mit deinen verdammten Skrupeln kommst – eines sage ich dir: Ich will sie nicht hören, ich will jetzt essen!«

»Komm her zu mir, ich möchte mit dir reden!« wiederholte der Conte, vollkommen unbeeindruckt von den Grobheiten seines Freundes.

Sir Percival schritt die Stufen hinunter. Der Conte nahm ihn am Arm und führte ihn weg. Die »Sache« hatte sicher mit der Unterschrift zu tun. Sie sprachen jetzt von Laura und von mir – davon war ich überzeugt. Mir wurde vor Angst fast übel. Es wäre so wichtig für uns beide gewesen, hören zu können, was sie miteinander redeten – aber es gab natürlich keine Möglichkeit, auch nur ein Wort aufzufangen.

Ruhelos ging ich im Haus herum, von einem Raum zum andern, Mr. Kyrles Brief in meinem Ausschnitt bergend (inzwischen traute ich nicht einmal mehr Schloß und Riegel).

Die Ungewißheit zerrte an meinen Nerven. Von Laura war noch immer keine Spur, ich wollte sie schon suchen gehen, war aber von der Angst und Sorge des Morgens so erschöpft, daß mir in der Hitze jede Kraft zerschmolz. Ich versuchte bis zur Haustüre zu gelangen, mußte aber umkehren und mich im Salon auf das erstbeste Sofa legen, um wieder zu mir zu kommen.

Als ich mich gerade ein wenig beruhigt hatte, ging leise die Türe auf, und der Conte blickte herein.

»Bitte tausendmal um Verzeihung, Miss Halcombe!« sagte er. »Ich wage Sie zu stören, weil ich eine gute Nachricht für Sie habe. Sie wissen ja, Percival ist nun einmal sehr launisch! Er hat es sich jetzt anders überlegt und die Sache mit der Unterschrift verschoben. Wir alle dürfen erleichtert aufatmen – es freut mich, daß ich es auch Ihrem Gesicht ablesen kann. Bitte empfehlen Sie mich Lady Glyde, wenn Sie ihr von dieser günstigen Wendung berichten!«

Ehe ich mich noch von meiner Verblüffung erholt hatte, war er verschwunden. Ohne jeden Zweifel war dieser erstaunliche Sinneswandel Sir Percivals dem Einfluß des Conte zuzuschreiben, der im Wissen um meinen Brief an den Anwalt und um dessen Antwort offenbar auf seinen Freund mit Erfolg hat einwirken können.

Dies war mein erster Eindruck. Allein ich war geistig ebenso erschöpft wie körperlich und konnte meine Gedanken nicht zusammenhalten, um daraus irgendwelchen Nutzen für unsere unsichere Gegenwart und unsere bedrohliche Zukunft zu ziehen. Noch ein zweites Mal versuchte ich, vors Haus zu gehen und Laura zu suchen, aber mein Kopf war benommen, meine Knie zitterten. Es blieb mir nichts anderes übrig, als mich wieder aus Sofa zu legen – sehr gegen meinen Willen.

Die Stille im Hause, das leise Summen der Sommerinsekten draußen vor dem offenen Fenster beruhigten mich nach und nach. Die Augen fielen mir zu, und ich versank allmählich in einen seltsamen Zustand, der nicht Wachen war – denn ich wußte nicht, was um mich vorging –, aber auch nicht Schlaf – denn ich wußte, daß ich auf dem Sofa lag. In dieser Verfassung verselbständigte sich meine fiebrige Phantasie, indes mein erschöpfter Körper sich erholte. Und in dieser Trance – oder war es ein Tagtraum? ich weiß nicht, wie ich es nennen soll – sah ich Walter Hartright. Seit heute morgen hatte ich nicht mehr an ihn gedacht, auch Laura hatte nichts gesagt, was sich mittelbar oder unmittelbar auf ihn bezogen hätte – und doch sah ich ihn jetzt so deutlich vor mir, als wären wir wieder zusammen in Limmeridge House.

Ich erblickte ihn inmitten vieler anderer Männer, deren Gesichter ich nicht klar erkennen konnte. Sie lagerten alle auf den Stufen einer ungeheuren Tempelruine. Riesige tropische Bäume mit üppig wuchernden Schlinggewächsen um den Stamm und scheußliche steinerne Götzenbilder, die zwischen Blättern und Stengeln und Ästen grinsend hervorlugten, umstanden den Tempel, so dicht, daß sie ihren Schatten düster und drükkend auf die einsamen Männer warfen und den Himmel verdeckten. Weiße Schwaden stiegen aus dem Boden empor, kräuselten sich zu Rauch, krochen näher und näher an die Männer heran und streckten sie nieder, einen nach dem anderen. Angst um Walter löste mir die Zunge, und ich beschwor ihn, sich zu retten. »Komm zurück! Komm zurück!« rief ich. »Denk daran, was du ihr und mir versprochen hast! Komm zu uns, ehe der Pesthauch dich anweht und tötet!«

Er sah mich an, und eine überirdische Ruhe ging von ihm aus. »Warte!« sagte er. »Ich komme zurück. Seit jener Nacht, in der ich die verirrte Frau auf der Landstraße traf, ward mein Leben zu einem Werkzeug in der Hand einer Bestimmung, die wir jetzt noch nicht erkennen. Gleichviel, ob hier in der Wildnis oder in meiner Heimat – ich gehe noch immer den gleichen dunklen Pfad, der mich, dich und deine von uns beiden geliebte Schwester ans Ziel führt: zur unbekannten Vergeltung und zum unausweichlichen Ende. Warte und schau. Der Pesthauch streckt die anderen nieder, aber mich wird er verschonen.«

Ich sah ihn ein zweites Mal. Er befand sich noch immer im Urwald, aber die Gruppe der Gefährten war zusammengeschmolzen. Der Tempel war verschwunden, desgleichen die Götzenbilder – doch statt ihrer lauerten hinter den Bäumen dunkle, zwergenhafte Männer, mordgierig, den Pfeil auf dem gespannten Bogen. Wieder überkam mich Angst um ihn, und ich schrie auf, um ihn zu warnen. Wieder wandte er sich mit der gleichen Ruhe zu mir. »Dies ist nur ein weiterer Schritt auf dem dunklen Pfad«, sagte er. »Du mußt warten. Die Pfeile treffen die anderen, mich aber verschonen sie.«

Und ich sah ihn noch ein drittes Mal, auf dem Wrack eines Schiffes, das allmählich versank. Überladene Rettungsboote strebten der Küste zu, er allein blieb zurück. Ich schrie ihm zu, doch sein Leben zu retten und ein Boot zurückzurufen. Wieder blickte er mich ganz ruhig an und gab mir die gleiche Antwort: »Ein weiterer Schritt auf dem dunklen Pfad. Du mußt warten. Die See verschlingt die anderen, mich wird sie verschonen.«

Dann sah ich ihn ein letztes Mal. Er kniete neben einem Grab aus weißem Marmor, und der Schatten einer verschleierten Frau stieg daraus empor und stellte sich neben ihn. Die überirdische Ruhe auf seinem Gesicht hatte sich in Kummer verwandelt, nur die furchtbare Gewißheit seiner Worte blieb sich gleich. »Dunkler und dunkler wird es, weiter und weiter gehe ich auf dem Pfad«, sagte er. »Der Tod nimmt die Guten, die Schönen, die Jungen – mich verschont er. Der giftige Pesthauch, der tödliche Pfeil, die alles verschlingende See, das Grab, das sich über Liebe und Hoffnung schließt, sind Schritte auf meinem Pfad, der mich dem Ende näher und näher bringt.«

Namenlose Angst befiel mich, Kummer ohne Tränen zehrte an mir. Die Dunkelheit umfing den Mann am Marmorgrab, umfing die verschleierte Frau, umfing mich, die Träumerin. Ich sah und hörte nichts mehr.

Eine Hand legte sich auf meine Schulter und rüttelte mich wach. Es war Lauras Hand.

Sie kniete neben dem Sofa, ihre Wangen glühten, ihre weit aufgerissenen Augen starrten mich an.

Ich fuhr in die Höhe. »Was ist geschehen? Was hat dich so erschreckt?« fragte ich sie.

Sie warf einen Blick auf die halbgeöffnete Türe und flüsterte mir dann ins Ohr: »Marian – die Gestalt am See – die Schritte, die uns folgten – sie war es – und ich habe sie gesehen, habe sie gesprochen!«

»Wen, um des Himmels willen?«

»Anne Catherick.«

Ich war noch so erschrocken über Lauras verstörten Blick

und so bestürzt über meinen Traum, daß ich die Tragweite dieser Nachricht nicht gleich begriff. Wie angewurzelt stand ich da und starrte sie in atemlosem Schweigen an.

Laura war zu sehr mit sich selbst beschäftigt, um die Wirkung ihrer Worte auf mich wahrzunehmen. »Ich habe Anne Catherick gesehen! Ich habe sie gesprochen!« wiederholte sie, als hätte ich es nicht gehört. »O Marian, ich habe dir so viel zu erzählen! Komm! Man könnte uns hier hören – komm in mein Zimmer!«

Hastig ergriff sie meine Hand, führte mich durch die Bibliothek bis ins letzte Zimmer des Erdgeschosses, das man für ihren persönlichen Gebrauch als Boudoir eingerichtet hatte. Niemand außer ihrer Zofe konnte uns hier überraschen. Sie schob mich hinein, versperrte die Türe und zog auf der Innenseite die Portieren aus Chintz vor.

Die Betäubung, die mich befallen hatte, hielt noch an. Erst allmählich wurde mir bewußt, daß wir beide plötzlich im Netz der Verwicklungen, das sich schon so lange um uns zusammenzuziehen drohte, gefangen waren. Ich konnte es nicht in Worte fassen – nicht einmal in Gedanken wurde es mir greifbar. »Anne Catherick!« sagte ich leise. »Anne Catherick!« wiederholte ich hilflos – und sinnlos.

Laura zog mich zum nächstgelegenen Sitz, einer kleinen Ottomane in der Mitte des Zimmers. »Schau her!« sagte sie und deutete auf ihre Brust, und ich bemerkte erst jetzt, daß meine kleine Brosche auf ihrem Kleid an der gewohnten Stelle saß. Ihr Anblick gab mir das Gefühl für das Wirkliche zurück, sie war da, man konnte sie anfassen. Langsam legte sich meine Aufregung, und ich konnte mich wieder sammeln.

»Wo hast du sie gefunden?« In diesem bedeutsamen Augenblick galten meine ersten Worte einer unwichtigen Frage.

»Anne Catherick hat sie gefunden!«

»Und wo?«

»Im Bootshaus. O Marian, wie soll ich anfangen? Wie kann ich's dir erzählen? Anne Catherick sagte mir so seltsame Dinge – sie sah so krank aus – sie verließ mich so plötzlich –!«

Sie hob ihre Stimme, der Sturm der Gefühle überwältigte sie. Aber das tiefe Mißtrauen, das mich in diesem Hause zu jeder Stunde des Tages und der Nacht bedrückt, veranlaßte mich, sie zu warnen – so wie der Anblick der Brosche mich kurz zuvor veranlaßt hatte, sie zu fragen.

»Laura, sprich leise!« bat ich sie. »Das Fenster steht offen, und unten führt ein Gartenweg vorbei. Erzähl mir in Ruhe alles der Reihe nach, Wort für Wort, was zwischen dieser Frau und dir geschah!«

»Soll ich das Fenster schließen?«

»Nein – du sollst nur leiser sprechen. In diesem Hause ist das Thema ›Anne Catherick‹ gefährlich, denk daran! Wo also hast du sie gesehen?«

»Im Bootshaus. Du weißt, ich suchte meine verlorene Brosche. So ging ich langsam durch die Kiefernschonung und schaute bei jedem Schritt genau auf den Boden. Es dauerte eine Weile, bis ich zum Bootshaus kam. Ich ging hinein, kniete nieder und tastete die Bretter ab. Während ich suchte, hörte ich hinter mir eine leise, unbekannte Stimme rufen: ›Miss Fairlie!‹«

»Miss Fairlie!«

»Ja, Marian, sie nannte mich bei meinem früheren Namen – dem lieben, vertrauten Namen, von dem ich mich für immer getrennt glaubte. Ich sprang auf, überrascht, doch nicht erschrocken, denn die Stimme klang zu sanft und freundlich, um mir Angst einzujagen. In der Türöffnung stand eine mir unbekannte Frau – jedenfalls erinnerte ich mich in diesem Moment nicht, sie je gesehen zu haben.«

»Und wie sah sie aus?«

»Sie trug ein hübsches weißes Kleid, darüber einen dunklen, zerschlissenen Umhang. Auch ihr brauner Strohhut wirkte eher ärmlich. Mir fiel gleich der Unterschied zwischen dem hübschen Kleid und den übrigen Sachen auf – und sie merkte es mir an. ›Schauen Sie nicht auf meinen Umhang und meinen Hut‹, rief sie schnell und atemlos, ›schauen Sie auf mein Kleid – dessen brauche ich mich nicht zu schämen! Wenn ich nicht Weiß tragen darf, ist's mir einerlei, was ich anhabe.‹ Nicht wahr, Marian, das sind doch seltsame Reden? Ich wollte sie eben durch ein paar freundliche Worte beruhigen, da hielt sie mir die geöffnete Hand hin – und ich sah meine verlorene Brosche darin liegen! Dankbar und glücklich ging ich zu ihr hin, um ihr zu sagen, wie froh ich sei. ›Wollen Sie mir dafür einen kleinen Gefallen tun?‹ fragte sie mich unvermittelt. ›Gerne! Ich werde mit Freuden alles für Sie tun, was in meiner Macht steht!‹ sagte ich ihr. ›Lassen Sie mich bitte diese Brosche an Ihrem Kleid befestigen!‹ Ihr Ansinnen verblüffte mich so, daß ich nicht recht wußte, was ich ihr antworten sollte, und unwillkürlich einen Schritt zurückwich. ›Ach! Ihre Mutter hätte mir eine solche Bitte sicher gern erfüllt‹, sagte sie seufzend. Als sie meine Mutter erwähnte, lag etwas Zärtliches in ihrem Blick und ihrer Stimme, so daß ich mich meines Mißtrauens schämte, ich faßte die Hand, die die Brosche hielt, und führte sie sanft zum Ausschnitt meines Kleides. ›Sie kannten meine Mutter? War das vor langer Zeit? Da müßten Sie ja auch mich kennen?‹ fragte ich sie. Sie hatte mir eben die Brosche angesteckt. Fragend blickte sie mich an und sagte: ›Erinnern Sie sich nicht an den schönen Frühlingstag in Limmeridge, als Ihre Mutter zwei kleine Mädchen zur Schule führte? Ich erinnere mich sehr genau und mußte seither immer wieder daran denken. Das eine Mädchen waren Sie, das andere war ich. Die hübsche kluge Laura Fairlie und die arme einfältige Anne Catherick standen damals einander näher als jetzt . . .‹«

»Hast du dich an sie erinnert, Laura, als sie dir das sagte?«

»Ja, mir fiel ein, daß wir in Limmeridge von Anne Catherick und ihrer Ähnlichkeit mit mir gesprochen hatten.«

»Warum fiel dir das plötzlich ein?«

»Als sie mir im Bootshaus die Brosche ansteckte und ich ihr Gesicht ganz nahe vor mir sah, da bemerkte ich, wie sehr wir einander ähneln. Sie sieht zwar bleich, mager und müde aus, aber es war mir, als sähe ich mich nach einer langen Krankheit im Spiegel. Diese Entdeckung bestürzte mich derart, daß ich unfähig war, auch nur ein einziges Wort herauszubringen.«

»Fühlte sie sich durch dein Schweigen verletzt?«

»Ja, leider, denn sie sagte: ›Miss Fairlie, Sie sind anders als Ihre Mutter, sowohl in Ihrem Aussehen als auch in Ihrem Wesen. Ihre Mutter hatte schwarzes Haar, aber ihr Herz – ihr Herz war das eines Engels!‹ Endlich hatte ich meine Sprache wiedergewonnen. ›Ich bin Ihnen freundlich gesinnt‹, sagte ich, ›nur kann ich es vielleicht nicht so gut ausdrücken, wie ich's gerne möchte. Warum nennen Sie mich eigentlich Miss Fairlie?‹ – ›Weil ich den Namen Fairlie liebe – und den Namen Glyde hasse!‹ stieß sie hervor. Mir war bis dahin nichts an ihr aufgefallen, das auf eine geistige Störung hingedeutet hätte. Jetzt allerdings glaubte ich, in ihrem Blick etwas Irres zu bemerken, und ich mußte an den verrückten Brief denken, den sie mir nach Limmeridge geschickt hatte. Um sie zu beruhigen, sagte ich daher: ›Ich dachte nur, Sie wüßten vielleicht nicht, daß ich verheiratet bin.‹ Sie seufzte und wandte sich ab. ›Eben weil Sie verheiratet sind, bin ich hier; ich bin hergekommen, um etwas gutzumachen – ehe ich hinübergehe in jene Welt, die jenseits des Grabes liegt, und dort Ihrer Mutter begegne.‹ Während sie sprach, wich sie Schritt um Schritt vor mir zurück. Unter der Türe blieb sie stehen, sah sich nach allen Seiten um und horchte. ›Haben Sie mich gestern abend am See gesehen?‹ fragte sie dann, kam aber nicht wieder herein, sondern blieb dort stehen und stützte ihre Hände seitlich gegen den Türstock. ›Haben Sie mich gehört, als ich Ihnen folgte? Seit Tagen schon versuche ich, Sie allein zu sprechen. Ich habe meine einzige Freundin verlassen, sie ist in Angst und Sorge um mich – ich riskiere, daß man mich wieder ins Irrenhaus sperrt –, und dies alles Ihnen zuliebe, Miss Fairlie, alles Ihnen zuliebe!‹ Ihre Worte machten mir Angst – aber trotz allem tat sie mir leid, mein Mitgefühl war ehrlich gemeint und so stark, daß es mir Mut verlieh. Ich bat dieses arme Geschöpf, doch wieder zu mir hereinzukommen und sich neben mich zu setzen.«

»Und kam sie zu dir?«

»Nein. Sie schüttelte den Kopf und erklärte, sie müsse bei der Türe stehenbleiben und aufpassen, daß uns hier niemand überrasche, und blieb auch tatsächlich dort stehen. Während sie sprach, beugte sie sich manchmal zu mir, dann aber lehnte sie sich wieder hinaus und hielt nach allen Seiten Ausschau. ›Ich war gestern hier, ehe es dunkelte‹, sagte sie, ›und ich hörte, was Sie mit der Dame sprachen, hörte Sie von Ihrem Mann erzählen, hörte, daß er Ihnen nicht glaubt und Sie mit Fragen quält. Ach, ich weiß seither, was Sie durchmachen müssen, die Stimme meines Gewissens sagte es mir, als ich hier lauschte. Warum habe ich es zugelassen, daß Sie ihn heirateten? Ach, meine Angst war daran schuld, meine verrückte, elende, erbärmliche Angst!‹ Sie verbarg ihr Gesicht unter dem abgetragenen Umhang und stöhnte und seufzte. Ich befürchtete schon, sie würde in wilde Verzweiflung ausbrechen, gegen die wir beide machtlos wären. ›Beruhigen Sie sich doch!‹ sagte ich. ›Wie hätten Sie denn meine Heirat verhindern können?‹ Sie zog den Umhang vom Gesicht und schaute mich mit leerem Blick an. ›Ich hätte mutig in Limmeridge ausharren sollen‹, antwortete sie, ›und mich nicht durch die Nachricht seines Kommens vertreiben lassen dürfen. Ich hätte Sie warnen, Sie retten sollen, bevor's zu spät war. Ich schrieb Ihnen – zu mehr fehlte mir der Mut –, und so habe ich nur Schaden angerichtet, anstatt etwas Gutes getan, wie ich es doch vorhatte! Ach, meine Angst war daran schuld, meine verrückte, elende, erbärmliche Angst!‹ sagte sie noch einmal und verbarg ihr Gesicht wieder hinter dem abgetragenen Umhang. Es war eine Qual, sie anzuschauen, und es war eine Qual, sie anzuhören.«

»Laura, du hast sie doch sicher gefragt, warum sie immer wieder von ihrer Angst spricht?«

»Ja, Marian.«

»Und was hat sie dir gesagt?«

»Sie fragte mich, ob ich mich nicht auch vor einem Menschen fürchten würde, der mich ins Irrenhaus gesperrt hat, und dies wieder tun würde, wann immer er dazu die Macht hatte. ›Fürchten Sie ihn noch immer?‹ wollte ich von ihr wissen. ›Hätten Sie Angst vor ihm, so wären Sie doch nicht hier?‹ Da sagte sie: ›Nein, jetzt fürchte ich mich nicht mehr.‹ – ›Und warum nicht?‹ fragte ich sie. Da neigte sie sich zu mir hin und sagte leise: ›Erraten Sie nicht, warum?‹ Ich schüttelte den Kopf. ›Sehen Sie mich doch an!‹ rief sie. Es bekümmere mich, daß sie so krank und müde aussehe, gab ich bedauernd zu. Da lächelte sie zum ersten Male. ›Krank und müde?‹ wiederholte sie. ›Ich werde sterben – und jetzt wissen Sie, warum ich ihn nicht mehr fürchte. Glauben Sie, daß ich im Himmel Ihrer Mutter begegnen werde? Vielleicht vergibt sie mir, wenn ich es wiedergutmache?‹ Ich war so entsetzt, daß ich kein Wort hervorbrachte. ›Daran mußte ich immer denken, als ich krank war und mich vor Ihrem Mann verstecken mußte‹, fuhr sie fort. ›Das hat mich hergetrieben, denn ich muß es wiedergutmachen – das Unheil, das ich angerichtet habe.‹ Ich bat sie eindringlich, mir doch endlich zu sagen, was sie damit meine. Immer noch sah sie mich mit leerem Blick an. ›Werde ich es wiedergutmachen?‹ sagte sie zweifelnd zu sich selbst. ›Sie haben Freunde, die zu

Ihnen halten. Wenn Sie sein Geheimnis erfahren, wird er sich vor Ihnen fürchten – er wird es nicht wagen, Sie so zu behandeln wie mich. Wenn er aber Sie und Ihre Freunde fürchtet, dann darf er Sie nicht schlecht behandeln. Und wenn er Sie gut behandelt, und ich dann sagen kann, es sei mein Verdienst –‹ Gespannt hörte ich ihr zu, aber mitten im Satz brach sie ab.«

»Hast du sie zum Weitersprechen gebracht?«

»Ja, aber nicht so wie ich es wollte. Denn sie wandte sich von mir ab und preßte ihr Gesicht gegen die Wand. ›Ach, könnte ich doch neben Ihrer Mutter begraben werden!‹ hörte ich sie sehnsuchtsvoll flüstern. ›Könnte ich an ihrer Seite erwachen, wenn die Posaunen des Gerichts ertönen und die Toten auferstehen!‹ – Marian, ich zitterte am ganzen Leib – es war schrecklich, sie so reden zu hören. ›Aber das darf ich nicht hoffen, einer armen Fremden wie mir ist das nicht vergönnt‹, sagte sie, wobei sie mich wieder ansah. ›Ich werde nicht unter dem Marmorkreuze ruhen, das ich um ihretwillen gereinigt und geputzt und wieder weiß gemacht habe. O nein! Die Barmherzigkeit Gottes – nicht die der Menschen – wird mich zu ihr führen, dorthin, wo die Böswilligen niemanden mehr quälen und die Müden endlich ihre Ruhe finden.‹ Seufzend sagte sie das, traurig, schwer und hoffnungslos. Dann schwieg sie. Ihr Gesicht wirkte verstört und wirr, offenbar dachte sie nach oder versuchte nachzudenken. ›Was habe ich eben gesagt?‹ fragte sie mich nach einer Weile. ›Wenn ich an Ihre Mutter denke, ist alles andere wie ausgelöscht. Was habe ich eben gesagt? Was war es denn?‹ So sanft und schonend ich konnte, erinnerte ich die Ärmste an ihre eigenen Worte. ›Ach ja‹, meinte sie, immer noch zerstreut, ›Sie können sich nicht wehren gegen diesen schlechten Menschen, so ist es, und ich muß endlich das tun, was ich schon immer tun wollte und weswegen ich hergekommen bin – ich muß das wiedergutmachen, was ich unterlassen habe, was ich Ihnen nicht gesagt habe, weil ich damals Angst hatte.‹ – ›Und was ist es, das Sie mir sagen wollen?‹ fragte ich. ›Das Geheimnis – dieses Geheimnis, vor dessen Entdeckung sich Ihr grausamer Mann so fürchtet‹, antwortete sie. ›Ich habe ihm einmal damit gedroht – und ihm Angst eingejagt. Auch Sie sollen ihm damit drohen, auch Sie sollen ihm Angst einjagen!‹ Ihr Gesicht verfinsterte sich, zornig blitzten ihre Augen.

Sie machte eine beiläufige Handbewegung und sagte: ›Meine Mutter kennt das Geheimnis und hat ihr ganzes Leben darunter gelitten. Eines Tages, ich war schon erwachsen, hat sie mir davon erzählt. Und als Sir Percival –‹ «

»Ja und –? Erzähl weiter! Was sagte sie dir über deinen Mann?«

»In diesem Moment hörte sie zu sprechen auf –«

»Und sagte nichts mehr?«

»Sie horchte nur und flüsterte: ›Still jetzt!‹ Sie gab mir ein Zeichen. ›Still jetzt!‹ Und dann entfernte sie sich leise und langsam auf den Zehenspitzen und verschwand hinter dem Bootshaus.«

»Aber du bist ihr doch sicher nachgegangen?«

»Ja. Da ich unbedingt noch Weiteres von ihr erfahren wollte, hatte ich den Mut, ihr zu folgen. Ich trat ins Freie, da kam sie nochmals hinter dem Bootshaus hervor. ›Das Geheimnis!‹ flüsterte ich. ›Bleiben Sie doch und sagen Sie es mir!‹ Sie packte mich am Arm und stieß verstört aus: ›Jetzt nicht! Wir sind nicht allein – man beobachtet uns. Kommen Sie morgen wieder um dieselbe Zeit, allein – allein, wohlgemerkt!‹ Dann schob sie mich hastig ins Bootshaus zurück und war verschwunden.«

»O Laura, wieder eine Gelegenheit verpaßt! Wäre ich nur bei dir gewesen – Anne Catherick wäre uns nicht entwischt. Nach welcher Seite ging sie fort?«

»Nach links, den Abhang hinunter, dorthin, wo der Wald am dichtesten ist.«

»Warum bist du ihr nicht gefolgt? Warum hast du sie nicht zurückgerufen?«

»Ich war vor Schreck wie erstarrt, ich konnte weder sprechen noch mich rühren.«

»Aber als du den Schreck überwunden hattest – aus dem Bootshaus hinausgingst –?«

»Da bin ich nach Hause gelaufen – ich wollte dir erzählen, was geschah.«

»Hast du in der Kiefernschonung jemanden gesehen oder gehört?«

»Nein, dort war alles still und ruhig.«

Ich überlegte kurz. Gab es wirklich jemanden, der die beiden belauscht haben konnte, oder existierte der Betreffende bloß in Anne Cathericks erhitzter Phantasie? Schwer zu sagen. Sicher ist nur, daß wir unser Ziel erneut um Haaresbreite verfehlt haben, und zwar endgültig und unwiederbringlich, sofern nicht Anne Catherick doch Wort hält und morgen zum Bootshaus kommt.

»Hast du mir ganz bestimmt alles erzählt? Jedes Wort?« fragte ich Laura.

»Ich glaube schon. Mein Gedächtnis ist zwar nicht so gut wie deines, aber ich war so beeindruckt und so sehr an der Sache interessiert, daß mir wahrscheinlich nichts Wichtiges entgangen ist.«

»Meine liebe Laura, was Anne Catherick betrifft, so sind die geringsten Kleinigkeiten von Bedeutung. Denk noch einmal nach! Hat sie nicht zufällig erwähnt, wo sie jetzt wohnt?«

»Nicht daß ich wüßte.«

»Sagte sie nichts von einer Freundin oder Begleiterin – einer gewissen Mrs. Clements?«

»Doch, natürlich! Das habe ich ganz vergessen. Sie erzählte mir, Mrs. Clements habe unbedingt auf sie aufpassen und sie begleiten wollen und sie inständig angefleht, sich doch nicht allein in diese Gegend zu wagen.«

»Das ist alles, was sie von ihr erzählt hat?«

»Ja.«

»Sie hat dir nicht gesagt, wo sie sich versteckte, nachdem sie Todd's Corner fluchtartig verlassen hatte?«

»Nein, dessen bin ich ganz sicher.«

»Auch nicht, wo sie seither gewohnt hat? Und welche Krankheit sie hat?«

»Nein, Marian, kein Wort davon. Sag mir lieber, was du von der ganzen Sache hältst. Ich weiß nicht, was ich davon denken, noch auch was ich tun soll.«

»Liebste, du mußt auf alle Fälle dein Wort halten und morgen zum Bootshaus gehen. Natürlich kann man jetzt noch nicht sagen, was diese Begegnung bringen wird. Aber ein zweites Mal darfst du nicht dir selber überlassen bleiben. Ich werde dir in einiger Entfernung folgen, sehen wird mich niemand, aber ich bleibe in Rufweite, falls etwas passieren sollte. Anne Catherick hat sich Walter Hartright entzogen, sie hat sich dir entzogen – mir aber, was auch immer geschieht, entkommt sie nicht!«

Laura versuchte in meinen Augen zu lesen und fragte dann: »Du glaubst also an das Geheimnis, vor dessen Entdeckung mein Mann sich fürchtet? Gesetzt den Fall, Marian, es existiert nur in Anne Cathericks Phantasie? Gesetzt den Fall, sie wollte mich nur sehen und sprechen, um alte Erinnerungen wachzurufen? Sie war so seltsam, fast machte sie mich mißtrauisch. Würdest du ihr trauen?«

»Ich verlasse mich auf nichts, Laura, außer auf meine eigenen Beobachtungen: Dein Mann verhält sich jedenfalls sehr merkwürdig. Sein Verhalten spricht dafür, daß Anne Catherick recht hat. Ich glaube, er hat ein Geheimnis.«

Mehr sagte ich nicht, sondern erhob mich, um hinauszugehen. Mich beunruhigten so mancherlei Gedanken, von denen ich ihr vielleicht erzählt hätte, wären wir länger beisammen geblieben. Die Erinnerung an den gräßlichen Traum, aus dem Laura mich herausgerissen hatte, hing schwer und drohend über mir und verstärkte den Eindruck, den ihr Bericht nun auf mich machte. Ich ahnte Unheil, ich fühlte es kommen. Entsetzen packte mich. Wir werden unserem Schicksal nicht entgehen – davon bin ich überzeugt. Ich dachte an Hartright und sah ihn beim Abschied in Limmeridge vor mir – und dann sehe ich ihn so, wie er mir im Traum erschien, und auch mich packen nun Zweifel, ob wir nicht blind einem unausweichlichen Ende entgegentreiben.

Laura war allein hinaufgegangen, während ich mich vor dem Haus ein wenig umsehen wollte, denn Anne Cathericks überstürzter Aufbruch hatte mich mißtrauisch gemacht, und ich wollte unbedingt wissen, wie Conte Fosco den Nachmittag verbracht und was Sir Percival in Welmingham erfahren hatte.

Nachdem ich vergeblich in allen Richtungen nach den beiden Ausschau gehalten hatte, kehrte ich ins Haus zurück und suchte sie in den Zimmern im Erdgeschoß – doch alle waren leer. Also ging ich wieder in die Halle, um zu Laura hinaufzugehen. Als ich auf dem Korridor an Madame Foscos Zimmer vorbeikam, öffnete sie die Türe und sah heraus. Ich nutzte die Gelegenheit und fragte sie, wo der Conte und Sir Percival seien. Sie habe beide von ihrem Fenster aus gesehen, vor einer Stunde etwa, erklärte sie. Ihr Mann habe ihr freundlich zugewinkt – jaja, auch in Kleinigkeiten sei er stets aufmerksam – und ihr zugerufen, daß er mit seinem Freund einen langen Spaziergang zu machen gedenke.

Einen langen Spaziergang! Solange ich die beiden kenne, haben sie sich nie für körperliche Betätigung interessiert! Für Sir Percival gibt es nur eine Art, sich Bewegung zu verschaffen – nämlich zu reiten –, und Conte Fosco bewegt sich am liebsten überhaupt nicht – es sei denn, er bietet mir höflicherweise seine Begleitung an.

Ich betrat Lauras Zimmer. Während meiner Abwesenheit war ihr die Sache mit der Unterschrift eingefallen, die sie in ihrer Aufregung über das Zusammentreffen mit Anne Catherick ganz vergessen hatte. Erstaunt fragte sie mich, warum Sir Percival sie nicht in die Bibliothek gerufen habe.

»Was das betrifft, kann ich dich beruhigen«, sagte ich ihr. »Vorläufig wenigstens wird man weder deine noch meine Entschlossenheit auf die Probe stellen. Sir Percival hat sich anders besonnen – die Sache mit der Unterschrift ist aufgeschoben.«

»Aufgeschoben?« wiederholte Laura überrascht. »Wer hat dir das gesagt?«

»Conte Fosco. Wahrscheinlich haben wir diese plötzliche Sinnesänderung ihm zu verdanken.«

»Ich kann es kaum fassen, Marian! Meine Unterschrift soll ihm doch das so dringend benötigte Geld verschaffen – wie ist es möglich, so etwas aufzuschieben?«

»Ich glaube, das kann ich dir erklären. Kannst du dich an das Gespräch zwischen Sir Percival und seinem Anwalt erinnern, von dem ich dir erzählte? Du weißt, ich lauschte auf der Treppe, als die beiden durch die Halle gingen.«

»Das habe ich ganz vergessen.«

»Ich erinnere mich ganz genau, daß die Rede von zwei Möglichkeiten war. Die eine: Du unterschreibst das Dokument. Die andere: Wechsel mit drei Monaten Laufzeit. Sir Percival hat sich offenbar für die letztere entschieden, und wir können daher hoffen, wenigstens eine Weile von seinen Geldsorgen verschont zu bleiben.«

»O Marian, das klingt zu schön, um wahr zu sein!«

»Du glaubst mir nicht? Vor nicht allzu langer Zeit hast du

mir zu meinem guten Gedächtnis gratuliert – und jetzt zweifelst du daran? Ich hole mein Tagebuch – und dann kannst du sehen, ob ich recht habe oder nicht.«

Als wir gemeinsam das Tagebuch durchblätterten, stellte sich tatsächlich heraus, daß der Anwalt von zwei Möglichkeiten gesprochen hatte. Mein Gedächtnis hatte mich also auch diesmal nicht im Stich gelassen. Laura und ich fühlten uns beide erleichtert. In unserer derzeitigen Situation drohen uns mancherlei Gefahren – vielleicht wird in Zukunft die eine oder andere Entscheidung von dieser verläßlichen Quelle abhängen?

Ich konnte es Laura ansehen, daß auch ihr dieser Gedanke gekommen war. Es ist ja kaum der Rede wert, fast schäme ich mich, es hier eigens anzumerken, aber diese Überlegung wirft auf unsere verzweifelte Lage ein bezeichnendes Licht. Wie hilflos sind wir, wenn schon allein der Beweis, daß ich mich auf mein Gedächtnis nach wie vor verlassen kann, von uns so freudig aufgenommen wird, als hätten wir einen neuen Freund gefunden!

Der erste Gong zum Dinner trennte uns. Eben kehrten Sir Percival und Conte Fosco von ihrem Spaziergang zurück. Wir hörten den Hausherrn toben, weil die Diener sich um fünf Minuten verspätet hatten, und wir hörten seinen Gast – wie üblich – vermittelnd eingreifen: im Interesse von Anstand, Ruhe und Frieden.

Der Abend verging schnell, nichts Ungewöhnliches passierte. An Sir Percival und Conte Fosco fiel mir jedoch einiges auf, was mich beunruhigt. Ich mache mir Sorgen. Was wird mit Anne Catherick geschehen? Was wird der morgige Tag uns bringen?

Ich kenne Sir Percival immerhin gut genug, um zu wissen, daß er sich am meisten verstellt und daher am gefährlichsten ist, wenn er sich besonders höflich gibt. Der lange Spaziergang mit seinem Freund hatte zur Folge, daß er sich jetzt besser benimmt – vor allem gegenüber seiner Frau. Zu ihrer Überraschung (und zu meinem Schrecken) nennt er sie beim Vornamen, erkundigt sich, ob sie wieder einmal von ihrem Onkel gehört habe, wann man mit Mrs. Veseys Besuch rechnen dürfe – und auch sonst erweist er ihr Aufmerksamkeiten, die fast an die verhaßte Zeit der Werbung in Limmeridge erinnern. Das alles sind schlechte Zeichen. Es scheint mir auch von schlimmer Vorbedeutung, daß er sich nach dem Dinner, als wir im Salon saßen, schlafend stellte, aber Laura und mich mit Blicken verfolgte, wenn er sich unbeobachtet glaubte. Ich habe nie daran gezweifelt, daß er nur nach Welmingham fuhr, um Mrs. Catherick auszufragen, und befürchte, er hat den Weg nicht umsonst gemacht und alles erfahren, was er wissen wollte. Am liebsten würde ich morgen bei Tagesanbruch aufstehen und Anne Catherick warnen – wüßte ich nur, wo ich sie finden könnte.

Die Art, wie sich Sir Percival heute abend verhielt, kenne ich leider nur zu gut – der Conte allerdings zeigte sich mir von einer völlig neuen Seite. Erstmals lernte ich ihn als einen Mann mit Gefühlen kennen – mit Gefühlen, die wirklich echt sind und nicht geheuchelt.

Den ganzen Abend war er still und ruhig, Blick und Stimme verrieten eine gewisse unterdrückte Sensibilität. Er trug, als bestünde eine verborgene Beziehung zwischen seinen tiefsten Gefühlen und seiner farbenprächtigen Erscheinung, eine wahrhaft prachtvolle Weste, die ich noch nie an ihm gesehen hatte: Aus blaßgrüner Seide und mit Silberlitzen aufs wundervollste paspeliert. Richtete er das Wort an Laura oder mich, so gurrte seine Stimme zärtlich, und sein Lächeln drückte Bewunderung aus; unter dem Tisch preßte er die Hand seiner Frau, wenn sie ihm beim Dinner für kleine Aufmerksamkeiten dankte; er trank ihr zu und sagte mit liebevollem, strahlendem Blick: »Auf dein Wohl und dein Glück, mein Engel!« Er aß fast nichts, doch als ihn sein Freund deshalb auslachte, sagte er nur seufzend: »Mein guter Percival!« Nach dem Essen faßte er Laura an der Hand und bat sie, ob sie »so lieb« wäre, ihm etwas vorzuspielen. Vor lauter Überraschung willigte sie ein. Er setzte sich neben das Klavier, seine Uhrkette ringelte sich wie eine goldene Schlange über den hellgrünen Hügel seines Bauches, den großen Kopf hatte er ein wenig zur Seite geneigt, zwei seiner gelblich-weißen Finger schlugen den Takt. Von der Musik zeigte er sich höchst begeistert, er bewunderte Lauras Spiel – nicht wie der arme Hartright mit seiner ungekünstelten Freude an lieblichen Melodien, sondern mit einem klaren, geschulten Urteil erstens über die Vorzüge der Komposition und zweitens über die Vorzüge der Interpretation. Als es dunkelte, bat er, das wunderbare schwindende Licht nicht durch Lampen zu profanieren. Mit lautlosen Schritten trippelte er zu der offenen Glastüre, wo ich mich hingestellt hatte, um ihm aus dem Wege zu sein und ihn nicht sehen zu müssen, und bat mich, seinen Einspruch gegen die Lampen zu unterstützen. Hätte man ihn in diesem Augenblick mit einer Lampe anzünden und zu Asche verbrennen können, so wäre ich auf der Stelle gegangen, um eine zu holen.

»Dieses bescheidene, leise bebende Dämmerlicht, das es nur in England gibt, gefällt Ihnen doch auch?« fragte er mich leise. »Ach, ich liebe es! An einem Abend wie diesem bewundere ich alles Edle, Große und Gute, das der Himmel uns mit seinem Atem schenkt. Die Natur hat so viel unvergänglichen Reiz, so viel unauslöschliche Zärtlichkeit für mich – ich bin ein fetter alter Mann, Miss Halcombe: Worte, die Ihren Lippen wohl anstünden, wirken auf den meinen nur wie Spott und Hohn. In empfindsamen Augenblicken für lächerlich gehalten zu werden, ist hart, denn meine Seele ist nicht alt und fett ...« Und auf italienisch fügte er hinzu: »Welch Licht, o Teure, zittert auf den Bäumen! Dringt es in dein Herz, wie es in meines dringt?«

Er hielt inne, sah mich an und zitierte nochmals Dantes berühmte Verse mit so viel Zartgefühl, daß sie noch schöner und melodischer in meinen Ohren klangen.

»Ach was!« rief er plötzlich. »Ich führe mich wie ein alter Narr auf und langweile Sie doch nur! Schließen wir das Fenster zu unserm Herzen und kehren wir in den Alltag zurück! Percival! Mir ist's recht, wenn man die Lampen bringt! Wer von Ihnen hat Lust, mit mir Domino zu spielen? Lady Glyde? Miss Halcombe? Eleanor, mein Engel?«

Er hatte es zu uns allen gesagt, doch nur Laura dabei angesehen.

Sie hatte von mir gelernt, sich vor einer Beleidigung des Conte wohl zu hüten, daher nahm sie seinen Vorschlag an. Ich hätte es nicht fertiggebracht, um keinen Preis hätte ich mich jetzt mit ihm an denselben Tisch gesetzt! Trotz zunehmender Dunkelheit schienen seine Augen in meiner Seele zu lesen. Seine Stimme machte mich zittern, es überlief mich heiß und kalt.

Das Erschreckende und Geheimnisvolle meines Traumes, der mir nicht aus dem Sinne gehen wollte, bedrückte mich mit unsagbarer Angst und düsteren Ahnungen. Immer wieder sah ich Hartright vor mir, daneben das weiße Marmorgrab und die verschleierte Frau, die ihm entsteigt. Der Gedanke an Laura sprudelte wie eine Quelle in der Tiefe meines Herzens und erfüllte es mit dem Wasser der Bitterkeit wie nie, nie zuvor. Als sie auf dem Weg zum Spieltisch an mir vorüberging, faßte ich ihre Hand und drückte einen Kuß darauf, als müßten wir uns auf immer trennen. Verblüfft starrten mich alle an, ich aber lief durch die offene Glastüre ins Freie – in die Nacht hinaus, um mich zu verstecken, vor den anderen und auch vor mir selbst.

An diesem Abend gingen wir später als sonst auseinander. Gegen Mitternacht zerriß ein leises, trauriges Rauschen die Stille. Wir alle spürten, wie es plötzlich kühl wurde. Conte Fosco war der erste, der das Anschwellen des Windes bemerkte. Als er für mich eine Kerze anzündete, hob er warnend die Hand. »Hören Sie's?« sagte er. »Das Wetter schlägt um.«

VII

19. Juni. – Die gestrigen Ereignisse sind für mich eine Warnung. Früher oder später muß ich mich auf das Schlimmste gefaßt machen. Der heutige Tag ist noch nicht vergangen, und das Schlimmste stand bereit.

Laura und ich haben versucht, die Zeit zu bestimmen, zu der Anne Catherick gestern beim Bootshaus auftauchte. Es dürfte halb drei gewesen sein. Unser Plan ist nun der folgende: Laura soll sich beim Lunch nur kurz zeigen und bei erstbester Gelegenheit das Haus ungesehen verlassen. Um keinen Verdacht zu erregen, will ich ihr erst später folgen. So kann sie, wenn sich uns keine Hindernisse in den Weg stellen, noch vor halb drei beim Bootshaus sein, und ich nach Verlassen der Tafel noch vor drei Uhr im Kiefernwäldchen Posten beziehen.

Wie erwartet hat in den frühen Morgenstunden das Wetter umgeschlagen. Es goß in Strömen, als ich aufstand. Bis etwa zwölf Uhr hat es geregnet, jetzt aber bricht die Sonne durch die Wolken, es klart auf, und ein blauer Himmel verspricht schönes Wetter für den Nachmittag.

Ich wüßte gerne, was Sir Percival und Conte Fosco vorhaben. Was Sir Percival betrifft, fühle ich mich leicht beunruhigt. Er verließ uns gleich nach dem Frühstück und ging trotz des Regens fort, ohne uns zu sagen, wohin er wollte und wann er zurückkommen würde. Vom Frühstückszimmer aus sahen wir ihn im Regenmantel und mit hohen Stiefeln am Fenster vorbeihasten – das war alles.

Der Conte verbrachte den Vormittag zu Hause, teils in der Bibliothek, teils im Salon, wo er auf dem Klavier verschiedene kleine Stücke spielte und dabei mitsummte. Seine Stimmung ist also noch immer eine gefühlvolle, er spricht wenig, er seufzt so tief, wie nur dicke Männer seufzen können, und richtet seine Augen träumerisch in die Ferne.

Sir Percival kam zum Lunch nicht zurück, daher übernahm der Conte bei Tisch den Platz des Hausherrn. Wehmütigen Blickes verschlang er den größeren Teil einer Obsttorte, die er vorher unter einem Krug Sahne begraben hatte, und erklärte uns das Verdienstvolle an dieser Leistung: »Die Freude an Süßigkeiten ist das unschuldige Vergnügen von Frauen und Kindern«, sagte er sanft und zärtlich. »Ich bin glücklich, diese Freude mit Ihnen, meine Damen, zu teilen – ist es doch ein weiteres Band zwischen Ihnen und mir.«

Laura erhob sich schon nach zehn Minuten von der Tafel. Ich fühlte mich versucht, es ihr gleichzutun, aber wenn wir beide zusammen hinausgegangen wären, hätte das sicher Verdacht erregt. Und noch schlimmer wäre es gewesen, sich Anne Cathericks Vertrauen ein für allemal dadurch zu verscherzen, daß eine ihr fremde Person Laura begleitete.

Also wartete ich so geduldig wie möglich, bis der Diener abtrug. Der Conte blieb zurück, ein Stück Zucker zwischen den Lippen, indes sein boshafter Kakadu an der Weste emporkletterte, um sich seine Belohnung zu holen, und Madame Fosco über den Tisch hinweg dieses Kunststück beobachtete, als hätte sie derlei noch nie in ihrem Leben gesehen. Weder im noch vor dem Haus deutete irgend etwas auf Sir Percivals Rückkehr hin. Ich schlug den Weg zur Kiefernschonung ein und gab acht, daß ich vom Eßzimmer aus nicht sichtbar war. Niemand hatte mein Fortgehen bemerkt, niemand folgte mir. Nach meiner Uhr war es gerade ein Viertel vor drei.

Unter den Bäumen ging ich schneller. Als ich etwa die Hälfte des Wäldchens hinter mir hatte, verlangsamte ich meinen Schritt und trat ganz leise und vorsichtig auf – aber ich hörte keine Stimmen. Nach und nach kam das Bootshaus in Sicht – ich blieb stehen und horchte –, noch immer hörte ich nichts. Ich ging weiter und stand jetzt unmittelbar daneben. Wäre jemand drinnen gewesen, hätte ich es bemerken müssen. Es herrschte eine fast unwirkliche Stille – von Leben keine Spur.

Ich ging zuerst die eine Seite des Bootshauses entlang, dann die andere, konnte aber nichts entdecken. So wagte ich mich nach vorn, zum Eingang, und schaute hinein. Es war leer.

Ich begann zu rufen: »Laura!« Erst leiser, dann lauter und lauter. Niemand antwortete, niemand kam herbei, der einzige Mensch hier weit und breit war ich.

Mein Herz klopfte heftig. Trotzdem bewahrte ich meine Ruhe und begann zu suchen, zuerst im Bootshaus, dann davor. Ich wollte ein Zeichen finden, das mir darüber Aufschluß gäbe, ob Laura hier gewesen war oder nicht. Im Bootshaus konnte ich nichts entdecken, aber draußen, im Sand, sah ich Fußspuren, und zwar Fußspuren von zwei Personen, große wie von einem Mann und kleine, die ich mit meinem Fuß maß und daran erkannte, daß sie von Laura stammen mußten. Unmittelbar vor dem Bootshaus gab es viele Spuren von ihr, und als ich näher hinsah, bemerkte ich unter dem überhängenden Dach eine kleine Vertiefung, die jemand gemacht haben mußte. Der Sand war noch feucht.

Ich drehte mich um und folgte den Fußspuren. Sie führten zu den Kiefern und verloren sich dort. Hier also mußten die beiden das Wäldchen betreten haben, daher tat ich das gleiche. Vorerst konnte ich zwischen den Bäumen keinen Weg entdekken, dann fand ich jedoch einen schmalen Pfad, der wahrscheinlich ins Dorf führte. Ich ging eine Weile in diese Richtung und traf auf einen zweiten Pfad, mit Dornenhecken zu beiden Seiten, der ihn kreuzte. Unschlüssig blieb ich stehen. Da entdeckte ich an einer dornigen Ranke ein Stückchen Stoff – es stammte von Lauras Umhang. Ich entschied mich also für diesen Pfad und gelangte nach Blackwater Park zurück – nicht zum Herrenhaus, sondern zum Wirtschaftsgebäude. Ich fühlte mich erleichtert, denn alles deutete darauf hin, daß Laura aus irgendeinem Grunde auf diesem Umweg das Haus erreicht hatte. Ich trat durch den Hintereingang ein und traf im Domestikenzimmer auf Mrs. Michelson, die Haushälterin.

»Wissen Sie, ob Lady Glyde schon heimgekommen ist?« fragte ich sie.

»Ja, Mylady kam, begleitet von Sir Percival, vor einer Weile zurück. Ich fürchte, es ist etwas Schreckliches geschehen.«

Mir stand vor Schreck das Herz still. »Doch nicht etwa ein Unfall?« sagte ich matt.

»Nein, nein – kein Unfall, Gott sei Dank! Aber Mylady lief tränenüberströmt in ihr Zimmer hinauf, und Sir Percival befahl mir, Fanny fristlos zu entlassen und fortzuschicken.«

Fanny ist Lauras Zofe, ein gutes, liebes Mädchen, das seit Jahren in ihren Diensten steht – der einzige Mensch in diesem Haus, auf dessen Treue und Ergebenheit wir uns verlassen können.

»Wo ist Fanny?« fragte ich.

»In meinem Zimmer. Sie ist ganz außer sich. Ich habe ihr gesagt, sie möge sich hinsetzen und sich ein wenig beruhigen.«

Ich ging in Mrs. Michelsons Zimmer. Fanny saß in einer Ecke und weinte bitterlich. Der gepackte Koffer stand neben ihr.

Sie konnte sich nicht erklären, warum man sie plötzlich entlassen hatte. Anstatt die Kündigungsfrist von einem Monat einzuhalten, habe ihr Sir Percival einen Monatslohn ausbezahlen lassen; man habe ihr keine Gründe genannt, ihr jedoch verboten, sich an ihre Herrin zu wenden; man habe ihr sogar verboten, sich von ihr zu verabschieden. Sie müsse fort, auf der Stelle – und dabei habe sie doch nie Grund zur Klage gegeben.

Mit ein paar freundlichen Worten versuchte ich, das arme Ding zu beruhigen. Ich fragte sie, wo sie übernachten werde. Im Dorfwirtshaus, sagte sie, die Wirtin sei eine anständige Frau und dem Gesinde von Blackwater Park wohlbekannt. Wenn sie morgen zeitig abreise, würde sie, ohne langen Zwischenaufenthalt in London, wo sie sich nicht auskenne, bereits am Abend bei ihren Leuten in Cumberland eintreffen.

Mir kam nun folgender Gedanke: Fanny könnte, verläßlicher als die Post, für uns wichtige Nachrichten nach London und nach Limmeridge übermitteln. Ich sagte ihr daher, sie würde noch heute abend von ihrer Herrin oder von mir hören; auch würden wir alles tun, um ihr zu helfen, auch wenn sie uns jetzt verlassen müsse. Dann schüttelte ich ihr die Hand und ging hinauf in den ersten Stock.

Ich wollte die Türe zu Lauras Vorzimmer öffnen, doch sie war von innen verriegelt. Als ich anklopfte, ging die Türe auf, und vor mir stand dieselbe plumpe Person, deren Gefühllosigkeit mir angesichts des verletzten Hundes so unangenehm aufgefallen war. Seither habe ich nur herausbekommen, daß sie Margaret Porcher heißt und das schlampigste, ungeschickteste und widerspenstigste Dienstmädchen im ganzen Hause ist.

Auf der Schwelle stehenbleibend, grinste sie mich an.

»Warum stehst du da herum?« sagte ich. »Siehst du denn nicht, daß ich hinein will?«

»Da darf niemand ’rein, Miss!« sagte sie mit noch breiterem Grinsen.

»Was unterstehst du dich? Geh mir aus dem Weg, und zwar sofort!« befahl ich ihr.

Sie aber breitete ihre dicken roten Arme aus und verwehrte mir den Zutritt. »Befehl von meinem Herrn!« entgegnete sie und nickte dazu mit ihrem Hohlkopf.

Es fiel mir schwer, die Sache nicht mit ihr allein auszufechten, aber in diesem Fall war es wohl ratsam, mich an ihren Herrn zu wenden. Wortlos kehrte ich ihr den Rücken und ging hinunter, um Sir Percival zu suchen. Mein Vorsatz, mich durch ihn in keiner Weise aufbringen zu lassen, war (ich gestehe es zu meiner Schande) vollkommen vergessen. Nach allem, was ich in diesem Hause hatte erdulden müssen, empfand ich es als Wohltat, als mich der Zorn packte.

Salon und Eßzimmer waren leer, erst in der Bibliothek fand ich Sir Percival, den Conte und Madame Fosco. Sie standen dicht beieinander, Sir Percival hielt ein Blatt Papier in der Hand. Der Conte sagte gerade: »Nein – tausendmal nein!«

Ich ging auf Sir Percival zu und sah ihm fest ins Gesicht. »Was soll das heißen? Ist Lauras Zimmer ein Gefängnis und das Dienstmädchen der Wächter?« fragte ich ihn.

»Jawohl. Nehmen Sie sich in acht, Miss Halcombe, daß mein Wächter nicht doppelte Arbeit kriegt – nehmen Sie sich in acht, daß nicht auch Ihr Zimmer zum Gefängnis wird!«

Da übermannte mich der Zorn. »Hüten Sie sich, mir zu drohen und ihre Frau so schändlich zu behandeln. Es gibt Gesetze, die Frauen vor Gewalt und Grausamkeit schützen. Sollten Sie es wagen, Ihrer Frau nur ein Haar zu krümmen und mir meine Freiheit zu nehmen, werde ich diese Gesetze anrufen – ungeachtet aller Folgen!«

Anstatt mir zu antworten, sagte er zu Conte Fosco: »Hab' ich nicht recht gehabt? Was sagst du jetzt?«

»Dasselbe wie vorhin: Nein – tausendmal nein!« antwortete der Conte.

Selbst in der Glut meines Zorns spürte ich den alten grauen Blick, der auf mir ruhte. Langsam wandte er ihn von mir ab und gab seiner Frau mit den Augen ein Zeichen. Darauf stellte diese sich neben mich, und ehe noch einer von uns etwas sagen konnte, fragte sie Sir Percival mit klarer eisiger Stimme:

»Darf ich Sie einen Augenblick um Ihre Aufmerksamkeit bitten? Ich möchte Ihnen für Ihre Gastfreundschaft danken, die ich nicht mehr länger zu beanspruchen gedenke. In einem Haus, in dem man Damen so behandelt, wie ich es eben erleben mußte, bleibe ich nicht länger.«

Sir Percival wich einen Schritt zurück und starrte sie betroffen an. Madame Fosco hätte es nie gewagt, ihm ohne Erlaubnis ihres Mannes so etwas ins Gesicht zu sagen. Mit bewunderndem Blick sah der Conte auf seine Frau.

»Sie ist großartig!« sagte er vor sich hin. Dann trat er neben sie und legte ihre Hand auf seinen Arm. »Ich stehe dir zu Diensten, Eleanor«, erklärte er mit einer Würde, die ich an ihm noch nie bemerkt hatte. »Ich stehe auch Miss Halcombe zu Diensten, falls sie mir die Ehre gibt, meinen Beistand anzunehmen.«

»Verdammt noch mal, was tust du denn?« schrie Sir Percival, als der Conte und die Contessa sich langsam zur Türe hin bewegten.

»Sonst geschieht, was ich sage – aber diesmal tue ich, was meine Frau sagt«, erwiderte er unbeirrt. »Wir haben die Rollen vertauscht: Madame Foscos Ansicht ist auch die meine.«

Sir Percival zerknüllte das Blatt Papier, drängte sich mit einem Fluch am Conte vorbei und stellte sich ihm in den Weg.

»Du sollst deinen Willen haben!« zischte er ihn an. »Du wirst ja sehen, was dabei herauskommt!« Mit diesen Worten stürmte er aus dem Zimmer.

Madame Fosco sah den Conte fragend an. »Er ist so plötzlich davon! Was hat das zu bedeuten?«

»Was es bedeutet? Du und ich haben gemeinsam Englands größten Querkopf zur Vernunft gebracht«, antwortete Conte Fosco. »Und für Sie, Miss Halcombe, bedeutet es, daß man Lady Glyde nicht mehr demütigen und Sie selbst nicht mehr kränken wird. Eleanor, mein Engel, gestatte mir, dir meine Bewunderung auszudrücken – für deinen Mut und dein Auftreten in einem sehr kritischen Augenblick.«

»Mein aufrichtiger Dank«, erklärte Madame Fosco.

»Und meine aufrichtige Bewunderung«, echote der Graf.

Die Kraft meines ursprünglichen zornigen Aufbegehrens gegen Kränkung und Gewalt hatte mich inzwischen verlassen, ich sehnte mich nur mehr danach, zu Laura zu gehen und endlich zu erfahren, was im Bootshaus vorgefallen war. Die Ungewißheit bedrückte mich. Ich versuchte, dem Conte und der Contessa gegenüber wenigstens die Form zu wahren und mit ihnen im gleichen Ton zu sprechen, dessen sie sich mir gegenüber bedienten. Aber die Worte erstarben mir auf den Lippen, mein Atem ging schnell – meine Augen richteten sich sehnsüchtig auf die Türe. Der Conte verstand meine Unruhe, ging hinaus und schloß die Türe hinter sich. In diesem Augenblick kam Sir Pervical schweren Schrittes die Treppe herunter. Ich hörte ihn draußen mit Conte Fosco flüstern. Die Contessa versicherte mir indessen, förmlich und distanziert wie immer, wie froh sie für uns alle sei, daß Sir Percivals unerhörtes Benehmen sie und den Conte nicht zur Abreise gezwungen habe. Draußen verstummte das Flüstern, die Türe öffnete sich, und der Conte kam herein.

»Miss Halcombe, ich bin glücklich, Ihnen mitteilen zu können, daß Lady Glyde wieder Herrin im eigenen Hause ist«, sagte er. »Vermutlich ist es angenehmer für Sie, wenn Sie es von mir erfahren als von Sir Percival. Ich bin eigens deswegen zurückgekommen.«

»Bewundernswertes Zartgefühl!« erklärte Madame Fosco und zahlte ihm dergestalt sein Lob mit gleicher Münze und auf die gleiche Art zurück. Er lächelte und verbeugte sich, als hätte ihm eine fremde Dame ein Kompliment gemacht. Dann trat er einen Schritt zurück und ließ mir den Vortritt.

In der Halle stand Sir Percival. Während ich zur Treppe eilte, hörte ich ihn ungeduldig dem Conte zurufen, er solle doch endlich wieder aus der Bibliothek herauskommen.

»Worauf wartest du noch? Ich will mir dir reden!«

»Und ich will allein bleiben und über Verschiedenes nachdenken! Später, Percival, später!« rief der Conte zurück.

Ich hatte mittlerweile den ersten Stock erreicht und lief den Korridor entlang bis zu Lauras Zimmer. Aufgeregt wie ich war, ließ ich versehentlich die Vorzimmertüre offen.

Laura war allein. Sie saß am anderen Ende des Zimmers, ihre Arme ruhten schlaff auf dem Tisch, das Gesicht hatte sie auf die Hände gelegt. Als sie mich kommen hörte, fuhr sie mit einem Freudenschrei hoch.

»Wie bist du hereingekommen, Marian? Wer hat es dir erlaubt? Doch nicht Sir Percival?«

Der Wunsch, von ihr zu hören, was geschehen war, erwies sich als übermächtig. Ich konnte ihr nicht gleich antworten – hatte ich doch selbst Fragen über Fragen an sie. Lauras Neugierde, von mir zu erfahren, was sich unten zugetragen hatte, war jedoch stärker. Beharrlich wiederholte sie ihre Fragen, und ich mußte nachgeben. »Der Conte war es«, sagte ich ungeduldig. »Wer sonst hätte denn Einfluß in diesem Hause auf –«

Sie machte eine abwehrende Handbewegung. »Sprich nicht von ihm!« rief sie angeekelt. »Der Conte ist das niedrigste Geschöpf auf Gottes Erdboden! Der Graf ist ein erbärmlicher Spitzel –«

Ein leises Klopfen an der Zimmertüre ließ uns aufhorchen. Ich hatte mich noch nicht gesetzt, und ich ging gleich um zu sehen, wer es war. Als ich die Türe öffnete, stand Madame Fosco vor mir, mein Taschentuch in der Hand.

»Das haben Sie auf der Treppe verloren«, sagte sie, »und da dachte ich, ich könnte es Ihnen auf dem Wege in mein Zimmer mitbringen.«

Ihr Gesicht, von Natur aus blaß, war derart kalkweiß, daß ich bei Ihrem Anblick zusammenzuckte. Ihre Hände, sonst so ruhig, zitterten, und ihre Augen sahen mit wölfischem Blick an mir vorbei auf Laura.

Sie hatte gehorcht! Ich sah es ihr an – ihrem weißen Gesicht, ihren unruhigen Händen, ihrem bösen Blick auf Laura. Nach einem Augenblick des Zögerns wandte sie sich um und schritt langsam davon.

Ich schloß die Türe hinter ihr. »O Laura! Laura! Wie bitter werden wir es noch bereuen, daß du den Conte einen Spitzel nanntest!«

»Wüßtest du, was ich weiß, würdest auch du nicht anders über ihn urteilen. Anne Catherick hat sich nicht getäuscht: Man hat uns gestern beobachtet, vom Kiefernwäldchen aus – es war der Conte –«

»Bist du dessen sicher?«

»Ja. Er hat für Sir Percival spioniert, er hat uns verraten, er ist schuld daran, daß Sir Percival uns heute beim Bootshaus aufgelauert hat.«

»Hast du Anne gesehen?«

»Nein. Sie blieb weg, und das hat sie vor Sir Percival gerettet. Als ich zum Bootshaus kam, war sie nicht dort.«

»Und was geschah dann?«

»Ich ging hinein, setzte mich nieder und wartete eine Weile. Doch unruhig wie ich war, erhob ich mich wieder und wollte ein bißchen auf und ab gehen. Vor dem Bootshaus bemerkte ich Spuren im Sand. Ich bückte mich, um sie zu untersuchen, und entdeckte an einer bestimmten Stelle ein auffallendes Zeichen.«

»Und dort hast du mit dem Fuß den Sand weggeschoben.«

»Wieso weißt du das, Marian?«

»Mir ist diese kleine Vertiefung aufgefallen, als ich dir nachkam. Aber erzähl weiter!«

»Ja, ich habe mit dem Fuß den Sand weggeschoben und ein Blatt Papier gefunden, auf dem etwas geschrieben stand – mit Anne Cathericks Initialen als Unterschrift.«

»Und wo ist dieser Brief?«

»Sir Percival hat ihn an sich genommen.«

»Kannst du dich an den Inhalt erinnern?«

»Dem Sinn nach, ja. Es stand nicht viel darin – du hättest es dir sicher Wort für Wort gemerkt.«

»Versuch wenigstens, mir den ungefähren Inhalt zu sagen!«

Nach Lauras eigenen Worten lautete der Brief wie folgt:

»Gestern hat uns ein großer dicker Mann gesehen. Ich mußte laufen, damit er mich nicht einholte. Aber seine Beine waren nicht flink genug, mir zu folgen, und daher verlor er mich aus den Augen. Ich wage nicht, heute zur gleichen Zeit wiederzukommen. Um Ihnen dies mitzuteilen, verstecke ich den Brief im Sand. Es ist jetzt sechs Uhr früh. Wenn wir über das Geheimnis Ihres Mannes sprechen wollen, darf dies nur an einem Ort sein, wo uns niemand stören kann. Haben Sie Geduld! Ich verspreche Ihnen, wir werden einander wiedersehen, und zwar bald. – A. C.«

Die Erwähnung eines großen dicken Mannes (Laura ist sicher, diese Worte gelesen zu haben) läßt keinen Zweifel, wer der Störenfried war. Mir fällt ein, daß ich gestern, in Gegenwart des Conte, zu Sir Percival sagte, Laura suche im Kiefernwäldchen nach einer verlorenen Brosche. Nachdem er zu mir in den Salon gekommen war, wollte er, wichtigtuerisch wie er ist, auch Laura erzählen, daß Sir Percival sich anders besonnen habe und ihre Unterschrift nicht nötig sei. Er dürfte schon nahe am Bootshaus gewesen sein, als Anne Catherick ihn entdeckte und davonlief. Zweifellos sah er ein, daß es sinnlos war, ihr zu folgen. Von dem, was die beiden miteinander sprachen, hörte er sicher nichts. Soviel steht fest – schon auf Grund der Tatsache, daß man immerhin eine ganze Weile braucht, um zum Bootshaus zu gelangen, und er noch bei mir im Salon war, als Laura schon längst mit Anne Catherick gesprochen hatte.

Diese Frage also hielten wir beide für geklärt. Was mich am meisten interessierte, war natürlich, was sich heute zwischen Laura und Sir Percival abgespielt hatte.

»Wie kam dein Mann in den Besitz dieses Briefes?« fragte ich sie.

»Ich hatte ihn eben überflogen und wollte ihn in Ruhe ein zweites Mal lesen, ging deshalb ins Bootshaus zurück und setzte mich dort nieder. Während ich las, fiel plötzlich ein

Schatten über das Blatt. Ich blickte auf – Sir Percival stand in der offenen Türe und beobachtete mich.«

»Warum hast du den Brief nicht versteckt?«

»Es war zu spät, zumal er mir sagte: ›Gib dir keine Mühe – ich habe ihn bereits gelesen!‹ Bestürzt sah ich ihn an und brachte kein Wort hervor. ›Hast du mich verstanden?‹ rief er. ›Ich habe ihn schon vor zwei Stunden im Sand gefunden und gelesen. Dann habe ich ihn wieder an derselben Stelle versteckt und das gleiche Zeichen gemacht, damit auch du ihn findest. Ja, jetzt bin ich dir hinter deine Schliche gekommen, jetzt kannst du dich nicht mehr herauslügen. Du hast dich also gestern mit Anne Catherick getroffen – sie habe ich noch nicht erwischt, aber dich habe ich mit ihrem Brief ertappt! Gib ihn her!« sagte er und trat ganz nahe an mich heran. Was hätte ich tun sollen, Marian? Ich war ja ganz allein – so gab ich ihm den Brief.«

»Und was sagte er dann?«

»Gar nichts. Er packte mich am Arm und zerrte mich hinaus. Draußen schaute er sich nach allen Seiten um, als fürchte er, gesehen oder gehört zu werden. ›Was hat dir Anne Catherick gestern erzählt? Ich will es wissen, jedes Wort!‹ stieß er dann leise hervor, und sein Griff wurde fester und fester. Mein Arm schmerzte mich heftig.«

»Hat er dir weh getan? Hast du blaue Flecken am Arm?«

»Warum fragst du mich, Marian?«

»Unser Dulden muß ein Ende haben, Laura, und heut' noch unser Widerstand beginnen! Der blaue Fleck kann eine Waffe für uns sein. Laß mich deinen Arm sehen – vielleicht muß ich es später einmal beschwören!«

»O Marian, es ist nicht der Rede wert, es tut nicht mehr weh.«

»Dennoch – ich will es sehen!«

Sie schob den Ärmel hinauf, und als ich die Spuren seiner Brutalität sah, klagte ich nicht, schauerte ich nicht, weinte ich nicht – darüber bin ich längst hinaus. Es heißt, daß wir Frauen entweder sehr viel besser sind als Männer – oder sehr viel schlechter. Wäre die Versuchung, der manche Frauen auf ihrem Lebensweg begegnet sind, und die sie zum Schlechteren verführte, in diesem Moment an mich herangetreten – doch gottlob verriet mein Gesicht nichts, was Laura hätte lesen können. Dieses sanfte, unschuldige, liebevolle Geschöpf dachte, ich gräme mich um sie und fürchte für sie – mehr dachte sie nicht.

»Nimm es nicht zu ernst, Marian!« sagte sie, als sie den Ärmel wieder herunterkrempelte. »Es tut mir nicht mehr weh.«

»Ich will mich bemühen, es in Ruhe zu ertragen – um deinetwillen, Liebes. Du hast ihm also alles erzählt, was Anne Catherick dir gestern gesagt hat?«

»Ja, Marian. Er hat mich dazu gezwungen.«

»Hat er sich nachher dazu geäußert?«

»Er lachte spöttisch und sagte dann: ›Das Übrige bekomme ich bestimmt noch aus dir heraus!‹ Ich beteuerte, ich hätte ihm alles erzählt. ›Lächerlich! Du weißt mehr, als du mir zu sagen beliebst. Du willst also nicht? Nun, ich bringe dich noch soweit! Wenn es mir jetzt nicht gelingt, dann eben zu Hause. Da quetsche ich es aus dir heraus!‹ Dann führte er mich auf einem mir unbekannten Pfade durch das Kiefernwäldchen heim – einem Pfad, auf dem wir dir nicht begegnen konnten. Erst in der Nähe des Hauses blieb er wieder stehen und drohte mir noch einmal: ›Ich gebe dir jetzt Gelegenheit, dich eines Besseren zu besinnen und mir das Übrige zu erzählen.‹ Doch ich konnte nur wiederholen, was ich ihm schon gesagt hatte. Da fluchte er über meinen Starrsinn und drohte mir von neuem: ›Ich lasse mich von dir nicht täuschen – du weißt mehr, als du mir sagst. Aber ich hole alles aus euch heraus, aus dir und deiner Schwester. Jetzt ist ein für allemal Schluß mit allen Heimlichkeiten. Ich werde euch voneinander trennen, ich werde euch bewachen lassen, bei Tag und bei Nacht – so lange, bis ihr die Wahrheit gesteht!‹ Er war taub gegen alle meine Beteuerungen. So gelangten wir endlich ins Haus, wo er mich noch immer nicht losließ, sondern mich in mein Zimmer zerrte. Hier fanden wir Fanny vor – die machte gerade eine Arbeit für mich. Er schrie sie an: ›Ich werde dafür Sorge tragen, daß du mit deiner Herrin nicht gemeinsame Sache machst. Noch heute verläßt du dieses Haus! Die nächste Zofe bestimme ich!‹ Mit diesen Worten schickte er sie fort. Er sperrte mich ein und stellte draußen diese dumme Margaret Porcher als Wache auf. Marian, er macht auf mich den Eindruck eines Verrückten. Es ist unbegreiflich – aber er scheint mir ganz wirr im Kopf.«

»Ja, Laura, ich verstehe, was in ihm vorgeht. Er *ist* verrückt –

aber vor Angst, wegen seines schlechten Gewissens. Was du mir jetzt erzählt hast, läßt mich vermuten, daß du gestern nahe daran warst, von Anne Catherick etwas zu erfahren, das ihn zugrunde richten würde – und er, dieser Nichtswürdige, glaubt, du wüßtest es bereits. Was immer du auch sagst oder tust – nichts nimmt ihm das Bewußtsein seiner Schuld, nichts überzeugt ihn von deiner Aufrichtigkeit. Liebes, ich sage das nicht, um dich zu beunruhigen – ich sage es dir nur, um dir die Augen über deine Lage zu öffnen. Ich will dir damit beweisen, daß du mich handeln lassen mußt, so gut ich es eben kann, und daß ich dich schützen muß, solange ich noch die Möglichkeit dazu habe. Dank dem Eingreifen des Conte kann ich jetzt mit dir sprechen, aber morgen ist vielleicht alles anders. Sir Percival hat Fanny entlassen – sie ist ein aufgewecktes Mädchen und dir treu ergeben; er ersetzt sie durch eine dumpfe Person, der nichts an dir liegt und deren Verstand dem eines Hofhundes gleichkommt. Gott weiß, zu welchen Gewaltmaßnahmen er noch greift, wenn wir nicht – solange es noch geht – die Gelegenheit nützen!«

»Ach, Marian, was sollen wir tun? Könnten wir doch dieses Haus für immer verlassen!«

»Hör mir zu, Liebes – und vergiß nicht, daß du, wenn man mich bei dir läßt, nicht ganz hilflos bist!«

»Ich will es versuchen, Marian. Aber du mußt auch an die arme Fanny denken: Sie braucht jetzt Trost und Hilfe.«

»Ich habe, ehe ich zu dir kam, mit ihr gesprochen und ihr gesagt, daß sie noch heute abend von uns hören wird. Fanny muß zwei Briefe mitnehmen, die ich in deinem Interesse schreiben werde – denn der Posttasche kann ich meine Briefe nicht mehr anvertrauen.«

»Wem willst du schreiben?«

»Vor allem muß ich deinen Anwalt verständigen – er hat uns ja für den Fall neuer Schwierigkeiten seine Hilfe angeboten. Ich habe zwar keine juristischen Kenntnisse, aber eines weiß ich bestimmt: Es gibt ein Gesetz, das Frauen vor Brutalitäten schützen soll. Dein Mann hat dich roh und rücksichtslos behandelt, er hat dich sogar körperlich mißhandelt und dich eingesperrt – das alles soll dein Anwalt wissen, und er wird es morgen wissen, wenn ich ihm noch heute schreibe.«

»Marian, bedenke doch den Skandal!«

»Sir Percival muß ihn mehr fürchten als wir. Die Angst, ins Gerede zu kommen, bringt ihn vielleicht zur Vernunft.«

»Du wirst ihn dadurch in die Verzweiflung treiben, Marian – und dann droht uns noch größere Gefahr...«

Ich fühlte, daß sie die Wahrheit aussprach – die entmutigende Wahrheit –, aber ich brachte es nicht über mich, es ihr einzugestehen. In unserer schrecklichen Lage gibt es für uns weder Hilfe noch Hoffnung – es sei denn, wir greifen zu den äußersten Mitteln. Das sagte ich ihr auch, nur mit etwas vorsichtigeren Worten. Sie seufzte bitterlich, hatte aber gegen meine Argumente nichts einzuwenden und wollte nur wissen, an wen ich den zweiten Brief richten wolle.

»An Mr. Fairlie. Schließlich ist dein Onkel dein nächster männlicher Verwandter und außerdem das Oberhaupt der Familie. Es ist seine Pflicht, in dieser Angelegenheit einzugreifen.«

Traurig schüttelte Laura den Kopf.

»Ja, Laura, ich weiß, daß dein Onkel ein schwacher und selbstsüchtiger Mensch ist; ich erwarte von ihm auch weder Liebe noch Güte. Aber er wird alles tun, um weiterhin faul und unbehelligt dahinleben zu können. Also muß man ihn nur überzeugen, daß sein sofortiges Eingreifen ihm später Ärger und Unannehmlichkeiten erspart – dann tut er alles, schon sich selbst zuliebe. Ich weiß, wie man ihn behandeln muß, Laura – immerhin habe ich da einige Erfahrung.«

»Wenn du ihn nur dazu bewegen könntest, uns für kurze Zeit in Limmeridge aufzunehmen! Dort könnte ich fast so glücklich sein wie vor meiner Heirat.«

Ihre Worte brachten mich auf eine Idee. Vielleicht wäre es möglich, Sir Percival vor die Wahl zu stellen: Entweder kommt die Mißhandlung vor Gericht, was einen Skandal zur Folge hat – oder er erlaubt seiner Frau, sich für einige Zeit von ihm zu trennen, und zwar unter dem Vorwand, ihren Onkel zu besuchen.

Und kann man – wie die Dinge liegen – damit rechnen, daß er diesen Ausweg akzeptiert? Es schien mir zweifelhaft – mehr als zweifelhaft. Aber obwohl mir das Experiment nicht aussichtsreich erschien, war es doch sicher einen Versuch wert.

Also faßte ich meinen Entschluß, aus reiner Verzweiflung, weil mir nichts Besseres einfiel.

»Dein Onkel soll von deinem Wunsch erfahren«, versprach ich Laura. »Auch mit deinem Anwalt werde ich mich darüber beraten. Vielleicht – hoffentlich ist das eine Lösung.«

Damit erhob ich mich und wollte gehen. »Laß mich nicht allein!« bat mich Laura. »Mein Pult ist dort am Tisch. Du kannst die Briefe doch auch hier schreiben.«

Es schmerzte mich zutiefst, ihr in ihrem eigenen Interesse diese Bitte abschlagen zu müssen. Aber wir waren viel zu lang beisammen gewesen. Wenn wir einander wiedersehen wollten, hing dies vielleicht davon ab, daß wir nicht neuen Argwohn erregten. Es war an der Zeit, daß ich mich bei den anderen sehen ließ, die vielleicht in eben diesem Moment über uns sprachen und weitere Pläne ausheckten. Ich gab Laura meine Gründe zu bedenken, und sie sah ein, daß dieses leidige Manöver notwendig war. »Es wird nicht lange dauern«, sagte ich ihr. »Für heute haben wir das Schlimmste hinter uns. Bleib ruhig hier und fürchte nichts!«

»Steckt der Schlüssel noch in der Türe, Marian?«

»Ja. Sperr die Türe zu und laß niemanden herein! Ich komme bald wieder!«

Mit einem Kuß verließ ich sie und atmete erleichtert auf, als ich sie den Schlüssel umdrehen hörte und in Sicherheit wußte.

VIII

19. Juni – Als ich die Treppen hinaufging, fiel mir ein, daß auch ich vorsichtshalber meine Türe beim Fortgehen absperren sollte. Mein Tagebuch ist zwar, mit anderen Papieren, in der Tischlade eingeschlossen, aber mein Schreibmaterial liegt offen herum. Dazu gehören ein Petschaft (mit zwei Tauben, die aus derselben Schale trinken, als Emblem) und einige Bogen Löschpapier, auf denen sicher von jedem Blatt meines Tagebuches jeweils die letzten Zeilen abgedrückt sind. Bei dem ständigen Mißtrauen, das mich in diesem Hause quält und mir zum zweiten Ich geworden ist, halte ich es sogar für gefährlich, wenn derlei Nebensächlichkeiten unbewacht herumliegen.

Nicht einmal eine versperrte Tischlade scheint mir ausreichender Schutz.

Ich ging also in mein Zimmer, doch nichts deutete darauf hin, daß es jemand betreten hatte. Mein Schreibmaterial (ich hatte dem Stubenmädchen verboten, es zu ordnen) lag wie üblich auf dem Tisch. Mir fiel nur auf, daß sich in der flachen Briefschale außer den Bleistiften und dem Siegellack auch das Petschaft befand – so wie es sich gehört. Unordentlich wie ich bin (das muß ich leider gestehen), lege ich es sonst nicht dorthin; und ich konnte mich auch nicht erinnern, es diesmal dorthin gelegt zu haben, aber vielleicht hatte ich es automatisch auf den richtigen Platz getan ... Jedenfalls zerbrach ich mir nicht den Kopf darüber, da mir die Ereignisse dieses Tages ohnehin genug zu schaffen machten. Ich sperrte die Türe zu, steckte den Schlüssel in die Tasche und ging hinunter.

Madame Fosco stand in der Halle vor dem Barometer.

»Es fällt noch immer«, sagte sie, »ich fürchte, es wird erneut regnen.«

Ihr Gesicht hatte wieder den gewohnten Ausdruck und die gewohnte Farbe, nur die Hand, mit der sie auf das Barometer deutete, zitterte noch.

Ob der Conte schon weiß, daß Laura ihn einen Spitzel genannt hat? Sicher hat sie es ihm erzählt! Und welch schreckliche Folgen werden sich daraus für uns ergeben? Je ungewisser die Angst ist, desto größer ist sie bekanntlich. Auf Grund verschiedener Kleinigkeiten, durch die Frauen sich manchmal verraten, bin ich zudem fest davon überzeugt, daß Madame Fosco – trotz ihres höflichen Benehmens – es ihrer Nichte noch immer nicht verziehen hat, daß sie (wenn auch schuldlos) zwischen ihr und dem Vermächtnis von zehntausend Pfund steht. Dieser Gedanke schoß mir durch den Kopf und trieb mich dazu, ihr etwas Freundliches zu sagen, weil ich törichterweise hoffte, Lauras Fehler wiedergutmachen zu können.

»Contessa, ich bitte Sie, mich gütigst entschuldigen zu wollen, wenn ich über eine höchst peinliche Sache mit Ihnen zu sprechen wage.«

Wortlos kreuzte sie ihre Hände über der Brust und nickte mir feierlich zu, ohne mich auch nur einen Moment aus den Augen zu lassen. »Als Sie so freundlich waren, mir mein Taschentuch zu bringen, haben Sie leider anhören müssen, wie Laura etwas sagte, das ich weder wiederholen noch verteidigen will. Hoffentlich schien es Ihnen nicht wichtig genug, es dem Conte gegenüber zu erwähnen ...«

»Ich halte es zwar auch für vollkommen unwichtig«, sagte Madame Fosco scharf und eisig, »aber ich verschweige meinem Mann nichts – nicht einmal Kleinigkeiten. Er hat vorhin bemerkt, daß ich bekümmert aussah, und da hielt ich es, so peinlich es mir war, für meine Pflicht, ihm den Grund dafür zu sagen. Ich gebe ganz offen zu, Miss Halcombe, daß ich ihm von der Sache erzählt habe.«

Es überlief mich kalt, als sie das sagte – obwohl ich es erwartet hatte.

»Darf ich Sie, Contessa, und auch den Conte, dringend ersuchen, die peinliche Lage meiner Schwester zu berücksichtigen. Sir Percivals ungerechte Behandlung, auch seine Beleidigungen hatten sie so schwer getroffen, daß sie sich zu diesen unbedachten Worten hinreißen ließ. Darf ich hoffen, daß man deshalb nachsichtig ist und ihr vergibt?«

»Selbstverständlich«, hörte ich Conte Fosco hinter mir sagen. Lautlosen Schrittes war er, ein Buch in der Hand, aus der Bibliothek gekommen. »Lady Glyde hat mir mit ihrem übereilten Urteil unrecht getan. Ich beklage es, aber ich vergebe ihr. Sprechen wir nicht mehr davon! Vergessen wir die Sache ...«

»Sie sind sehr gütig, Conte, ich fühle mich wirklich erleichtert –«

Ich wollte weitersprechen, aber es gelang mir nicht. Seine Augen ruhten auf mir, sein rätselhaftes Lächeln, hinter dem er seine Gedanken verbirgt, lag über seinem breiten, glatten Gesicht. Seine unergründliche Falschheit verstörte mich, zumal mir bewußt war, daß ich mich durch diesen Versöhnungsversuch erniedrigt hatte – die Worte erstarben mir auf den Lippen.

»Miss Halcombe, ich bitte Sie auf den Knien, nicht mehr davon zu sprechen – es schmerzt mich, daß Sie es überhaupt erwähnt haben«, sagte er mit ausgesuchter Höflichkeit und nahm meine Hand (Oh, wie verachte ich mich! Daß ich es um Lauras willen erdulden mußte, ist mir nur ein geringer Trost!) – er nahm meine Hand und führte sie an seine Lippen. Erst jetzt wurde mir bewußt, wie sehr mir vor ihm graute. Die vertrauliche Geste ließ mir das Blut in den Adern kochen – es war mir, als hätte er mich aufs ekelhafteste beleidigt. Dennoch verbarg ich meinen Abscheu – ich versuchte sogar zu lächeln! Ich, die ich bei anderen Frauen jede Verstellung hasse, war jetzt so falsch wie man nur sein kann – so falsch wie dieser Judas, dessen Lippen meine Hand berührten.

Ich hätte mich in meiner Demütigung gewiß nicht länger beherrschen können, hätte er weiterhin seine kalten grauen Augen auf mir ruhen lassen (daß ich mir dessen sicher bin, gibt mir meine Selbstachtung wieder). Da kam mir die tigerhafte Eifersucht seiner Frau zu Hilfe und lenkte ihn von mir ab. In ihren kalten Augen blitzte es, ihre bleichen Wagen röteten sich – mit einem Male sah sie um Jahre jünger aus.

»Graf, englischen Frauen sind derlei ausländische Höflichkeitsformen unverständlich!« rief sie.

»Verzeih, mein Engel! Der besten und teuersten aller Frauen dieses Landes sind sie gewiß verständlich!« Damit ließ er meine Hand sinken, nahm statt dessen die ihre und führte sie gelassen an die Lippen.

Ich rannte die Treppe hinauf und flüchtete in mein Zimmer, um allein zu sein. Wäre Zeit zum Nachdenken gewesen, hätte ich mich dem Schmerz überlassen – aber zum Glück blieb mir keine. Ich mußte meine Ruhe bewahren, ich mußte meinen ganzen Mut zusammennehmen, ich mußte handeln. Immerhin hatte ich noch zwei Briefe zu schreiben – an den Anwalt und an Mr. Fairlie. Ohne einen Augenblick zu zögern, setzte ich mich an den Tisch und überlegte.

Hier gab es keine Vielzahl von Möglichkeiten, um mich zu verwirren – hier gab es niemanden, auf den ich mich verlassen kann, außer auf mich selbst. Sir Percival hat hier in der Gegend weder Verwandte noch Freunde, an die ich mich wenden könnte. Mit den Adelsfamilien in der näheren Umgebung steht er auf schlechtem, in manchen Fällen sogar auf gespanntem Fuße. Laura und ich haben weder Vater noch Bruder – wir haben niemanden, der hierherkommen und uns verteidigen könnte. Es bleibt mir keine andere Wahl: Entweder ich schreibe diese beiden Briefe, deren Erfolg ungewiß ist, oder Laura und ich verlassen heimlich Blackwater Park, was zur Folge hätte, daß wir uns ins Unrecht setzten und eine friedliche Lösung unmöglich machten. Nur die Gefährdung der eigenen Person würde diesen letztgenannten Ausweg rechtfertigen. Ich mußte es zuerst mit den Briefen versuchen, und ich schrieb sie.

Mr. Kyrle gegenüber erwähnte ich nichts von Anne Catherick. Diese Sache ist für uns nach wie vor ein Rätsel, es wäre sinnlos, einem Anwalt davon zu schreiben. Ich ließ ihn daher bei seinem Glauben, Sir Percivals unqualifiziertes Verhalten sei auf einen Streit in Geldangelegenheiten zurückzuführen, und fragte ihn daher nur, was man zu Lauras Schutz tun könnte, falls ihr Mann sie nicht – wenn auch nur für kurz – nach Cumberland zurückkehren ließe. Was die Einzelheiten dieser Einladung betreffe, möge er sich an Mr. Fairlie wenden. Ich versicherte ihm, in Lauras Auftrag zu schreiben, und bat ihn, so rasch und energisch wie möglich in ihrem Namen zu handeln.

Dann beschäftigte ich mich mit dem Schreiben an Mr. Fairlie. Wie ich es mit Laura vereinbart hatte, stellte ich ihm die Lage so dar, daß er sich zum Handeln gezwungen sehen mußte. Zudem legte ich ihm die Abschrift des Briefes an den Anwalt bei und betonte, wie ernst man die Sache nehmen müsse. Nur durch eine Rückkehr nach Limmeridge könnten etwaige spätere Unannehmlichkeiten, die auch ihn betreffen würden, vermieden werden.

Ich adressierte und versiegelte die Umschläge. Dann ging ich mit beiden Briefen zu Laura.

Sie sperrte mir auf. »Hat dich inzwischen jemand gestört?« fragte ich sie.

»Es hat zwar niemand angeklopft, aber ich hörte ein Geräusch im Vorzimmer – wie das Rascheln eines Seidenkleides«, sagte sie.

»Es war also eine Frau, vermutlich Madame Fosco – auf Horchposten. Das Unheil, das sie selber stiften kann, brauchen wir kaum zu fürchten; was sie aber als williges Werkzeug ihres Mannes zu tun imstande ist, dürfen wir nicht unterschätzen. – Und was geschah dann, Laura?«

»Das Rascheln wurde leiser und leiser, wahrscheinlich ist sie auch bei dir vorbeigekommen.«

Ich hatte nichts bemerkt. Allerdings war ich auch ganz und gar ins Briefeschreiben vertieft gewesen. Zudem schreibe ich mit schwerer Hand, mit einem Gänsekiel, der stark kratzt.

Und vermutlich war dieses Geräusch lauter gewesen als das Rascheln ihres Kleides. Ein Grund mehr (wenn ich einen suchte), die Briefe nicht der Posttasche anzuvertrauen.

Laura sah mich nachdenken. »Ach Marian, wieder neue Schwierigkeiten«, sagte sie müde. »Neue Schwierigkeiten und Gefahren!«

»Schwierigkeiten vielleicht, aber keine Gefahren. Ich überlege jetzt nur, wie diese Briefe sicher in Fannys Hände gelangen.«

»Bitte, Marian, riskiere nichts!«

»Hab keine Angst! Laß mich nachdenken – wie spät ist es eigentlich?«

Es war ein Viertel vor sechs – also Zeit genug für mich, noch vor dem Dinner ins Dorfwirtshaus zu gehen und rechtzeitig wieder zurück zu sein. Später würde sich vielleicht keine Gelegenheit mehr bieten, das Haus zu verlassen.

»Laura, ich gehe – aber mach dir keine Sorgen um mich! Sperr dich ein, und sollte man nach mir fragen, ruf hinaus, daß ich einen Spaziergang mache!«

»Wann bist du wieder zurück?«

»Sicher noch vor dem Essen ... Kopf hoch, Liebes! Morgen um diese Zeit wird Mr. Kyrle alles tun, um dir zu helfen. Solange Mr. Gilmore nicht zurück ist, bleibt er unser bester Freund, auf dessen Umsicht wir uns verlassen können.«

Ich hielt es für besser, mich noch nicht fertig zum Ausgehen zu machen. Jedenfalls mußte ich vorher feststellen, wer im Hause war und wer nicht. Also ließ ich Hut und Umhang in meinem Zimmer und ging hinunter. Aus der Bibliothek drangen Tabaksrauch und das Trällern der Kanarienvögel, was mir verriet, wo sich der Conte befand. Als ich an der offenen Türe vorbeikam, entdeckte ich zu meiner Überraschung, daß er der Haushälterin die Kunststücke seiner kleinen Lieblinge vorführte. Er mußte also Mrs. Michelson eigens dazu eingeladen haben – unaufgefordert hätte sie nie die Bibliothek betreten. Allem, was dieser Mann tut, auch allen Kleinigkeiten, liegt ein verborgener Plan zugrunde. Was hatte er diesmal vor?

Darüber nachzudenken hatte ich keine Zeit. Ich mußte Madame Fosco suchen – und fand sie auf dem Rasen vor dem Hause, wo sie ihre üblichen Runden um den Fischteich drehte.

Wie wird sie sich mir gegenüber verhalten? fragte ich mich im stillen. Jetzt, so kurz nach dieser Eifersuchtsszene, an der ich schuld war.

Anscheinend hatte ihr Mann sie inzwischen gezähmt, denn sie war mir gegenüber genau so höflich wie sonst. Ich sprach sie an, denn ich wollte herausbekommen, wo sich Sir Percival aufhielt. Auf meine diesbezügliche beiläufige Frage antwortete sie zunächst ausweichend, rückte aber schließlich mit der Information heraus, er sei nicht im Hause.

»Auf welchem Pferd ist er denn ausgeritten?«

»Er ist zu Fuß weggegangen, vor etwa zwei Stunden. Vermutlich ist er wieder auf der Suche nach dieser Anne Catherick, die er aus mir unbegreiflichen Gründen unbedingt finden will. Ist sie denn tatsächlich so verrückt, daß sie eine Gefahr darstellt, wenn sie frei herumläuft?« fragte sie mich interessiert.

»Ich weiß es nicht, Contessa.«

»Es wird langsam Zeit, sich zum Dinner umzukleiden. Gehen wir zusammen hinein?«

Kaum hatten wir das Haus betreten, begab sich Madame Fosco in die Bibliothek und schloß die Türe hinter sich. Ich lief in mein Zimmer hinauf, um mir Hut und Umhang zu holen. Jede Minute war jetzt kostbar, wollte ich Fanny aufsuchen und noch vor dem Essen aus dem Dorf zurück sein.

Als ich wieder durch die Halle kam, war alles still, auch die Kanarienvögel hatten zu singen aufgehört. Für neue Nachforschungen hatte ich keine Zeit – die Hauptsache war, nicht gesehen zu werden und mit meinen beiden Briefen in der Tasche das Haus möglichst rasch zu verlassen.

Auf dem Weg ins Dorf machte ich mich darauf gefaßt, Sir Percival zu begegnen. Habe ich nur mit ihm allein zu tun, bin ich sicher, meine Geistesgegenwart zu bewahren. Eine Frau, die ihren klaren Kopf behält, ist einem Mann, der sich nicht beherrschen kann, immer gewachsen. Vor Sir Percival habe ich weniger Angst als vor dem Conte. Als mir Madame Fosco sagte, weshalb er unterwegs sei, hat es mich eher beruhigt als beunruhigt. Solange ihn nämlich die Sorge beherrscht, Anne Catherick endlich aufzuspüren, dürfen Laura und ich damit rechnen, daß er uns in Frieden läßt. Selbstverständlich hoffe ich – um ihretwillen und auch um unseretwillen –, daß sie ihm nie in die Hände fällt.

Soweit es die Hitze zuließ, schritt ich eilig dahin und schaute mich von Zeit zu Zeit um, um mich zu vergewissern, daß mir niemand folgte. Nur ein leeres Fuhrwerk fuhr hinter mir. Der Lärm der rumpelnden Räder störte mich. Ich erreichte die Kreuzung, an der die Straße zum Dorf abbiegt. Als ich bemerkte, daß der Wagen ebenfalls diese Richtung einschlug, blieb ich stehen, um ihn vorbeizulassen. Während ich wartete und etwas genauer hinsah, hatte ich den Eindruck, unmittelbar hinter dem Wagen Männerbeine zu sehen. Der Fuhrmann war es nicht, denn er ging neben den Pferden. Die Straße war an dieser Stelle so schmal, daß der Wagen links und rechts das Gebüsch streifte. Ich trat zur Seite, er überholte mich, und ich stellte fest, daß ich mich offenbar getäuscht hatte: Hinter dem Wagen war weit und breit kein Mensch zu sehen.

Ohne etwas Auffälliges zu bemerken, erreichte ich das Wirtshaus. Erleichtert stellte ich fest, daß die Wirtin Fanny freundlich aufgenommen und – abseits vom Lärm der Wirtsstube – in einem kleinen Zimmer untergebracht hatte. Als Fanny mich sah, fing sie zu weinen an. Sie sagte, es sei so furchtbar für sie – man habe sie vor die Türe gesetzt, als hätte sie etwas Unverzeihliches angestellt. Dabei könne ihr doch niemand auch nur das Geringste vorwerfen – auch ihr Herr nicht, der sie aus dem Hause jagte.

»Nimm's dir nicht so zu Herzen, Fanny!« tröstete ich sie. »Deine Herrin und ich bleiben dir weiterhin freundlich gesinnt. Auch dein guter Ruf wird nicht darunter leiden – dafür sorgen wir schon. Aber jetzt hör mir gut zu, Fanny, ich habe nur sehr wenig Zeit und kann nicht lange mit dir sprechen. Hier sind zwei Briefe. Den mit der Marke trägst du morgen in London zur Post. Den anderen – er ist an Mr. Fairlie gerichtet – überreichst du ihm persönlich, sobald du in Limmeridge eintriffst. Verwahre diese Briefe bei dir und gib acht, daß sie dir niemand wegnimmt, denn sie sind für deine Herrin von allergrößter Wichtigkeit.«

Fanny steckte die Briefe in den Ausschnitt ihres Kleides. »Da bleiben sie jetzt«, erklärte sie, »bis ich den einen aufgegeben und den andern abgeliefert habe!«

»Du mußt unbedingt mit dem Frühzug fahren!« schärfte ich ihr ein. »Und wenn du in Limmeridge die Haushälterin siehst, grüße sie von mir und sage ihr, daß du in meinem Dienste stehst, und zwar so lange, bis Lady Glyde dich wieder übernehmen kann. Vielleicht sehen wir einander früher, als du glaubst. Also laß den Mut nicht sinken – vor allem aber versäume den Sieben-Uhr-Zug nicht!«

»Ich danke Ihnen, Miss – ich danke Ihnen sehr! Wenn ich Ihre Stimme höre, bin ich nicht mehr so verzagt. Bitte empfehlen Sie mich meiner Herrin und sagen Sie ihr, daß ich alle ihre Sachen schön in Ordnung hinterlassen habe. Mein Gott – wer wird ihr heute beim Umkleiden behilflich sein? Mir bricht's das Herz, Miss, wenn ich daran denke!«

Als ich Blackwater Park erreichte, blieb mir nur eine Viertelstunde Zeit, mich fürs Dinner umzukleiden und Laura noch rasch zu besuchen.

»Fanny hat bereits die Briefe«, flüsterte ich, als sie mir die Türe öffnete. »Kommst du zum Essen hinunter?«

»Nein – nicht um alles in der Welt!«

»Was ist geschehen?«

»Ach – gerade vorhin – Sir Percival –«

»Wollte er zu dir ins Zimmer?«

»Nein. Er erschreckte mich, als er heftig gegen die Türe trommelte und rief: ›Nun, hast du dich eines Bessern besonnen und wirst mir alles sagen? Ich bring dich noch so weit, ich presse es aus dir heraus! Du weißt, wo Anne Catherick ist!‹ Und als ich ihm sagte, daß ich es wirklich nicht wüßte, schrie er: ›Doch! Du weißt es! Ich werde dir deinen Starrsinn schon austreiben – merk dir das –, ich treibe ihn dir aus!‹ Mit diesen Worten verließ er mich – es ist kaum fünf Minuten her.«

Er hat Anne also nicht gefunden. Für diese Nacht waren wir sicher – noch hat er sie nicht gefunden.

»Du gehst hinunter, Marian? Komm am Abend wieder zu mir herauf.«

»Ja, aber sei nicht nervös, wenn es ein bißchen später wird. Ziehe ich mich zu bald zurück, wirkt es beleidigend – und das möchte ich vermeiden.«

In diesem Moment läutete die Glocke zum Dinner, und ich hastete davon.

Sir Percival geleitete Madame Fosco ins Eßzimmer, mir bot der Conte seinen Arm. Sein Gesicht war rot, er schien mir erhitzt, auch war er nicht mit der üblichen Sorgfalt gekleidet. Hatte er sich bei einem Abendspaziergang verspätet? Oder litt er heute mehr als sonst unter der Hitze?

Ich zerbrach mir nicht weiter den Kopf darüber, was daran schuld sein mochte. Doch eines stand jedenfalls fest: Es quälte ihn offenbar eine heimliche Sorge – das merkte ich ihm an, obwohl er sich doch sonst so gut verstellt. Während des Essens war er fast so schweigsam wie Sir Percival. Ab und zu sah er seine Frau verstohlen an, sichtlich nervös – was man bei ihm gar nicht gewohnt ist. Nur mir gegenüber zeigte er sich beherrscht: Er war so höflich und so aufmerksam wie immer. Was er wieder im Schilde führt, habe ich bis jetzt nicht herausfinden können. Seit er den Fuß in dieses Haus gesetzt hat, bemüht er sich, zu mir stets ausgesucht höflich zu sein. Laura gegenüber ist er von bedingungsloser Ergebenheit, und wenn Sir Percival grob und unbeherrscht ist, behandelt er ihn mit unerbittlicher Strenge. Auf diese Weise hat er bisher immer sein Ziel erreicht. Daß er eine bestimmte Strategie damit verfolgt, vermutete ich schon lange (seit dem Tag, als es um Lauras Unterschrift ging und er sich für uns einsetzte) – jetzt aber bin ich dessen sicher.

Als Madame Fosco und ich uns nach Tisch erhoben, stand der Conte ebenfalls auf, um uns in den Salon zu begleiten.

»Fosco, warum gehst du?« fragte Sir Percival. – »Ich meine *Dich,* Fosco.«

»Weil ich genug gegessen und getrunken habe. Sei doch so gut, Percival, bedenke, daß ich Ausländer und gewohnt bin, mich zugleich mit den Damen von der Tafel zu erheben, wie gleichzeitig mit ihnen zu kommen.«

»Unsinn! Noch ein Glas Bordeaux wird dir nicht schaden! Bleib sitzen – wie es in diesem Lande der Brauch ist! Ich möchte nämlich bei einem Glas Wein mit dir etwas unter vier Augen besprechen.«

»Gern, Percival – aber nicht jetzt, und nicht beim Wein. Später vielleicht, wenn du möchtest.«

»Höflich«, fuhr Sir Percival wütend auf. »Ich muß schon sagen, dem Gastgeber gegenüber ist das ein höfliches Benehmen!«

Während des Abendessens war mir mehr als einmal aufgefallen, daß Sir Percival dem Conte einen leicht beunruhigten Blick zugeworfen hatte, doch war der Conte seinen Augen immer wieder ausgewichen. Diese Tatsache sowie Sir Percivals Wunsch, mit dem Conte allein zu sprechen, und die Abfuhr, die er sich eben bei ihm geholt hatte, riefen mir in Erinnerung, daß er heute schon einmal und ebenso vergeblich um eine Unterredung gebeten hatte. Jedenfalls schien ihm der Gegenstand wichtig, dem Conte jedoch – wie ich aus seinem Verhalten schließen konnte – gefährlich.

Diese Überlegungen drängten sich mir auf, als wir in den Salon hinübergingen. Sir Percivals wütender Kommentar hatte seinen Freund nicht beeindruckt. Unbeirrt geleitete uns der Conte zum Teetischchen, ging in die Halle hinaus und kam mit der Posttasche in der Hand zurück. Es war gerade acht Uhr – die Stunde, zu der üblicherweise die Post von hier abgeht.

»Miss Halcombe, haben Sie einen Brief aufzugeben?« fragte er und stellte sich vor mich hin.

Ich bemerkte, daß Madame Fosco, die gerade den Tee für uns eingoß, innehielt und meine Antwort abwartete.

»Danke, Conte, heute nicht«, sagte ich.

Er übergab die Posttasche dem Diener, setzte sich ans Klavier und spielte zweimal hintereinander den munteren neapolitanischen Gassenhauer ›La mia Carolina‹. Seine Frau, die sich sonst sehr bedächtig bewegt, war mit dem Eingießen so schnell fertig, wie ich es gewesen wäre. Dann leerte sie ihre Tasse mit einem Zug und glitt geräuschlos aus dem Zimmer.

Ich wollte ihrem Beispiel folgen – teils weil ich sie im Verdacht hatte, bei Laura irgendeine Verräterei anzetteln zu wollen, teils weil ich mit ihrem Mann nicht allein im selben Zimmer bleiben wollte. Doch ehe ich noch die Türe erreichte, bat mich der Conte um eine Tasse Tee. Ich erfüllte ihm seinen Wunsch und versuchte dann zum zweiten Mal, mich zu entfernen. Wieder hielt er mich davon ab, indem er mich in ein Gespräch über eine musikalische Frage verwickelte, von welcher er behauptete, es ginge dabei um die Ehre seines Vaterlandes.

Vergebens berief ich mich auf meine völlige Unkenntnis auf diesem Gebiet, desgleichen auf mein mangelndes Urteilsvermögen. Er bestand nur noch heftiger darauf, meine Meinung zu hören – da half kein Sträuben. »Die Engländer und die Deutschen halten die Italiener für unfähig, hochrangige Musik zu komponieren«, erklärte er entrüstet. »Die einen reden nur von ihren Oratorien, die anderen nur von ihren Symphonien. Übersehen denn die Engländer und die Deutschen meinen unsterblichen Landsmann Rossini?« ›Mosè in Egitto‹ sei doch nichts anderes als ein herrliches Oratorium, das man auf der Bühne aufführte anstatt im Konzertsaal, und die Ouvertüre zu ›Guillaume Tell‹ im Grunde eine Symphonie, nur unter einer anderen Bezeichnung. Ob ich ›Mosè in Egitto‹ kenne? Ich möge doch selbst einmal hören und ihm dann sagen, ob es einen Sterblichen gebe, der je etwas so Frommes und Herrliches geschaffen habe – und ohne ein Wort der Zustimmung oder der Ablehnung von mir abzuwarten, begann er auf dem Klavier zu donnern und laut mitzusingen, wobei er nur kurze Pausen einlegte, um mir die Bezeichnung der betreffenden Stellen zuzurufen – etwa: »Chor der Ägypter angesichts der Plage der Finsternis!« oder »Rezitativ des Moses mit den Gesetzestafeln!« oder »Gebet der Israeliten beim Durchgang durch das Rote Meer!« – »Ah! Ah! Ist das nicht fromm? Ist das nicht herrlich?« rief er und ließ mich die ganze Zeit nicht aus den Augen. Das Klavier bebte unter seinen kräftigen Händen, die Teetassen auf dem Tischchen klirrten, als er mit mächtiger Baßstimme sang und mit schwerem Fuß den Takt dazu stampfte.

Es lag etwas Furchtbares – fast möchte ich sagen Wildes und Satanisches in diesem Freudenausbruch über Spiel und Gesang – und nicht minder in seinem Triumph, als er die Wirkung auf mich bemerkte: Ich wich vor ihm zurück, näher und näher zur Türe hin. Nicht eigene Kraft, sondern Sir Percivals Eingreifen erlöste mich endlich aus meiner Not. Er riß die Türe auf und schrie herein, was denn dieses »Höllenspektakel« zu bedeuten hätte. Augenblicklich verließ Conte Fosco das Klavier und meinte grollend: »So geht es eben. Kaum kommt Percival herein, ist alles aus – keine Melodie, keine Harmonie.

Entsetzt flieht Miss Halcombe, die Muse der Tonkunst, und ich, der dicke alte Troubadour, muß das, was mir von meiner Begeisterung noch bleibt, der Nachtluft anvertrauen!« Die Hände in den Hosentaschen, stelzte er über die Veranda in den Garten und stimmte *sotto voce* das Rezitativ des Moses an.

Sir Percival rief ihm nach, aber er beachtete ihn nicht; er war fest entschlossen, ihn nicht zu hören. Das Gespräch war damit wieder hinausgeschoben – Sir Percival mußte warten, bis es dem Conte paßte und beliebte.

Fast eine halbe Stunde hatte er mich im Salon zurückgehalten. Wo war inzwischen seine Frau gewesen? Was hatte sie getan?

Um mir darüber Gewißheit zu verschaffen, ging ich hinauf, fand aber nicht die Spur von ihr. Ich fragte Laura – sie hatte nichts bemerkt. Niemand habe sie gestört, nichts habe vor ihrer Türe geraschelt.

Das war um zwanzig vor neun. Ich habe mir aus meinem Zimmer das Tagebuch geholt, mich zu Laura gesetzt und geschrieben. Zuweilen hielt ich inne, um mit ihr zu plaudern. Niemand störte uns. Wir blieben bis zehn Uhr beisammen. Dann wünschte ich ihr eine gute Nacht und sagte ihr ein paar aufmunternde Worte. Nachdem wir vereinbart hatten, daß ich morgen früh gleich zu ihr kommen sollte, schloß sie sich wieder ein.

Ich ging hinunter, zum letzten Mal an diesem beschwerlichen Tag. Nur zeigen wollte ich mich noch einmal und sagen, daß ich mich heute eine Stunde früher als gewöhnlich zum Schlafen zurückzöge.

Sir Percival, der Conte und die Contessa saßen im Salon: Sir Percival räkelte sich gähnend in einem Lehnstuhl, der Conte las, und Madame Fosco fächelte sich Luft zu. Merkwürdigerweise war *ihr* Gesicht jetzt rot. Sie, die nie unter Hitze leidet, schien gerade heute abend davon angegriffen.

»Ich fürchte, Contessa, Sie fühlen sich nicht so wohl wie sonst?« fragte ich sie.

»Das gleiche wollte ich eben zu *Ihnen* sagen: Sie sehen blaß aus, meine Liebe.«

Meine Liebe! Zum ersten Mal redete sie mich so vertraulich an – doch dabei lächelte sie spöttisch.

»Ich habe Migräne«, antwortete ich kühl.

»So? Wahrscheinlich haben Sie nicht genug Bewegung? Ein Spaziergang vor Tisch hätte Ihnen sicher gutgetan.« Sie betonte das Wort »Spaziergang« – hatte sie mich fortgehen sehen? Und wenn schon! Die Briefe sind bei Fanny in Sicherheit! sagte ich mir.

Sir Percival erhob sich. »Komm, Fosco, gehen wir rauchen!« sagte er und blickte leicht nervös auf seinen Freund.

»Gern, Percival, sobald die Damen sich zurückziehen«, erwiderte der Conte.

»Entschuldigen Sie mich, Contessa, wenn ich den Anfang mache«, sagte ich. »Gegen solche Kopfschmerzen hilft nur Bettruhe.«

Ich verabschiedete mich. Als ich ihr die Hand gab, lag noch immer das impertinente Lächeln auf ihrem Gesicht. Sir Percival beachtete mich nicht, sondern blickte nur ungeduldig auf die Contessa, die nicht im entferntesten daran zu denken schien, mit mir zugleich hinaufzugehen. Der Conte, hinter seinem Buch, lachte leise in sich hinein. Wieder wurde das Gespräch unter vier Augen aufgeschoben – diesmal war das Hindernis die Contessa.

IX

19. Juni. – Endlich sicher in meinem Zimmer eingeschlossen, öffnete ich diese Blätter und schickte mich an, jene Ereignisse des Tages festzuhalten, die mir noch zu berichten blieben. Die Feder in der Hand saß ich etwa zehn Minuten so da und überdachte die Vorfälle der letzten zwölf Stunden. Als ich mich meiner Aufgabe widmen wollte, fiel es mir so schwer wie noch nie, denn trotz meiner Bemühungen wanderten meine Gedanken immer wieder zu Sir Percival und Conte Fosco; mein ganzes Interesse, das ich eigentlich auf mein Tagebuch richten wollte, richtete sich statt dessen auf dieses Gespräch, das schon den ganzen Tag aufgeschoben wurde und jetzt, im Schutze und in der Stille der Nacht, endlich stattfinden sollte.

In diesem seltsamen Gemütszustand ließ mich die Erinnerung an alles, was sich seit dem Morgen zugetragen, im Stich.

Es blieb mir daher nichts anderes übrig, als mein Tagebuch zu schließen und mich eine Weile davon abzuwenden.

Ich öffnete die Türe, die von meinem Schlafzimmer ins Wohnzimmer führte, und schloß sie wieder hinter mir, um nicht etwa durch Zugluft mit der auf meinem Toilettentisch stehenden brennenden Kerze einen Unfall zu verursachen. Das Fenster meines Wohnzimmers stand weit offen; ich lehnte mich erschöpft hinaus und starrte in die Nacht.

Es war still und dunkel, weder Mond noch Sterne zu sehen. In der schwülen, reglosen Nachtluft lag ein Geruch nach Regen. Ich streckte die Hand aus dem Fenster – nein, der Regen drohte erst, er war noch nicht gekommen.

Etwa eine Viertelstunde lehnte ich am Fensterbrett. Nichts war zu hören, nur dann und wann die Stimmen der Dienstboten oder das Schließen von Türen unten im Haus.

Als ich mich eben müde abwenden und in mein Schlafzimmer zurückkehren wollte, um noch einmal zu versuchen, meinen Tagebuchbericht fertig zu schreiben, roch ich plötzlich Tabaksrauch, der durch die schwüle Nachtluft bis zu mir heraufdrang. Im nächsten Augenblick sah ich einen winzigen roten Punkt, der in der pechschwarzen Finsternis näher und näher kam. Ich hörte keine Schritte, sondern sah nur das Glimmen einer Zigarette. Der rote Punkt wanderte an dem Fenster, an dem ich stand, vorbei, hielt aber vor meinem Schlafzimmer an, wo auf dem Toilettentisch die Kerze brannte. Eine Weile blieb der rote Punkt stehen, dann bewegte er sich wieder zurück in die Richtung, aus der er gekommen war. Ihm mit den Augen folgend, entdeckte ich einen zweiten roten Punkt, größer als den ersten, der ihm entgegenkam. In der Dunkelheit begegneten sie einander. Bedenkend, wer von den beiden Zigaretten und wer Zigarren rauchte, schloß ich, daß es der Conte gewesen war, der unter meinem Fenster gehorcht hatte, und daß Sir Percival ihm gefolgt war. Wahrscheinlich waren beide auf dem Rasen gegangen, sonst hätte ich Sir Percivals schwere Tritte gehört – den leisen Schritt des Conte hätte ich wohl auch auf einem Kiesweg nicht vernommen.

Regungslos wartete ich am Fenster, überzeugt, daß mich in meinem dunklen Zimmer keiner von beiden sehen konnte.

»Was ist los?« hörte ich Sir Percival leise fragen. »Warum setzt du dich nicht zu mir?«

»Zuerst möchte ich in diesem Zimmer das Licht erlöschen sehen«, erwiderte der Conte flüsternd.

»Warum stört dich dieses Licht?«

»Es zeigt, daß sie noch nicht zu Bett gegangen ist. Du weißt, sie ist schlau und vielleicht auch verwegen genug, um sich herunterzuschleichen und, wenn sie die Gelegenheit bekommt, zu horchen. Geduld, Percival, Geduld!«

»Ach was! Immer redest du von Geduld!«

»Ich werde gleich von etwas anderem reden: Mein guter Freund, du hast dich an den Rand des Abgrundes gebracht – glaub es mir! Und wenn ich es zulasse, daß du diesen Frauen eine weitere Gelegenheit gibst, dann stoßen sie dich hinab, darauf gebe ich dir mein heiliges Ehrenwort.«

»Was zum Teufel meinst du?«

»Ich werde es dir erklären, wenn das Licht in diesem Fenster erloschen und ich die Zimmer zu beiden Seiten der Bibliothek sowie die Treppe noch einmal kurz überprüft habe.«

Langsam entfernten sie sich, und damit wurde ihr Gespräch, das sie auch bisher im Flüsterton geführt hatten, gänzlich unhörbar. Aber das war mir jetzt einerlei. Ich hatte genug gehört, und mein Entschluß stand fest. Der Conte hielt mich für schlau und verwegen – nun, diese gute Meinung wollte ich rechtfertigen. Noch ehe die beiden roten Punkte im Dunkel verschwanden, hatte ich beschlossen zu lauschen, allen Vorsichtsmaßnahmen des Conte zum Trotz. Ja, ich wollte lauschen! Ich bedurfte nur eines Motivs, um dieses Vorhaben mit meinem Gewissen vereinbaren zu können und meinen Mut zu stärken – und dieses Motiv hatte ich nun: Lauras Ehre, Lauras Glück und auch Lauras Leben hingen vielleicht von meinem guten Gehör und meinem verläßlichen Gedächtnis ab.

Ich hatte den Conte sagen hören, er werde die Zimmer zu beiden Seiten der Bibliothek sowie die Treppe überprüfen, ehe er sich Sir Percival gegenüber zu Erklärungen bereit fand. Damit hatte er mir verraten, daß es in der Bibliothek stattfinden würde. Jener Moment, der mir zu diesem Schluß genügte, war zugleich jener, der mir zeigte, wie ich seine Vorsichtsmaßnahmen vereiteln – oder mit anderen Worten: Wie ich das Gespräch belauschen könnte, ohne mich in die unteren Regionen des Hauses hinunterzuwagen.

Ich habe schon erwähnt, daß es im Erdgeschoß eine Veranda gibt, auf die man durch die Glastüren der Zimmer gelangt. Ihr Dach ist flach; das Regenwasser fließt von den Dachrinnen durch Rohre in große Behälter und trägt zur Wasserversorgung des Hauses bei. Auf diesem schmalen, bleigedeckten Dach, das nicht ganz drei Fuß tief unter den Fensterbrettern der Schlafzimmer vorbeiführt, stehen in kurzen Abständen Blumentöpfe, die ein schmiedeeisernes Gitter am Dachrand davor bewahrt, vom Wind hinabgeweht zu werden.

Mein Plan war folgender: Ich wollte aus meinem Wohnzimmerfenster auf dieses Dach steigen, geräuschlos bis zur Bibliothek weiterkriechen und mich dort zwischen den Blumentöpfen verstecken. Falls Sir Percival und der Conte, so wie fast jeden Abend, unter der offenen Glastüre sitzen und rauchen sollten, mußte jedes Wort, das sie lauter als im Flüsterton sprachen (und erfahrungsgemäß kann man ein langes Gespräch nicht durchwegs im Flüsterton führen), bis an mein Ohr dringen. Sollten sie es jedoch heute abend vorziehen, im Zimmer zu bleiben, so würde ich nur wenig oder gar nichts hören – und müßte dann doch hinuntergehen und sie anders überlisten, was sicher schwieriger wäre.

Unsere verzweifelte Lage bestärkte mich zwar in meinem Entschluß – aber ich hoffte dennoch zu Gott, daß mir dies letztgenannte Wagnis erspart bleiben möge. Mein Mut ist ja nur der Mut einer Frau, und ich befürchtete, er würde mich vielleicht verlassen, sobald ich mich mitten in der Nacht im Erdgeschoß an Sir Percival und den Conte heranschleichen müßte.

Auf Zehenspitzen ging ich in mein Schlafzimmer zurück, um zuerst den weniger gefährlichen Versuch auf dem Dach zu wagen.

Zunächst mußte ich mich unbedingt anders anziehen, und zwar aus vielerlei Gründen. Vor allem legte ich mein Seidenkleid ab, denn in dieser nächtlichen Stille hätte mich das leiseste Rascheln sofort verraten, dann zog ich die gesteiften weißen Unterröcke aus und ersetzte sie durch einen leichten Unterrock aus dunklem Flanell. Darüber zog ich mein schwarzes Reisecape, mit dessen Kapuze ich mir den Kopf verhüllte. In meiner gewohnten Abendtoilette nehme ich nämlich etwa soviel Platz ein wie drei Männer. Doch so, wie ich jetzt gekleidet war, konnte ich, wenn ich das Cape fest um mich zog, leichter durch einen schmalen Spalt schlüpfen als jeder Mann. Der schmale Raum auf dem Verandadach – zwischen Blumentöpfen auf der einen und Fenstern und Wand auf der anderen Seite – zwang mich zu derlei Maßnahmen. Angstvoll überlegte ich, was wohl geschehen würde, wenn ich das geringste Geräusch machte oder gar einen Blumentopf hinunterstieße?

Ich legte Streichhölzer neben die Kerze, blies sie aus und tastete mich im Finstern ins Wohnzimmer zurück. Wie schon die Schlafzimmertüre versperrte ich auch diese Türe, dann stieg ich leise aus dem Fenster und setzte den Fuß vorsichtig auf das Bleidach über der Veranda.

Meine beiden Zimmer liegen am Ende des neuen Fügels, in dem wir alle wohnen. Ich mußte also an fünf Fenstern vorbei, ehe ich über der Bibliothek Posten beziehen konnte. Das erste Fenster gehört zu einem unbewohnten Schlafzimmer, das zweite und dritte Fenster zu Lauras Räumen, das vierte ist Sir Percivals Fenster, das fünfte gehört zum Zimmer der Contessa. Die anderen, an denen ich nicht vorbei mußte, waren die Fenster des Ankleidezimmers der Contessa, ihres Badezimmers und eines zweiten unbewohnten Raumes.

Kein Laut drang an mein Ohr – rundum war nichts als pechschwarze Nacht, als ich den Fuß auf das Bleidach setzte. Nur aus Madame Foscos Fenster schimmerte ein Lichtstrahl und fiel gerade auf die Stelle über der Bibliothek, die mein Ziel war. Die Contessa war also noch nicht zu Bett gegangen.

Umkehren konnte ich nicht mehr, warten aber auch nicht, also beschloß ich, meine Sicherheit meiner Umsicht und dem Dunkel der Nacht anzuvertrauen. »Ich tu's für Laura!« sagte ich mir im stillen und tat den ersten Schritt. Mit der einen Hand drückte ich das Cape an mich, mit der anderen tastete ich mich an der Hauswand entlang. Es schien mir besser, mich dicht an der Mauer zu halten, als mit dem Fuß gegen einen Blumentopf zu stoßen.

Vor jedem Schritt tastete ich das Dach mit dem Fuß ab. Das dunkle Fenster des unbewohnten Zimmers hatte ich hinter mir, schlich an Lauras Fenstern vorbei (Gott segne und beschütze sie heute Nacht!); nach Sir Percivals Fenster hielt ich an, kniete nieder und kroch im Schutze der Hauswand auf allen Vieren weiter, vorbei an dem erleuchteten Fenster der Contessa. Als ich einen kurzen Blick nach oben wagte, sah ich, daß nur das obere Fenster offen stand und das Rouleau dahinter herabgezogen war. Madame Foscos Schatten glitt über die weiße Fläche hin und wieder zurück. Sie konnte mich nicht gehört haben, sonst wäre der Schatten hinter dem Rouleau zumindest stehengeblieben, auch wenn es ihr an Mut gefehlt hätte, das Fenster zu öffnen und hinauszusehen.

Bevor ich mich ans Eisengitter kauerte, tastete ich nach den Blumentöpfen zu beiden Seiten. Dazwischen war genau soviel Platz, daß ich mich setzen konnte. Die süß duftenden Blüten streiften meine Wange, als ich meinen Kopf ans Gitter lehnte.

Das erste, was ich hörte, war das Öffnen und Schließen dreier Türen nacheinander – zweifellos jene Türen, die von der Bibliothek in die Halle und in die danebenliegenden Zimmer führen, die der Conte gerade überprüfte; und das erste, was ich sah, war wieder jener rote Punkt, der von der Veranda in die Nacht hinaus wanderte, zu meinem Fenster hin, dort kurz verharrte und dann wieder zurückkam.

»Zum Teufel mit deiner Unruhe! Wann gedenkst du, dich endlich zu setzen?« brummte Sir Percival unmittelbar unter mir.

»Uff! Wie heiß es ist!« seufzte der Conte.

Sein Ausruf war begleitet vom Kratzen der eisernen Gartenstühle auf den Steinplatten der Veranda – ein willkommenes Geräusch, denn es sagte mir, daß sie sich auf dem gewohnten Platze niederließen. Das Glück war mir gewogen! Vom Türmchen her schlug es gerade ein Viertel vor zwölf. Durchs offene Fenster hörte ich Madame Fosco gähnen, und noch einmal schwebte ihr Schatten hinter der weißen Fläche des Rouleaus vorbei.

Inzwischen hatten Sir Percival und der Conte zu sprechen begonnen, zuweilen wurden ihre Stimmen etwas leiser, nie aber sanken sie zu einem Flüstern herab. Meine Lage war ungewöhnlich und gefährlich, Angst vor dem erleuchteten Fenster der Contessa quälte mich; es fiel mir zunächst schwer, ja, es war mir fast unmöglich, meine Geistesgegenwart zu bewahren und mich auf das Gespräch zu konzentrieren. Minutenlang erfaßte ich nur Bruchteile davon: Ich hörte den Conte sagen, das eine, noch erleuchtete Fenster sei das seiner Frau, im Erdgeschoß sei alles ruhig, jetzt also könnten sie miteinander reden, ohne belauscht oder gestört zu werden. Dann warf Sir Percival seinem Freunde vor, den ganzen Tag lang nicht auf seine Wünsche eingegangen zu sein und seine Interessen vernachlässigt zu haben. Der Conte verteidigte sich. Sorge und Unruhe hätten ihn erfüllt, für anderes habe er keine Gedanken gehabt, die Gelegenheit für ein Gespräch habe sich erst jetzt ergeben, erst jetzt dürften sie sich sicher fühlen. »Wir befinden uns in einer ernsten Krise, Percival«, sagte er, »und wenn wir Entscheidungen für die Zukunft treffen sollen, müssen wir's heimlich tun und noch heute nacht.«

Dieser Satz des Conte war der erste, den ich Wort für Wort verstehen konnte. Und von jetzt an verfolgte ich das Gespräch mit atemloser Spannung und lauschte aufmerksam jedem einzelnen Wort.

»Du nennst die Krise ernst? Sie ist bedrohlicher, als du glaubst, Fosco – das kann ich dir sagen!«

»Das vermutete ich schon – man hat es dir in den letzten Tagen angesehen«, antwortete Conte Fosco kühl. »Hör mir zu, Percival! Ehe wir auf das zu sprechen kommen, was ich *nicht* weiß, müssen wir feststellen, *was* ich weiß – mit anderen Worten: Was bis zum gegenwärtigen Zeitpunkt geschehen ist. Erst dann nämlich kann ich dir einen Vorschlag für die Zukunft machen.«

»Einen Moment nach, Fosco! Vorher brauche ich unbedingt noch einen Brandy mit kaltem Wasser! Trinkst du auch einen?«

»Nein danke, Percival. Für mich nur frisches Wasser und dazu einen Löffel und die Zuckerdose. *Eau sucrée*, mein Freund – sonst nichts.«

»Zuckerwasser, für einen Mann deines Alters! – Da! Misch dir das widerliche Gesöff! Ihr Ausländer seid doch einer wie der andere!«

»Percival, nun hör mir gut zu. Ich schildere dir jetzt die Situation, wie ich sie sehe, und du sagst mir, ob ich recht habe oder nicht. Also, wir beide sind mit arg zerrütteten Finanzen nach England zurückgekommen –«

»Um es kurz zu sagen, ich brauche einige tausend Pfund,

und du brauchst einige hundert – und ohne dieses Geld sind wir auf dem besten Wege, vor die Hunde zu gehen. Das ist unsere Situation, und daran ist nichts zu deuteln. Fosco, fahre fort!«

»Ja, Percival, um es mit deinen eigenen, handfesten englischen Worten zu sagen: Du brauchst ein paar tausend Pfund und ich brauche ein paar hundert. Und nur durch die Hilfe deiner Frau kannst du das Geld aufbringen – für deinen Bedarf und darüber hinaus ein bißchen auch für meinen. Aber denk daran: Was habe ich dir auf der Rückreise nach England über deine Frau gesagt? Und was habe ich dir – nach unserer Ankunft wiederholt? Was habe ich dir gesagt, als ich mich mit eigenen Augen davon überzeugte, von welchem Schrot und Korn diese Miss Halcombe ist?«

»Wie soll ich das wissen? Du hast ja ununterbrochen geredet, so wie immer.«

»Ich habe dir folgendes gesagt, mein Freund: Dank seiner Überlegenheit kann der Mann seine Frau auf zweierlei Art beherrschen. Die eine besteht darin, sie niederzuknüppeln – eine Methode, die in den unteren Schichten von brutalen Männern angewendet wird, feinen und gebildeten Leuten jedoch ein Greuel ist. Die andere Methode ist zwar schwieriger und langwieriger, doch hat sie sich ebenfalls bewährt. Man darf sich von Frauen nie zum Zorn reizen lassen. Das gilt für Tiere wie für Kinder – und eben auch für Frauen, die ja im Grunde wie Kinder sind. Entschiedenheit und Festigkeit sind Eigenschaften, die Tieren und Kindern – und natürlich auch den Frauen – fehlen. Gelingt es ihnen auch nur ein einziges Mal, ihren Herrn und Gebieter unsicher zu machen, dann gewinnen *sie* die Oberhand; gelingt es ihnen nicht, bleibt *er* ihnen überlegen. Percival – ich habe dir damals gesagt: Halte dich an diesen Grundsatz, wenn du von deiner Frau das Geld bekommen willst! Und ich habe dir auch gesagt: Halte dich eisern daran, besonders wenn ihre Schwester dabei ist! Und hast du dich daran gehalten? Nicht ein einziges Mal! Bei keiner Auseinandersetzung, die wir hier in diesem Hause hatten, hast du es getan. Du hast dich bei jeder nur möglichen Gelegenheit von deiner Frau oder von Miss Halcombe zum Zorne reizen lassen. Und weil du so unbeherrscht warst, hat sie ihre Unterschrift verweigert. Du hast also das Geld nicht bekommen, und Miss Halcombe hat daraufhin ihren ersten Brief an den Anwalt geschrieben –«

»Soll das heißen, daß sie ihm noch einmal geschrieben hat?«

»Ja, heute.«

Ein Stuhl krachte auf die Steinplatten der Veranda. Es hörte sich an, als hätte man ihn umgestoßen.

Für mich war es ein Glück, daß Sir Percival so in Wut geraten war, denn als ich hören mußte, daß man auch diesen Brief entdeckt hatte, fuhr ich zusammen. Das Gitter, an dem ich lehnte, knarrte. War mir der Conte nachgegangen? War er – als ich keinen Brief für die Posttasche hatte – zu dem Schluß gekommen, daß ich Fanny als Boten benützte? Aber auch wenn dies der Fall wäre, wie hatte er meine Briefe lesen können? Das Mädchen hatte sie doch gleich an sich genommen?

»Percival, du kannst von Glück reden, daß du mich hast! Als dein Freund behebe ich jedesmal den Schaden, den du anrichtest. Du kannst von Glück reden, daß ich dich daran gehindert habe, auch Miss Halcombe in ihr Zimmer einzusperren – so wie du es törichterweise mit deiner Frau getan hast. Wo sind denn nur deine Augen? Siehst du nicht, daß Miss Halcombe die Umsicht und die Entschlossenheit eines Mannes hat? Mit dieser Frau im Bunde würde ich der ganzen Welt ein Schnippchen schlagen! Doch da ich sie zum Gegner habe, muß ich trotz meines Scharfsinns – muß ich, Fosco, der ich schlau bin wie ein Fuchs – das hast du selbst mir schon hundertmal gesagt! –, im wahrsten Sinne des Wortes einen Eiertanz aufführen. Und diese großartige Frau – ich trinke mit meinem Zuckerwasser auf ihr Wohl! –, diese großartige Frau, die mit der Kraft ihrer Liebe und ihres Mutes fest wie ein Felsen zwischen uns und deiner armen, törichten, hübschen Blondine steht – dieses herrliche Wesen, das ich aus tiefster Seele bewundere, auch wenn ich sie in unserem Interesse bekämpfe –, dieses herrliche Wesen treibst du zum Äußersten, als wäre sie nicht klüger und nicht wagemutiger als der Rest ihres Geschlechts. Percival! Percival! Es geschieht dir recht, wenn du verlierst – du *hast* schon verloren!«

Es trat eine Pause ein. Ich vermerke hier genau, was dieser Schuft über mich sagte, denn ich möchte es mir für alle Zeiten einprägen. Eines Tages werde ich ihm hoffentlich alles ins Gesicht schleudern können, jedes einzelne Wort!

Als erster brach Sir Percival das Schweigen.

Verdrossen meinte er: »Jaja, Fosco, schimpf nur, soviel du willst! Aber bedenke, die Sache mit dem Geld ist nicht meine einzige Schwierigkeit. Auch du würdest die Frauen etwas härter anfassen, wüßtest du, was ich weiß.«

»Darauf werden wir noch zu sprechen kommen – alles zu seiner Zeit. Wenn schon *du* den Kopf verlierst – *ich* lasse mich von dir nicht aus dem Gleichgewicht bringen! Zuerst müssen wir die Geldfrage regeln. Siehst du endlich ein, daß du halsstarrig bist? Habe ich dir klargemacht, daß deine Heftigkeit dir nicht weiterhilft? – Oder muß ich wieder von vorn anfangen und dir, wie du in deinem bezaubernd handfesten Englisch sagen würdest, den Kopf waschen?«

»Pah! Du kannst leicht mit mir schimpfen! Sag mir lieber, was ich tun soll – das ist schon schwieriger!«

»So? Dann höre gut zu, was ich dir sage: Von heute an nehme ich die Sache in die Hand – in Zukunft überläßt du alles mir. Ich spreche doch zu einem nüchtern denkenden Briten – he? Willigst du ein?«

»Und wenn ich einwillige – was hast du vor?«

»Antworte mir zuerst. Überläßt du die Sache mir? Ja oder nein?«

»Angenommen, du nimmst die Sache in die Hand – was geschieht dann?«

»Zunächst ein paar Fragen, Percival. Ich muß noch eine Weile abwarten und mich von den Umständen leiten lassen; dazu muß ich aber genau wissen, was diese Umstände sind. Wir dürfen keine Zeit verlieren. Ich habe es dir schon gesagt: Marian Halcombe hat heute ein zweites Mal an den Anwalt der Familie geschrieben.«

»Was hat sie geschrieben? Und wie hast du es überhaupt erfahren?«

»Percival, wenn ich dir alles erzähle, kommen wir nicht vom Fleck. Genug, daß ich es erfahren habe – die Sache hat mir heute großes Kopfzerbrechen gemacht, deshalb war ich für alles andere unzugänglich. – Jetzt reden wir zuerst einmal von deinen Geldsorgen. Ich muß diesbezüglich mein Gedächtnis auffrischen, immerhin war schon längere Zeit nicht mehr davon die Rede. Du hast dir also mittlerweile das Geld beschafft, und zwar durch Wechsel, die in drei Monaten fällig werden – zu Bedingungen, die einem armen Ausländer wie mir die Haare zu Berge stehen lassen. Wenn die Wechsel fällig werden, bleibt dir dann wirklich nichts anderes übrig, als dich an deine Frau zu wenden?«

»Nichts.«

»Was! Du hast kein Geld auf der Bank?«

»Ein paar hundert Pfund, aber ich brauche ein paar tausend!«

»Und sonst kannst du keine Sicherheit gewähren?«

»Nein, Fosco, nicht die geringste.«

»Und wieviel Geld bekommst du derzeit durch deine Frau?«

»Die Zinsen von zwanzigtausend Pfund – das reicht nicht einmal für die täglichen Ausgaben.«

»Wieviel Geld hast du später einmal von ihr zu erwarten?«

»Sobald ihr Onkel stirbt, dreitausend jährlich.«

»Eine schöne Summe, Percival! Ist der Onkel alt?«

»Das ist schwer zu sagen; weder alt noch jung.«

»Ist er ein ausgeglichener, lebenslustiger Mensch? Verheiratet? Ah, da fällt mir ein – er ist Junggeselle, meine Frau hat es mir einmal gesagt.«

»Ja, er ist Junggeselle. Wäre er verheiratet und hätte er einen Sohn, könnte meine Frau nicht Haupterbin sein. Im Vertrauen gesagt, er ist ein zimperlicher Kerl, ein Schwätzer und Egoist, der nur von seinem Gesundheitszustand spricht und alle Leute damit zu Tode langweilt.«

»Solche Menschen leben lang, und wenn man es am wenigsten erwartet, heiraten sie aus Bosheit. Mach dir nicht viel Hoffnung auf die jährlichen dreitausend Pfund! Was hast du sonst noch von deiner Frau zu erwarten?«

»Nichts.«

»Wirklich nichts?«

»Nichts – außer im Falle ihres Todes.«

»Aha! – im Falle ihres Todes.«

Wieder trat eine Pause ein. Der Conte war aufgestanden und hatte den Kiesweg betreten. Seine Stimme kam jetzt aus dem Garten. »Endlich regnet es«, hörte ich ihn sagen. In der Tat, es regnete heftig! Und zwar sicher schon eine ganze Weile, das bewies mir mein nasses Cape.

Der Conte ging auf die Veranda zurück – ich hörte den Stuhl unter seinem Gewicht knarren, als er sich wieder setzte.

»Nun, mein Freund, was bekommst du also, wenn deine Frau stirbt?«

»Wenn sie keine Kinder hinterläßt –«

»Was nicht wahrscheinlich ist –«

»Was sehr wahrscheinlich ist –«

»Also, was bekommst du dann, Percival?«

»Ihre zwanzigtausend Pfund.«

»Bar auf die Hand?«

»Bar auf die Hand.«

Wieder schwiegen sie. In diesem Moment verdunkelte Madame Foscos Schatten das Fenster, doch statt wieder vorüberzuschweben, blieb sie diesmal stehen. Ich sah, wie ihre Finger das Rouleau zur Seite schoben, ihr blasses Gesicht auftauchte und über mich hinweg in die Nacht hinausblickte. Von Kopf bis Fuß in mein dunkles Cape eingewickelt, wagte ich kaum zu atmen. Der Regen, der mich schon ganz durchnäßt hatte, schlug gegen das Fensterglas, machte es trüb und hinderte sie am Sehen. Ich hörte, wie sie zu sich sagte: »Immer noch Regen!« Dann ließ sie das Rouleau zurückfallen – und ich konnte wieder Luft holen.

Unter mir ging das Gespräch weiter; der Conte nahm den Faden wieder auf.

»Percival, liegt dir etwas an deiner Frau?«

»Fosco! Das ist eine indiskrete Frage!«

»Ich bin nun einmal indiskret – und wiederhole hiermit meine Frage.«

»Warum, zum Teufel, siehst du mich so an?«

»Du willst mir nicht antworten, Percival? Also nehmen wir an, deine Frau stirbt noch vor Endes des Sommers –«

»Laß das, Fosco!«

»In diesem Falle würdest du zwanzigtausend Pfund gewinnen – und was würdest du verlieren?«

»Die Aussicht auf dreitausend Pfund im Jahr –«

» – die du vielleicht in ferner Zukunft einmal bekämst. Aber du brauchst das Geld jetzt, Percival, sofort! In deiner Lage ist der Gewinn sicher – der Verlust aber höchst zweifelhaft.«

»Sprich nicht nur von mir, sondern auch von dir! Ein Teil des Geldes, das ich brauche, wurde für *dich* geborgt. Und wenn wir schon von Gewinn reden – der Tod *meiner* Frau ließe zehntausend Pfund in die Tasche *deiner* Frau fließen. Schlau, wie du bist, hast du geflissentlich übersehen, daß in diesem Falle Madame Fosco ihr Vermächtnis erhielte. Schau mich nicht so an, Fosco! Das dulde ich nicht! Meiner Seel', ich bekomme eine Gänsehaut, wenn du so redest und mich so anschaust ...«

»Du bekommst eine Gänsehaut? Bedeutet ›Gänsehaut‹ auf englisch so viel wie Gewissensbisse? Ich spreche vom Tod deiner Frau – von einer Möglichkeit, wohlgemerkt. Warum auch nicht? Eure hochachtbaren Juristen, die Urkunden und Testamente kritzeln, sehen auch dem Tod lebender Menschen ins Gesicht. Bekommst du bei ihnen eine Gänsehaut? Warum dann bei mir? Meine Aufgabe heute abend ist es lediglich, dir deine Lage auseinanderzusetzen, damit kein Mißverständnis mehr möglich ist, und jetzt bin ich damit am Ende. Du hast die Wahl: Bleibt deine Frau am Leben, bezahlst du diese Wechsel, indem du sie das Dokument unterschreiben läßt; wenn deine Frau stirbt, bezahlst du sie mit ihrem Tod.«

Bei diesen Worten erlosch das Licht im Zimmer der Contessa, und der ganze zweite Stock des Hauses lag jetzt im Finstern.

»Leeres Geschwätz!« brummte Sir Percival. »Wenn man dich so reden hört, glaubt man, die Unterschrift meiner Frau sei so gut wie sicher.«

»Percival, du hast mir die Sache übergeben! Und ich habe länger als zwei Monate Zeit, um mich damit zu befassen. Sei so freundlich und verlier jetzt kein Wort mehr darüber! Wenn die Wechsel fällig werden, wirst du sehen, ob mein leeres Geschwätz etwas taugt oder nicht. Jetzt aber, nach Erörterung der finanziellen Lage, stehe ich dir in der anderen Sache zur Verfügung, sofern du meinen Rat überhaupt wünschest in dieser neuen Schwierigkeit, die dich derart zum Schlechten verändert hat, daß ich dich kaum noch wiedererkenne. Sprich dich aus, mein Freund, und verzeih mir, wenn ich deinen feurigen Nationalgeschmack schon wieder kränke, indem ich mir ein zweites Glas Zuckerwasser anrühre.«

»Das ist leicht gesagt: Sprich dich aus!« erwiderte Sir Percival in einem ruhigeren und höflicheren Ton als bisher. »Ich weiß nur nicht, wie ich anfangen soll.«

»Darf ich dir helfen? Soll ich deiner privaten Sorge einen Namen geben? Wie wär's, wenn ich sie – Anne Catherick nenne?«

»Höre, Fosco, wir kennen einander schon lange. Du halfst mir schon ein paarmal aus der Klemme, und ich tat meinerseits mein möglichstes, auch dir zu helfen, wenn es sich mit Geld machen ließ. Wir haben einander beide viele Freundschaftsdienste geleistet, soweit es unter Männern möglich war, aber wir hatten voreinander auch Geheimnisse, nicht wahr?«

»Percival, *du* hast Geheimnisse vor *mir!* Hier in Blackwater Park hockt ein Skelett in deinem Schrank, das in den letzten Tagen nicht nur dir erschienen ist, sondern auch anderen Menschen außer dir.«

»Gut, nehmen wir an, dies wäre so: Wenn es dich nichts angeht, brauchst du's auch nicht zu wissen – oder?«

»Sehe ich denn aus, als wollt' ich's?«

»Ja.«

»Soso! Mein Gesicht sagt also die Wahrheit? Welch gewaltiges Fundament an guten Eigenschaften muß ein Mann meines Alters besitzen, dessen Gesicht noch immer die Wahrheit sagt! – Komm, Percival, seien wir offen zueinander! Nicht ich habe dein Geheimnis gesucht – es hat mich gesucht. Gut, sagen wir, ich wäre neugierig – verlangst du von mir, als deinem alten Freund, dein Geheimnis zu respektieren und in deinem Busen zu belassen?«

»Ja, das verlange ich.«

»Dann hat meine Neugier ein Ende. Von diesem Augenblick an gibt es sie nicht mehr.«

»Ist das dein Ernst?«

»Was läßt dich daran zweifeln?«

»Ich habe so meine Erfahrungen, Fosco, mit deiner Art, einem hinten herum zu kommen; daher bin ich mir keineswegs sicher, daß du es nicht doch noch aus mir herauslockst.«

Wieder knarrte unten der Stuhl – und ich spürte, wie das Gitterwerk des Stützpfeilers unter mir erbebte. Der Conte war aufgesprungen und hatte mit der Hand empört daraufgeschlagen.

»Percival! Percival!« rief er voll Leidenschaft. »Kennst du mich denn so wenig? Haben deine Erfahrungen dir noch immer nichts von meinem Charakter verraten? Ich bin ein Mann von antikem Maß und Zuschnitt! Fähig zu Akten höchster Tugend – wenn man mir nur die Gelegenheit dazu bietet. Daß sich so selten eine Möglichkeit bietet, darin besteht die Tragik meines Lebens. Meine Idee von Freundschaft ist höchst erhaben! Es ist doch wohl nicht meine Schuld, daß dein Skelett zu mir herauslugt? Warum gestehe ich dir dann meine Neugier? Du armer, oberflächlicher Engländer! Damit wollte ich doch nur meine Selbstbeherrschung ins rechte Licht stellen. Wenn ich wollte, könnte ich dein Geheimnis so leicht aus dir herausziehen wie diesen Finger aus der geschlossenen Hand – das weißt du genau! Aber du hast an meine Freundschaft appelliert, und die Pflichten der Freundschaft sind mir heilig. Siehe, ich trete die erniedrigende Neugier mit Füßen, und meine erhabenen Gefühle heben mich empor. Siehst du es, Percival? Mach's mir nach, Percival! Und jetzt reich mir deine Hand – ich vergebe dir ...«

Die Stimme versagte ihm, als hätten ihn die Tränen übermannt.

Betroffen versuchte Sir Percival, sich zu entschuldigen. Aber der Conte ließ ihn vor lauter Großherzigkeit nicht ausreden.

»Nein!« fiel er ihm ins Wort. »Wenn mich ein Freund verletzt, vergebe ich ihm auch ohne Entschuldigung. Sag mir jetzt nur ganz offen: Brauchst du meine Hilfe?«

»Ja – dringend.«

»Und du kannst mich darum bitten, ohne dein Gesicht zu verlieren?«

»Ich kann's versuchen.«

»Dann versuch's.«

»Also, die Sache ist so: Ich sagte dir heute bereits, daß ich mein möglichstes getan habe, um Anne Catherick zu finden – jedoch vergeblich.«

»Das tatest du.«

»Fosco – wenn ich sie nicht finde, bin ich verloren!«

»O – so ernst ist es?«

Ein schmaler Lichtstreif fiel von der Veranda auf den Kiesweg. Der Conte hatte die Lampe aus dem hinteren Teil des Zimmers geholt, um seinen Freund besser zu sehen.

»Ja, Percival, diesmal verrät *dein* Gesicht die Wahrheit. Ich sehe es dir an, daß die Sache wirklich ernst ist – so ernst wie deine Geldverlegenheit.«

»So wahr ich hier sitze, Fosco – sie ist noch ernster!«

Der Lichtstrahl verschwand, Sir Percival fuhr zu sprechen fort: »Ich habe dir den Brief gezeigt, den Anne Catherick für meine Frau im Sand versteckt hat. Sie übertreibt nicht – sie *kennt* mein Geheimnis.«

»Hat sie es von dir erfahren?«

»Nein, von ihrer Mutter.«

»O Gott, zwei Frauenzimmer im Besitz deines Geheimnisses – das ist schlimm, sehr schlimm, mein Freund! Ich verstehe jetzt, warum du die Tochter ins Irrenhaus hast sperren lassen – aber wie ist sie aus der Anstalt entkommen ? Haben die Wärterinnen vielleicht absichtlich die Augen zugedrückt, weil einer deiner Feinde sie dafür bezahlt hat?«

»Nein. Sie war von allen Patientinnen die folgsamste – und da haben die Dummköpfe ihr eben vertraut. Sie ist zwar gerade verrückt genug, daß man sie einsperren kann – aber auch gerade gescheit genug, um mich zu ruinieren, wenn sie frei herumläuft.«

»Ich verstehe. Und nun, Percival, zum Kern der Sache – dann weiß ich, was ich zu tun habe. Sag mir: Worin besteht gerade jetzt die Gefahr für dich?«

»Anne Catherick treibt sich hier in dieser Gegend herum, sie hat sich mit meiner Frau getroffen – und da liegt die Gefahr für mich. Aus dem Brief, den sie im Sand versteckt hat, geht deutlich hervor, daß meine Frau mein Geheimnis kennt – auch wenn sie es nicht zugeben will.«

»Hör mir zu, Percival! Sollte sie es kennen, so weiß sie natürlich ganz genau, daß im Falle einer Aufdeckung diese Sache deinem gesellschaftlichen Ansehen schadet. Liegt es daher nicht in ihrem Interesse, mit Stillschweigen darüber hinwegzugehen?«

»Meinst du? Darüber will ich gerade sprechen. Wäre ich ihr auch nur zwei Pfifferlinge wert, dann müßt' sie schweigen. Leider aber bin ich nur ein Hindernis zwischen ihr und einem anderen Mann. Sie war in ihn verliebt, bevor sie mich heiratete – und ist es noch –, er war ein höllischer Herumtreiber von einem Zeichenlehrer namens Hartright!«

»Mein bester Freund, was ist daran so ungewöhnlich? Jedes Frauenzimmer ist doch immer in einen anderen verliebt! Welcher Mann hat schon das Glück, das Herz seiner Frau als erster zu erobern? In meinem ganzen Leben hatte ich noch nie das Glück, dieser Nummer eins zu begegnen! Nummer zwei manchmal, Nummer drei, vier, fünf oft. Nummer eins niemals! Es gibt sie, gewiß – jedoch begegnet bin ich ihr noch nie.«

»Ich bin noch nicht zu Ende, Fosco. Wer, glaubst du, hat Anne Catherick nach ihrer Flucht, als die Leute aus der Anstalt sie verfolgten, weitergeholfen? Hartright! Wer hat sie in Cumberland wiedergesehen? Hartright! Und beide Male hat er ganz allein mit ihr gesprochen ... Warte noch, Fosco, unterbrich mich nicht! Dieser Schuft ist in meine Frau so vernarrt, wie sie in ihn. Er kennt mein Geheimnis, und sie kennt mein Geheimnis. Wenn sie einander je wiedersehen, liegt es in seinem und in ihrem Interesse, ihr Wissen gegen mich auszuspielen.«

»Sachte, Percival – sachte! Vergißt du denn ganz, wie tugendhaft Lady Glyde ist?«

»Ihre Tugend kann mir gestohlen bleiben, ich glaube an nichts als an ihr Geld. Begreifst du denn nicht, wie gefährlich die Sache für mich ist? Zugegeben, meine Frau allein ist vielleicht harmlos, aber zusammen mit dem Vagabunden Hartright –«

»Jaja, jetzt begreife ich. Und wo ist dieser Hartright zur Zeit?«

»Im Ausland. Wenn er mit heiler Haut davonkommen will, rate ich ihm, nie mehr englischen Boden zu betreten!«

»Bist du sicher, daß er nicht in England ist?«

»Das bin ich. Ich habe ihn von seiner Abfahrt aus Cumberland bis zu seiner Abreise aus England beobachten lassen. Oh, ich war wirklich umsichtig, glaub mir das! Nachdem mir Anne Catherick in Cumberland entwischt war, suchte ich sogar die Bauersleute auf, bei denen sie gewohnt hatte, denn ich mußte mich vergewissern, daß sie nichts wußten. Und der Brief, den ihre Mutter an Miss Halcombe schrieb, war von mir entworfen – damit nur ja niemand auf den Gedanken käme, ich hätte irgendwelche finsteren Motive gehabt, ihre Tochter in eine Anstalt einzusperren. Ich kann dir gar nicht sagen, wieviel Geld mich die Suche nach ihr bis jetzt gekostet hat! Und alledem zum Trotz taucht sie hier auf und entwischt mir noch einmal – auf meinem eigenen Grund und Boden! Wer weiß, mit wem sie sonst noch über mich gesprochen hat. Und dieser Kerl, dieser Hartright, der überall seine Nase hineinsteckt, könnte ohne mein Wissen morgen schon zurückkehren und sie gegen mich als Werkzeug benützen –«

»Nein, Percival, das wird er nicht! Ich verspreche dir, ich werde Anne Catherick noch vor Hartright finden – falls er wirklich je zurückkommt. Eines steht fest: Wir müssen ihrer unbedingt habhaft werden – über alles weitere mach dir keine Sorgen! Deine Frau ist hier, in deiner Gewalt, sie und ihre Schwester sind unzertrennlich – somit ist auch Miss Halcombe in deiner Gewalt. Und Hartright ist außer Landes. Vorläufig interessiert uns nur deine unsichtbare Anne Catherick. Hast du übrigens im Dorf schon nachgeforscht?«

»In jedem Haus. Sogar zu ihrer Mutter bin ich gefahren – doch alles ohne Erfolg.«

»Ist ihre Mutter verläßlich?«

»Ja.«

»Sie hat schon einmal dein Geheimnis ausgeplaudert.«

»Ein zweites Mal tut sie es nicht.«

»Und warum? Schweigt sie in ihrem Interesse?«

»Sie hat alle Ursache dazu.«

»Das freut mich für dich, Percival. Verlier nicht den Mut, mein Freund! Die Sache mit dem Geld ist nicht so dringend, es bleibt uns genug Zeit. Und vielleicht habe ich mit meiner Suche nach Anne Catherick mehr Glück als du. Noch eine Frage, Percival, bevor wir schlafen gehen –«

»Was ist's?«

»Als ich gestern zum Bootshaus ging, um Lady Glyde zu verständigen, daß die Sache mit der Unterschrift verschoben sei, bemerkte ich durch einen Zufall, daß eine fremde Frau sich in verdächtiger Eile von ihr entfernte. Aber ich war nicht nahe genug, um ihr Gesicht zu sehen. Wie sieht Anne Catherick eigentlich aus, damit ich sie erkennen kann?«

»Wie sie aussieht? Das kann ich dir mit zwei Worten sagen: Sie gleicht meiner Frau aufs Haar.«

Der Stuhl knarrte, wieder erbebte das Gitterwerk der Veranda. Der Conte war aufgesprungen – diesmal vor Überraschung. »Was du nicht sagst!« rief er.

»Ja, Fosco, du brauchst dir bloß meine Frau vorzustellen – nach einer Krankheit und ein bißchen wirr im Kopf. Dann hast du Anne Catherick vor dir.«

»Sind sie miteinander verwandt?«

»Keine Spur.«

»Und doch einander so ähnlich?«

»Ja. Worüber lachst du, Fosco?«

Der Conte antwortete nicht. Man hörte ihn nur leise vor sich hin lachen.

»Worüber lachst du?« fragte ihn Sir Percival nochmals.

»Vielleicht über meine eigenen Gedanken. Mir kam plötzlich ein Gedanke. Das liegt an meinem italienischen Sinn für Humor – immerhin gehöre ich jener illustren Nation an, welche den Harlekin erfunden hat ... Also gut, mein Freund, ich werde Anne Catherick erkennen, wenn ich ihr begegne – und damit genug für heute. Sei beruhigt, Percival, schlaf gut, mein Sohn, schlaf den Schlaf des Gerechten, und du kannst sicher sein, es wird etwas geschehen, das uns beiden hilft! Ich schmiede bereits meine Pläne. Du wirst das Geld für die Wechsel haben, und du wirst Anne Catherick vor dir sehen – mein Ehrenwort darauf! Du wirst mich als Freund hochschätzen lernen, und die kleine Geldanlage sollte ich dir wert sein – du hast mich ja vorhin so zartfühlend daran erinnert! Aber kränken darfst du mich nicht mehr – nimm Rücksicht auf meine Gefühle, Percival! Aber ich vergebe dir nochmals – reich mir die Hand, mein Freund! Gute Nacht!«

Damit endete das Gespräch. Ich hörte den Conte die Türe schließen und Sir Percival die Läden verriegeln.

Es hatte geregnet, die ganze Zeit geregnet. In meiner verkrampften Stellung waren mir die Glieder steif geworden, ich war naß bis auf die Haut und fror erbärmlich. Ich versuchte, auf die Knie zu kommen, aber die Schmerzen waren zu groß; erst beim zweiten Mal gelang es mir.

Als ich zur Hausmauer kroch und mich daran hochzog, sah ich plötzlich Licht im Ankleideraum des Conte angehen. Meinen ganzen Mut zusammennehmend, der mich schon zu verlassen drohte, behielt ich dieses Fenster fest im Auge, als ich, auf Zehenspitzen die Wand entlang schleichend, mir den Rückweg in mein Zimmer ertastete.

Die Uhr schlug ein Viertel nach eins, als ich endlich die Hände auf das Fenstersims meines eigenen Zimmers legen konnte. Ich hatte nichts gesehen oder gehört, was den Verdacht rechtfertigte, daß mein Rückzug entdeckt worden wäre.

X

20. Juni. – Acht Uhr. – Die Sonne strahlt von einem wolkenlosen Himmel. Mein Bett ist unberührt – ich habe die ganze Nacht meine müden Augen nicht geschlossen. Vom selben Fenster, aus dem ich gestern in die Dunkelheit blickte, schaue ich jetzt hinaus in den stillen, hellen Morgen.

Meinem Gefühl nach sind es Wochen, nicht Stunden, seit ich das schützende Zimmer erreichte.

So lange scheint's mir her, daß ich im Dunkeln hier zu Boden sank, starr vor Kälte, bis auf die Haut durchnäßt – ein hilfloses, angsterfülltes Geschöpf.

Kaum weiß ich, wie ich wieder zu mir kam, wann ich mich ins Schlafzimmer zurück tastete, die Kerze anzündete und mir trockene Kleider holte, um mich zu wärmen. Daß ich's tat, das weiß ich, doch nicht, wann ich's tat.

Weiß ich denn, wann mich das Gefühl der Kälte und der Erstarrung verließ und einer pochenden Hitze wich?

Gewiß doch, ehe die Sonne aufging? Ja, ich hörte die Uhr dreimal schlagen und entsinne mich, wie zugleich mit dem hitzigen Fieber eine plötzliche Klarheit, ein plötzliches Aufbäumen aller meiner Fähigkeiten über mich kam. Ich entsinne mich, daß ich den festen Entschluß faßte, mich zu beherrschen und geduldig zu warten, Stunde um Stunde, bis sich Gelegenheit böte, Laura aus diesem schrecklichen Hause fortzubringen, ohne daß man uns sofort entdeckte und verfolgte. Das von mir erlauschte Gespräch rechtfertigt eine Flucht und gibt uns zudem Waffen gegen diese Schurken in die Hand. Es trieb mich, ihre Worte schriftlich festzuhalten, solange ich sie noch im Gedächtnis hatte und mir Zeit zum Schreiben blieb. Das alles weiß ich noch ganz genau. Ich erinnere mich, daß ich Feder und Tinte nahm, mich an das weit geöffnete Fenster setzte und mir die Kühle des Morgens über die erhitzten Wangen streichen ließ, und daß ich schrieb und schrieb, schneller und schneller, und mir dabei immer heißer wurde, daß ich pausenlos schrieb, anfangs noch bei Kerzenlicht, die letzte Seite schließlich im Sonnenlicht des jungen Tages.

Warum sitze ich noch immer hier? Warum schreibe ich weiter und quäle mich damit ab – trotz brennender Augen und glühendem Kopf? Warum lege ich mich nicht nieder, warum ruhe ich mich nicht aus? Warum versuche ich nicht, das Fieber, das mich verzehrt, durch erquickenden Schlaf zu bekämpfen?

Ich wage es nicht. Namenlose Angst hat mich befallen – Angst vor der Hitze, die mir die Haut ausdörrt, Angst vor dem Klopfen und Hämmern in meinem Kopf. Wenn ich mich jetzt niederlege – wer weiß, ob ich Kraft und Willen finde, mich wieder zu erheben?

O dieser Regen, dieser grausame Regen, der mich letzte Nacht so frieren ließ!

Neun Uhr. – Hat es wirklich neun geschlagen – oder ist es erst acht? Ich zittere am ganzen Körper, es schüttelt mich in der warmen Sommerluft. Bin ich im Sitzen eingeschlafen? Ich weiß nicht, was ich inzwischen tat.

O mein Gott! Werde ich krank?

Krank, ausgerechnet jetzt?

Mein Kopf schmerzt, ich habe Angst. Ich kann schreiben, aber die Zeilen verschwimmen. Ich sehe die Worte. Laura – ich kann den Namen Laura schreiben – ich sehe, wie ich ihn schreibe. Acht oder neun – wie oft hat es geschlagen?

So kalt, so kalt – o dieser Regen letzte Nacht – und die Schläge der Uhr, die ich nicht zählen kann, dröhnen mir im Kopf –

Anmerkung

[An dieser Stelle wird die Schrift unleserlich. Die nächsten Zeilen enthalten nur Wortfetzen, vermischt mit Kratzern und Klecksen. Die letzten Zeilen auf dem Papier haben eine gewisse Ähnlichkeit mit den ersten beiden Buchstaben (L und A) des Vornamens von Lady Glyde.

Auf der nächsten Seite findet sich eine Eintragung von anderer Hand. Es ist die Schrift eines Mannes, fest, groß und regelmäßig. Datiert ist diese Eintragung mit 21. Juni, und sie lautet folgendermaßen:]

Postskriptum eines aufrichtigen Freundes

Die Erkrankung unserer vortrefflichen Miss Halcombe verschafft mir die Gelegenheit zu einem unerwarteten geistigen Genuß, nämlich die eben beendete Durchsicht dieses interessanten Tagebuches.

Vor mir liegen einige hundert Seiten, und ich gestehe, Hand aufs Herz, daß mich jede einzelne davon entzückt, erfrischt und bezaubert hat.

Für einen gefühlvollen Mann wie mich ist es unsagbar befriedigend, dies sagen zu dürfen.

Eine bewundernswerte Frau!

Ich meine Miss Halcombe.

Eine enorme Leistung!

Ich meine das Tagebuch.

Ja! Hier ward etwas Erstaunliches vollbracht. Ihr Taktgefühl, ihre Diskretion, ihr ungewöhnlicher Mut, ihr außerordentliches Gedächtnis, ihre genaue Beobachtungsgabe, ihre hinreißenden Gefühlsausbrüche haben meine Bewunderung für dieses erhabene Geschöpf, diese herrliche Marian, ungeahnte Ausmaße annehmen lassen. Die Charakterisierung meiner Person ist über die Maßen meisterhaft. Ich bestätige vorbehaltlos die Genauigkeit des Porträts. Der Eindruck, den ich auf sie gemacht habe, muß in der Tat sehr tief sein, sonst hätte sie mich nicht mit so kraftvoll leuchtenden, massiven Farben gemalt. Ich beklage einmal mehr den grausamen Zwang, der unsere Interessen in entgegengesetzte Richtungen treibt und uns zu Feinden macht. Unter glücklicheren Umständen – wie würdig wäre ich ihrer und sie meiner gewesen!

Die Gefühle, die mein Herz höher schlagen lassen, bestätigen mir, daß die eben geschriebene Feststellung nichts als die lautere Wahrheit ausdrückt.

Diese Gefühle sind es auch, die mich alles Persönliche vergessen lassen. Neidlos muß ich bewundern, mit welch kluger Überlegung diese unvergleichliche Frau vorging, um das vertrauliche Gespräch zwischen Percival und mir belauschen zu können; desgleichen, wie genau sie den Wortlaut wiedergibt – vom Anfang bis zum Ende.

Eben diese Gefühle haben mich bewogen, dem unzulänglichen Arzt, der sie jetzt behandelt, mein reiches Wissen auf dem Gebiete der Chemie sowie auch meine brillanten medizinischen Erfahrungen mit den Heilkräften des Magnetismus anzubieten. Bis jetzt allerdings hat er sich meiner Mithilfe nicht bedient – der Elende!

Nicht zuletzt diktieren mir meine Gefühle auch diese Zeilen, die dankbar, väterlich und mitfühlend gemeint sind. Ich klappe das Tagebuch wieder zu. Mein streng rechtliches Denken veranlaßt mich, es (durch meine Frau) wieder auf seinen Platz zurücklegen zu lassen. Die Ereignisse treiben mich von Blackwater Park fort. So wie die Dinge liegen, werden bald wichtige Entscheidungen fallen, die Aussicht auf gewaltige Erfolge deutet sich bereits an. Ich gehe meinem Schicksal mit einer Gelassenheit entgegen, die mir selbst unheimlich ist. Nichts ist mit Sicherheit mein eigen als nur der Tribut der Bewunderung, den ich voll ehrerbietiger Zärtlichkeit ihr zu Füßen lege.

Ich hauche meine besten Wünsche für ihre Genesung.

Ich teile ihr tiefes Bedauern darüber, daß jeder Plan, den sie zum Besten ihrer Schwester schmiedete, zum Scheitern verurteilt ist. Jedoch flehe ich sie an, mir zu glauben, daß die Mitteilungen, die ich ihrem Tagebuch entnahm, in keiner Weise zu diesem Mißlingen beitragen. Was ich beim Lesen erfuhr, bestätigte mir nur, daß mein bisheriges Vorgehen richtig war. Diese Lektüre hat in mir die edelsten Gefühle geweckt – nur das verdanke ich ihr, sonst jedoch nichts.

Dieses schlichte Geständnis wird einem ähnlich sensiblen Wesen alles erklären und alles verzeihlich machen.

Miss Halcombe ist ein ähnlich sensibles Wesen.

Diese Überzeugung bestätige ich durch meine Unterschrift.

FOSCO

Fortsetzung des Berichts durch Frederick Fairlie (Esq., Limmeridge House)*

Es ist das große Unglück meines Lebens, daß man mich nie in Ruhe läßt.

Warum – frage ich –, warum behelligt man gerade mich?

* Auf welche Weise Mr. Fairlies Aussage sowie die noch folgenden Aussagen beschafft wurden, ist an späterer Stelle Gegenstand einer Erklärung.

Keiner beantwortet mir diese Frage – und keiner läßt mich in Ruhe. Freunde, Verwandte, Fremde – alle tun sich zusammen, um mich zu belästigen. Was habe ich getan? Ich frage mich, ich frage meinen Diener Louis, und das gute fünfzig Mal am Tage – was habe ich getan? Keiner von uns beiden weiß es. Äußerst erstaunlich!

Die jüngste Zumutung, mit der man mich belästigt, besteht in der ärgerlichen Aufforderung an mich, diesen Bericht zu schreiben. Ist denn ein Mensch in meinem Zustand schwerster nervlicher Zerrüttung überhaupt in der Lage, einen Bericht zu schreiben? Doch diesen meinen äußerst vernünftigen Einwand tut man einfach ab und erklärt, es hätten sich in meiner Nähe derart ernste, meine Nichte betreffende Vorfälle ereignet, daß wohl nur ich dazu geeignet sei, darüber zu berichten. Sollte ich es ablehnen, mich in der verlangten Weise zu betätigen, so droht man mir mit Folgen, an die ich gar nicht zu denken wage, ohne dem totalen Zusammenbruch nahe zu kommen. Dabei ist es durchaus nicht nötig, mir zu drohen. Von meiner elenden Gesundheit wie auch familiären Sorgen stark geschwächt, bin ich ohnedies nicht imstande, mich gegen dieses Ansinnen zu wehren. Wenn man darauf besteht, muß ich mich eben auf schamlose Weise ausnützen lassen und auf der Stelle nachgeben. So versuche ich also, unter Protest, mich an diese Ereignisse zu erinnern und sie, so gut ich kann, aufzuschreiben (auch dies unter Protest); und wenn ich mich weder daran erinnern noch etwas darüber schreiben kann, muß Louis beides an meiner Stelle tun. Er ist ein Esel, und ich bin schwerkrank – vermutlich werden wir beide zusammen alle möglichen Fehler machen. Wie demütigend!

Man verlangt von mir, mich an genaue Daten zu halten. Du lieber Himmel! In meinem ganzen Leben hielt ich das nie für nötig – wie soll ich jetzt damit beginnen?

Ich habe Louis gefragt. Er ist doch nicht so ein Esel, wie ich bisher dachte, denn er erinnert sich ungefähr an die Daten, und ich erinnere mich an die Namen der Personen. Es war ungefähr Anfang Juli, und die Betreffende heißt Fanny (meiner Meinung nach ein wirklich sehr gewöhnlicher Name).

An einem dieser Julitage saß ich, wie gewohnt, zurückgelehnt in meinem Fauteuil, umgeben von verschiedenen Kunstgegenständen, die ich gesammelt habe, weil ich den barbarischen Geschmack meiner Nachbarschaft verbessern will. Anders ausgedrückt: Um mich herum befanden sich sämtliche Photographien von Gemälden, Radierungen, Münzen usw. (alle aus meinem Besitz), die ich demnächst (nur die Photographien, versteht sich) dem Handwerkerverein von Carlisle (gräßliches Nest!) zu schenken beabsichtige, um den Geschmack seiner Mitglieder (lauter Goten und Vandalen!) zu heben. Man müßte annehmen, daß ein Gentleman, der im Begriffe steht, seinen Landsleuten eine solche nationale Wohltat zu erweisen, der letzte wäre, den man wegen Familienangelegenheiten und privater Schwierigkeiten rücksichtslos behelligt. Doch weit gefehlt, in meinem Fall.

Ich lehnte, wie gesagt, in meinem Fauteuil, meine Kunstschätze um mich, und hoffte auf einen ruhigen Vormittag. Doch da ich einen ruhigen Morgen wollte, kam natürlich Louis herein. Es war selbstverständlich, daß ich ihn fragte, warum zum Teufel er sich unterstehe, ohne mein Klingeln zu erscheinen. Ich fluche selten – das schickt sich nicht für einen Gentleman –, doch als Louis mit einem Grinsen antwortete, war es wieder nur natürlich, daß ich ihn für sein Grinsen verfluchen mußte. Jedenfalls tat ich's.

Eine derart strenge Behandlung bringt, wie ich bemerken konnte, Leute der unteren Klassen stets wieder zur Vernunft. Auch bei Louis war dies der Fall. Er hörte zu grinsen auf und teilte mir mit, ein junges Frauenzimmer sei draußen und wünsche mich zu sprechen. Mit der unerträglichen Geschwätzigkeit eines Domestiken fügte er hinzu, sie heiße Fanny.

»Wer ist das?«

»Lady Glydes Zofe, Sir.«

»Was will sie von mir?«

»Sie hat einen Brief, Sir –«

»Laß ihn dir geben!«

»Sie weigert sich, ihn mir auszuhändigen – sie will ihn nur Ihnen übergeben, Sir.«

»Von wem ist der Brief?«

»Von Miss Halcombe, Sir.«

Als ich den Namen hörte, gab ich nach. Ich bin gewohnt, gegen Marian Halcombe immer nachzugeben, denn ich weiß aus Erfahrung, daß es mir Geschrei erspart. Auch diesmal gab ich nach. Die gute Marian!

»Louis, laß das Mädchen herein! – Einen Moment noch – knarren ihre Schuhe?«

Ich mußte diese Frage stellen. Knarrende Schuhe reichen nämlich aus, mir den Rest des Tages zu ruinieren. Ich hatte mich damit abgefunden, das Frauenzimmer zu sehen, aber ich war nicht gewillt, mir durch ihre Schuhe den Tag ruinieren zu lassen. Auch meine Geduld hat ihre Grenzen.

Doch Louis erklärte mir ausdrücklich, man könne sich auf ihre Schuhe verlassen; ich winkte mit der Hand, er führte das Mädchen herein. Ist es notwendig zu erwähnen, daß sie ihre Verlegenheit dadurch ausdrückte, daß sie den Mund schloß und durch die Nase schnaubte? Für den Kenner der weiblichen Natur in den unteren Volksschichten ganz gewiß nicht!

Aber ich muß dem Mädchen Gerechtigkeit widerfahren lassen: ihre Schuhe knarrten tatsächlich nicht! Warum aber haben Dienstmädchen immer verschwitzte Hände? Warum haben sie dicke Nasen und harte Backen? Und warum wirken ihre Gesichter so betrüblich unfertig, besonders um die Augen? Ich selbst besitze nicht genug Kraft, darüber nachzudenken, appelliere jedoch an sachverständige Leute, die dazu imstande sind. Warum gibt es heutzutage und hierzulande keine Vielfalt bei den Mädchen aus dem Volk?

»Du bringst mir einen Brief von Miss Halcombe? Bitte leg ihn auf den Tisch und stoß dabei nichts um! Wie geht es Miss Halcombe?«

»Danke, sehr gut, Sir.«

»Und Lady Glyde?«

Ich erhielt keine Antwort. Ihr Gesicht sah jetzt noch unfertiger aus – ich glaube, sie begann zu weinen. Jedenfalls sah ich etwas Feuchtes um ihre Augen. Tränen oder Schweiß? Louis, den ich eben gefragt habe, meint – Tränen. Er gehört ihrer Gesellschaftsschicht an und muß es wissen. Sagen wir also: Es waren Tränen.

Nun bin ich – ausgenommen in jenen Fällen, wo die alles veredelnde Kunst ihnen jegliche Ähnlichkeit mit der Natur genommen hat – ganz entschieden gegen Tränen. Vom Standpunkt der Wissenschaft aus sind sie eine Absonderung. Ich kann verstehen, daß eine Absonderung gesund oder ungesund sein mag, aber vom Standpunkt des Gefühls aus sehe ich darin keinen Nutzen. Vielleicht bin ich da ein bißchen voreingenommen, weil meine eigenen Absonderungen gänzlich durcheinander geraten sind. Gleichviel! Jedenfalls zeigte ich mich bei diesem Anlaß so höflich und gefühlvoll wie möglich. Ich schloß die Augen und sagte zu Louis:

»Versuch doch herauszubekommen, was sie meint.«

Louis versuchte es, und das Frauenzimmer versuchte es, und es gelang ihnen, einander so zu verwirren, daß ich im nachhinein dankbar feststellen muß, daß ich mich wirklich gut unterhielt! Ich glaube, ich werde die beiden wieder kommen lassen, wenn ich einmal deprimiert bin. Eben habe ich Louis diese Absicht mitgeteilt. Merkwürdig, der Gedanke scheint ihm Unbehagen zu bereiten! Armer Teufel!

Man wird von mir doch hoffentlich nicht erwarten, daß ich hier die Erklärung wiedergebe, die das Frauenzimmer für ihre Tränen vorbrachte, noch dazu im Englisch meines schweizerischen Kammerdieners! So etwas ist einfach unmöglich. Vielleicht gelingt es mir, meine eigenen Eindrücke und Gefühle zu schildern. Ich hoffe, es genügt. Ich ersuche um Zustimmung.

So wie ich es verstand, sagte sie als erstes (von Louis unterstützt), daß ihr Herr sie aus den Diensten ihrer Herrin entlassen habe. (Man beachte die merkwürdige Abschweifung der jungen Person. Ist es denn meine Schuld, daß sie ihre Stelle verlor?) Nach ihrer Entlassung habe sie im Wirtshaus übernachtet. (Bin ich denn ein Wirt – warum erzählt sie es *mir*?) Zwischen sechs und sieben Uhr sei Miss Halcombe gekommen, um ihr adieu zu sagen, und habe ihr zwei Briefe übergeben, den einen für mich, den andern für einen Gentleman in London (*ich* bin also kein Gentleman – zum Henker mit dem Gentleman in London!). Sie habe die beiden Briefe in ihren Kleiderausschnitt gesteckt und an ihrem Busen geborgen (was geht mich ihr Busen an?), und sie sei sehr unglücklich gewesen, als Miss Halcombe wieder fortging. Sie habe nichts essen können, habe keinen Bissen angerührt – bis zur Schlafenszeit, kurz vor neun, da habe sie Lust auf eine Tasse Tee gehabt. (Ja, bin ich denn für derlei pöbelhafte Unschlüssigkeiten, die mit Kummer beginnen und mit Tee enden, etwa verantwortlich?) Sie habe gerade *den Pott gewärmt* (ich schreibe diese Worte im Auftrag von Louis, der behauptet, er wisse, was damit gemeint sei, und es mir erklären will, aber ich lasse es nicht zu – aus Prinzip!) – sie habe also gerade den Pott gewärmt, da sei die Türe aufgegangen, und sie sei *ganz baff* gewesen (wieder ihre eigenen Worte, diesmal allerdings auch für Louis vollkommen unverständlich), als ihre Ladyschaft, die Contessa, im Wirtshaus erschien. Ich vermerke hier den Titel, den sie meiner Schwester gab, mit reinstem Hochgenuß. Meine arme teure Schwester ist nämlich eine langweilige Person, die einen Ausländer geheiratet hat. Um also den Faden wiederaufzunehmen: Die Türe ging auf, ihre Ladyschaft, die Contessa, erschien, und das Frauenzimmer war ganz baff. Höchst bemerkenswert!

Ich muß mich wirklich ein wenig ausruhen, ehe ich mit dem Bericht fortfahre. Vielleicht gelingt's, wenn ich mich jetzt auf ein paar Minuten zurücklehne, die Augen schließe, und Louis meine armen schmerzenden Schläfen mit ein bißchen Eau de Cologne erfrischt.

Ihre Ladyschaft, die Contessa –

Nein! Mit dem Bericht fortfahren kann ich zwar, aber aufsetzen kann ich mich nicht. Ich bleibe zurückgelehnt und werde diktieren. Louis hat einen schrecklichen Akzent, aber er kann Englisch, und schreiben kann er auch. Wie bequem!

Ihre Ladyschaft, die Contessa, erklärte dem Mädchen ihr unvermutetes Erscheinen damit, daß Miss Halcombe in der Eile ein paar kleine Aufträge vergessen habe. Das Frauenzimmer wartete gespannt darauf, diese Aufträge zu hören, aber die Contessa war anscheinend nicht geneigt, sie auszurichten, ehe Fanny nicht ihren Tee getrunken habe. (Typisch für die aufdringliche Art meiner Schwester!) Erstaunlich freundlich und rücksichtsvoll (was meine Schwester sonst nicht ist) sagte sie zu ihr: »Du Arme! Der Tee wird dir sicher guttun. Das andere kann warten. Damit du dich dann besser fühlst, kann ja ich den Tee zubereiten – ich werde auch eine Tasse trinken.« Das, glaube ich, waren die Worte, die das Frauenzimmer in meiner Gegenwart höchst aufgeregt wiederholte. Wie dem auch sei, die Contessa bestand darauf, den Tee selbst zu kochen, und trieb diese lächerliche Geste der Unterwürfigkeit so weit, daß sie auch selbst eine Tasse Tee trank und das Mädchen sich zu ihr setzen und ebenfalls eine Tasse Tee trinken hieß. Und fünf Minuten später – wie das Mädchen, der außerordentlichen Gelegenheit entsprechend, feierlich berichtete – fiel sie wie tot um – zum ersten Mal in ihrem Leben. Ich bediene mich abermals ihrer eigenen Worte. Louis meint, sie seien von einer noch größeren Absonderung von Tränen begleitet gewesen. Ich selbst weiß es nicht, denn die Anstrengung des Zuhörens hatte mir schon genug zu schaffen gemacht, meine Augen waren daher geschlossen.

Wo bin ich stehengeblieben? Ach ja – sie wurde ohnmächtig, nachdem sie mit der Contessa Tee getrunken hatte. Wäre ich Arzt, hätte mich das möglicherweise interessiert, da dies aber nicht der Fall ist, langweilte ich mich bloß. Als sie nach einer Stunde zu sich kam, lag sie auf dem Sofa, die Wirtin stand neben ihr. Der Contessa war es zu spät geworden, sie hatte noch gewartet, bis das Mädchen sich zu erholen begann, mußte dann aber fortgehen, und die Wirtin war so freundlich gewesen, sich um sie zu kümmern.

Als sie wieder allein war, habe sie sofort nach ihrem Busen gefühlt (ich bedauere, ein zweites Mal darauf zurückkommen zu müssen) und die beiden Briefe dort vorgefunden, doch merkwürdigerweise stark zerknittert. Die ganze Nacht hindurch sei ihr schwindlig gewesen, doch gegen Morgen habe sie sich erholt und abreisen können. Den Brief an den Gentleman in London habe sie aufgegeben, den anderen mir selbst gebracht – wie man es ihr aufgetragen. Dies sei die reine Wahrheit. Sie könne sich zwar nicht vorwerfen, absichtlich nachlässig gehandelt zu haben, aber die Sache beunruhige sie, und sie bitte mich um Rat. Louis meint, in diesem Moment seien neuerlich die Absonderungen in den Augen sichtbar gewesen. Mag sein. Aber mir scheint es wesentlich wichtiger, wenn ich jetzt feststelle, daß – ebenfalls in diesem Moment – meine Geduld am Ende war. Ich öffnete die Augen und griff ein.

»Was soll das alles?« fragte ich sie.

Die uninteressante Zofe meiner Nichte starrte mich sprachlos an.

»Versuch es ihr zu erklären!« sagte ich zu Louis. »Du mußt das, was ich sage, übersetzen.«

Louis bemühte sich wirklich – er tauchte unverzüglich in

einen bodenlosen Abgrund von Irrungen und Wirrungen hinab, und das Frauenzimmer folgte ihm. Ich weiß wirklich nicht, wann ich mich je so amüsiert habe. Solange sie mich erheiterten, ließ ich sie unten; als ich es dann nicht mehr komisch fand, bediente ich mich meiner Intelligenz und holte sie beide wieder herauf.

Unnötig zu sagen, daß es mir durch mein Eingreifen schon nach kurzer Zeit gelang, herauszufinden, was das Frauenzimmer mir mitteilen wollte.

Es beunruhigte sie, daß der Gang der Ereignisse, den sie eben geschildert hatte, sie davon abgehalten hatte, für Miss Halcombe jene kleinen Aufträge zu übernehmen, derenthalben die Contessa gekommen war. Sie befürchtete, es könnte sich dabei um wichtige Dinge für ihre Herrin handeln. Die Angst vor Sir Percival hatte sie davon abgehalten, zu später Stunde noch nach Blackwater Park zu gehen, und Miss Halcombes ausdrücklicher Befehl, den Morgenzug nicht zu versäumen, hatte sie daran gehindert, am nächsten Tag im Wirtshaus noch einige Stunden zu warten. Sie war voller Sorge, daß der leidige Ohnmachtsanfall die traurige Folge hätte, von ihrer Herrin für nachlässig gehalten zu werden. Daher wolle sie mich ergebenst um einen Rat bitten. Sollte sie sich brieflich bei Miss Halcombe entschuldigen, ihr die Sache erklären und sie bitten, ihr, sofern es nicht zu spät wäre, ihre Wünsche zu schreiben? Ich denke nicht daran, mich für dieses weitschweifige und umständliche Gerede zu entschuldigen. Man hat mir aufgetragen, alles zu vermerken. So unbegreiflich es klingen mag – es gibt Leute, die sich tatsächlich mehr für das interessieren, was die Zofe meiner Nichte bei dieser Gelegenheit zu mir sagte, als für das, was ich zur Zofe meiner Nichte sagte. Welch erheiternde Perversität!

»Ich wäre Ihnen dankbar, Sir, wenn Sie mir freundlicherweise sagen könnten, was ich tun soll«, meinte das Frauenzimmer.

»Laß die Dinge, wie sie sind!« sagte ich, mich mit meiner Sprache nach ihrem Begriffsvermögen richtend. »So pflege ich es zu halten. Ist das alles?«

»Wenn Sie meinen, Sir, daß ich mir mit einem Brief Freiheiten herausnehme, die mir nicht zustehen, werde ich natürlich nicht schreiben. Aber es liegt mir so viel daran, meiner Herrin treu zu dienen –«

Leute der unteren Klassen wissen nie, wann sie sich entfernen sollen. Immer müssen ihnen die Höherstehenden dabei helfen. Ich hielt es für höchste Zeit, daß das Frauenzimmer endlich ging, und ich veranlaßte sie dazu mit zwei klugen Worten:

»Guten Tag!«

Irgend etwas an diesem seltsamen Mädchen knarrte plötzlich – außen oder innen, ich weiß es nicht. Louis, der sie gerade ansah (was ich nicht tat), behauptet, sie knarrte, als sie knickste. Sonderbar! Waren es ihre Schuhe, ihr Korsett oder ihre Knochen? Louis meint, es war ihr Korsett. Sehr merkwürdig!

Als ich endlich wieder allein war, hielt ich ein Schläfchen – ich hatte es wirklich nötig! Als ich aufwachte, fiel mein Blick auf den Brief unserer guten Marian. Hätte ich geahnt, was er enthielt, wäre ich gar nicht versucht gewesen, ihn zu öffnen. Da ich aber leider frei von jedem Argwohn bin, las ich den Brief – und war für den Rest des Tages enerviert.

Im Grunde bin ich einer der umgänglichsten Menschen, die es gibt; ich bin nachsichtig gegen jedermann, ich stoße mich an nichts. Aber, wie schon gesagt, meine Geduld hat ihre Grenzen. Ich legte Marians Brief beseite und fühlte mich – zu Recht – verletzt.

Ich muß an dieser Stelle eine Bemerkung einflechten. Sie betrifft natürlich den ernsten Fall, um den es sich hier handelt – sonst würde sie hier nicht erscheinen.

Meiner Meinung nach zeigt sich der hassenswerte Egoismus der Menschen in seinem grellsten und scheußlichsten Licht bei der Behandlung – und zwar gilt dies für alle Gesellschaftsklassen – der Ledigen durch die Verheirateten. Hat man sich rücksichtsvoll gezeigt und angesichts eines übervölkerten Landes unter Selbstverleugnung auf eine eigene Familie verzichtet, wird man von den verheirateten Freunden, die nicht so rücksichtsvoll sind und keine Selbstverleugnung kennen, aus Rache dazu ausersehen, ihre Eheschwierigkeiten anzuhören und zudem für sämtliche Kinder Freund und Beschützer zu sein. Die Verheirateten *reden* von den Ehesorgen, aber auf den Ledigen *lasten* sie. Nehmen wir meinen Fall als Beispiel: Ich handle überlegt und bleibe allein, aber mein armer lieber Bruder Philip handelt unüberlegt und heiratet. Was tut er, als er stirbt? Er hinterläßt *mir* seine Tochter. Sie ist zwar ein liebes Mädchen, aber ich habe dadurch eine schreckliche Verantwortung. Warum bürdet er sie mir auf? Weil ich als allseits wohlgelittener, harmloser Junggeselle dazu ausersehen werde, meinen verheirateten Verwandten alle ihre Sorgen abzunehmen. Ich tue für die Tochter meines Bruders, was ich kann. Nach unsäglichen Aufregungen und Schwierigkeiten verheirate ich sie mit dem Mann, den ihr Vater für sie bestimmt hat. Die beiden werden uneins, die Sache zieht üble Folgen nach sich. Was tut sie? Sie läßt *mich* diese Folgen tragen! Warum ausgerechnet *mich*? Weil man von mir erwartet, daß ich meinen verheirateten Verwandten ihre Sorgen abnehme. Arme Junggesellen! *Arme Menschheit!*

Unnötig zu sagen, daß Marian mir in ihrem Brief drohte. Jeder droht mir. Alle Arten von Greuel würden auf mein ergebenes Haupt fallen, sollte ich mein Haus nicht augenblicklich für meine unglückliche Nichte als Zufluchtsort zur Verfügung stellen. Trotzdem zögerte ich, es zu tun.

Ich habe bereits erwähnt, daß ich mich der guten Marian stets gefügt habe, schon um unnötigen Lärm zu vermeiden. Diesmal jedoch sind die Folgen ihres unüberlegten Vorschlags unabsehbar – ich kann nicht darauf eingehen. Öffne ich Lady Glyde die Pforten von Limmeridge, könnte es passieren, daß Sir Percival Glyde hier auftaucht und *mir* heftigste Vorwürfe macht, weil ich seine Frau bei mir aufnahm. Ich sah eine Fülle von Unannehmlichkeiten auf mich zukommen ... Daher beschloß ich, zuerst ein wenig vorzufühlen. Ich schrieb also der guten Marian einen Brief, in dem ich sie bat, zuerst herzukommen (sie hat ja keinen Mann, der sie beansprucht) und die Sache mit mir zu besprechen. Sollte sie meine Einwände entkräften können, würde ich – so versicherte ich ihr – unsere süße Laura mit großem Vergnügen bei mir aufnehmen – sonst aber nicht.

Ich hatte zwar das Gefühl, daß diese hinhaltende Taktik zur Folge hätte, daß Marian bald wutentbrannt und Türen knallend vor mir stehen würde. Andernfalls aber käme vielleicht Sir Percival wutentbrannt und Türen knallend – und wenn ich da zu wählen hätte, zöge ich doch eine Türen knallende Marian vor, denn an sie bin ich gewöhnt. Jedenfalls schickte ich ihr postwendend meinen Brief und hoffte, dadurch Zeit zu gewinnen. Immerhin, fürs erste war etwas geschehen.

Wenn ich vollkommen erschöpft bin (habe ich erwähnt, daß Marians Brief mich furchtbar enerviert hat?), brauche ich immer drei Tage, um mich wieder zu erholen. Ich stellte mich seelisch auf drei Ruhetage ein, was wohl zuviel verlangt war; jedenfalls wurden sie mir nicht vergönnt.

Ehe noch der dritte Tag zu Ende ging, brachte mir die Post einen höchst impertinenten Brief von einem Menschen, den ich gar nicht kenne. Er gab sich als Kompagnon unseres dickköpfigen, lieben alten Gilmore aus und teilte mir mit, er habe kürzlich ein verschlossenes Kuvert, adressiert in Miss Halcombes Handschrift, erhalten, doch zu seiner Überraschung sei nur ein unbeschriebenes Blatt Papier darin gewesen. Dies sei ihm sehr verdächtig erschienen (vielleicht sei der echte Brief gegen ein leeres Blatt ausgetauscht worden); er habe also sofort an Miss Halcombe geschrieben, ohne jedoch eine Antwort zu erhalten. Anstatt nun wie ein vernünftiger Mensch zu handeln und den Dingen ihren Lauf zu lassen, verfiel er auf den absurden Gedanken, *mich* zu behelligen und sich brieflich bei mir zu erkundigen, ob ich etwas wisse. Was zum Teufel soll *ich* denn wissen? Wenn schon er beunruhigt ist – warum beunruhigt er auch mich? In diesem Sinne schrieb ich ihm zurück. Es war eine geharnischte Antwort. Seit der schriftlichen Entlassung dieses maßlos lästigen Menschen namens Hartright habe ich keine schärfere Epistel verfaßt.

Sie tat ihre Wirkung, denn ich habe von diesem Anwalt seither nichts gehört. Das überraschte mich nicht. Aber es wunderte mich, daß ich von Marian keine Post bekam; auch deuteten keine Warnzeichen auf ihr Kommen hin. Ihr unerwartetes Ausbleiben tat mir erstaunlich gut. Es war ungemein beruhigend, daraus zu folgern (was ich natürlich tat), daß sich meine verheirateten Verwandten wieder versöhnt hatten. Fünf Tage ungestörter Ruhe – o Seligkeit des Junggesellen – stellten mich wieder her. Am sechsten Tag fühlte ich mich kräftig genug, meinen Photographen kommen und für mich arbeiten zu lassen – für den Sammelband mit meinen Kunstschätzen, der, wie schon erwähnt, den Geschmack in dieser barbarischen Gegend heben soll. Er war gerade in seine Werkstatt zurückgegangen, und ich hatte eben begonnen, mich an meinen Münzen zu erfreuen, als Louis plötzlich erschien und mir eine Visitenkarte brachte.

»Schon wieder ein junges Frauenzimmer?« fragte ich. »Ich mag sie nicht sehen. Bei meiner angegriffenen Gesundheit tun mir Mädchen nicht gut ... Ich bin nicht zu Hause.«

»Sir, diesmal ist es ein Gentleman.«

Das war allerdings etwas anderes. Ich warf einen Blick auf die Visitenkarte. Du lieber Himmel! Der Ausländer, mit dem meine zermürbende Schwester verheiratet ist! Conte Fosco!

Muß ich sagen, was mein erster Gedanke war, als ich den Namen las? Sicher nicht. Da meine Schwester schon einen Ausländer geheiratet hat, gab es für einen, der bei Verstand ist, in einem solchen Fall nur einen einzigen Gedanken: Selbstverständlich war der Conte gekommen, um Geld von mir zu borgen.

»Was meinst du, Louis? Geht er wieder, wenn du ihm fünf Shilling gibst?« fragte ich meinen Kammerdiener.

Entsetzt sah mich Louis an. Zu meiner Verblüffung teilte er mir mit, der Besucher sei elegant gekleidet – ein wahres Bild des Wohlstands. Auf Grund dieser Auskunft rückte ich von meiner ursprünglichen Annahme etwas ab. Jetzt hielt ich es für sicher, daß auch der Conte Eheschwierigkeiten hatte und – wie alle anderen Familienmitglieder – nur gekommen sei, um seine Sorgen auf mich abzuwälzen.

»Hat er dir gesagt, was ihn hierher führt?«

»Sir, ich soll Ihnen ausrichten, er sei gekommen, weil Miss Halcombe Blackwater Park nicht verlassen könne.«

Allem Anschein nach neue Unannehmlichkeiten! Nicht seine eigenen Sorgen also, wie ich vermutete, sondern die unserer guten Marian. Jedenfalls – Sorgen. Ach du lieber Himmel!

»Führ ihn herein!« sagte ich resigniert.

Als er eintrat, erschrak ich. Dieser beängstigend große und dicke Mann machte mich zittern. Ich wartete nur darauf, daß sein schwerer Schritt den Fußboden erschüttern und meine Kunstschätze umstürzen würde. Doch nichts dergleichen geschah. Er trug elegante leichte Sommerkleidung, bewegte sich anmutig und natürlich und lächelte bezaubernd. Mein erster

Eindruck von ihm war äußerst günstig. Das spricht zwar nicht für meinen Scharfblick – wie sich später herausstellen sollte, aber offen und aufrichtig, wie ich bin, gestehe ich es trotzdem ein.

»Mr. Fairlie, erlauben Sie, daß ich mich vorstelle«, erklärte er. »Ich habe die Ehre und das Glück, mit Ihrer Schwester verheiratet zu sein. Gestatten Sie, daß ich aus dieser Tatsache zum ersten und zum letzten Mal einen Vorteil ziehe, indem ich Sie bitte, mich nicht als Fremden zu betrachten. Hoffentlich störe ich Sie nicht – bitte bleiben Sie doch ruhig sitzen!«

»Sie sind sehr gütig«, erwiderte ich. »Ich wünschte, ich wäre kräftig genug, mich zu erheben ... Sehr erfreut, Sie in Limmeridge zu sehen! Bitte nehmen Sie Platz!«

»Ich fürchte, Sie fühlen sich heute nicht wohl«, sagte der Conte.

»Wie üblich. Ich bin nichts als ein Nervenbündel – in Kleider gesteckt, damit ich wie ein Mann aussehe.«

»Ich habe zu meiner Zeit so manches Fach studiert«, bemerkte dieser sympathische Mensch, »unter anderem das unerschöpfliche Wissensgebiet der Nerven. Darf ich Ihnen etwas vorschlagen – es scheint zwar sehr einfach, ist aber wichtig. Würden Sie mir erlauben, die Beleuchtung in diesem Raum zu ändern?«

»Gern – vorausgesetzt, das Licht fällt nicht auf mich.«

Er ging zum Fenster – ganz, ganz anders als die gute Marian! So vorsichtig und rücksichtsvoll in allen Bewegungen!

»Licht ist am wichtigsten«, sagte er in diesem vertrauenerweckenden Ton, der auf Kranke so wohltuend wirkt. »Licht regt an, nährt, erhält. Auch Sie, Mr. Fairlie, können, wie die Blumen, ohne Licht nicht leben. Beachten Sie nun folgendes: Hier, wo Sie sitzen, schließe ich die Fensterläden – das beruhigt Sie. Dort, wo Sie nicht sitzen, ziehe ich das Rouleau in die Höhe und lasse die kräftigende Sonne herein. Auch wenn Sie selbst kein Licht vertragen, muß es doch Zutritt zu Ihrem Zimmer haben. Licht ist eine Gabe Gottes, Sir, und Sie nehmen es an wie alle Gottesgaben, nicht unüberlegt, sondern in dem Maße, wie es Ihnen zusagt.«

Dies schien mir sehr überzeugend, zudem war es aufmerksam von ihm. Er hatte mich gleich für sich eingenommen – besonders in der Frage des Lichts!

»Sir, Sie sehen mich in Verwirrung«, sagte er und kehrte auf seinen Platz zurück. »Mein Ehrenwort – verwirrt durch Ihre Gegenwart!«

»Das bestürzt mich. Darf ich fragen, warum?«

»Sir, wenn ich Sie als Leidenden so vor mir sehe, von herrlichen Kunstgegenständen umgeben, muß ich sogleich erkennen, wie empfänglich Sie für Gefühle sind, wie wach Ihr Einfühlungsvermögen ist.«

Wäre ich kräftig genug gewesen, mich von meinem Fauteuil zu erheben, hätte ich mich selbstverständlich verbeugt. Da ich es aber nicht war, lächelte ich ihm nur dankbar zu. Es hatte die gleiche Wirkung. Wir verstanden einander.

»Bitte folgen Sie meinem Gedankengang!« fuhr der Conte fort. »Ich sitze hier einem Mann gegenüber, der ebenso feinfühlig ist wie ich. Zugleich aber bin ich mir der grausamen Notwendigkeit bewußt, daß ich die Gefühle dieses Mannes verletzen muß, weil ich von häuslichen Ereignissen traurigster Art zu berichten habe. Was ist die unvermeidliche Folge? Ich habe mir erlaubt, es Ihnen schon anzudeuten: Sie sehen mich in Verwirrung, Sir!«

War es in diesem Augenblick, daß ich zu ahnen begann, er würde mich langweilen? Ich glaube es fast.

»Ist es denn wirklich notwendig, von diesen unangenehmen Dingen zu reden?« fragte ich. »Oder um es mit unserem ländlichen englischen Ausdruck zu sagen, Conte Fosco: »Lassen sie sich nicht ›halten‹?«

Beunruhigt schüttelte der Conte den Kopf und seufzte.

»Muß ich es wirklich hören?«

Er zuckte die Achseln (die erste ausländische Geste seit seinem Eintritt in mein Zimmer) und blickte mich mit durchdringendem Blick an. Das war mir unangenehm, und mein Gefühl gebot mir, die Augen zu schließen. Ich folgte diesem Gebot.

»Bitte bringen Sie es mir schonend bei!« flehte ich. »Ist jemand tot?«

»Tot!« rief der Italiener mit ganz überflüssiger ausländischer Heftigkeit. »Mr. Fairlie, ich bin entsetzt, wie gefaßt man hierzulande derlei Dinge aufnimmt! Um Himmels willen! Was habe ich gesagt oder getan, das Sie veranlassen könnte, einen Todesboten in mir zu sehen?«

»Bitte entschuldigen Sie!« bat ich ihn. »Sie haben nichts dergleichen gesagt oder getan. Doch in solchen Situationen mache ich es mir zur Regel, immer das Schlimmste anzunehmen. Es mildert die Wucht des Schlages, wenn man ihm auf halbem Wege entgegenkommt – so ist es doch? Zu hören, daß niemand gestorben ist, nimmt mir eine drückende Last vom Herzen ... Ist jemand krank?«

Ich öffnete die Augen und sah ihn an. War er schon so gelb im Gesicht, als er hereinkam? Oder ist er es erst jetzt geworden? Ich konnte es nicht sagen, und Louis konnte ich auch nicht fragen, denn er war nicht im Zimmer.

»Ist jemand krank?« wiederholte ich, da ich bemerkte, daß ihn meine Gefaßtheit noch immer zu beeindrucken schien.

»Das eben ist ein Teil der schlimmen Nachrichten, die ich Ihnen überbringe. Ja, es ist jemand krank.«

»Tut mir wirklich leid. Und wer ist es?«

»Miss Halcombe – zu meinem Kummer. Vielleicht waren Sie schon darauf vorbereitet? Vielleicht ließ Ihre zärtliche Besorgnis Sie ein Unglück ahnen, da Miss Halcombe nicht selbst gekommen ist und kein zweites Mal geschrieben hat?«

Sicher hätte meine zärtliche Besorgnis irgendwann einmal diese trübe Ahnung in mir geweckt, aber in jenem Augenblick ließ mich mein elendes Gedächtnis im Stich. Jedenfalls – um mir Gerechtigkeit widerfahren zu lassen – bejahte ich diese Frage. Ich war sehr betroffen. Es paßte gar nicht zu einer so robusten Frau wie Marian, daß sie erkrankt war. Ich konnte nur annehmen, es sei ihr ein Unfall zugestoßen – durch ein Pferd oder ein Ausrutschen auf der Treppe oder dergleichen.

»Ist es ernst?« fragte ich.

»Ohne Zweifel ist es das – gefährlich hoffentlich noch nicht. Miss Halcombe wurde vom Regen völlig durchnäßt und zog sich eine schwere Erkältung zu, zu der dann noch Fieber hinzukam.«

Als ich das Wort Fieber hörte und mir einfiel, daß dieser gewissenlose Mensch eben von Blackwater Park kam, wurde ich vor Schreck fast ohnmächtig.

»Guter Gott!« rief ich. »Ist es ansteckend?«

»Vorläufig nicht«, antwortete er mit abscheulicher Gelassenheit. »Es könnte eine ansteckende Krankheit daraus werden, doch diese beklagenswerte Verschlechterung war bei meiner Abreise noch nicht eingetreten ... Ich selbst habe größtes Interesse an diesem Fall – ich habe mich bisher bemüht, den behandelnden Arzt bei seinen Beobachtungen zu unterstützen – ich gebe Ihnen die Versicherung, daß es kein ansteckendes Fieber ist!«

Seine Versicherung! Ich war weit davon entfernt, ihm zu glauben, nicht einmal seinem Eid hätte ich geglaubt! Das konnte ich nicht – dazu war er zu gelb im Gesicht! Er sah aus wie die personifizierte westindische Seuche. Und groß und dick genug war er ja, um Typhus tonnenweise mit sich herumzutragen oder um den Teppich, auf dem er ging, mit Scharlach rot zu färben! In Notsituationen kann ich mich rasch entscheiden. Ich beschloß auf der Stelle, ihn loszuwerden.

»Sie werden einen Kranken gütigst entschuldigen«, sagte ich, »aber lange Gespräche, gleichviel über welches Thema, regen mich zu sehr auf. Darf ich Sie bitten, mir umgehend den Zweck zu nennen, dem ich die Ehre Ihres Besuches verdanke?«

Ich hoffte inbrünstig, dieser deutliche Wink würde ihn aus dem Gleichgewicht bringen – ihn verwirren – ihn zu höflichen Entschuldigungen zwingen – kurz, ihn mir vom Halse schaffen. Aber im Gegenteil – er saß fortan nur um so fester im Stuhl und wurde noch feierlicher, würdevoller und mitteilsamer. Er hielt zwei seiner abscheulichen dicken Finger hoch und sah mich wieder mit unangenehm durchdringendem Blick an. Was sollte ich tun? Ich fühlte mich nicht kräftig genug, mich mit ihm zu streiten. Man möge sich bitte in meine Lage versetzen! Es fehlt mir an Worten, sie zu beschreiben.

»Der Zweck meines Besuches ist zweifacher Art«, fuhr er unbeirrt fort. »Erstens komme ich, um mit aufrichtigem Bedauern zu bezeugen, daß es zwischen Sir Percival und Lady Glyde leider Unstimmigkeiten gibt. Ich bin Sir Percivals ältester Freund, mit Lady Glyde bin ich durch meine Frau verwandt, und ich bin Augenzeuge aller Vorgänge in Blackwater Park ... Sir, in meiner Eigenschaft als Freund, Verwandter und Augenzeuge wende ich mich mit voller Berechtigung und ehrlicher Betrübnis an Sie als das Familienoberhaupt. Miss Halcombe hat in ihrem Brief die Situation nicht übertrieben geschildert. Ich kann Ihnen nur bestätigen, daß der von ihr vorgeschlagene Ausweg der einzig mögliche ist und Ihnen das Peinliche eines öffentlichen Skandals erspart. Wenn sich Lady Glyde vorübergehend von Sir Percival trennt, ist dies – meiner Meinung nach – eine friedliche Lösung. Sobald sämtliche Ursachen des Zwistes beseitigt sind, werde ich Sir Percival wieder zur Vernunft bringen. Lady Glyde ist unschuldig, Lady Glyde ist gekränkt, aber – bitte folgen Sie meinem Gedankengang, Sir – eben deswegen ist sie – das muß ich leider zugeben –, solange sie in Blackwater Park lebt, die Ursache von Spannungen. Aus Gründen des Anstands kann sie nur in Ihrem Hause Aufnahme finden – sonst nirgends. Daher ersuche ich Sie, es ihr zu öffnen!«

Mir schien dieses Ansinnen recht unverfroren. Da tobte im Süden von England ein eheliches Hagelwetter, und ein Mensch mit Fieber in jeder Kleiderfalte forderte mich auf, aus dem Norden herbeizueilen und mein Teil von diesen Wurfgeschossen aufzufangen. Ich versuchte, mich dagegen zu verwahren. Der Conte hielt jetzt nur mehr einen seiner gräßlichen dicken Finger empor, ließ aber nicht locker und überfuhr mich gleichsam; ohne auch nur einen Warnruf auszustoßen, versetzte er mir den nächsten Hieb.

»Folgen Sie gütigst nochmals meinem Gedankengang!« sagte er. »Dies also war der eine Zweck meines Kommens. Der zweite besteht darin, Ihnen das auszurichten, was Miss Halcombe infolge ihrer Erkrankung nicht selbst tun kann. In Blackwater Park hat man sich bisher bei allen schwierigen Fragen mit mir als erfahrenem Mann beraten – auch über Ihren interessanten Brief an Miss Halcombe wollte man meine Meinung hören. Ich bin genauso empfindsam wie Sie, Sir, und daher habe ich sofort verstanden, warum Sie Miss Halcombe sprechen wollen, ehe Sie sich verpflichten, Lady Glyde einzuladen. Es ist richtig, wenn Sie zögern, eine verheiratete Frau bei sich aufzunehmen, denn Sie wissen ja nicht, ob nicht der Ehemann auf seinem Recht besteht und sie von Ihnen zurückfordert. Da bin ich ganz Ihrer Ansicht. Ich stimme mit Ihnen darin überein, daß man derlei delikate Angelegenheiten nicht schriftlich erledigen kann. Mein Kommen – die Reise war immerhin beschwerlich – beweist, daß ich es aufrichtig meine. Und was Sir Percival betrifft – ich kenne ihn natürlich viel besser, als

Miss Halcombe ihn kennt –, so verspreche ich Ihnen auf Ehre und Gewissen, daß er weder herkommen noch irgendwelche Verbindung mit Limmeridge House aufnehmen wird, solange seine Frau hier wohnt ... Er befindet sich in großer Verlegenheit, er braucht seine Freiheit, und Sie können sie ihm bieten, wenn Sie Lady Glyde aufnehmen. Ich verspreche Ihnen, daß er diese Freiheit dazu nützen wird, sobald wie möglich wieder ins Ausland zu fahren. Ist das nun geklärt? Ich glaube ja. Haben Sie noch Fragen an mich? Ich bin hier, um sie zu beantworten. Fragen Sie, Mr. Fairlie, fragen Sie, soviel Sie wollen!«

Er hatte schon so viel geredet und dabei überhaupt keine Rücksicht auf mich genommen – und jetzt sah es ganz so aus, als wollte er noch viel mehr reden, ebenfalls ohne auf mich Rücksicht zu nehmen. Zum Schutz meiner eigenen Person lehnte ich daher seine liebenswürdige Aufforderung ab.

»Danke vielmals!« erwiderte ich. »Ich bin schon zu erschöpft. Angesichts meines schlechten Gesundheitszustandes muß ich die Dinge nehmen, wie sie sind. Erlauben Sie mir, dies auch im vorliegenden Fall zu tun! Ja, wir verstehen einander vollkommen. Ich bin Ihnen für ihre gütige Vermittlung sehr verbunden. Sollte ich mich später einmal wieder besser fühlen und Gelegenheit finden, unsere Bekanntschaft zu vertiefen –«

Er erhob sich, und ich dachte schon, er würde gehen. Doch nein! Er wollte weiterreden, mehr Worte also, mehr Geschwätz – und damit auch mehr Zeit, in der sich eine ansteckende Krankheit ausbreiten konnte – in *meinem* Zimmer, wohlgemerkt, in *meinem* Zimmer!

»Einen Augenblick noch, ehe ich mich von Ihnen verabschiede«, sagte er. »Bitte erlauben Sie mir, Ihnen noch etwas Dringendes ans Herz zu legen! Es geht um folgendes: Sie brauchen mit der Einladung an Lady Glyde nicht zu warten, bis Miss Halcombe wieder gesund ist. Sie wird in Blackwater Park gut betreut; von einem Arzt, von der Haushälterin und von einer erfahrenen Krankenpflegerin – von drei Personen also, für deren Können und Hingabe ich mich verbürge. Und noch etwas möchte ich Ihnen sagen: Lady Glyde ist durch Angst und Sorge um ihre Schwester seelisch und körperlich so angegriffen, daß man ihr die Krankenpflege nicht zumuten kann. Von Tag zu Tag wird die Spannung zwischen ihr und Sir Percival größer. Lassen Sie Ihre Nichte noch länger dort, wird Miss Halcombe nicht schneller gesund – im Gegenteil! Und zugleich riskieren Sie den öffentlichen Skandal, den Sie und ich – und alle anderen – im Interesse der Familie zu vermeiden trachten. Ich rate Ihnen daher aus fester Überzeugung, nicht länger zu zögern. Schreiben Sie an Lady Glyde, sie soll kommen, und zwar sofort! Tun Sie Ihre Pflicht als liebevoller Onkel, als Mann von Ehre! Was immer auch später geschehen mag, niemand kann *Ihnen* die Schuld geben. Ich sage Ihnen das auf Grund meiner reichen Erfahrung und biete Ihnen meinen wohlgemeinten Rat. Nehmen Sie ihn an – ja oder nein?«

Ich sah ihn an, sah ihn bloß an – und mein Gesicht drückte dabei nichts als Verwunderung über seine ungeheuerliche Selbstsicherheit aus, indes in mir der Entschluß wuchs, nach Louis zu klingeln und diesen Menschen hinausführen zu lassen. Es scheint unglaublich, aber es ist wahr, daß dies alles nicht den geringsten Eindruck auf ihn machte. Dieser Mensch wurde offenbar ohne Nerven geboren – ganz ohne Nerven!

»Sie zögern noch?« fragte er. »Mr. Fairlie, ich verstehe natürlich Ihr Zögern. Sie sehen, wie sehr ich mich in Sie hineinfühlen kann. Ja, Sie haben Bedenken, daß Lady Glyde weder seelisch noch körperlich in einem Zustand ist, die Reise von Hampshire nach Cumberland allein zu machen. Sir Percival hat ihr die Zofe genommen, und von den übrigen Domestiken in Blackwater Park ist niemand geeignet, mit ihr von einem Ende Englands zum anderen zu reisen. Mr. Fairlie, Sie haben Bedenken, weil sie ihre Reise nicht in London unterbrechen und sich ausruhen kann. In einer ihr fremden Stadt in ein ihr fremdes Hotel zu gehen, kann man ihr nicht zumuten. Ich teile Ihre Bedenken, Mr. Fairlie, aber im gleichen Atemzug kann ich sie beseitigen. Folgen Sie, bitte, zum letzten Mal meinem Gedankengang! Seit ich mit Sir Percival nach England zurückgekehrt bin, beabsichtige ich, mich in der Umgebung von London niederzulassen. Dieser Wunsch hat sich nun aufs glücklichste erfüllt. Ich habe im Vorort St. John's Wood ein kleines möbliertes Haus gemietet. Haben Sie die Güte, dies zu bedenken, wenn ich Ihnen jetzt folgenden Vorschlag unterbreite: Lady Glyde reist nach London – die Fahrt ist kurz –, ich selbst erwarte sie an der Bahn und bringe sie in mein Haus, das ja auch das

Haus ihrer Tante ist. Sie kann dort übernachten und sich ausruhen – am nächsten Tag bringe ich sie wieder zum Bahnhof, sie reist nach Cumberland, und ihre Zofe (die ohnedies schon hier ist) nimmt sie an der Türe des Zugabteils in Empfang. Diese Lösung ist bequem, die äußere Form wird gewahrt, und Sie erfüllen Ihre Pflicht – die Pflicht des Schutzes und der Gastfreundschaft – einer unglücklichen jungen Dame gegenüber, die dringend einer liebevollen Aufnahme bedarf. Und überdies ist das alles vom Anfang bis zum Ende leicht durchzuführen. Sir, ich fordere Sie herzlichst auf, mich bei meinen Bemühungen im geheiligten Interesse der Familie zu unterstützen! Ich rate Ihnen ernstlich, sofort diesen Brief zu schreiben – den ich ihr mit eigenen Händen übergeben will – und dieser gekränkten und unglücklichen jungen Dame, deren Sache ich hier vertrete, die Gastfreundschaft Ihres Hauses (und Ihres Herzens) und die Gastfreundschaft meines Hauses (und meines Herzens) anzubieten.«

Während seiner Rede fuchtelte er mit seinen großen Händen herum und schlug sich auf seine Ansteckung ausatmende Brust – und dies alles mit einer Rhetorik wie im Parlament! Es war Zeit, irgendeinen verzweifelten Ausweg zu suchen, es war Zeit, nach Louis zu klingeln und nachher das Zimmer vorsichtshalber ausräuchern zu lassen.

In dieser höchsten Not kam mir ein Gedanke – ein unschätzbarer Gedanke, der sozusagen zwei Fliegen mit einer Klappe schlug. Ich beschloß, das lästige Geschwätz des Conte und den lästigen Kummer meiner Nichte dadurch loszuwerden, daß ich auf das Ansinnen dieses widerlichen Ausländers einging und unverzüglich den gewünschten Brief schrieb. Es bestand nicht die geringste Gefahr, daß Laura die Einladung annehmen würde, denn solange Marian krank darniederlag, würde sie Blackwater Park sicher nicht verlassen. Warum dieses für mich so willkommene Hindernis dem Scharfblick des Conte entgangen war, konnte ich nicht begreifen – aber es *war* ihm offensichtlich entgangen. Meine Angst, er könnte es noch entdecken, falls ich ihm zum Nachdenken Zeit ließe, beflügelte mich auf erstaunliche Weise. Es gelang mir, mich aufzusetzen, ich packte, ja, ich packte das Schreibmaterial neben mir und schrieb so geschwind, als wäre ich ein ganz gewöhnlicher Kanzleischreiber.

»Liebste Laura! Bitte komm, wann immer Du willst. Unterbrich die Reise in London und übernachte bei Deiner Tante. Bin betrübt, von Marians Krankheit zu hören. Dein Dich liebender Onkel.« Mit ausgestrecktem Arm reichte ich dem Conte den Brief, sackte in meinen Fauteuil zurück und sagte: »Entschuldigen Sie mich, ich bin vollkommen erschöpft, ich kann nicht mehr . . . Wollen Sie sich ausruhen und unten etwas essen? Grüße an alle, und mein Mitgefühl für Marian und so weiter . . . *Guten* Tag!«

Er hielt noch eine Rede – dieser Mann war wirklich unerschöpflich. Ich schloß meine Augen und bemühte mich, so wenig wie möglich zu hören; trotzdem war ich leider genötigt, sehr viel zu hören. Der kein Ende findende Mann meiner Schwester gratulierte sich und gratulierte mir zum Ergebnis unserer Unterredung, er sagte noch eine ganze Menge über seine Gefühle und meinte, er beklage meine schlechte Gesundheit, erbot sich auch, mir ein Rezept zu schreiben, schärfte mir ein, nicht zu vergessen, was er über die Wichtigkeit des Lichts gesagt hatte, nahm meine freundliche Einladung zum Essen an, empfahl mir, mich in zwei oder drei Tagen zum Empfang von Lady Glyde bereitzuhalten, bat mich, auf ein baldiges Wiedersehen hoffen zu dürfen, weil es ihn schmerze, von mir Abschied zu nehmen; und redete noch sehr viel mehr, worauf ich aber nicht achtete (und das freut mich!) und woran ich mich jetzt daher nicht mehr erinnern kann. Ich hörte dann, wie seine sympathische Stimme sich langsam von mir entfernte, aber – so groß und dick er auch war – ihn hörte ich nicht. Wenigstens hatte er den Vorzug absoluter Lautlosigkeit. Ich weiß weder, wann er die Türe öffnete, noch wann er sie schloß. Nach kurzer Stille wagte ich, meine Augen wieder zu öffnen – er war fort.

Ich klingelte nach Louis und zog mich in mein Badezimmer zurück. Lauwarmes Wasser, vermischt mit würzigem Essig für mich, gründliches Ausräuchern für mein Zimmer – dies schienen mir die dringlichsten Vorsichtsmaßnahmen, die ich selbstverständlich anwandte. Es freut mich sagen zu können, daß sie gewirkt haben. Ich genoß meine gewohnte Siesta und wachte auf – kühl und gesund.

Meine ersten Fragen galten dem Conte. Waren wir ihn wirklich los? Ja – er war mit dem Nachmittagszug abgereist. Hatte er etwas gegessen – und was? Ausschließlich Fruchttörtchen mit viel Sahne. Welch ein Mann! Welch eine Verdauung!

Erwartet man von mir, daß ich noch mehr sage? Vermutlich nicht. Ich glaube, ich habe die mir gesteckten Grenzen erreicht. Die schrecklichen Dinge, die sich später ereigneten, geschahen Gott sei Dank nicht in meiner Gegenwart. Ich hoffe und bete, daß niemand so gefühllos sein wird, mir einen Teil der Verantwortung daran zuzuschieben. Ich habe alles in bester Absicht getan. Man kann nicht mir die Schuld geben für Kalamitäten, die niemand voraussehen konnte. Es hat mich fast zerschmettert, ich habe darunter gelitten wie kein anderer. Mein Diener Louis (der in seiner beschränkten Art wirklich an mir hängt) hält es für möglich, daß ich nie darüber hinwegkommen werde. In diesem Augenblick sieht er mich, das Taschentuch vor den Augen, diktieren. Ich möchte, um mir selbst Gerechtigkeit widerfahren zu lassen, nur vermerken, daß es nicht meine Schuld war und daß ich erschöpft und wirklich mitgenommen bin. Muß ich noch mehr sagen?

Bericht
fortgesetzt von Eliza Michelson
(Haushälterin in Blackwater Park)

I

Man hat mich aufgefordert, genau anzugeben, was ich über den Verlauf von Miss Halcombes Erkrankung und über die Umstände von Lady Glydes Abreise nach London weiß.

Begründet wird dieses Ersuchen damit, daß man im Interesse der Wahrheit meiner Aussage bedarf. Als Witwe eines anglikanischen Geistlichen (mißliche Verhältnisse zwangen mich zum Annehmen einer Stelle) habe ich gelernt, in der Befolgung der Wahrheit das oberste Gebot zu sehen. Aus diesem Grunde genüge ich einer Aufforderung, der ich sonst vielleicht nicht nachgekommen wäre, da es mir widerstrebt, in betrübliche Familienangelegenheiten hineingezogen zu werden.

Ich habe mir in der fraglichen Zeit keine Aufzeichnungen gemacht und kann daher keine genauen Daten angeben, glaube aber, nicht in der Vermutung fehlzugehen, daß es während der letzten vierzehn oder zehn Tage im Juni war, als Miss Halcombe ernstlich erkrankte. Im Herrenhaus von Blackwater Park frühstückte man grundsätzlich spät – manchmal erst um zehn, nie aber vor halb zehn. An dem betreffenden Morgen erschien Miss Halcombe nicht bei Tisch (sonst kam sie immer als erste herunter). Die Herrschaften warteten etwa eine Viertelstunde und schickten dann das Stubenmädchen hinauf. Hilferufend und zu Tode erschrocken stürzte dieses aus Miss Halcombes Zimmer, und da ich mich gerade auf der Treppe befand, ging ich rasch hinein, um nachzusehen. Die arme Miss Halcombe war nicht imstande zu sprechen. Von Fieber geschüttelt und völlig wirr im Kopf irrte sie, mit einem Federkiel in der Hand, im Zimmer herum.

Lady Glyde hatte das Stubenmädchen gehört und eilte als erste herbei. (Da ich nicht mehr in Sir Percivals Diensten stehe, kann ich – ohne unhöflich zu sein – meine frühere Herrin bei ihrem Namen nennen, anstatt von ihr als »Mylady« zu sprechen.) Sie war selbst so verstört, daß sie nur nutzlos herumstand. Conte Fosco und seine Gemahlin hingegen, die unmittelbar nachher kamen, waren äußerst gnädig und hilfreich. Ihre Ladyschaft unterstützte mich in jeder Hinsicht, gemeinsam legten wir Miss Halcombe in ihr Bett. Seine Lordschaft, der Conte, war einstweilen im Wohnzimmer geblieben und hatte sofort den Arzneikasten holen lassen. Er bereitete für Miss Halcombe eine Medizin und auch etwas Kühlendes für einen feuchten Umschlag, damit keine Zeit verloren werde, bis der Arzt eintraf. Wir machten ihr kalte Kompressen, konnten sie aber nicht dazu bewegen, die Medizin einzunehmen. Sir Percival schickte inzwischen einen Stallknecht als reitenden Boten zum nächsten Arzt, zu Dr. Dawson nach Oak Lodge.

In weniger als einer Stunde war er hier, ein allseits geachteter älterer Herr, in der Gegend wohlbekannt. Als wir ihn sagen hörten, daß er den Fall für sehr ernst halte, erschraken wir sehr.

Seine Lordschaft, der Conte, zeigte sich leutselig und begann ein Gespräch mit dem Arzt, wobei er ziemlich unbefangen auch seine Meinung zu diesem Fall äußerte. Dr. Dawson fragte

– nicht allzu höflich –, ob es sich um den Rat eines Arztes handle, und als seine Lordschaft erklärte, er habe Medizin aus Liebhaberei studiert, antwortete Dr. Dawson, er sei nicht gewohnt, Amateure zu konsultieren. Der Conte lächelte mit wahrhaft christlicher Demut und verließ das Zimmer. Im Hinausgehen teilte er mir mit, wo man ihn finden könne, falls man ihn im Laufe des Tages benötige; er werde sich in der Nähe des Sees aufhalten, beim alten Bootshaus. Warum er gerade dorthin ging, weiß ich nicht. Jedenfalls blieb er den ganzen Tag weg und kam erst zum Dinner zurück. Vielleicht wollte er mit gutem Beispiel vorangehen und die Ruhe im Haus so wenig wie möglich stören. Das war so ganz seine Art – immer rücksichtsvoll, ein echter Edelmann.

Miss Halcombe hatte eine sehr unruhige Nacht, das Fieber kam und ging, und gegen Morgen verschlechterte sich ihr Zustand nur noch weiter. In der Nachbarschaft war keine Krankenpflegerin zu finden, daher lösten die Gräfin und ich einander mit der Wache an ihrem Bette ab. Auch Lady Glyde bestand törichterweise darauf, im Krankenzimmer zu bleiben, war aber viel zu nervös und erschöpft, um diese Sorge mit Fassung tragen zu können. Ohne uns im geringsten zu helfen, schadete sie sich dadurch nur selbst. Ich kenne keine sanftere und liebevollere Frau als sie, aber sie weinte und ängstigte sich – zwei Schwächen, die sie für die Anwesenheit in einem Krankenzimmer vollkommen ungeeignet machten.

Am Morgen kamen Sir Percival und der Conte und erkundigten sich nach dem Befinden der Kranken. Sir Percival schien mir ganz verstört über Miss Halcombes Krankheit und die Niedergeschlagenheit seiner Gemahlin. Seine Lordschaft hingegen zeigte sich gefaßt. In der einen Hand hielt er seinen Strohhut, in der andern ein Buch. Ich hörte ihn zu Sir Percival sagen, er gehe wieder zum See und werde dort lesen. »Sorgen wir für größtmögliche Ruhe im Haus, mein Freund! Unterlassen wir auch das Rauchen in den Zimmern, solange Miss Halcombe krank ist! Geh du deiner Wege, und ich werde meiner Wege gehen. Wenn ich studiere, bin ich lieber allein. Ich wünsche Ihnen einen guten Morgen, Mrs. Michelson!«

Sir Percival war nicht so höflich (vielleicht sollte ich gerechterweise sagen: nicht so gefaßt), sich von mir ebenso aufmerksam zu verabschieden. Der einzige in diesem Haus, der mich wirklich bei jeder Gelegenheit wie eine unverschuldet in Not geratene Dame behandelte, war der Conte. Sein Benehmen war das eines echten Edelmanns – rücksichtsvoll gegen jeden. Sogar um Lady Glydes Zofe (ein junges Ding namens Fanny) hat er sich gekümmert. Nachdem Sir Percival sie fristlos entließ, hielt es seine Lordschaft (der mir gerade seine allerliebsten Kanarienvögel vorführte) nicht für unter seiner Würde, sich angelegentlich nach ihr zu erkundigen. Er zeigte sich besorgt, wo sie für die Nacht ein Quartier bekommen habe, und fragte mich, wohin sie sich am nächsten Tag wenden werde und dergleichen mehr. Gerade in so artigen Aufmerksamkeiten zeigt sich immer wieder der Adel der Geburt. Ich erwähne hier diese Kleinigkeiten, um seiner Lordschaft Gerechtigkeit widerfahren zu lassen, da ich leider bemerkt habe, daß gewisse Leute eher hart über ihn urteilen. Ein Edelmann, der eine unverschuldet in Not geratene Dame achtet und am Ergehen eines armen Dienstmädchens väterlich Anteil nehmen kann, beweist dadurch, daß er ein Mann von Grundsätzen und erhabenen Gefühlen ist. Ich dränge hiermit niemandem eine Meinung auf – es sind nur Tatsachen, die ich aufzähle. Ich habe stets nach dem Leitsatz gelebt: Richtet nicht, auf daß ihr nicht gerichtet werdet! Eine der schönsten Predigten meines geliebten Mannes behandelte dieses Thema. Immer wieder lese ich sie. Ich besitze nämlich ein Exemplar der mit Hilfe einer Subskription gedruckten Ausgabe, die gleich nach seinem Tode erschien – und jedes Mal ziehe ich aus dieser Lektüre Gewinn und fühle mich erbaut und erquickt.

Miss Halcombes Zustand besserte sich nicht, die zweite Nacht war noch schlimmer als die erste. Dr. Dawson kam regelmäßig zur Visite, bei der Krankenpflege wechselten die Contessa und ich einander nach wie vor ab. Lady Glyde bestand darauf, mit uns zu wachen, obschon wir sie dringend baten, sich Ruhe zu gönnen. »Mein Platz ist an Marians Bett«, sagte sie immer wieder. »Ob ich krank bin oder gesund – nichts bringt mich dazu, sie aus den Augen zu lassen.«

Gegen Mittag ging ich hinunter, um meinen sonstigen haushaltlichen Pflichten zu genügen. Als ich eine Stunde später ins Krankenzimmer zurück wollte und zur Treppe ging, sah ich in der Halle den Conte (der – heute zum dritten Mal – sehr zeitig ausgegangen und eben zurückgekehrt war). Auch Sir Percival hatte ihn gehört und streckte seinen Kopf zur Bibliothekstüre heraus.

»Hast du sie gefunden?« fragte er wißbegierig seinen edlen Freund.

Der Conte schien bester Laune zu sein. Sein großes Gesicht bekam Grübchen, ein zufriedenes Lächeln lag darauf – aber er sagte nichts. Da bemerkte mich Sir Percival und warf mir einen zornigen Blick zu.

»Komm herein, Fosco, und erzähl mir, wie es war!« rief er. »Wenn Weiber im Hause sind, kann man sicher sein, daß sie immer die Treppe hinauf- oder hinunter zappeln.«

»Mein guter Percival«, versetzte seine Lordschaft freundlich, »Mrs. Michelson hat Pflichten. Du solltest ebenso aufrichtig wie ich zu schätzen wissen, wie bewundernswert sie diese erledigt. – Und wie geht es unserer Patientin, Mrs. Michelson?«

»Leider nicht besser, Mylord.«

»Traurig – sehr traurig!« bemerkte der Conte. »Sie sehen angegriffen aus, Mrs. Michelson. Es ist an der Zeit, daß Sie und meine Frau eine Hilfe bekommen. Ich glaube, ich kann das für Sie erledigen. Meine Frau fährt morgen oder übermorgen für einen Tag nach London. Wenn sie zurückkommt, wird sie eine tüchtige und erfahrene Krankenpflegerin mitbringen, die eben frei geworden ist. Die Betreffende ist uns persönlich bekannt, zudem ist sie sehr verläßlich. Ich möchte Sie bitten, dem Doktor vorläufig nichts davon zu sagen, denn er wird jede Krankenpflegerin, die ich ins Haus bringe, mit scheelen Augen betrachten. Ist sie aber einmal da, spricht schon allein ihr Können für sie, und er wird nichts gegen sie einzuwenden haben. Auch Lady Glyde wird dieser Meinung sein. Bitte bestellen Sie Lady Glyde meine besten Empfehlungen und versichern Sie sie meiner aufrichtigen Teilnahme an ihrer schweren Sorge!«

Dankbar mußte ich die freundliche Rücksichtnahme seiner Lordschaft anerkennen und wollte ihm dies in entsprechender Form ausdrücken, doch Sir Percival ließ mich nicht zu Wort kommen, sondern rief seinem edlen Freunde zu, ihn nicht länger warten zu lassen. (Bedauerlicherweise bediente er sich dabei eines gotteslästerlichen Fluchs.)

Ich begab mich nach oben. Wir alle sind arme, irrende Geschöpfe. Wie sehr man auch an den eigenen Grundsätzen festhalten mag – gegen Versuchungen ist man nicht immer gefeit. Beschämt muß ich gestehen, daß mich in diesem Augenblick die Neugierde packte und über meine Grundsätze siegte. Es ging mich nichts an, aber ich hätte gar zu gerne gewußt, wen Sir Percival mit seiner Frage meinte – mit anderen Worten: Wen sein edler Freund im Verlauf seines Morgenspaziergangs im Park gefunden hatte. Wie man Sir Percivals Worten entnehmen konnte, handelte es sich um eine Frau. Ich verdächtigte den Conte nicht, etwas Ungehöriges getan zu haben, denn ich wußte nur zu gut, daß er ein Mann von Charakter war. Aber die Frage beschäftigte mich doch sehr.

Nun aber zurück zu meinem Bericht! Abermals verging eine Nacht, ohne Miss Halcombe Besserung zu bringen. Am nächsten Morgen allerdings schien mir ihr Zustand weniger besorgniserregend. Einen Tag später begab sich ihre Ladyschaft, ohne einem von uns den Zweck ihrer Reise zu verraten, mit dem Morgenzug nach London. Ihr edler Gemahl, aufmerksam wie immer, begleitete sie zur Bahnstation.

Die Pflege der Patientin blieb mir allein überlassen, wobei begründete Aussicht bestand, daß ich bald zwei Patientinnen haben würde, denn Lady Glyde wollte, trotz ihrer Schwäche, nicht vom Krankenlager weichen.

Sonst ereignete sich nichts Wichtiges an diesem Tag – außer daß es abermals zu einer unangenehmen Auseinandersetzung zwischen dem Conte und dem Arzt kam.

Nach der Rückkehr von der Bahn begab sich seine Lordschaft in Miss Halcombes Wohnzimmer, weil er sich nach dem Befinden der Kranken erkundigen wollte. Ich ging hinaus, um ihm die gewünschte Auskunft zu geben, da ohnedies Lady Glyde und der Arzt im Krankenzimmer waren. Der Conte stellte mir etliche Fragen, Symptome und Behandlung betreffend. Ich teilte ihm mit, die Behandlung sei – wie der Arzt sage – »salinisch«, und die Symptome der Krankheit seien heftige Fieberanfälle sowie zunehmende Schwäche und Erschöpfung. In diesem Moment kam Dr. Dawson zu uns heraus.

Kurz entschlossen trat ihm seine Lordschaft in den Weg und sagte mit unwiderstehlicher Höflichkeit: »Guten Morgen, Sir!

Ich fürchte, Sie haben heute keine Besserung feststellen können.«

»Im Gegenteil! Der Zustand der Kranken hat sich entschieden gebessert«, erwiderte Dr. Dawson.

»Sie bleiben also dabei, das Fieber mit Hilfe von schwächenden Mitteln zu senken?« fragte seine Lordschaft.

»Ich bleibe dabei, weil meine berufliche Erfahrung diese Behandlung rechtfertigt«, sagte der Arzt.

»Sir – erlauben Sie mir, was das weite Feld beruflicher Erfahrung betrifft, eine einzige Frage! Ich will Ihnen keinen Rat geben, ich will mich bloß erkundigen. Sie leben nicht weit von London und Paris, den berühmten Stätten wissenschaftlicher Forschung. Haben Sie noch nie davon gehört, daß man die schwächende Wirkung des Fiebers vernünftiger und überzeugender bekämpft, indem man den erschöpften Patienten kräftigt – etwa durch Wein, Whisky, Ammoniak und Chinin? Ist Ihnen diese neueste Ketzerei der höchsten medizinischen Autoritäten schon zu Ohren gekommen – ja oder nein?«

»Wenn ein Fachmann mir diese Frage stellt, werde ich ihm gerne antworten«, sagte der Doktor und öffnete die Türe, um das Zimmer zu verlassen. »Sie sind kein Arzt, daher lehne ich es ab, mit Ihnen darüber zu reden.«

Obschon man dem Conte auf unverzeihliche, unhöfliche Art gleichsam einen Backenstreich gegeben hatte, hielt er als guter Christ auch die andere Wange hin und sagte sanft: »Ich wünsche Ihnen einen guten Morgen, Dr. Dawson.«

Hätte mein seliger Mann das Glück gehabt, seine Lordschaft zu kennen, wie sehr hätten er und der Conte einander geschätzt!

Die Gräfin kehrte am selben Abend mit dem letzten Zug aus London zurück und brachte die Krankenpflegerin mit. Ich erfuhr, daß ihr Name Mrs. Rubelle war. Ihrem Aussehen und ihrem unvollkommenen Englisch nach zu schließen, handelte es sich um eine Ausländerin.

Nun bin ich Ausländern gegenüber stets um geduldige, demütige Nachsicht bemüht. Unsere Vorzüge und Segnungen sind ihnen nun einmal nicht zuteil geworden, und überdies wurden die meisten von ihnen im blinden Irrglauben des Papismus großgezogen. Doch war ich in Wort und Tat stets bemüht (wie schon mein seliger Mann – siehe Nummer XXIX in den ›Gesammelten Predigten‹ des verstorbenen Reverend Samuel Michelson, M. A.), andere so zu behandeln, wie ich selbst von ihnen behandelt werden möchte. Deshalb will ich meinen Eindruck von Mrs. Rubelle lieber nicht zu ausführlich schildern. Sie schien mir auffallend klein, dünn und listig, etwa fünfzig Jahre alt, hatte einen dunklen Teint wie eine Kreolin und wache hellgraue Augen. Ebenso wenig möchte ich mich (aus oben erwähnten Gründen) des langen und des breiten darüber auslassen, daß mir ihr Kleid, obschon aus schwarzer glatter Seide, für eine Person in ihrer gesellschaftlichen Stellung aus unangebracht kostbarem Material und zudem, was Schnitt und Besatz betraf, übertrieben elegant erschien. Ich hätte es nicht gerne, wenn man dergleichen von mir sagte, und daher halte ich es für meine Pflicht, bei Mrs. Rubelle verschiedenes mit Stillschweigen zu übergehen. Was ihr Benehmen betrifft, möchte ich bloß erwähnen, daß sie nicht gerade unangenehm reserviert, doch auffallend ruhig und zurückhaltend war. Sie hatte ihre Augen zwar überall, redete aber wenig, was eine Folge ihrer Bescheidenheit, vielleicht aber auch eines gewissen Mißtrauens war. Sie lehnte es ab, mit mir das Abendessen einzunehmen (was vielleicht sonderbar, doch sicher nicht verdächtig war), obschon ich sie höflichst in mein Zimmer eingeladen hatte.

Auf besonderen Wunsch des Conte (seine Lordschaft war wie immer die Güte selbst!) sollte Mrs. Rubelle ihren Dienst erst am nächsten Morgen antreten, damit Dr. Dawson sie vorher sehen und seine Einwilligung geben könnte. In dieser Nacht wachte ich bei der Kranken. Lady Glyde schien die neue Krankenpflegerin abzulehnen. Diese mangelnde Großmut einer Ausländerin gegenüber überraschte mich bei einer so wohlerzogenen und gebildeten Dame. »Mylady, wir dürfen über Untergebene nicht vorschnell urteilen – schon gar nicht, wenn sie aus dem Ausland stammen!« wagte ich zu sagen. Aber vielleicht hatte sie mich gar nicht gehört. Sie seufzte bloß und drückte einen Kuß auf Miss Halcombes Hand, die auf der Bettdecke lag, was unklug war, zumal in einem Krankenzimmer und bei einer Patientin, die man nicht aufregen sollte. Aber von Krankenpflege verstand die arme Lady Glyde nichts – leider überhaupt nichts.

Am nächsten Morgen schickten wir Mrs. Rubelle in Miss Halcombes Wohnzimmer, damit sie sich dem Arzt auf seinem Weg zur Patientin vorstellen könne.

Ich ließ Lady Glyde allein bei Miss Halcombe, die gerade ein wenig schlummerte, und setzte mich zu Mrs. Rubelle; sie sollte sich angesichts der Ungewißheit ihrer Lage nicht nervös oder unbehaglich fühlen. Doch anscheinend kam ihr das gar nicht zu Bewußtsein. Vielleicht war sie schon von vornherein davon überzeugt, daß Dr. Dawson ihre Dienste annehmen würde. Seelenruhig saß sie am offenen Fenster und genoß sichtlich die frische Landluft. Manche Leute hätten ein solches Benehmen für reichlich unverfroren gehalten – ich gestatte mir zu sagen, daß ich da etwas großzügiger denke; ich schrieb es ihrer ungewöhnlichen Charakterstärke zu.

Dr. Dawson kam nicht herauf, statt dessen ließ er mich hinunterkommen. Ich hielt dies für etwas sonderbar. Mrs. Rubelle jedoch zeigte sich vollkommen ungerührt. Als ich sie verließ, saß sie nach wie vor am Fenster und genoß – noch immer schweigend – die Landluft.

Im Eßzimmer wartete Dr. Dawson auf mich. Er empfing mich mit den Worten:

»Was diese neue Krankenpflegerin betrifft, habe ich eben folgendes erfahren: Die Frau von diesem dicken alten Ausländer, der mir immer dreinreden will, hat sie aus London hergebracht ... Mrs. Michelson! Der Mann ist ein Quacksalber!«

Das war nun wirklich grob von ihm – es schockierte mich.

»Sir, Sie sprechen von einem Edelmann!« gab ich ihm zu bedenken.

»Pah! Er ist nicht der erste Quacksalber mit Adelstitel. Alle sind sie Grafen – hol sie der Henker!«

»Sir, er wäre nicht mit Sir Percival befreundet, wenn er nicht dem Hochadel angehörte.«

»Schon gut, Mrs. Michelson, nennen Sie ihn, wie Sie wollen – aber jetzt reden wir von der Krankenpflegerin! Ich habe sie bereits abgelehnt.«

»Ohne sie gesehen zu haben?«

»Ja. Vielleicht ist sie die beste Krankenpflegerin der Welt, aber ich habe sie nicht ausgesucht. Diesen Einwand habe ich auch schon bei Sir Percival als dem Herrn des Hauses vorgebracht, aber er ist da anderer Meinung. Er behauptet, eine von mir ausgesuchte Krankenpflegerin wäre für uns genauso fremd, sie käme ja ebenfalls aus London, und findet, daß wir es mit ihr versuchen sollten, schließlich habe sich ja die Tante seiner Frau die Mühe gemacht und sie geholt. Daran ist etwas Wahres. Ich kann sie also nicht gut ablehnen. Aber ich habe mir ausbedungen, daß sie auf der Stelle fort muß, wenn ich einen Grund zur Klage finde. Als behandelnder Arzt darf ich das verlangen, daher ist Sir Percival darauf eingegangen ... Also passen Sie auf, Mrs. Michelson. Ich weiß, ich kann mich auf Sie verlassen. Behalten Sie in den ersten Tagen die Krankenpflegerin scharf im Auge, und passen Sie auf, daß sie Miss Halcombe nur *meine* Medizin und keine anderen gibt. Ihr hochgeborener Ausländer brennt darauf, seine Quacksalberei (einschließlich Mesmerismus) an meiner Patientin auszuprobieren. Und eine Krankenpflegerin, die seine Frau herbrachte, könnte ihm dabei nur allzugern zur Hand gehen. Verstehen Sie? ... Gut, dann gehen wir hinauf. Ist die Krankenpflegerin oben? Ich muß mit ihr sprechen, bevor sie ins Krankenzimmer geht.«

Wir fanden Mrs. Rubelle noch immer am Fenster. Ich stellte sie dem Arzt vor, doch weder sein mißtrauischer Blick noch seine bohrenden Fragen schienen sie nervös zu machen. Sie antwortete ihm ruhig in ihrem gebrochenen Englisch, und obgleich er sich bemühte, sie zu verwirren, kannte sie bis ins einzelne alle ihre Pflichten. Das war – wie ich schon festgestellt hatte – zweifellos die Folge ihrer ungewöhnlichen Charakterstärke und sicher nicht die einer schamlosen Unverfrorenheit.

Dann begaben wir uns ins Krankenzimmer.

Mrs. Rubelle betrachtete die Patientin aufmerksam, machte vor Lady Glyde einen Knicks, rückte im Zimmer ein paar Gegenstände zurecht und setzte sich dann still in eine Ecke, um dort zu warten, bis man sie rufe. Lady Glyde schien durch das Auftauchen der neuen Krankenpflegerin beunruhigt. Alle schwiegen – aus Angst, Miss Halcombe aus dem Schlummer zu reißen –, nur der Arzt erkundigte sich bei mir ganz leise, wie die Nacht gewesen sei. »Unverändert«, gab ich ebenso leise zurück. Daraufhin ging Dr. Dawson wieder hinaus, und Lady Glyde folgte ihm, vermutlich wollte sie über Mrs. Rubelle mit ihm sprechen. Was mich betraf, so war ich bereits zur Überzeugung gekommen, daß diese ruhige, ausländische Person hierbleiben sollte. Sie hatte sichtlich ihre fünf Sinne beisammen und verstand etwas von Krankenpflege. Ich selbst hätte es sicher kaum besser machen können.

Der Warnung des Arztes eingedenk, kontrollierte ich sie aber immer wieder bei ihrer Tätigkeit. Ab und zu tauchte ich unerwartet im Krankenzimmer auf, nie aber ertappte ich sie bei etwas Ungehörigem. Auch Lady Glyde, die sie genauso aufmerksam beobachtete, konnte nichts entdecken; nie bemerkte sie auch nur das geringste Anzeichen dafür, daß sie sich an den Medizinfläschchen zu schaffen gemacht hätte. Auch sah ich weder Mrs. Rubelle ein Wort an den Conte richten noch den Conte ein Wort an Mrs. Rubelle. Sie pflegte Miss Halcombe mit Sorgfalt und Umsicht. Die Ärmste befand sich teils in einem Zustand der Erschöpfung zwischen Schlaf und Ohnmacht, teils in einem Zustand vollkommener geistiger Verwirrung, wenn das Fieber über sie kam. In ersterem Falle ließ Mrs. Rubelle sie völlig ungestört, in letzterem erschreckte sie sie nicht durch plötzliches Auftauchen am Krankenlager; man mußte ihre Verdienste anerkennen. Was ihre eigene Person betraf, war sie überhaupt nicht mitteilsam, auch handelte sie vielleicht allzu unabhängig vom Rat erfahrener Personen, die von Krankenpflege etwas verstanden – doch abgesehen von diesen Nachteilen war sie eine echte Hilfe und gab weder dem Arzt noch Lady Glyde auch nur den geringsten Grund zur Klage.

Sonst ereignete sich nichts Nennenswertes. Zu vermerken wäre nur, daß der Conte kurz nach London fuhr, weil er dort Geschäfte zu erledigen hatte – das war, glaube ich, vier Tage nach der Ankunft von Mrs. Rubelle. Als er sich von Lady Glyde verabschiedete, erklärte er ihr mit ernster Miene:

»Wenn Sie durchaus wollen, können Sie weiterhin Dr. Dawson vertrauen. Doch sollte sich nicht innerhalb kürzester Zeit eine Besserung einstellen, müssen Sie einen Londoner Arzt holen lassen, gegen den dieser Dickkopf nichts einwenden kann. Besser, Sie kränken Dr. Dawson in seiner Ehre und retten dadurch Ihre Schwester! Ehrenwort, ich meine es ernst – ich beschwöre Sie!«

Seine Lordschaft sprach diese Worte voll von Sorge und tiefem Mitgefühl. Doch die Nerven der armen Lady Glyde waren so zerrüttet, daß sie anscheinend Angst vor ihm bekam, denn sie zitterte von Kopf bis Fuß. Wortlos ließ sie ihn gehen. Als er fort war, wandte sie sich zu mir und sagte: »Ach, Mrs. Michelson, mir bricht das Herz vor Kummer über meine Schwester! Und ich habe keinen Freund, der mich beraten könnte! Meinen *Sie*, daß Dr. Dawson sich irrt? Er hat mir doch erst heute früh gesagt, es bestehe keine Gefahr mehr, man brauche keinen zweiten Arzt kommen zu lassen.«

Ich antwortete: »Bei allem Respekt für Dr. Dawson – an Ihrer Stelle, Mylady, würde ich mich an den Rat des Conte halten!«

Plötzliche Verzweiflung schien sie zu packen, die ich mir nicht erklären konnte.

»*Seinen* Rat?« sagte sie leise vor sich hin. »Gott bewahre uns vor *seinem* Rat!«

Seine Lordschaft war, soviel ich mich erinnere, fast eine Woche abwesend.

Sir Percival schien seinen edlen Freund in vielerlei Hinsicht zu vermissen, auch die Sorgen und die Krankheit hier im Hause bedrückten ihn. Mir kam er ganz verändert vor. Es fiel mir auf, wie ruhelos er war; er kam und ging und wanderte einmal dahin, einmal dorthin. Aufmerksam erkundigte er sich des öfteren nach Miss Halcombe und nach seiner Gemahlin, deren geschwächte Gesundheit ihn sichtlich bekümmerte. Ich glaube, es ging ihm alles sehr zu Herzen. Der Beistand eines geistlichen Freundes – mein seliger Mann wäre vielleicht gerade der richtige gewesen – hätte ihn sicher aufgerichtet. Ich täusche mich selten in derlei Fällen, machte ich doch in den glücklichen Tagen meiner Ehe genügend diesbezügliche Erfahrungen.

Die Contessa, nunmehr für Sir Percival die einzige Gesellschaft, vernachlässigte ihn, wie ich fand. Oder vielleicht vernachlässigte er sie? Ein Außenstehender hätte annehmen können, daß sie jetzt, da sie allein waren, einander sichtlich aus dem Wege gingen. Das stimmte natürlich nicht, dennoch sah es so aus. Die Contessa nahm ihre Hauptmahlzeit stets schon zu Mittag ein und kam gegen Abend immer herauf, obschon Mrs. Rubelle ihr die Krankenpflege abgenommen hatte. Sir Percival saß allein beim Dinner, und William (der ohne Livree servierte) bemerkte einmal, sein Herr esse jetzt nur noch halb so viel, trinke jedoch doppelt soviel wie früher. Ich messe derlei frechen Bemerkungen von Domestiken keine Bedeutung bei, verwies sie ihm mit aller Schärfe, und betone, daß ich derlei stets verurteilt habe.

In diesen Tagen gewannen wir alle den Eindruck, daß sich Miss Halcombes Zustand bessere. Dr. Dawson gewann wieder unser Vertrauen, er selbst schien ebenfalls zuversichtlich. Als Lady Glyde mit ihm darauf zu sprechen kam, versicherte er ihr, daß er beim geringsten Alarmzeichen sofort einen zweiten Arzt herbeirufen würde.

Die einzige, die seine Worte nicht beruhigt hatten, war die Contessa. Sie gestand mir, daß sie von seinem medizinischen Können nicht überzeugt sei und daher die Rückkehr ihres Mannes schon sehr herbeisehne, um dessen Meinung zu hören. Sie erwarte ihn in etwa drei Tagen. Conte und Contessa korrespondierten nämlich regelmäßig, täglich schrieben sie einander. In dieser Beziehung – wie auch sonst in jeder Hinsicht – waren sie ein Vorbild für alle Eheleute.

Am Abend des dritten Tages bemerkte ich an Miss Halcombe eine Veränderung, die mich ernstlich besorgt machte. Auch Mrs. Rubelle befürchtete einen Rückfall. Lady Glyde, die gerade – völlig erschöpft – auf dem Sofa im Wohnzimmer eingeschlafen war, sagten wir nichts davon.

Dr. Dawson kam an diesem Abend erst etwas später zur Visite. Kaum hatte er die Patientin erblickt, veränderte sich sein Gesicht. Vergeblich versuchte er seine Besorgnis zu verbergen. Er schickte einen Boten in sein Haus, der ihm unverzüglich seinen Arzneikoffer bringen mußte. Inzwischen ließ er im Krankenzimmer alles für eine Desinfektion vorbereiten. Er bat mich, daß man ihm im Hause ein Bett zur Verfügung stelle.

»Ist die Krankheit ansteckend?« fragte ich ihn leise. »Ich befürchte es. Morgen früh wissen wir mehr«, sagte er.

Laut Dr. Dawsons Anordnung durfte Lady Glyde von Miss Halcombes Rückfall nichts erfahren. Er selbst verbot ihr (aus Rücksicht auf ihre geschwächte Gesundheit, wie er sagte), das Krankenzimmer zu betreten. Sie versuchte ihm zu widersprechen – es gab eine betrübliche Szene –, aber kraft seiner Autorität als Arzt setzte er sich durch.

Am nächsten Vormittag schickte man mit dem Elf-Uhr-Zug einen Boten nach London, mit einem Schreiben an einen Arzt und dem Auftrag, diesen Mann noch am selben Tag nach Blackwater Park zu bringen. Der Bote war erst eine halbe Stunde fort, als der Conte zurückkehrte.

Die Contessa führte ihn – auf eigene Verantwortung – sofort zur Patientin. Ich konnte nichts Ungehöriges darin sehen – schließlich war seine Lordschaft verheiratet und alt genug, Miss Halcombes Vater zu sein; und außerdem besuchte er sie in Gegenwart einer weiblichen Verwandten, Lady Glydes Tante. Trotzdem protestierte Dr. Dawson gegen die Anwesenheit seiner Lordschaft, aber man konnte sehen, daß er selbst zu nervös war, um diesmal ernstlich Widerstand zu leisten.

Die arme Kranke erkannte niemanden mehr. Anscheinend hielt sie ihre Freunde für ihre Feinde, denn als der Conte zu ihr ans Bett trat, richteten sich ihre Augen, die bis dahin ruhelos umhergewandert waren, starr vor Entsetzen auf ihn – ich werde ihren Blick mein Lebtag nicht vergessen. Der Conte setzte sich neben ihr nieder, fühlte ihren Puls und ihre Schläfen, sah sie prüfend an, wandte sich dann um und blickte den Arzt mit einem solchen Ausdruck der Entrüstung und Verachtung an, daß diesem das Wort auf den Lippen erstarb und er blaß und sprachlos vor Zorn und Empörung dastand.

»Wann ist diese Veränderung eingetreten?« fragte mich seine Lordschaft.

»Gestern abend.«

»Ist Lady Glyde inzwischen bei der Kranken gewesen?«

Ich verneinte. Dr. Dawson habe es ihr strikt verboten.

»Sind Sie und Mrs. Rubelle sich des vollen Ausmaßes dieser Katastrophe bewußt?« fragte er.

Wir wüßten, daß die Krankheit ansteckend sei, antwortete ich. Doch ehe ich noch etwas hinzufügen konnte, fiel er mir ins Wort.

»Es ist Typhus«, sagte er.

Inzwischen hatte sich Dr. Dawson wieder gefaßt und zeigte sich standhaft – wie immer. »Typhus ist es *nicht*«, erwiderte er scharf. »Ich protestiere gegen diese Einmischung, Sir. Niemand hat hier das Recht, Fragen zu stellen. Ich habe als Arzt meine Pflicht –«

Der Conte unterbrach ihn, nicht mit Worten, sondern indem er lediglich auf die Kranke zeigte. Dr. Dawson fühlte den stummen Widerspruch, war in seiner Ehre verletzt und wurde noch wütender.

»Ich sage Ihnen nochmals: Ich habe meine Pflicht getan. Ein Arzt aus London ist bereits unterwegs, nur mit ihm werde ich mich beraten – sonst mit niemandem. Ich bestehe darauf, daß Sie das Zimmer verlassen!«

»Ich bin aus reiner Menschlichkeit gekommen«, sagte der Conte. »Und sollte sich die Ankunft des Arztes verzögern, werde ich dieses Zimmer wieder betreten – aus reiner Menschlichkeit. Ich warne Sie nochmals: Es ist Typhus, und nur Ihrer Behandlung ist es zuzuschreiben, daß es so weit kommen konnte. Wenn diese Unglückliche stirbt, werde ich vor Gericht bezeugen, daß Ihr Starrsinn und Ihre Unwissenheit an ihrem Tod schuld sind.«

Ehe Dr. Dawson noch antworten und seine Lordschaft sich erheben konnte, öffnete sich die Türe des Wohnzimmers, und Lady Glyde stand auf der Schwelle.

»Ich *will* und *muß* zu Marian!« sagte sie mit ungewohnter Entschlossenheit.

Anstatt sie aufzuhalten, stand der Conte auf, ging hinaus und gab ihr somit den Weg frei. Sonst war er immer der letzte, der etwas vergaß, aber in der ersten Überraschung dachte er offenbar nicht an die Ansteckungsgefahr, denn eigentlich hätte er Lady Glyde zwingen müssen, auf sich achtzugeben.

Zu meiner Verwunderung bewies Dr. Dawson mehr Geistesgegenwart. Er hielt Lady Glyde zurück. »Es tut mir aufrichtig leid«, sagte er. »Ja, Lady Glyde, ich bedaure es sehr, aber die Krankheit könnte ansteckend sein. Solange ich mich nicht vom Gegenteil überzeugt habe, dürfen Sie dieses Zimmer nicht betreten.«

Einen Augenblick lang schien sie sich gegen ihn auflehnen zu wollen. Da ließ sie plötzlich die Arme sinken und fiel nach vorn, dem Doktor in die Arme. Die Contessa und ich nahmen ihm die Bewußtlose ab und trugen sie in ihr Schlafzimmer. Der Conte wartete solange auf dem Korridor, bis ich hinausging und ihm melden konnte, daß sie wieder zu sich gekommen sei.

Dann ging ich zu Dr. Dawson und teilte ihm mit, daß Lady

Glyde ihn sprechen möchte. Er kam ihrem Wunsch sofort nach, und es gelang ihm, sie zu beruhigen, zumal er ihr versicherte, daß der Londoner Arzt in wenigen Stunden eintreffen würde.

Diese Stunden vergingen sehr langsam. Sir Percival und der Conte saßen inzwischen in der Bibliothek und ließen sich von Zeit zu Zeit über das Befinden der Damen unterrichten. Endlich – es war schon zwischen fünf und sechs – traf zu unserer großen Erleichterung der Arzt ein.

Er war ein jüngerer Mann als Dr. Dawson, seine Miene war ernst, sein Auftreten energisch. Was er von der bisherigen Behandlung hielt, vermag ich nicht zu sagen, aber es kam mir merkwürdig vor, daß er weit mehr Fragen an mich und an Mrs. Rubelle richtete als an den Arzt. Und während er Dr. Dawsons Patientin untersuchte, hörte er kaum hin, wenn Dr. Dawson ihm etwas sagte. In mir stieg der Verdacht auf, daß der Conte, was die Krankheit anging, die ganze Zeit recht gehabt haben könnte, und dieser Verdacht wurde zur Gewißheit, als Dr. Dawson nach einigem Zögern jene wichtige Frage stellte, welche zu lösen der Arzt aus London gekommen war.

»Was halten Sie von diesem Fieber?« erkundigte er sich.

»Es ist Typhus, ohne Zweifel.«

Die stille Mrs. Rubelle kreuzte ihre dünnen braunen Arme vor der Brust und sah mich mit einem vielsagenden Lächeln an. Der Conte selbst hätte kaum zufriedener aussehen können, wäre er dabei gewesen, als man seine Meinung bestätigte.

Der Arzt gab uns seine Anweisungen und erklärte dann, er würde in fünf Tagen wiederkommen. Danach zog er sich mit Dr. Dawson zurück und konferierte mit ihm allein. Ob Miss Halcombe genesen würde oder nicht, dazu wollte er sich uns gegenüber nicht äußern. Im gegenwärtigen Stadium der Krankheit sei eine solche Vorhersage unmöglich, meinte er.

Die fünf Tage vergingen in Angst und Sorge.

Da Miss Halcombes Zustand sich laufend verschlechterte und die Krankenpflege das Äußerste an Mühe und Aufmerksamkeit erforderte, halfen die Contessa und ich abwechselnd aus. Es war eine sehr, sehr schwere Zeit. Lady Glyde, wegen der ernsten Krankheit ihrer Schwester in ständiger Spannung, erholte sich erstaunlich rasch und bewies eine Festigkeit und Entschlossenheit, die ich ihr nie zugetraut hätte. Sie bestand darauf, täglich zwei- bis dreimal ins Krankenzimmer zu kommen, denn sie wollte ihre Schwester unbedingt sehen. Dem Arzt versprach sie, nicht zu nahe ans Bett zu gehen, wenn er ihr diese Besuche erlaube. Dr. Dawson gab nur ungern nach, sah aber ein, daß es nutzlos wäre, ihr zu widersprechen. Sie hielt sich mit großer Selbstverleugnung an das gegebene Wort. Es schmerzte mich, dies ansehen zu müssen – erinnerte es mich doch an meinen eigenen Kummer während der letzten Krankheit meines Mannes. Jedenfalls litt sie unsäglich – ich möchte daher bei diesem Thema nicht länger verweilen. Es ist mir angenehmer, wenn ich hier vermerken kann, daß es zwischen Dr. Dawson und dem Conte in diesen fünf Tagen zu keinen weiteren Auseinandersetzungen kam. Seine Lordschaft erkundigte sich nur über eine dritte Person nach dem Befinden der Patientin, blieb ansonsten aber immer unten, und zwar in Sir Percivals Gesellschaft.

Am fünften Tag kam der Londoner Arzt und gab uns diesmal ein wenig Hoffnung. Zehn Tage nach Ausbruch der Krankheit werde die Entscheidung fallen, erklärte er und versprach uns zu diesem Termin seine dritte Visite. Auch diese Zeit verging in Angst und Sorge – außer daß eines Morgens der Conte nach London fuhr, aber noch am selben Tag zurückkehrte.

Nach Ablauf der Frist erlöste uns die barmherzige Vorsehung aus unserer Not. Bei seinem dritten Besuch versicherte uns der Londoner Arzt, Miss Halcombe sei nun außer Gefahr. »Sie braucht jetzt keinen Arzt mehr – sie braucht in der nächsten Zeit nur Pflege und sorgfältige Betreuung. Und beides hat sie, wie ich sehe.« Das waren seine Worte. Am selben Abend las ich die ergreifende Predigt meines seligen Mannes über Genesung nach überstandener Krankheit – mit mehr Befriedigung und Nutzen (in geistigem Sinne) denn je zuvor.

Die gute Nachricht hatte bei der armen Lady Glyde leider eine Art Zusammenbruch zur Folge. Nach den überstandenen Ängsten war sie geschwächt; sie verfiel in einen Zustand der Erschöpfung und Depression und mußte das Bett hüten. Ruhe und später vielleicht eine Luftveränderung, war alles, was

Dr. Dawson ihr empfehlen konnte. Ein Glück, daß es nicht schlimm um sie stand, denn tags darauf hatten der Conte und der Arzt wieder eine Auseinandersetzung, diesmal jedoch so ernster Natur, daß sie nicht ohne Folgen blieb. Wie ich hörte, drehte es sich bei dem Streite darum, was Miss Halcombe essen sollte, um wieder zu Kräften zu gelangen. Da seine Patientin jetzt außer Gefahr war, schien Dr. Dawson weniger denn je geneigt, das Dreinreden des Conte hinzunehmen. Dieser verlor aber plötzlich die Selbstbeherrschung, die er bei früheren Anlässen klugerweise immer bewahrt hatte, und überschüttete den Arzt mit Spott und Hohn, warf ihm zum wiederholten Male vor, daß er die Krankheit nicht erkannt habe, und der unselige Streit endete damit, daß Dr. Dawson sich an Sir Percival wandte und ihm drohte (nun konnte er ohne Gefahr für Miss Halcombe gehen), die Behandlung in Blackwater Park niederzulegen, falls sich der Conte weiterhin in fremde Angelegenheiten mische. Sir Percivals Antwort war zwar nicht gerade grob, doch immerhin so unhöflich, daß sie die Situation noch verschlimmerte. Daraufhin verließ Dr. Dawson im Zustand äußerster Empörung das Haus und schickte am nächsten Tag die Rechnung.

Unsere Patientin war also ohne jede ärztliche Betreuung. Zwar brauchte Miss Halcombe keinen Arzt mehr, sondern nur eine gute Pflege, denn sie hatte ja die Krise überstanden; aber hätte man mich gefragt, wäre ich doch dafür gewesen, einen anderen Arzt zu Rate zu ziehen, schon um der Form Genüge zu tun.

Sir Percival sah die Sache in einem anderen Licht. Sollte Miss Halcombe einen Rückfall erleiden, wäre noch immer Zeit genug, sich an einen Arzt zu wenden; schließlich sei der Conte da, den wir jederzeit um Rat fragen könnten, und zudem halte er es für schädlich, die ohnedies nervöse und stark geschwächte Patientin durch die Anwesenheit eines Fremden unnötigerweise aufzuregen. Diese Überlegungen klangen zweifellos vernünftig, trotzdem hatte ich ein ungutes Gefühl, zumal ich es nicht für richtig hielt, Dr. Dawsons Fernbleiben vor Lady Glyde zu verheimlichen. Zugegeben, man täuschte sie, um sie zu schonen, denn in ihrem Zustand konnte sie keine neuen Aufregungen ertragen. Aber immerhin täuschte man sie, und das ist für einen Menschen mit meinen Grundsätzen bestenfalls ein fragwürdiges Vorgehen.

Und noch etwas geschah an diesem Tag; es kam völlig überraschend und trug viel dazu bei, meine innere Unruhe zu verstärken. Sir Percival ließ mich in die Bibliothek kommen. Der Conte, der neben ihm gesessen hatte, erhob sich bei meinem Eintritt und ließ uns allein. Sir Percival forderte mich höflich auf, Platz zu nehmen, und erklärte hierauf folgendes: »Mrs. Michelson, ich habe Ihnen etwas mitzuteilen, was ich schon vor einiger Zeit beschlossen habe und was ich Ihnen längst mitgeteilt hätte, wären da durch Miss Halcombes Erkrankung nicht so viele andere Sorgen aufgetaucht. Um es kurz zu machen: Aus bestimmten Gründen muß ich diesen Haushalt auflösen, und zwar sofort. An Ihrer Stellung ändert sich dabei nichts, Sie bleiben als Aufsicht hier. Sobald Lady Glyde und Miss Halcombe reisefähig sind, werden sie abfahren – sie brauchen beide eine Luftveränderung. Der Conte und die Contessa werden uns schon vorher verlassen, denn sie übersiedeln in die Umgebung von London. Ich gedenke keine weiteren Gäste einzuladen, denn ich muß von nun an mit dem Geld sparsamer umgehen. Sie, Mrs. Michelson, tragen daran keine Schuld, doch die Ausgaben für Blackwater Park sind viel zu hoch. Kurzum, ich werde die Pferde verkaufen und die ganze Dienerschaft entlassen. Wie Sie wissen, bin ich keiner, der halbe Maßnahmen trifft. Daher wünsche ich, daß morgen um diese Zeit alles unnütze Volk aus diesem Hause verschwunden ist.«

Entgeistert starrte ich ihn an.

»Wollen Sie damit sagen, Sir Percival, daß ich alle Dienstboten, die unter meiner Aufsicht stehen, entlassen soll, ohne die monatliche Kündigungsfrist einzuhalten?« fragte ich ihn.

»Genau das meine ich. Vermutlich verlassen wir alle noch vor Ablauf eines Monats dieses Haus. Ich denke nicht daran, untätige Domestiken hier unbeaufsichtigt zurückzulassen!«

»Und wer wird für Sie in den nächsten Tagen kochen?«

»Margaret Porcher. Sie kann kochen und backen – und deshalb bleibt sie. Wozu brauche ich eine Köchin, wenn ich keine Einladungen geben will?«

»Margaret Porcher ist das dümmste Dienstmädchen in diesem Hause –«

»Sie bleibt hier! Und lassen Sie jeden Tag eine Frau aus dem Dorfe kommen, die das Haus sauberhält. Ich muß mich einschränken, und zwar sofort. Ich habe Sie nicht kommen lassen, Mrs. Michelson, um mir Ihre Einwände anzuhören – ich habe Sie kommen lassen, damit Sie meine Sparmaßnahmen unverzüglich durchführen. Morgen also entlassen Sie dieses ganze faule Pack – die Porcher ausgenommen. Sie ist stark wie ein Pferd, und wie ein Pferd wird sie auch arbeiten.«

»Entschuldigen Sie, Sir Percival, wenn ich Sie daran erinnere, daß die Dienstboten – sofern die Kündigungsfrist von einem Monat nicht eingehalten wird – Anspruch auf einen Monatslohn haben.«

»Von mir aus! Dieser Monatslohn erspart mir, daß sie sich einen Monat lang auf meine Kosten den Bauch vollschlagen.«

Was er da sagte, war wirklich eine schändliche Verleumdung, hatte ich doch stets mit Umsicht den Haushalt geführt. Ich fand es unter meiner Würde, mich gegen derart plumpe Anschuldigungen zu verteidigen. Angesichts der hilflosen Lage von Miss Halcombe und Lady Glyde und der Unannehmlichkeiten, die meine plötzliche Abwesenheit für die beiden Damen zur Folge hätte, bewog mich einzig und allein christliche Nächstenliebe, nicht auf der Stelle zu kündigen. Ich erhob mich. Hätte ich das Gespräch weitergeführt, so hätte ich mir selbst etwas vergeben.

»Sir Percival, nach Ihrer letzten Äußerung habe ich nichts mehr zu sagen. Ihre Anordnungen werden durchgeführt.« Damit nickte ich mit dem Kopf und verließ das Zimmer.

Am nächsten Tag reiste die ganze Dienerschaft ab. Sir Percival entlohnte die Reit- und Stallknechte selbst und schickte sie mit allen Pferden, eines ausgenommen, nach London. Zurück blieben nur ich, Margaret Porcher und der Gärtner, der in einem eigenen Häuschen wohnte und von nun an das einzige Pferd im Stall betreuen sollte.

In diesem einsamen, verlassenen Herrenhaus, wo Lady Glyde krank in ihrem Zimmer lag, Miss Halcombe noch immer auf fremde Hilfe angewiesen blieb und der Arzt in Feindschaft von uns geschieden war, konnte es nicht ausbleiben, daß meine Stimmung sank und ich nur mit Mühe meine gewohnte Fassung wahrte. Mir war unbehaglich zumute. Den beiden armen

Damen wünschte ich eine baldige Genesung, mir selbst aber nur eines: Fort von Blackwater Park!

II

Von dem beklemmenden Gefühl, daß in diesem Hause etwas nicht stimmte (weshalb ich ja von hier fort wollte), befreite mich dann tatsächlich, wenn auch nur vorübergehend, eine kurze Reise. Immerhin war es ein merkwürdiges Zusammentreffen, daß mein Wunsch so schnell in Erfüllung ging. Fast hätte ich ein Omen darin erblickt, wäre ich nicht, gefestigt durch meine Prinzipien, gegen derlei heidnischen Aberglauben gefeit.

Mein Aufbruch fand unter folgenden Umständen statt: Ein oder zwei Tage nachdem sämtliche Dienstboten Blackwater Park verlassen hatten, ließ mich Sir Percival wieder zu sich rufen. Der unverdiente Vorwurf, den er mir wegen meiner Haushaltsführung gemacht hatte, hinderte mich nicht, Böses mit Gutem zu vergelten; ich kam also seinem Wunsche höflich und bereitwillig wie immer nach. Zugegeben, jeder Mensch hat seine Schwächen. So kostete es auch mich einen Kampf, meine Gefühle zu unterdrücken; doch da ich es seit jeher gewohnt bin, mich zu beherrschen, so brachte ich auch dieses Opfer leicht zustande.

Ich fand Sir Percival und Conte Fosco zusammen in der Bibliothek. Diesmal allerdings blieb seine Lordschaft im Zimmer, offenbar um Sir Percival gegebenenfalls beim Argumentieren zu unterstützen.

Gegenstand des Gesprächs war die vorgesehene Luftveränderung, von der wir uns so viel Gutes für Lady Glyde und Miss Halcombe erhofften. Sir Percival meinte, die beiden Damen würden den Herbst voraussichtlich in Cumberland verbringen (auf Einladung von Mr. Fairlie, Esquire). Doch ehe sie dorthin übersiedelten, hielte er es für ratsam, daß sie einige Zeit das milde Klima von Torquay zur Erholung nützten. Conte Fosco stimmte zu und ergriff von da an selbst das Wort. Er schlug vor, in diesem Seebad eine Wohnung zu mieten – mit entsprechendem Komfort, versteht sich. Zwar sei es schwierig, eine solche Unterkunft zu finden; die Sache sei aber dringend, und daher wende er sich (in Sir Percivals Auftrag) an mich. Er wollte wissen, ob ich bereit wäre, den beiden Damen zu helfen und in Torquay nach einer passenden Wohnung zu suchen.

Für eine Person in meiner Stellung war es natürlich unmöglich, einen so gut gemeinten Vorschlag abzulehnen.

Ich erlaubte mir nur, die beiden Herren darauf aufmerksam zu machen, daß meine Abwesenheit von Blackwater Park für alle gewisse Unannehmlichkeiten mit sich bringen würde, da es außer Margaret Porcher keine Dienstboten im Hause gäbe. Aber Sir Percival und seine Lordschaft erklärten, sie würden den beiden Rekonvaleszenten zuliebe auf ihre Bequemlichkeit verzichten. Als nächstes schlug ich vor, einem Wohnungsmakler in Torquay zu schreiben; worauf man mir zu bedenken gab, daß es unvorsichtig wäre, ein Quartier zu mieten, das man vorher nicht besichtigt habe. Außerdem teilte man mir mit, daß die Contessa, die sonst selbst nach Devonshire gefahren wäre, ihre Nichte jetzt nicht alleine lassen möchte. Auch Sir Percival und der Conte müßten derzeit in Blackwater Park bleiben, und zwar aus geschäftlichen Gründen. Kurzum, man machte mir klar, daß nur ich allein diese Aufgabe übernehmen könnte. Unter diesen Umständen blieb mir nichts anderes übrig, als Miss Halcombe und Lady Glyde meine Dienste zur Verfügung zu stellen.

Am nächsten Morgen sollte ich abreisen, ein oder zwei Tage lang in Torquay nach einer passenden Wohnung suchen und dann so schnell wie möglich mit meinem Bericht zurückkehren. Seine Lordschaft vermerkte auf einem Blatt, wie groß die Wohnung sein und was sie an Komfort bieten müsse, und Sir Percival schrieb mir auf, bis zu welchem Preis ich gehen dürfe.

Ich las meine Instruktionen, und mein erster Gedanke war, daß man in keinem englischen Seebad eine so komfortable Wohnung finden könnte, und selbst wenn man sie fände, dann bestimmt nicht zu diesem Preis. Natürlich machte ich die beiden Herren auf diese Schwierigkeiten aufmerksam, doch Sir Percival (der diesmal selbst die Antwort übernahm) schien das nicht einzusehen, und mit ihm darüber zu streiten, stand mir nicht zu. Ich schwieg, doch war ich fest davon überzeugt, mein Auftrag sei aus den eben erwähnten Gründen schon von vornherein zum Scheitern verurteilt.

Bevor ich abreiste, vergewisserte ich mich, daß sich Miss Halcombe tatsächlich weiterhin auf dem Wege der Besserung befand.

Ihr Gesicht aber trug einen gequälten Ausdruck, was mich befürchten ließ, daß sie jetzt, da sie allmählich wieder zu sich kam, erneut voll Sorgen war. Körperlich hatte sie sich schneller gekräftigt, als ich zu hoffen wagte. Sie schickte schon Briefchen zu Lady Glyde hinüber, in denen sie ihr mitteilte, es gehe ihr von Tag zu Tag besser, und ihre Schwester anflehte, sich nicht zuviel zuzumuten. Ich vertraute Miss Halcombe der Obhut der Krankenpflegerin an, die nach wie vor still und ruhig ihre Pflicht tat. Dann klopfte ich bei Lady Glyde an und erfuhr von der Contessa, die ihr gerade Gesellschaft leistete, meine Herrin sei leider noch immer niedergeschlagen und schwach. Danach verließ ich das Herrenhaus, in dessen Domestikenzimmer es außer Margaret Porcher keine Menschenseele mehr gab. Als man mich zur Bahnstation fuhr, überholte ich Sir Percival und den Conte, die Richtung Pförtnerhaus spazierten, und nickte ihnen zu.

Das gleiche Gefühl, das mich angesichts dieser seltsamen Umstände damals überkam, muß doch jeden überkommen! Mir schien das alles sehr ungewöhnlich, fast möchte ich sagen – verdächtig. Aber ich muß es nochmals sagen: Wie hätte ich mich in meiner abhängigen Stellung anders verhalten sollen?

Das Ergebnis meiner Reise nach Torquay war genau das von mir vorausgesehene. Im ganzen Ort konnte ich keine Wohnung finden, die Sir Percivals Erwartungen entsprach, und hätte ich eine gefunden, so niemals zu einem derart niedrigen Preis, wie ich ihn zu bieten hatte. Ich kehrte also nach Blackwater Park zurück und verständigte Sir Percival von der Vergeblichkeit meiner Reise. Doch seine Gedanken waren anscheinend anderswo, er ging auf meinen Bericht erst gar nicht ein, sondern teilte mir unverzüglich mit, es habe während meiner kurzen Abwesenheit eine weitere Veränderung im Hause gegeben. Der Conte und die Contessa hatten Blackwater Park verlassen und ihr neues Domizil in St. John's Wood bezogen.

Über den Grund für diese plötzliche Abreise erfuhr ich nichts – Sir Percival teilte mir lediglich mit, dem Conte sei sehr daran gelegen gewesen, daß man mir seine freundlichen Empfehlungen ausrichte. Ich wagte zu fragen, wen Lady Glyde anstelle der Contessa zu ihrer Betreuung habe. Dafür sei jetzt Margaret Porcher zuständig; überdies komme täglich eine Frau aus dem Dorf, die das Aufräumen der Zimmer besorge.

Seine Antwort versetzte mir einen Schock. Es war einfach unerhört, einer einfachen Magd (denn nichts anderes war Margaret Porcher) die Betreuung der beiden Damen zu überlassen. Ich ging hinauf und begegnete Margaret Porcher auf dem Korridor: Man habe ihre Dienste heute nicht benötigt (allzu verständlich!), ihre Herrin habe sich soweit erholt, daß sie allein aufstehen könne. Hierauf erkundigte ich mich nach Miss Halcombe, erhielt aber nur eine mürrische und unverständliche Antwort, aus der ich nicht klug wurde. Ich wiederholte meine Frage nicht, vielleicht hätte dieses Mädchen mir irgend etwas Freches geantwortet. Für eine Person in meiner Stellung schien es mir in jeder Hinsicht angemessener, mich unverzüglich bei Lady Glyde zu melden.

Meine Herrin hatte sich in den letzten Tagen sichtlich erholt. Sie wirkte zwar leider noch immer nervös und geschwächt, konnte jedoch ohne Hilfe aufstehen und langsam im Zimmer auf- und abgehen. Was Miss Halcombe betraf, war sie etwas in Sorge, denn sie hatte heute noch keine Nachricht von ihr. Ich hielt dies für einen bedauerlichen Mangel an Aufmerksamkeit seitens der Krankenpflegerin, sagte jedoch nichts. So half ich denn Lady Glyde beim Ankleiden, und als sie fertig war, verließen wir zusammen das Zimmer, um Miss Halcombe aufzusuchen.

Auf dem Korridor trafen wir Sir Percival, der allem Anschein nach dort auf uns gewartet hatte.

»Wohin gehst du?« fragte er Lady Glyde.

»Zu Marian.«

»Vielleicht kann ich dir eine Enttäuschung ersparen, wenn ich dir gleich sage, daß du sie nicht antreffen wirst.«

»Was willst du damit sagen?«

»Sie ist gestern abgereist – mit Fosco und seiner Frau.«

Lady Glyde war zu geschwächt, um diesen Schlag ungerührt

hinzunehmen. Schreckensbleich lehnte sie sich an die Wand und starrte Sir Percival wortlos ins Gesicht.

Ich selbst war so überrascht, daß ich nicht wußte, wie ich diese Mitteilung aufnehmen sollte. Zögernd fragte ich ihn, ob er damit meine, daß Miss Halcombe nicht mehr nach Blackwater Park zurückkehren werde.

»Jawohl, so ist es«, antwortete er.

»In ihrem geschwächten Zustand, Sir Percival! Und ohne Lady Glyde etwas davon zu sagen!«

Ehe er antwortete, hatte sich Lady Glyde etwas gefaßt.

»Das ist doch unmöglich!« rief sie erschrocken und tat dabei einen Schritt auf ihn zu. »Wo war der Arzt? Wo war Dr. Dawson, als Marian abreiste?«

»Wir haben Dr. Dawson nicht gebraucht – er wäre auch gar nicht gekommen«, sagte Sir Percival. »Er ist schon seit langem weggeblieben, was beweist, daß sie kräftig genug für die Reise war. Warum starrst du mich so an? Wenn du mir nicht glaubst, daß sie fort ist, kannst du ja selbst in ihrem Zimmer nachsehen – von mir aus auch in allen anderen Räumen!«

Sie nahm ihn beim Wort, und ich ging mit ihr. In Miss Halcombes Zimmer fanden wir nur Margaret Porcher, die dort aufräumte. Die anderen Gästezimmer und auch die Ankleidezimmer – alle waren leer, als wir hineinschauten. Sir Percival wartete inzwischen im Korridor auf uns. Während wir zu ihm zurückgingen, flüsterte Lady Glyde: »Mrs. Michelson, gehen Sie nicht fort! Um Himmels willen, verlassen Sie mich nicht!« Bevor ich etwas erwidern konnte war sie wieder auf dem Korridor und sprach zu ihrem Gemahl.

»Percival, was bedeutet das? Ich will es wissen – bitte sag mir, was das bedeutet!«

»Es bedeutet, daß sich deine Schwester gestern früh kräftig genug fühlte, um aufzustehen und sich anzukleiden. Und sie bestand darauf, mit den beiden anderen nach London zu fahren.«

»Nach London?«

»Ja – und von dort weiter nach Limmeridge.«

Lady Glyde sah mich an.

»Mrs. Michelson«, sagte sie, »Sie haben meine Schwester als letzte gesehen. Sagen Sie mir offen: Hatten Sie den Eindruck, daß sie reisefähig war?«

»*Meiner* Meinung nach nicht, Mylady.«

Jetzt sah mich auch Sir Percival an: »Mrs. Michelson, ehe Sie nach Torquay fuhren, sagten Sie da nicht zu Mrs. Rubelle, Miss Halcombe sehe viel besser und viel kräftiger aus? Ja oder nein?«

»Gewiß, Sir Percival, das sagte ich.«

Daraufhin wandte er sich wieder zu Lady Glyde:

»Dann wäge Mrs. Michelsons wechselnde Meinungen gegeneinander ab und versuche, eine vollkommen klare Sache vernünftig zu beurteilen! Wäre sie nicht reisefähig gewesen – glaubst du, wir hätten eine solche Fahrt riskiert? Sie hatte drei verläßliche Leute um sich, die ihr behilflich waren: Fosco, deine Tante und Mrs. Rubelle, die eigens zu diesem Zwecke mitgefahren ist. Man hat ein ganzes Coupé für sie belegt und auf der einen Bank ein Bett für sie zurechtgemacht – für den Fall, daß sie müde wird. Heute reisen Fosco und Mrs. Rubelle mit ihr nach Cumberland weiter –«

»Warum fährt Marian nach Limmeridge und läßt mich hier allein zurück?« fragte Lady Glyde, Sir Percival unterbrechend.

»Weil dein Onkel dich nicht aufnehmen möchte, ehe er nicht mit deiner Schwester gesprochen hat«, erklärte er. »Hast du den Brief vergessen, den er ihr zu Beginn ihrer Krankheit schrieb? Man hat ihn dir doch gezeigt, du hast ihn selbst gelesen – erinnerst du dich nicht?«

»Ich erinnere mich.«

»Warum also überrascht es dich, daß sie abreist? Du willst doch selbst zurück nach Limmeridge, und sie ist nur vorausgefahren, um Mr. Fairlies Bedingungen für deinen Aufenthalt zu hören.«

Die Augen der armen Lady Glyde füllten sich mit Tränen.

»Marian ist noch nie von mir weggefahren, ohne mir Lebewohl zu sagen.«

»Sicher hätte sie sich auch diesmal von dir verabschiedet, aber sie befürchtete, du würdest sie nicht fort lassen; sie wußte, du würdest ihr durch Tränen Kummer machen ... Hast du sonst noch etwas zu fragen? Wenn ja, dann komm hinunter ins Eßzimmer und frag mich dort! Die ewigen Aufregungen gehen mir auf die Nerven. Ich brauche ein Glas Wein!«

Damit ließ er uns stehen.

Während dieser merkwürdigen Auseinandersetzung war mir

aufgefallen, daß er ganz anders war als sonst. Zuweilen schien er mir fast so nervös und verängstigt wie Lady Glyde. Nie hätte ich vermutet, daß auch seine Nerven so angegriffen seien und daß auch er so leicht die Fassung verlieren könnte.

Ich versuchte Lady Glyde zu überreden, sich in ihr Zimmer zurückzuziehen – aber vergebens! Wie von einem lähmenden Schrecken befallen, stand sie erstarrt da.

»Meiner Schwester ist etwas zugestoßen«, sagte sie dann.

»Bedenken Sie, Mylady, welch erstaunliche Energie Miss Halcombe besitzt!« sagte ich, um sie zu trösten. »Man kann ihr ruhig Dinge zumuten, denen andere Damen in ihrer Lage nicht gewachsen wären. Ich hoffe und glaube zuversichtlich, daß ihr nichts zugestoßen ist.«

»Ich muß zu ihr!« flüsterte Lady Glyde mit unvermindert schreckensstarrem Blick. »Ich muß ihr nach, ich muß mit eigenen Augen sehen, ob sie gesund ist, ob sie lebt ... Kommen Sie, Mrs. Michelson, kommen Sie mit zu Sir Percival!«

Ich zögerte, denn ich wollte nicht aufdringlich wirken, und versuchte auch, ihr das begreiflich zu machen, aber sie hatte überhaupt kein Ohr für mich. Sie umklammerte meinen Arm und zwang mich, mit ihr hinunterzugehen; und sie hielt mich mit ihrer ganzen Kraft fest, als ich die Türe des Eßzimmers für sie öffnete.

Sir Percival saß am Tisch, vor sich eine Karaffe mit Wein. Eben hob er ein Glas an die Lippen und leerte es in einem Zug. Als er es wieder auf den Tisch stellte, bemerkte ich, daß er mir einen wütenden Blick zuwarf, daher versuchte ich, mich für meine Anwesenheit zu entschuldigen.

»Glauben Sie denn, daß hier geheime Dinge vor sich gehen? Nein, nein, da gibt's keine Geheimnisse, da wird nichts verborgen – weder vor Ihnen noch vor anderen!« Er sagte diese seltsamen Sätze mit lauter und strenger Stimme, schenkte sich noch ein Glas Wein ein und fragte dann Lady Glyde, was sie denn von ihm wolle.

»Wenn meine Schwester reisen kann, kann ich es auch«, erklärte Lady Glyde mit einer Festigkeit, die ich bei ihr nicht kannte. »Du mußt verstehen, daß ich mich um Marian ängstige und dich daher bitte, daß ich ihr noch heute mit dem Nachmittagszug nachreisen kann.«

»Du mußt bis morgen warten«, erwiderte Sir Percival. »Wenn bis dahin keine Absage aus Limmeridge kommt, so kannst du fahren. Ich glaube ja nicht, daß dies der Fall sein wird – jedenfalls schreibe ich heute noch an Fosco.«

Während er sprach, hielt er sein Glas gegen das Licht und sah den Wein an anstatt Lady Glyde. Ja, er sah sie während des ganzen Gespräches nicht ein einziges Mal an! Ich muß gestehen, dieser Mangel an guten Manieren bei einem Mann von Stand berührte mich sehr schmerzlich.

»Warum willst du an Fosco schreiben?« fragte sie erstaunt.

»Ich will ihm mitteilen, daß du am frühen Nachmittag in London ankommst. Er wird dich am Bahnhof erwarten und dich nach St. John's Wood bringen; dort kannst du übernachten.«

Ich spürte, wie ihre Hand, mit der sie meinen Arm umklammerte, heftig zu zittern begann – warum, konnte ich mir nicht erklären.

»Es ist nicht nötig, daß Conte Fosco mich abholt«, sagte sie. »Ich will in London nicht übernachten.«

»Das muß du. Du kannst die Reise nach Cumberland nicht in einem Tag machen – und ich wünsche nicht, daß du allein in ein Hotel gehst. Fosco hat deinem Onkel angeboten, daß du bei deiner Tante in London übernachtest, und dein Onkel ist damit einverstanden. Hier! Das ist ein Brief von ihm, an dich adressiert! Ich hätte ihn dir heute früh hinaufschicken sollen, habe es jedoch vergessen. Lies, was dein Onkel dir schreibt!«

Lady Glyde warf einen Blick auf den Brief und reichte ihn an mich weiter. »Mrs. Michelson, bitte lesen Sie für mich!« sagte sie matt. »Ich weiß nicht, was mit mir ist – ich bin nicht dazu imstande.«

Es war eine Mitteilung von vier Zeilen – so kurz und bündig, daß ich ganz betroffen war. Wenn ich mich richtig erinnere, lautete sie wie folgt:

»Liebste Laura! Bitte komm, wann immer Du willst. Unterbrich die Reise in London und übernachte bei Deiner Tante. Bin betrübt, von Marians Krankheit zu hören. Dein Dich liebender Onkel Frederick Fairlie.«

»Ich will nicht in London übernachten – ich will nicht dorthin!« stieß Lady Glyde hervor, ehe ich noch mit dem Vorlesen zu Ende war. »Schreib nicht an Conte Fosco! Bitte, bitte, schreib ihm nicht!«

Sir Percival füllte nochmals sein Glas mit Wein, doch so ungeschickt, daß er es umstieß. »Mir scheint, meine Augen lassen nach«, brummte er mit belegter Stimme. Langsam stellte er das Glas wieder auf, füllte es abermals mit Wein und leerte es wieder in einem Zug. Seine Bewegungen verrieten mir, daß der Wein ihm allmählich zu Kopfe stieg.

»Ich bitte dich, schreib ihm nicht!« wiederholte Lady Glyde noch ernster als zuvor.

»Warum soll ich ihm nicht schreiben?« schrie er plötzlich so zornig, daß wir beide zusammenzuckten.

»Wo sonst willst du in London übernachten? Dein Onkel hat es so vorgesehen. Frag Mrs. Michelson!«

Die vorgeschlagene Regelung war zweifellos richtig und passend – ich konnte wirklich nichts dagegen einwenden. So sehr ich Lady Glyde in anderen Dingen beipflichtete, ihr unbegründetes Vorurteil gegen Conte Fosco konnte ich nicht verstehen. Ich bin in meinem ganzen Leben keiner Dame von Rang und Stand begegnet, die, was Ausländer betrifft, so schrecklich engstirnig war wie sie. Weder der Wunsch ihres Onkels noch Sir Percivals wachsende Ungeduld schienen sie zu beeindrukken. Immer wieder protestierte sie gegen den Aufenthalt in London, immer wieder flehte sie Sir Percival an, dem Conte nicht zu schreiben.

»Schluß damit!« sagte Sir Percival und drehte uns den Rükken. »Wenn du nicht begreifen kannst, was für dich am besten ist, müssen andere für dich handeln. So ist die Sache geplant, und dabei bleibt es! Man verlangt ja von dir nur, das gleiche zu tun wie deine Schwester –«

»Marian? Marian hat in Conte Foscos Haus übernachtet?« fragte sie verstört.

»Jawohl. Sie hat dort übernachtet, um die lange Reise zu unterbrechen. Und du sollst ihrem Beispiel folgen und dich nach den Weisungen deines Onkels richten. Du wirst also dort übernachten. Mach keine Schwierigkeiten, sonst lasse ich dich überhaupt nicht fort!«

Damit erhob er sich abrupt und schritt durch die offene Glastüre auf die Veranda.

Ich flüsterte ihr zu: »Mylady, verzeihen Sie, aber ich schlage vor, wir warten nicht, bis Sir Percival wieder hereinkommt. Ich fürchte sehr, er ist durch den Wein überreizt.«

Müde und geistesabwesend willigte sie ein, das Zimmer zu verlassen.

Als wir wieder oben waren, tat ich mein möglichstes, sie zu beruhigen; und ich gab ihr zu bedenken, daß die beiden Briefe ihres Onkels im voraus festgelegt hatten, wie die Reise verlaufen sollte. Sie stimmte mir zu und bestätigte mir sogar, daß diese Briefe typisch für ihren schrulligen Onkel seien. Doch ihre Sorge um Miss Halcombe und ihre unbegreifliche Angst vor einem Aufenthalt im Hause des Conte konnte ich ihr trotz aller Bemühungen nicht ausreden. Ich hielt es für meine Pflicht, gegen ihre ungünstige Meinung über den Conte zu protestieren, und tat dies auch, möglichst schonend allerdings und mit entsprechendem Respekt.

»Mylady mögen mir die Freiheit verzeihen«, sagte ich abschließend, »aber in der Bibel heißt es: An ihren Früchten sollt ihr sie erkennen! Als Miss Halcombe erkrankte, zeigte sich seine Lordschaft von Anfang an voll Güte und Aufmerksamkeit. Damit hat er sich doch unsere Achtung und unser Vertrauen verdient? Auch das ernste Zerwürfnis mit Dr. Dawson entstand doch nur aus seiner Besorgnis um Miss Halcombe.«

»Welches Zerwürfnis?« fragte mich Lady Glyde mit erwachendem Interesse.

Ich erzählte ihr, wie es unglücklicherweise dazu gekommen war, daß der Arzt die Behandlung niedergelegt hatte, und tat dies um so bereitwilliger, als ich es ja nach wie vor mißbilligte, daß Sir Percival Lady Glyde das bisher verschwiegen hatte.

Sie sprang auf. Was ich gesagt hatte, versetzte sie in helle Aufregung.

»Das ist schlimmer – viel schlimmer, als ich angenommen hatte!« rief sie bestürzt. »Der Conte wußte, daß Dr. Dawson Marian nicht für reisefähig hielt, und deshalb hat er den Arzt absichtlich beleidigt, um ihn aus dem Hause zu haben.«

»Aber Mylady!« sagte ich vorwurfsvoll.

»Mrs. Michelson, nichts und niemand kann mich davon überzeugen, daß sich meine Schwester freiwillig in das Haus dieses Mannes – und somit in seine Gewalt – begeben hat!« rief sie heftig. »Mir graut vor ihm so, daß mich weder die Worte meines Mannes noch die Briefe meines Onkels dazu bringen könnten, unter seinem Dach etwas zu essen, zu trinken – oder gar dort zu schlafen. Schon wenn ich ihn sehe, beschleicht mich ein Gefühl der Angst. Nur die schreckliche Ungewißheit über das Schicksal meiner Schwester verleiht mir den Mut, ihr überallhin zu folgen, und sei es auch in Conte Foscos Haus.«

Ich hielt es für richtig, an dieser Stelle zu erwähnen, daß nach Sir Percivals Angaben Miss Halcombe bereits auf dem Wege nach Cumberland sein müßte.

»Ich fürchte, sie ist noch dort«, antwortete Lady Glyde. »Sollte ich mich irren, sollte sie tatsächlich schon nach Limmeridge abgereist sein – bin ich fest entschlossen, morgen nicht unter seinem Dach zu schlafen. Die liebste Freundin, die ich nach meiner Schwester auf dieser Welt habe, wohnt in der Nähe von London. Sie haben uns doch sicher schon von Mrs. Vesey sprechen hören? Ich will ihr schreiben und ihr sagen, daß ich bei ihr übernachten möchte. Zwar weiß ich nicht, wie ich zu ihr finde – ich weiß auch nicht, wie ich dem Conte ausweichen kann –, aber zu ihr werde ich flüchten, wenn meine Schwester nicht mehr anzutreffen ist ... Mrs. Michelson, bitte sorgen Sie dafür, daß mein Brief an Mrs. Vesey noch heute nach London abgeht! Ich habe Grund, mich nicht auf die Posttasche zu verlassen. Wollen Sie mein Geheimnis wahren und mir dabei behilflich sein? Es ist vielleicht die letzte Bitte, die ich an Sie habe.«

Mir kam das alles sehr merkwürdig vor – ich zögerte –, fast fürchtete ich, Kummer und Sorgen hätten ihren Verstand ein wenig durcheinander gebracht. Aber ich willigte dann doch ein und ließ mich auf das Wagnis ein. Wäre der Brief an eine mir fremde Person gewesen, an jemanden, dessen Namen ich nicht einmal kannte, so hätte ich diese Bitte ablehnen müssen. Doch wenn ich bedenke, was sich später ereignet hat, dann danke ich Gott, ja, ich danke Gott, daß ich Lady Glyde weder diesen noch einen anderen Wunsch an ihrem letzten Tage in Blackwater Park abgeschlagen habe.

Sie schrieb den Brief und übergab ihn mir. Abends trug ich ihn ins Dorf und steckte ihn dort in den Briefkasten.

Sir Percival bekamen wir an diesem Tage nicht mehr zu

sehen. Auf Lady Glydes ausdrücklichen Wunsch schlief ich im Nebenzimmer und ließ die Türe zwischen den beiden Räumen offen. Die Leere und Verlassenheit des großen Herrenhauses mutete mich so sonderbar und unangenehm an, daß ich froh war, jemanden in meiner Nähe zu wissen. Lady Glyde blieb bis tief in die Nacht hinein auf, las Briefe, die sie danach verbrannte, und leerte Schubladen und Schränkchen, in denen sie Andenken aufbewahrt hatte – als rechnete sie damit, nie mehr nach Blackwater Park zurückzukehren. Endlich ging sie zu Bett. Ihr Schlaf war furchtbar unruhig, manchmal schrie sie auf – einmal sogar so laut, daß ich erwachte. Was auch immer sie geträumt haben mochte, mir jedenfalls erzählte sie am nächsten Tag nichts davon. Vielleicht hatte ich in meiner Stellung gar nicht das Recht, von ihr so etwas zu erwarten. Es ist jetzt auch ganz unwichtig. Dennoch bedauerte ich sie sehr – ich bedauerte sie wirklich von ganzem Herzen.

Der Morgen war schön und sonnig. Nach dem Frühstück kam Sir Percival herauf und sagte, der Wagen würde ein Viertel vor zwölf Uhr vorfahren. Der Zug nach London ging zwanzig Minuten nach zwölf von unserer Bahnstation ab. Sir Percival teilte Lady Glyde mit, daß er jetzt fort müsse, er hoffe aber, rechtzeitig zurück zu sein. Sollte ihn aber etwas Unvorhergesehenes aufhalten, möge ich dafür sorgen, daß Lady Glyde den Zug nicht versäume. Er sprach sehr hastig und ging dabei ruhelos im Zimmer auf und ab, gefolgt von Lady Glydes Blicken. Doch er sah sie nicht ein einziges Mal an.

Als er zur Türe hinaus wollte, streckte sie ihm die Hand hin und sagte:

»Vielleicht sehen wir einander nicht mehr. Es ist unser Abschied – wahrscheinlich für immer. Kannst du versuchen, mir zu vergeben, Percival – von ganzem Herzen, so wie ich *dir* vergebe?«

Sein Gesicht überzog sich mit einer furchtbaren Blässe, Schweißtropfen traten ihm auf die Stirn. »Ich werde zurückkommen!« stieß er hervor und rannte hinaus, als hätten ihn die Abschiedsworte seiner Frau aus dem Zimmer gejagt.

Ich hatte Sir Percival nie leiden können – aber als ich jetzt sehen mußte, wie er von seiner Frau ging, schämte ich mich vor mir selbst, je sein Brot gegessen und ihm gedient zu haben.

Ich wollte meiner armen Herrin ein paar trostreiche christliche Worte sagen, sie aber blickte ihm, als sich die Türe hinter ihm schloß, in einer Weise nach, daß ich es bleiben ließ und schwieg.

Zur angegebenen Zeit fuhr der Wagen vor. Lady Glyde hatte richtig vermutet – Sir Percival kam nicht zurück. Wir warteten auf ihn bis zum letzten Moment, jedoch vergeblich.

Ich war zwar für ihre Reise nicht verantwortlich, dennoch war mir nicht wohl dabei. Als wir am Pförtnerhaus vorbeikamen, fragte ich sie: »Mylady, ist es Ihr freier Wille, daß Sie nach London fahren?«

»Ich würde überallhin fahren, nur um diese furchtbare Ungewißheit zu beenden«, antwortete sie.

Sie hatte mich soweit gebracht, daß ich jetzt fast ebenso besorgt und beunruhigt um Miss Halcombe war wie sie. Ich bat sie um eine kurze Nachricht für den Fall, daß in London alles in Ordnung sei. »Gern, Mrs. Michelson«, versprach sie mir.

»Mylady, wir haben alle unser Kreuz zu tragen«, sagte ich, als sie so still und gedankenverloren neben mir saß. Sie antwortete nicht.

»Ich fürchte, Mylady haben eine schlechte Nachtruhe gehabt«, meinte ich nach einer Weile.

»Ich habe furchtbar schlecht geträumt.«

»So?« Ich erwartete, sie würde mir ihre Träume jetzt erzählen, doch nichts dergleichen geschah, sie fragte mich statt dessen nur:

»Haben Sie den Brief an Mrs. Vesey selbst aufgegeben?«

»Ja, Mylady.«

»Hat Sir Percival nochmals davon gesprochen, daß Conte Fosco mich von der Bahn abholen wird?«

»Ja, Mylady.«

Sie seufzte tief, sagte aber nichts mehr.

Wir erreichten die Bahnstation zwei Minuten, bevor der Zug einfuhr. Der Gärtner, der kutschiert hatte, kümmerte sich um das Gepäck, während ich die Fahrkarte besorgte. Wir hörten schon den Zug pfeifen, als ich zu ihr auf den Bahnsteig kam. Sie sah sehr merkwürdig aus, und plötzlich preßte sie ihre Hand aufs Herz, als würde sie von Schmerz oder Angst gepackt. Ich gab ihr die Fahrkarte.

»Ich wünschte, Sie kämen mit mir!« rief sie und faßte mich am Arm.

Hätte ich das am Vortag gewußt, so wäre genügend Zeit gewesen, um mich darauf einzustellen, und ich wäre mit ihr gefahren, auch wenn ich den Dienst hätte kündigen müssen. Ein unbehagliches Gefühl, das ich tags zuvor noch nicht gehabt hatte, befiel mich. Sie hatte ihren Wunsch erst im letzten Moment geäußert, zu spät für mich, um ihn erfüllen zu können. Anscheinend sah sie dies selbst ein, ehe ich es ihr noch erklären konnte, denn sie wiederholte ihn nicht. Der Zug hielt an. Sie gab dem Gärtner ein Geschenk für seine Kinder und reichte mir, auf schlichte und herzliche Art, die Hand.

»Sie waren immer gut zu mir und meiner Schwester – Sie waren immer gut, als wir beide ohne Freunde waren«, sagte sie. »Ich werde, solange ich lebe, voll Dankbarkeit an Sie denken. Leben Sie wohl – Gott segne Sie!«

Das sagte sie mit einem Blick, der mir die Tränen in die Augen trieb – es klang wie ein letztes Lebewohl.

Ich half ihr beim Einsteigen und rief ihr, um sie aufzumuntern, zu: »Auf Wiedersehen, Mylady – meine besten und innigsten Wünsche für eine glückliche Zeit begleiten Sie!«

Traurig schüttelte sie den Kopf. Mir war, als schauderte sie vor Angst, als sie sich auf den Sitz fallen ließ. Der Schaffner schloß die Türe. »Mrs. Michelson, glauben Sie an Träume?« flüsterte sie durchs offene Fenster. »Solche Träume wie in der vergangenen Nacht hatte ich noch nie. Das Grauen darüber hat mich noch nicht losgelassen.« Ehe ich antworten konnte, ertönte ein Pfiff, und der Zug fuhr los. Ernst und bekümmert blickte Lady Glyde aus dem Waggonfenster und winkte mir. Ich habe sie nie wieder gesehen.

Gegen fünf Uhr nachmittag fand ich trotz der vielen Haushaltspflichten, die jetzt auf mir lasteten, ein paar Minuten für mich selbst. Ich ging in mein Zimmer, nahm den Band mit den Predigten meines Mannes und versuchte, mein inneres Gleichgewicht wiederzufinden. Doch zum ersten Mal in meinem Leben mußte ich feststellen, daß diese frommen Worte des Trostes meine Aufmerksamkeit nicht fesseln konnten. Daraus schloß ich, daß die Abreise meiner Herrin mich mehr beunruhigt hatte, als ich mir eingestehen wollte. Daher legte ich das Buch beiseite und ging in den Garten. Sir Percival war, wie ich wußte, noch nicht zurück; daher zögerte ich nicht, dort ein wenig spazierenzugehen.

Ich bog um die Ecke des Gebäudes. Der Garten lag vor mir. Überrascht sah ich dort eine Fremde. Mit dem Rücken zu mir wanderte sie langsam auf dem Wege dahin und pflückte Blumen.

Ich kam näher, da hörte sie mich und wandte sich um.

Das Blut erstarrte mir in den Adern. Die Fremde war Mrs. Rubelle.

Verstört stand ich da und brachte kein Wort heraus. Doch sie kam, gelassen wie immer, die Blumen in der Hand, auf mich zu.

»Was ist los, Madam?« fragte sie seelenruhig.

»*Sie* – hier?« keuchte ich. »Nicht in London? Nicht in Cumberland?«

»Aber gewiß doch nicht«, erwiderte Mrs. Rubelle. »Ich habe Blackwater Park nie verlassen.«

Endlich bekam ich Luft und Mut zu einer zweiten Frage:

»Wo ist Miss Halcombe?«

Diesmal lachte sie mir ins Gesicht und gab zur Antwort:

»Miss Halcombe hat ebenfalls Blackwater Park nie verlassen.«

Bei dieser verblüffenden Antwort gingen meine Gedanken sofort zu Lady Glyde. Ich kann zwar nicht sagen, daß ich mir Vorwürfe machte, hätte jedoch in diesem Augenblick viel von meinem ersparten Geld dafür gegeben, wenn ich das, was ich jetzt wußte, schon vor vier Stunden gewußt hätte.

Mrs. Rubelle wartete und ordnete in aller Ruhe ihren Blumenstrauß. Vielleicht glaubte sie, daß ich jetzt etwas sagen würde, aber dazu war ich nicht imstande. Ich dachte an Lady Glydes verbrauchte Kräfte, an ihre geschwächte Gesundheit, und zitterte vor dem Augenblick, in dem sie die niederschmetternde Entdeckung machen mußte, daß ihre Schwester gar nicht abgereist war. Meine Angst um diese Ärmste machte mich stumm. »Da kommt Sir Percival von seinem Ausritt zurück«, sagte Mrs. Rubelle, den Blick von ihrem Blumenstrauß erhebend.

Im selben Moment hatte auch ich ihn bemerkt. Langsam ging er auf uns zu und hieb dabei mit der Reitpeitsche auf die Blumen ein. Als er mich erkannte, hielt er inne, schlug mit der Reitpeitsche auf seine Stiefel und brach dann in Gelächter aus, so laut und dröhnend, daß die Vögel erschrocken von den Bäumen aufflogen.

»Na, Mrs. Michelson, jetzt sind Sie endlich dahintergekommen?«

Ich gab ihm keine Antwort. Da wandte er sich zu Mrs. Rubelle:

»Wann haben Sie sich hier sehen lassen?«

»Vor etwa einer Stunde, Sir, kam ich herunter. Sie haben mir ja gesagt, sobald Lady Glyde abreist, darf ich mich wieder frei bewegen.«

»Stimmt. Es soll kein Vorwurf sein – ich wollte es nur wissen.« Er schwieg einen Augenblick, dann sagte er spöttisch: »Sie können es nicht glauben, was? Kommen Sie mit und überzeugen Sie sich selbst!«

Er schritt uns voran bis vors Haus. Beim schmiedeeisernen Tor blieb er stehen und zeigte mit der Reitpeitsche auf den unbenützten Mitteltrakt des Herrenhauses. »Dort oben, im ersten Stock!« sagte er. »Sie kennen doch die alten elisabethanischen Schlafzimmer? In einem der besten davon ist Miss Halcombe jetzt gemütlich untergebracht. Mrs. Rubelle – Sie haben doch die Schlüssel bei sich? Führen Sie Mrs. Michelson hinauf! Sie kann sich selbst davon überzeugen, daß diesmal keine Täuschung dahinter steckt.«

Die wenigen Minuten, die inzwischen verstrichen waren, halfen mir, mich zu fassen. Der Ton, den er mir gegenüber anschlug, ernüchterte mich. Wäre ich mein ganzes Leben in dienender Stellung gewesen – ich weiß nicht, wie ich mich in diesem kritischen Augenblick verhalten hätte. Da ich jedoch das Benehmen und die Erziehung einer Dame habe, gab es keinen Zweifel für mich, was jetzt zu tun war. Es war meine Pflicht und Schuldigkeit, auch Lady Glyde gegenüber nicht mehr länger im Dienste eines Mannes zu bleiben, der uns immer wieder auf das schändlichste hintergangen hatte.

»Sir Percival, ich muß Sie darum bitten, mit Ihnen ein paar Worte allein sprechen zu dürfen«, sagte ich. »Nachher bin ich bereit, mich von dieser Person zu Miss Halcombe führen zu lassen.«

Mrs. Rubelle, auf die ich mit einer leichten Kopfbewegung hingedeutet hatte, blickte mich impertinent an und ging aufreizend langsam auf das Haustor zu.

»Was gibt's?« fragte mich Sir Percival scharf.

»Sir, ich möchte Ihnen mitteilen, daß ich nicht länger in Ihren Diensten zu bleiben gedenke.« Mit diesen Worten gab ich ihm meine Entscheidung unmißverständlich zu verstehen.

Finster blickte er mich an und stieß die Hände in die Taschen seines Reitrocks.

»Warum?« fragte er wütend. »Ich möchte wissen, warum!«

»Sir Percival, es steht mir nicht zu, meine Meinung darüber zu äußern, was sich hier in diesem Hause abgespielt hat. Ich wünsche kein Ärgernis zu erregen, sondern möchte nur sagen, daß ich es mit meinem Gewissen nicht vereinbaren kann, noch länger in Ihrem Dienst zu bleiben.«

»Aber mich zu verdächtigen – das können Sie sehr wohl mit Ihrem Gewissen vereinbaren, was?« schrie er mich an. »Ich weiß schon, worauf Sie hinaus wollen! Eine harmlose Täuschung, nur zum Besten meiner Frau, sehen Sie dank Ihrer niedrigen Gesinnung in einem andern Licht. Aus gesundheitlichen Gründen war eine sofortige Luftveränderung für Lady Glyde notwendig – und Sie wissen so gut wie ich, daß sie nie und nimmer abgereist wäre, solange Miss Halcombe hier ist. Man hat sie getäuscht, doch ausschließlich in ihrem Interesse. Überdies ist es mir völlig egal, was andere darüber denken. Mrs. Michelson, gehen Sie, wenn Sie wollen – ich kann Haushälterinnen bekommen, so viele ich will. Gehen Sie – aber hüten Sie sich davor, Gerüchte über mich und meine Angelegenheiten auszustreuen! Bleiben Sie bei der Wahrheit, bei der reinen Wahrheit – sonst wird es Ihnen übel ergehen! Gehen Sie zu Miss Halcombe und überzeugen Sie sich mit eigenen Augen, daß man sie dort genausogut betreut wie in ihrem ehemaligen Zimmer. Und denken Sie an die Worte des Arztes, der selbst gesagt hat, Lady Glyde brauche so bald wie möglich eine Luftveränderung! Ja, das alles sollten Sie bedenken, ehe Sie es wagen, etwas gegen mich vorzubringen!«

Wütend sprudelte er diese Worte hervor, ohne Atem zu holen, und stolzierte dabei, mit der Reitpeitsche um sich schlagend, herrisch auf und ab.

Doch nichts von dem, was er sagte, konnte meine Überzeugung erschüttern. Er hatte tags zuvor in meiner Gegenwart die abscheulichsten Lügen vorgebracht, er hatte seine Frau grausam getäuscht, um sie von ihrer Schwester zu trennen, er hatte sie unnötigerweise nach London geschickt, sie, die ohnedies halb von Sinnen war vor Angst um Miss Halcombe. Es versteht sich von selbst, daß ich diese Gedanken für mich behielt und schwieg, um ihn nicht noch mehr zu reizen. Doch an meinem Entschluß hielt ich fest. Als ich ihm antwortete, unterdrückte ich meine Gefühle. Eine sanfte Entgegnung stillet des Rasenden Zorn. Also sagte ich:

»Sir, solange ich noch in Ihren Diensten stehe, halte ich es für meine Pflicht, mich nicht um Ihre Beweggründe zu kümmern. Sobald ich aber nicht mehr in Ihren Diensten stehe, ist es selbstverständlich, daß ich nicht über Dinge spreche, die mich nichts angehen –«

»Wann wollen Sie gehen?« unterbrach er mich ungeduldig. »Glauben Sie nur ja nicht, daß ich Sie behalten möchte oder daß es mich betrübt, wenn Sie dieses Haus verlassen! Ich bin in dieser ganzen Angelegenheit vom Anfang bis zum Ende immer offen und fair. Wann also wollen Sie fort?«

»Sobald wie möglich, wenn es Ihnen paßt.«

»Ob es mir paßt oder nicht, hat damit nichts zu tun. Ab morgen früh bin ich ohnedies fort, ein für allemal. Ich kann noch heute abend mit Ihnen abrechnen. Besser wäre es, Miss Halcombe zu fragen, wann es ihr paßt. Der Vertrag mit Mrs. Rubelle läuft heute ab, sie möchte aus bestimmten Gründen noch am Abend in London sein. Wenn auch Sie jetzt gehen, hat Miss Halcombe überhaupt niemanden, der sich um sie kümmert.«

Unnötig zu sagen, daß ich unter diesen Umständen Miss Halcombe nicht verlassen konnte. Ich ließ mir zuerst von Sir Percival nochmals versichern, daß Mrs. Rubelle sofort abreisen würde, wenn ich die Pflege übernähme; ferner verlangte ich von ihm die Zusage, daß Dr. Dawson seine Patientin wieder betreuen dürfe. Dann war ich bereit zu bleiben, bis Miss Halcombe meine Dienste nicht mehr benötigte. Zudem vereinbarte ich mit Sir Percival, seinen Anwalt rechtzeitig von meiner Abreise zu verständigen, damit dieser eine Nachfolgerin für mich finden könnte. Die Sache war rasch geklärt. Sir Percival drehte sich auf dem Absatz um und ging. Mrs. Rubelle hatte inzwischen auf den Stufen vor dem Haustor gesessen und dort auf mich gewartet.

Ich tat eben ein paar Schritte auf sie zu, da blieb Sir Percival, der sich nach der anderen Richtung entfernt hatte, stehen und rief mich zu sich.

»Warum verlassen Sie meinen Dienst?« fragte er.

Nach allem, was zwischen uns gesprochen worden war, schien mir die Frage ungewöhnlich, und ich wußte nicht, was ich erwidern sollte.

»Hören Sie zu, Mrs. Michelson, ich weiß nicht, warum Sie gehen. Doch wenn Sie später eine andere Stellung annehmen, müssen Sie vermutlich einen Grund dafür angeben. Aber welchen? Die Auflösung des Haushalts – wäre Ihnen das recht?«

»Gegen diesen Grund ist sicherlich nichts einzuwenden –«

»Sehr gut! Das wollte ich nur wissen. Wenn also jemand bei mir nachfragt, nenne ich diesen Grund. Und Sie werden ihn ebenfalls angeben, verstanden?«

Ehe ich noch etwas sagen konnte, hatte er sich umgedreht und entfernte sich mit raschen Schritten. Seine Worte und sein Verhalten kamen mir wirklich merkwürdig vor. Ich gestehe, daß es mich beunruhigte.

Sogar Mrs. Rubelles Geduld war erschöpft, als ich zum Haustor kam.

»Endlich!« äußerte diese seltsame Person und zuckte verwundert ihre mageren Schultern.

Sie ging mir voran, zuerst in den bewohnten Teil des Herrenhauses, dann die Stiegen hinauf. Am Ende des Korridors sperrte sie eine Türe auf – eine Türe, die während meiner Zeit in Blackwater Park noch nie geöffnet worden war – und wir gelangten zu den alten elisabethanischen Schlafgemächern. Die Räume selbst kannte ich ja ganz gut – ich hatte sie verschiedene Male von der anderen Seite des Gebäudes aus betreten. Wir gingen die alte Galerie entlang; bei der dritten Türe blieb Mrs. Rubelle stehen, überreichte mir einen Schlüssel (desgleichen den Schlüssel der Verbindungstüre zum Korridor) und teilte mir mit, ich würde Miss Halcombe in diesem Zimmer finden. Ehe ich hineinging, wollte ich ihr zu verstehen geben, daß ich ihrer nicht mehr bedürfe. Und so sagte ich ihr klar und deutlich, daß von nun an ich die Betreuung der Rekonvaleszentin übernehmen würde.

»Darüber bin ich sehr froh, Madam, denn ich möchte fort«, antwortete Mrs. Rubelle.

Ich wollte sicher sein. »Fahren Sie noch heute?« fragte ich sie.

»Da Sie jetzt die Pflege übernehmen, verlasse ich in einer halben Stunde das Haus. Sir Percival war so freundlich, mir den Wagen jederzeit bereithalten zu lassen. Der Gärtner bringt mich zur Bahn, meine Sachen sind bereits gepackt. Ich wünsche einen guten Abend, Madam!«

Sie knickste, und schon ging sie davon, die Galerie entlang, und summte dabei ein Liedchen, zu dem sie mit dem kleinen Blumenstrauß fröhlich den Takt schlug. Dankbar stelle ich hiermit fest, daß dies das letzte war, was ich von Mrs. Rubelle sah.

Miss Halcombe schlief gerade, als ich das Zimmer betrat. Besorgt betrachtete ich sie. Sie lag in einem hohen, häßlichen, altmodischen Bett. Ihr Zustand hatte sich seit dem letzten Mal allerdings nicht verschlechtert. Soviel ich bemerken konnte, sah sie auch nicht vernachlässigt aus. Der Raum war düster, dunkel und staubig, aber das Fenster (das auf den einsamen Hof an der Rückseite des Gebäudes hinausging) stand weit offen und ließ frische Luft herein. Man hatte alles getan, den Ort so wohnlich wie möglich zu machen. Die Leidtragende bei dieser grausamen Täuschung war die arme Lady Glyde. Das einzige Unrecht, das Sir Percival oder Mrs. Rubelle der Kranken zugefügt hatten, bestand eigentlich nur darin, sie zu verstecken.

Auf Zehenspitzen schlich ich hinaus und ließ Miss Halcombe weiterschlafen. Ich wollte den Gärtner beauftragen, von der Bahnstation direkt zu Dr. Dawson zu fahren und ihn in meinem Namen um einen Besuch zu bitten. Ich wußte, daß er mir zuliebe kommen würde, und er würde auch bleiben, wenn er erfuhr, daß Conte Fosco das Haus verlassen hatte.

Der Gärtner fuhr also zur Bahn, dann zu Dr. Dawson und kam nach angemessener Zeit zurück. Der Arzt ließ mir ausrichten, er fühle sich selbst nicht wohl, werde jedoch, wenn möglich, morgen kommen. Der Gärtner wollte sich zurückziehen, ich aber bat ihn, doch wiederzukommen, ehe es dunkelte, und die Nacht in einem der leeren Gästezimmer zu verbringen, um in Rufweite zu sein, sollte ich ihn benötigen. Der Mann verstand nur zu gut, daß ich in diesem trostlosen Gebäude nicht allein bleiben wollte, und wir vereinbarten, daß er zwischen acht und neun Uhr wiederkommen sollte.

Er kam pünktlich, und ich hatte allen Grund, dafür dankbar zu sein. Kurz vor Mitternacht bekam Sir Percival wieder einen seiner seltsamen Wutanfälle; er tobte und brüllte. Ich schaudere bei dem Gedanken, was passiert wäre, wenn der Gärtner ihn nicht beruhigt hätte.

Fast den ganzen Nachmittag war er im Haus und auch im Park ziel- und ruhelos umhergewandert und hatte dann bei seinem einsamen Dinner unmäßig dem Weine zugesprochen. Jedenfalls hörte ich ihn schreien, als ich vor dem Schlafengehen noch einmal die Galerie entlangging. Der Gärtner lief sofort zu ihm hinunter, und ich schloß die Verbindungstüre, denn ich wollte verhindern, daß der Lärm bis zu Miss Halcombe drang. Es währte eine gute halbe Stunde, ehe der Gärtner zurückkam und erklärte, Sir Percival sei gänzlich von Sinnen – nicht durch ein Übermaß an Alkohol (wie ich vermutet hatte), sondern infolge einer panischen Angst, die er, der Gärtner, sich nicht erklären könne. Sir Percival sei in der Halle auf und ab gerannt und habe sich geschworen, keine Minute länger in diesem Kerker (er meinte das eigene Haus) zu bleiben. Er werde seine Reise gleich jetzt antreten – mitten in der Nacht. Hierauf habe er ihn, den Gärtner, unter Flüchen und Drohungen in den Hof getrieben, damit er Pferd und Wagen hole. Eine Viertelstunde später sei sein Herr ihm nachgekommen, das Gesicht kreideweiß, habe den Wagen bestiegen, mit der Peitsche das Pferd zum Galopp getrieben und sei in der mondhellen Nacht davongerast. Er selbst habe noch gehört, wie Sir Percival die Pförtnersfrau durch Flüche weckte, damit sie das Tor öffne, und danach habe er das Rollen der Räder gehört. Mehr wisse er nicht.

Am nächsten Tag oder am übernächsten – ich weiß es nicht mehr genau – brachte der Pferdeknecht des alten Wirtshauses von Knowlesbury, der nächstgelegenen Stadt, Pferd und Wagen zurück. Sir Percival sei dort eingekehrt und dann mit dem Zug weitergefahren – wohin, das wußte der Mann nicht. Was er später getan hat, habe ich nie erfahren – weder durch ihn selbst noch durch andere. Ich weiß nicht einmal, ob er in England ist oder nicht. Seit er wie ein Verbrecher auf der Flucht sein Haus verlassen hat, haben wir einander nicht mehr gesehen; und ich hoffe und bete, daß wir einander nie mehr begegnen werden.

Was meinen Anteil an dieser traurigen Familiengeschichte betrifft, so bin ich nun am Ende angelangt.

Man hat mir gesagt, daß weitere Einzelheiten – wie und wann Miss Halcombe erwachte, und was wir miteinander redeten, als ich neben ihr saß – für diesen Bericht unwesentlich seien. Es genüge, wenn ich hier festhalte, daß Miss Halcombe nicht wußte, wie man sie von ihrem Zimmer in den unbewohnten Teil des Gebäudes geschafft hatte. Sie habe damals in einem tiefen Schlaf gelegen, ob es ein natürlicher oder ein künstlich hervorgerufener gewesen sei, das konnte sie nicht sagen. Da man mich nach Torquay geschickt und alle Dienstboten entlassen hatte (außer Margaret Porcher, die, wenn sie nicht gerade arbeitete, immerzu aß oder trank oder schlief), war es natürlich leicht gewesen, Miss Halcombe heimlich in ein anderes Zimmer zu übersiedeln. Wie ich bei einer genaueren Überprüfung des Zimmers entdeckte, hatte man Mrs. Rubelle für die Tage ihrer kurzen Gefangenschaft bei der Kranken mit Eßvorräten und allem Nötigen versorgt. Miss Halcombes Fragen waren unbeantwortet geblieben, sonst aber hatte man die Patientin weder vernachlässigt noch unfreundlich behandelt. Daß Mrs. Rubelle sich zu diesem abscheulichen Betrug hergegeben hat, ist aber das einzige Schändliche, das ich ihr vorwerfen kann.

Man verlangt auch nicht von mir (worüber ich sehr erleichtert bin), daß ich genau beschreibe, wie Miss Halcombe die Nachricht von der Abreise ihrer Schwester aufnahm – desgleichen die anderen, viel traurigeren Nachrichten, die uns bald erreichten. In beiden Fällen habe ich sie so sanft und schonend wie möglich darauf vorbereitet, wobei ich leider nur den Rat, nicht aber die Hilfe des Arztes hatte, da Dr. Dawson selbst erkrankte und daher nicht in Blackwater Park erschien. Es war eine traurige Zeit – eine Zeit, an die ich nur voll Kummer denken kann. Die kostbaren Segnungen religiösen Trostes, die ich Miss Halcombe zu vermitteln versuchte, brauchten lange, um in ihr Herz zu dringen. Aber ich glaube und hoffe, daß sie schließlich ihr Ziel erreichten. Ich habe Miss Halcombe erst verlassen, als sie völlig wiederhergestellt war. Der Zug, der mich von diesem unseligen Hause nach London brachte, führte auch sie von diesem Hause fort. Betrübt nahmen wir voneinander Abschied. Ich blieb bei einer Verwandten in Islington, sie fuhr zur Mr. Fairlie nach Cumberland.

Ehe ich diesen traurigen Bericht schließe, möchte ich noch ein paar Zeilen hinzufügen, die mir mein Pflichtgefühl diktiert.

Erstens: Es ist meine feste persönliche Überzeugung, daß – in Verbindung mit diesen Ereignissen – Conte Fosco kein Vorwurf trifft. Man berichtete mir von einem furchtbaren Verdacht; und daß das Verhalten seiner Lordschaft die gräßlichsten Auslegungen nahelege. Doch mein Glaube an seine Unschuld bleibt unerschüttert. Wenn er Sir Percival dabei unterstützte, mich nach Torquay zu schicken, so war er in einem Irrtum befangen, für den man ihn als Fremden und Ausländer nicht verantwortlich machen kann. Wenn er dazu beitrug, Mrs. Rubelle nach Blackwater Park zu bringen, so war das sein Mißgeschick, aber es war nicht seine Schuld, daß diese Person sich an einer Täuschung beteiligte, die der Herr des Hauses plante und ausführte. Ich protestiere im Interesse der Moral dagegen, daß durch vage Vermutungen das korrekte Verhalten des Conte in Frage gestellt wird.

Zweitens: Ich möchte mein Bedauern ausdrücken, daß es mir nicht möglich ist, den Tag zu nennen, an dem Lady Glyde nach London reiste. Wie ich hörte, wäre eine Angabe des genauen Datums von größter Wichtigkeit; ich habe daher auf das gewissenshafteste darüber nachgedacht, leider jedoch vergeblich. Ich kann mich nur daran erinnern, daß es gegen Ende Juli war. Jeder weiß, wie schwer es ist, nach längerer Zeit ein bestimmtes Datum anzugeben, wenn man überhaupt keine diesbezüglichen Notizen hat. In meinem Fall ist diese Schwierigkeit noch größer, schon wegen der vielen aufregenden Ereignisse, die sich damals häuften. Ich wünschte, ich hätte mir das eine oder andere notiert und könnte mich jetzt genausogut an das Datum erinnern wie an das Gesicht der armen Lady Glyde, als sie ernst und bekümmert aus dem Waggonfenster blickte.

Fortsetzung durch verschiedene Berichte

1. Bericht von Hester Pinhorn (Köchin im Dienste Conte Foscos)

Niederschrift ihrer Aussage

Lesen oder schreiben habe ich leider nie gelernt. Zeit meines Lebens mußte ich hart arbeiten, aber auf meinen guten Ruf habe ich immer geschaut. Ich weiß, es ist schlecht und sündhaft, wenn man Sachen sagt, die nicht wahr sind, deshalb werde ich mich auch jetzt davor hüten. Alles, was ich weiß, werde ich sagen, und den Herrn, der es aufschreibt, möchte ich gehorsamst bitten, daß er die Fehler ausbessert, die ich mache, und es mir nachsieht, daß ich nie in einer Schule war.

Im letzten Sommer hatte ich gerade keine Stelle (nicht durch eigene Schuld). Da sagte mir jemand, daß man auf Nr. 5 in der Forest Road bei uns in St. John's Wood eine Köchin suche. Ich bekam die Stellung, auf Probe. Meine Herrschaft hieß Fosco. Der Herr war nämlich Ausländer, die gnädige Frau war Engländerin – ein Graf und eine Gräfin. Außer mir war noch ein Stubenmädchen da, nicht besonders sauber zwar, aber sonst ein gutes Ding. Wir beide waren die einzigen Dienstboten im Haus.

Unsere Herrschaft war gerade vom Land gekommen, und noch am selben Tag, soviel ich mich erinnere, erhielten sie Besuch. Auf mein Gedächtnis ist leider kein Verlaß, und was den Tag oder den Monat betrifft, so hat es keinen Sinn, mich danach zu fragen. Den Sonntag ausgenommen, den merke ich mir. Ich kann also nicht sagen, welcher Tag es war. Wir hatten das kleine Schlafzimmer im ersten Stock, das nach hinten hinausgeht, für den Besuch vorbereitet. Der Besuch war eine Dame, die Nichte von meiner Herrin, Lady Glyde war ihr Name. Meine Herrin hatte schon gesagt, daß sie nicht gut beisammen war und ich daher was Leichtes für sie kochen sollte. Ich weiß bloß noch, daß Lady Glyde an einem Nachmittag zu uns kam, und kaum war sie da, versetzte sie uns einen schönen Schreck, meiner Seel'! Wie mein Herr sie hergebracht hat, weiß ich nicht, denn ich hatte gerade unten in der Küche zu tun. Das Stubenmädchen öffnete ihnen die Haustür und führte sie in den Salon. Kaum war sie wieder bei mir in der Küche, gab es oben eiliges Trippeln und Trappeln, es schellte wie verrückt, und wir hörten meine Herrin, die um Hilfe rief.

Wir rannten hinauf, und da lag die Dame auf dem Sofa, das Gesicht totenbleich, die Hände zu Fäusten geballt, der Kopf seitlich runterhängend. Die Dame hat plötzlich einen Schreck gekriegt, sagt meine Herrin – und mein Herr sagt, die Dame hat einen krampfartigen Anfall. Ich lief Hilfe holen, denn ich kenne mich in St. John's Wood aus. Die nächsten Ärzte sind Dr. Goodricke und Dr. Garth, sie arbeiten zusammen, haben einen guten Namen und gute Verbindungen. Dr. Goodricke kam gleich mit mir zurück.

Es dauerte aber lang, bevor er wirklich helfen konnte, denn die Arme hatte einen Anfall nach dem anderen – und das ging so, bis sie ganz erschöpft war. Hilflos wie ein Neugeborenes lag sie da. Wir haben sie dann zu Bett gebracht. Dr. Goodricke ging inzwischen eine Medizin holen und war in einer Viertelstunde wieder da. Außer der Medizin brachte er noch ein Stück Mahagoniholz, es war innen hohl und sah wie eine Trompete aus. Er hielt das eine Ende an ihr Herz, das andere an sein Ohr – und horchte.

Nachher sagte er zu meiner Herrin, die natürlich auch im Zimmer war: »Das ist ein sehr ernster Fall. Ich rate Ihnen, sofort die nächsten Angehörigen zu verständigen.« Meine Herrin fragte ihn: »Ist sie denn herzkrank?« Und darauf er: »Ja, schwer herzleidend, und gefährlich ist es auch.« Dann erklärte er ihr genau, was los war, wie die Krankheit hieß, aber ich hab's nicht verstanden, ich weiß nur, daß er am Schluß sagte: »Da kann wahrscheinlich kein Arzt mehr helfen.«

Meine Herrin nahm die schlechte Nachricht ruhiger auf als

mein Herr – ein dicker, großer und sehr komischer älterer Mann, der Vögel hält und weiße Mäuse und mit ihnen spricht wie mit kleinen Kindern. »Ach, die arme Lady Glyde! Die arme Lady Glyde!« seufzte er immer wieder und stelzte im Zimmer herum, rang die Hände – wie ein Schauspieler auf der Bühne. Und während meine Herrin den Arzt einmal fragte, ob und wie die Dame wieder gesund werden könnte, fragte er mindestens fünfzigmal das gleiche. Ich muß gestehen, daß er uns allen ziemlich lästig war. Endlich ging er in den kleinen Garten hinunter, pflückte ein paar bescheidene Blümchen und bat mich, den Strauß hinaufzutragen und das Krankenzimmer damit zu verschönen. Als hätte das der Kranken was genützt! Ich glaube, er war manchmal nicht ganz richtig im Kopf, aber sonst kein schlechter Herr, ungeheuer höflich jedenfalls. Er konnte auch recht lustig sein. Mir war er viel lieber als die Herrin, weil die nämlich war eine Zange.

Gegen Abend erholte sich die Dame ein bißchen. Sie muß von diesen Anfällen ganz erschöpft gewesen sein; sie hat sich überhaupt nicht gerührt, auch gesprochen hat sie nichts, sie starrte uns nur an. Früher einmal muß sie ganz hübsch gewesen sein, mit ihrem blonden Haar und den blauen Augen. In der Nacht war sie dann sehr unruhig – das jedenfalls berichtete meine Herrin. Vor dem Schlafengehen ging ich nochmals hinauf, um nachzusehen, ob ich mich nützlich machen könnte. Da hat sie mit sich selbst geredet, ganz wirr und durcheinander; sie wollte mit irgend jemandem sprechen, der weit fort war, doch den Namen konnte ich nicht verstehen, außerdem hat mein Herr gerade an die Tür geklopft, wieder mit einem Schwall von Fragen und noch einem armseligen Blumenstrauß.

Am nächsten Morgen ging ich hoch ins Krankenzimmer. Ganz erschöpft lag sie da und döste vor sich hin. Diesmal hatte Dr. Goodricke seinen Partner, Dr. Garth, mitgebracht, und beide sagten, wir dürften sie ja nicht in ihrem Schlafe stören. Und dann haben sie meine Herrin viel gefragt, ob sie schon lange krank ist, wer sie behandelt hat und ob sie viel Kummer hatte. Ich erinnere mich, daß meine Herrin auf diese letzte Frage »ja« antwortete. Und Dr. Goodricke schaute Dr. Garth an und schüttelte den Kopf, und Dr. Garth schaute Dr. Goodricke an und schüttelte auch den Kopf. Vielleicht dachten sie, der Kummer habe ihr das Herz gebrochen. Zart war sie ja, das arme Ding, sehr zart sogar, viel Kraft hat sie wohl nie gehabt.

Etwas später wachte sie auf, und plötzlich ging's ihr besser. Man ließ mich aber nicht zu ihr, auch das Stubenmädchen durfte nicht hinein, der Anblick von fremden Personen würde sie sehr aufregen, hieß es. Daß es ihr besser ging, das wußte ich nur von meinem Herrn. Er war sehr froh darüber und auch vergnügt, schaute zum Küchenfenster herein, den breitkrempigen Strohhut auf dem Kopf, weil er ausgehen wollte.

»Liebe Frau Köchin«, rief er mir zu, »Lady Glyde geht es besser. Ach, wie bin ich doch erleichtert. Jetzt mache ich einen kleinen Spaziergang, um mir nach dem langen Sitzen etwas die Füße zu vertreten. Soll ich für Sie einkaufen, Frau Köchin? Für Sie was bestellen? Was machen Sie denn da gerade? Einen guten Kuchen für heute abend? Mit recht viel Kruste, bitte, gute Frau, mit viel knuspriger Kruste, die auf der Zunge zergeht!« Jaja, so war er – gut über sechzig, und noch immer ganz versessen auf was Süßes! Kaum zu glauben!

Der Doktor kam dann am späten Vormittag vorbei und sah selbst, daß es ihr besser ging. Aber er verbot uns, mit ihr zu sprechen. Auch sie durfte nichts mit uns sprechen, denn der Doktor erklärte: »Ruhe und Schlaf tun ihr gut.« Ich glaube, sie wollte auch gar nicht sprechen, außer gestern abend, aber da konnte ich sie nicht verstehen. Jetzt war sie anscheinend zu müde dazu. Dr. Goodricke war aber nicht so zuversichtlich wie mein Herr. Er sagte nur: »Ich komme um fünf Uhr wieder vorbei.«

Ungefähr um diese Zeit, jedenfalls noch bevor mein Herr zurückkam, schellte es oben wieder, und meine Herrin rief vom Treppenabsatz aus zu uns herunter, ich sollte schnell zu Dr. Goodricke laufen und ihm sagen, die Dame sei bewußtlos. Rasch nahm ich Hut und Umhängetuch, hatte aber Glück, denn der Doktor kam gerade von selbst daher, wie er es versprochen hatte.

Ich ließ ihn herein und ging mit ihm hinauf, und oben sagte meine Herrin: »Lady Glyde war wach, und plötzlich sah sie so seltsam drein, schrie leise auf und verlor das Bewußtsein.« Der Doktor trat ans Bett, beugte sich über die Kranke, legte ihr seine Hand aufs Herz und machte dann ein sehr ernstes Gesicht.

Meine Herrin starrte ihn entsetzt an. »Doch nicht tot?« fragte sie leise, und fing am ganzen Körper zu zittern an.

»Doch, sie ist tot«, sagte der Doktor ruhig und feierlich. »Gestern, als ich ihr Herz untersuchte, habe ich befürchtet, daß es so kommen wird.« Meine Herrin trat vom Bett zurück und zitterte immer ärger. »Tot«, flüsterte sie vor sich hin. »Mein Gott! So plötzlich! Was wird der Conte sagen!« Der Doktor riet ihr, hinunterzugehen und sich ein wenig zu beruhigen. »Sie haben die ganze Nacht bei ihr gewacht, Ihre Nerven sind angegriffen«, sagte er zu ihr. »Diese Frau soll einstweilen hierbleiben«, – damit meint er mich –, »ich werde jemanden schikken.« Meine Herrin ging hinunter. »Ich muß den Conte darauf vorbereiten«, sagte sie, »ich muß ihn schonend darauf vorbereiten.«

»Ihr Herr ist Ausländer?« fragt mich der Doktor, als wir allein waren. »Weiß er, wie man bei uns einen Todesfall meldet?« »Ich glaub' nicht, Sir«, sag' ich.

Der Doktor überlegte kurz und sagte dann: »Im allgemeinen mache ich so etwas nicht, aber vielleicht ist es einfacher, wenn ich ihm diesen Weg abnehme. Richten Sie ihm bitte aus, daß ich ohnehin in etwa einer halben Stunde beim Bezirksamt vorbeikomme – da kann ich das gleich erledigen.« »Vielen Dank, Sir, daß Sie so freundlich sind, sich darum zu kümmern«, sag' ich. »Es macht Ihnen hoffentlich nichts aus, bei der Toten zu bleiben?« fragt er mich. »Ich schicke gleich eine Frau, die tun wird, was notwendig ist.« »Ich warte hier, bis sie kommt«, antworte ich. »Für die Arme war wohl keine Hilfe mehr?« »Der Fall war hoffnungslos«, sagt er. »Sie muß schon lange sehr gelitten haben.« »Ach ja«, sag' ich. »Wir alle müssen einmal gehen – früher oder später trifft es jeden, nicht wahr?« Er hat mir nicht geantwortet, hat nur »Guten Abend!« gesagt und ist gegangen. Wahrscheinlich war er nicht zum Sprechen aufgelegt, habe ich mir gedacht.

So blieb ich also neben dem Bett sitzen und wartete auf die Frau. Die kam auch bald, wie versprochen, und sah recht achtbar aus; Jane Gould war ihr Name. Sie redete nicht viel, sondern sagte nur, daß sie weiß, was sie zu tun hat, und sie habe schon viele für den letzten Weg vorbereitet.

Wie mein Herr die Nachricht aufnahm, kann ich nicht sagen,

denn ich war nicht dabei. Aber nachher schien er ganz gebrochen. Ich habe ihn in einer Ecke sitzen sehen. Er ließ die dicken Arme bis über die Knie hinunterhängen und starrte mit gesenktem Kopf ins Leere. Er war wie betäubt. Was geschehen war, hat ihn anscheinend weniger betrübt als verwirrt und erschreckt. Was fürs Begräbnis notwendig war, darum hat meine Herrin sich gekümmert. Es muß einen Haufen Geld gekostet haben – besonders der Sarg war wunderschön! Der Mann der Verstorbenen war gerade irgendwo im Ausland, sagte man. Aber meine Herrin, ihre Tante, hat mit den nächsten Angehörigen (in Cumberland, glaub' ich) vereinbart, daß sie im Grab ihrer Mutter beigesetzt wird. Das Begräbnis wurde ordentlich vorbereitet, alles, wie es sich gehört. Mein Herr fuhr selbst dazu aufs Land hinaus, er sah prächtig aus, in tiefer Trauer, mit breitem Trauerflor am Hut und feierlichem Gang und feierlichem Gesicht! Er war wirklich zum Weinen schön!

Und jetzt meine Antworten auf die Fragen, die man mir gestellt hat:

1. Weder ich noch das Stubenmädchen haben je gesehen, daß mein Herr der Lady Glyde eine Arznei eingegeben hat.
2. Meines Wissens war er nie allein mit ihr im Krankenzimmer.
3. Ich kann nicht sagen, was daran schuld war, daß Lady Glyde gleich nach ihrer Ankunft einen Schreck bekam. Niemand hat dem Stubenmädchen oder mir einen Grund hierfür genannt.

Meine obige Aussage hat man mir eben vorgelesen. Ich hab' nichts hinzuzufügen und nichts wegzulassen und erkläre an Eides statt, daß dies die reine Wahrheit ist.

(gezeichnet) Hester Pinhorn +++

2. Bericht des Arztes

An die Registratur des Bezirksamts, bei dem unten erwähnter Todesfall gemeldet wurde. – Ich bestätige hiermit, daß ich die Behandlung der Erkrankten übernommen und meine Patientin am Donnerstag, dem 25. Juli 1850, das letzte Mal lebend gesehen habe. Sie verstarb noch am selben Tag im Hause Nr. 5,

Forest Road, St. John's Wood. Todesursache: Aneurysma. Dauer der Krankheit: nicht bekannt.

(unterzeichnet) Dr. Alfred Goodricke,
Mitglied des Royal College of Surgeons,
Lizentiat der Apothekergesellschaft, 12, Croydon Gardens,
St. John's Wood

3. Bericht der Leichenwäscherin Jane Gould

Ich bin die Frau, die Dr. Goodricke in das Haus Nr. 5, Forest Road, St. John's Wood, geschickt hat, damit ich dort die sterblichen Überreste genannter Dame für die Beerdigung herrichte. Bei der Leiche wachte Mrs. Hester Pinhorn, die Köchin. Ich erledigte in angemessener Zeit alles, was in einem solchen Fall nötig ist. Ich war zugegen, als man die Leiche in den Sarg legte, den Sarg zuschraubte und wegtrug. Wer sich nach mir erkundigen will, soll sich an Dr. Goodricke wenden. Er kann bezeugen, daß ich stets die Wahrheit sage.

(unterzeichnet) Jane Gould

4. Die Inschrift auf dem Grabstein

Zum Gedenken an
Laura, Lady Glyde,
Gemahlin des Sir Percival Glyde, Baronet,
Blackwater Park, Hampshire,
Tochter des weiland Philip Fairlie, Esq.,
Limmeridge House, Cumberland.
Geboren am 27. März 1829.
Verheiratet am 22. Dezember 1849.
Gestorben am 25. Juli 1850.

5. Notiz von Walter Hartright

Zusammen mit einigen Überlebenden der Expedition verließ ich im Frühsommer des Jahres 1850 die Urwälder Zentralamerikas und trat die Heimreise an. An der Küste angekommen, schifften wir uns nach England ein, doch schon im Golf von Mexiko lief der Dampfer auf Grund und sank. Unter den wenigen Geretteten war auch ich. Dreimal hatte ich mich in Todesgefahr befunden – durch Seuche, durch mordgierige Eingeborene und durch Schiffbruch – und dreimal war ich dem Tod entgangen.

Ein amerikanischer Dampfer auf dem Weg nach Liverpool nahm die Geretteten an Bord. Am späten Nachmittag des dreizehnten Oktober 1850 liefen wir in den Hafen ein, noch in derselben Nacht kam ich in London an.

Ich will hier nicht von meinen Erlebnissen in der Fremde berichten. Die Gründe, die mich bewogen, Freunde und Vaterland mit der Welt der Gefahren und Abenteuer zu vertauschen, sind bekannt. Von der mir selbst auferlegten Verbannung kehrte ich – mit Gottes Hilfe – als ein anderer Mensch zurück. Das neue Leben hatte mich verändert, in der harten Schule von Not und Gefahr war mein Wille gestählt, mein Selbstvertrauen gestärkt worden. Es war eine Flucht gewesen vor der eigenen Zukunft. Nun aber wollte ich ihr furchtlos entgegentreten, wie sich's für einen Mann gehört.

Was das Leben von mir verlangen würde, wußte ich – den Sieg über mich selbst. Die bittere Enttäuschung war zwar überwunden, doch in meinem Herzen lebte immer noch die Erinnerung an jene unvergeßlichen Tage. Ich hatte nicht aufgehört, den Verlust zu empfinden – ich hatte nur gelernt, ihn zu ertragen. Der Gedanke an Laura Fairlie hatte mich erfüllt, als ich auf dem Schiff in eine neue Welt gefahren war – der Gedanke an Laura Fairlie erfüllte mich noch immer, als es mich wieder zurückbrachte und im Licht des neuen Tages die vertraute Küste in Sicht kam.

Mein Herz gedenkt der alten Liebe, und meine Feder schreibt den vertrauten Namen: Laura Fairlie. Es fällt mir schwer, an sie zu denken oder von ihr zu sprechen unter dem Namen ihres Ehemanns.

Es bedarf keiner weiteren Erklärung, warum ich an dieser Stelle zum zweiten Mal in der Rolle des Erzählers auftauche. Wenn ich genügend Mut und Kraft aufbringe, so will ich diesen Bericht nun weiter fortführen.

Als der Morgen anbrach, galt meine erste Sorge dem Wohlergehen meiner Mutter und meiner Schwester. Ich mußte sie auf die freudige Überraschung meiner Heimkehr entsprechend vorbereiten, denn es war mir während der letzten Monate nicht möglich gewesen, ihnen eine Nachricht zukommen zu lassen. So schickte ich gleich am Morgen ein Briefchen nach Hampstead und traf eine Stunde später selbst dort ein.

Erst als wir uns nach der Wiedersehensfreude allmählich beruhigten, entdeckte ich im Gesicht meiner Mutter einen heimlichen Kummer. Nicht nur Liebe – auch Besorgnis lag in ihren Augen, die mich so zärtlich anblickten, und im Druck ihrer Hände, die sich um die meinen schlossen, spürte ich ihr Mitgefühl. Wir hatten nie im Leben voreinander etwas verborgen. Sie wußte, was meine Hoffnung zunichte gemacht hatte – sie wußte, warum ich außer Landes gegangen war. Schon lag mir die Frage auf der Zunge, ob von Miss Halcombe ein Brief für mich eingetroffen sei, der auch Nachrichten über ihre Schwester enthalte. Da blickte ich meiner Mutter ins Gesicht und verlor allen Mut. Unsicher sagte ich nur:

»Mutter, du hast mir etwas zu erzählen.«

Meine Schwester erhob sich ohne ein Wort der Erklärung und verließ das Zimmer, und meine Mutter rückte auf dem Sofa ein wenig näher zu mir und legte mir die Arme um den Hals, und ich spürte, wie sie zitterte. Tränen liefen ihr übers Gesicht.

»Walter, mein guter Junge, mein Herz ist so schwer«, flüsterte sie. »Denk daran, daß wenigstens ich dir geblieben bin!«

Mein Kopf sank an ihre Brust. Mit diesen Worten hatte sie mir alles gesagt.

Es war der Morgen des dritten Tages seit meiner Heimkehr – der Morgen des sechzehnten Oktober.

Ich war bei ihnen in Hampstead geblieben, hatte nach Kräften versucht, *ihnen* die Freude über meine Heimkehr nicht zu vergällen – so wie sie *mir* vergällt war. Ich hatte alles Menschenmögliche getan, um mich von diesem Schlag zu erholen, mich in mein Schicksal zu finden und diesen großen Schmerz in Liebe zu ertragen, nicht aber in Verzweiflung. Doch es war nutz- und hoffnungslos. Keine Tränen kühlten mir die brennenden Augen, keinen Trost gaben mir die Liebe meiner Mutter und das Mitgefühl meiner Schwester.

An diesem dritten Tage öffnete ich ihnen mein Herz. Endlich brachte ich die Worte über die Lippen, die ich schon hatte sagen wollen, als meine Mutter mir Lauras Tod mitgeteilt hatte.

»Laßt mich für eine Weile fort!« bat ich sie. »Ich muß allein sein. Vielleicht kann ich es besser ertragen, wenn ich den Ort aufsuche, wo ich sie zum letzten Mal sah – wenn ich am Grabe, in dem man sie zur Ruhe gebettet hat, niederknie und bete.«

Ich trat also meine Reise an – meine Reise zu Laura Fairlies Grab.

Es war ein stiller Herbstnachmittag, als ich an der einsam gelegenen Bahnstation ausstieg und dann die mir wohlbekannte Landstraße entlangschritt. Eine blasse Sonne leuchtete fahl durch weiße Schleierwolken, die Luft war lau, kein Wind regte sich. Der Friede der menschenleeren Landschaft war überschattet von der Trauer über das zur Neige gehende Jahr.

Ich erreichte das Moor. Wieder stand ich auf dem Hügel, mein Blick folgte dem Pfad hinunter zu den Bäumen des mir wohl vertrauten Parks. Dort lagen der Halbkreis der Auffahrt und die hohen, hellen Mauern von Limmeridge House. Alles, was sich in den langen Monaten seit der Trennung ereignet hatte – Reise, Abenteuer, überstandene Gefahren –, schrumpfte zusammen und schwand aus meiner Erinnerung, als wäre ich erst gestern über diesen duftenden Heideboden gewandert. Ich glaubte, sie müßte plötzlich vor mir auftauchen, mir entgegenkommen, mit wehendem Kleid, in der Hand das Skizzenbuch.

O Tod, da ist dein Stachel! O Grab, da ist dein Sieg!

Ich blickte nach der andern Seite. In der Mulde lag der Friedhof mit der einsamen Kirche aus grauem Stein, in deren Vorhalle ich das Kommen der Frau in Weiß abgewartet hatte, mit dem Bächlein, das den steinigen Hang hinabfloß, mit dem weißen Marmorkreuz über dem Grab, in dem nun Mutter und Tochter ruhten. Dorthin ging ich. Auf den Trittsteinen überstieg ich die kleine Mauer und nahm den Hut ab, als ich den Gottesacker betrat, der der Sanftmut und der Güte, dem Schmerz und der Ehrerbietung geweiht ist.

Vor dem Sockel, von dem das Kreuz emporragte, blieb ich stehen. Auf der mir zugewandten Seite war die neue Inschrift eingemeißelt, in harten, klaren, grausamen schwarzen Lettern, die von ihrem Leben und von ihrem Sterben kündeten. Ich versuchte zu lesen: »Zum Gedenken an Laura –« Weiter kam ich nicht. Ich sah vor mir nur die Abschiedstrauer in den lieben blauen Augen, matt durch aufsteigende Tränen schimmernd; ich hörte die flehentliche Bitte, mit der sie das Geheimnis ihres Herzens preisgab ... Oh, was gäbe ich um eine glücklichere Erinnerung an sie als diese! Und mit dieser Erinnerung stand ich nun vor ihrem Grab.

Ein zweites Mal versuchte ich die Inschrift zu entziffern. Unten stand das Datum ihres Todes. Darüber aber – stand ein Name, der meine Gedanken an sie störte. Ich ging auf die andere Seite des Grabes, wo nichts in den Marmor eingemeißelt war – nichts, was mich an menschliche Schlechtheit gemahnte, die sich zwischen ihren und meinen Geist drängte.

Dann kniete ich nieder, legte meine Hände und meine Stirn auf die weiße Marmorplatte und schloß die müden Augen gegen die Erde um mich her wie gegen das Licht von oben. Ich ließ sie zu mir zurückkehren. Ach, meine Geliebte! Ach, mein Alles! *Jetzt* darf mein Herz ja zu dir sprechen! Erst gestern war es, daß wir schieden – gestern erst lag deine teure Hand in meiner – gestern erst ruhte mein Blick zum letzten Mal auf dir. Mein Herz! Mein Alles!

Die Zeit verging, und die Stille hatte sich wie ein schwarzer Teppich über ihren Lauf gebreitet.

Da durchbrach ein Laut diesen himmlischen Frieden – ein leises Rauschen, einem Hauch gleich, der über das Gras des Friedhofs wehte. Es kam näher und näher, ich vernahm leichte Tritte – plötzlich hielten sie inne.

Ich blickte auf.

Die Sonne ging gerade unter, das Gewölk hatte sich zerteilt, schräg fiel das milde Licht auf den Kirchhof. Kalt und klar endete der Tag hier in diesem stillen Tal der Toten.

In der Dämmerung sah ich auf der anderen Seite des Kirchhofs zwei Frauen stehen. Sie hatten den Blick auf das Grab – und auf *mich* gerichtet.

Sie kamen ein wenig näher; und blieben wieder stehen. Schleier verbargen ihre Gesichter. Eine von beiden hob ihren ein wenig. Im milden Abendlicht erkannte ich die Züge Marian Halcombes, verändert allerdings, so verändert, als wären Jahre darüber hinweggegangen. Ihre Augen, groß und flackernd, blickten mich voll seltsamen Entsetzens an. Ihr Gesicht war eingefallen, erbarmungswürdig sah sie aus, Schmerz und Angst und Kummer hatten sie gezeichnet.

Ich erhob mich und trat einen Schritt auf sie zu. Sie sagte nichts, sie rührte sich nicht. Doch die Verschleierte neben ihr stieß einen leisen Schrei aus. Ich blieb stehen und erstarrte, ein namenloser Schauder überfiel mich. Langsam, Schritt für Schritt kam die Verschleierte auf mich zu. Da begann Marian Halcombe zu sprechen. Es war die Stimme, die ich kannte – sie hatte sich nicht verändert:

»Mein Traum! Mein Traum!« hörte ich sie sagen. Sie sank auf die Knie und hob die gefalteten Hände zum Himmel. »Vater, gib ihm Kraft! Vater, hilf ihm in der Stunde der Not!«

Näher und näher kam die Verschleierte, langsam, schweigend. Ich sah sie an – und sah nichts anderes mehr.

Die Stimme, die für mich betete, wurde leise und unsicher, doch plötzlich erhob sie sich und flehte mich verzweifelt an, von hier fortzugehen.

Aber die Verschleierte hatte mich ganz in ihren Bann gezogen, hielt meinen Leib und meine Seele fest. Sie blieb mir gegenüber vor dem Grab stehen, nur die Marmorplatte lag zwischen uns, ihr Kleid berührte die schwarzen Lettern der Inschrift.

Marian Halcombes Stimme wurde lauter, wurde leidenschaftlicher: »Verhüllen Sie ihr Gesicht! Sehen Sie nicht hin! O Vater im Himmel – schone ihn!«

Da hob die Frau den Schleier.

»Zum Gedenken an Laura, Lady Glyde –«

Doch Laura, Lady Glyde, stand neben der Inschrift und blickte mich über das Grab hinweg an.

[Hier endet der zweite Zeitraum des Berichts]

Der dritte Zeitraum

Bericht
fortgesetzt von Walter Hartright

I

Ich schlage eine neue Seite auf und setze den Bericht eine Woche später fort.

Der Bericht über die Zwischenzeit, die ich dergestalt übergehe, muß ungeschrieben bleiben. Beim bloßen Gedanken daran stockt mir der Atem, verwirren sich meine Gedanken und versinken in Finsternis. Doch das darf nicht sein, wenn ich, der Schreiber, Sie, den Leser, führen soll; das darf nicht sein, wenn ich alle Fäden, die durch diesen Irrgarten führen, vom Anfang bis zum Ende der Geschichte fest in der Hand behalten soll.

Ein Leben hat sich schlagartig verändert, ein Daseinsziel ist neu erstanden. Alle Hoffnungen und Ängste, alle Kämpfe, Interessen und Opfer wurden mit einem Male und für immer in eine neue Richtung gelenkt – das ist die Aussicht, die sich jetzt vor mir öffnet, so wie der jähe Ausblick von einem Bergesgipfel. Im stillen Schatten einer Kirche in Limmeridge brach ich meinen Bericht ab; eine Woche später nehme ich ihn nun wieder auf, umgeben vom lärmenden Getriebe einer Straße in London.

Die Straße liegt in einem ärmlichen, dichtbevölkerten Londoner Stadtteil. In einem ihrer Häuser befindet sich im Erdgeschoß der Laden eines Zeitungshändlers, oberhalb, im ersten und zweiten Stock, gibt es zwei kleine, bescheiden möblierte Wohnungen.

Diese habe ich unter einem angenommenen Namen gemietet. Oben – ein Raum zum Arbeiten, ein Raum zum Schlafen – wohne ich. Unten wohnen zwei Frauen gleichen Namens, die ich als meine Schwestern ausgegeben habe. Ich verdiene mir mein Brot mit Illustrationen – Zeichnungen oder Holzschnitten – für billige Zeitschriften. Von meinen Schwestern heißt es, daß sie durch Handarbeiten zum Unterhalt beitragen. Unser ärmliches Zuhause, unser bescheidenes Leben, unsere vorgebliche Verwandtschaft und unser angenommener Name haben nur einen Zweck: im Häusermeer der Großstadt verborgen zu bleiben. Wir zählen nicht mehr zu jenen Leuten, deren Leben sich im Lichte der Öffentlichkeit abspielt. Für unsere Nachbarschaft bin ich ein mittelloser Mann, ohne Freunde, ohne Gönner, die ihm weiterhelfen könnten, und Marian Halcombe ist meine ältere Schwester, die durch ihrer Hände Arbeit für das Nötigste sorgt. Freilich, für die Welt, in der wir uns früher bewegten, sind wir Betrogene und Betrüger zugleich, nämlich Opfer und Handlanger der verrückten Anne Catherick, die Namen, gesellschaftliche Stellung und die lebendige Persönlichkeit der toten Lady Glyde für sich beansprucht.

Das ist unsere Situation. Das ist die Verkleidung, in der wir noch viele, viele Seiten lang in dieser Geschichte auftreten müssen.

Nach dem Buchstaben von Vernunft und Gesetz, in den Augen von Freunden und Verwandten, nach den Regeln aller Formen der zivilisierten Gesellschaft liegt Laura, Lady Glyde, begraben neben ihrer Mutter auf dem Kirchhof von Limmeridge. Zu Lebzeiten gestrichen aus der Liste der Lebenden, mag Philip Fairlies Tochter und Sir Percival Glydes Gemahlin allenfalls für ihre Schwester und auch für mich noch existieren; aber für alle anderen ist sie tot. Tot für ihren Onkel, der nicht durch sie gestört sein wollte – tot für die Dienstboten des Hauses, die sie nicht erkannten – tot für die Behörden, die ihr Vermögen ihrem Mann und ihrer Tante übergaben – tot für meine Mutter und meine Schwester, die mich für das Opfer eines Betrugs und einer Abenteurerin halten. Rechtlich, moralisch, gesellschaftlich – tot.

Und doch lebt sie! Sie lebt in Armut und Verborgenheit, sie lebt bei einem armen Zeichenlehrer, der bereit ist, für sie zu kämpfen und ihr den Platz in der Welt der Lebenden zurückzuerobern.

Regte sich in mir denn kein Verdacht, als sie mir ihr Gesicht enthüllte, zumal ich ja um ihre Ähnlichkeit mit Anne Catherick weiß? Nein, nicht der Schatten eines Verdachts seit jenem Augenblick, in dem sie – neben der Inschrift, die ihren Tod verkündet – den Schleier vor mir lüftete.

Ehe an diesem Abend noch die Sonne unterging, ehe das Haus, das sich ihr verschloß, unserem Blick entschwand, hatten wir beide jener Worte gedacht, die ich ihr seinerzeit beim Abschied sagte, von mir wiederholt, von ihr wiedererkannt: »Sollte einmal die Zeit kommen, wenn die Kraft meines Herzens und meine Ergebenheit Ihnen ein bißchen Glück verschaffen und ein wenig Kummer ersparen könnten – wollen Sie dann versuchen, sich des armen Zeichenlehrers zu erinnern, der Sie unterrichten durfte?« Sie, die sich kaum der Ängste und Sorgen der letzten Tage und Wochen zu entsinnen vermochte, erinnerte sich an diese Worte und legte voll Unschuld und Vertrauen ihren Kopf an die Brust jenes Mannes, der sie damals gesagt hatte. Und in dem Moment, da sie mich beim Namen nannte und zu mir sagte: »Walter, man hat versucht, mir alle Erinnerung zu rauben, aber ich erinnere mich an Marian, und ich erinnere mich an dich« – in diesem Moment schenkte ich ihr, der ich schon längst meine Liebe geschenkt hatte, auch mein Leben und dankte Gott dafür, daß ich es tun durfte. Ja! Endlich war die Zeit gekommen! Über Tausende und Tausende von Meilen hinweg, durch Urwald und Wildnis, wo Gefährten, kräftiger als ich, neben mir tot zu Boden gesunken waren, auf einem Weg, auf dem ich dreimal der Todesgefahr entronnen war, hatte mich jene Hand, welche die Menschen auf dunklem Pfad in die Zukunft leitet, dieser Begegnung entgegengeführt. Verlassen und verleugnet, schwer geprüft und ganz verwandelt stand Laura jetzt vor mir. Nun, da ihre Schönheit verblaßt, ihre Seele verdurstet war, da man sie aus ihrer Umwelt gerissen und ihrer gesellschaftlichen Stellung beraubt hatte, darf ich ihr, wie versprochen, mit der Kraft meines Herzens dienen, darf ich ihr meine Liebe zu Füßen legen. Erst ihr Unglück und ihre Verlassenheit haben mir das Recht gegeben, sie endlich mein zu nennen! An mir liegt es nun, ihr zu helfen, sie zu beschützen, sie aufzurichten, sie gesund zu pflegen. Meine Aufgabe ist, sie zu lieben und zu ehren wie ein Vater oder ein Bruder. Ich darf weder Opfer noch Gefahren scheuen, ich muß den hoffnungslosen Kampf gegen Rang und Macht aufnehmen; waffenlos wehre ich mich gegen schlau angelegten Betrug und auf Unrecht gebauten Erfolg – auch wenn ich dabei, um mein Ziel zu erreichen, meinen Ruf gefährden, meine Freunde aufgeben und mein Leben als Pfand einsetzen muß.

II

Ich habe hiermit meine Lage beschrieben, meine Beweggründe erklärt. Nun aber zu dem, was Marian und Laura zu erzählen hatten.

Beide Berichte gebe ich nicht in ihren eigenen Worten wieder (sie sind an manchen Stellen etwas verworren, oft auch zusammenhanglos), sondern in Form einer knappen Übersicht, die ich als eine Art Memorandum für mich und meinen Rechtsberater niederschrieb. Dergestalt kann ich diese verwickelte Geschichte dem Leser am leichtesten verständlich machen.

Marians Bericht beginnt dort, wo Mrs. Michelson, die Haushälterin von Blackwater Park, stehengeblieben ist.

Mrs. Michelson war es, die Marian Halcombe von Lady Glydes Abreise sowie den Umständen, unter denen sie vor sich gegangen war, berichtete. Ein paar Tage später (wie viele Tage es waren, vermochte Mrs. Michelson, da sie keine Aufzeichnungen gemacht hatte, nicht zu sagen) erhielt sie von Madame Fosco einen Brief mit der Nachricht vom plötzlichen Ableben Lady Glydes. Ein Datum war darin nicht genannt. Man überließ es ihrem Taktgefühl, Miss Halcombe diese traurige Nachricht entweder sofort mitzuteilen oder – mit Rücksicht auf ihre geschwächte Gesundheit – dies auf etwas später zu verschieben.

Zunächst beriet sich Mrs. Michelson mit Dr. Dawson, der selbst krank gewesen war und seine Visiten noch immer nicht wiederaufgenommen hatte. Noch am selben Tag (oder tags darauf) kam er nach Blackwater Park, und Mrs. Michelson verständigte in seiner Gegenwart Miss Halcombe vom Tod ihrer Schwester. Unnötig zu sagen, welche Wirkung diese furchtbare Nachricht auf sie hatte. Jedenfalls war sie erst drei Wochen später imstande, die Reise nach London anzutreten. Mrs. Michelson fuhr mit ihr. Ehe sie sich in London voneinander verabschiedeten, gab ihr Mrs. Michelson ihre Londoner Adresse – für den Fall, daß sie sie später einmal brauchen sollte.

Miss Halcombe suchte sofort das Rechtsanwaltsbüro der Herren Gilmore und Kyrle auf, konnte aber nur mit Letzterem sprechen, da Mr. Gilmore sich noch immer in Deutschland aufhielt. Ihm sagte sie das, was sie bisher allen anderen (Mrs. Michelson inbegriffen) verschwiegen hatte – sie sagte ihm, daß ihr die Umstände, unter denen Lady Glyde den Tod gefunden hatte, verdächtig schienen, ihm gegenüber durfte sie offen sein, denn er hatte ja schon bei früheren Gelegenheiten bewiesen, daß er zu helfen bereit war. So übernahm denn auch Mr. Kyrle die heikle und gefährliche Aufgabe, entsprechende Nachforschungen in die Wege zu leiten.

Um die Sache kurz zu machen: Als Mr. Kyrle bei Conte Fosco vorsprach, um – in Miss Halcombes Namen – nähere Einzelheiten über den Tod Lady Glydes zu erfahren, erhielt er von diesem jeden gewünschten Beistand. Der Conte verwies ihn an den Arzt – Dr. Goodricke – sowie an die Köchin und das Stubenmädchen. Das genaue Datum von Lady Glydes Ankunft in London konnte er zwar nicht erfahren, doch die Aussagen des Arztes und der Dienstboten sowie die freiwillig gegebenen Auskünfte des Conte und der Contessa schienen ihm ausreichend. Mr. Kyrle blieb kein anderer Schluß, als daß die Schwere des Verlustes Miss Halcombes Urteilskraft bedauerlicherweise beeinträchtigt habe. Er schrieb ihr daher, der schreckliche Verdacht, den sie ihm gegenüber geäußert habe, entbehre seiner Meinung nach jeglicher Grundlage. Damit endeten auch die Nachforschungen durch Mr. Gilmores Partner.

Mittlerweile war Miss Halcombe nach Limmeridge House zurückgekehrt und hatte dort alle Erkundigungen eingezogen, derer sie habhaft werden konnte. Mr. Fairlie hatte die Nachricht vom Tode seiner Nichte durch Madame Fosco erhalten; auch dieser Brief enthielt kein Datum des Todestags. Er hatte dem Vorschlag seiner Schwester zugestimmt, die Tote im Grab ihrer Mutter auf dem Kirchhof von Limmeridge beisetzen zu lassen. Conte Fosco hatte die sterblichen Überreste der Lady Glyde nach Cumberland begleitet und am Begräbnis, das am 30. Juli stattfand, teilgenommen. Um ihre Verehrung zu bezeugen, waren sämtliche Nachbarn und Dorfbewohner dem Sarg gefolgt. Tags darauf hatte man auf dem Sockel des Kreuzes die Inschrift einmeißeln lassen, deren Text, wie es hieß, von der Tante der Verstorbenen entworfen und von Mr. Fairlie für gut befunden worden war.

Am Tage der Beerdigung wie auch an dem darauf folgenden Tag hatte Conte Fosco als Gast in Limmeridge House logiert, doch Mr. Fairlie hatte kein Gespräch mit ihm gewünscht. Sie hatten nur schriftlich miteinander verkehrt, und auf diesem Wege hatte Conte Fosco dem Onkel der Verstorbenen auch nähere Einzelheiten über Lady Glydes Krankheit und Hinscheiden mitgeteilt. In diesem Brief stand nur, was man ohnedies wußte; die Nachschrift allerdings enthielt etwas Bemerkenswertes, und zwar einen Hinweis auf Anne Catherick.

Es handelte sich dabei im wesentlichen um folgendes:

Zum einen ließ der Conte Mr. Fairlie wissen, daß Anne Catherick (über die er von Marian Halcombe Näheres erfahren könne) in der Nähe von Blackwater Park aufgegriffen und wieder unter dieselbe ärztliche Aufsicht gestellt worden sei, der sie sich seinerzeit durch Flucht entzogen hatte.

Zum anderen machte der Conte Mr. Fairlie darauf aufmerksam, daß sich Anne Cathericks Geisteskrankheit infolge der langen Freiheit bedeutend verschlechtert habe. Ihr unerklärlicher Haß und ihr unberechtigtes Mißtrauen gegen Sir Percival Glyde, schon vorher die charakteristischen Symptome ihres Wahns, bestünden noch immer, äußerten sich jetzt aber in anderer Form. Diese Unglückliche habe die fixe Idee – nur um Sir Percival zu ärgern und zu belästigen –, sich als dessen verstorbene Gemahlin auszugeben, zumal sie dadurch hoffe, sich bei Wärterinnen und Patientinnen ein besonderes Ansehen zu geben. Vermutlich habe eine heimliche Unterredung mit Lady Glyde, die sie sich seinerzeit zu verschaffen gewußt hatte, sie auf diesen Gedanken gebracht, da sie bei dieser Gelegenheit feststellen konnte, wie auffallend ähnlich sie ihr war. Nun sei es zwar höchst unwahrscheinlich, daß sie ein zweites Mal aus der Anstalt entkäme, doch sei es ihr sicher möglich, Mittel und Wege zu finden, um die Verwandten der Verstorbenen durch Briefe zu belästigen, für welchen Fall Mr. Fairlie im vorhinein gewarnt sein möge.

Die Nachschrift zeigte man Miss Halcombe nach ihrer Ankunft in Limmeridge; und außerdem übergab man ihr Kleider und andere Dinge, die Lady Glyde bei sich gehabt hatte.

Madame Fosco hatte alles zusammengesucht, sorgfältig verpackt und nach Limmeridge geschickt.

So also war der Stand der Dinge, als Miss Halcombe Anfang September in Limmeridge ankam.

Bald darauf erlitt sie einen Rückfall, der sie ans Zimmer fesselte. Für ihren geschwächten Körper war diese seelische Belastung zuviel. Nach einem Monat erholte sie sich zwar, doch ihr Verdacht hinsichtlich der Umstände beim Tod ihrer Schwester blieb bestehen. Von Sir Percival Glyde hörte sie nichts mehr, doch Madame Fosco schrieb ihr und erkundigte sich, auch im Namen ihres Mannes, auf das herzlichste nach ihrem Befinden. Anstatt ihr zu antworten, ließ Miss Halcombe das Haus in St. John's Wood und dessen Bewohner beobachten.

Es war nichts Verdächtiges zu entdecken. Das gleiche ergab sich bei den Nachforschungen nach Mrs. Rubelle. Sie war vor etwa einem halben Jahr mit ihrem Mann von Lyon nach London gekommen, hatte nahe dem Leicester Square ein Haus gemietet und als Fremdenpension eingerichtet – für Ausländer, die man im nächsten Jahr bei der Weltausstellung in großer Zahl erwartete. In der Nachbarschaft wußte man nichts Nachteiliges über sie zu sagen. Beide seien ruhige Leute und hätten keine Schulden. Ihre Nachforschungen betrafen auch Sir Percival Glyde. Er lebte in Paris, ruhig und unauffällig, und hatte einen kleinen Kreis englischer und französischer Freunde.

Nichts als Fehlschläge also. Dennoch fand Miss Halcombe keine Ruhe. Sie beschloß, die Anstalt aufzusuchen, in der sie Anne Catherick zum zweiten Male eingesperrt glaubte. Schon immer hatte diese Frau ihre Neugier geweckt, jetzt aber interessierte sie sich noch mehr für sie, schon allein deshalb, weil sie wissen wollte, ob es stimmte, daß sie sich für Lady Glyde ausgab; falls es stimmte, wollte sie selbst herausbekommen, was wohl die Unglückliche zu einem solchen Betrugsversuch bewog.

In Conte Foscos Brief an Mr. Fairlie fand sich zwar nicht die Adresse des Sanatoriums, doch für Marian Halcombe bildete dies kein Hindernis. Als ich – Walter Hartright – der Frau in Weiß auf dem Kirchhof zu Limmeridge begegnet war, hatte sie mir gesagt, wo diese Anstalt lag, und Miss Halcombe hatte damals alles in ihrem Tagebuch notiert – zusammen mit anderen Einzelheiten jenes Gesprächs. Daher brauchte sie nur bei der betreffenden Eintragung nachzusehen. Sie ließ sich von Mr. Fairlie den Brief des Conte geben – sozusagen als Empfehlungsschreiben, das ihr vielleicht nützen könnte. Am 11. Oktober machte sie sich allein auf den Weg nach London.

Dort übernachtete sie. Ursprünglich hatte sie daran gedacht, bei Lady Glydes ehemaliger Gouvernante zu wohnen. Aber Mrs. Vesey hätte der Anblick der nächsten und liebsten Verwandten ihrer verlorenen Schülerin sicher sehr erschüttert; daher hielt Miss Halcombe es für besser, sich nicht bei der alten Dame zu zeigen, sondern wohnte in einer Fremdenpension, die ihr Mrs. Veseys verheiratete Schwester empfohlen hatte. Tags darauf fuhr sie zu der Anstalt, die am nördlichen Stadtrand lag.

Man führte sie unverzüglich zum Anstaltsleiter.

Dieser schien zunächst eher abgeneigt, sie seine Patientin sehen zu lassen. Als sie ihm jedoch Conte Foscos Postskriptum lesen ließ und dazu sagte, sie selbst sei die hier erwähnte Miss Halcombe, zudem die Schwester der verstorbenen Lady Glyde und daher aus privaten Gründen natürlich sehr daran interessiert, sich über das Ausmaß der Selbsttäuschung der Kranken zu informieren, änderte sich sein Ton, und er nahm seine Einwände zurück. Vermutlich befürchtete er, sie könnte ihn, falls er sich weiterhin weigerte, nicht nur für unhöflich halten, sondern auch annehmen, daß in seiner Anstalt Dinge vor sich gingen, die einer näheren Prüfung durch Außenstehende nicht standhielten.

Jedenfalls gewann Miss Halcombe den Eindruck, daß Conte Fosco und Sir Percival Glyde den Anstaltsleiter nicht ins Vertrauen gezogen hatten. Für die Richtigkeit dieser Annahme sprach schon allein der Umstand, daß er diesen Besuch überhaupt gestattete. Zudem machte er von sich aus einige Bemerkungen, die einem Komplizen kaum über die Lippen gekommen wären. So sagte er ihr beispielsweise, daß Anne Catherick am 27. Juli von Conte Fosco mit entsprechenden Anweisungen zurückgebracht worden sei, und zwar habe es sich um eine von Sir Percival Glyde unterzeichnete Erklärung gehandelt. Als er seine ehemalige Patientin in Empfang genommen habe, sei ihm aufgefallen, daß diese sich in mancher Hinsicht stark verändert habe. Solche Veränderungen seien jedoch erfahrungsgemäß bei Geisteskranken möglich. Man habe beobachtet, daß sie in ihrem Äußeren wie in ihrem Wesen wechselhaft seien – je nachdem, ob sich ihr Zustand verbessere oder verschlechtere. Es sei erwiesen, daß die Krankheit manchmal einen solchen Wandel herbeiführe. Dies könnte auch bei Anne Catherick der Fall sein, zumal ja auch in ihren Wahnideen ein Wandel eingetreten sei, der sich zweifellos in ihrem Verhalten und ihrem Aussehen widerspiegle. Er selbst sei noch immer bisweilen verblüfft, wie sehr sich diese Patientin seit ihrer Flucht verändert habe. Es würde zu weit führen, die Unterschiede im einzelnen zu beschreiben, doch beträfen sie weder Größe noch Figur noch Haarfarbe noch Gesichtsfarbe noch Gesichtsschnitt. Das Anders-Sein sei nämlich mehr spürbar als sichtbar. Kurzum, der ganze Fall sei ihm schon von Anfang an ein Rätsel gewesen – jetzt allerdings noch mehr denn je.

Dieses Gespräch trug natürlich nicht im geringsten dazu bei, Miss Halcombe auf das Kommende seelisch vorzubereiten. Die Wirkung blieb dennoch nicht aus; es hatte sie nervlich so belastet, daß sie eine Weile brauchte, ehe sie sich fassen und dem Anstaltsleiter in jenen Teil des Gebäudes folgen konnte, in welchem sich die Patienten befanden.

Es erwies sich, daß die angebliche Anne Catherick gerade in den Gartenanlagen der Anstalt spazierenging. Eine Krankenpflegerin erklärte sich bereit, Miss Halcombe zu ihr zu führen. Der Anstaltsleiter wollte in einigen Minuten nachkommen – man hatte ihn nämlich gerade zu einer anderen Patientin gerufen.

Die Krankenpflegerin führte Miss Halcombe in einen abgelegenen Teil des Parks, der besonders hübsch war. Dort sah sie sich nach allen Seiten um und betrat dann einen Rasenpfad mit schattenspendendem Gebüsch zu beiden Seiten. Auf diesem Wege kamen ihnen zwei Frauen langsam entgegen. Die Krankenpflegerin zeigte auf die beiden und sagte: »Madam, dort kommt Anne Catherick mit ihrer Wärterin. Die Frau wird Ihnen alle Fragen beantworten.« Mit diesen Worten empfahl sie sich und ging zum Haus zurück.

Miss Halcombe schritt auf dem Rasenpfad weiter, auch die beiden Frauen kamen näher und näher. Sie waren nur noch wenige Schritte voneinander entfernt, da hielt die Patientin kurz inne, starrte auf Miss Halcombe, riß sich von der Wärterin los – und lag im nächsten Augenblick in Miss Halcombes Armen. In diesem Moment erkannte Miss Halcombe die eigene Schwester – erkannte die lebende Tote.

Bedenkt man, was sich später noch zugetragen hat, so war es ein Glück, daß sich außer der Wärterin niemand in der Nähe aufhielt. Diese war noch ein junges Ding, das der unvorhergesehene Zwischenfall so verstörte, daß sie zunächst gar nicht eingreifen konnte. Und als sie sich endlich faßte, mußte sie sich ganz der fremden Dame widmen, die durch den Schock einer Ohnmacht nahe war. Nach ein paar Minuten in der frischen Luft und dem kühlen Schatten gelang es Miss Halcombe mit Hilfe ihres eigenen Mutes und der eigenen Energie wieder Herr über sich selbst zu werden und, schon um ihrer unglücklichen Schwester willen, ihre Geistesgegenwart wiederzuerlangen.

Immerhin erhielt sie von der Wärterin die Erlaubnis, die Patientin allein zu sprechen, vorausgesetzt, daß sie beide in Sichtweite blieben. Für Fragen war jetzt keine Zeit, Miss Halcombe konnte ihrer unglücklichen Schwester nur einprägen, daß sie sich unbedingt beherrschen müsse – nur so könne sie ihr helfen und sie retten. Die Aussicht, befreit zu werden, wenn sie sich an die Anordnungen ihrer Schwester hielte, genügte, um Lady Glyde zu beruhigen. Sie begriff, worum es ging. Darauf ging Miss Halcombe zur Wärterin zurück, gab ihr alles Gold, das sie bei sich hatte (drei Sovereigns), und fragte sie, wann und wo sie allein mit ihr sprechen könne.

Das Mädchen war überrascht und mißtrauisch; doch Miss Halcombe erklärte, sie habe nicht die Absicht, sie in einen Gewissenskonflikt zu bringen, sondern wolle ihr nur einige Fragen stellen. Jetzt sei sie dazu nicht imstande, denn die Begegnung habe sie bis ins Innerste aufgewühlt. Das Mädchen nahm das Geld an. Sie sei zu einem Gespräch bereit, sagte sie dann, die Dame möge am nächsten Tag um drei Uhr wiederkommen. Nach dem Mittagessen der Patientinnen könne sie sich für eine halbe Stunde frei machen und außerhalb der hohen Mauer an der Nordseite des Gartens, an einer Stelle also, die man vom Haus nicht sehe, auf sie warten. Miss Halcombe hatte gerade noch Zeit, sich damit einverstanden zu erklären und ihrer Schwester zuzuflüstern, daß sie am nächsten Tag wieder von ihr hören würde, denn in diesem Augenblick gesellte sich der Anstaltsleiter zu ihnen. Er bemerkte, daß sich die Besucherin in einem Zustand höchster Erregung befand, ließ sich aber von ihr einreden, dies sei eine Folge des Gesprächs mit Anne Catherick. Miss Halcombe versuchte, sich so schnell wie möglich zu verabschieden; dabei mußte sie ihre ganze Beherrschung zusammennehmen, um sich von ihrer unglücklichen Schwester wieder zu trennen.

Erst auf dem Rückweg nach London fand sie allmählich ihre Ruhe wieder. Schon nach kurzer Überlegung kam sie zu der Einsicht, daß jeder Versuch, ihre Schwester auf gesetzlichem Wege zu identifizieren und aus der Anstalt herauszubekommen, auch im Falle eines Erfolges sehr lange Zeit beanspruchen würde. Eine derartige Verzögerung wäre für den seelischen Zustand ihrer Schwester, die durch diese gräßliche Situation, in die man sie gebracht hatte, ohnehin schwer mitgenommen war, vielleicht verhängnisvoll. Als Miss Halcombe die Stadt erreichte, stand ihr Entschluß fest, Laura heimlich zu entführen, und zwar mit Hilfe der Wärterin.

Sie ging sogleich zu ihrer Bank und machte ihr kleines Kapital – nicht ganz siebenhundert Pfund – flüssig. Wenn nicht anders möglich, wollte sie die Freiheit ihrer Schwester mit jedem Farthing, den sie besaß, erkaufen. Am nächsten Tag trug sie siebenhundert Pfund in Banknoten bei sich, als sie vor der Anstaltsmauer auf die Wärterin traf.

Miss Halcombe ging die Sache äußerst behutsam an. Durch vorsichtiges Fragen erfuhr sie unter anderem, daß man jene Wärterin, welche seinerzeit die echte Anne Catherick beaufsichtigt hatte, für deren Flucht verantwortlich gemacht (obgleich sie wirklich nicht der schuldige Teil gewesen war) und entlassen hatte. Die gleiche Strafe, meinte das Mädchen, würde auch sie treffen, wenn die angebliche Anne Catherick ein zweites Mal flüchte. Zudem sei sie interessiert daran, ihre Stelle nicht zu verlieren; sie sei nämlich verlobt, doch sie und ihr künftiger Mann müßten noch etwa zwei- bis dreihundert Pfund ersparen, um gemeinsam ein Geschäft zu gründen. Man werde hier in dieser Anstalt als Wärterin gut bezahlt, und sie könne, wenn sie ihre Ausgaben auf das Nötigste beschränke, in ungefähr zwei Jahren ihren Anteil beisteuern.

An dieser Stelle hakte Miss Halcombe ein. Bei der angeblichen Anne Catherick handle es sich um eine nahe Verwandte, erklärte sie. Man habe diese Frau infolge eines verhängnisvollen Irrtums hier eingewiesen, und sie, die Wärterin, würde eine gute Tat vollbringen, wenn sie helfe, die zu Unrecht hier Festgehaltene zu befreien. Ehe das Mädchen noch etwas gegen diesen Vorschlag einwenden konnte, zog Miss Halcombe vier Hundert-Pfund-Scheine aus ihrem Geldtäschchen und bot dem Mädchen dieses Geld als Entschädigung für das Risiko und den Verlust ihrer Stelle.

Verblüfft und verwundert blickte die Wärtern sie an und zögerte. Doch Miss Halcombe gab nicht nach.

»Sie vollbringen eine gute Tat«, wiederholte sie, »denn Sie helfen einer unglücklichen und tief gekränkten Frau. Zum Lohn bekommen Sie das Geld, das Ihnen Ihre Heirat ermöglicht. Bringen Sie die Dame hierher, und ehe ich mit ihr fortgehe, bekommen Sie diese Banknoten!«

»Madam, würden Sie mir das, was Sie sagen, schriftlich geben, damit ich es meinem Verlobten zeigen kann, wenn er mich fragt, woher ich das Geld habe?« bat die Wärterin.

»Ich bringe Ihnen eine von mir unterschriebene Bestätigung«, erklärte Miss Halcombe.

»Dann will ich's riskieren«, antwortete die Wärterin.

»Und wann?«

»Morgen.«

Sie vereinbarten, daß Miss Halcombe möglichst bald kommen und hier in der Nähe, im Schatten der Bäume, wo man sie nicht sehen konnte, warten sollte. Einen bestimmten Zeitpunkt konnte die Wärterin nicht angeben, denn sie wollte und mußte eine günstige Gelegenheit abwarten.

Am nächsten Tag war Miss Halcombe noch vor zehn Uhr an Ort und Stelle, mit dem Geld und der versprochenen Bestätigung. Sie wartete fast zwei Stunden. Da erschien mit raschen Schritten die Wärterin; sie führte Lady Glyde am Arm. Miss Halcombe drückte ihr das Schreiben und die Banknoten in die Hand – und die beiden Schwestern waren wieder vereint.

In weiser Voraussicht hatte die Wärterin ihren Schützling mit

Kleidungsstücken aus den eigenen Beständen versehen; Hut, Schleier und Umhang gehörten der Wärterin. Miss Halcombe erklärte ihr noch rasch, wie sie, sobald man die Flucht entdeckte, die Verfolgung in eine falsche Richtung lenken sollte. Vor den anderen Wärterinnen müßte sie ganz beiläufig erwähnen, daß sich Anne Catherick erkundigt habe, wie weit es von London nach Hampshire sei; ehe noch andere bemerkten, daß ihr Schützling fehle, müsse sie selbst Alarm schlagen; wenn der Anstaltsleiter davon höre, werde er natürlich annehmen, seine Patientin sei nach Blackwater Park zurückgekehrt, zumal ja ihr Wahn, Lady Glyde zu sein, diese Vermutung rechtfertige; daher würde man aller Wahrscheinlichkeit nach zuerst in Hampshire nach ihr suchen.

Die Wärterin versprach, sich an diesen Vorschlag zu halten, zumal sie auf diese Weise nicht ebenfalls flüchten müßte und sich dadurch vor schlimmeren Folgen als dem bloßen Verlust ihrer Stelle bewahre; immerhin würde dadurch wenigstens der Anschein erweckt, daß sie an der Flucht unschuldig sei. Sie ging rasch wieder ins Gebäude zurück, und Miss Halcombe verlor keine Zeit und brachte ihre Schwester sofort nach London. Sie erreichten noch den Nachmittagszug nach Carlisle und kamen ohne irgendwelche Schwierigkeiten in der Nacht in Limmeridge an.

Gegen Ende der Reise befanden sie sich allein im Waggon. Miss Halcombe bemühte sich, aus ihrer Schwester herauszubekommen, was in den vergangenen Wochen mit ihr geschehen war – soweit Lady Glydes geschwächtes Gedächtnis sich überhaupt an die Vorgänge zu erinnern vermochte. Ihre furchtbaren Erlebnisse konnte sie in ihrer Verwirrung nur in Bruchstücken schildern, meist erzählte sie ganz zusammenhanglos. So unvollkommen ihre Erzählung auch war, so soll sie dennoch hier aufgezeichnet werden, bevor der Bericht mit den Ereignissen des nächsten Tages schließt.

Das erste, woran sich Lady Glyde erinnerte, war ihre Ankunft am Bahnhof Waterloo Bridge. Den Tag, an dem sie von Blackwater Park abgereist war, hatte sie sich nicht notiert. Daher ist die Hoffnung vergeblich, durch sie oder Mrs. Michelson dieses wichtige Datum je herauszufinden.

Auf dem Bahnsteig erwartete sie Conte Fosco. Kaum hatte der Gepäckträger die Türe des Coupés geöffnet, stand er auch schon vor ihr. Der Zug war überfüllt, es herrschte großes Durcheinander, bis jeder seine Koffer hatte. Der Conte hatte einen Mann mitgebracht, der das mit ihrem Namen versehene Gepäck übernahm. Sie bestieg mit dem Conte ein Fahrzeug, von dem sie aber nicht mehr weiß, wie es aussah.

Ihre erste Frage galt ihrer Schwester. Der Conte teilte ihr mit, Miss Halcombe sei noch nicht nach Cumberland weitergereist, da er es für besser halte, wenn sie diese lange Fahrt erst nach einigen Ruhetagen antrete.

Hierauf erkundigte sich Lady Glyde, ob ihre Schwester in seinem Hause wohne. Sie erinnert sich jetzt nicht mehr genau daran, was ihr der Conte geantwortet hat, jedenfalls erklärte er ihr, er würde sie zu Miss Halcombe bringen. Lady Glyde kannte sich in London nur schlecht aus, daher kann sie auch nicht sagen, durch welche Straßen sie fuhren. Sie befanden sich jedoch nicht in einer Vorstadt mit Gärten und Bäumen, sondern kamen über einen großen Platz mit Geschäften und öffentlichen Gebäuden und sehr vielen Menschen. In einer kleinen Gasse dahinter hielt der Wagen an. Es ist also klar, daß Conte Fosco sie nicht in den Vorort St. John's Wood brachte, wo er und die Contessa wohnten.

Ein Dienstmädchen öffnete die Haustüre, und ein Mann mit schwarzem Bart, dem Äußeren nach ein Ausländer, empfing sie in der Halle, führte sie höflich die Treppe hinauf, und zwar in ein Hinterzimmer – entweder im ersten oder im zweiten Stock. Dann brachte man ihr das Gepäck. Nochmals erkundigte sich Lady Glyde nach ihrer Schwester, worauf der Conte ihr versicherte, Miss Halcombe befinde sich in diesem Hause, man werde sie unverzüglich von ihrer Ankunft verständigen. Dann ließ er sie allein in diesem bescheiden möblierten Wohnzimmer, dessen Fenster in einen Hof gingen.

Im Hause war es auffallend still, sie hörte keine Schritte auf der Treppe, sie hörte nur leises Murmeln – es waren Männerstimmen – in einem der unten gelegenen Zimmer. Der Conte kam bald zurück und teilte ihr mit, Miss Halcombe schlafe gerade und dürfe jetzt nicht gestört werden. Es begleitete ihn ein Herr (ein Engländer), den er ihr als einen seiner Freunde vorzustellen sich erlaube, wie er sagte.

Nach dieser merkwürdigen Einführung, bei der Conte Fosco (soviel sich Lady Glyde erinnern konnte) keinen Namen genannt hatte, ließ er sie mit diesem Fremden allein. Dieser benahm sich äußerst höflich, doch verwirrte und erschreckte er sie durch sonderbare Fragen über sie selbst sowie überhaupt durch die merkwürdige Art, mit der er sie dabei anschaute. Nach einer Weile ging er, aber sofort kam ein anderer Herr (ebenfalls Engländer). Auch dieser stellte sich als ein Freund des Conte vor, und auch er sah sie so merkwürdig an und fragte sie sonderbare Dinge, wobei er sie, wie sie sich genau erinnerte, nie mit ihrem Namen anredete; und auch er verließ bald wieder das Zimmer. Sie war jetzt bereits so verängstigt und zudem so besorgt um ihre Schwester, daß sie daran dachte, sich hinunter zu wagen und die einzige Frau, die sie in diesem Hause gesehen hatte, nämlich das Dienstmädchen, um Schutz und Hilfe zu bitten.

Als sie sich erhoben hatte, kehrte Conte Fosco zurück.

Beunruhigt fragte sie ihn, wie lange sie noch auf das Wiedersehen mit ihrer Schwester warten müsse. Er antwortete ihr ausweichend, gab aber dann zögernd zu, daß es Miss Halcombe keineswegs so gut gehe, wie er es ihr geschildert habe. Die Art, wie er das sagte, regte Lady Glyde derartig auf und vergrößerte ihre Angst, die sie seit dem Besuch der beiden Fremden befallen hatte, derart, daß sie eine plötzliche Schwäche befiel und sie um ein Glas Wasser bat. Der Conte rief von der Tür aus nach Wasser und Riechfläschchen. Der Ausländer mit dem Bart brachte das Gewünschte. Doch das Wasser, von dem Lady Glyde trank, hatte einen so merkwürdigen Geschmack, daß sich ihre Schwäche nur noch verschlimmerte. Hastig griff sie zum Riechfläschchen, und sofort wurde ihr schwindlig. Conte Fosco konnte gerade noch das Fläschchen, das ihr aus der Hand fiel, auffangen. Das letzte, woran sie sich erinnern konnte, war, daß er es ihr nochmals unter die Nase hielt.

Von diesem Punkt an sind ihre Erinnerungen unklar und bruchstückhaft und nur schwer vereinbar mit dem, was sich vermutlich wirklich zutrug.

Sie selbst hatte den Eindruck, als sei sie im Laufe des Abends wieder zu sich gekommen, habe das Haus verlassen, sei (wie schon in Blackwater Park beschlossen) zu Mrs. Vesey gefahren, habe dort Tee getrunken und übernachtet. Wie oder wann oder in wessen Begleitung sie das Haus, in das sie der Conte gebracht hatte, verlassen habe, vermochte sie nicht zu sagen. Aber sie behauptete, bei Mrs. Vesey gewesen zu sein, und was noch merkwürdiger ist, sie behauptete auch, daß Mrs. Rubelle ihr beim Auskleiden und Zubettgehen geholfen habe! Sie konnte sich allerdings nicht daran erinnern, was sie mit Mrs. Vesey gesprochen hatte oder wer sonst noch dort war oder warum ausgerechnet Mrs. Rubelle ihr dort geholfen hatte.

Die Erinnerung an das, was am nächsten Morgen mit ihr geschah, ist noch unklarer und unpräziser.

Es könnte sein, daß sie mit Conte Fosco – und wieder mit Mrs. Rubelle – fortgefahren sei, doch wann und warum sie Mrs. Vesey verlassen hatte, wußte sie nicht. Ebensowenig wußte sie, welche Richtung der Wagen einschlug, wo sie ausstieg oder ob der Conte und Mrs. Rubelle immer bei ihr blieben. An dieser Stelle klafft in ihrer traurigen Geschichte eine Lücke. Sie kann sich an überhaupt nichts erinnern, sie weiß nicht, ob ein Tag oder mehr als ein Tag verging – bis sie plötzlich an einem ihr vollkommen fremden Ort, umgeben von Frauen, die sie nicht kannte, wieder zu sich kam.

Das war die Irrenanstalt. Hier nannte man sie erstmals »Anne Catherick«, hier sah sie mit eigenen Augen, daß sie deren Kleider trug – ein letzter Beweis für den an ihr begangenen Verrat. Gleich am ersten Abend zeigte die Wärterin auf ihre Unterwäsche, als sie ihr beim Auskleiden half, und sagte weder gereizt noch unfreundlich: »Hier können Sie es selber sehen: Auf allen Kleidungsstücken steht Ihr Name! Bitte quälen Sie uns nicht länger mit dieser lächerlichen Behauptung, Lady Glyde zu sein! Die ist tot und begraben – Sie aber leben und sind munter. Schauen Sie her! Da steht Ihr Name, in bester Wäschetinte! Sie finden ihn auch auf Ihren alten Sachen, die wir inzwischen für Sie aufbewahrt haben – Anne Catherick –, da haben Sie es schwarz auf weiß!« Und so war es auch, als Miss Halcombe am Abend ihrer Ankunft in Limmeridge House die Wäsche sah, die ihre Schwester trug.

Das also waren die einzigen Erinnerungen – alle unklar, manche sogar widersprüchlich –, die Miss Halcombe durch vorsichtiges Fragen aus Lady Glyde herausbekommen konnte. Was die Erlebnisse in der Anstalt betraf, wollte sie nicht weiter in sie dringen; dieser Belastung war sie sicher nicht gewachsen. Miss Halcombe wußte vom Anstaltsleiter, daß ihre Schwester am 27. Juli dort eingeliefert worden war. Von da an bis zum 15. Oktober (dem Tag ihrer Befreiung) wurde sie dort festgehalten; man hatte ihr eingehämmert, sie sei Anne Catherick, man hatte behauptet, sie sei nicht bei Verstand. Unter solchen Qualen hätten auch weniger zartbesaitete und weniger widerstandsfähige Naturen Schaden gelitten. Kein Mensch konnte so etwas durchmachen, ohne sich in seinem Wesen zu verändern.

Da sie erst am späten Abend des 15. Oktober in Limmeridge eintrafen, verschob Miss Halcombe die öffentliche Verkündigung von Lady Glydes Identität auf den nächsten Tag.

Am Morgen ging sie zunächst zu Mr. Fairlie und erzählte ihm so vorsichtig und rücksichtsvoll wie möglich, was sich zugetragen hatte. Doch kaum hatte er den ersten Schreck überwunden, erklärte er verärgert, Miss Halcombe habe sich von Anne Catherick zum Narren halten lassen. Sich auf Conte Foscos Postskriptum beziehend und auch auf Marian Halcombes eigene Berichte über die äußere Ähnlichkeit seiner Nichte mit Anne Catherick, weigerte er sich ganz entschieden, auch nur für eine einzige Minute eine Irre bei sich vorzulassen, die in dieses Haus zu bringen allein schon Schmach und Schande bedeute.

Miss Halcombe verließ das Zimmer, wartete, bis sich ihr erster Zorn gelegt hatte, und beschloß dann, daß Mr. Fairlie im Namen der elementarsten Menschlichkeit seine Nichte sehen müsse, ehe er ihr wie einer Fremden die Türe weise. Ohne vorherige Warnung führte sie daher Lady Glyde zu ihm ins Zimmer. Der Diener wollte ihnen den Eintritt verwehren, aber Miss Halcombe gab nicht nach und drang, ihre Schwester an der Hand führend, zu Mr. Fairlie vor.

Die nun folgende Szene ist, obgleich sie nur wenige Minuten dauerte, zu peinlich, um hier wiedergegeben zu werden – sogar Miss Halcombe scheute sich, davon zu sprechen. Lassen wir es bei der Feststellung bewenden, daß Mr. Fairlie energisch erklärte, er kenne die Person nicht, die vor ihm stehe, er bemerke an ihr nichts, was ihn nur einen Augenblick daran zweifeln ließe, daß seine Nichte auf dem Kirchhof von Limmeridge begraben sei. Und falls man diese Person nicht bis zum Abend aus dem Hause entferne, würde er sich zu seinem eigenen Schutz an die Polizei wenden.

Auch wenn man Mr. Fairlies Selbstsucht, Trägheit und Gefühlsarmut in Betracht zieht, war es unwahrscheinlich, daß er sich der Infamie schuldig machte, das Kind seines Bruders insgeheim zu erkennen und trotzdem vor allen Anwesenden zu verleugnen. Auch Miss Halcombe gab vernünftigerweise zu, daß unter dem Einfluß von Vorurteil und Überraschung sein Wahrnehmungsvermögen vielleicht gelitten hatte – zumindest erklärte sie sich den Vorfall auf diese Weise. Doch als sie dann die Dienstboten auf die Probe stellte und erkennen mußte, daß keiner sicher sagen konnte, ob die Dame, die man ihnen vorführte, ihre junge Herrin war oder Anne Catherick, von deren Ähnlichkeit alle wußten, ergab sich der traurige Schluß, daß die durch den langen Aufenthalt in der Anstalt hervorgerufene Veränderung an Lady Glyde viel ernster war, als Miss Halcombe zunächst angenommen hatte. Der schändliche Betrug mit ihrem angeblichen Tod blieb sogar dort unentdeckt, wo sie geboren war, und bei den Menschen, unter denen sie gelebt hatte.

In einer weniger kritischen Situation hätte selbst jetzt der Versuch noch nicht als hoffnungslos aufgegeben werden müssen.

Die Zofe Fanny beispielsweise, die gerade nicht anwesend war, wurde in zwei Tagen zurückerwartet. Immerhin war es möglich, daß Fanny ihre Herrin erkennen würde, zumal sie ihr herzlich zugetan war und in engerem Kontakt mit ihr gestanden hatte als die anderen Dienstboten. Lady Glyde könnte heimlich im Herrenhaus oder im Dorf bleiben, bis sie sich geistig und körperlich gekräftigt fühlte. Sobald ihr Erinnerungsvermögen wieder zurückkehrte, würde sie von Personen und Ereignissen sprechen, die sie von früher her kannte, wozu eine Betrügerin doch nie imstande wäre. Auf diese Weise könnte ihre Identität, die sich derzeit aufgrund ihres Äußeren nicht beweisen ließ, im Laufe der Zeit und mit Hilfe der alten Erinnerungen ganz sicher eindeutig bewiesen werden.

Aber die Umstände, unter denen sie ihre Freiheit wiedererlangt hatte, ließen es nicht zu, diesen einfachen Weg zu wählen. Vorläufig suchte man sie nur in Hampshire, doch bald würde man sie auch in Cumberland suchen. Ihre Verfolger konnten in wenigen Stunden in Limmeridge eintreffen, und Mr. Fairlie würde ihnen in seiner augenblicklichen Stimmung sicher jede Hilfe zuteil werden lassen. Angesichts dieser Gefahr war Miss Halcombe gezwungen, den Kampf um die Gerechtigkeit vorläufig aufzugeben und ihre Schwester unverzüglich von jenem Ort zu entfernen, wo ihr jetzt die größten Gefahren drohten: von ihrem eigenen Heim.

Die beste Sicherheitsmaßnahme schien ihr die sofortige Rückkehr nach London. In dieser großen Stadt würden sich ihre Spuren am schnellsten verlieren. Sie brauchten sich auf diese Reise weder vorzubereiten, noch mußten sie sich von irgend jemandem verabschieden. Am Nachmittag dieses denkwürdigen 16. Oktober brachte Miss Halcombe ihre Schwester dazu, ein letztes Mal alle ihre Kräfte zusammenzuraffen. Niemand wünschte ihnen Lebewohl, als sie sich mutterseelenallein auf den Weg machten, um Limmeridge House für immer den Rücken zu kehren.

Sie hatten gerade die Anhöhe oberhalb des Kirchhofs erreicht, als Lady Glyde darauf bestand, noch einmal umzukehren und einen letzten Blick auf das Grab ihrer Mutter zu werfen. Miss Halcombe wollte sie davon abbringen, doch dieses eine Mal war alle Mühe vergebens. Lady Glyde beharrte auf ihrem Entschluß. Plötzlich funkelte ein Feuer in ihren matten Augen und leuchtete durch den Schleier, der ihr Gesicht bedeckte. Die abgemagerten Hände, die bisher kraftlos auf dem Arm der Freundin lagen, umspannten ihn jetzt mit festem Griff. Ich glaube aus tiefster Seele, daß Gottes Finger ihnen den Weg wies und daß dies zu erkennen seinem unschuldigen und schwergeprüften Geschöpf in jenem entscheidenden Moment vergönnt war.

Sie lenkten ihre Schritte zum Kirchhof zurück und besiegelten durch diesen Entschluß unser dreier zukünftiges Schicksal.

III

Das also war der Bericht über die Vergangenheit – jedenfalls soweit wir sie damals kannten.

Ich zog zwei Schlußfolgerungen daraus. Zunächst konnte ich mir ungefähr vorstellen, wie man bei diesem Komplott vorgegangen war und wie geschickt man alle Möglichkeiten und Gegebenheiten genützt hatte, um sich vor Strafe zu sichern. Was im einzelnen geschehen war, konnte ich natürlich nicht wissen, doch eines stand fest: Man hatte sich auf das schändlichste die Ähnlichkeit zwischen der Frau in Weiß und Lady Glyde zunutze gemacht, hatte Anne Catherick als Lady Glyde in das Haus Conte Foscos gebracht, hatte Lady Glyde anstelle der Toten in die Irrenanstalt eingeliefert und bei dieser Vertauschung auch Unschuldige zu Komplizen gemacht, nämlich den Arzt und die beiden Dienstboten und wahrscheinlich auch den Anstaltsleiter.

Die zweite Schlußfolgerung ergab sich aus der ersten: Wir durften weder von Sir Percival Glyde noch von Conte Fosco Gnade erwarten. Immerhin hatte der Erfolg des Komplotts ihnen einen klaren Gewinn von dreißigtausend Pfund gebracht – zwanzigtausend dem einen durch den Tod der vorgeblichen Ehefrau, zehntausend dem anderen durch das Vermächtnis, das seine Ehefrau als Erbin erhielt. Natürlich hatten beide ein Interesse daran, daß man ihr Verbrechen nicht entdeckte. Sie würden kein Mittel unversucht lassen und keine Mühe scheuen, auch wenn sie dabei jeden Stein umdrehen müßten, um das Versteck ihres Opfers zu finden und Laura ihren einzigen Freunden – Marian Halcombe und mir – zu entreißen.

Diese ernste Gefahr war mir durchaus bewußt – eine Gefahr, die mit jedem Tag und jeder Stunde wuchs und mich bewog, einen sicheren Zufluchtsort für uns zu suchen. Ich fand ihn im Londoner East End, einem ärmlichen, dichtbevölkerten Stadtteil, wo es die wenigsten Gaffer und Müßiggänger gibt. Denn je schwerer für die Leute in der Nachbarschaft der Kampf ums Dasein ist, desto weniger Zeit und Gelegenheit haben sie, sich um Fremde zu kümmern, die sich dort niederlassen. Das schien mir für uns sehr vorteilhaft. Aber auch in einer andern und kaum weniger wichtigen Hinsicht schien mir unsere Wohnung günstig. Wir konnten dort durch meiner Hände Arbeit billig leben und jeden ersparten Farthing unserem gerechten Ziele widmen, nämlich das beispiellose Unrecht wiedergutzumachen – ein Ziel, das ich nicht mehr aus den Augen ließ.

Innerhalb einer Woche hatten Marian Halcombe und ich festgelegt, wie unser neues Leben verlaufen sollte.

Außer uns gab es in diesem Hause keine anderen Mieter, zudem konnten wir kommen und gehen, ohne den Zeitungsladen zu betreten. Vorläufig gestattete ich weder Marian noch Laura, ohne mich auszugehen oder in meiner Abwesenheit irgend jemanden hereinzulassen – gleichviel unter welchem Vorwand. Nachdem ich ihnen dies strengstens eingeschärft hatte, ging ich zu einem alten Freund – einem Zeichner und Holzschneider mit einem großen Kundenstamm –, um bei ihm Arbeit zu finden, teilte ihm aber sogleich mit, daß ich aus bestimmten Gründen bei seinen Kunden unbekannt zu bleiben wünschte.

Er schloß daraus, daß ich Schulden hätte und bedauerte mich in der üblichen Form, versprach mir jedoch seine Hilfe. Ich ließ ihn in seinem Irrtum und übernahm die Arbeiten, die er mir gab. Er wußte, daß er sich auf meinen Fleiß und meine Routine verlassen konnte, denn ich besaß das, was er suchte: Ausdauer und Fertigkeit. Mein Verdienst war zwar gering, aber er reichte für unsere Bedürfnisse. In dieser Hinsicht waren wir ohne Sorge. So konnten Marian und ich alles Geld zusammenlegen, das wir besaßen. Sie hatte noch zwei- bis dreihundert Pfund von ihrem kleinen Vermögen, und ich hatte bei meiner Abreise aus England fast ebensoviel durch den Verkauf des Geschäfts meines alten Zeichenlehrers erzielt. Zusammen besaßen wir demnach etwas mehr als vierhundert Pfund. Dieses kleine Vermögen deponierte ich in einer Bank; es sollte die Ausgaben für die geheimen Nachforschungen decken, die ich in die Wege zu leiten und notfalls auch ohne fremde Hilfe durchzuführen plante. Wir setzten bis auf den Farthing genau unsere wöchentlichen Ausgaben fest und ließen unsere Reserve unangetastet – es sei denn, es war etwas für Laura zu beschaffen.

Wir wagten es nicht, für die Hausarbeit ein Dienstmädchen zu nehmen, denn dadurch wäre eine Fremde ins Haus gekommen. Vom ersten Tag an nahm Marian diese Arbeit für sich in

Anspruch. »Was Frauenhände leisten können, übernehme ich!« erklärte sie. Als sie die Ärmel ihres einfachen Kleides hochstreifte, das sie, um nicht aufzufallen, jetzt trug, konnte ich ihren mageren Armen und ihren zitternden Händen ablesen, was sie durchgemacht hatte. Doch der unbesiegbare Wille dieser Frau leuchtete sogar jetzt aus ihr. Die dicken Tränen, die ihr bei meinem Anblick in die Augen stiegen und langsam über die Wangen rollten, wischte sie energisch wie immer fort und lächelte mir in einem matten Aufflackern ihrer alten Munterkeit zu. »Zweifle nicht an meinem Mut, Walter!« bat sie mich. »Nur mein geschwächter Körper ist es, der hier weint, nicht ich – die Hausarbeit wird ihn besiegen, auch wenn *ich*'s nicht kann.« Sie hielt Wort. Am Abend, als wir einander wiedersahen, war der Sieg errungen. Um auszuruhen, setzte sie sich und blickte mich mit großen dunklen Augen an, fest und leuchtend wie ehedem. »Ich breche nicht zusammen«, sagte sie. »Man kann mir getrost meinen Anteil an der Arbeit zumuten.« Ehe ich ihr noch antworten konnte, fügte sie leise hinzu: »Man kann mir getrost auch meinen Anteil an Wagnis und Gefahr zumuten. Denk daran, Walter, wenn es soweit ist!«

Und ich dachte daran, als es soweit war.

Ende Oktober hatte unser Leben bereits seinen geregelten Verlauf. Wir lebten so isoliert in unserem Versteck, als befänden wir uns auf einer menschenleeren Insel und als wäre das riesige Netzwerk von Straßen mit den Tausenden Menschen um uns die unendliche See. Endlich hatte ich auch ein bißchen freie Zeit, in der ich mir überlegen konnte, wie ich mich für den kommenden Kampf mit Sir Percival und dem Conte am besten wappnete.

Die Hoffnung, Lauras Identifizierung auf Grund meiner und Marians Aussagen in die Wege zu leiten, hatte ich aufgegeben. Hätten wir sie weniger innig geliebt und wäre der durch diese Liebe uns innewohnende Instinkt nicht stärker gewesen als alle Vernunftgründe und nicht schärfer als alle Beobachtung – vielleicht hätten sogar wir gezögert, als wir sie nach der langen Trennung erstmals wiedersahen.

Die Veränderung ihres Äußeren, bedingt durch Angst und Leid, hatte die fatale Ähnlichkeit zwischen Anne Catherick und ihr nur noch verstärkt. Im Bericht über meinen Aufenthalt in

Limmeridge House habe ich auf Grund meiner eigenen Beobachtungen erwähnt, daß die Ähnlichkeit – so auffallend sie im allgemeinen war –, sobald man auf Einzelheiten sah, in vielen Punkten ganz verschwand. Hätten die beiden damals nebeneinander gestanden, niemand hätte sie verwechseln können – wie das bei Zwillingen der Fall ist. Jetzt allerdings war auch im Kleinen die Ähnlichkeit vorhanden. Leid und Sorgen, die ich einst nur bei einem flüchtigen Gedanken mit Laura Fairlies Zukunft verband, worüber ich mir auch Vorwürfe gemacht hatte, hatten ihre Spuren auf dem jungen und schönen Gesicht hinterlassen, und die fatale Ähnlichkeit, die ich damals mit Schaudern entdeckt hatte, war jetzt so stark geworden, daß ich das Ebenbild von Anne Catherick vor mir zu sehen glaubte. Freunde und Verwandte, die sie nicht mit unseren Augen sahen, hätten in den ersten Tagen nach ihrer Rettung aus der Irrenanstalt bei ihrem Anblick wahrscheinlich mit Fug und Recht daran zweifeln können, daß dies jene Laura war, welche sie einst kannten.

Auch der andere Weg, von dem ich angenommen hatte, er würde uns ans Ziel bringen – nämlich ihre Erinnerung an Personen und Ereignisse, die eine Betrügerin nicht kennen konnte –, schied auf Grund späterer Versuche aus. So vorsichtig Marian und ich auch vorgingen, immer wenn wir auf irgendeine Weise versuchten, die geschwächten und erschütterten geistigen Kräfte zu stärken, gab es Warnzeichen, die uns vor dem Wagnis, ihre Gedanken auf diese furchtbare Zeit zurückzulenken, zurückschrecken ließen.

Die einzigen Begebenheiten, an die wir sie zu erinnern wagten, waren unbedeutende Szenen aus jener glücklichen Zeit, da ich sie im Zeichnen unterrichtet hatte. Jener Tag, an dem ich ihre Erinnerungen weckte, indem ich ihr die Skizze des Gartenhauses zeigte, die sie mir beim Abschied schenkte und die ich seither immer bei mir trug, war Marian und mir der Geburtstag einer neuen Hoffnung. Nur sachte und allmählich kehrte ihre Erinnerung an die Spaziergänge und Ausfahrten von damals wieder. Die müden blauen Augen blickten auf Marian und mich mit neuem Interesse und zaghafter Nachdenklichkeit, die wir von diesem Augenblick an nährten und lebendig hielten. Ich kaufte für Laura einen kleinen Malkasten und ein

Skizzenbuch wie jenes alte, das ich bei unserer ersten Begegnung in ihren Händen sah. Und wieder – ach ja, so wie damals – saß ich in den wenigen freien Stunden, die ich hatte, bei ihr – diesmal im trüben Londoner Licht, in einem ärmlichen Londoner Zimmer –, um ihre schwache, unsichere Hand zu führen. Tag für Tag nährte ich dieses neu erwachte Interesse, bis diese Lücke in ihrer Erinnerung endlich wieder ausgefüllt war und sie von selbst ans Zeichnen dachte, auch davon sprach und es allein übte – mit einem matten Abglanz unschuldiger Freude, wenn ich sie ermunterte, und mit wachsendem Vergnügen am eigenen Fortschritt – wie früher, im verlorenen Leben und verlorenen Glück vergangener Tage.

Mit diesen einfachen Mitteln stärkten wir ihre Seele und ihren Geist. An schönen Tagen führten wir sie hinaus auf einen nahegelegenen ruhigen Platz, wo es nichts gab, das sie verwirren oder erschrecken konnte. Wir verwendeten ein paar Pfund unseres kleinen Kapitals und kauften für sie Wein und etwas Kräftigendes zu essen. Abends unterhielten wir sie mit einfachen Kartenspielen und Einklebebüchern mit Drucken, die ich von dem Holzschneider auslieh. Mit diesen und anderen kleinen Aufmerksamkeiten beruhigten wir sie und brachten sie ins Gleichgewicht. Vor allem aber hofften wir zuversichtlich, daß mit der Zeit die Pflege und die Liebe, die wir ihr unermüdlich angedeihen ließen, zur weiteren Genesung beitragen würden. Freilich, sie aus dieser Ruhe und Zurückgezogenheit herauszureißen, sie unter Leute zu bringen, die sie kannte oder noch nicht kannte, und damit in ihr schmerzliche Erinnerungen an Vergangenes zu wecken (was wir bisher so vorsichtig vermieden hatten) – das wagten wir denn doch nicht. Welche Opfer wir auch auf uns nehmen mußten und wie lange diese Zeit auch noch dauern würde – das Unrecht, das man ihr angetan hatte, konnte nur ohne ihr Wissen und ihre Hilfe wiedergutgemacht werden.

Nachdem dieser Vorsatz gefaßt war, galt es zu entscheiden, welche weiteren Schritte zu unternehmen waren. Nachdem ich Marians Meinung eingeholt hatte, beschloß ich, fürs erste möglichst viele Fakten zu sammeln und dann den Anwalt der Familie aufzusuchen, um mich mit ihm zu beraten. Ihm konnten wir vertrauen, das wußten wir. Mr. Kyrle würde mir auch sagen können, ob es für uns irgendeine gesetzliche Handhabe gäbe, gegen diese schändlichen Betrüger vorzugehen, zumal ich es doch Laura schuldig war, ihre Zukunft nicht allein meinen schwachen Kräften zu überlassen, wenn auch nur die geringste Aussicht bestand, unsere Lage durch verläßliche Unterstützung von anderer Seite zu verbessern.

Erste und wichtigste Quelle meiner Information war natürlich Marians Tagebuch, und hier vor allem jene Eintragungen, die sie in Blackwater Park vorgenommen hatte. Die Stellen, die sich auf mich bezogen, wollte sie mich nicht sehen lassen. Sie las mir daher aus dem Tagebuch vor, und ich machte mir die notwendigen Notizen. Wir hatten dafür nur am Abend Zeit. Dreimal blieben wir bis spät in die Nacht hinein auf, doch das genügte; ich wußte jetzt alles, was Marian mir sagen konnte.

Als nächstes versuchte ich, möglichst ohne Argwohn zu erregen, auch andere Leute um Auskunft zu bitten. Ich ging zu Mrs. Vesey, um festzustellen, ob Lauras Eindruck, daß sie bei ihr übernachtet hatte, korrekt war oder nicht. Um die alte und schon etwas gebrechliche Dame zu schonen, sprach ich ihr gegenüber nur von der »verstorbenen Lady Glyde« und erzählte ihr auch nicht, wo ich wohnte – eine Vorsichtsmaßnahme, die ich auch später bei ähnlichen Gelegenheiten beibehielt.

Mrs. Veseys Auskunft bestätigte meine Vermutung. Laura hatte ihr nur geschrieben, daß sie bei ihr übernachten möchte, war aber nicht selbst gekommen.

In diesem Falle hatte Lauras Erinnerung versagt – es war zu befürchten, daß dies auch für andere Fälle galt. Zuweilen hielt sie Dinge für wirklich, die sie nur hatte tun wollen. Daß sie sich in Widersprüche verwickelte, geschah natürlich unbewußt, und nach allem, was sie erlebt hatte, war das auch nur zu begreiflich. Doch bei etwaigen Ermittlungen konnte das verhängnisvolle Folgen haben; Widersprüche in ihrer Aussage würden alle unsere Bemühungen von vornherein zunichte machen.

Ich bat Mrs. Vesey um den Brief, den Laura ihr geschrieben hatte. Das Kuvert war nicht mehr vorhanden, der Brief undatiert, nicht einmal der Wochentag erwähnt. Er bestand nur aus wenigen Zeilen: »Liebste Mrs. Vesey! Ich bin in Sorge und habe große Angst. Aller Wahrscheinlichkeit nach werde ich morgen abend zu Ihnen kommen und Sie bitten, bei Ihnen übernachten zu dürfen. Näheres kann ich in diesem Brief nicht schreiben. Ich befürchte, daß man mich dabei überrascht, und bin dadurch nicht imstande, meine Gedanken zu ordnen. Bitte bleiben Sie zu Hause, damit ich Sie sicher antreffe! Ich werde Ihnen dann alles erzählen. Mit tausend Küssen Ihre Laura.« Was konnten uns diese Zeilen nützen? Nichts.

Nach der Rückkehr von Mrs. Vesey ersuchte ich Marian, an Mrs. Michelson zu schreiben, und zwar ebenfalls mit größtmöglicher Vorsicht. Sie sollte ihr gegenüber nur erwähnen, daß die Rolle Conte Foscos in dieser Angelegenheit immerhin etwas dubios sei, und sie bitten, im Interesse der Wahrheit einen Bericht über die Vorgänge in Blackwater Park abzufassen und ihn ihr zu schicken. Mrs. Michelsons Antwort traf erst eine Woche später ein. Während dieser Wartezeit suchte ich in St. John's Wood Mr. Goodricke, den Arzt, auf. Ich sagte ihm, ich käme in Miss Halcombes Auftrag; ihr Anwalt habe sich bei ihm bereits nach seiner damaligen Patientin erkundigt, doch möchte Miss Halcombe selbst noch Näheres über die letzten Stunden ihrer verstorbenen Schwester erfahren. Mit Hilfe des Arztes verschaffte ich mir eine Abschrift des Totenscheins; zudem nannte er mir jene Frau, welche die Verstorbene für ihren letzten Weg angekleidet und vorbereitet hatte. Durch sie (Mrs. Jane Gould) kam ich auch zu Hester Pinhorn, der ehemaligen Köchin im Hause Conte Foscos, die wegen eines Zerwürfnisses mit der Contessa vor ein paar Wochen gekündigt hatte und jetzt in der Nähe von Mrs. Gould wohnte. Auf diese Weise gelangte ich in den Besitz der Aussagen der Haushälterin, des Arztes, der Köchin und der Leichenwäscherin – so wie ich sie hier wörtlich wiedergebe.

Mit diesem Beweismaterial hielt ich mich für hinlänglich gerüstet, um Mr. Kyrle, den Anwalt der Familie, aufzusuchen. Marian schrieb ihm einen Brief, in dem sie ihm Tag und Stunde meines Besuches in einer privaten Angelegenheit ankündigte.

Ehe ich an dem vorgesehenen Tag zu Mr. Kyrle ging, blieb mir noch Zeit, mit Laura den gewohnten Morgenspaziergang zu machen und sie wieder nach Hause zu bringen. Sie saß bereits an ihrem Zeichentisch, als ich wieder gehen wollte. Da blickte sie auf und sah mich besorgt an. Nervös spielten ihre Finger mit Pinseln und Stiften, wie sie's auch früher oft getan hatte.

»Walter, bist du meiner überdrüssig?« fragte sie mich unvermittelt. »Du gehst doch nicht, weil du meiner überdrüssig bist? Ich will ja alles tun, um besser zeichnen zu lernen – ich will auch alles tun, um wieder gesund zu werden! Hast du mich noch so lieb wie früher? Hast du mich auch jetzt noch lieb, obwohl ich so bleich und mager bin – und so langsam beim Zeichnen?«

Sie sprach, wie ein Kind gesprochen hätte – und zeigte mir ihre Gedanken, ganz wie ein Kind sie mir gezeigt hätte. Ich blieb noch ein paar Minuten bei ihr – ich blieb, um ihr zu sagen, daß sie mir jetzt teurer sei denn je zuvor. »Du mußt wieder gesund werden, Laura, und du wirst wieder gesund werden – für Marian und für mich!« sagte ich ihr, denn ich wollte sie in ihrer aufkeimenden Hoffnung bestärken.

»Ja, ich muß es versuchen, weil ihr beide mich so lieb habt«, sagte sie leise vor sich hin und begann wieder zu zeichnen. Plötzlich blickte sie von ihrer Arbeit auf und rief: »Bleib nicht lang fort, Walter! Ohne dich und deine Hilfe komme ich nicht weiter!«

»Ich bin bald wieder zu Hause, mein Liebes – und dann sehe ich mir an, was du inzwischen gezeichnet hast«, antwortete ich.

Dabei versagte mir fast die Stimme. Ich zwang mich zu gehen, denn ich wollte nicht die Selbstbeherrschung verlieren, die ich in den nächsten Stunden vielleicht noch bitter nötig hatte.

Ehe ich die Türe hinter mir schloß, gab ich Marian ein Zeichen, mir zur Treppe zu folgen. Ich wollte sie auf etwas vorbereiten, das früher oder später passieren konnte, wenn ich mich auf Londons Straßen zeigte.

»Marian, ich bin wahrscheinlich bald wieder zurück«, sagte ich ihr. »Bitte laß in meiner Abwesenheit niemanden herein! Aber sollte etwas passieren –«

»Was soll denn passieren, Walter?« unterbrach sie mich. »Sag mir ganz offen, ob uns eine Gefahr droht – ich werde ihr zu begegnen wissen!«

»Vielleicht hat Sir Percival Glyde schon von Lauras Flucht

erfahren und ist deshalb nach London zurückgekehrt. Du erinnerst dich, daß er mich schon einmal hat beobachten lassen. Ich kenne ihn zwar nicht, aber vielleicht kennt er mich vom Sehen ...«

Sie legte mir die Hände auf die Schultern und sah mich schweigend an. Ihr angstvoller Blick verriet mir, daß auch sie die drohende Gefahr erkannte.

»Ich glaube zwar nicht, daß man mich so bald entdeckt, aber ich muß darauf gefaßt sein. Falls ich bis zum Abend nicht zurück bin, darfst du Laura gegenüber keine Angst zeigen. Und sollte sie nach mir fragen, mußt du eine gute Ausrede erfinden, ja? Wenn ich das Gefühl habe, beobachtet zu werden, sorge ich ganz sicher dafür, daß mir niemand zu unserem Versteck folgt. Hab also keine Angst, Marian! Ich komme bestimmt zurück, nur vielleicht etwas später.«

»Ich habe keine Angst, Walter! Du wirst es nicht bereuen, daß dein einziger Verbündeter eine Frau ist!« Sie blickte mich lange an, dann drückte sie mir die Hand und sagte nur: »Sei vorsichtig – bitte!«

Mit diesem Wunsch machte ich mich auf den Weg zur Aufdeckung des Verbrechens – jenen dunklen, ungewissen Weg, der von der Tür des Anwalts seinen Ausgang nahm.

IV

Auf meinem Weg zum Anwaltsbüro von Messrs. Gilmore und Kyrle in der Chancery Lane bemerkte ich nichts Auffallendes.

Während man Mr. Kyrle meine Visitenkarte überbrachte und ich im Vorzimmer wartete, fiel mir allerdings etwas ein, was ich bis dahin leider nicht bedacht hatte. Wie ich von Marian wußte, war es so gut wie sicher, daß Conte Fosco ihren ersten Brief an Mr. Kyrle geöffnet und den zweiten mit Hilfe seiner Frau abgefangen hatte. Die Adresse des Anwaltsbüros war ihm also bekannt. Zudem mußte er annehmen, daß Marian nach Lauras Flucht aus der Anstalt den Rat und die Hilfe eines erfahrenen Juristen suchen würde. Demnach war Mr. Kyrles Kanzlei in der Chancery Lane der erste Ort, den er beobachten lassen würde. Falls dies nun durch dieselben Männer, die mir seinerzeit nachspioniert hatten, geschah, so würde Sir Percival unverzüglich von meiner Rückkehr erfahren. Ich hatte bisher immer nur an die Möglichkeit gedacht, einmal zufällig auf der Straße erkannt zu werden. Doch jetzt war es zu spät, diesen verhängnisvollen Fehler wiedergutzumachen – immerhin hätte ich mit Mr. Kyrle vorher vereinbaren können, ihn an einem anderen Ort zu treffen. Was sollte ich tun? Mir blieb nichts anderes übrig, als beim Verlassen des Gebäudes vorsichtig zu sein und unter keinen Umständen direkt nach Haus zu gehen.

Nach einigen Minuten führte man mich zu Mr. Kyrle. Er war ein blasser, hagerer Mann, ruhig, selbstbewußt und sehr reserviert; seine Stimme war leise, die Augen aufmerksam. Er machte auf mich nicht den Eindruck, als würde er Fremden seine Sympathie aufdrängen wollen. In seiner Haltung war er sicher nicht beeinflußbar. Einen geeigneteren Mann für mein Vorhaben hätte ich wohl schwerlich finden können. Sollte er sich im wahrsten Sinne des Wortes zum Anwalt unserer Sache machen, wäre sie sicher so gut wie gewonnen. Zu ihm selbst aber sagte ich: »Mr. Kyrle, ehe ich mein Anliegen vorbringe, gebe ich Ihnen zu bedenken, daß es längere Zeit dauern wird, bevor ich damit fertig bin – auch wenn ich mich noch so kurz fasse.«

»Meine Zeit steht Miss Halcombe zur Verfügung«, erwiderte er. »Wenn es um ihre Interessen geht, vertrete ich meinen Kompagnon persönlich. Dies war sein ausdrücklicher Wunsch, als er sich aus dem Berufsleben zurückzog.«

»Darf ich fragen, ob Mr. Gilmore wieder in England ist?«

»Er lebt noch immer bei seinen Verwandten in Deutschland. Gesundheitlich geht es ihm zwar besser, aber wann er wiederkommt, könnte ich nicht sagen.«

Während dieses kurzen Vorgesprächs zog Mr. Kyrle unter den Papieren, die auf seinem Schreibtisch gestapelt waren, einen versiegelten Brief hervor. Ich glaubte, er wollte ihn mir überreichen, überlegte es sich aber offenbar anders, ließ ihn vor sich liegen, lehnte sich in seinen Stuhl zurück und wartete wortlos, daß ich zu sprechen anfing.

Ich berichtete ihm hierauf ohne Umschweife alles, was geschehen war, und so wie ich es hier bereits geschildert habe.

Immerhin gelang es mir, diesen abgebrühten Juristen durch

meine Schilderungen aus seiner Ruhe zu bringen. Ausrufe des Staunens und der Verwunderung, die er nicht unterdrücken konnte, unterbrachen mehrmals meinen Bericht, doch ich ließ mich dadurch nicht beirren. Als ich fertig war, stellte ich ihm die für mich so wichtige Frage:

»Mr. Kyrle, was halten Sie davon?«

Vorsichtig, wie er war, legte er sich auf keine Meinung fest, ehe er sich nicht gefaßt hatte.

»Ich muß Sie bitten, mir zuerst ein paar Fragen zu gestatten«, sagte er. Und dann stellte er mir Frage auf Frage – scharf, argwöhnisch, ungläubig –, die mir deutlich zeigten, daß er mich für das Opfer einer Täuschung hielt und er mich ohne Marians Einführungsschreiben wahrscheinlich für einen schlauen Betrüger gehalten hätte.

»Glauben Sie denn nicht, daß ich die Wahrheit sage?« fragte ich ihn nach diesem Verhör.

»Was Ihre eigenen Überzeugungen angeht, bin ich sicher, daß Sie die Wahrheit sprechen«, antwortete er. »Ich habe die größte Hochachtung vor Miss Halcombe und daher allen Grund, einen Herrn, dem sie sich in einer so heiklen Angelegenheit anvertraut, ebenfalls zu achten. Wenn es Ihnen beliebt, will ich sogar noch weitergehen und aus Höflichkeit nicht widersprechen, daß die Identität der Lady Glyde für Miss Halcombe und für Sie bewiesen und somit eine Tatsache ist. Aber Sie sind ja zu mir gekommen, um die Meinung eines Juristen zu hören. Als Rechtsberater – und nur in dieser Eigenschaft – ist es meine Pflicht, Ihnen zu sagen, daß der Rechtsweg für sie ohne alle Aussicht ist.«

»Das ist ein hartes Wort, Mr. Kyrle.«

»Wofür ich Ihnen nun die Gründe auseinandersetzen werde. Die Beweise für den Tod von Lady Glyde sind an sich unwiderlegbar. Nach der Aussage ihrer Tante kam sie zu Besuch, erkrankte und starb. Dann gibt es den Totenschein, auf dem der Arzt bestätigt, daß sie eines natürlichen Todes gestorben ist. Dann die Tatsache, daß sie in Limmeridge beerdigt wurde und ihr Name auf dem Grabstein steht. Das alles wollen Sie anfechten? Welche Gründe können Sie dafür anführen, daß die Tote, die man begraben hat, nicht Lady Glyde war? Mr. Hartright, gehen wir jetzt zusammen ihre Behauptungen durch,

Punkt für Punkt, und überprüfen wir sie! Miss Halcombe besucht eine bestimmte Irrenanstalt und sieht dort eine bestimmte Patientin. Es ist bekannt, daß eine gewisse Anne Catherick – sie sieht Lady Glyde zum Verwechseln ähnlich – seinerzeit aus dieser Anstalt entflohen ist; es ist bekannt, daß die Person, die man im vergangenen Juli einlieferte, die wiederaufgegriffene Anne Catherick ist; es ist bekannt, daß der Herr, der sie zurückbringt, Mr. Fairlie warnt, die Betreffende habe den Wahn, seine tote Nichte zu sein; es ist bekannt, daß sich die Betreffende tatsächlich immer wieder für Lady Glyde ausgibt, was ihr in der Anstalt niemand glaubt. Das alles sind Fakten, Mr. Hartright! Was haben Sie dem entgegenzusetzen? Daß Miss Halcombe in der Betreffenden ihre Schwester erkennt und behauptet, sie sei die totgeglaubte Lady Glyde. Doch manches Widersprüchliche entkräftet dieses Argument. Meldet Miss Halcombe die von ihr vermutete Identität dem Anstaltsleiter? Greift sie zu gesetzlichen Mitteln, um die zu Unrecht Internierte freizubekommen? Nein! Sie besticht heimlich eine Wärterin, damit sie ihr bei der Entführung hilft. Als man die auf höchst bedenkliche Weise befreite Patientin zu Mr. Fairlie bringt – erkennt er sie? Ist sein Glaube an den Tod seiner Nichte auch nur einen Augenblick erschüttert? Nein! Erkennen die Diener ihre ehemalige junge Herrin? Nein! Bleibt sie dort, wo sie aufgewachsen ist, damit andere sie identifizieren können? Nein! Man bringt sie heimlich nach London. Unterdessen haben auch Sie die Totgeglaubte erkannt – aber Sie, Mr. Hartright, sind nicht verwandt mit ihr, Sie sind nicht einmal ein alter Freund der Familie. Die Dienerschaft widerspricht Miss Halcombe, Mr. Fairlie widerspricht Miss Halcombe und die angebliche Lady Glyde widerspricht sich selbst. Sie erklärt, sie habe in London in einem bestimmten Hause übernachtet, doch Ihre eigenen Nachforschungen ergeben, daß sie nie dort gewesen ist. Und Sie selbst geben zu, daß es der Gemütszustand dieser Dame nicht zulasse, sie zu befragen und für sich selbst sprechen zu lassen. Um nicht ins Uferlose zu geraten, will ich jetzt auf geringfügigere Argumente gar nicht eingehen. Ich frage Sie nur das eine, Mr. Hartright: Sollte dieser Fall vor ein Gericht kommen, wo die Geschworenen – wie man weiß – verpflichtet sind, sich an Tatsachen zu halten – wo sind Ihre Beweise?«

Ich mußte tief Luft holen und mich fassen, ehe ich ihm antworten konnte. Zum ersten Mal hatte man mir Lauras und Marians Bericht aus der Sicht eines Außenstehenden gezeigt – und zum ersten Mal erkannte ich, welcher Art die furchtbaren Hindernisse waren, die sich uns in den Weg stellten.

»Mr. Kyrle, zweifellos sprechen die von Ihnen genannten Fakten gegen uns, aber –«

»Aber Sie glauben, man könnte diese Fakten wegdiskutieren«, unterbrach mich der Anwalt. »Darf ich Ihnen meine diesbezüglichen Erfahrungen mitteilen? Wenn ein englisches Geschworenengericht die Wahl hat zwischen klaren Tatsachen, die man sehen kann, und einer langen Erklärung, die nicht so klar auf der Hand liegt, zieht es die Tatsachen immer der Erklärung vor. Ein Beispiel: Lady Glyde (ich will die Dame, die Sie vertreten, der Einfachheit halber so nennen) behauptet, sie habe in einem bestimmten Hause übernachtet, und es stellt sich heraus, daß dies nicht der Fall war; dann erklären Sie diesen Widerspruch als eine Folge ihrer Verwirrung und setzen eine Absicht mit einer Tatsache gleich. Ich behaupte nicht, daß ein derartiger Schluß falsch sein müsse – ich behaupte nur, daß die Geschworenen der Tatsache des Widerspruchs mehr Gewicht beilegen würden als allen Erklärungen, die Sie dafür anbieten können.«

»Wäre es nicht möglich, mit einiger Mühe und Geduld weitere Beweise zu finden?« fragte ich ihn. »Miss Halcombe und ich verfügen über ein paar hundert Pfund –«

Er sah mich fast mitleidig an und schüttelte den Kopf.

»Mr. Hartright, betrachten Sie doch die Sache von Ihrem eigenen Standpunkt! Sollten Sie, was Sir Percival Glyde und Conte Fosco betrifft, richtig vermuten – eine Ansicht, die ich, wohlgemerkt, nicht teile –, würde man Ihnen auf der Suche nach neuen Beweisen immer wieder Steine in den Weg legen. Man würde grundsätzlich alles anfechten, alles bestreiten und zum Gegenstand eines Prozesses machen. Und wenn wir dann nicht nur Hunderte, sondern Tausende ausgegeben haben, würde die Entscheidung wahrscheinlich zu unseren Ungunsten ausfallen. Identifizierungen sind, wenn es sich um äußere Ähnlichkeit handelt, an sich schon schwierig – auch ohne solche Komplikationen wie im vorliegenden Fall. Es besteht wirklich keine Aussicht, in diese ungewöhnliche Angelegenheit Licht zu bringen. Auch wenn die im Kirchhof von Limmeridge beerdigte Tote nicht Lady Glyde sein sollte, so war sie ihr im Leben doch so ähnlich, daß wir durch eine Exhumierung nichts gewinnen. Kurzum, Mr. Hartright, Sie haben vor Gericht keine Chance – keine wie immer geartete Chance!«

Ich dagegen war fest entschlossen, den Rechtsweg nicht für so aussichtslos zu halten, daher ging ich nun die Sache von einer anderen Seite an. »Könnten wir nicht andere Beweise erbringen, außer dem der Identität?« fragte ich ihn.

»So wie die Dinge liegen, nein. Der einfachste und sicherste aller Beweise – der Vergleich der Daten – ist, wie ich weiß, nicht zu erlangen. Ja, wenn Sie nachweisen könnten, daß es bei den Zeitangaben Ungereimtheiten gibt – daß beispielsweise der Totenschein vor Lady Glydes Reise nach London ausgestellt wurde –, dann sähe die Sache anders aus. Dann würde ich als erster sagen: Jetzt prozessieren wir!«

»Den Reisetag könnte man vielleicht noch feststellen.«

»Wenn Ihnen das gelingt, Mr. Hartright, könnten Sie ein Gerichtsverfahren einleiten. Falls Sie im Moment eine Möglichkeit dazu sehen, dann nennen Sie sie mir – vielleicht kann ich Sie dabei beraten.«

Ich überlegte. Die Haushälterin konnte uns nicht helfen, Laura konnte uns nicht helfen, Marian konnte uns nicht helfen. Die einzigen, die das Datum kannten, waren Sir Percival und der Conte. Und zu Mr. Kyrle sagte ich: »Im Augenblick weiß ich nicht, wie ich das Datum herausbekommen könnte, denn meiner Meinung nach kennen nur zwei Leute den genauen Tag: Conte Fosco und Sir Percival Glyde.«

Erstmals entspannte sich Mr. Kyrles starres Gesicht zu einem Lächeln. »So wie Sie über diese beiden Herren denken, nehme ich nicht an, daß Sie von dieser Seite Hilfe erwarten? Wenn sie durch ein gemeinsam geplantes Komplott zu so viel Geld gekommen sind, sind sie vermutlich zu keinerlei Geständnissen bereit.«

»Vielleicht doch – wenn man sie dazu zwingt.«

»Wer soll sie zwingen?«

»Ich.«

Wir erhoben uns. Er blickte mir aufmerksam ins Gesicht,

mit mehr Interesse als bisher. Ich konnte sehen, daß meine Entschlossenheit ihn doch ein wenig verblüfft hatte.

»Sie sind sehr zielbewußt«, meinte er. »Offenbar haben Sie persönliche Gründe, diese Sache zu verfolgen; aber es steht mir nicht zu, danach zu fragen. Sollten Sie doch noch vor Gericht gehen, stehe ich Ihnen nach besten Kräften zur Verfügung. Da bei einem Verfahren auch die Sache mit dem Erbteil entschieden würde, möchte ich Sie schon jetzt darauf aufmerksam machen, daß ich – selbst wenn Sie tatsächlich nachweisen können, daß Lady Glyde lebt – kaum eine Hoffnung habe, daß sie ihr Geld zurückbekommt. Sobald ein Verfahren eingeleitet wird, geht der Italiener außer Landes, und Sir Percivals Schulden sind so drückend und so hoch, daß sein ganzes Geld in die Taschen seiner Gläubiger wandert. Sie, Mr. Hartright, sind sich natürlich im klaren darüber, daß –«

Da fiel ich ihm ins Wort. »Darf ich Sie bitten, Lady Glydes finanzielle Angelegenheiten unerwähnt zu lassen. Ich habe mich früher nicht darum gekümmert und kümmere mich auch jetzt nicht darum – ich weiß nur, daß ihr Vermögen verloren ist. Ja, Mr. Kyrle, Sie haben richtig vermutet: Ich habe persönliche Gründe, die Sache zu verfolgen, und ich wünsche, daß sie immer so uneigennützig bleiben wie bisher –«

Er versuchte, mich zu unterbrechen und seine Haltung zu erklären, aber sein Mißtrauen hatte mich verärgert, daher redete ich weiter, ohne auf ihn zu achten.

»Mit dem Dienst, den ich Lady Glyde erweisen will, ist kein Gedanke an Geld oder persönlichen Vorteil verbunden«, erklärte ich kühl. »Man hat sie als Fremde aus dem Hause gewiesen, in dem sie geboren wurde, auf dem Familiengrab ist die Lüge von ihrem Tod als Inschrift eingemeißelt und die beiden dafür verantwortlichen Männer befinden sich auf freiem Fuß und bleiben unbestraft. Dieses Haus soll ihr wieder die Türe öffnen, und zwar im Beisein aller, die ihrem vorgeblichen Begräbnis folgten; auf Anordnung des Familienoberhaupts soll die Lüge vom Grabstein entfernt werden, und diese beiden Männer sollen sich wegen ihres Verbrechens mir gegenüber verantworten, denn die strafende Gerechtigkeit ist machtlos und verfolgt sie nicht. Diesem Ziel habe ich mein Leben geweiht, und so Gott mich am Leben läßt, erreiche ich es auch allein und ohne jede Hilfe!«

Wortlos ging Mr. Kyrle an seinen Schreibtisch zurück, wobei seine Miene mir deutlich verriet, was er dachte: daß nun meine Wahnidee über meine Vernunft gesiegt habe und es nutzlos sei, mir einen Rat zu geben.

»Jeder von uns bleibt also bei seiner Meinung, Mr. Kyrle«, fuhr ich fort. »Warten wir, bis künftige Ereignisse zwischen uns entschieden haben! Jedenfalls danke ich Ihnen für die Aufmerksamkeit, die Sie mir schenkten. Sie haben mir gezeigt, daß der Rechtsweg für uns im wahrsten Sinne des Wortes außerhalb unserer Mittel liegt. Wir können die erforderlichen Beweise nicht beibringen, und wir sind nicht reich genug, die Prozeßkosten zu bezahlen. Das zu wissen, ist ein Gewinn.«

Mit einer Verbeugung schritt ich zur Türe, aber er rief mich zurück und überreichte mir den Brief, den er zu Beginn des Gespräches auf seinen Tisch gelegt hatte. »Ich bekam ihn vor einigen Tagen mit der Post«, sagte er. »Bitte seien Sie so freundlich und geben Sie ihn Miss Halcombe! Und sagen Sie ihr bei dieser Gelegenheit, wie sehr ich es bedauere, ihr vorläufig überhaupt nicht helfen zu können – ausgenommen durch Ratschläge, die ihr leider ebenso unwillkommen sein werden wie Ihnen.«

Während er sprach, betrachtete ich das Kuvert und las: »An das Rechtsanwaltsbüro Gilmore & Kyrle, Chancery Lane, zu Händen von Miss Marian Halcombe.« Die Schrift war mir vollkommen unbekannt.

Ehe ich ging, hatte ich noch eine letzte Frage:

»Wissen Sie vielleicht, ob Sir Percival Glyde noch in Paris ist?«

»Er ist nach London zurückgekehrt«, erwiderte Mr. Kyrle. »Sein Anwalt, den ich gestern zufällig traf, hat mich davon unterrichtet.«

Nach dieser Antwort ging ich hinaus.

Als ich das Haus verließ, bemühte ich mich, nicht etwa dadurch aufzufallen, daß ich mich nach allen Seiten umsah. Festen, gleichmäßigen Schrittes ging ich geradewegs auf einen großen Platz zu, der nördlich von Holborn als einer der ruhigsten gilt – und blieb dann an einer Stelle, von der aus ich eine große Strecke des Gehsteigs überblicken konnte, unvermittelt stehen und sah mich um. Dort, wo die Straße in den Platz einmündete, blieben zwei Männer ebenso plötzlich stehen und begannen miteinander zu sprechen. Ich überlegte kurz, machte kehrt und ging zurück. Als ich näher kam, bog der eine in die Straße ein, der andere blieb stehen. Im Vorbeigehen sah ich ihn an und erkannte in ihm einen der Männer, die mich vor meiner Abreise aus England beobachtet hatten.

Wäre es nur um mich gegangen, hätte ich ihn wahrscheinlich zuerst angesprochen und ihn dann mit einem Fausthieb niedergestreckt. Aber ich mußte an die Folgen denken. Setzte ich mich nur ein einziges Mal öffentlich ins Unrecht, so gab ich Sir Percival selbst die Waffen in die Hand. Also blieb mir keine andere Wahl, als der List mit List zu begegnen. Ich bog ebenfalls in die Straße ein, in die der andere verschwunden war, sah ihn in einer Toreinfahrt warten und ging an ihm vorbei. Ich hatte ihn noch nie gesehen und war daher froh, mir sein Äußeres einprägen zu können, falls er mich später wieder belästigen sollte. Dann ging ich in nördlicher Richtung weiter und gelangte in die New Road. Die beiden Männer folgten mir. Ich wandte mich westwärts und wartete in der Nähe eines Droschkenstandes. Da kam auch schon ein schneller zweirädriger Wagen daher, ich sprang auf und befahl dem Kutscher, mich rasch zum Hyde Park zu bringen. Für meine Verfolger war kein zweites Fahrzeug da. Ich sah sie noch auf die andere Straßenseite stürzen, um mir im Laufschritte zu folgen – bis zur nächsten Droschke oder bis zum nächsten Stand. Aber mein Vorsprung war zu groß. Als der Kutscher anhielt und ich ausstieg, waren sie nirgends zu sehen. Ich durchquerte den Hyde Park und vergewisserte mich von Zeit zu Zeit, daß mir über die großen Rasenflächen niemand folgte. Als ich meine Schritte endlich heimwärts lenkte, waren viele Stunden vergangen. Es dunkelte bereits.

In ihrem kleinen Wohnzimmer wartete Marian auf mich. Sie hatte Laura überreden können, zu Bett zu gehen, mußte ihr jedoch vorher versprechen, mir bei meiner Rückkehr ihre Zeichnung zu zeigen. Die kümmerliche Skizze – eine Nichtigkeit, doch rührend in ihrer Art – war zwischen zwei Büchern auf dem Tisch so aufgestellt, daß der matte Schein der einzigen Kerze, die wir uns leisteten, möglichst vorteilhaft darauf fiel.

Ich setzte mich, um die Zeichnung besser sehen zu können. Gleichzeitig wollte ich Marian im Flüsterton von meinen Erlebnissen berichten – durch lautes Sprechen hätten wir Laura sicher gestört. Die Trennwand war so dünn, daß wir zuweilen ihren Atem hörten.

Während ich Marian von meinem Gespräch mit Mr. Kyrle erzählte, blieb sie gefaßt; doch kaum berichtete ich von den beiden Männern, die mir gefolgt waren, und von Sir Percivals Rückkehr, sah sie mich erschrocken an.

»Schlimme Nachrichten, Walter!« sagte sie »Die schlimmsten Nachrichten, die du bringen kannst. Hast du mir sonst noch etwas zu erzählen?«

»Ich habe dir noch etwas zu geben«, sagte ich und reichte ihr den Brief, den Mr. Kyrle mir anvertraut hatte.

Sie warf einen Blick auf die Adresse und erkannte sofort die Handschrift.

»Du kennst den Absender?« fragte ich sie.

»Nur zu gut, es ist Conte Fosco.«

Sie öffnete den Brief. Während sie las, überzog tiefe Röte ihr Gesicht. Als sie ihn mir zu lesen gab, funkelten ihre Augen vor Zorn.

Der Brief lautete wie folgt:

»Meine Bewunderung für Sie, die mich und Sie gleichermaßen ehrt, treibt mich dazu, Ihnen, herrliche Marian, zu schreiben und Ihnen im Interesse Ihrer Ruhe ein paar Worte des Trostes zu sagen:

Fürchten Sie nichts!

Folgen Sie Ihrem feinen natürlichen Empfinden und verharren Sie in Ihrer Zurückgezogenheit! Teure und bewundernswerte Frau – versagen Sie sich das gefährliche Licht der Öffentlichkeit! Verzichten zu können ist ein herrliches Gefühl – halten Sie sich daran! Ruhe in einem bescheidenen Heim ist immer erquickend – genießen Sie sie! Die Stürme des Lebens treiben über das abgeschiedene Tal, ohne zu schaden – bleiben Sie dort, in diesem Tal, meine Teuerste!

Wenn Sie sich daran halten, so versichere ich Ihnen, daß Sie nichts zu fürchten haben. Kein neues Unheil soll Ihr Zartgefühl verletzen – Ihr Zartgefühl, das mir so kostbar ist wie meines. Niemand wird Sie behelligen, niemand wird die schöne Gefährtin Ihrer Einsamkeit verfolgen. Sie hat ein neues Heim gefunden – in Ihrem Herzen. Ein herrliches Heim! – Ich beneide sie darum, und ich lasse es ihr.

Ein letztes Wort liebevoller Warnung, väterlicher Fürsorge – dann reiße ich mich los vom Zauber, der darin liegt, daß ich mich an Sie wenden darf, schließe diese innigen Zeilen.

Gehen Sie nicht weiter, als Sie bereits gegangen sind! Gefährden Sie nicht die Interessen anderer! Drohen Sie niemandem! Ich flehe Sie an: Zwingen Sie mich nicht zum Handeln, mich, den Mann der Tat – ist es doch mein sehnlichster Wunsch, mich untätig zu verhalten und das weite Feld meiner Pläne und meiner Tatkraft einzuengen – um Ihretwillen! Wenn Sie voreilige Freunde haben, mäßigen Sie deren beklagenswerten Eifer! Wenn Mr. Hartright nach England zurückkehrt, nehmen Sie keine Verbindung mit ihm auf! Ich gehe meinen eigenen Weg, und Sir Percival folgt meinen Spuren. An dem Tag, an dem Mr. Hartright diesen Weg kreuzt, ist er ein verlorener Mann.«

Unterschrieben war dieser Brief nur mit dem Buchstaben F, umrankt von einer Girlande aus Schnörkeln. Voll Verachtung warf ich das Papier auf den Tisch.

»Er versucht uns einzuschüchtern – das sicherste Zeichen, daß er Angst hat«, sagte ich.

Sie war zu sehr Frau, um den Brief so zu sehen, wie ich ihn sah. Diese frech vertrauliche Art war für ihre Selbstbeherrschung zuviel. Als sie mich über den Tisch hinweg ansah, ballte sie die Fäuste, Zorn flammte in ihr auf, ihre Wangen glühten, ihre Augen blitzten.

»Walter!« rief sie. »Sollten diese beiden Männer dir je auf Gnade oder Ungnade ausgeliefert sein und müßtest du einen von ihnen schonen – laß es nicht den Conte sein!«

»Ich behalte den Brief bei mir, um es nicht zu vergessen, wenn die Zeit kommt«, erwiderte ich und steckte das Kuvert in die Brieftasche.

Sie sah mich prüfend an. »Wenn die Zeit kommt?« wiederholte sie. »Kannst du denn davon sprechen, als wärest du dir sicher? Auch jetzt noch? Jetzt, da du die Meinung des Anwalts kennst – und da du weißt, daß man dich beobachtet?«

»Was heute geschehen ist, zählt nicht. Heute habe ich lediglich einen anderen gebeten, für mich zu handeln. Ab morgen ist das anders –«

»Und warum?«

»Ab morgen gedenke ich selbst zu handeln. Ich fahre mit dem ersten Zug nach Blackwater Park und bin, wie ich hoffe, abends wieder zurück.«

»Nach Blackwater Park willst du?«

»Ja. Nach meinem Gespräch mit dem Anwalt hatte ich Zeit zum Nachdenken. In einem Punkt decken sich unsere Ansichten: Wir müssen alles tun, um den Tag von Lauras Abreise herauszufinden. Das ist die einzige schwache Stelle an ihrem Komplott. Wenn wir beweisen wollen, daß Laura noch lebt, müssen wir das Datum wissen.«

»Du willst damit sagen, wir müssen beweisen können, daß Laura Blackwater Park erst nach dem Tag verließ, den der Arzt auf dem Totenschein vermerkte?«

»Ja.«

»Was bringt dich auf den Gedanken, daß es *nachher* gewesen sein könnte? Laura kann sich nicht erinnern, wann sie in London eingetroffen ist.«

»Aber der Anstaltsleiter hat dir den 27. Juli als den Tag ihrer Einlieferung genannt. Ich glaube kaum, daß Conte Fosco sie länger als eine Nacht in diese Art Schlafzustand versetzen konnte, in dem sie nicht bemerkte, was rund um sie vorging. Daher muß sie am 26. Juli von Blackwater Park abgereist sein – also einen Tag nach ihrem angeblichen Tod. Sobald wir diesen Beweis erbringen, ist der Rechtsfall zu unseren Gunsten entschieden.«

»Ja, jetzt verstehe ich dich. Wie aber kommen wir zu diesem Beweis?«

»Mrs. Michelsons Bericht deutet mir zwei Möglichkeiten an. Die eine ist, mich an Dr. Dawson zu wenden, denn er muß wissen, wann er nach Lauras Abreise seine Visiten in Blackwater Park wiederaufgenommen hat. Die andere besteht darin, in Knowlesbury im alten Wirtshaus nachzufragen, wann Sir Percival dort eingekehrt ist. Wir wissen, daß er erst einige Stunden nach Lauras Abreise sein Haus verlassen hat – so könnten wir den genauen Tag erfahren. Es ist in jedem Fall der Mühe wert, einen Versuch zu wagen. Und ich bin fest entschlossen, es zu tun, und zwar schon morgen.«

»Aber gesetzt den Fall, es ist alles umsonst? Gesetzt den Fall, niemand kann dir dort helfen?«

»Dann gibt es zwei Männer, die mir helfen können – Sir Percival und Conte Fosco. Ist man schuldlos, kann es sein, daß man ein Datum vergißt – diese beiden aber sind schuldig. Sie wissen es genau! Wenn es mir anders nicht gelingt – aus ihnen bringe ich es bestimmt heraus. Ich zwinge sie dazu.«

Marians Wangen begannen zu glühen. »Mach den Anfang beim Conte!« sagte sie verbissen. »O Walter, mir zuliebe, mach den Anfang beim Conte!«

»Laura zuliebe müssen wir dort beginnen, wo wir die beste Aussicht auf Erfolg haben.«

Aus ihrem Gesicht wich die Farbe, bekümmert schüttelte sie den Kopf. »Ja, du hast recht – es war kleinlich und egoistisch von mir, so etwas zu sagen. Ich will geduldig sein, Walter, vielleicht gelingt es mir jetzt besser als in glücklicheren Zeiten. Noch immer werde ich so leicht zornig – vor allem, wenn ich an den Conte denke, packt mich die Wut.«

»Auch er kommt noch an die Reihe. Aber bedenke – wir kennen bis jetzt noch keine schwache Stelle, an der er verletzlich ist.« Ich wartete eine Weile, bis sie sich wieder beruhigt hatte, dann aber sprach ich die entscheidenden Worte: »Sir Percival hingegen hat eine schwache Stelle –«

»Sein Geheimnis!«

»Ja, und an dieser schwachen Stelle können wir ihn treffen. Damit kann ich ihn aus seiner Sicherheit reißen, ihn bloßstellen, seine Schurkerei an den Tag bringen. Gleichviel, was Conte Fosco auf dem Gewissen haben mag – Sir Percival hat sich an dem Komplott gegen Laura nicht nur aus gewinnsüchtigen Gründen beteiligt. Du selbst hast gehört, als er zu Conte Fosco sagte, seine Frau wisse genug, um ihn zu ruinieren! Du selbst hast gehört, als er sagte, er sei verloren, wenn man sein Geheimnis entdecke!«

»Das stimmt.«

»Marian! Sollte uns alles mißlingen – hinter dieses Geheimnis komme ich noch! Mein alter Aberglaube läßt mich nicht los: Die Frau in Weiß hat schicksalhaft in unser Leben eingegriffen.

Das Ziel liegt vor uns, es zieht uns an, und Anne Catherick, obgleich tot und begraben, weist uns den Weg!«

V

Die Geschichte meiner ersten Nachforschungen in Hampshire ist bald erzählt.

Da ich mit dem Morgenzug gefahren war, traf ich schon am Vormittag bei Dr. Dawson ein. Was den Zweck meines Besuches betraf, so führte unser Gespräch zu keinem befriedigenden Ergebnis.

Aus seinen Eintragungen ging zwar hervor, wann er die Visiten in Blackwater Park wiederaufgenommen hatte, doch von diesem Datum genau zurückzurechnen war ohne Mrs. Michelsons Hilfe nicht möglich – aber diese Hilfe konnten wir leider auch von ihr nicht erwarten. Sie konnte sich nicht erinnern (wer vermag dies schon jemals unter ähnlichen Umständen?), wie viele Tage seit der Abreise Lady Glydes vergangen waren, als der Arzt zu seinem ersten Besuch in Blackwater Park eintraf; sie war zwar davon überzeugt, Miss Halcombe gleich tags darauf die Abreise ihrer Schwester mitgeteilt zu haben, aber an dieses Datum konnte sie sich genausowenig erinnern wie an das Abreisedatum selbst; ebensowenig vermochte sie zu sagen, wieviel Zeit zwischen der Abreise ihrer Herrin und dem Erhalt des undatierten Briefes von Madame Fosco vergangen war; und um das Maß voll zu machen, hatte auch der Arzt, der ja selbst zu Bette lag, es unterlassen, in seinem Notizbuch jenen Tag zu vermerken, an dem der Gärtner bei ihm erschien und ihm Mrs. Michelsons Bitte um einen Besuch ausrichtete.

Es war also hoffnungslos, von Dr. Dawson Hilfe zu erwarten. Daher beschloß ich, als nächstes in Knowlesbury nachzuforschen, an welchem Tag Sir Percival dort eingetroffen war.

Doch es war wie verhext! Als ich in Knowlesbury eintraf, fand ich das Wirtshaus dort geschlossen, und an der Türe hingen mehrere Rechnungen. Seit dem Bau der Eisenbahn sei das Geschäft schlechter und schlechter gegangen, berichtete man mir; das neue Hotel beim Bahnhof habe allmählich alle Kundschaft an sich gezogen, und so habe das alte Wirtshaus (in dem

Sir Percival übernachtete) vor etwa zwei Monaten den Betrieb einstellen müssen. Der Besitzer sei mit Hab und Gut verzogen, wohin, das wisse man nicht. Vier Leute, die ich danach fragte, gaben mir vier verschiedene Antworten.

Es blieben mir noch einige Stunden, bevor der letzte Zug nach London fällig war. So fuhr ich denn mit einem Einspänner nach Blackwater Park, um den Gärtner und die Pförtnersfrau zu befragen. Sollten auch sie mir nicht weiterhelfen können, so hatte ich vorläufig alle Möglichkeiten erschöpft und konnte getrost, wenn auch nicht beruhigt, an die Heimfahrt denken.

Als wir uns bis auf etwa eine Meile dem Herrenhaus genähert hatten, entließ ich den Kutscher und setzte meinen Weg zu Fuß fort.

Ich bog gerade von der Landstraße in den Fahrweg ein, da sah ich einen Mann mit Reisesack vor mir rasch aufs Pförtnerhaus zugehen. Er war klein, sein Hut war auffallend breit, sein schwarzer Rock schien mir recht abgetragen – ich hielt ihn für einen Schreiber aus einem Advokatenbüro. Augenblicklich verlangsamte ich meine Schritte, um die Entfernung zwischen uns zu vergrößern. Er hatte mich nicht kommen hören und ging daher, ohne sich umzudrehen, weiter, bis ich ihn aus den Augen verlor. Als ich eine Weile später durchs Tor kam, blieb er weiterhin verschwunden. Offenbar war er zum Herrenhaus unterwegs.

Beim Pförtnerhaus standen zwei Frauen, eine alte und eine junge, welch letztere laut Marians Schilderung nur Margaret Porcher sein konnte.

Als erstes fragte ich sie, ob Sir Percival im Hause anzutreffen sei, was sie verneinten. Dann fragte ich, wann er abgereist sei, doch die eine wie die andere wußte nur, daß dies irgendwann im Sommer war. Aus Margaret Porcher war sonst nichts herauszubekommen, sie grinste nur und schüttelte den Kopf. Die Alte zeigte sich ein wenig verständiger. Es gelang mir schließlich, sie zum Sprechen zu bringen, und sie erzählte mir, was sich bei Sir Percivals Abreise abgespielt hatte. Sie erinnerte sich, daß ihr Herr sie durch Schreien geweckt und durch Flüche geängstigt hatte – aber an welchem Tag das war, wisse sie nicht. Das sei, ehrlich gesagt, »zuviel« für sie.

Nicht weit vom Pförtnerhaus entdeckte ich den Gärtner bei der Arbeit. Als ich ihn anredete, schaute er mich mißtrauisch an, doch kaum erklärte ich, daß Mrs. Michelson mir von ihm erzählt habe, war er sofort zu einem Gespräch bereit. Unnötig zu sagen, wie auch dieser Versuch, das Datum zu bestimmen, endete. Der Gärtner wußte nur, daß sein Herr »gegen Ende Juli« mitten in der Nacht davongefahren sei – mehr konnte auch er nicht sagen.

Während wir miteinander redeten, sah ich den Mann in Schwarz aus dem Herrenhaus kommen, in einiger Entfernung stehenbleiben und uns beobachten. Was seine Anwesenheit in Blackwater Park betraf, hatte mich schon vorher ein bestimmter Verdacht durchzuckt, und dieser Verdacht verstärkte sich jetzt, als der Gärtner mir nicht sagen wollte oder konnte, wer dieser Mann war. Ich beschloß, dies selbst zu klären, indem ich auf ihn zuging und ihn mit der Frage ansprach, ob es Fremden gestattet sei, das Herrenhaus zu besichtigen.

Sein Blick und sein Gehabe verrieten mir unmißverständlich, daß er wußte, wer ich war, denn er schien es darauf anzulegen, mich zu einem Streit herauszufordern. Seine Antwort war so unverschämt, daß er damit auch seinen Zweck erreicht hätte – wäre ich nicht fest entschlossen gewesen, mich durch nichts aus der Ruhe bringen zu lassen. Jedenfalls begegnete ich ihm mit der ausgesuchtesten Höflichkeit, entschuldigte mich für mein unbeabsichtigtes Eindringen (das er eine »Besitzstörung« nannte) und verließ den Park. Es war tatsächlich so, wie ich vermutet hatte. Man hatte mich beim Verlassen des Anwaltsbüros erkannt und dies offensichtlich Sir Percival sofort gemeldet; und dieser hatte daraufhin den Mann in Schwarz nach Blackwater Park geschickt, weil anzunehmen war, daß ich hier mit meinen Nachforschungen beginnen würde. Hätte ich diesem Mann nur die geringste Ursache für eine Anzeige oder Beschwerde gegeben, wäre das Eingreifen des hiesigen Friedensrichters so gut wie sicher gewesen. Damit hätte man mir in meinen Nachforschungen einen Hemmschuh angelegt und mich, zumindest für einige Tage, von Marian und Laura getrennt.

Ich war darauf gefaßt, auf meinem Weg zur Bahnstation ebenso verfolgt zu werden wie tags zuvor in London, konnte aber zu diesem Zeitpunkt nicht herausfinden, ob man mir nun nachging oder nicht. Vielleicht verfügte der Mann in Schwarz über andere Mittel, mir nachzuspüren, von denen ich nichts wußte – jedenfalls sah ich ihn nicht mehr, weder auf dem Weg zur Bahnstation noch abends bei meiner Ankunft in London. Ich erreichte unsere Wohnung zu Fuß, drehte aber vorsichtshalber vorher noch eine Runde durch die stillsten Straßen dieser Gegend, blieb mehrmals stehen und sah mich um. Diese Vorsichtsmaßnahme gegen einen etwaigen Überfall hatte ich in der Wildnis Zentralamerikas gelernt – und jetzt wandte ich sie zum gleichen Zweck und mit noch viel größerer Vorsicht an – mitten im zivilisierten London!

Während meiner Abwesenheit hatte sich nichts ereignet, was Marian beunruhigt hätte. Natürlich wollte sie sofort wissen, wie es mir ergangen war. Als ich ihr meinen Mißerfolg schilderte, wunderte sie sich, wie gleichmütig ich die Sache aufnahm.

Um die Wahrheit zu sagen: Der Fehlschlag hatte mich überhaupt nicht entmutigt. Ich hatte meine Nachforschungen als eine Art Pflichtarbeit erledigt, erwartet hatte ich mir aber nichts davon. In meinem damaligen Gemütszustand fühlte ich mich fast erleichtert bei dem Gedanken, daß die Auseinandersetzung nun auf eine Kraftprobe zwischen mir und Sir Percival zutrieb. Das Motiv der Rache hatte sich schon längst mit meinen anderen, zweifellos höheren Motiven vermischt. Diesen Schurken, der Laura geheiratet hatte, der gerechten Strafe zuzuführen war nun der sicherste, ja der einzige mir verbliebene Weg, ihrer Sache zu dienen, und der Gedanke daran erfüllte mich offengestanden mit Befriedigung.

Ich gebe zu, ich war nicht stark genug, meine Motive frei von Rachsucht zu halten. Doch darf ich in diesem Zusammenhang auch etwas zu meinen Gunsten vorbringen: Was die künftigen Beziehungen zwischen Laura und mir betraf, gab es bei mir keinerlei niedrige Spekulationen; nie kam mir in den Sinn, Sir Percival Zugeständnisse abzuringen, sollte er einmal in meine Gewalt kommen; nie dachte ich daran, daß ein etwaiger Erfolg es ihrem Mann unmöglich machen würde, mir Laura wieder wegzunehmen. Es war mir nicht möglich, sie anzusehen und zugleich mit solchen Gedanken an die Zukunft zu denken. Die traurige Veränderung ihres früheren Selbst, die man ihr so deutlich anmerkte, bewirkte, daß sich meine Liebe zu ihr in Mitleid und in Zärtlichkeit verwandelte – so wie ein Vater oder ein Bruder empfunden hätte und wie, Gott allein weiß es, auch ich im Innersten empfand. Meine Hoffnungen richteten sich einzig und allein darauf, daß sie wieder gesund wurde – auf mehr nicht. Sie sollte wieder glücklich sein, sie sollte mich wieder so anschauen und mit mir wieder so reden können wie früher. Das war der Punkt, an dem meine sehnsüchtigen Wünsche endeten.

Ich schreibe diese Worte nicht unter dem Eindruck müßiger Selbstbetrachtung. In diesem Bericht werden bald auch Passagen auftauchen, in denen andere mein Verhalten beurteilen. So ist es nur recht und billig, daß man das Schlechte und das Gute in mir zuvor gegeneinander abwäge.

Am Morgen nach meiner Rückkehr aus Hampshire bat ich Marian hinauf in mein Arbeitszimmer. Hier unterbreitete ich ihr meinen reiflich überlegten Plan, wie ich die einzig verwundbare Stelle an Sir Percivals zu treffen gedachte.

Der Weg zu seinem Geheimnis führte über das bisher ungeklärte Rätsel der Frau in Weiß. Vielleicht konnten wir dieses mit Hilfe ihrer Mutter lösen. Die einzige Möglichkeit, Mrs. Catherick in dieser Angelegenheit zum Reden oder zum Handeln zu bewegen, hing davon ab, ob ich von Mrs. Clements die nötigen Auskünfte bekäme. Je mehr ich über meinen Plan nachdachte, desto dringlicher schien es mir, mich mit Anne Cathericks treuer Freundin und Beschützerin in Verbindung zu setzen.

Aber da ergab sich die erste Schwierigkeit: Wie sollte ich Mrs. Clements finden?

Die schnelle Lösung dieses Problems verdanke ich Marians rascher Auffassungsgabe. Sie erklärte sich bereit, nach Todd's Corner zu schreiben, jenem Gehöft in der Nähe von Limmeridge, wo die beiden gewohnt hatten, und nachzufragen, ob man in letzter Zeit von Mrs. Clements gehört habe.

Warum sich Anne von ihrer älteren Freundin überhaupt getrennt hatte, war für uns schwer zu verstehen, aber da es nun einmal geschehen war, mußte man annehmen, daß sich Mrs. Clements zuerst dort nach Anne erkundigt hatte, wo sie als Kind so gern gewesen war, nämlich in der Gegend von

Limmeridge. Ich erkannte sofort, daß dieses Vorgehen Aussicht auf Erfolg versprach. So schrieb denn Marian noch am selben Tag an Mrs. Todd.

Da wir eine Antwort erst nach einigen Tagen erwarten konnten, beschäftigte ich mich inzwischen mit der Familiengeschichte der Glydes – soweit mir Marian darüber Auskunft geben konnte. Sie erzählte mir, was sie vom Hörensagen wußte. Aber sie war ziemlich sicher, daß das Wenige, was sie wußte, der Wahrheit entsprach.

Sir Percival war das einzige Kind von Sir Felix Glyde. Sein Vater, von Geburt an mit einem schmerzlichen, unheilbaren Gebrechen behaftet, war wegen dieses Makels schon immer menschenscheu gewesen. Seine einzige Freude war die Musik. Er heiratete eine Dame, die diese Vorliebe mit ihm teilte und angeblich selbst eine ausgezeichnete Musikerin war. Den Besitz Blackwater Park hatte Sir Felix Glyde schon als junger Mann geerbt und seither dort gelebt. Weder er noch seine Frau bemühten sich um gesellschaftliche Kontakte, und von den Nachbarn versuchte niemand, sie in dieser Einsamkeit zu stören – ausgenommen der Pfarrer des Kirchspiels, was sich leider als verhängnisvoll erweisen sollte.

Dieser Mann nämlich war in seinem Übereifer der schlimmste aller unschuldigen Unheilstifter. Man hatte ihm erzählt, Sir Felix habe das College seinerzeit mit dem Ruf verlassen, in seinen politischen Ansichten revolutionär und zudem ein Mensch ohne Religion zu sein. Daher hielt es dieser gewissenhafte Pfarrer für seine heilige Pflicht, den Gutsherrn nachdrücklichst aufzufordern, sich in die Kirche zu begeben und die dort verkündeten vernünftigen Ansichten anzuhören. Sir Felix verübelte dem Geistlichen diesen gut gemeinten, doch schlecht angebrachten Rat, den er für eine Einmischung hielt, und beleidigte ihn in aller Öffentlichkeit so gröblich, daß ihm die benachbarten Gutsherren entrüstete Briefe schrieben und sogar die eigenen Pächter mit ihrer Kritik nicht zurückhielten. Der Baronet, der am Landleben ohnedies keinen Geschmack fand und keinerlei Bindung an seine Ländereien und an seine Leute empfand, erklärte, er werde der Gesellschaft in Blackwater keine zweite Gelegenheit bieten, ihn derart zu beleidigen, und mied von diesem Augenblick an seinen Besitz.

Nach kurzem Aufenthalt in London reiste er mit seiner Frau auf den Kontinent und kehrte nie mehr nach England zurück. Sie lebten teils in Frankreich, teils in Deutschland – stets in jener völligen Zurückgezogenheit, die Sir Felix auf Grund seines Gebrechens zum Bedürfnis geworden war. Ihr Sohn Percival war im Ausland geboren und dort von Hauslehrern unterrichtet worden. Zuerst verlor er seine Mutter, wenige Jahre später – 1825 oder 1826 – starb sein Vater. Schon vor dem Tode seiner Eltern war Sir Percival als junger Mann ein paarmal in England gewesen, aber die Bekanntschaft mit dem verstorbenen Mr. Fairlie machte er erst später. Obgleich sie bald gute Freunde wurden, kam Sir Percival selten – wenn überhaupt – nach Limmeridge. Mr. Frederick Fairlie dürfte ihm vielleicht dann und wann in Gesellschaft seines Bruders begegnet sein, hat ihn aber nie näher gekannt. Sir Percivals einziger enger Freund in dieser Familie war Lauras Vater.

Das war alles, was ich an Einzelheiten von Marian erfahren konnte. Sie enthielten nichts, was mir für mein Vorhaben brauchbar schien, doch schrieb ich alles sorgfältig auf, für den Fall, daß es später einmal von Wichtigkeit sein könnte.

Die Antwort von Mrs. Todd (auf unsere Bitte hin an ein entfernteres Postamt adressiert) war schon eingetroffen, als ich danach fragte. Das Glück, das bisher immer gegen uns schien, war uns diesmal gewogen: Der Brief enthielt die erste brauchbare Auskunft.

Es stellte sich heraus, daß Mrs. Clements (wie wir vermutet hatten) tatsächlich an Mrs. Todd geschrieben und sich zunächst wegen der überstürzten Abreise entschuldigt hatte. (Das war am Morgen nach meinem Zusammentreffen mit Anne Catherick auf dem Kirchhof.) Dann hatte sie ihr Annes plötzliches Verschwinden mitgeteilt und sie gebeten, in der Nachbarschaft nach ihr zu fragen, weil Anne so sehr an Limmeridge hing und mittlerweile vielleicht in diese Gegend zurückgekommen war. Mrs. Clements hatte für alle Fälle die Adresse vermerkt, unter der man sie immer erreichen konnte, und diese Adresse gab nun Mrs. Todd an uns weiter. Mrs. Clements lebte in London, und zwar kaum eine halbe Wegstunde von uns entfernt.

Im Sprichwort gesagt, wollte ich das Eisen schmieden, so lange es noch heiß war. Schon am nächsten Morgen machte ich mich auf, eine Unterredung mit Mrs. Clements zu bekommen. Dies war mein erster Schritt vorwärts, die Nachforschungen betreffend. Damit beginnt die Geschichte meiner verzweifelten Unternehmung, auf die ich mich eingelassen hatte.

VI

Die von Mrs. Todd mitgeteilte Anschrift führte mich zu einem Mietshaus in einer recht ordentlichen Straße nahe der Gray's Inn Road.

Als ich klopfte, öffnete Mrs. Clements selbst die Türe und fragte mich, was ich wünsche – offenbar erkannte sie mich nicht. Ich erinnerte sie an unsere Begegnung auf dem Kirchhof von Limmeridge gegen Ende meiner Unterhaltung mit der Frau in Weiß und wies vor allem mit Nachdruck darauf hin, daß ich jener Mann sei, der ihr nach der Flucht aus der Anstalt weitergeholfen habe (was Anne damals ja auch bestätigt hatte) – denn schließlich lag darin mein ganzer Anspruch auf ihr Vertrauen. Mr. Clements entsann sich dieses Umstands auch sofort, bat mich ins Wohnzimmer und fragte mich in höchster Besorgnis, ob ich ihr eine Nachricht von Anne bringe.

Ich fand mich außerstande, ihr die ganze Wahrheit zu sagen, ohne von dem Komplott gegen Laura zu berichten, was mir einer Fremden gegenüber allzu gefährlich schien. So erklärte ich, der Zweck meines Besuches sei, den Verantwortlichen für Annes Verschwinden auf die Spur zu kommen, vermied es aber, falsche Hoffnungen in ihr zu erwecken. Um mich vor eigenen späteren Gewissensbissen zu schützen, fügte ich hinzu, ich hätte eigentlich nicht die geringste Hoffnung, Anne selber aufzufinden, zumal ja gar nicht sicher sei, ob sie noch lebte; mein Hauptinteresse gelte jenen beiden Männern, die ich der Tat verdächtigte: Sie müßten der verdienten Strafe zugeführt werden. Dies sei mein Ziel, denn auch mir und zwei mir nahestehenden Personen sei durch diese Männer bitteres Unrecht geschehen. Nach dieser Erklärung überließ ich Mrs. Clements die Entscheidung, ob unsere Interessen (wenn auch aus verschiedenen Beweggründen) nicht dieselben waren und ob sie bereit sei, auch meine Sache zu unterstützen, indem sie mir alle

Informationen zugänglich machte, die sie den Gegenstand meiner Nachforschungen betreffend vielleicht besaß.

Die Arme war zunächst zu verwirrt und aufgeregt, um meine Worte genau zu begreifen, und wiederholte nur, daß sie mir, weil ich damals zu Anne so gut und hilfsbereit gewesen wäre, gern alles sagen würde, was sie wußte. Doch sei sie überhaupt nicht gewöhnt, mit Fremden viel zu sprechen, ich möge ihr also dabei behilflich sein zu sagen, wo sie mit ihrer Geschichte beginnen solle.

Da ich aus Erfahrung wußte, daß Menschen, die keine Übung darin haben, ihre Ideen zu ordnen, mit einer Erzählung dann am ehesten zurechtkommen, wenn sie bis ganz an den Anfang zurückgehen und sich später nicht mehr durch Rückblenden aus dem Konzept bringen lassen müssen, bat ich also Mrs. Clements, mir zunächst zu sagen, was sich nach ihrer Abreise von Todd's Corner ereignet hatte. Und durch vorsichtiges Fragen leitete ich sie auf diese Weise ganz allmählich von einem Punkt zum nächsten, bis ihr Bericht mit Annes Verschwinden schloß.

Dies war in groben Zügen der Inhalt ihrer Mitteilungen:

Nach ihrem Aufbruch von Todd's Corner fuhren Mrs. Clements und Anne an jenem Tag zunächst nach Derby, wo sie, Anne zuliebe, etwa eine Woche blieben. Abschließend kehrten sie nach London zurück, und zwar in die damalige Wohnung von Mrs. Clements. Nach etwa einem Monat mußte sie – aus Gründen, die mit dem Haus und seinem Besitzer zu tun hatten, in ein anderes Quartier übersiedeln. In London wagte sich Anne, aus Angst aufgegriffen und wieder in die Anstalt eingeliefert zu werden, fast nie aus der Wohnung, und auch Mrs. Clements wurde allmählich von dieser Sorge angesteckt und beschloß daher, sich nach einem der entlegensten Orte Englands zurückzuziehen – nach Grimsby in Lincolnshire, wo ihr verstorbener Mann aufgewachsen war. Seine Verwandten waren dort angesehene Bürger, die Mrs. Clements immer freundlich behandelt hatten, und so erschien es ihr als die beste Lösung, sich dorthin zu begeben und sich nach dem Rat der Freunde ihres Mannes zu richten. Anne wollte keinesfalls zu ihrer Mutter nach Welmingham; denn von dort hatte man sie seinerzeit in die Irrenanstalt gebracht, und auch jetzt konnte man sicher sein, daß Sir Percival dort nach ihr suchen würde. Für Mrs. Clements war dies ein begründeter Einwand, den zu entkräften sie sich außerstande sah.

In Grimsby zeigten sich bei Anne die ersten Symptome einer schweren Krankheit, und zwar unmittelbar nach Sir Percivals Vermählung mit Miss Fairlie, von der Anne aus den Zeitungen erfahren hatte.

Der behandelnde Arzt stellte sofort fest, daß Annes Herz stark angegriffen war. Die Krankheit zog sich hin, schwächte sie sehr, die Anfälle wiederholten sich in Abständen, wenn auch in unterschiedlicher Intensität. Die beiden blieben also etwa ein halbes Jahr in Grimsby, und sie wären sicher noch länger geblieben, hätte Anne nicht plötzlich darauf bestanden, sich wieder nach Hampshire zu wagen, um ein heimliches Gespräch mit Lady Glyde zu suchen.

Mrs. Clements wollte Anne unter allen Umständen von diesem verrückten Plan abbringen, doch es gelang ihr nicht. Anne gab für ihr Vorhaben keine Gründe an, sondern erklärte nur, der Tag ihres Todes sei nicht mehr fern und sie habe etwas auf dem Herzen, das sie Lady Glyde vorher noch anvertrauen müsse. Ihr Entschluß stand fest, und sie wäre notfalls sogar allein nach Hampshire gefahren. Als man den Arzt zu Rate zog, meinte er, jeder Widerstand sei zwecklos und zudem gefährlich. Anne könne durch die Aufregungen einen schweren Anfall bekommen. So blieb Mrs. Clements nichts anderes übrig als nachzugeben, und sie ließ trotz trüber Vorahnungen Anne ihren Willen.

Auf der Fahrt von London nach Hampshire stellte sich heraus, daß ein Mitreisender die Gegend von Blackwater Park gut kannte und sie bezüglich einer Unterkunft beraten konnte. Mrs. Clements entschied sich für Sandon als den besten Ort für Annes Vorhaben. Das war ein großes Dorf und lag nicht zu nahe bei Blackwater Park, hatte aber den Nachteil, daß Anne jedes Mal, wenn sie zum See wollte, drei bis vier Meilen hin- und auch wieder zurückgehen mußte.

Sie wohnten etwas außerhalb von Sandon, in einem kleinen Haus, das einer achtbaren Witwe gehörte, auf deren Stillschweigen sich Mrs. Clements verlassen konnte. Sie beschwor Anne, an Lady Glyde nur zu schreiben. Aber der damalige

Mißerfolg ihres anonymen Briefes hatte Anne störrisch gemacht, daher bestand sie darauf, diesmal mit Lady Glyde zu sprechen, und ließ sich auch nicht davon abbringen, sich allein auf den Weg zu machen.

Trotzdem folgte ihr Mrs. Clements jedes Mal heimlich bis zum See, wagte sich aber nicht nahe genug an das Bootshaus heran, um sehen und hören zu können, was dort vorging. Als Anne zum letzten Mal von ihrem gefährlichen Weg zurückkam, trat das ein, was Mrs. Clements schon lange befürchtet hatte: Tag für Tag eine Strecke zu gehen, die ihre Kräfte weit überstieg, dazu die Aufregungen – das war zuviel für Anne gewesen. Die alten Schmerzen über dem Herzen und die anderen Symptome der Krankheit aus Grimsby traten wieder auf, und Anne blieb in ihrem kleinen Haus ans Bett gefesselt.

Wie Mrs. Clements aus Erfahrung wußte, galt es in dieser kritischen Lage vor allem, Anne zu beruhigen. Die gute Frau wollte ihre Besorgnisse zerstreuen und wanderte daher am nächsten Tag zum See, um mit Lady Glyde zu sprechen, da Anne es für sicher hielt, daß diese zum Bootshaus kommen würde. Mrs. Clements hoffte nämlich, Lady Glyde überreden zu können, mit ihr nach Sandon zu kommen. Doch in der Nähe des Bootshauses traf Mrs. Clements nicht Lady Glyde, sondern einen großen, korpulenten älteren Herrn mit einem Buch in der Hand – mit anderen Worten: Conte Fosco.

Der Conte betrachtete sie einen Moment lang aufmerksam und fragte dann, ob sie hier jemanden zu treffen gedenke. Doch ehe sie noch antworten konnte, fügte er hinzu, er warte hier im Auftrage Lady Glydes, sei jedoch nicht sicher, ob er vor sich jene Frau habe, der er eine Nachricht übermitteln sollte.

Daraufhin teilte ihm Mrs. Clements vertrauensvoll mit, sie sei gekommen, weil sie glaube, eine Botschaft von Lady Glyde würde Anne beruhigen, und bat ihn flehentlich, ihr Lady Glydes Botschaft anzuvertrauen. Der Conte willigte sogleich ein und betonte, es sei sehr wichtig, was er ihr zu bestellen habe. Lady Glyde bitte die beiden Frauen in deren ureigenstem Interesse, unverzüglich nach London zurückzukehren; blieben sie hier, würde Sir Percival sie gewiß bald entdecken; Lady Glyde denke selbst daran, ebenfalls nach London zu fahren, und werde in spätestens zwei Wochen dort von sich hören lassen, nur müßte sie wissen, wo die beiden zu erreichen wären. Übrigens habe er (der Conte) schon früher versucht, Anne vor der Gefahr zu warnen, aber sie sei vor ihm als einem Fremden erschrocken und überstürzt davongelaufen.

Voller Sorge und Beunruhigung erklärte Mrs. Clements, daß auch sie es für das beste halte, Anne nach London in Sicherheit zu bringen, doch derzeit sei an eine Fahrt nach London nicht zu denken, da Anne krank darniederliege. Der Conte wollte darauf wissen, ob sie schon nach einem Arzt geschickt habe. Mrs. Clements jedoch hatte die Aufmerksamkeit der Dorfbewohner nicht auf Anne lenken wollen und es daher unterlassen. Er sei selbst Arzt, erklärte nun der Conte, und wenn sie nichts dagegen habe, werde er, wenn sie gestatte, mit ihr mitkommen und sehen, was er für Anne tun könne. Mrs. Clements, die dem Conte vertraute (für sie war er ja ein Abgesandter Lady Glydes), nahm sein Anerbieten dankbar an und führte ihn zu Anne.

Als sie das Zimmer betraten, schlief Anne. Der Conte zuckte bei ihrem Anblick zusammen (offenbar verblüffte ihn die Ähnlichkeit mit Lady Glyde; die gute Mrs. Clements hingegen glaubte, er sei über Annes schlechtes Aussehen erschrocken). Er ließ es nicht zu, daß man sie aufweckte, sondern fühlte ihr nur den Puls und erkundigte sich bei Mrs. Clements nach den Symptomen. Im Dorf gab es eine Drogerie; dorthin ging der Conte, ließ nach seinem Rezept eine Arznei anfertigen und brachte sie der Kranken. Es handle sich um ein stark belebendes Mittel, erklärte er, welches Anne soweit kräftigen werde, daß sie den Strapazen einer kurzen Eisenbahnfahrt gewachsen sei. Sie müsse zwei Tage lang in bestimmten Zeitabständen die Arznei einnehmen, am dritten Tage werde sie dann reisefähig sein. Er selbst würde sie an der Bahnstation erwarten, wenn sie mit dem Mittagszug nach London führen. Sollten sie nicht erscheinen, müßte er annehmen, daß sich Annes Zustand verschlechtert hatte – in diesem Falle würde er nochmals zu ihnen kommen.

Doch es gab keine Komplikationen, die Arznei wirkte erstaunlich gut, zumal Mrs. Clements der Kranken versicherte, daß sie in London schon bald Lady Glyde sehen würde. Am festgesetzten Tag, zur festgesetzten Stunde trafen sie am Bahnhof ein. Der Conte erwartete sie bereits. Er unterhielt sich gerade mit einer älteren Dame, die anscheinend ebenfalls nach London fuhr; er war ihnen beim Einsteigen aufs freundlichste behilflich und erinnerte Mrs. Clements noch einmal daran, Lady Glyde sofort ihre Adresse zu schreiben. Die ältliche Dame stieg nicht in dasselbe Coupé ein, und als sie in London ankamen, konnten sie sie nirgends entdecken.

Mrs. Clements fand in einer ruhigen Gegend ein anständiges Quartier und teilte Lady Glyde, wie verabredet, in einem Brief sofort ihre Adresse mit.

Mehr als zwei Wochen vergingen, ohne daß eine Antwort kam. Dann fuhr eines Tages dieselbe ältere Dame, die sie an der Bahnstation gesehen hatten, in einer Droschke vor, stieg in den zweiten Stock zu Mrs. Clements und teilte dieser mit, sie komme im Auftrage Lady Glydes, die in London eingetroffen und in einem Hotel abgestiegen sei; sie bitte Mrs. Clements zu sich, damit sie mit ihr verabreden könnte, wann Anne sie besuchen sollte. Auf Annes dringendes Zureden erklärte sich Mrs. Clements bereit, mit der Dame ins Hotel zu fahren, zumal diese ihr versprach, sie würde spätestens in einer halben Stunde wieder zurück sein. Daraufhin bestieg sie mit der Dame (sicher Madame Fosco) die Droschke. Schon nach kurzer Fahrt ließ die Dame bei einem Laden halten und bat Mrs. Clements, einige Minuten auf sie zu warten, sie müsse rasch noch etwas besorgen. Sie kam niemals wieder.

Mrs. Clements wartete einige Zeit und wurde unruhig. Also fuhr sie mit der Droschke wieder in ihr Quartier zurück, doch als sie dort nach einer halben Stunde eintraf, war Anne verschwunden.

Nach Auskunft des Dienstmädchens, das die Mieter bediente, habe ein Junge einen Brief »für die junge Frau, die im zweiten Stock wohnt« abgegeben. Sie habe ihn hinaufgetragen, und fünf Minuten später habe sie gesehen, wie Anne, mit Hut und Umhang bekleidet, zur Haustüre hinausgegangen sei. Mehr konnte Mrs. Clements nicht erfahren. Den Brief hatte Anne wahrscheinlich mitgenommen, denn man konnte ihn nirgends finden und daraus erfahren, was sie bewogen hatte, das Haus so plötzlich zu verlassen. Jedenfalls mußte es ein gewichtiger

Grund gewesen sein, sonst hätte sich Anne nicht ohne Begleitung auf die Straße gewagt. Mrs. Clements machte sich natürlich die heftigsten Vorwürfe, daß sie Anne auch nur für kurze Zeit allein gelassen hatte.

Sobald sie sich von der ersten Aufregung erholt hatte, dachte sie sofort daran, in der Irrenanstalt nachzufragen, weil sie befürchtete, man habe Anne dorthin zurückgebracht.

Am nächsten Tag ging sie hin; dort teilte man ihr aber mit, daß keine Person dieses Namens unter den Patienten sei (wahrscheinlich erfolgte ihre Anfrage ein oder zwei Tage, bevor man die falsche Anne Catherick dort einlieferte). Sie schrieb auch an Annes Mutter, ob sie von ihrer Tochter etwas gehört oder gesehen habe, aber die wußte natürlich ebenfalls nichts, und damit war Mrs. Clements mit ihrer Weisheit am Ende. Sie hatte keine Ahnung, wo sie sonst noch nachfragen oder was sie sonst noch tun sollte. Seit diesem Tag hatte Mrs. Clements nichts mehr von Anne gehört – weder über den Grund ihres Verschwindens noch über das Ende ihrer Geschichte.

VII

Bis zu diesem Punkte hatte alles, was ich von Mrs. Clements erfuhr – obgleich einige Tatsachen darunter waren, die ich bisher nicht kannte – durchaus noch den Charakter einer Einleitung.

Fest stand jedenfalls, daß die Lügen und Täuschungen, durch die Anne Catherick nach London gelockt und schließlich von Mrs. Clements getrennt wurde, einzig und allein das Werk des Conte und der Contessa waren. Die Frage, ob derlei betrügerische Machenschaften nicht schon allein genügten, die beiden vor den Richter zu bringen, schien mir eine Überlegung zu einem späteren Zeitpunkt durchaus wert. Doch das Ziel, das mir vor Augen stand, lenkte meine Aufmerksamkeit zunächst in eine andere Richtung. Mit meinem Besuch bei Mrs. Clements hatte ich Sir Percivals Geheimnis auf die Spur kommen wollen, doch bis jetzt hatte sie mir nichts mitgeteilt, was mich diesem wichtigen Ziele näher gebracht hätte. Ich fühlte die Notwendigkeit, Erinnerungen an andere Zeiten, Personen, Vorfälle bei ihr zu wecken als jene, mit denen sich ihr Gedächtnis bisher ausschließlich beschäftigte; als ich wieder zu sprechen begann, steuerte ich indirekt auf dieses Ziel zu.

»Ich wollte, ich könnte Ihnen in Ihrer traurigen Lage ein wenig helfen«, meinte ich, »aber ich kann nicht mehr für Sie tun, als Ihnen sagen, wie sehr ich mit Ihrem Kummer fühle. Wäre Anne Ihr eigenes Kind gewesen, Mrs. Clements, Sie hätten nicht mehr Opfer für sie bringen können.«

»Darauf halte ich mir nicht viel zugute, Sir«, gab Mrs. Clements einfach zur Antwort. »Ich hab' sie so lieb gehabt, als wäre sie mein eigen. Als sie zu mir kam, war sie noch ein Baby. Ganz allein hab' ich sie aufgezogen – und das war gar nicht immer leicht. Es würde mir nicht so zu Herzen gehen, sie zu verlieren, hätte ich ihr nicht die ersten Schritte beigebracht, die ersten kurzen Kleidchen genäht ... Immer hab' ich mir gesagt: Der Herrgott hat sie dir zum Trost geschickt, weil du keine eigenen Kinder hast! ... Und jetzt, da ich sie verloren hab', muß ich an die alten Zeiten denken, und so alt ich bin, kann ich die Tränen um sie nicht zurückhalten – nein, ich kann's wirklich nicht, Sir!«

Ich ließ Mrs. Clements Zeit, damit sie sich wieder beruhigen konnte. Das Licht, nach dem ich schon so lange suchte – leuchtete es vielleicht doch – weit, weit weg noch – in den Erinnerungen dieser guten Frau an Annes Kindheit?

»Kannten Sie Mrs. Catherick schon vor Annes Geburt?« fragte ich sie.

»Nicht sehr lang, Sir – höchstens vier Monate lang. Wir sahen einander damals zwar recht oft, aber eng befreundet waren wir nie.«

Ihre Stimme klang fester und bestimmter, als sie diese Antwort gab. Mochten auch manche alten Erinnerungen jetzt schmerzlich für sie sein, so empfand sie's, wenn auch unbewußt, doch als Erleichterung, angesichts der gegenwärtigen Sorgen vom halb vergessenen Kummer früherer Jahre zu sprechen.

»Waren Sie eine Nachbarin von Mrs. Catherick?« fragte ich, um ihr Gedächtnis anzuregen.

»Ja, Sir, in Old Welmingham waren wir Nachbarinnen.«

»Old Welmingham? Gibt es denn zwei Orte dieses Namens?«

»Je nun, das war früher so, vor mehr als dreiundzwanzig Jahren ... Damals hat man angefangen, etwas näher am Fluß ein neues Städtchen zu bauen, und die Leute sind von Welmingham, das eigentlich nur ein Dorf war, allmählich dorthin gezogen, und jetzt heißt der neue Ort Welmingham, nur die Pfarrkirche steht noch auf dem alten Platz, mit ein paar verfallenen Häusern drum herum. Jaja, ich hab' schon viel Trauriges erlebt. Zu meiner Zeit nämlich war Old Welmingham ein hübscher kleiner Ort.«

»Lebten Sie schon vor Ihrer Heirat dort?«

»Nein, Sir, ich komme aus Norfolk, und auch mein Mann war aus einer andern Gegend – aus Grimsby, wie ich Ihnen schon sagte, dort ging er auch in die Lehre. Als er von einer günstigen Gelegenheit in Southampton hörte, öffnete er dort einen Laden. Das Geschäft ging auch ganz gut, jedenfalls konnte er sich genug ersparen, um bescheiden davon zu leben, und zog nach Old Welmingham. Nach unserer Hochzeit zog ich zu ihm. Wir waren zwar nicht mehr die Jüngsten, aber glücklich waren wir miteinander – glücklicher jedenfalls als Mr. Catherick, unser Nachbar, der mit seiner Frau ein oder zwei Jahre später nach Old Welmingham gekommen ist.«

»Kannte Ihr Mann die beiden von früher?«

»Ihn ja, sie nicht. Sie war für uns beide eine Fremde. Angeblich setzte sich irgendeine einflußreiche Persönlichkeit für Mr. Catherick ein und verschaffte ihm in unserem Dorf das Amt des Küsters, deshalb zog er dann in unsere Nachbarschaft und brachte seine ihm frisch angetraute Gattin mit. Später erfuhren wir im Dorf, daß seine junge Frau bei der Herrschaft von Varneck Hall, einem Landgut in der Nähe von Southampton, früher Zofe gewesen war. Angeblich hielt sie sich deshalb für etwas Besseres und wollte von Catherick eigentlich gar nichts wissen. Er hat sie immer wieder gebeten und gebettelt und dann schließlich aufgegeben, weil sie gar nicht wollte. Doch als er dann endgültig aufgegeben hatte, da kam dann plötzlich sie zu ihm, aus eigenem Antrieb, worauf sich damals niemand einen Reim machen konnte. Jetzt hätte Catherick ihr eine Lektion erteilen sollen, hat mein seliger Mann damals gesagt. Aber der war ja bis über beide Ohren in sie verliebt! Er ließ ihr immer alles durchgehen, sowohl vor der Hochzeit wie auch nachher. Bei ihm ging alles nach dem Gefühl, er hätte jede Frau verwöhnt, auch eine bessere als die seinige, sofern ihn eine bessere überhaupt genommen hätte ... Ich sage anderen Leuten nicht gern Böses nach, Sir – aber diese herzlose Person setzte bei ihm immer ihren Willen durch. Sie hat sich fein gemacht, damit die Leute sie bewundern, doch für den eigenen Mann, der so gut zu ihr war, für den hatte sie nichts übrig. ›Das wird ein böses Ende nehmen!‹ pflegte mein seliger Mann zu sagen – und recht hatte er! Kaum vier Monate waren um, da gab's zwischen Catherick und seiner Frau einen Krach ... Naja, eigentlich waren beide gleichermaßen schuld –«

»Sie meinen – auch Mr. Catherick –«

»Nein, nein, Sir! So meine ich das nicht! Denn der konnte einem bloß leid tun. Schuld waren seine Frau und der andere –«

»Ein anderer?«

»Jawohl, ein Gentleman, vornehm, gebildet – einer, der unsereinem mit gutem Beispiel vorangehen sollte ... Sie kennen ihn, Sir, und auch meine arme Anne hat ihn nur zu gut gekannt!«

»Sir Percival Glyde?«

»Ja.«

Mein Herz schlug schneller – schon glaubte ich, den Schlüssel zur Wahrheit in der Hand zu halten. Doch wie wenig wußte ich damals von den Windungen des Labyrinths, die mich noch lange in die Irre leiten sollten!

»Lebte Sir Percival damals in dieser Gegend?«

»Nein, Sir. Eines schönen Tages tauchte er in Welmingham auf und war in Trauer, wie ich mich erinnere – sein Vater war kurz zuvor gestorben, irgendwo im Ausland. Gewohnt hat er in einem kleinen Wirtshaus am Fluß, wo damals viel gefischt wurde. Das Wirtshaus wurde übrigens längst abgerissen. Als Sir Percival sich dort niedergelassen hat, ist das niemandem besonders aufgefallen – schließlich war es etwas Alltägliches, daß die Herren aus ganz England angereist kamen, um in diesem Wasser zu fischen.«

»War Anne damals schon auf der Welt?«

»Anne ist im Juni 1827 geboren, und er kam, glaub' ich, Ende April oder Anfang Mai nach Welmingham.«

»Und niemand hat ihn gekannt – auch Mrs. Catherick nicht?«

»Das dachten wir zuerst alle – doch nach dem Krach bei Cathericks hat's niemand mehr geglaubt. Ich weiß es noch so gut, als wär's gestern gewesen. In der Nacht kam plötzlich Mr. Catherick in unsern Garten und warf eine Handvoll Kies gegen unser Fenster, damit wir aufwachten; und ich hörte, wie er meinen Mann anflehte, er möge doch um Gottes willen rüberkommen, er hätte ihm was zu sagen. Dann hörte ich sie unterm Vordach miteinander reden. Erst nach langer Zeit kam mein Mann wieder hoch, ganz aufgeregt und zitternd. ›Lizzie‹, sagte er und setzte sich zu mir ans Bett, ›ich hab's schon immer gewußt, diese Frau ist schlecht, und es wird bös enden – ich fürchte, jetzt ist es soweit. Catherick fand in ihrer Lade eine ganze Menge Sachen, Spitzentaschentücher, zwei wertvolle Ringe, eine neue goldene Uhr mit Kette – Sachen, wie sie nur eine vornehme Dame trägt. Aber seine Frau will ihm nicht sagen, woher sie das alles hat.‹ – ›Glaubt er denn, daß sie die Sachen gestohlen hat?‹ frag' ich. ›Nein‹, sagte er, ›das wäre natürlich schlimm genug, aber es ist noch viel schlimmer – denn zum Stehlen hat sie keine Gelegenheit, außerdem tut sie so was sicher nicht. Stell dir vor, Lizzie – es sind Geschenke! In den Uhrdeckel ist sogar ihr Vorname graviert. Und außerdem hat Catherick sie mit dem Fremden gesehen, dem Herrn in Trauer – mit dem hat sie sich heimlich getroffen. Sag's im Dorf nicht weiter, Lizzie – ich hab' nämlich Catherick beruhigen wollen und ihm gesagt, er soll mit niemandem darüber reden, sondern Augen und Ohren offenhalten – und abwarten, bis er die beiden erwischt.‹ Darauf ich: ›Ich glaub', ihr habt beide unrecht. Eine anständige Frau wie Mrs. Catherick läßt sich nicht mit einem andern Manne ein. Außerdem kennt sie ihn doch gar nicht, Sir Percival Glyde ist doch ein Fremder bei uns im Dorf.‹ Da sagt mein Mann: ›Schau, aber vielleicht ist es für sie kein Fremder? Denk daran, wie es dazu gekommen ist, daß sie Catherick endlich nahm! Immer wieder hat sie nein gesagt, und dann kam sie plötzlich von selber! Es wäre ja nicht das erste Mal, daß eine Schlampe einen rechtschaffenen Mann nur geheiratet hat, um ihren Ruf zu retten – vielleicht ist Mrs. Catherick auch so eine. Nun, wir werden ja sehen ...‹ Und zwei Tage später war's dann wirklich soweit.«

Mrs. Clements hielt mit ihrem Bericht kurz inne. Allmählich waren Zweifel in mir aufgestiegen, ob der Schlüssel, den ich gefunden zu haben glaubte, mich durch dieses Labyrinth führen und des Rätsels Lösung näherbringen würde. War diese alltägliche Geschichte von Lug und Trug und Weiberschwäche jenes sorgsam gehütete Geheimnis, dessen Entdekkung Sir Percival seit Jahren fürchtete?

»Ja, Sir, so war's«, fuhr Mrs. Clements fort, »Catherick hielt sich an den Rat meines Mannes und wartete. Und schon zwei Tage später ertappte er seine Frau bei einem Stelldichein mit Sir Percival Glyde, gleich neben der Sakristei – wahrscheinlich dachten die beiden, daß ihnen dort niemand nachspionieren würde. Aber so geht es eben! Sir Percival war sichtlich überrascht und verlegen, und der arme Catherick, der ja seine Gefühle nie beherrschen konnte, geriet wegen dieser Schande richtig in Wut und schlug auf Sir Percival ein. Doch leider war er seinem Beleidiger nicht gewachsen, und der Mann, der sich ihm gegenüber wie ein Lump benommen hatte, prügelte ihn windelweich, bevor noch, vom Lärm angelockt, die Nachbarn herbeirennen und die beiden trennen konnten. Noch am selben Abend begab sich mein Mann ins Nachbarhaus, doch Catherick war fort, niemand wußte wohin, und keine Menschenseele sah ihn jemals wieder ... Jetzt begriff er wohl endlich, warum seine Frau es so eilig hatte mit dem Heiraten ... Nach allem, was sich da abgespielt hatte, waren sein Elend und seine Schande zuviel für ihn. Später setzte der Pfarrer eine Anzeige in die Zeitung und bat Catherick, zurückzukehren, versprach ihm auch, daß er die Stelle und seine Freunde nicht verlieren würde. Aber Catherick hatte zuviel Stolz, wie die Leute sagten (zuviel Gefühl, wie ich glaube), um sich nochmals im Dorf zu zeigen und die Erinnerung an seine Schande wiederaufleben zu lassen. Mein Mann hörte von ihm, als er England verließ, und dann ein zweites Mal, aus Amerika, wo er sich niedergelassen und wieder hochgearbeitet hatte. Dort lebt er jetzt noch, und es geht ihm gut, soviel ich weiß. Aber sehen wird ihn wohl keiner mehr von uns in seiner alten Heimat, am wenigsten wohl sein böses Weib!«

»Und Sir Percival? Blieb er denn noch länger im Dorf?«

»Dem wurde der Boden hier dann doch zu heiß. Spät am Abend hörte man ihn nebenan mit Mrs. Catherick laut streiten – und am nächsten Morgen war auch er fort.«

»Und Mrs. Catherick? Sie ist doch sicher nicht im Dorf geblieben – unter den Leuten, die von ihrer Schande wußten?«

»Doch! Sie ist geblieben, Sir! Sie war so hart und herzlos, daß es ihr nichts ausmachte, was andere über sie dachten. Den Dorfbewohnern gegenüber – beim Pfarrer angefangen – hat sie dreist behauptet, das Opfer eines schrecklichen Irrtums zu sein. ›Von Tratschweibern laß' ich mich nicht vertreiben!‹ erklärte sie. Nach und nach ist damals New Welmingham entstanden, und als alle achtbaren Bürger dorthin übersiedelt waren, da zog sie ebenfalls hin – als ob sie es sich in den Kopf gesetzt hätte, diese Leute bis zum Äußersten aufzubringen. Dort lebt sie jetzt, und dort wird sie, allen zum Trotz, auch bleiben bis zu ihrem Tod.«

»Aber wovon hat sie in all den Jahren gelebt?« fragte ich. »Konnte und wollte Mr. Catherick ihr helfen?«

»Ja, Sir. In seinem zweiten Brief an meinen seligen Mann schrieb er: ›Sie hat nun einmal meinen Namen und lebt in meinem Haus, und wenn sie auch schlecht ist, soll sie deshalb nicht betteln gehen. Ich will ihr Geld schicken, das sie jedes Vierteljahr bei einer Londoner Bank abholen kann.‹«

»Hat sie es angenommen?«

»Nicht einen Farthing, Sir! Sie hat gesagt: ›Dem Catherick will ich zu nichts verpflichtet sein, von dem nehm' ich kein Geld – und wenn ich hundert Jahre alt werde!‹ Und so hat sie's gehalten. Nach dem Tode meines Mannes sind diese Briefe von Catherick in meine Hände gelangt. Da sagte ich ihr, sie sollte es mich wissen lassen, wenn sie etwas braucht. ›Lieber soll's ganz England wissen, wenn ich was brauche, ehe ich's dem Catherick sag'‹, antwortete sie. ›Das können Sie ihm ausrichten, wenn er Ihnen nochmals schreibt!‹«

»Glauben Sie, daß Mrs. Catherick eigenes Geld hatte?«

»Sehr wenig – wenn überhaupt. Man sagt, daß Sir Percival

Glyde für ihren Lebensunterhalt sorgt. Und es ist zu befürchten, daß das stimmt.«

Nach dieser Antwort wartete ich ein Weilchen, um in Ruhe über das Gehörte nachzudenken. Wenn ich mir das Ganze so richtig überlegte, brachte mich die Geschichte dem Geheimnis auch nicht näher; abermals hatte ich bei der Verfolgung meines Zieles einen entmutigenden Fehlschlag erlitten.

Freilich, einen Punkt gab es in dieser Erzählung, der mich zögern ließ, den Fehlschlag einfach hinzunehmen, und der mich auf den Gedanken brachte, unter der Oberfläche könnte doch noch etwas Verborgenes liegen.

Ich konnte mir nicht erklären, warum diese schuldige Küstersfrau den Rest ihres Lebens freiwillig am Orte ihrer Schande ausharrte. Ihre Behauptung, sie wolle auf diese seltsame Weise ihre Unschuld dartun, befriedigte mich nicht. Mir schien es natürlicher und wahrscheinlicher, daß sie in dieser Sache doch nicht so völlig nach eigenem Ermessen handelte, wie sie's vorgab. Wer aber war es, der die Macht hatte, sie zum Bleiben zu zwingen? Fraglos jener Mann, welcher für ihren Lebensunterhalt sorgte. Die Hilfe ihres Ehemanns hatte sie ausgeschlagen, und eigene Mittel besaß diese Frau, die ihre Ehre und ihre Freunde verloren hatte, sicherlich nicht. Woher kam also die Hilfe, wenn nicht aus der Quelle, auf die alle Gerüchte hinweisen – von Sir Percival Glyde.

Schon allein diese Gründe (und nicht zu vergessen die Tatsache, daß Mrs. Catherick im Besitz des Geheimnisses war) bewiesen, daß es in Sir Percivals Interesse lag, diese Frau an Welmingham zu binden. Ihr Ruf allein genügte schon, sie gesellschaftlich zu isolieren; es bot sich für sie keine Gelegenheit, sich vor neugierigen Freundinnen zu verplappern. Worum aber handelte es sich bei diesem Geheimnis? Sicher nicht um Sir Percivals heimliche Zusammenkünfte mit ihr – davon wußte man im ganzen Dorf; sicher nicht um den Verdacht, daß er Annes Vater sei, denn gerade Welmingham war jener Ort, wo man diesem Verdacht huldigte. Wenn ich also diese scheinbare Schuld so vorbehaltlos hinnahm wie alle anderen Leute und daraus den gleichen oberflächlichen Schluß zog wie Mr. Catherick und die Dorfbewohner – wo fand sich dann in allem, was ich jetzt wußte, auch nur eine Andeutung darauf, daß es zwischen Sir Percival und Mrs. Catherick ein sorgsam gehütetes Geheimnis geben müsse, dem bis jetzt noch niemand auf die Spur kam?

Und doch lag die Lösung des Rätsels zweifellos bei den verstohlenen Zusammenkünften der Küstersfrau mit dem »Herrn in Trauer«.

War es möglich, daß so manches scheinbar in eine bestimmte Richtung deutete, während die Wahrheit überraschend in einer ganz anderen Richtung lag? Konnte Mrs. Cathericks Behauptung, nur das Opfer eines schrecklichen Irrtums zu sein, womöglich stimmen? Oder angenommen, ihre Behauptung wäre falsch – war es dann ein Trugschluß, Sir Percival mit ihrer Schuld in Verbindung zu bringen? Vielleicht hatte er den falschen Verdacht nur genährt, um einen anderen berechtigten Verdacht von sich abzulenken? Hier also, wenn ich ihn denn finden konnte, hier lag der Zugang zum Geheimnis, tief versteckt unter der Oberfläche der scheinbar so alltäglichen Geschichte, die ich eben gehört hatte.

Mit meinen weiteren Fragen an Mrs. Clements verfolgte ich jetzt nur noch ein Ziel: herauszufinden, ob sich Mr. Catherick von der Schuld seiner Frau überzeugt hatte oder nicht. Mrs. Clements' diesbezügliche Antworten ließen mich darüber nicht im Zweifel. Mrs. Catherick habe vor ihrer Heirat Beziehungen zu einem Mann unterhalten – wer es gewesen sei, wisse man nicht –, und um ihren Ruf zu retten, habe sie schleunigst einen Ehemann gesucht. Man habe nachgerechnet (ich muß hier nicht auf Details eingehen) und eindeutig festgestellt, daß die Tochter, die ihres Mannes Namen trug, nicht von ihrem Mann stamme.

Der nächste fragliche Punkt – ob Sir Percival Annes Vater war – schien schwieriger zu klären. Da nichts dafür und nichts dagegen sprach, blieb als einziger Beweis die äußere Ähnlichkeit.

»Vermutlich haben Sie Sir Percival oft gesehen, als er noch im Dorf wohnte?« fragte ich Mrs. Clements.

»Ja, Sir – sehr oft.«

»Haben Sie eine Ähnlichkeit zwischen ihm und Anne bemerkt?«

»Nicht im geringsten, Sir.«

»Sie sah also ihrer Mutter ähnlich?«

»Nein, auch das nicht, denn Mrs. Catherick ist dunkelhaarig und hat ein volles Gesicht.«

Also weder ihrer Mutter noch ihrem (angeblichen) Vater ähnlich! Ich weiß natürlich, daß man sich auf derlei Äußerlichkeiten nicht immer verlassen kann – andererseits muß man sie doch berücksichtigen. Welche Beweise gab es sonst? Vielleicht fand man sie im Vorleben der beiden, der Zeit, als sowohl Mrs. Catherick als auch Sir Percival Glyde noch anderswo lebten. Meine nächsten Fragen zielten auf diesen Punkt ab.

»Als Sir Percival in Old Welmingham auftauchte – wußten Sie da, woher er kam?«

»Nein, Sir. Manche sagten, von Blackwater Park, und andere sagten, aus Schottland – aber genau wußte es niemand.«

»War Mrs. Catherick bis unmittelbar vor ihrer Heirat in Varneck Hall?«

»Ja, Sir.«

»Hat sie dort lange als Zofe gearbeitet?«

»Drei oder vier Jahre, Sir. Genau weiß ich's nicht.«

»Kennen Sie den Namen des Besitzers von Varneck Hall?«

»Ja, Sir. Er hieß Major Donthorne.«

»Hat Ihr Mann oder sonst jemand, den Sie kennen, davon gehört, daß Sir Percival mit Major Donthorne befreundet und daher oft in dieser Gegend war?«

»Davon hat mir mein seliger Mann nichts erzählt – und andere Leute haben das nie erwähnt, soviel ich mich erinnere.«

Ich notierte mir Namen und Adresse des Majors für den Fall, daß er noch lebte und ein Gespräch mit ihm für mich von Nutzen wäre. Inzwischen war ich mehr und mehr zu der Überzeugung gelangt, daß Sir Percival nicht Annes Vater war; seine heimlichen Zusammenkünfte mit Mrs. Catherick hatten nichts mit der Schande zu tun, die diese Frau dem Namen ihres Mannes angetan hatte. Es fielen mir keine weiteren Fragen mehr ein, die diese Annahme hätten stützen können; daher ermunterte ich Mrs. Clements, von Annes Kindheit zu sprechen, und nahm mir vor, dabei besonders hellhörig zu sein.

»Mrs. Clements, Sie haben mir noch nicht erzählt, wie das

arme Kind, das in Schande und Elend zur Welt kam, gerade Ihnen anvertraut wurde!«

»Es war niemand da, der sich um das hilflose Geschöpf gekümmert hätte«, antwortete Mrs. Clements. »Anscheinend hat diese böse Mutter es von Anfang an gehaßt – als hätte das arme Kind etwas dafür können! Mir tat die Kleine leid, und daher bot ich mich an, sie so liebevoll aufzuziehen, als wäre sie mein eigenes Kind.«

»Und hat von da an die Kleine immer bei Ihnen gewohnt?«

»Leider nicht. Mrs. Catherick hatte nämlich zuweilen ihre Launen. Dann forderte sie das Kind zurück – als wollte sie mir dafür eins auswischen, daß Anne bei mir aufwuchs. Aber lang dauerten diese sonderbaren Anwandlungen bei ihr nie. Sie brachte mir dann die Kleine immer bald wieder zurück, und die freute sich darüber sehr, obgleich es bei mir nicht besonders lustig zuging, denn es gab keine Spielgefährten, die sie in meinem düsteren Hause aufgemuntert hätten. Am längsten waren wir voneinander getrennt, als ihre Mutter sie nach Limmeridge mitnahm. Für Anne war es zwar gut, daß sie wegfahren konnte, denn bei mir im Haus gab's nur Kummer und Trauer, mein Mann war gerade gestorben ... Sie war damals zwischen zehn und elf, ein bißchen langsam beim Lernen, aber ein hübsches kleines Mädchen – wie man es sich nur wünschen kann! Ich wartete, bis sie mit ihrer Mutter wieder zurück war, und schlug Mrs. Catherick dann vor, mir die Kleine nach London mitzugeben. Um die Wahrheit zu sagen, ich wollte nicht mehr in Old Welmingham bleiben; nach dem Tod meines guten Mannes war's dort für mich zu traurig.«

»Und wie nahm Mrs. Catherick Ihren Vorschlag auf?«

»Sie lehnte ihn ab. Nach ihrer Rückkehr aus Cumberland war sie noch härter und verbitterter als zuvor. Angeblich hatte sie vor der Reise Sir Percival um Erlaubnis bitten müssen, daß sie überhaupt wegfahren durfte, und außerdem war sie ja nur hingefahren, um dort ihre todkranke Schwester zu pflegen, nicht aus Nächstenliebe, sondern weil sie auf ihr Geld hoffte – das sagten jedenfalls die Leute. Doch nach dem Tod ihrer Schwester stellte sich heraus, daß kaum genug Geld fürs Begräbnis da war. Ich glaube, das hat Mrs. Catherick so erbittert – jedenfalls wollte sie nichts davon wissen, daß Anne mit mir nach London zöge. Vielleicht machte es ihr auch Vergnügen, uns endlich trennen zu können. Ich schrieb der Kleinen meine Londoner Adresse ins Gebetbuch und sagte heimlich zu ihr: ›Anne, wenn du jemals in Bedrängnis bist, dann komm zu mir!‹ Doch bis sie kam, vergingen Jahre – es war in jener Nacht, als sie aus dem Irrenhaus entlief.«

»Mrs. Clements, wissen Sie eigentlich, warum Sir Percival sie in diese Anstalt bringen ließ?«

»Sir, ich weiß nur, was Anne mir selbst gesagt hat. Sie war ja ganz außer sich, das arme Ding, und was sie mir da erzählte, hab' ich nicht ganz verstanden. Ihre Mutter, erklärte sie, habe ihr ein Geheimnis verraten – über Sir Percival. Und als Sir Percival davon erfuhr, ließ er sie in diese Anstalt stecken. Nur eines kommt mir merkwürdig vor: Ich habe Anne zwar danach gefragt, aber verraten hat sie es mir nie, dieses Geheimnis, und immer, wenn ich's wissen wollte, hat sie gesagt: ›Meine Mutter kann, wenn sie nur will, Sir Percival ruinieren.‹ Mag sein, daß ihrer Mutter das einmal herausgerutscht ist – mehr aber sicher nicht. Hätte Anne nämlich das Geheimnis gekannt, wie sie immer behauptete, dann hätte ich's auch von ihr erfahren. Ich aber glaube fast, sie hat sich nur eingebildet, es zu wissen, das arme Ding ...«

Der gleiche Gedanke hatte sich auch mir schon aufgedrängt. Auch Marian gegenüber hatte ich angezweifelt, daß Laura wirklich kurz davor stand, von Anne Sir Percivals Geheimnis zu erfahren, als Conte Fosco plötzlich beim Bootshaus auftauchte. Es paßte gut zu Annes besonderer Form der geistigen Verwirrung, daß sie sich einbildete, ein Geheimnis zu kennen. War es in Wirklichkeit vielleicht nur ein vager Verdacht auf Grund einer Bemerkung, die ihre Mutter unvorsichtigerweise hatte fallen lassen? Und Sir Percival, im Bewußtsein seiner begangenen Schuld, hatte Anne (wie später auch Laura) grundlos verdächtigt, sein Geheimnis zu kennen?

Die Zeit verstrich; der Vormittag war fast vorüber. Ich hielt es für unwahrscheinlich, daß ich von Mrs. Clements noch weitere Einzelheiten erfahren würde, die mir nutzen könnten. Immerhin wußte ich jetzt Genaueres über Mrs. Catherick und konnte daraus wichtige Folgerungen für mein weiteres Vorgehen ziehen. Also erhob ich mich, um mich von Mrs. Clements zu verabschieden und ihr dafür zu danken, daß sie mir so freundlich und bereitwillig die nötigen Auskünfte erteilt hatte. »Sie müssen mich für sehr neugierig halten«, sagte ich, »denn ich habe Sie mit mehr Fragen behelligt, als mir zukommt.«

»Sir, ich bin bereit, Ihnen alles zu sagen, was ich weiß«, erwiderte Mrs. Clements und blickte mich dann eine Weile an. »Aber ich hätte gern noch mehr über Anne erfahren«, fuhr die arme Frau zögernd fort. »Daß Sie mir etwas zu sagen haben, glaubte ich in Ihrem Gesicht zu lesen, als Sie bei der Türe hereinkamen. Sie können sich nicht vorstellen, wie sehr es mich bedrückt, nicht einmal zu wissen, ob sie überhaupt noch lebt. Nichts ist so schwer zu ertragen wie die Ungewißheit. Sie sagten, Sie rechneten nicht damit, daß wir Anne jemals lebend wiedersehen. Sir, wissen Sie das sicher? Wissen Sie sicher, daß es Gott gefallen hat, sie zu sich zu nehmen?«

Gegen diesen Aufschrei des Herzens war ich nicht gewappnet; es ware unsäglich niedrig und grausam von mir gewesen, mich ihrem Kummer zu verschließen. »Ich fürchte, es gibt keinen Zweifel mehr daran«, antwortete ich sanft. »Ich bin felsenfest überzeugt, daß ihre irdischen Leiden zu Ende sind.«

Die arme Frau sank in ihren Stuhl und schlug die Hände vors Gesicht. »O Gott!« rief sie. »Woher wissen Sie das? Wer hat es Ihnen gesagt?«

»Niemand, Mrs. Clements. Aber ich habe meine Gründe, es zu glauben. Ich verspreche Ihnen, Sie werden diese Gründe von mir erfahren, sobald ich in der Lage bin, sie Ihnen ohne Gefahr auseinanderzusetzen. Ich bin aber auch überzeugt davon, daß sie in ihren letzten Stunden in guter Obhut war; ebenso bin ich sicher, daß das Herzleiden, das ihr so zu schaffen machte, die wahre Ursache ihres Todes war. Bald werden auch Sie davon ebenso überzeugt sein wie ich; und bald werden Sie erfahren, daß sie auf einem stillen Kirchhof begraben liegt, an einem schönen, friedlichen Ort, wie Sie ihn vielleicht selbst für Anne ausgesucht hätten.«

»Sie ist tot!« rief Mrs. Clements. »So jung hat sie sterben müssen – ich aber bin noch da, um es zu hören! Ich war es, die ihr die ersten Kleidchen nähte, die ihr die ersten Schritte beibrachte. Und als sie das erste Mal ›Mutter‹ sagte, da sagte sie's zu *mir* – und nun ist sie von uns gegangen, ich aber lebe noch...

Und Sie, Sir, Sie sagen, daß Anne ein schönes Begräbnis hatte? Ein so schönes, als wär' sie wirklich mein eigenes Kind gewesen?« fragte mich die arme Frau, nahm das Taschentuch von den Augen und blickte zum ersten Mal zu mir empor.

Ich beteuerte ihr, daß dies so gewesen sei. Meine Antwort schien sie mit einem unerklärlichen Stolz zu erfüllen und ihr Trost zu spenden – mehr, als jede andere Tröstung von erhabenerer Natur dies vielleicht vermocht hätte. »Es würde mir das Herz brechen«, sagte sie schlicht, »hätte Anne kein schönes Begräbnis gehabt – aber woher wissen Sie das eigentlich? Wer hat es Ihnen gesagt?« Ich bat sie noch einmal, sich noch eine Weile zu gedulden, bis ich ganz offen mit ihr darüber sprechen konnte. »Sie sehen mich sicher wieder«, sagte ich ihr, »denn ich muß Sie noch um einen Gefallen bitten – vielleicht in ein paar Tagen, wenn Sie sich wieder gefaßt haben.«

»Meinetwegen brauchen Sie diese Frage nicht aufzuschieben, Sir«, erwiderte Mrs. Clements. »Wenn ich Ihnen behilflich sein kann, dann fragen Sie nur zu, trotz meiner Tränen. Sollten Sie noch etwas auf dem Herzen haben, Sir – bitte, sagen Sie es gleich!«

»Es gibt nur noch eines, was ich wissen möchte: Mrs. Cathericks Adresse in Welmingham.«

Diese Bitte bestürzte sie so sehr, daß sie einen Augenblick lang sogar die Nachricht von Annes Tod vergaß. Sie hörte zu weinen auf und starrte mich betroffen an.

»Um Gottes willen! Was wollen Sie von der?« rief sie.

»Ich möchte von ihr erfahren, warum sie sich heimlich mit Sir Percival Glyde getroffen hat. Sie müssen wissen, Mrs. Clements, daß hinter dem, was Sie mir von den beiden erzählten, mehr steckt, als Sie oder andere Leute im Dorf damals vermuteten. Es gibt ganz bestimmt ein Geheimnis zwischen den beiden, das keiner von uns auch nur ahnt – ich aber bin fest entschlossen, es zu lüften.«

»Sir, überlegen Sie sich das sehr genau! Diese Frau ist schrecklich – glauben Sie mir –, ich kenne sie!« Damit erhob sich Mrs. Clements und legte die Hand auf meinen Arm. »Überlegen Sie sich das sehr genau!«

»Sicher meinen Sie es gut mit dieser Warnung. Aber was auch immer geschieht, ich muß mit ihr reden!«

Besorgt blickte mich Mrs. Clements an. »Sir, ich sehe, Sie lassen sich nicht davon abbringen. Nun gut denn ...«

Ich notierte mir die Adresse. Dann nahm ich Mrs. Clements bei der Hand und sagte: »Sie hören bald von mir, und dann sollen Sie alles erfahren, wie ich es Ihnen versprochen habe!«

Mrs. Clements seufzte und sah mich sorgenvoll an: »Manchmal lohnt es sich, auf den Rat einer alten Frau zu hören«, meinte sie. »Überlegen Sie sich diese Fahrt noch sehr genau!«

VIII

Als ich von meinem Gespräch mit Mrs. Clements nach Hause kam, fiel mir an Laura eine plötzliche Veränderung auf.

Ihre Sanftmut und unendliche Geduld, die ein grausames Schicksal schon so lange und so hart auf die Probe stellte, schienen sie plötzlich im Stich zu lassen. Unzugänglich für Marians Versuche, sie zu beruhigen und zu erheitern, saß sie an ihrem Arbeitstisch, den Kopf gesenkt, die Hände in den Schoß gelegt – nur die ineinander verschränkten Finger bewegten sich ruhelos. Eine unfertige Zeichnung hatte sie weit von sich geschoben. Stummen Kummer im Gesicht, hatte sich Marian bei meinem Eintritt erhoben und wartete jetzt, daß Laura endlich aufblickte. Doch sie tat es nicht. »Walter, versuch doch *du,* sie ein wenig aufzumuntern!« flüsterte mir Marian zu und verließ das Zimmer.

Ich setzte mich auf den freigewordenen Stuhl, zog ihre mageren, verkrampften Finger sachte auseinander und nahm ihre beiden Hände in die meinen.

»Laura, woran denkst du? Sag mir doch, woran du denkst, Liebe!«

Sie kämpfte sichtlich mit sich selbst. Endlich blickte sie auf, sah mir in die Augen und sagte: »Walter, ich bin so unglücklich. Immer muß ich daran denken, daß –« Sie stockte und legte den Kopf auf meine Schulter, mit einer so furchtbaren, stummen Hilflosigkeit, daß sie mir mitten ins Herz fuhr.

»Möchtest du mir nicht sagen, warum du nicht glücklich bist?«

»Ach – ich bin so nutzlos, ich bin euch beiden nur eine Last.«

Sie seufzte müde und hoffnungslos. »Du arbeitest, du verdienst das Geld für uns, und Marian hilft dir dabei. Warum kann ich nichts tun? Es wird noch soweit kommen, daß du Marian lieber hast als mich – ja sicher, so weit wird es kommen, und nur, weil ich so hilflos bin. O bitte, bitte – behandelt mich doch nicht wie ein Kind!«

Ich faßte sie unterm Kinn, strich ihr das Haar aus dem Gesicht und küßte sie – meine arme, welke Blume, meine arme, von Leid und Kummer geplagte Schwester! »Laura, auch du wirst uns helfen, und noch heute fängst du damit an!« rief ich.

Sie hielt den Atem an, ihre Augen leuchteten, eine fieberhafte Unruhe ergriff sie. In mir dämmerte ein Hoffnungsschimmer auf, es war, als erwachte sie zu neuem Leben – und nur, weil ich sie mit ein paar Worten zur Arbeit ermuntert hatte.

Ich ordnete ihr Zeichengerät und legte es vor sie hin.

»Wie du weißt, kann man durch Zeichnen Geld verdienen«, sagte ich ihr. »Und da du dir solche Mühe gibst und immer besser zeichnest, könntest auch du damit Geld verdienen. Mach doch diese kleine Skizze fertig – so hübsch und sauber du kannst! Ich nehme sie dann mit, und derselbe Mann, der mir alles abkauft, wird auch deine Arbeiten kaufen. Und was du verdienst, verwahrst du in deiner Geldbörse – Marian wird dann genauso oft zu dir ums Haushaltsgeld kommen wie zu mir. Und wenn du dich so nützlich machen kannst, dann bist du bald so glücklich, Laura, wie der Tag lang ist!«

Eifer belebte ihre Züge, ein Lächeln erhellte ihr Gesicht. Sie nahm den beiseite gelegten Stift wieder in die Hand, und in diesem Augenblick sah sie fast so aus wie die Laura vergangener Tage.

Ich hatte diese ersten Anzeichen einer neuen geistigen Kräftigung richtig gedeutet. In dieser Wachheit war ihr plötzlich bewußt geworden, wie Marian und ich den Tag verbrachten, und nun sehnte sie sich danach, auch selbst einen Platz von bescheidener Bedeutung in unserer Gemeinschaft einzunehmen, um damit in unserer Achtung und in ihrer Selbstachtung zu steigen. Als ich Marian davon erzählte, war auch sie ganz meiner Meinung. Und von da an unterstützten wir zärtlich ihren neu erwachten Ehrgeiz, der uns auf eine glücklichere Zukunft hoffen ließ, die vielleicht nicht allzu ferne war. Lauras

Zeichnungen, ob sie nun fertig oder nur halbfertig waren, nahm ich an mich und gab sie an Marian weiter, die sie sorgfältig versteckte. Von nun an lege ich von meinem Wochenlohn jedesmal etwas beiseite, das wir ihr als die von Fremden bezahlte Summe für ihre armseligen, matten, wertlosen Skizzen aushändigten, deren einziger Käufer in Wirklichkeit ich war. Zuweilen wurde es für uns schwierig, uns diese harmlose Täuschung nicht anmerken zu lassen, wenn sie stolz ihre Geldbörse hervorzog, um ihren Teil zum Haushalt beizutragen, und mit ernster Miene erwog, wer in dieser Woche mehr verdient habe – sie oder ich. Alle diese heimlich versteckten Zeichnungen besitze ich noch heute; sie sind ein unbezahlbarer Schatz – liebe Erinnerungen, die ich bewahren möchte – Freunde aus vergangenen Zeiten der Not, von denen mein Herz sich nie trennen und die es nie vergessen wird.

Ich rede von Nebensächlichkeiten. Warum lasse ich das wichtige beiseite? Sehe ich bereits die glücklicheren Zeiten, die damals noch in weiter Ferne lagen? Ja, so ist es! Zurück also – zurück zu den Tagen voller Angt und Zweifel, als ich im Angesichte einer ungewissen Zukunft den Kampf aufnehmen mußte. Nur kurz habe ich mir eine Pause gegönnt und mich ausgeruht. Doch vielleicht blieb diese Zeit nicht ungenützt, wenn die Freunde, die diese Blätter lesen, sich ebenfalls eine Pause gönnen und sich ausruhen.

Bei der ersten Gelegenheit, die sich mir bot, Marian unter vier Augen zu sprechen, teilte ich ihr das Ergebnis meines Besuches bei Mrs. Clements mit. Was meine geplante Fahrt nach Welmingham betraf, schien sie der gleichen Meinung zu sein wie diese.

Sie sagte: »Walter, du weißt vorläufig noch viel zu wenig, um Mrs. Cathericks Vertrauen zu gewinnen. Ist es klug, jetzt schon zu diesem äußersten Mittel zu greifen? Stehen dir nicht noch andere Wege offen? Du kannst doch auf einfachere und weniger gefahrvolle Weise dein Ziel erreichen! Wir haben beide bisher nicht daran gedacht, daß außer Sir Percival und dem Conte noch eine dritte Person wissen müßte, an welchem Tag Laura von Blackwater Park abgereist ist – Mrs. Rubelle nämlich. Wäre es nicht leichter und weniger gefährlich für dich, dieser Frau ein Geständnis zu entlocken, als es Sir Percival abzutrotzen?«

»Vielleicht, Marian; aber wir wissen nicht, wie weit sie an diesem Komplott beteiligt ist und welches Interesse sie daran hatte. Daher ist es gar nicht so sicher, daß sie sich dieses Datum genauso eingeprägt hat wie der Conte und Sir Percival. Jetzt ist es zu spät, mit Mrs. Rubelle noch Zeit zu verschwenden, denn ich muß nun meine ganze Kraft daransetzen, Sir Percivals einzig verwundbare Stelle zu treffen. Ist deine Sorge um mich nicht ein wenig übertrieben, Marian, wenn ich nach Hampshire fahre? Hältst du es wirklich für so gefährlich? Fürchtest du vielleicht, ich könnte Sir Percival doch nicht gewachsen sein?«

»Du bist ihm sicherlich gewachsen«, versetzte sie entschieden, »denn bei seinem Kampfe gegen dich fehlt ihm die Unterstützung durch die undurchdringliche und abgrundtiefe Abgefeimtheit von Conte Fosco.«

»Was hat dich zu diesem Schluß geführt?« fragte ich sie überrascht.

»Meine eigene Einsicht in Sir Percivals Starrsinn und seine Ablehnung jeglicher Gängelung durch den Conte. Ich glaube, er wird dir unbedingt allein begegnen wollen – genau wie er auch in Blackwater Park zunächst allein handeln wollte. Erst wenn du Sir Percival in der Hand hast, wirst du die Einmischung des Conte fürchten müssen; dann nämlich sieht er seine eigenen Interessen bedroht – und wenn es um seine eigene Haut geht, Walter, dann wehrt er sich – und schreckt vor nichts zurück!«

»Vielleicht schlagen wir ihm schon vorher die Waffen aus der Hand«, gab ich zu bedenken. »So manches, was ich von Mrs. Clements erfahren habe, ließe sich gegen ihn verwenden; vielleicht finden wir noch genug Beweise für seine Schuld. In Mrs. Michelsons Bericht gibt es Hinweise darauf, daß der Conte sich genötigt sah, mit Mr. Fairlie in Kontakt zu treten – auch da könnte sich Kompromittierendes finden. Während ich fort bin, schreibst du einen Brief an Mr. Fairlie und ersuchst ihn um einen genauen Bericht über sein Gespräch mit dem Conte, vor allem, was seine Nichte angeht. Mach ihn gleichzeitig darauf aufmerksam, daß man, falls er die gewünschte

Auskunft jetzt verweigert, seine Aussage später erzwingen wird.«

»Ja, Walter, ich werde ihm schreiben! Aber bist du trotz allem weiterhin entschlossen, nach Welmingham zu fahren?«

»Das bin ich. Ich werde die nächsten beiden Tage dazu verwenden, soviel Geld zu verdienen, daß wir für diese Woche genug zum Leben haben. Am dritten Tage fahre ich nach Hampshire.«

Als der dritte Tag kam, war ich reisefertig.

Mit Marian traf ich folgende Vereinbarung: Da anzunehmen war, daß ich längere Zeit fortbliebe, sollten wir einander jeden Tag schreiben. Der tägliche Brief sollte mir beweisen, daß alles in Ordnung war. Sollte ich jedoch mit der Morgenpost keine Nachricht erhalten, würde ich unverzüglich die Heimreise antreten. Laura versöhnte ich mit meiner Abwesenheit, indem ich ihr erklärte, daß ich auf dem Lande einen neuen Kundenkreis für unsere Arbeiten suchen wolle – und so verließ ich sie beschäftigt und zufrieden. Marian begleitete mich die Treppe hinunter bis zum Haustor.

»Vergiß nicht, Walter, was für Herzen du hier zurückläßt!« flüsterte sie mir zu. »Denk an die Hoffnungen, die von deiner sicheren Heimkehr abhängen! Wenn dir auf deiner Reise unvorhergesehene Dinge zustoßen, wenn dir Sir Percival begegnet –«

»Wie kommst du darauf, daß er mir begegnen sollte?«

»Ich weiß es nicht – ich habe Träume und Ängste, die ich nicht erklären kann... Lache über mich, Walter, wenn du möchtest, aber dennoch flehe ich dich an: Solltest du Sir Percival begegnen, dann, um des Himmels willen, Walter, laß dich zu nichts hinreißen!«

»Hab' keine Angst, Marian. Ich garantiere dir für meine Selbstbeherrschung.«

Mit diesen Worten verließ ich sie.

Beschwingten Schrittes machte ich mich auf den Weg zum Bahnhof. Ich spürte in mir einen Hoffnungsschimmer und die wechselnde Überzeugung, daß diese Reise nicht vergeblich sein würde. Der Morgen war schön, kalt und klar; eine innere Festigkeit erfüllte mich, und die Kraft, die von meinem Entschlusse ausging, durchströmte mich von Kopf bis Fuß.

Als ich den Bahnsteig betrat und mich unter den Wartenden nach einem bekannten Gesicht umsah, befielen mich Zweifel, ob es nicht vielleicht von Vorteil gewesen wäre, mich für dieses Unternehmen zu verkleiden. Doch lag in der Idee einer solchen Täuschung etwas so Widerwärtiges – etwas derart Erniedrigendes, das mich auf die gleiche Stufe gestellt hätte mit dem Gesindel von Spitzeln und Informanten, daß ich diesen Gedanken, so rasch er aufgetaucht war, so rasch auch wieder fallen ließ. Auch vom Standpunkt der Zweckmäßigkeit wäre eine Verkleidung von zweifelhaftem Wert gewesen. Dort, wo ich wohnte, hätte mich früher oder später mein Hauswirt dabei ertappt und Verdacht geschöpft, und bei jenen Personen, die mich nur vom Sehen kannten, hätte ich durch eine Verkleidung nur Argwohn erregt – also gerade das, was ich in meinem eigenen Interesse bisher tunlichst zu vermeiden trachtete. Bisher hatte ich stets als ich selbst gehandelt – und in meinem eigenen Namen wollte ich die Sache auch zu Ende führen.

Am frühen Nachmittag setzte mich der Zug in Welmingham ab.

Gibt es in den Wüsten Arabiens, inmitten der Ruinen Palästinas eine ähnliche Öde, etwas ähnlich Abstoßendes und Niederdrückendes wie eine englische Kleinstadt, die sich am Anfang ihrer Entwicklung und in dem ersten Stadium des Wohlstands befindet? Diese Frage beschäftigte mich, während ich durch die reinliche Öde, die wohlgeordnete Häßlichkeit und die dumpfe Stille der Straßen von Welmingham dahinschritt. Und die Kaufleute, die mir aus leeren Läden nachstarrten; die Bäume, die in der dürren Abgeschiedenheit unfertiger Plätze und Straßen hilflos ihre Wipfel hängen ließen; die unbewohnten Häuser, die vergeblich auf Menschen warteten, die sie mit dem Hauch des Lebens füllen sollten – jedes Geschöpf, das ich sah, jeder Gegenstand, an dem ich vorbeiging, schienen mir aus einem Munde zu antworten: Die Wüsten Arabiens wissen nichts von unserer zivilisierten Verlassenheit – die Ruinen Palästinas sind unfähig zu unserer modernen Ödnis!

Ich fragte mich durch bis zu dem Viertel, in dem Mrs. Catherick wohnte. Als ich es erreichte, fand ich dort einen Platz mit kleinen einstöckigen Häusern vor. In der Mitte des Platzes, von einem billigen Drahtgitter umgeben, gab es einen grünen Fleck mit spärlichem Gras. In einer Ecke der Einfriedung stand eine ältere Kinderfrau mit ihren beiden Schützlingen und betrachtete eine dort angepflockte magere Ziege. Vor einem der Häuser standen auf dem Trottoir zwei Fußgänger und unterhielten sich; auf der gegenüberliegenden Seite führte ein Junge seinen kleinen Hund an der Leine spazieren. In der Ferne hörte ich jemanden auf einem Klavier klimpern, begleitet von den unregelmäßigen Schlägen eines Hammers in unmittelbarer Nähe. Das war alles, was auf diesem Platz an Lebenszeichen zu sehen und zu hören war.

Ich ging sofort auf das Haus Nr. 13 zu – die Hausnummer von Mrs. Catherick – und klopfte an, ohne mir vorher zu überlegen, wie ich mich bei ihr einführen sollte. Zunächst einmal mußte sie mich einlassen. Dann wollte ich es meiner Beobachtungsgabe überlassen, wie ich den Zweck meines Besuches am besten erklären sollte.

Eine melancholisch aussehende ältere Dienstmagd öffnete die Türe. Ich überreichte ihr meine Visitenkarte und fragte, ob ich Mrs. Catherick sprechen könne. Sie ging mit der Karte ins Wohnzimmer, kam wieder zurück und erkundigte sich nach meinem Anliegen.

»Sagen Sie bitte, daß es sich um Mrs. Cathericks Tochter handelt«, erwiderte ich. Das war der beste Vorwand, der mir im Augenblick einfiel.

Wieder verschwand die Dienstmagd im Wohnzimmer, wieder kam sie zurück; diesmal bat sie mich mit einem Ausdruck düsterer Verwunderung, ihr zu folgen.

Ich trat in ein kleines Zimmer, dessen Wände mit einer grellen Tapete mit riesigen Mustern bespannt waren; Stühle, Tische, Sofa und Chiffonière, alles leuchtete im lackähnlichen Glanze billiger Tapeziererarbeit; auf dem großen Tisch in der Mitte des Zimmers lag eine prunkvolle Bibel, genau in der Mitte einer rot-gelben wollenen Matte plaziert. Zwischen Tisch und Fenster saß eine ältere Frau mit einem Strickkorb auf dem Schoß, zu ihren Füßen ein schnaufender, triefäugiger alter Spaniel. Sie trug ein schwarzes Tüllhäubchen, ein schwarzes Seidenkleid und schieferfarbene, fingerlose Handschuhe. Ihre eisgrauen Flechten waren zu beiden Seiten ihres Gesichts zu runden Haarschnecken gedreht, die Wangen waren voll, das Kinn lang und eckig, die Lippen farblos, doch wulstig und sinnlich, die dunklen Augen blickten hart und trotzig geradeaus. Ihre Gestalt war plump und schwer, ihre Haltung von aufreizender Selbstsicherheit. Das also war Mrs. Catherick.

»Sie kommen, um mit mir über meine Tochter zu sprechen. Bitte fassen Sie sich kurz!« sagte sie, ehe ich noch ein Wort über die Lippen bringen konnte. Der Ton ihrer Stimme war so hart, abweisend und unversöhnlich wie der Ausdruck ihrer Augen. Sie deutete auf einen Stuhl, und während ich Platz nahm, musterte sie mich von Kopf bis Fuß.

Um dieser Frau gewachsen zu sein, mußte ich wohl im gleichen Ton mit ihr sprechen. »Es ist Ihnen doch bekannt, daß Ihre Tochter unauffindbar ist?« sagte ich.

»Das ist mir bekannt.«

»Befürchten Sie nicht, daß auf die traurige Nachricht von ihrem Verschwinden die traurige Nachricht von ihrem Tode folgen könnte?«

»Kommen Sie, um mir zu sagen, daß sie tot ist?«

»Ja.«

»Warum?«

Sie stellte diese außerordentliche Frage, ohne Stimme oder Gesicht auch nur im geringsten zu verändern. Hätte ich ihr den Tod der Ziege auf der Einfriedung vor dem Haus gemeldet, sie hätte es nicht unbeteiligter aufnehmen können.

»Warum?« wiederholte ich. »Sie fragen mich, warum ich komme, Ihnen den Tod Ihrer Tochter mitzuteilen?«

»Ja. Welches Interesse haben Sie an mir oder an ihr? Wie kommt es überhaupt, daß Sie etwas über meine Tochter wissen?«

»Das kam so: Ich begegnete ihr in der Nacht, als sie aus der Irrenanstalt flüchtete, und half ihr, sich in Sicherheit zu bringen.«

»Das hätten Sie nicht tun sollen.«

»Ich bedaure, ihre Mutter so etwas sagen zu hören.«

»Und doch sage ich es! Woher wissen Sie, daß sie tot ist?«

»Das darf ich Ihnen nicht sagen – aber ich weiß es ganz bestimmt.«

»Dürfen Sie mir sagen, woher Sie meine Adresse haben?«

»Gewiß. Mrs. Clements hat sie mir gegeben.«

»Eine dumme Person! Hat sie Ihnen vielleicht geraten, zu mir zu kommen?«

»Das hat sie nicht.«

»Dann frage ich Sie nochmals, warum Sie gekommen sind.«

Da sie auf einer Antwort bestand, faßte ich mich so knapp wie möglich: »Ich kam, weil ich annahm, daß Anne Cathericks Mutter ein natürliches Interesse daran hätte zu wissen, ob ihr Kind noch am Leben ist oder nicht.«

»Gewiß!« sagte Mrs. Catherick mit noch mehr Selbstsicherheit denn zuvor. »Sie hatten keinen andern Grund?«

Ich zögerte. Die richtige Antwort auf diese Frage war so rasch nicht zu finden.

»Wenn Sie keinen anderen Grund hatten, so danke ich Ihnen für Ihren Besuch und erkläre, daß ich Sie nicht länger aufhalten möchte«, verkündete sie und zog dabei unendlich langsam die schiefergrauen Handschuhe aus und rollte sie zusammen. »Ihre Nachricht hätte für mich etwas mehr Gewicht, wenn Sie mir sagen könnten, wie Sie davon erfahren haben. Immerhin veranlaßt sie mich, Trauer zu tragen. Wie Sie sehen, brauche ich meine Kleidung kaum zu verändern. Andere Handschuhe – und schon bin ich ganz in Schwarz!«

Sie sah in der Tasche ihres Kleides nach, nahm ein Paar schwarze Spitzenhandschuhe heraus und zog sie gelassen und mit steinerner Miene an.

»Ich wünsche Ihnen einen guten Tag!« sagte sie.

Ihre kalte Verachtung reizte mich, so daß ich ihr nun eingestand, daß der Zweck meines Besuches noch nicht erreicht sei. »Ich hatte in der Tat noch einen anderen Grund für mein Kommen ...«

»Aha! Dachte ich mir's doch!«

»Der Tod Ihrer Tochter –«

»Woran ist sie gestorben?«

»An ihrem Herzleiden.«

»Aha. Sprechen Sie weiter!«

»Der Tod Ihrer Tochter wurde dazu benützt, um einer mir nahestehenden Person schwerstes Unrecht zuzufügen, und zwar waren es erwiesenermaßen zwei Männer, die sich an dieser Tat beteiligt haben. Einer davon ist Sir Percival Glyde.«

»So?«

Ich beobachtete sie sehr aufmerksam, um festzustellen, ob sie bei der Erwähnung dieses Namens zusammenzucken würde. Nichts dergleichen geschah. Kein Muskel bewegte sich, ihr starrer Blick – hart, trotzig und unerbittlich – verriet nicht die leiseste Regung.

»Interessiert es Sie nicht, auf welche Weise man diesen traurigen Anlaß benützt hat, um einem anderen Menschen zu schaden?« fragte ich sie.

»Nein, überhaupt nicht. Das ist, so will mir scheinen, Ihre Sache. Sie interessieren sich zwar für meine Angelegenheiten, doch Ihre Angelegenheiten interessieren mich nicht.«

Ich ließ nicht locker. »Dann möchten Sie vielleicht wissen, warum ich diese Dinge hier zur Sprache bringe?«

»Ja, das möchte ich allerdings wirklich wissen.«

»Ich tue es, weil ich fest entschlossen bin, Sir Percival wegen dieser schändlichen Tat zur Rechenschaft zu ziehen.«

»Und was habe ich mit Ihrem Entschluß zu tun?«

»Das werden Sie gleich hören. Es gibt in Sir Percivals Vergangenheit gewisse Vorfälle, die einer Klärung bedürfen. Um mein Ziel zu erreichen, muß ich darüber genau im Bilde sein. *Sie* wissen davon – deshalb komme ich zu Ihnen.«

»Von welchen Vorfällen sprechen Sie?«

»Von Vorfällen aus der Zeit, da Ihr Mann Küster in Old Welmingham war, sowie aus der Zeit vor der Geburt Ihrer Tochter.«

Endlich hatte ich die Schranke der eisigen Zurückhaltung, die diese Frau zwischen uns errichtet hatte, durchbrochen. In ihren Augen sah ich Haß aufglimmen – so deutlich, wie ich ihren sich öffnenden und wieder schließenden Händen die Unruhe anmerkte. Mechanisch strich sie ihr Kleid über den Knien glatt.

»Was wissen Sie denn schon davon!« rief sie.

»Alles, was Mrs. Clements mir erzählen konnte.«

Röte stieg in ihr breites Gesicht, die ruhelosen Hände lagen plötzlich still – alles schien darauf hinzudeuten, daß sie nun jede Vorsicht fallen lassen und in Zorn ausbrechen würde. Doch nein – sie meisterte ihre Erregung! Sie lehnte sich in ihrem Stuhl zurück, verschränkte die Arme über ihrer breiten Brust und ein sarkastisches Lächeln huschte über ihre dicken Lippen, als sie mir, fest wie zuvor, in die Augen sah.

»Ah – jetzt verstehe ich!« rief sie, wobei sich ihr gebändigter und verhaltener Zorn nur in ihrem spöttischen Ton verriet. »Sie haben etwas gegen Sir Percival Glyde – und ich soll Ihnen wohl dabei helfen, Ihren Ärger an ihm zu kühlen? Ich soll Ihnen also dies und das über ihn erzählen, und auch alles über ihn und mich, wie? Das wollen Sie doch? Sie haben in meiner Vergangenheit geschnüffelt, und jetzt glauben Sie, eine Frau mit schlechtem Ruf vor sich zu haben, die in der Stadt nur geduldet wird und daher aus Angst vor den Leuten alles tut, was Sie von ihr verlangen. Ich durchschaue Sie und Ihren vortrefflichen Plan! Aber ich kann darüber nur lachen! Haha!«

Kurz innehaltend verschränkte sie die Arme noch fester und lachte – hart, böse und zornig.

»Sie haben offenbar keine Ahnung, was ich in Welmingham erreicht habe und wie ich jetzt hier dastehe, Herr Sowieso! Das sage ich Ihnen noch, ehe ich die Klingel ziehe und Sie hinausführen lasse. Man hat mich zu Unrecht verdächtigt und in Verruf gebracht – ich aber habe beschlossen, meinen ehrlichen Namen zurückzugewinnen, damals schon, und ich habe ihn zurückgewonnen, freilich erst nach Jahren. Ich habe mich diesen Bürgern hier gestellt, habe offen und fair um meinen Ruf gekämpft, und wenn sie jetzt etwas gegen mich sagen, müssen sie's heimlich tun – es laut zu sagen, das wagen sie nicht! Ich stehe hoch in ihrer Achtung – so hoch jedenfalls, daß niemand mehr meinen Namen anzutasten wagt. Sogar der Pfarrer zieht vor mir den Hut! Das hätten Sie nicht vermutet, wie? Gehen Sie doch zu ihm und erkundigen Sie sich nach mir! Sie werden von ihm hören, daß Mrs. Catherick in der Kirche ihren festen Platz hat – wie alle anderen Bürger – und daß sie auf den Tag genau die Miete dafür bezahlt. Gehen Sie ins Rathaus! Dort liegt eine Beschwerde aller achtbaren Bürger gegen einen Wanderzirkus, der durch seine Darbietungen die Moral in unserer Stadt gefährden könnte – jawohl! *Unsere* Moral! Und heute morgen habe auch ich diese Bittschrift unterzeichnet. Gehen Sie zum Buchhändler! Die Mittwochabend-Predigten unseres Pfarrers über ›Rechtfertigung durch den Glauben‹ sollen vermittels Spenden gedruckt werden – und auch ich stehe auf der

Liste! Bei der letzten Wohltätigkeitsveranstaltung hat die Frau des Arztes bloß einen Shilling auf den Teller gelegt – ich aber eine halbe Krone! Und der Herr Kirchenvorsteher Soward, der den Teller hielt, verbeugte sich vor mir! Vor zehn Jahren noch sagte er zum Apotheker Pigrum, man sollte mich hinter einen Karren binden und aus der Stadt hinauspeitschen. Ist Ihre Mutter noch am Leben? Hat sie eine bessere Bibel auf dem Tisch liegen als ich? Ist sie bei den Kaufleuten besser angeschrieben als ich? Ist sie mit ihrem Geld immer gut ausgekommen? Ich bin es! – Ah, da kommt eben unser Herr Pfarrer über den Platz! Und jetzt passen Sie gut auf, Herr Sowieso – machen Sie gefälligst Ihre Augen auf!«

Gewandt wie eine junge Frau sprang sie auf und eilte ans Fenster. Dort wartete sie, bis der Pfarrer vorbeikam, und nickte ihm feierlich zu. Er zog vor ihr ebenso feierlich den Hut und ging weiter. Mrs. Catherick kehrte zu ihrem Stuhl zurück und sah mich mit grimmigerem Sarkasmus an als je zuvor.

»Nun, was sagen Sie jetzt? Grüßt man eine Frau mit schlechtem Ruf auf diese Weise? Wie sieht Ihre Spekulation denn jetzt aus, möchte ich wissen?«

Die merkwürdige Art, wie sie ihre gesellschaftliche Stellung in der Stadt hervorhob, und der praktische Beweis dafür, den sie so unerwartet lieferte, hatten mich dermaßen verblüfft, daß ich sie nur schweigend anstarren konnte. Dennoch war ich fest zu einem neuerlichen Versuch entschlossen, sie aus ihrer Ruhe zu reißen. Wenn sie nur ein einziges Mal die Beherrschung verlor, würde sie mir im Zorn vielleicht etwas sagen, das mir den Schlüssel zur Wahrheit in die Hand gab.

»Na, und wie sieht es jetzt mit Ihrer Spekulation aus?« wiederholte sie.

»Nicht anders als zuvor«, antwortete ich. »Ich stelle Ihre gesellschaftliche Position keineswegs in Frage – ich habe keineswegs den Wunsch, sie anzutasten, selbst wenn ich es könnte. Ich bin lediglich gekommen, weil ich weiß, daß Sir Percival Glyde nicht nur mein Feind, sondern auch Ihr Feind ist. Zugegeben, ich habe etwas gegen ihn – aber auch Sie haben etwas gegen ihn. Sie können es ableugnen, Sie können mir mißtrauen, Sie können sich über mich ärgern, soviel Sie wollen: Aber wenn Sie nur einen Funken Gefühl für angetanes Unrecht haben, sind Sie von allen Frauen Englands diejenige, die mir helfen müßte, diesen Mann zu vernichten!«

»Vernichten Sie Ihn doch selbst. Danach dürfen Sie zu mir kommen und hören, was ich dazu sage.«

Sie sprach schnell, zornig, mitleidslos – jedenfalls klang es ganz anders als bisher. Hatte ich – wenn auch nur für einen Augenblick –, die viele Jahre alte Schlange des Hasses in ihrer Grube aufgescheucht? Wie ein lauerndes Reptil war mir etwas entgegengeschossen, als sie sich zu mir herüberneigte; es verschwand aber ebenso rasch, als sie sich wieder in ihrem Stuhl zurücklehnte.

»Trauen Sie mir nicht?« fragte ich sie.

»Nein.«

»Fürchten Sie sich?«

»Sehe ich so aus?«

»Sie haben Angst vor Sir Percival Glyde.«

»Meinen Sie?« Wieder stieg ihr die Röte ins Gesicht, wieder begann sie mit den Händen ihr Kleid glattzustreichen.

Sofort stieß ich nach, drang weiter in sie, um sie zum Reden zu bringen.

»Sir Percival hat Rang und Namen, es würde mich nicht wundern, wenn Sie Angst vor ihm hätten«, sagte ich. »Immerhin, er ist ein einflußreicher Mann – ein Baronet – der Besitzer großer Ländereien – der Abkomme einer angesehenen Familie –«

Verblüfft hielt ich inne, denn sie lachte hellauf. »Ja! Ein Baronet – der Besitzer großer Ländereien – der Abkomme einer angesehenen Familie! Ja, tatsächlich – besonders mütterlicherseits!«

Es blieb keine Zeit, über ihre Worte nachzudenken – darüber mußte ich mir später Gedanken machen, wenn ich das Haus wieder verlassen hatte.

»Ich bin nicht hier, um mit Ihnen über Fragen des Stammbaums zu streiten«, sagte ich. »Über Sir Percivals Mutter weiß ich nichts –«

»Und ebensowenig über Sir Percival selbst«, sagte sie scharf.

»Seien Sie sich dessen nicht so sicher, Mrs. Catherick! Ich weiß einiges über ihn – und vermute so mancherlei –«

»Was vermuten Sie?«

»Ich werde Ihnen sagen, was ich nicht vermute. Ich glaube *nicht,* daß er Annes Vater ist!«

Sie sprang auf die Füße und pflanzte sich wütend vor mir auf. »Wie können Sie es wagen, mit mir über Annes Vater zu reden! Wie kommen Sie dazu, mir zu sagen, wer Annes Vater ist, und wer nicht!« brach es aus ihr hervor, wobei ihr Gesicht zuckte, ihre Stimme sich überschlug.

»Das Geheimnis zwischen Ihnen und Sir Percival betrifft nicht Ihre Tochter«, sagte ich unbeirrt. »Der dunkle Punkt in seinem Leben entstand nicht durch Annes Geburt und verschwand nicht durch deren Tod.«

Sie wich einen Schritt zurück. »Hinaus!« zischte sie und zeigte finster auf die Türe.

»Es war nicht der Gedanke an das Kind, der Sie bewegte, denn zwischen Ihnen beiden gab es keine verbotene Liebe, als Sie ihn damals immer wieder heimlich trafen und Ihr Mann Sie, miteinander flüsternd, hinter der Sakristei ertappte«, fuhr ich fort, in der Absicht, sie in die Enge zu treiben.

Da ließ sie ihre Hand sinken. Bei den Worten »hinter der Sakristei« sah ich die Zornesröte aus ihrem Gesicht weichen und bemerkte, wie diese harte, furchtlose und selbstsichere Frau plötzlich den Mut verlor und von einem Entsetzen gepackt wurde, dem selbst ihre eisige Entschlossenheit nicht gewachsen war.

Eine Minute oder länger standen wir schweigend einander gegenüber; dann fragte ich:

»Wollen Sie mir noch immer nicht vertrauen?«

Sie konnte die Farbe, die aus ihrem Gesicht gewichen war, nicht auf Befehl zurückrufen, aber ihre Selbstsicherheit war wieder da, und ihre Stimme klang klar und fest, als sie mir antwortete: »Nein!«

»Wollen Sie noch immer, daß ich gehe?«

»Ja. Gehen Sie – und kommen Sie nie wieder!«

Ich ging zur Türe, zögerte und wandte mich nach ihr um.

»Vielleicht kann ich Ihnen bald eine Nachricht über Sir Percival bringen, auf die Sie nicht gefaßt sind«, sagte ich. »In diesem Falle komme ich wieder.«

»Ich wüßte keine Nachricht, die mich interessieren könnte, außer –«

Sie hielt inne. Ihr bleiches Gesicht verfinsterte sich; und mit lautlosen Schritten, katzengleich, schlich sie zu ihrem Stuhl zurück.

»Außer die Nachricht von seinem Tod«, sagte sie und setzte sich nieder. Ein höhnisches Lächeln spielte um ihre Lippen, in ihren weit aufgerissenen Augen lauerte Haß.

Ich öffnete die Türe und wollte das Zimmer verlassen – da wandte sie sich nach mir um. Ihr grausames Lächeln wurde breiter, sie musterte mich interessiert von Kopf bis Fuß, ein bösartiges Lauern überzog ihr ganzes Gesicht. Spekulierte sie im Innersten ihres Herzens auf meine Kraft und meine Jugend, auf die Stärke meiner beleidigten Gefühle und auf die Grenzen meiner Selbstbeherrschung? Berechnete sie im stillen, wie weit ich mich hinreißen ließe, wenn mir Sir Percival je in den Weg trat? Die bloße Vermutung, daß dem so sein könnte, trieb mich aus ihrer Gegenwart und ließ mir nicht einmal einen gewöhnlichen Gruß über die Lippen kommen. Wortlos verließ ich das Zimmer.

Als ich die Haustüre öffnete, sah ich den Pfarrer in der anderen Richtung zurückkommen. Um ihn vorbeizulassen, blieb ich stehen und blickte zum Fenster hin. Mrs. Catherick hatte seine Schritte auf diesem ruhigen Platze gehört, war aufgestanden und wartete jetzt auf ihn. Nicht einmal die Gewalt der Leidenschaften, die ich eben in ihr geweckt hatte, konnte sie davon abbringen, sich verzweifelt an dieses bißchen an gesellschaftlichem Ansehen zu klammern, das sie durch jahrelange Anstrengung erworben hatte. Da stand sie nun, kaum daß ich sie verlassen hatte, absichtlich in Positur geworfen, wodurch es für den Pfarrer zum Gebot der Höflichkeit wurde, ein zweites Mal vor ihr den Hut zu ziehen. Ich sah, wie sich das harte, fahle Gesicht entspannte und in befriedrigtem Stolz aufleuchtete; ich sah den Kopf mit der schmucklosen Haube ihm feierlich zunikken. Der Pfarrer hatte sie gegrüßt – zweimal am selben Tag – und noch dazu in meiner Gegenwart!

IX

Beim Verlassen des Hauses wurde mir klar, daß Mrs. Catherick mir, wenn auch unfreiwillig, einen Schritt weitergeholfen hatte. Ich war noch nicht in die nächste Straße eingebogen, da hörte ich, wie hinter mir eine Tür ins Schloß fiel. Ich drehte mich um und sah einen auffallend kleinen, schwarzgekleideten Mann aus dem Eingang eines der Nebenhäuser treten und sich rasch jener Kreuzung nähern, wo ich hielt. Da erkannte ich ihn als jenen Anwaltsgehilfen, der mir nach Blackwater Park vorausgefahren war und dort auf meine Frage, ob ich das Herrenhaus besichtigen könnte, so herausfordernd grob geantwortet hatte.

Ich wollte mich vergewissern, ob er mir etwas zu sagen hätte, und rührte mich daher nicht vom Fleck; doch zu meiner Überraschung schritt er eiligst an mir vorbei und sah mich nicht einmal an. Und dabei hatte ich genau das Gegenteil von ihm erwartet! Sein seltsames Betragen weckte meine Neugier – oder besser gesagt, meinen Verdacht; daher beschloß ich, ihn im Auge zu behalten und herauszubekommen, was er vorhatte. Ob er mich bemerkte oder nicht, war mir gleichgültig – jedenfalls heftete ich mich an seine Fersen. Er wandte sich kein einziges Mal nach mir um und ging durch die Straßen des Städtchens geradewegs zur Bahnstation.

Eben war der Zug eingefahren. Einige Passagiere, die sich verspätet hatten, drängten sich vor dem kleinen Schalter. Ich stellte mich dazu und hörte deutlich, daß der Anwaltsgehilfe eine Fahrkarte nach Blackwater Park verlangte. Um ganz sicher zu sein, daß er tatsächlich abfuhr, wartete ich, bis sich der Zug in Bewegung setzte.

Es gab nur eine Erklärung für das, was ich eben gehört und gesehen hatte. Ich hatte unzweideutig beobachtet, daß der Mann aus Mrs. Cathericks Nachbarhaus gekommen war. Sir Percival hatte ihm also offenbar den Auftrag gegeben, sich dort einzumieten; offenbar hatte er damit gerechnet, daß mich meine Nachforschungen früher oder später zu Annes Mutter führen mußten. Und sicher hatte dieser Mann mich ins Haus hineingehen und wieder herauskommen sehen und fuhr mit dem nächsten Zug nach Blackwater Park, um Sir Percival Bericht darüber zu erstatten. Anscheinend war dieser über meine Schritte recht gut unterrichtet und brauchte jetzt nur mehr nach Hampshire zu fahren, um bei meinem Auftauchen dort sogleich zur Stelle zu sein. Jedenfalls deutete alles darauf hin, daß wir einander über kurz oder lang begegnen würden.

Was immer auch geschehen mochte, ich war fest entschlossen, meinen Weg unbeirrt weiterzugehen, geradewegs auf das erstrebte Ziel zu – und weder Sir Percival noch irgendein anderer sollte mich dabei aufhalten. Die schwere Verantwortung, die in London auf mir lastete (nämlich stets darauf zu achten, daß man Lauras Zufluchtsort nicht entdeckte), war mir hier abgenommen. In Welmingham konnte ich mich nach Belieben frei bewegen, und falls ich zufällig einmal die nötige Vorsicht außer acht ließe, müßte einzig und allein ich die Folgen tragen.

Als ich den Bahnhof verließ, brach schon der frühe Winterabend herein. In der Dunkelheit und der mir fremden Umgebung war es sinnlos, noch etwas zu unternehmen; daher fragte ich nach dem nächsten Hotel, nahm dort ein bescheidenes Zimmer und bestellte das Abendessen. Nachher schrieb ich an Marian, um ihr mitzuteilen, ich sei wohlauf und verspräche mir von meinen Bemühungen einen gewissen Erfolg. Beim Abschied hatte ich sie gebeten, ihren ersten Brief an mich (den ich am nächsten Morgen erwartete) an das »Postamt Welmingham« zu schicken; und nun ersuchte ich sie, mit dem nächsten ebenso zu verfahren. Sollte ich abwesend sein, könnte ich den Postmeister bitten, ihn mir nachzusenden.

Im Speiseraum des Hotels wurde es stiller und stiller, zuletzt saß ich dort mutterseelenallein und konnte mich ungestört (und fast wie in einem eigenen Hause) meinen Gedanken hingeben und mir die Ereignisse des Tages durch den Kopf gehen lassen. Wenn ich das Gespräch mit Mrs. Catherick vom Anfang bis zum Ende noch einmal durchging, so kam ich zwangsläufig immer wieder zu demselben Schluß, den ich schon Stunden vorher gezogen hatte:

Die Sakristei der Kirche von Welmingham blieb nach wie vor Angelpunkt der Geschichte. Alles, was Mrs. Catherick gesagt oder getan hatte, deutete immer wieder auf diesen Ort.

Schon als Mrs. Clements mir erzählt hatte, Sir Percival habe sich dort heimlich mit der Küstersfrau getroffen, war mir unbegreiflich, daß er für sein Stelldichein ausgerechnet die Sakristei gewählt hatte. Aufgrund dieses Eindrucks (und aus keinem anderen Grund) hatte ich gegenüber Mrs. Catherick aufs Geratewohl die Sakristei erwähnt – nicht, weil ich es für wichtig hielt, sondern weil es mir irgendwie sonderbar erschien. Auf eine verworrene oder auch ärgerliche Antwort war ich gefaßt gewesen, nicht aber auf das Entsetzen, das sie daraufhin packte. Bisher hatte ich hinter Sir Percivals »Geheimnis« das Vertuschen eines anderen Verbrechens vermutet, von dem auch Mrs. Catherick wußte – weiter war ich nicht gegangen. Ihre unverhüllte Bestürzung jedoch deutete darauf hin, daß dieses Verbrechen entweder mittelbar oder unmittelbar mit der Sakristei zu tun hatte und daß Mrs. Catherick nicht nur davon wußte, sondern zweifellos auch mitschuldig war.

Welcher Art nun mochte dieses Verbrechen sein? Sicher haftete der Tat auch etwas Verächtliches an – sonst hätte Mrs. Catherick nicht so höhnisch meine Worte wiederholt, als ich Sir Percivals Rang und Einfluß erwähnte. Entdeckt man das Verbrechen, so gerät auch sie in Gefahr, denn sie ist ja seine Komplizin. Fest steht jedenfalls, daß die Sakristei dabei eine Rolle spielt.

Von diesem Punkte aus führten mich meine Überlegungen einen Schritt weiter. Auch über Sir Percivals Mutter hatte Mrs. Catherick abschätzend geurteilt, mit bitterstem Sarkasmus. Sie hatte hellauf gelacht, als ich von seiner angesehenen Familie sprach, und sarkastisch hinzugefügt: »– besonders mütterlicherseits«.

Was bedeutete das? Entweder war seine Mutter von niederer Herkunft, oder ihrem Ruf haftete ein Makel an, von dem nur Sir Percival und Mrs. Catherick wußten. Den erstgenannten Punkt konnte ich nur zu klären versuchen, indem ich im Kirchenbuch die dort vermerkte Eheschließung suchte und – zwecks weiterer Nachforschungen – den Mädchennamen und die Abkunft der Mutter feststellte.

Sollte sich jedoch die zweite Vermutung als richtig erweisen, sollte dieser Frau ein Makel anhaften – welcher Art könnte er sein? Was Marian mir von Sir Percivals Eltern erzählt hat, besonders von ihrem zurückgezogenen Leben, ließ immerhin die Möglichkeit offen, daß die beiden gar nicht verheiratet waren. Auch in dieser Hinsicht konnte das Kirchenbuch mir Aufschluß geben. Die dort eingetragene Eheschließung mußte jeden diesbezüglichen Zweifel beseitigen. Wo aber befand sich dieses Buch? Wenn ich recht überlegte, konnte es sich doch nur um die Kirche von Old Welmingham handeln. In ihrer Sakristei muß es verwahrt sein!

Ich kam also mit meinen Überlegungen zu demselben Schluß wie zuvor, als es um die Frage des Tatorts ging. Das Verbrechen und das Kirchenbuch – beides in der Sakristei. An diesem Punkte lief alles zusammen. Damit war mein Vorgehen für den nächsten Tag entschieden.

Am Morgen war das Wetter trüb und unfreundlich, doch wenigstens regnete es nicht. Ich ließ meine Reisetasche im Hotel – ich wollte sie später holen –, erkundigte mich nach der Straße nach Old Welmingham und machte mich sogleich zu Fuß auf den Weg.

Die Straße führte über zwei Meilen lang ständig bergan.

An ihrem höchsten Punkte stand die Kirche – ein alter verwitterter Bau mit mächtigen Stützpfeilern zu beiden Seiten und vorn einem vierschrötigen, eckigen Turm. Die Sakristei war auf der entgegengesetzten Seite angebaut und stammte wahrscheinlich aus der gleichen Zeit wie die Kirche. Rund um das Gotteshaus verstreut fanden sich Reste von Gebäuden – das, was vom Dorf Old Welmingham noch übrig war, was Mrs. Clements als früheren Wohnort ihres Mannes mir beschrieben und was die meisten Einwohner schon vor langer Zeit zugunsten der neuen Stadt verlassen hatten. Von manchen Häusern standen nur mehr die Außenmauern, manche leer dem Zahn der Zeit preisgegeben, manche waren noch bewohnt, aber ganz offensichtlich von Menschen, die zu den Ärmsten der Armen gehörten. Es war ein trister Anblick, doch in seinem ganzen Verfall noch immer nicht so öde wie der des neuen Städtchens, aus dem ich gerade kam. Hier gab es ringsum noch braune Felder, über die der Wind wehte, hier gab es noch Bäume, die – obgleich jetzt blattlos – das Einerlei unterbrachen und mich an Sommer und schattenspendendes Grün gemahnten.

Ich ließ die Kirche hinter mir und ging weiter, vorbei an verlassenen Häusern, denn ich wollte jemanden finden, der mir sagen konnte, wo der Küster wohnte. Da sah ich hinter einer Mauer zwei Männer hervorkommen und mir langsam folgen. Den Größeren – einen stämmigen Burschen, der wie ein Wildhüter aussah – kannte ich nicht; der andere jedoch war einer jener Männer, die mich nach meinem Besuch bei Marians Anwalt beobachtet hatten. Ich erinnerte mich sehr genau an ihn – es war kein Irrtum möglich.

Sie hielten sich in respektvollem Abstand und hatten offenbar nicht die Absicht, mit mir zu sprechen. Freilich, der Zweck ihrer Anwesenheit in der Umgebung der Kirche lag klar auf der Hand. Es war so, wie ich vermutet hatte. Sir Percival rechnete mit meinem Kommen; man hatte ihm tags zuvor meinen Besuch bei Mrs. Catherick gemeldet, und nun, da er mein Auftauchen in Old Welmingham erwartete, hatte er diese beiden Männer in der Nähe der Kirche postiert, damit sie mich beobachteten. Hätte es eines weiteren Beweises bedurft, daß ich mich bei meinen Nachforschungen endlich auf dem richtigen Wege befand – das Auftauchen dieser von Sir Percival geschickten Spione hätte ihn mir geliefert.

Auf meiner Wanderung von der Kirche fort kam ich schließlich zu einem der bewohnten Häuser und sah im dazugehörigen Gemüsegarten einen Mann arbeiten, den ich nach dem Küster fragte. Er deutete auf ein alleinstehendes Häuschen in einiger Entfernung am Ende des verlassenen Dorfes. Anscheinend hatte der Küster weggehen wollen, denn er zog gerade seinen Überrock an, als er mir die Türe öffnete. Er war ein gutgelaunter alter Mann, laut und redselig.

»Gut, daß Sie jetzt kommen, Sir! Ein paar Minuten noch, und ich wär' fort gewesen!« rief er, nachdem ich ihm den Zweck meines Besuches mitgeteilt hatte. »Jaja, so ist's, wenn man in der Gemeinde so viel Arbeit hat. Das hält einen alten Mann wie mich ganz schön auf Trab. Aber Gott sei Dank bin ich noch recht gut zu Fuß. Solange unsereiner laufen kann, gibt's eben immer was zu tun. So ist es doch, nicht wahr, Sir?« Während er so daherredete, holte er einen Ring mit zwei Schlüsseln vom Haken, trat mit mir ins Freie und sperrte die Türe hinter sich zu. Vom Ort, in dem er lebte, hatte er keine hohe Meinung (wie ich bald entdeckte), und er gewann das stolze Gefühl seiner Überlegenheit über alle Nachbarn aus der

Tatsache, daß er irgendwann in seinem Leben einmal in London gewesen war.

»Keiner hier, der mir den Haushalt führt«, sagte er, sichtlich froh, frei von allen Familienbanden zu sein. »Meine Frau liegt auf dem Kirchhof drüben, meine Kinder sind alle verheiratet. Ein trostloses Nest hier, nicht wahr, Sir? Aber die Pfarrgemeinde ist groß – und nicht jeder würde das alles so hinkriegen wie ich. Jaja, man muß eben was gelernt haben, und das hab' ich, denn ich spreche das feine Englisch unserer Königin (Gott segne sie!) – und das ist mehr, als die meisten Leute hier können. Und Sie, Sie kommen aus London, Sir? Bin auch schon dort gewesen, lang ist's her, fünfundzwanzig Jahre schon. Darf ich fragen, was es dort Neues gibt?«

Indem er so daherschwatzte, führte er mich zurück zur Sakristei. Ich blickte mich nach den beiden Männern um, die mir gefolgt waren, konnte sie aber nirgends entdecken. Sicher hatten sie bemerkt, daß ich den Küster aufgesucht hatte, und beobachteten nun von einem Versteck aus mein weiteres Tun.

Die Türe zur Sakristei war aus massiver Eiche und mit dikken Eisennägeln beschlagen. Mit der Miene eines Mannes, der weiß, daß ihm etwas Schwieriges bevorsteht, das er vielleicht nicht ohne weiteres meistern wird, steckte der Alte einen der mächtigen Schlüssel ins Schloß.

»Es tut mir leid, Sir, aber ich muß Sie von dieser Seite hineinführen«, sagte er. »Die Verbindungstüre zur Kirche ist nämlich von innen verriegelt – sonst hätten wir durch die Kirche hineingelangen können. Dieses alte Schloß da hat seine Mucken, weiß Gott, und umständlich zu öffnen ist es obendrein – wie eine Gefängnistür. Es gehört gegen ein neues ausgetauscht, das habe ich auch dem Kirchenvorsteher schon mindestens hundertmal gesagt. Immer wieder verspricht er, sich darum zu kümmern – aber nichts dergleichen geschieht. Ach, ja, Old Welmingham ist ein gottverlassenes Nest, Sir. Hier schläft man, hier geht man nicht mit der Zeit – Gott bewahre! In London ist alles ganz anders, nicht wahr, Sir?«

Er drehte und drehte den Schlüssel und hatte seine Mühe damit. Endlich gab das schwere Schloß nach, und die Türe ging auf.

Die Sakristei war größer, als ich – der Außenmauer nach zu

schließen – vermutet hatte. Der Raum war düster und muffig und hatte eine niedrige Balkendecke. Links und rechts an der Wand standen schwere Holzschränke, wurmstichig und voller Risse. In einer Ecke hingen an einem Haken Chorhemden, die bis zum Fußboden reichten und sich zu einem schlaffen Bündel bauschten. Sie sahen überhaupt nicht nach feierlichem Ornat aus – im Gegenteil: Wenn ich mir unterhalb dieser Chorhemden Füße vorgestellt hätte, wäre das ein merkwürdiges Bild gewesen – etwa eine Gruppe ungepflegt aussehender Pfarrer, die sich gemeinsam erhängt hatten.

Auf dem Fußboden standen drei Kisten, aus deren Ritzen Stroh herausquoll; die Deckel standen halb offen. Dahinter türmte sich ein Haufen staubigen Papiers, teils große Rollen wie Baupläne, teils Bündel, die aussahen wie zusammengeschnürte Briefe oder Rechnungen. Früher einmal hatte der Raum durch ein kleines Seitenfenster Licht erhalten, jetzt aber war es zugemauert und durch ein Oberlicht ersetzt. Die Luft war dumpf und drückend, zumal die Türe, die in die Kirche führte, ständig verriegelt blieb. Auch sie war aus massiver Eiche.

»Hier könnte etwas mehr Ordnung herrschen, nicht wahr, Sir?« sagte der muntere Alte. »Aber in einem solchen Nest, was läßt sich da schon machen? Schauen Sie her, Sir! Diese Kisten da – die stehen schon länger als ein Jahr herum, fertig verpackt, um nach London geschickt zu werden – aber sie stehen weiter da und verstellen den Platz, und sie werden wohl hier stehenbleiben, solange die Nägel sie zusammenhalten. Ich sag's immer wieder, Sir: In London ist alles ganz anders! Hier schläft man, hier geht man nicht mit der Zeit – Gott bewahre!«

»Was befindet sich in diesen Kisten?« fragte ich.

»Alte Holzschnitzereien von der Kanzel, die Holzvertäfelung vom Altarraum und Skulpturen vom Orgelchor«, erwiderte der Küster. »Die Figuren der zwölf Apostel – aber nicht einer von ihnen hat eine heile Nase! Beschädigt, wurmstichig, morsch an allen Ecken und Enden. Und brüchig ist das Zeug wie Steingut, Sir, und alt wie die Kirche – wenn nicht älter.«

»Und warum kommen die Sachen nach London? Zum Restaurieren?«

»So ist's, Sir. Man will sie restaurieren, und von den Gegenständen, bei denen es nicht mehr möglich ist, will man Kopien anfertigen, aus neuem, gesundem Holz. Aber leider ist das Geld ausgegangen – und jetzt liegt das Zeug da herum. Man braucht Spenden, aber niemand findet sich, der was hergibt. Vor einem Jahr – da hat die Sache groß begonnen: Da hat man im Hotel von New Welmingham ein Dinner gegeben, Reden gehalten, Beschlüsse gefaßt, Unterschriften gesammelt und Tausende von Prospekten drucken lassen. Wunderschöne Prospekte waren das, Sir, alle mit gotischen Ornamenten in roter Tinte, und zu lesen stand darauf, daß es eine Schande sei, die Kirche nicht instandzusetzen und die berühmten Holzschnitzereien verkommen zu lassen und so weiter und so fort. Dort hinter den Kisten liegen die Prospekte, die übriggeblieben sind, und die Pläne und die Voranschläge der Architekten sowie die ganze Korrespondenz, die da hin und her ging, weil plötzlich alle miteinander zu streiten begannen. Anfangs ist ja ein bißchen Geld hereingetröpfelt – aber was kann man schon in so einem Nest erwarten? Jedenfalls hat das Geld gerade dazu gereicht, die beschädigten Stücke zu verpacken, die Voranschläge machen zu lassen und die Druckerei zu bezahlen – dann war kein einziger Farthing mehr da. Und jetzt, wie gesagt, steht das Zeug herum. Man weiß nicht, wohin damit, und in New Welmingham schert sich kein Mensch darum. Jaja, es ist ein gottverlassenes Nest hier, in dem wir leben, und in unserer Sakristei ist ein Durcheinander – aber was kann man dagegen tun? Das möchte ich gern wissen!«

Da mich nur das Kirchenbuch interessierte, wollte ich den geschwätzigen Alten nicht zu weiteren Ergüssen ermuntern. Ich stimmte ihm zu, daß niemand diesem Mißstand abhelfen könne, und schlug ihm vor, jetzt zum Gegenstand meines Besuches überzugehen.

»Ach ja, das Kirchenbuch!« sagte er und zog einen kleinen Schlüsselbund aus der Tasche. »Welches Jahr soll es sein, Sir?«

Marian hatte mir seinerzeit im Zusammenhang mit Lauras Verlobung Sir Percivals Alter genannt; damals sagte sie, er sei fünfundvierzig. Nach meinen Berechnungen war er also im Jahre achtzehnhundertvier geboren, und dieses Jahr nannte ich dem Küster.

»Ab achtzehnhundertvier – oder wollen Sie zurückblättern, Sir?«

»Achtzehnhundertvier und die Jahre vorher.«

Der Küster öffnete einen der alten Schränke und zog ein großes, in speckiges Leder gebundenes Buch hervor. Ich war verblüfft, wie schlecht ein so wichtiges Dokument verwahrt wurde. Ein Riß klaffte in der Schranktüre, das Schloß war einfachster Art. Ich hätte den Schrank mit meinem Spazierstock aufbrechen können.

»Und Sie halten das für einen sicheren Ort?« fragte ich den Küster. »Ein solches Buch sollte man durch ein besseres Schloß, wenn nicht gar durch einen eisernen Schrank schützen!«

»Das ist wirklich kurios!« sagte er lachend und klatschte mit der Hand auf das Buch. »Dieselben Worte hat vor vielen, vielen Jahren der alte Herr gebraucht, der damals Rechnungsführer der Pfarrer war. Er hat gesagt: ›Ein solches Buch sollte man durch einen eisernen Schrank schützen!‹ Er hat damit das Kirchenbuch gemeint, und ich hab' es ihn nicht nur einmal sagen hören, sondern Hunderte von Malen. Ein prächtiger alter Herr – und dabei so eigen! Er hat in seinem Anwaltsbüro in Knowlesbury eine Kopie des Kirchenbuches anfertigen lassen und sie im Laufe der Jahre jeweils nach dem letzten Stand ergänzt. Sie werden's nicht für möglich halten, Sir, aber ein oder zweimal im Vierteljahr kam er auf seinem alten weißen Pony nach Old Welmingham geritten und verglich seine Kopie mit dem Original. ›Man kann nicht wissen, ob das Kirchenbuch hier nicht eines Tages vernichtet oder gestohlen wird‹, hat er gesagt. ›Warum verwahrt man es nicht in einem eisernen Schrank? Warum kann ich die Leute nicht soweit bringen, daß sie so vorsichtig sind wie ich? Irgendwann einmal wird etwas passieren – und wenn das Kirchenbuch verloren ist, dann wird man im Kirchspiel den Wert meiner Kopie zu schätzen wissen.‹ Ja, das hat er gesagt, und dann hat er immer eine Prise genommen und hat stolz wie ein Lord um sich geblickt. Ach ja – einen Menschen wie ihn findet man heutzutage nicht mehr leicht. Vielleicht in London, aber wahrscheinlich nicht einmal mehr dort. Welches Jahr haben Sie gesagt, Sir? Achtzehnhundert...?«

»Achtzehnhundertvier«, wiederholte ich, fest entschlossen, dem Alten keine Gelegenheit zum Schwätzen zu geben, solange ich mit der Durchsicht beschäftigt war.

Er setzte die Brille auf und begann im Kirchenbuch zu blättern, wobei er bei jeder dritten Seite Daumen und Zeigefinger aufs neue befeuchtete. »Da haben wir's!« rief er und schlug fröhlich auf den geöffneten Band. »Da ist das Jahr, das Sie brauchen, Sir!«

Da mir nicht bekannt war, in welchem Monat Sir Percival geboren war, begann ich meine Suche am Jahresanfang. Das Kirchenbuch war noch ganz nach alter Art geführt; jede Eintragung befand sich auf einem neuen Blatt und war von der nächsten durch einen quer über den Rest der Seite gezogenen Strich getrennt.

Zu Beginn des Jahres achtzehnhundertvier fand ich nichts über die Trauung, die ich suchte. Ich blätterte zurück zum Dezember achtzehnhundertdrei, zum November, zum Oktober, zum – Nein! nicht durch den ganzen September hindurch: In der Rubrik dieses Monats entdeckte ich sie.

Ich sah mir die Eintragung genau an. Sie befand sich am unteren Ende des Blattes und war aus Platzmangel auf einen kleineren Raum zusammengedrängt als die vorhergehenden. Die Trauung davor prägte sich mir deshalb ein, weil der Bräutigam denselben Vornamen hatte wie ich. Die nächste Eintragung stand auf einer neuen Seite – wie üblich ganz oben – und war wegen des Platzes, den sie beanspruchte, bemerkenswert; es handelte sich um eine Doppelhochzeit, zwei Brüder hatten am selben Tag geheiratet. An der Eintragung der Trauung von Sir Felix Glyde war nichts Auffallendes zu entdecken, nur der knappe Raum, der für sie am Ende des Blattes zur Verfügung stand, war ungewöhnlich. Über die Braut gab es die üblichen Angaben. Da stand: »Cecilia Jane Elster, Park View Cottages, Knowlesbury; einzige Tochter des weiland Patrick Elster, Esq., aus Bath.«

Ich notierte mir diese Einzelheiten und fühlte mich dabei elend und entmutigt. Was sollte ich tun? Die Lösung des Geheimnisses, die ich so nah geglaubt hatte, schien unerreichbarer denn je.

Was hatte ich durch meinen Besuch in der Sakristei erreicht?

Ich hatte keinerlei Anhaltspunkte gefunden. War der Ruf und gute Name seiner Mutter mit irgendeinem Makel behaftet? Nichts deutete darauf hin – im Gegenteil. Neue Zweifel, neue Schwierigkeiten, neue Verzögerungen begannen, sich unabsehbar vor mir aufzutürmen. Um endlich herauszubekommen, warum Mrs. Catherick so verächtlich von dieser Frau gesprochen hatte, blieb mir nur mehr die Möglichkeit, mich in Knowlesbury nach Miss Elster zu erkundigen, die vor fast fünfzig Jahren dort gelebt hatte.

»Nun, Sir, haben Sie die gewünschte Auskunft gefunden?« fragte mich der Küster, als ich das Kirchenbuch wieder zuklappte.

»Ja, aber einiges ist noch ungeklärt. Vermutlich lebt der Pfarrer nicht mehr, der im Jahre achtzehnhundertdrei hier sein Amt versah?«

»Nein, Sir, der war schon drei oder vier Jahre tot, als ich im Jahre siebenundzwanzig hierherkam. Ich habe diese Stelle bekommen, weil mein Vorgänger eines Tages auf und davon ist«, erklärte mein geschwätziger Freund. »Angeblich hat ihn seine Frau soweit gebracht. Sie lebt übrigens noch, in New Welmingham drüben. Ich weiß nicht, was sich da vorher abspielte. Mr. Wansborough hat mir die Stelle verschafft – das ist der Sohn von dem alten Herrn, der seinerzeit Rechnungsführer der Pfarrgemeinde war. Auch der junge Herr ist ein umgänglicher Mann, er liebt die Fuchsjagd, hält sich Hunde, und auch er ist jetzt Rechnungsführer hier – wie einst sein Vater.«

»Aber der lebte doch in Knowlesbury?« fragte ich ihn, denn mir fiel jetzt die lange Geschichte von dem gewissenhaften alten Herrn ein, mit der mich mein redseliger Freund zuvor gelangweilt hatte.

»Jawohl, Sir! Der alte Herr hat in Knowlesbury gewohnt, und sein Sohn wohnt ebenfalls dort.«

»Sie haben gerade gesagt, er sei Rechnungsführer – so wie vor ihm sein Vater. Eigentlich weiß ich nicht recht, was das ist –«

»So? Und Sie kommen aus London, Sir? Jede Pfarre, müssen Sie wissen, hat einen Rechnungsführer und einen Küster. Der Küster ist ein Mann wie ich – abgesehen davon, daß ich mehr gelernt habe als andere, obgleich ich mir nichts darauf einbilde.

Zum Rechnungsführer werden eigentlich nur Anwälte ernannt, und wenn für die Pfarre etwas Geschäftliches zu erledigen ist, so ist das ihre Aufgabe. In London ist das genauso: Jede Pfarre hat dort einen Rechnungsführer, und das ist immer ein Anwalt.«

»Demnach ist also auch der junge Mr. Wansborough Anwalt?«

»Selbstverständlich. Er hat sein Büro in der High Street – er hat's von seinem Vater übernommen. Ach, wie oft habe ich diese Räume gefegt und dann den alten Herrn auf seinem weißen Pony auf der Straße daherreiten und den Leuten links und rechts auf dem Trottoir zunicken sehen! Er war ja so beliebt! Eigentlich hätte er nach London gehört . . .«

»Wie weit ist es nach Knowlesbury?«

»Das ist ein gutes Stück Weges bis dorthin«, sagte der Küster mit der den Leuten vom Land eigentümlichen Übertreibung, wenn sie von Ortsveränderungen sprechen; sie sehen nämlich darin grundsätzlich etwas Schwieriges. »An die fünf Meilen werden es schon sein, das können Sie mir glauben!«

Es war noch früh am Vormittag und daher ausreichend Zeit für einen Spaziergang nach Knowlesbury und wieder zurück. Was meine Erkundungen über Sir Percivals Mutter betraf, konnte mir sicher niemand besser weiterhelfen als der Rechtsanwalt dieses Städtchens. Ich wollte mich gleich auf den Weg machen und ging daher ins Freie.

»Recht schönen Dank, Sir!« sagte der Küster, als ich ihm ein paar Münzen in die Hand drückte. »Wollen Sie den ganzen Weg nach Knowlesbury und wieder zurück zu Fuß machen? Jaja, Sie haben kräftige Beine – das ist ein wahres Glück, nicht wahr? Dort beginnt der Fahrweg nach Knowlesbury – Sie können ihn nicht verfehlen. Könnte ich nur ein Stück mit Ihnen gehen – es hat mich ja so gefreut, in diesem Nest endlich wieder einmal einem Londoner zu begegnen. So weiß man wenigstens, was in der Welt vorgeht. Ich wünsche Ihnen einen guten Morgen, Sir – und nochmals schönen Dank!«

Wir trennten uns. Nach einer Weile blickte ich mich um und bemerkte wieder die beiden Männer. Sie standen jetzt mit einem dritten auf der Straße unten, und dieser dritte war kein anderer als der kleine Mann in Schwarz, dem ich tags zuvor bis zur Bahnstation gefolgt war. Er setzte sich Richtung Welmingham in Bewegung, die beiden anderen jedoch blieben stehen und warteten offensichtlich ab, wohin ich mich begeben würde, um mir dann zu folgen.

Ich schlug den Fahrweg nach Knowlesbury ein, ohne mir anmerken zu lassen, daß ich sie entdeckt hatte. Sie störten mich im Moment gar nicht besonders – im Gegenteil, ihr Anblick belebte geradezu meine sinkenden Hoffnungen. Ich war so überrascht gewesen, im Kirchenbuch die Eheschließung von Sir Percivals Eltern vermerkt zu finden, daß ich ganz vergessen hatte, welche Schlußfolgerungen ich beim Auftauchen dieser Männer in Old Welmingham gezogen hatte: Erst ihre erneute Anwesenheit erinnerte mich daran, daß Sir Percival meinen Besuch der Kirche von Old Welmingham als Folge meines Gespräches mit Mrs. Catherick vorausgesehen hatte – sonst hätte er nicht seine Spione bei der Kirche postiert. So ordnungsgemäß die Eintragung auch wirkte – irgend etwas stimmte daran nicht; aber was es war, das hatte ich noch nicht entdeckt.

X

Sobald die Kirche meinen Blicken entschwand, beschleunigte ich meine Schritte in Richtung Knowlesbury.

Der Fahrweg war fast durchwegs eben und gerade, und jedes Mal, wenn ich mich umschaute, konnte ich die beiden Spione sehen, die mir in gebührendem Abstand folgten. Manchmal allerdings gingen sie etwas schneller, als wollten sie mich überholen, blieben dann aber plötzlich stehen, berieten sich und fielen dadurch wieder zurück. Offenbar hatten sie etwas vor, zögerten aber und konnten sich nicht einigen, auf welche Weise sie ihren Plan ausführen sollten. Mir war nicht ganz klar, was sie im Schilde führten – jedenfalls kamen mir ernste Bedenken, ob ich Knowlesbury ohne Zwischenfall erreichen würde. Meine Bedenken sollten sich nur allzubald bewahrheiten.

Vor mir lag gerade eine recht einsame Wegstrecke, die in einiger Entfernung in eine scharfe Kurve mündete. Eben hatte ich mir ausgerechnet, daß es jetzt nicht mehr weit sein konnte bis zur Stadt – da hörte ich plötzlich die Schritte dieser Männer ganz dicht hinter mir.

Ehe ich mich noch umsehen konnte, überholte mich der eine (und zwar jener, der mich schon in London verfolgt hatte) von links und rempelte mich an. Vielleicht hatte es mich doch mehr geärgert, als ich mir selbst eingestand, daß sie sich die ganze Zeit an meine Fersen hefteten; ich ließ mich jedenfalls hinreißen und stieß den Mann mit der flachen Hand zur Seite. Er schrie um Hilfe. Darauf sprang sein größerer und kräftigerer Kumpan an meine rechte Seite, und schon hatten mich die beiden fest an den Armen gepackt.

Sie hatten mir eine Falle gestellt, und ich war ihnen prompt auf den Leim gegangen! Ich sah ein, daß ich meine Lage nur verschlechtern würde, wenn ich es jetzt auf einen Ringkampf ankommen ließ, denn zu zweit hätten sie mich sicher überwältigt. Daher versuchte ich nicht, sie abzuschütteln, sondern blickte suchend um mich, ob nicht jemand in der Nähe wäre, den ich um Hilfe bitten könnte.

Und tatsächlich entdeckte ich auf einem Feld einen Landarbeiter, der den Vorfall sicherlich gesehen hatte. Ich rief ihm zu und bat ihn, uns in die Stadt zu begleiten, er aber schüttelte bloß den Kopf und ging auf ein kleines Haus zu, das abseits vom Fahrweg lag. Die beiden Kerle, die mich noch immer festhielten, drohten mir, sie würden mich in Knowlesbury vor den Friedensrichter bringen, da ich sie tätlich angegriffen hätte. Ich wußte, daß jeder Widerstand sinnlos war. Immerhin hatte ich mich jetzt soweit beruhigt, daß ich meine Situation überdenken konnte. »Lassen Sie mich los!« sagte ich. »Ich komme freiwillig mit Ihnen in die Stadt!« Der Bursche, der wie ein Wildhüter aussah, war mißtrauisch, doch der Kleine erwies sich als schlauer, denn er war sich der Folgen bewußt, die jede unnötige Gewaltanwendung für ihn und seinen Kumpan haben mußte. Er gab dem anderen ein Zeichen, und von da an ging ich zwischen den beiden, ohne daß sie mich weiter festhielten.

Nach der Straßenbiegung lagen die ersten Häuser der Stadt vor uns. Zufällig kam gerade ein Polizist daher, den die beiden nach dem Friedensrichter fragten. Er sei gerade bei einer Sitzung im Rathaus, wir könnten ihn dort antreffen, erwiderte der Polizist.

Wir gingen also direkt dorthin. Der Schreiber fertigte unverzüglich eine Vorladung für mich aus; man stellte mich unter Anklage – selbstverständlich mit der bei solchen Anlässen üblichen Verdrehung der Wahrheit und allen anderen üblichen Übertreibungen. Bei der Verhandlung fragte mich der Friedensrichter (ein mißgelaunter Mann, dem man eine gewisse sauertöpfische Freude an dieser Machtausübung ansehen konnte), ob es einen Zeugen für den Vorfall gebe. Zu meiner großen Überraschung nannten die Kläger den Landarbeiter, der uns gesehen hatte. Darauf ließ mich der Friedensrichter in Gewahrsam nehmen, und zwar bis zur Vorführung des Zeugen, wobei er mich darauf aufmerksam machte, daß ich auf freiem Fuße bleiben könnte, sofern ich jemanden fand, der für mich bürgte. Wäre ich in der Stadt bekannt gewesen, hätte man mich also gegen Kaution freigelassen. Da ich aber fremd hier war, brauchte ich außerdem einen Bürgen.

Erst jetzt wurde mir bewußt, welch üblen Streich man mir gespielt hatte. Man hatte es darauf angelegt, daß ich an einem Orte festgehalten würde, wo ich weder eine Kaution noch einen Bürgen stellen konnte. Meine Haft sollte zwar bloß drei Tage dauern, bis zur nächsten Sitzung nämlich, aber damit, daß ich hier festsaß, verhinderte Sir Percival meine weiteren Nachforschungen und konnte sich inzwischen nach allen Seiten absichern. Es war zwar anzunehmen, daß man nach diesen drei Tagen die Anklage gegen mich zurückziehen würde – schließlich handelte es sich um eine Lappalie; und auch die Aussage des Zeugen würde sich erübrigen.

Meine Empörung – oder besser gesagt, meine Verzweiflung über diese dreiste Art, mich kaltzustellen (so lächerlich der Anlaß war, so verhängnisvoll konnten die Folgen sein), machte es mir zunächst unmöglich, in Ruhe darüber nachzudenken, wie ich mich aus diesem Dilemma befreien könnte. In meiner Verwirrung dachte ich sogar daran, an den Friedensrichter ein persönliches Schreiben zu richten und ihm den wahren Sachverhalt zu schildern. Ich verlangte nach Schreibmaterial und hatte schon ein paar Zeilen zu Papier gebracht – da sah ich endlich ein, wie unklug und aussichtslos dieser Plan war. Ich schob den begonnenen Brief beiseite. Fast hätte mich, ich gesteh's zu meiner Schande, der Zorn überwältigt, als ich erkannte, wie hilflos ich war. In diesem Moment fiel mir ein, daß es für mich einen Ausweg gab, von dem Sir Percival sicher nichts ahnte. Vielleicht könnte ich mit Dr. Dawsons Hilfe meine Freiheit wiedererlangen? Er lebte ja nicht weit von Knowlesbury – in Oak Lodge. Ihn also wollte ich von meiner mißlichen Lage verständigen.

Man erinnert sich vielleicht, daß ich ihn erst vor kurzer Zeit besucht und ihm bei dieser Gelegenheit ein Empfehlungsschreiben von Marian überbracht hatte. In dem Brief, den ich jetzt an ihn richtete, berief ich mich auf meine damalige Vorsprache sowie den Umstand, daß ich behutsam und vorsichtig bei meinen Nachforschungen verfahren müßte. Was Laura betraf, wußte er natürlich nicht die volle Wahrheit – als Vorwand für meinen Besuch hatte ich Familienangelegenheiten genannt, die für Miss Halcombe äußerst wichtig seien. Mit der gleichen Zurückhaltung erklärte ich ihm jetzt meine Anwesenheit in Knowlesbury und überließ es seinem Ermessen, ob das von Miss Halcombe in mich gesetzte Vertrauen und seine mir erwiesene Gastfreundschaft meine Bitte an ihn rechtfertigten, mir in einer Stadt, in der ich keine Freunde hatte, zu Hilfe zu kommen.

Man gestattete mir, einen Boten und ein Gefährt zu mieten, damit mein Brief befördert und Dr. Dawson unverzüglich nach Knowlesbury gebracht werden könnte. Der Mann gab an, vierzig Minuten bis Oak Lodge zu brauchen und gegebenenfalls nach weiteren vierzig Minuten mit dem Arzt wieder zurück zu sein. Sollte er ihn nicht zu Hause antreffen, müßte er sich auf die Suche nach ihm machen – das schärfte ich ihm ausdrücklich ein. Dann blieb mir nichts anderes übrig, als mich in Geduld zu fassen und auf eine baldige Rückkehr des Boten zu hoffen.

Knapp vor halb zwei war der Bote losgefahren – in nicht ganz zwei Stunden war er mit Dr. Dawson wieder da. Fast überwältigte es mich, wie taktvoll der Arzt mir seinen Beistand anbot, den er übrigens für selbstverständlich hielt. Er hinterlegte die Kaution, und noch vor vier Uhr an diesem Nachmittag konnte ich ihm als freier Mann dankbar die Hand schütteln.

Er lud mich ein, mit ihm nach Oak Lodge zu kommen und die Nacht in seinem Hause zu verbringen. Darauf mußte ich ihm leider antworten, daß ich über meine Zeit nicht frei verfügen könnte, und ihn bitten, meinen Besuch auf später verschieben zu dürfen. Im Augenblick sei ich nicht in der Lage, ihm die nötigen Erklärungen zu geben, die ich ihm allerdings schuldete. Ehe wir uns trennten, versicherten wir einander unseres Wohlwollens. Darauf lenkte ich meine Schritte sofort in die High Street, um Mr. Wansborough in seinem Büro aufzusuchen.

Es war wichtig, so rasch wie möglich zu handeln, denn ich war sicher, Sir Percival würde bald erfahren, daß man mich gegen Kaution freigelassen hatte. Sollte es mir in den nächsten Stunden nicht gelingen, ihn der Gerechtigkeit auszuliefern, würde ich den bisher gewonnenen Vorsprung ein für allemal verlieren. Der skrupellose Charakter des Mannes, sein Einfluß in dieser Gegend, die gefährliche Verzweiflung über eine Entlarvung, in die ihn meine blindlings angestellte Nachforschung gebracht hatte – das alles mahnte mich, keine weitere Minute lang die dringend notwendige, eindeutige Entdeckung seines Geheimnisses hinauszuzögern. Während ich auf Dr. Dawson wartete, war mir Zeit zum gründlichen Nachdenken geblieben. Das Geschwätz des Küsters, das mich noch vor wenigen Stunden so gelangweilt hatte, erschien mir jetzt in mancher Hinsicht in einem neuen Licht, und ein dunkler Verdacht stieg in mir auf, den ich in der Sakristei noch nicht gehabt hatte. Ich war nach Knowlesbury gegangen, um mich bei Mr. Wansborough nach Sir Percivals Mutter zu erkundigen – jetzt aber faßte ich den festen Vorsatz, die von ihm aufbewahrte Kopie des Kirchenbuchs von Old Welmingham genau zu prüfen.

Mr. Wansborough war in seinem Büro.

Mein Anliegen schien diesen jovialen rotgesichtigen Mann, der mehr einem Landedelmann denn einem Advokaten glich, zu überraschen und zu belustigen. Selbstverständlich wisse er von dieser Kopie, die sein Vater seinerzeit habe anfertigen lassen – aber er selbst habe sie noch nie in die Hand genommen. Kein Mensch habe sich bisher dafür interessiert. Ja, sicher, sie sei gut aufgehoben, im Tresor, unter anderen Dokumenten, die man seit dem Tode seines Vaters nicht mehr angerührt habe. Es sei jammerschade, meinte Mr. Wansborough, daß der alte Herr das nicht mehr erlebe, daß endlich jemand diese Kopie zu sehen verlange! Sicher hätte er dann sein Steckenpferd mit noch mehr Freude geritten. Woher wisse ich übrigens von dieser Kopie? Von jemandem aus der Stadt?

Ich wich den Fragen aus, so gut es ging. An jenem Punkte, an dem ich mit meinen Nachforschungen jetzt angelangt war, konnte ich gar nicht vorsichtig genug sein; so wollte ich Mr. Wansborough auch gar nicht auf die Nase binden, daß ich das Original bereits eingesehen hatte. Vielmehr erklärte ich ihm, ich sei beauftragt, so rasch wie möglich die Herkunft einer mir bekannten Familie festzustellen; noch heute müsse ich bestimmte Einzelheiten nach London melden; ein Blick ins Duplikat – selbstverständlich würde ich die dafür üblichen Gebühren bezahlen – würde genügen und mir die Fahrt nach Old Welmingham ersparen. Sollte ich später einmal eine Abschrift des Originals benötigen, würde ich mich an sein Büro wenden.

Nun hatte er nichts mehr dagegen, die Kopie holen zu lassen, und schickte einen Schreiber zum Tresor. Nach einer Weile kehrte der Mann mit dem Buch zurück, das genauso groß war wie das Original, nur schöner gebunden. Ich legte den Band auf ein leeres Pult. Meine Hände zitterten, meine Wangen glühten – es fiel mir schwer, meine Aufregung vor den Anwesenden zu verbergen. Endlich wagte ich, das Buch aufzuschlagen. Auf dem Titelblatt standen in verblaßter Tinte ein paar Zeilen: »Kopie des Kirchenbuches der Pfarrkirche zu Welmingham, in meinem Auftrage hergestellt und von mir selbst nach dem jeweiligen Stande ergänzt. Robert Wansborough, Rechnungsführer der Pfarrgemeinde.« Darunter stand in einer anderen Handschrift: »Umfaßt den Zeitraum vom 1. Januar 1800 bis zum 30. Juni 1815.«

Ich blätterte in dem Buch bis zum Monat September 1803, fand die Heirat des Mannes, der denselben Vornamen trug wie ich, fand die Doppelhochzeit der beiden Brüder – aber dazwischen, am unteren Ende der Seite ...?

Hier war das Blatt leer. Keine Spur von dem Eintrag, der die Eheschließung von Sir Felix Glyde und Cecilia Jane Elster im Kirchenbuch bestätigte!

Mein Herz klopfte und hämmerte, als müßte ich ersticken. Nochmals sah ich genau hin, ich traute meinen Augen nicht. Kein Zweifel: Die Eheschließung war hier nicht verzeichnet.

Die letzte Eintragung auf diesem Blatt betraf die Trauung des Mannes, der ebenfalls Walter hieß; unterhalb davon war es unbeschrieben, wahrscheinlich weil der Raum für die Eintragung der Doppelhochzeit zu knapp war. Diese befand sich auf dem nächsten Blatt, und zwar ganz oben – wie im Original. Die leere Stelle sagte alles! Sie war, als man mit der Anfertigung der Kopie begonnen hatte, unbeschrieben gewesen – bis zum Jahre 1827, als Sir Percival in Old Welmingham auftauchte. Die Kopie verriet somit die Fälschung, die im Kirchenbuch von Old Welmingham begangen worden war!

Mir schwindelte, ich hielt mich am Pult fest, um nicht umzufallen. Was immer ich diesem schlechten Menschen zugetraut hatte – nichts davon kam der Wahrheit auch nur nahe. Daß er seinen adeligen Namen zu Unrecht trug, daß er auf Blackwater Park so wenig Anspruch hatte wie der Ärmste seiner Landarbeiter – das hätte ich nie vermutet. Einmal hatte ich geglaubt, er sei vielleicht Annes Vater, ein anderes Mal hatte ich gedacht, er sei mit ihr verheiratet gewesen – aber die Tat, derer er sich schuldig gemacht hatte, wäre mir von Anfang an bis ganz zuletzt niemals auch nur in den Sinn gekommen.

Die erbärmliche Art, wie er den Betrug ausführte, und seine schamlose Frechheit waren ungeheuerlich. Die Folgen, die eine Entdeckung nach sich ziehen müßte, waren unabsehbar. Kein Wunder, daß dieser Elende ruhelos wie ein gefangenes Raubtier war, daß ihn seine Angst rücksichtslos, doppelzüngig und gewälttätig gemacht hatte, daß er, mißtrauisch und schuldbewußt, Anne Catherick ins Irrenhaus sperren ließ, daß er sich an einem schändlichen Komplott gegen seine Frau beteiligt hatte – nur weil er mutmaßte, daß die eine wie die andere von seinem furchtbaren Geheimnis wußte. Noch vor wenigen Jahren hätte ihn die Entdeckung seiner Tat vielleicht an den Galgen gebracht – heutzutage wäre wahrscheinlich die Ausweisung auf Lebenszeit die Folge. Zumindest würde er – vorausgesetzt, daß die durch diesen Betrug Geschädigten nicht zu Gericht gingen – mit einem Schlage seines Namens, seines Ranges, seiner Besitzungen und seiner gesellschaftlichen Stellung, die er sich angemaßt hatte, verlustig gehen. Das also war sein Geheimnis – und jetzt auch meines! Ein Wort von mir, und Titel, Herrenhaus und Ländereien waren verloren; ein Wort von mir, und man vertrieb ihn aus dem Land – freundlos, namenlos, mittellos! Seine ganze Zukunft hing von mir ab, und das wußte er in diesem Augenblick sicher genausogut wie ich.

Dieser Gedanke brachte mich wieder zur Besinnung. Schließlich hingen auch Lauras Interessen, die mir wichtiger waren als meine eigenen, von meiner Umsicht ab. Ich mußte mir meine weiteren Schritte genau überlegen, denn Sir Percival würde nichts unversucht lassen. Ihm ist jede Gemeinheit zuzutrauen, und angesichts seiner gefährlichen und verzweifelten Lage wird er vor keinem Verbrechen zurückschrecken – nur um sich aus der Schlinge zu ziehen.

Ich kam zu folgendem Schluß: Vor allem mußte ich mir den schriftlichen Beweis für meine Entdeckung verschaffen und – für den Fall, daß mir etwas zustoßen sollte – an einem Orte deponieren, wo er für Sir Percival unerreichbar blieb. Die Kopie des Kirchenbuches lag zwar wohlverwahrt in Mr. Wansboroughs Tresor – doch das Original befand sich, wie ich mich selbst überzeugt hatte, an einem gänzlich ungesicherten Ort.

Es schien mir dringend notwendig, auch diesen Beweis sicherzustellen. Ich mußte also umgehend nach Old Welmingham zurück, den Küster holen und einen Auszug aus dem Kirchenbuche machen. Freilich wußte ich in diesem Moment nicht, daß ich für mein Vorhaben eine beglaubigte Abschrift benötigte. Ein von mir selbst gemachter Auszug hätte, juristisch gesehen, nie und nimmer als Beweis gegolten. Doch davon hatte ich natürlich keine Ahnung. Zudem wollte ich mein Vorhaben geheimhalten und stellte daher dem Anwalt keine weiteren Fragen, die sonst vielleicht einen derartigen Hinweis zur Folge gehabt hätten. Im Augenblick war ich einzig und allein darauf bedacht, so rasch wie möglich Old Welmingham zu erreichen. Bei Mr. Wansborough entschuldigte ich mich für meine Nervosität, die ihm bereits aufgefallen war, legte die Gebühr für die Einsichtnahme auf den Tisch, sagte ihm, ich würde ihm bald schreiben, und ging, noch immer etwas benommen und mit jagendem Puls, eiligst davon.

Es dunkelte bereits. Vielleicht wird man mir auf dem Rückweg auflauern, mich überfallen? dachte ich beklommen.

Ich hatte nur einen leichten Spazierstock, mit dem ich mich kaum gegen einen Angreifer verteidigen konnte. So besorgte ich mir noch rasch einen Knüttel mit dickem, schwerem Griff. Mit dieser einfachen Waffe gedachte ich mich zu wehren – falls sich mir jemand in den Weg stellen würde. Sollte es sich um mehrere Angreifer handeln, wollte ich mich auf meine flinken Beine verlassen. In der Schule war ich immer ein guter Läufer gewesen, und auch später hatte es mir nicht an Übung gefehlt, vor allem nicht in Mittelamerika.

Rasch schritt ich dahin und hielt mich immer in der Mitte des Fahrweges.

Es nieselte, dünner Nebel lag über der Landschaft, daher konnte ich nicht feststellen, ob mir jemand folgte oder nicht. Ich war schon längere Zeit dahingewandert – vermutlich waren es nur mehr zwei Meilen bis Old Welmingham – da rannte im Regen ein Mann an mir vorbei. Etwas später hörte ich in der Nähe eine Türe ins Schloß fallen. Rasch ging ich weiter, den Knüttel schlagbereit. Doch so sehr ich auch meine Ohren spitzte und meine Augen anstrengte – im Nebel und im Dunkel war weder etwas zu hören noch zu sehen. Plötzlich raschelte es in der Hecke zu meiner Rechten, und drei Männer stürzten auf mich zu.

Ich sprang zur Seite. Zwei von ihnen trug der eigene Schwung an mir vorbei, doch der dritte bremste rasch und schlug mit einem Stock aufs Geratewohl nach mir. Er traf mich nur leicht an der linken Schulter, ich aber versetzte ihm mit dem Knüttel einen wohlgezielten Schlag auf seinen Kopf. Er taumelte und stieß dabei gegen die beiden anderen, die sich eben auf mich werfen wollten. Das verschaffte mir einen Vorsprung von Sekunden; so schnell ich konnte, rannte ich davon.

Die zwei Unverletzten hefteten sich an meine Fersen. Beide waren gute Läufer; der Fahrweg führte eben dahin, und bald bemerkte ich, daß ich meinen Vorsprung nicht vergrößern konnte. Es war riskant, in der Finsternis mit einem derartigen Tempo davonzustürmen, das geringste Hindernis hätte mich sicher zu Fall gebracht. Nach einer Biegung führte der Weg bergab und stieg nach einer Weile wieder an. Beim Hinunterlaufen waren mir meine Verfolger näher gekommen, doch bergan ließ ich sie weit hinter mir zurück. Ihr regelmäßiges Stampfen wurde schwächer und schwächer. Ich glaubte mich jetzt weit genug von ihnen entfernt, um einen Haken zu schlagen und mich in einem Feld zu verstecken – und zu hoffen, daß sie im Dunkel an mir vorbeihasten würden. Links und rechts vom Fahrweg sah ich die Linie der Hecke. An einer Stelle, die ich für eine Lücke gehalten hatte, bemerkte ich eine Türe, schwang mich darüber und landete auf einem Acker, auf dem ich weiterlief. Ich hörte die beiden Männer vorbeirennen, doch sie bemerkten bald, daß ich ihnen entwischt war, und kehrten daher wieder um. Aber es war einerlei, was sie jetzt unternahmen, sie konnten mich weder sehen noch hören, denn ich stand bereits am andern Ende des Feldes und versuchte, wieder zu Atem zu kommen.

Natürlich konnte ich mich nicht mehr auf den Fahrweg zurück wagen. Trotzdem war ich fest entschlossen, noch an diesem Abend das Dorf zu erreichen.

Aber es gab weder Mond noch Sterne, nach denen ich mich hätte orientieren können. Ich wußte bloß, daß ich Wind und Regen ständig im Rücken gehabt hatte. Wenn ich also dieselbe Richtung beibehielt, konnte ich nicht fehlgehen.

Daran hielt ich mich und ging quer durch die Felder, ohne auf schlimmere Hindernisse zu treffen als Hecken, Gräben und Dickicht. Nachdem ich eine Anhöhe erklommen hatte, gelangte ich über einen steilen Hang auf der anderen Seite in eine Senke, zwängte mich durch eine Hecke und entdeckte einen schmalen Weg. Da ich vorher einen Haken nach rechts geschlagen hatte, ging ich jetzt nach links und hoffte, dieser Fußpfad würde nach Old Welmingham führen. Er schlängelte sich zwischen Hecken dahin, und nach etwa zehn Minuten sah ich ein kleines Haus, in dem noch Licht brannte. Die Gartenpforte stand offen. Hier wollte ich anklopfen und nach dem Wege fragen.

Doch ehe ich meine Absicht ausführen konnte, wurde von innen die Haustüre aufgerissen. Ein Mann mit einer brennenden Laterne kam herausgelaufen, bemerkte mich, blieb vor mir stehen und leuchtete mir ins Gesicht. Verblüfft starrten wir einander an. Meine Wanderung hatte mich um das Dorf herum direkt zum Haus des Küsters geführt. Ich war in Old Welmingham, und der Mann mit der Laterne war niemand anderer als mein Bekannter von heute morgen, der geschwätzige Alte.

Nur schien er mir seltsam verändert. Argwöhnisch sah er

mich an, seine Wangen glühten – und was er mir sagte, war mir völlig unverständlich. »Wo sind die Schlüssel? Haben Sie die Schlüssel genommen?« rief er verwirrt.

»Welche Schlüssel? Ich komme doch gerade aus Knowlesbury! Welche Schlüssel meinen Sie denn?«

»Die Kirchenschlüssel! Der Herr erbarme sich unser! Was soll ich tun? Die Schlüssel sind weg! Haben Sie gehört? Die Schlüssel sind weg!« schrie er.

»Seit wann? Wer kann sie denn genommen haben?«

»Das weiß ich nicht!« antwortete er und blickte im Dunkel wütend um sich. »Bin eben nach Haus gekommen, hab' den ganzen Tag viel Arbeit gehabt. Heute früh hab' ich die Tür versperrt, das Fenster zugemacht – aber jetzt ist es offen. Sehen Sie – das Fenster ist offen, und einer ist dort ins Haus gestiegen und hat den Ring mit den beiden Schlüsseln genommen!«

Er wandte sich mit einem Ruck herum, um mir das Fenster zu zeigen, doch als er die Laterne in diese Richtung schwenkte, öffnete sich ihr Türchen, und der Wind blies die Kerze aus.

»Holen Sie schnell eine neue Kerze!« rief ich. »Wir gehen zusammen zur Sakristei!«

Ich drängte ihn ins Haus zurück. Der Anschlag, den ich erwartet hatte und der mich meines mühsam errungenen Vorteils berauben sollte, wurde vielleicht in diesen Minuten verübt. Meine Ungeduld, möglichst rasch zur Kirche zu gelangen, war so groß, daß ich, während der Küster eine Kerze anzuzünden versuchte, nicht untätig herumstehen konnte. Ich ging ins Freie, durch den Garten, und wollte eben den Pfad betreten.

Da kam von der Kirche her ein Mann gelaufen. Er sprach höflich, als wir uns trafen. Ich konnte sein Gesicht nicht sehen, aber seiner Stimme nach war er ein gänzlich Fremder für mich.

»Ich bitte um Entschuldigung, Sir Percival –«, begann er.

Ich ließ ihn nicht weiterreden.

»Das Dunkel täuscht Sie – ich bin nicht Sir Percival.«

Sofort wich er ein paar Schritte zurück.

»Ich habe Sie für meinen Herrn gehalten«, murmelte er unsicher und verlegen.

»Sie hätten ihn hier treffen sollen?«

»Er hat mir aufgetragen, auf diesem Weg auf ihn zu warten«, antwortete er und entfernte sich wieder. Der Küster kam mit der Laterne. Ich nahm ihn beim Arm, damit wir rascher weiterkämen. Wir eilten auf die Kirche zu und überholten den Mann, der mich vorher angesprochen hatte. Soweit ich im Schein der Laterne feststellen konnte, handelte es sich um einen nicht livrierten Diener.

»Wer ist das?« fragte mich der Küster leise. »Weiß er was von den Schlüsseln?«

»Halten wir uns damit nicht auf!« sagte ich. »Zuerst müssen wir zur Sakristei!«

Erst am Ende des Weges konnte man im Dunkel den Hügel mit der Kirche erkennen. Als wir den Hang hinaufstiegen, kam uns, von der Laterne angelockt, eines der Dorfkinder entgegen. Der Junge erkannte den Küster.

»Mister!« rief er und zupfte ihn am Rock. »Es ist jemand drin. Ich hab' gehört, wie er sich eingesperrt und mit einem Streichholz Licht gemacht hat!«

Der alte Mann fing zu zittern an und stützte sich schwer auf mich.

»Kommen Sie, ich helfe Ihnen!« sagte ich, um ihm Mut zu machen. »Es ist nicht zu spät! Wir werden den Kerl schon erwischen! Halten Sie die Laterne und folgen Sie mir, so schnell Sie können!«

Rasch stiegen wir zur Kirche hinauf. Schwarz hob sich der Kirchturm vom nächtlichen Himmel ab. Ich bog um die Ecke zur Sakristei, da hörte ich dicht hinter mir schwere Schritte: Der Diener war uns nachgegangen. Verärgert wandte ich mich nach ihm um. »Befürchten Sie nichts, Sir!« sagte er. »Ich suche nur meinen Herrn.« Der Ton seiner Stimme verriet Angst. Ich gab ihm keine Antwort und ging weiter.

Als ich hinter der Ecke schließlich die Sakristei vor mir sah, bemerkte ich, daß das Oberlicht von innen her erleuchtet war. Grell hob sich das Licht dahinter vom schwarzen, sternenlosen Himmel ab.

Ich lief auf die Türe zu.

Je näher ich kam, desto deutlicher spürte ich einen merkwürdigen Geruch, der mir durch die feuchte Nachtluft entgegenwehte. Da hörte ich es drinnen krachen – eine Glasscheibe zersprang, ich drückte mit der Hand gegen die Türe, doch sie gab nicht nach. Die Sakristei stand in Flammen!

Lähmendes Entsetzen befiel mich. Ehe ich noch Atem holen konnte, hörte ich, wie sich von innen jemand gegen die Türe warf, wie sich der Schlüssel im Schloß drehte und drehte, wie jemand gellend um Hilfe rief.

Der Diener, der mir nachgelaufen war, taumelte zurück und fiel auf die Knie. »O Gott! Es ist Sir Percival!« schrie er.

Da holte uns der Küster endlich ein. Noch einmal hörten wir, wie sich der Schlüssel im Schloß drehte. »Der Herr erbarm' sich seiner Seele!« rief der Küster. »Er ist des Todes – das Schloß ist kaputt!«

Mit einem Mal war alles vergessen, was wochenlang mein Denken erfüllt hatte – gleich einem Traum hatte ich es aus dem Gedächtnis verloren. Vergessen waren Leid und Elend, die dieser Mensch über andere gebracht hat, vergessen war die Brutalität, mit der er Glück und Liebe zerstörte, vergessen der Eid, den ich mir schwor, ihn der verdienten Strafe zuzuführen. Nur das Entsetzliche seiner Lage war mir jetzt bewußt, und ich fühlte nichts als den Drang, ihn vor einem furchtbaren Tode zu bewahren.

Ich trat ganz nahe an die Eichentüre hin und schrie: »Versuchen Sie doch, in die Kirche zu gelangen! Dieses Schloß läßt sich nicht aufsperren! Verlieren Sie keine Zeit damit!«

Von drinnen kam keine Antwort. Kein Schrei, kein Laut – nichts deutete darauf hin, daß er noch lebte. Ich hörte nur Feuer knistern und vom Dach her den scharfen Knall des berstenden Oberlichts.

Ich sah mich nach meinen beiden Begleitern um. Der Diener hatte sich wieder erhoben, hielt die Laterne des Küsters hoch und starrte mit leerem Blick auf die Türe. Anscheinend hatte er vor Schreck den Verstand verloren, und wenn ich mich bewegte, folgte er mir auf Schritt und Tritt wie ein Hund. Der Küster hockte zitternd auf einem Grabstein und stöhnte. Ein einziger Blick genügte, um mich von der Hilflosigkeit dieser beiden zu überzeugen. So handelte ich selbst, ohne lange zu überlegen. Ich packte den Diener und schob ihn zur Mauer hin. »Bücken und festhalten!« kommandierte ich. »Ich steige auf Ihre Schultern – vielleicht erreiche ich das Dach und kann das Fenster einschlagen, damit er Luft bekommt!«

Der Mann bebte zwar am ganzen Leibe, bot mir aber doch

einen festen Halt. Den Knotenstock zwischen den Zähnen, erreichte ich, auf seinen Schultern stehend, mit den Händen das Gesims und war im Nu auf dem Dach. In meiner Hast und Aufregung hatte ich nicht gedacht, daß ich – anstatt Luft hineinzulassen – die Flammen herauslassen würde. Mit einem Schlag gegen das Oberlicht zertrümmerte ich das bereits geborstene Glas. Sofort sprang wie ein Raubtier aus einem Hinterhalt das Feuer heraus, und hätte der Wind die Flammen nicht von mir weggeweht, wäre es um mich geschehen gewesen. Ich duckte mich und ließ den Rauch über mich hinwegziehen. Im hellen Feuerschein sah ich unter mir den Diener, der auf das Dach stierte. Der Küster war aufgestanden und rang verzweifelt die Hände, und die wenigen Dorfbewohner – hohlwangige Männer und verschreckte Frauen – drängten sich auf dem Kirchhof zusammen, tauchten auf im Rot des Feuerscheins und verschwanden wieder im Dunkel der Rauchschwaden. Und der Mann da unten zu meinen Füßen! – der Mann, der da unten erstickte, verbrannte, starb – uns so nahe und doch so gänzlich unerreichbar!

Der bloße Gedanke daran machte mich fast verrückt. Ich wollte es jetzt anders versuchen; ich umklammerte das Gesims und ließ mich wieder hinunter.

»Ich brauche den Kirchenschlüssel!« rief ich dem Küster zu. »Vielleicht können wir den Mann retten, wenn wir die Innentüre aufsperren!«

»Auch das ist hoffnungslos! Wir können nicht hinein!« rief er zurück. »Kirchenschlüssel und Sakristeischlüssel hängen am selben Ring – und er hat beide drinnen! Es ist zu spät, Sir – er ist sicher schon Staub und Asche!«

»In New Welmingham wird man das Feuer sehen«, hörte ich jemanden sagen. »Dort haben sie eine Feuerspritze, und mit der werden sie anfahren und die Kirche retten.«

Der Mann, der das sagte, hatte wenigstens noch einen klaren Kopf – ich rief ihm zu, daß ich ihn sprechen wollte. Aber es würde mindestens eine Viertelstunde dauern, bevor die Feuerwehr hier eintraf. Der Gedanke, so lange untätig warten zu müssen, war mir unerträglich. Gegen alle Regeln der Vernunft redete ich mir ein, der Unglückliche liege bewußtlos in der Sakristei und sei noch am Leben. Könnten wir ihn nicht doch retten, wenn wir die schwere Türe aufsprengten? Ich wußte zwar, wie fest das alte Schloß hielt – wie dick die mit Nägeln beschlagene Eichentüre war – und wie hoffnungslos der Versuch, Schloß und Türe mit den üblichen Werkzeugen sprengen zu wollen. Doch sicher gab es in den halbverfallenen Häusern des verlassenen Dorfes dicke Balken. Wir könnten doch versuchen, sie als Rammbock zu benutzen und damit die schwere Türe einzurennen?

Dieser Gedanke schoß mir durch den Kopf wie die Flammen durch das eingeschlagene Oberlicht. Ich wandte mich an den Mann, der die Feuerspritze erwähnt hatte. »Haben Sie Spitzhacken zur Hand?« Ja, die habe er. »Und eine Axt, eine Säge, ein Stück Seil?« Jaja, das habe er alles. Mit der Laterne in der Hand lief ich zu den Dorfleuten hinüber und rief: »Fünf Shilling für jeden, der mir hilft!« Die Worte lösten die Männer aus ihrer Erstarrung. Hunger nach Geld, dieses gierige Verlangen der Armen, brachte sie augenblicklich in Bewegung und Tumult. »Zwei von euch holen noch Laternen! Zwei von euch holen Spitzhacken und Brechwerkzeuge! Und die übrigen suchen mit mir einen festen Balken!« Sie riefen mir zu, mit begeisterten, dünnen Stimmen. Frauen und Kinder gaben uns den Weg frei, und ich stürmte mit den Männern zum nächstgelegenen verlassenen Haus hinunter. Keiner blieb zurück, nur der alte Küster stand noch immer neben dem Grab und schluchzte und jammerte, weil er Angst um die Kirche hatte. Der Diener folgte mir auf den Fersen, sein bleiches, angstverzerrtes Gesicht dicht an meiner Schulter, als wir in ein verfallenes Haus stürmten. Vom eingestürzten Dach lagen die Sparren herum, aber sie waren zu leicht. Über uns verlief von Mauer zu Mauer ein Balken, es gab weder Fußboden noch Zimmerdecke, und durch das offene Dach konnte man den Himmel sehen. Wir versuchten, den Balken an beiden Enden zu lockern. O Gott – wie fest er saß, wie widerstandsfähig waren Ziegel, Mörtel und Stein! Wir hackten darauf los, wir zerrten und zogen. Endlich lockerte sich der Balken an einem Ende und krachte mit einem Brocken Mauerwerk herunter. Die Frauen, die sich vor dem Hauseingang zusammendrängten, weil sie uns zuschauen wollten, kreischten, und die Männer schrien – zwei waren gestürzt, doch unverletzt. Noch ein Ruck, und der Balken löste sich auf der andern Seite aus der Mauer. Wir hoben ihn auf und riefen den Frauen zu, den Hauseingang freizugeben. Jetzt aber ans Werk! Jetzt auf die Sakristeitüre los! Das Feuer flackerte gegen den Himmel, es war heller geworden, wir konnten den Weg sehen. Schnell hasten wir ihn hinauf und zielen mit dem Balken gegen die Türe. Eins, zwei, drei – los! Freudig rufen die Leute einander zu. Die Türe hat sich gelockert; selbst wenn das Schloß hält, die Angeln werden nachgeben. Nochmals ein Anlauf mit dem Balken: Eins, zwei, drei – los! Ein Spalt öffnet sich, Feuer faucht uns entgegen – und nun noch ein Stoß, ein letzter. Krachend fällt die Türe nach innen.

Stille, jeder hält den Atem an, erwartungsvolle Stille, angsterfüllt. Wir wollen nach dem Mann suchen, doch sengende Hitze treibt uns zurück, wir fühlen sie im Gesicht. Wir sehen ihn nicht. Oben, unten, im ganzen Raum steht eine einzige riesige Feuerwand.

»Wo ist er?« flüsterte nach einer Weile der Diener und starrte in die Flammen.

»Er ist Staub und Asche«, sagte der Küster. »Wie die Bücher – und ach! – die Kirche wird es auch bald sein.«

Sie waren die einzigen, die etwas sagten. Dann schwiegen sie wieder. Nichts regte sich in dieser Stille, nur das Feuer knisterte und prasselte.

In der Ferne das Rattern eines Wagens, dann dumpfe Schläge galoppierender Pferdehufe, dann Stimmen, Rufe und Schreie aus hundert Kehlen. Die Feuerwehr! Endlich!

Die Leute rannten den Hügel hinauf, auch der alte Küster wollte mit, aber die Kräfte verließen ihn. Ich sah, wie er sich an einem Grabstein festhielt. »Rettet die Kirche!« rief er matt, als könnte die Feuerwehr ihn schon jetzt hören.

Der einzige, der wie angewurzelt stehenblieb, war der Diener. Noch immer starrte er geistesabwesend ins Feuer. Ich redete auf ihn ein, packte ihn beim Arm und schüttelte ihn, aber er kam nicht zu sich. »Wo ist er?« flüsterte er nur einmal.

In zehn Minuten war die Spritze aufgestellt, der Brunnen hinter der Kirche lieferte das Wasser, der Schlauch wurde bis zur Sakristeitüre gelegt. Hätte man meiner Hilfe bedurft, ich hätte sie nicht leisten können. Ich besaß keine Energie mehr, meine Kräfte waren erschöpft. Nun, da ich wußte, daß er tot war, schien der Aufruhr meiner Gefühle gestillt. Ich stand nutzlos herum und starrte in die Flammen.

Langsam wurde man des Feuers Herr. Es erlosch. Nur ein bißchen Glut glomm noch, in weißen Wolken stieg Dampf auf, auf dem Boden rauchten schwarze Aschenhaufen. Eine Pause trat ein. Vor dem Eingang bildeten Polizisten und Feuerwehrleute eine Sperre, berieten sich mit leiser Stimme und schickten zwei Männer den Hügel hinunter. Schweigend gab die Menschenmenge ihnen den Weg frei. Als sie nach einer Weile eine alte Türe heranschleppten, wichen die Leute noch mehr zurück. Ein plötzlicher Schauer überfiel sie. Wieder bildeten Polizisten und Feuerwehrleute eine Sperre. Aus der Menschenmenge lösten sich ein paar Gestalten, auch Frauen und Kinder waren dabei, verstohlen kamen sie näher, um die ersten zu sein, wenn es etwas zu hören und zu sehen gäbe. Aus der Sakristei drang Stimmengewirr, allmählich hörte man Worte und Sätze, sie gingen von Mund zu Mund und erreichten auch mich. Man fragte, man antwortete, leise und immer wieder.

»Hat man ihn gefunden?« – »Ja.« – »Wo?« – »Vor der Tür ist er gelegen.« – »Vor welcher Tür?« – »Zwischen Sakristei und Kirche.« – »Ist sein Gesicht verbrannt?« – »Nein.« – »Doch, ja!« – »Nur versengt, nicht verbrannt.« – »Wer ist es denn?« – »Angeblich ein Lord.« – »Nein, kein Lord – einer vom Kleinadel.« – »Was wollte er denn da drinnen?« – »Sicher nichts Gutes.« – »Hat er's absichtlich gemacht?« – »Sich absichtlich verbrannt?« – »Aber nein, doch nicht sich selbst! Etwas in der Sakristei vielleicht.« – »Ist er übel zugerichtet?« – »Ja, schrecklich.« – »Auch im Gesicht?« – »Nein, nicht so schlimm.« – »Kennt ihn denn gar niemand?« – »Doch – einer kennt ihn.« – »Wer?« – »Der dort, angeblich ist er sein Diener. Er ist ganz durcheinander, und die Polizei will ihm nicht glauben.« – »Kennt ihn denn sonst niemand?« – »Ich bitte um Ruhe!«

Die laute klare Stimme der Obrigkeit ließ die Leute augenblicklich verstummen.

»Wo ist der Herr, der ihn zu retten versucht hat?«

»Hier, Sir – hier ist er!« rief es von allen Seiten. Die Menschen, die mich umdrängten, gaben dem Polizisten den Weg frei. Mit einer Laterne in der Hand kam der Mann auf mich zu.

»Bitte kommen Sie mit, Sir!« sagte er ruhig.

Ich konnte nicht sprechen, ich konnte mich nicht wehren, als er meinen Arm ergriff. Wie sollte ich ihm klar machen, daß ich den Mann zu seinen Lebzeiten nie gesehen hatte und daß ein Fremder wie ich ihn doch nicht identifizieren könnte? Die Worte erstarben mir auf den Lippen.

»Kennen Sie ihn, Sir?«

Stumm und hilflos stand ich in einem Kreis von Männern. Drei von ihnen, mir gegenüber, hielten ihre Laternen nahe dem Boden. Ihre Augen, aber auch die Augen aller anderen richteten sich erwartungsvoll auf mich. Ich wußte, wer hier zu meinen Füßen lag – ich wußte, weshalb sie die Laternen so dicht über dem Fußboden hielten.

»Können Sie ihn identifizieren, Sir?«

Langsam senkte ich den Blick. Zuerst sah ich nur grobes Segeltuch. In der schrecklichen Stille war das Fallen der Regentropfen deutlich hörbar. Ich ließ meine Augen das Segeltuch entlangwandern – an seinem Ende war das Gesicht des Toten: starr, bös und rußgeschwärzt.

So sah ich ihn – zum ersten und zum letzten Mal. Nach Gottes unerforschlichem Ratschluß begegneten wir einander auf diese Weise.

XI

Der Leichenbeschauer und die gerichtliche Untersuchungskommission sahen sich veranlaßt, die amtliche Totenschau möglichst bald vorzunehmen. Sie fand bereits am nächsten Nachmittag statt. Selbstverständlich gehörte auch ich zu den vorgeladenen Zeugen.

Auch an diesem Tage ging ich als erstes zum Postamt, um den Brief abzuholen, den ich mit der Morgenpost erwartete. Was immer sich ereignen mochte – die Sorge um Laura und Marian ließ mich nicht los, solange ich nicht bei ihnen war. Das Wichtigste am Beginn jedes neuen Tages war für mich dieser Brief, gab er mir doch die Gewißheit, daß den beiden in meiner Abwesenheit nichts zugestoßen war.

Marians Brief war bereits da. Erleichtert atmete ich auf.

Es war nichts vorgefallen, was mir Anlaß zur Besorgnis gab;

beide waren nach wie vor wohlauf. Laura ließ mich herzlichst grüßen und mich bitten, sie rechtzeitig den Tag meiner Rückkehr wissen zu lassen. Sie habe nämlich – wie mir ihre Schwester schrieb – schon fast zwanzig Silbershilling gespart und wolle dieses Geld für ein festliches Dinner verwenden, mit dem wir unser Wiedersehen feiern sollten. Noch während ich den Brief las und voll Rührung ihrer gedachte, stieg in mir die Erinnerung an das grauenvolle Geschehen der vergangenen Nacht auf. Ich mußte unter allen Umständen verhindern, daß Laura unvorbereitet die Wahrheit erfuhr. So schrieb ich denn umgehend an Marian und schilderte ihr so schonend wie möglich, was sich ereignet hatte. Bei einer weniger mutigen und weniger verläßlichen Frau hätte ich gezögert, so rückhaltlos die ganze Wahrheit zu enthüllen. Doch Marian war ich es schuldig, offen zu ihr zu sein, und ich wußte, daß ich ihr vertrauen konnte. Ich bat sie inständig, dafür zu sorgen, daß Laura in den nächsten Tagen keine Zeitung in die Hände falle.

Es wurde natürlich ein langer Brief, und als ich ihn beendet hatte, war es bereits höchste Zeit, meiner Vorladung als Zeuge Folge zu leisten.

Bei der amtlichen Untersuchung stieß man natürlich auf Schwierigkeiten, galt es doch nicht nur zu klären, auf welche Weise Sir Percival den Tod gefunden hatte, es gab auch andere ungelöste Fragen – etwa die Ursache des Feuers, das Verschwinden der Schlüssel und die Anwesenheit eines Unbefugten in der Sakristei, als das Feuer ausbrach. Sogar die Identifizierung des Toten nahm längere Zeit in Anspruch. Sir Percivals Diener machte nämlich einen derart verstörten Eindruck, daß die Polizei nicht wußte, ob sie ihm glauben sollte oder nicht. Man hatte daher aus Knowlesbury auch andere Zeugen kommen lassen, von denen man wußte, daß sie Sir Percival vom Sehen kannten, und zudem hatte man einen Boten nach Blackwater Park geschickt. Erst diese Maßnahmen ermöglichten es dem Leichenbeschauer und der gerichtlichen Untersuchungskommission, die Identität endgültig zu klären; erst dann glaubte man den Beteuerungen des Dieners. Auch verschiedene Beweisstücke – unter anderem die Taschenuhr des Toten, in deren Deckel Namen und Wappen eingraviert waren – bestätigten die Zeugenaussagen.

Als nächstes versuchte man, die Ursache des Feuers herauszufinden.

Der Junge aus dem Dorf, der gehört hatte, daß sich in der Sakristei jemand eingesperrt und dann mit Streichhölzern hantiert hatte, sowie Sir Percivals Diener und ich wurden als Zeugen aufgerufen. Die Aussage des Jungen war sachlich und klar. Der Diener jedoch hatte den Schock noch immer nicht überwunden und war daher nicht imstande, der Untersuchungskommission weiterzuhelfen. Man ließ ihn wieder gehen.

Meine Einvernahme dauerte gottlob nicht lange. Ich hatte Sir Percival nicht gekannt, ihn nie gesehen, hatte von seiner Anwesenheit in Old Welmingham nichts gewußt und war nicht in der Sakristei gewesen, als man die Leiche fand. Daher konnte ich nur folgendes zu Protokoll geben: Ich war bei einem kleinen Haus stehengeblieben, um nach dem Wege zu fragen; vom Küster hatte ich vom Verschwinden der Schlüssel gehört, und um ihm behilflich zu sein, war ich mit ihm zur Kirche gegangen; ich hatte bemerkt, daß es in der Sakristei brannte, hatte gehört, wie jemand von innen das Schloß aufzusperren versuchte, und hatte aus rein menschlichen Gründen alles unternommen, um den Mann zu retten. Andere Zeugen, die Sir Percival gekannt hatten, wurden befragt, ob sie sich erklären könnten, warum Sir Percival die Schlüssel gestohlen habe und unbefugt in die Sakristei eingedrungen sei. Mir – als Fremdem – ersparte man diese Fragen, da man sich in dieser Sache von mir keine Aufklärung erhoffen konnte.

Nach meiner Einvernahme fühlte ich mich nicht verpflichtet, meine private Meinung zu dieser ganzen Angelegenheit zu äußern; erstens, weil es mir sinn- und zwecklos schien, zumal das Kirchenbuch verbrannt und damit der Beweis für meine Mutmaßungen vernichtet war; und zweitens, weil ich meine Ansicht nicht vertreten konnte, ohne die Geschichte des ganzen Komplotts zu erzählen, die dem Leichenbeschauer wie der Untersuchungskommission wahrscheinlich ebenso unglaubwürdig erschienen wäre wie seinerzeit dem Anwalt, zu dem mich Marian geschickt hatte.

Freilich, im vorliegenden Bericht, der viel später entstanden ist, kann ich offen und ohne jede Rücksichtnahme sagen, wie *ich* den Hergang des Unglücks sehe – angefangen vom Verschwinden der Schlüssel bis zum Tode dieses Mannes. Ehe ich mich mit anderen Ereignissen beschäftige, sei meine Version hier festgehalten.

Die Nachricht, daß ich wider Erwarten einen Bürgen gefunden hatte, dürfte Sir Percival veranlaßt haben, das Äußerste zu wagen. Dazu gehörten der Überfall auf der nächtlichen Straße und, was noch wichtiger war, die Vernichtung des betreffenden Blattes im Kirchenbuch, durch die er den Beweis für seinen Betrug aus der Welt zu schaffen hoffte. Ohne beglaubigte Abschrift aus dem Original, die man mit der fraglichen Seite in der Kopie hätte vergleichen können, wäre es mir unmöglich gewesen, ihn zu entlarven. Um dieses Beweisstück zu vernichten, schlich er sich in die Sakristei und wollte dort das betreffende Blatt aus dem Buch herausreißen.

Dies vorausgesetzt, begreift man, warum er wartete, bis es dunkel war, und die Abwesenheit des Küsters nutzte, um die Schlüssel heimlich an sich zu nehmen. In der finsteren Sakristei mußte er ein Streichholz anzünden, sonst hätte er ja nicht den richtigen Band des Kirchenbuches gefunden. Vorsichtshalber sperrte er sich ein, für den Fall, daß ein Neugieriger – oder gar ich – ihn stören sollte.

Ich glaube nicht, daß er das ganze Kirchenbuch vernichten wollte und zu diesem Zweck die Sakristei absichtlich in Brand steckte; er mußte schließlich annehmen, daß man in der Nachbarschaft das Feuer rechtzeitig bemerkt und die wichtigen Kirchenbücher vielleicht gerettet hätte. Vielmehr deutete alles darauf hin, daß das Feuer rein zufällig entstand – durch eine Kerze oder durch ein brennendes Streichholz, das zu Boden fiel. Angesichts der ungeheuren Mengen an brennbarem Material, die dort herumlagen – Stroh, Papier, Kisten, ausgetrocknetes Holz und alte wurmstichige Schränke –, ist ein Unfall sicher die plausibelste Erklärung.

Sicher versuchte er sofort, die Flammen zu löschen. Da es ihm nicht gelang (und er vom schlechten Zustand des Schlosses nichts wußte), wollte er durch die Türe ins Freie. Als ich ihm zurief, versperrten ihm die Flammen bereits den Weg zur anderen Türe, da neben den Schränken so viel brennbares Zeug herumlag. Er versuchte, sie zu erreichen, aber es war schon zu viel Rauch und Feuer in diesem kleinen Raum. Betäubt fiel er um – dort, wo man ihn später gefunden hat, und zwar wahrscheinlich im gleichen Moment, da ich aufs Dach stieg und das Oberlicht einschlug. Auch wenn es uns gelungen wäre, vom Innern der Kirche her die Türe aufzusprengen – für ihn war es zu spät. Wir hätten ihn nicht mehr retten können, das Feuer hätte auch auf die Kirche übergegriffen, und diese wäre ebenfalls ausgebrannt. Sicher war er bereits tot, als wir in das verlassene Haus stürmten und mit aller Kraft den Balken herunterrissen.

Dieser Ablauf der Ereignisse scheint mir sehr wahrscheinlich; nach allem, was ich sah und hörte, dürfte es sich so abgespielt haben, und auch die Lage des Toten, wie wir ihn fanden, scheint mir ein Beweis für meine Theorie.

Die Untersuchung wurde vertagt; die Ermittlungen hatten nichts ergeben, was die mysteriösen Begleitumstände des Falles geklärt hätte.

Man beschloß, weitere Zeugen vorzuladen, auch den Londoner Anwalt des Verstorbenen gedachte man beizuziehen, und ein Arzt sollte den Geisteszustand des Dieners untersuchen, der zur Zeit anscheinend nicht imstande war, eine brauchbare Auskunft zu geben. Wie benommen wiederholte er bei jeder Einvernahme, sein Herr habe ihm befohlen, auf dem Wege zu warten – mehr wisse er nicht, nur, daß der Tote sicherlich sein Herr sei.

Meiner Meinung nach hatte ihn Sir Percival nur dazu benützt, die Abwesenheit des Küsters festzustellen (ohne daß sich der Diener dadurch einer Schuld bewußt war). Und nachher hatte er ihn in der Nähe der Kirche, doch abseits der Sakristei postiert, damit er ihm beistehen könnte, falls ich meinen Verfolgern entkommen und hier auf ihn stoßen sollte. Ich muß dazu anmerken, daß meine Ansicht nie durch eine Aussage seinerseits bestätigt wurde. Aus dem ärztlichen Gutachten ging hervor, daß seine geringen geistigen Fähigkeiten durch den Schock sehr gelitten hatten. Auch nach der Vertagung war nichts aus ihm herauszubekommen – angeblich hat er sich bis heute von dem Schrecken nicht erholt.

Seelisch und körperlich mitgenommen, ermattet und völlig niedergeschlagen, begab ich mich in mein Hotel zurück. Dort war ich aber nicht imstande, den Tratsch der Kleinstädter im Speiseraum und die törichten Fragen, die sie an mich richteten, zu ertragen, also zog ich mich nach einem bescheidenen Abendessen in meine Dachkammer zurück; ich wollte mir etwas Ruhe gönnen und ungestört an Laura und Marian denken.

Hätte ich mehr Geld gehabt, wäre ich nach London zurückgefahren, um im Anblick ihrer lieben Gesichter Trost zu finden. Aber ich mußte mich – für den Fall, daß man mich brauchte – für die nächste Verhandlung zur Verfügung halten, und zudem mußte ich mich in Knowlesbury beim Friedensrichter melden, damit die Kaution nicht verfiel. Unsere bescheidenen Mittel waren zusammengeschmolzen, und die ungewisse Zukunft – jetzt noch ungewisser als zuvor – ließ mich davor zurückschrecken, das Wenige, das wir besaßen, unnötig aufzubrauchen, auch wenn die Kosten für die Bahnfahrt zweiter Klasse noch so bescheiden waren.

Der nächste Tag stand mir zur freien Verfügung. Ich begann ihn mit dem Gang zur Post, um Marians regelmäßigen Bericht abzuholen. Der Brief wartete bereits auf mich. Sein Ton war heiter; dankbar las ich ihn und machte mich dann beruhigt auf den Weg nach Old Welmingham, um bei Tageslicht die Stätte der Verwüstung zu betrachten.

Wie anders sah dort heute alles aus!

Auf allen Wegen unserer unbegreiflichen Welt gehen das Banale und das Gräßliche Hand in Hand; und das Lächerliche verschont nicht einmal die Szene einer Katastrophe. Als ich zur Kirche kam, wies nur mehr der zertrampelte Friedhof auf das furchtbare Geschehen hin. Den Eingang zur Sakristei hatte man mit rohen Brettern vernagelt; schon war das Holz mit häßlichen Karikaturen beschmiert, und schreiende Dorfkinder balgten sich im Kampf um das beste Guckloch. Dort, wo ich gestanden und den Hilfeschrei von drinnen gehört hatte, scharrte im durchnäßten Boden eine gackernde Hühnerfamilie nach Regenwürmern, und dort, wo man die Türe mit ihrer grausigen Last abgesetzt hatte, lag in einem gelben Tuch verpackt das Essen für einen Handwerker bereit, bewacht von seinem treuen Köter, der mich anbellte, weil ich ihm zu nahe kam. Der alte Küster stand müßig herum und sah bei den Aufräumungsarbeiten zu. Ihm lag vor allem daran, sich von vornherein gegen etwaige Vorwürfe, die man ihm wegen des Unglücks machen könnte, zu verwahren – nur dem galt sein Interesse, und aus diesem Grunde schwätzte er unausgesetzt. Eine Frau aus dem Dorf, die uns beim Herunterreißen des Balkens zugesehen hatte und deren bleiches, angstverzerrtes Gesicht mir noch in Erinnerung war, stand mit einer anderen Frau bei einem alten Waschtrog und kicherte albern. Nein, in unserer Welt gibt es keinen Ernst angesichts der Vergänglichkeit! Sogar beim weisen König Salomo in all seiner Pracht und Herrlichkeit lauerte in jeder Falte seines Gewandes und in jeder Ecke seines Palastes das Lächerliche und das Gemeine.

Als ich den Ort verließ, dachte ich – nicht zum ersten Male – daran, daß Sir Percivals Tod alle meine Hoffnungen, Lauras Identität beweisen zu können, zunichte gemacht hatte. Er war dahin, und damit war auch das Ziel, das ich zu erreichen versuchte, in weite Ferne gerückt – wenn nicht überhaupt unerreichbar geworden.

Mußte ich mich damit abfinden, daß mein Versuch endgültig gescheitert war?

Gesetzt den Fall, er wäre noch am Leben – was ergäbe sich für mich daraus? Hätte ich – auch nur um Lauras willen – meine Entdeckung zu einer verkäuflichen Ware machen können, nachdem ich wußte, daß er eines anderen Rechte geraubt hatte? Hätte ich ihm mein Schweigen als Preis bieten können, wenn er dafür das Komplott gegen Laura eingestand? Nein! Denn dadurch hätte ich verhindert, daß der rechtmäßige Erbe in den Besitz der ihm zustehenden Titel und Ländereien gelangte. Wäre Sir Percival noch am Leben, hätte ich mein Wissen nicht nach Belieben verwenden können, um das Unrecht, das er Laura angetan hatte, wiedergutzumachen. Die Entscheidung darüber, ob ich das Geheimnis preisgab oder nicht, hätte mir nicht freigestanden. Mein Gefühl für Anstand hätte mich gezwungen, auf der Stelle jenen mir unbekannten Mann aufzusuchen, dessen Recht Sir Percival an sich gerissen hatte – ich hätte auf den Sieg verzichtet, und zwar gerade in jenem Augenblick, in dem ich ihn errungen hatte –, ich hätte meine Entdekkung vorbehaltlos dem rechtmäßigen Erben mitteilen müssen. Und ich selbst hätte mich erneut allen Schwierigkeiten stellen müssen, um mein Ziel zu erreichen – nicht anders, als ich mich ihnen jetzt stellen mußte, wozu ich übrigens fest entschlossen war.

Allmählich fand ich wieder zu mir selbst, beruhigte mich und ging nach New Welmingham zurück.

Auf dem Wege zum Hotel kam ich an jenem Platz vorbei, wo das Haus von Mrs. Catherick stand. Sollte ich hingehen und mit ihr sprechen? Nein! Die Nachricht von seinem Tode – wohl das letzte, was sie erwartete – mußte sie schon vor Stunden erreicht haben, das hiesige Lokalblatt hatte heute früh ausführlich darüber berichtet – es gab nichts, was sie nicht ohnehin schon wußte. Mir lag nicht mehr daran, sie zum Sprechen zu bringen. Ich erinnerte mich an ihren haßerfüllten Blick, als sie gesagt hatte: »Ich wüßte keine Nachricht, die mich interessieren könnte, außer die Nachricht von seinem Tod.« Und ich dachte wieder an das bösartige Lauern in ihrem Gesicht, als sie mich beim Weggehen musterte. So ließ ich mich von meinen Gefühlen leiten (und ich bin sicher, daß es richtig war), als ich beschloß, sie nicht aufzusuchen. Sie war mir widerlich. Ich ging direkt ins Hotel.

Ein paar Stunden später – ich saß gerade im Speiseraum – übergab mir der Kellner einen Brief, der an mich adressiert war. Auf meine Nachfrage hin erfuhr ich, daß eine Frau ihn gebracht habe, knapp vor Einbruch der Dunkelheit, die Gaslaternen seien noch nicht angezündet gewesen. Die Überbringerin habe kein Wort gesagt und sei rasch wieder verschwunden, man habe nicht einmal Zeit gehabt, sich nach ihrem Namen zu erkundigen.

Ich öffnete den Brief. Er war weder datiert noch unterzeichnet, die Handschrift war sicherlich verstellt. Aber ich wußte sofort, wer ihn geschrieben hatte: Mrs. Catherick. Ich lege diesen Blättern eine Abschrift davon bei.

Bericht
fortgesetzt von Mrs. Catherick

Sir, Sie sind nicht wiedergekommen, wie Sie es doch versprochen hatten. Aber das macht nichts, ich weiß ohnedies, was geschehen ist – und deshalb schreibe ich Ihnen auch.

Konnten Sie mir bei Ihrem Besuch die Gedanken von der Stirn ablesen? Als Sie fortgingen, fragte ich mich nämlich im stillen, ob vielleicht nicht doch der Tag seines Untergangs nahe und Sie das hierfür ausersehene Werkzeug wären. Ich habe mich nicht geirrt – Sie *haben* seinen Untergang herbeigeführt.

Wie ich hörte, wären Sie in dieser Situation beinahe schwach geworden – Sie haben nämlich versucht ihn zu retten. Wäre es Ihnen gelungen, müßte ich Sie als meinen Feind betrachten. Doch da es Ihnen nicht gelungen ist, sind Sie für mich ein Freund. Infolge Ihrer eifrigen Nachforschungen hat es ihn in seiner Angst nachts in die Sakristei getrieben. Ohne es zu wissen und zu wollen, haben Sie mich durch Ihre Beharrlichkeit an diesem Menschen, den ich seit dreiundzwanzig Jahren mit meinem Haß verfolge, gerächt. Ich danke Ihnen, Sir – auch wenn Sie von meinem Dank vielleicht nichts wissen wollen.

Ich fühle mich Ihnen gegenüber verpflichtet. Aber wie soll ich meine Schuld begleichen? Wäre ich noch jung, würde ich vielleicht sagen: »Komm her, leg deinen Arm um mich und gib mir einen Kuß!« Ja, das würde ich sagen, denn Sie gefallen mir – so weit wäre ich vor zwanzig Jahren gegangen, und Sie hätten sich nicht dagegen gesträubt. Aber ich bin eine alte Frau und werde daher meine Schuld auf andere Weise begleichen – indem ich Ihre Neugier befriedige. Bei Ihrem Besuch hatten Sie es darauf abgesehen, gewisse Privatangelegenheiten von mir zu erfahren – Privatangelegenheiten, die Sie trotz Ihrer Schlauheit ohne meine Hilfe bisher nicht herausbekamen –, Privatangelegenheiten, von denen Sie auch jetzt noch keine Ahnung haben. Nun, Sie sollen sie erfahren! Ich werde Ihre Neugier befriedigen, und ich werde mir dabei alle Mühe geben, mein hochgeschätzter junger Freund!

Im Jahre siebenundzwanzig waren Sie vermutlich noch ein kleiner Junge – ich aber eine hübsche junge Frau, lebte in Old Welmingham, und mein Mann war ein Dummkopf; ich verachtete ihn. Doch hatte ich die Ehre, mit einem Gentleman (wer, das spielt keine Rolle) bekannt zu sein (wie gut, auch das spielt keine Rolle). Ich werde seinen Namen nicht nennen. Warum auch? Es war ohnehin nicht sein Name – er hatte überhaupt keinen: das wissen Sie inzwischen ebensogut wie ich.

Für Sie ist es sicher interessant zu erfahren, auf welche Weise sich der bewußte Gentleman meine Gunst erschlich. Sie müssen wissen, daß ich schon immer eine Vorliebe für Dinge hatte, die eigentlich nur einer Dame zustehen – und das machte er sich zunutze. Mit anderen Worten: Er hofierte mich und machte mir Geschenke. Dem kann keine Frau widerstehen, schon gar nicht, wenn es sich um Dinge handelt, die sie sich sehnlichst wünscht. Er war schlau genug, das zu durchschauen – wie fast alle Männer. Und wie fast alle Männer wollte er etwas dafür haben. Aber was, glauben Sie, wollte er von mir? Eine lächerliche Kleinigkeit: den Schlüssel zur Sakristei und den Schlüssel zu einem bestimmten Schrank darin – hinter dem Rücken meines Mannes. Ich fragte ihn, wozu er diese Schlüssel brauche. Natürlich antwortete er mit einer Lüge. Diese Mühe hätte er sich sparen können, denn ich glaubte ihm ohnehin nicht. Freilich, seine Geschenke bereiteten mir Vergnügen. Ich konnte nicht genug davon bekommen! So habe ich ihm – ohne daß mein Mann etwas merkte – die Schlüssel verschafft. Aber ich habe ihn beobachtet, ohne daß er selbst etwas davon merkte – einmal, zweimal, dreimal –, und beim vierten Mal habe ich ihn ertappt.

Aber anderer Leute Angelegenheiten kümmern mich wenig. Und auch in diesem Fall machte ich mir keine Gedanken darüber, was er da wohl im Kirchenbuch herumzukritzeln hatte.

Selbstverständlich wußte ich, daß gewisse Dinge strafbar sind. Aber ich erlitt dadurch keinen Schaden, und das war für mich Grund genug, den Mund zu halten. Übrigens besaß ich keine goldene Uhr mit Kette, und das war ein weiterer Grund zu schweigen – ein besserer sogar. Denn erst tags zuvor hatte er mir versprochen, mir aus London eine goldene Uhr mit Kette mitzubringen. Hätte ich gewußt, daß seine Tat nach dem Gesetz ein Verbrechen war und wie so etwas vom Gesetz bestraft wird, hätte ich mich davor gehütet, ihm zu helfen. Doch das alles wußte ich damals nicht – und die goldene Uhr war mein sehnlichster Wunsch. Ich habe damals allerdings darauf bestanden, von ihm ins Vertrauen gezogen zu werden. Er sollte mir alles erzählen, denn ich war damals so wißbegierig wie Sie jetzt in bezug auf meine Angelegenheiten. Er ging auf meine Bedingungen ein – warum, das werden Sie gleich erfahren.

Alles, was ich Ihnen hier mitteile, gestand er mir nur widerwillig. Doch ich ließ nicht locker und drang immer wieder in ihn; und ich glaube, es ist mir gelungen, alles aus ihm herauszubekommen.

Bis zum Tode seiner Mutter hatte er – genauso wie alle anderen Leute – vom wahren Sachverhalt nichts gewußt. Damals gestand ihm sein Vater, daß er gar nicht verheiratet gewesen sei; er versprach ihm aber, alles so zu regeln, daß sein Sohn später keine Schwierigkeiten hätte. Da starb auch sein Vater, und nichts war geschehen, nicht einmal ein Testament hatte er hinterlassen. Der Sohn (wer würde es ihm verübeln?) nahm nun die Sache selbst in die Hand. Er reiste nach England und übernahm den Besitz. Niemand hinderte ihn daran, niemand hielt die Sache für verdächtig – hatten doch seine Eltern stets wie Mann und Frau gelebt. Keiner, der die beiden gekannt hatte, ahnte, daß es sich anders verhielt. Doch der rechtmäßige Erbe war ein entfernter Verwandter, der gerade irgendwo auf dem Weltmeer herumfuhr und nie im Leben mit dieser Erbschaft gerechnet hatte. Dem Sohn stellten sich bei der Übernahme keine Schwierigkeiten in den Weg. Er brauchte allerdings Geld, und um Geld auf seinen Besitz aufzunehmen benötigte er zweierlei: erstens seinen Geburtsschein und zweitens den Trauschein seiner Eltern. Den Geburtsschein konnte er sich leicht beschaffen; er war im Ausland geboren und konnte das mit einer entsprechenden Urkunde nachweisen. Doch die Beschaffung der anderen Urkunde bereitete Schwierigkeiten, und diese Schwierigkeiten führten ihn nach Old Welmingham.

Er hätte sich auch nach Knowlesbury wenden können, aber dort stand etwas anderes im Wege:

Seine Mutter hatte, ehe sie seinen Vater kennenlernte, dort gelebt, und zwar unter ihrem Mädchennamen; in Wirklichkeit war sie in Irland verheiratet; doch ihr Mann hatte sie schlecht behandelt und war mit einer andern durchgebrannt. Und deshalb hatten seine Eltern nicht heiraten können. Es erhebt sich die Frage, warum der Sohn die Urkundenfälschung nicht in Knowlesbury versuchte – zumal jedermann annehmen mußte, daß seine Eltern dort geheiratet hatten. Doch im Jahre siebenundzwanzig amtierte in Knowlesbury noch immer derselbe Pfarrer wie vor dreißig Jahren; und er hätte von der Trauung wissen müssen. Der Sohn sah sich also gezwungen, sich das Dokument in einem nahegelegenen Ort zu verschaffen. Der alte Pfarrer von Old Welmingham lebte nicht mehr – das erleichterte die Sache.

Übrigens waren seine Eltern bald von Knowlesbury weggezogen – sie wohnten in einem Haus am Fluß, unweit des Dorfes. Alle Leute wußten, wie zurückgezogen sein Vater immer gelebt hatte, und so wunderte es niemanden, daß er diese Gewohnheit auch als verheirateter Mann beibehielt. Wäre er nicht häßlich und mißgestaltet gewesen, hätte seine sonderbare Art vielleicht Argwohn erregt, so aber überraschte sein Bestreben, sich vor anderen zu verbergen, die Leute nicht. Er lebte in der Nähe des Dorfes bis zu dem Zeitpunkt, da er Blackwater Park erbte. Nachdem drei- oder vierundzwanzig Jahre vergangen waren (der Pfarrer war tot), wer konnte da sagen, ob die Trauung nicht eben in aller Stille stattgefunden hatte und daß dies nicht in Old Welmingham geschehen war?

Sein Sohn hielt also unsere Pfarre für den geeigneten Ort, seine Familienangelegenheiten heimlich in Ordnung zu bringen. Seltsamerweise führte er diese Fälschung erst nach reiflicher Überlegung aus.

Ursprünglich hatte er nämlich vorgehabt, das betreffende Blatt, das für die angebliche Trauung in Frage kam, einfach herauszureißen, es zu vernichten und dann nach London zu fahren, um seinen Anwalt zu beauftragen, in der Pfarre von Old Welmingham das Trauungszertifikat besorgen zu lassen, wobei er ihm das Datum auf dem fehlenden Blatt genannt hätte. Niemand hätte dann behaupten können, seine Eltern seien gar nicht verheiratet gewesen. Sollte man ihn dennoch in die Enge treiben und ihm wegen des benötigten Geldes Schwierigkeiten machen (womit er rechnete), hätte er für alle Fälle eine einleuchtende Antwort bereit gehabt.

Doch als er erstmals heimlich in die Sakristei kam und einen Blick ins Trauungsbuch warf, entdeckte er am untern Ende einer Seite, auf der sich die Eintragungen aus dem Monat September des Jahres 1803 befanden, eine leere Stelle – vermutlich wegen einer besonders langen Eintragung, die als nächste kam und für die man eine neue Seite benötigt hatte. Diese Entdekkung brachte ihn auf einen neuen Gedanken: hier bot sich eine

Gelegenheit, die er nie erhofft und an die er nie gedacht hatte – und er nützte sie. Um mit seinem Geburtsschein übereinzustimmen, hätte die Hochzeit seiner Eltern eigentlich im Juli stattfinden müssen, doch dafür, daß sie angeblich im September stattfand, hatte er auch eine Erklärung: Er konnte behaupten, ein Siebenmonatskind zu sein!

Als er mir seine Geschichte erzählte, war ich leider so töricht, mir anmerken zu lassen, daß er mir leid tat. Und gerade darauf hatte er es angelegt. Ich sagte mir: Diesem Manne hat man übel mitgespielt – er kann doch wirklich nichts dafür, daß seine Eltern nicht geheiratet haben! Wäre ich gewissenhafter gewesen und hätte mir nicht so sehnlichst die goldene Uhr gewünscht, hätte ich mich wahrscheinlich in diesem entscheidenden Moment zurückgezogen. So aber hielt ich den Mund und half ihm bei seinem Betrug.

Er brauchte einige Zeit, bis er die richtige Tinte hatte (in meinen Fläschchen und Töpfchen mischte er verschiedene Farben), und dann übte er sich im Schreiben, um die Handschrift gut zu treffen. Durch seine Fälschung machte er aus seiner verstorbenen Mutter eine achtbare Frau. Mir gegenüber hielt er Wort. Ich muß gestehen, er schaute nicht aufs Geld, als er mir Uhr und Kette kaufte: sehr teure und erstklassige Handarbeit! Ich trage sie noch immer – die Uhr geht ausgezeichnet.

Mrs. Clements hat Ihnen also alles erzählt, was sie weiß? Nun, da brauche ich Ihnen nicht erst ausführlich von diesem gräßlichen Skandal berichten, dessen – wahrhaft unschuldiges! – Opfer ich wurde. Und sicher haben Sie auch von ihr gehört, in welche Idee sich mein Mann verrannte, als er mich mit meinem vornehmen Freund ertappte. Aber Sie wissen sicher nicht, wie die Sache mit dem bewußten Herrn ausgegangen ist und wie er sich nachher mir gegenüber benommen hat. Das sollen Sie jetzt erfahren.

Als ich wußte, wie die Dinge standen, und befürchten mußte, in den Verdacht zu geraten, einen Geliebten zu haben, sagte ich zu meinem vornehmen Freund: »Helfen Sie mir – um der Gerechtigkeit willen! Ich will nicht unverdienterweise in ein schiefes Licht geraten – geben Sie meinem Mann Ihr Wort als Gentleman, sagen Sie ihm, daß er sich irrt! Das kann ich doch von Ihnen erwarten – nach allem, was ich für Sie getan habe?« Er lehnte es rundweg ab. Doch damit nicht genug. Ganz unverblümt sagte er mir, es sei ihm sogar sehr daran gelegen, daß alle glaubten, ich hätte meinen Mann betrogen. So nämlich würde niemand hinter die Wahrheit kommen. Ich aber ließ nicht nach und drohte ihm, öffentlich die Wahrheit zu verkünden. Seine Antwort war kurz und unmißverständlich: Wenn ich redete, sei er verloren – und ich ebenfalls.

Ja – soweit war es zwischen uns gekommen! Er hatte mir verschwiegen, welches Risiko ich durch meine Hilfe einging; er hatte meine Unwissenheit ausgenützt, hatte mich mit Geschenken geködert, hatte durch seine Geschichte mein Mitgefühl geweckt – und mich dadurch zu seiner Komplizin gemacht. Ganz unverfroren gab er dies auch zu und sagte mir erst jetzt, welche Strafe auf dieses Delikt stand, auch wenn man bloß Helfershelfer war. Damals nämlich war man bei derlei Vergehen nicht so zimperlich wie jetzt. Nicht nur Mörder endeten am Galgen – auch Frauen, die mit dem Gesetz in Konflikt gerieten, behandelte man nicht wie schuldlos in Not geratene Damen. Ich muß gestehen, er hat mir wirklich Angst gemacht – dieser feige Erpresser und erbärmliche Betrüger! Begreifen Sie jetzt, warum ich ihn seither hasse? Begreifen Sie jetzt, warum ich es auf mich nehme, die Wißbegier des verdienstvollen jungen Mannes, der diesen Elenden zu Fall gebracht hat, zu befriedigen? Begreifen Sie jetzt, warum ich Ihnen dankbar bin?

Doch nun zurück zu meiner Geschichte! Natürlich war er klug genug, mich nicht der Verzweiflung zu überlassen. Er wußte, daß ich nicht die Frau war, die man ohne Gefahr in die Enge treiben konnte. Daher beruhigte er mich durch annehmbare Vorschläge für die Zukunft.

Ich verdiene eine Belohnung, sagte er (wie gütig von ihm!), und er werde mich für die Angst, die ich ausstehen muß, entschädigen, fügte er freundlicherweise hinzu. Dieser großzügige Schuft war also bereit, mir eine hübsche Jahresrente zukommen zu lassen, und zwar unter folgenden Bedingungen: Erstens, ich mußte den Mund halten – in meinem wie in seinem Interesse. Zweitens, ich durfte mich ohne sein Wissen und seine Erlaubnis nicht von Welmingham entfernen. Hier nämlich legte keine anständige Frau Wert auf meine Bekanntschaft – ich hatte daher keine Möglichkeit, etwas auszuplaudern. Zudem wußte er auf diese Weise, wo ich zu erreichen war. Besonders die zweite Bedingung schien mir hart, aber ich nahm sie an.

Mir blieb ja nichts anderes übrig. Ich hatte nichts zum Leben, ich erwartete ein Kind. Was hätte ich tun sollen? Hätte ich meinen Mann, diesen Dummkopf, der mich durch sein Gerede in Verruf gebracht hatte, wieder zurückholen und mich auf Gnade und Ungnade ihm ausliefern sollen? Lieber wäre ich gestorben. Übrigens war die Jahresrente ganz ansehnlich. Ich konnte mir eine bessere Wohnung leisten und bessere Teppiche als alle diese Weiber, die wegschauten, wenn sie mir auf der Straße begegneten. Hierzulande ist das Kleid der Tugend aus bedrucktem Kattun. Ich ging in Seide.

Ich nahm also seine Bedingungen an und machte das Beste daraus. Die Auseinandersetzung mit meinen angesehenen Mitbürgern ist zu Ende, und ich habe sie gewonnen – wie Sie sich selbst überzeugen konnten. Was Sie sicher noch gern von mir wüßten, ist, ob sich meine Tochter Anne tatsächlich mein Vertrauen erschlich und ebenfalls von diesem Geheimnis wußte. Nun, meine Dankbarkeit kennt keine Grenzen – Sie sollen auch darauf die Antwort hören! Nur eines, junger Mann, möchte ich Ihnen vorher sagen: Ich bin über Ihr Interesse an meiner verstorbenen Tochter höchst erstaunt. Das ist mir wirklich unbegreiflich! Sollten Sie also Genaueres über ihre Kindheit erfahren wollen, muß ich Sie an Mrs. Clements verweisen, die mehr darüber weiß als ich. Damit wir einander richtig verstehen, junger Mann – ich habe an meiner Tochter nicht sehr gehangen. Sie hat mir von Anfang an zu viel Sorgen bereitet, und überdies war sie ja nicht sehr hell im Kopf. Sie schätzen Offenheit, ich hoffe also, Sie sind mit mir zufrieden.

Ich will Sie nicht mit zu vielen Einzelheiten aus diesen vergangenen Tagen behelligen. Es genügt festzustellen, daß ich meinerseits die Bedingungen des Paktes mit dem bewußten Gentleman stets eingehalten und dafür mit Freuden die hübsche Jahresrente in Empfang genommen habe.

Manchmal bin ich für kurze Zeit verreist, habe aber vorher immer bei meinem Herrn und Gebieter um Erlaubnis gefragt und sie eigentlich auch immer bekommen. Er war ja, wie gesagt, klug genug, mich nicht allzu hart anzufassen, und konnte sich daher darauf verlassen, daß ich – schon in meinem eigenen Interesse – den Mund hielt. Am längsten war ich fort, als ich in Limmeridge meine todkranke Halbschwester pflegte. Angeblich hatte sie Ersparnisse. Und ich hielt es für durchaus angebracht, in dieser Richtung vorzusorgen – etwas Unvorhergesehenes hätte mich ja um meine Jahresrente bringen können ... Es war übrigens vergebliche Liebesmüh – wie sich nachher herausstellte. Ich habe nichts geerbt, weil nichts da war.

Ich hatte meine Tochter mitgenommen. Zeitweise nämlich hatte ich, was sie betrifft, meine Anwandlungen – eine Art Eifersucht auf Mrs. Clements. Eigentlich kann ich diese Person nicht leiden; sie ist dumm und langweilig, ein geborenes Arbeitstier, wie man so sagt. Und manchmal hat es mir daher richtig Spaß gemacht, sie zu quälen und ihr meine Tochter wegzunehmen. Im Grunde wußte ich allerdings nicht, was ich in Limmeridge mit ihr anfangen sollte – daher schickte ich sie dort in die Schule. Das Komische an der Sache war, daß ausgerechnet Mrs. Fairlie, die Frau des Gutsherrn (übrigens eine besonders reizlose Person, die sich einen der schönsten Männer von ganz England geangelt hatte) mein Kind ins Herz schloß. Sie war ganz vernarrt in Anne, was zur Folge hatte, daß die Kleine in der Schule nichts lernte und von dieser Frau nur verhätschelt und verzogen wurde. Neben allen anderen Grillen, die man ihr dort anerzog, setzte man ihr auch noch den Unsinn in den Kopf, nur weiße Kleider zu tragen. Ich liebe kräftige Farben und hasse Weiß und nahm mir daher vor, ihr zu Hause diese wunderliche Idee wieder auszutreiben.

Aber umsonst! Diesmal wollte sie mir nicht folgen, was ich bei ihr gar nicht gewohnt war. Wenn sie sich etwas in den Kopf setzte, konnte sie störrisch sein wie ein Maulesel – wie es ja oft bei dummen Menschen der Fall ist. Wir stritten uns, und Mrs. Clements, die das nicht gern sah, machte mir den Vorschlag, die Kleine zu sich zu nehmen und mit ihr nach London zu übersiedeln. Und ich wollte schon zustimmen, als Mrs. Clements gegen mich Partei ergriff und auch meinte, meine Tochter sollte nur weiße Kleider tragen. Darauf wurde ich wütend auf Mrs. Clements, weil ich das unter keinen Umständen dulden wollte, und sagte daher nein und noch einmal nein. Daher blieb meine Tochter weiterhin bei mir, und daher kam es auch zum ersten ernsthaften Streit um das Geheimnis.

Die Sache mit dem Geheimnis hat sich natürlich viele Jahre später abgespielt. Ich war mit ihr bereits nach New Welmingham gezogen, hatte es bei den achtbaren Bürgern wieder zu einigem Ansehen gebracht und sie – auf Grund meines untadeligen Lebenswandels – meinen schlechten Ruf vergessen lassen. Dazu hat übrigens auch meine Tochter ihr Teil beigetragen. Ihre Harmlosigkeit und ihre törichte Vorliebe für Weiß brachten ihr bei den Leuten viel Sympathie ein. Ich hatte es inzwischen aufgegeben, mich gegen diese Schrulle zu wehren, denn ich hoffte, ein bißchen von dieser Sympathie würde auch mir zugute kommen – und das war dann auch tatsächlich der Fall. Als zwei von den besten Sitzen in der Kirche frei wurden, konnte ich sie mieten, und von da ab grüßte mich auch der Pfarrer.

Als ich nun so angenehm hier zu leben begann, bekam ich eines Tages von jenem hochwohlgeborenen (nun dahingeschiedenen) Herrn einen Brief. Es war die Antwort auf ein Schreiben von mir, in dem ich ihm vereinbarungsgemäß mitgeteilt hatte, daß ich zwecks Luftveränderung ein bißchen verreisen wollte.

Vermutlich war er zu diesem Zeitpunkt besonders mißgelaunt, denn er lehnte meine Bitte rundweg ab, noch dazu mit so groben Worten, daß ich ganz außer mir war und ihn – vor meiner Tochter – einen »gemeinen Betrüger« nannte, den ich »zugrunde richten kann, wenn ich den Mund auftue und sein Geheimnis verrate«. Mehr habe ich wirklich nicht gesagt, denn in diesem Moment bemerkte ich, daß mich meine Tochter mit weit aufgerissenen Augen neugierig anstarrte. Ich ärgerte mich, daß ich mich hatte gehen lassen, und schickte sie aus dem Zimmer.

Aber eines kann ich Ihnen versichern, junger Mann: Je länger ich über meine unüberlegten Worte nachdachte, desto weniger wohl wurde mir. Meine Tochter war in der letzten Zeit auffallend sonderbar gewesen. Und wenn ich mir vorstellte, daß sie imstande war, meine Worte vor anderen Leuten zu wiederholen – vielleicht auch den Namen dieses feinen Herrn zu nennen, falls jemand sie danach fragte –, dann versetzte mich der bloße

Gedanke daran in Angst und Schrecken, denn die Folgen waren unabsehbar. Meine schlimmsten Befürchtungen, meine größten Ängste, wie er reagieren könnte, ließen mich aber dennoch nicht weiterdenken. Ich war nicht gerüstet für das, was wirklich am nächsten Tag geschah.

Ohne jede Vorwarnung tauchte er am nächsten Morgen auf. Seine Laune war zwar noch immer schlecht, doch seinen ersten Worten konnte ich entnehmen, daß er seinen groben Brief bereute und die Sache wiedergutmachen wollte, ehe es zu spät dafür war. Da bemerkte er, daß auch meine Tochter im Zimmer war (ich hatte nämlich Angst, sie aus den Augen zu lassen). Die beiden hatten einander nie leiden können. So ließ er seine ganze Wut, die er *mir* nicht zu zeigen wagte, an *ihr* aus.

»Laß uns allein!« schrie er ihr über die Schulter zu. Schweigend sah sie ihn an, ebenfalls über die Schulter, und machte keinerlei Anstalten, das Zimmer zu verlassen. »Hast du verstanden? Hinaus mir dir!« brüllte er. Sie wurde ganz rot im Gesicht und sagte: »Sprechen Sie höflicher mit mir!« »Schick diese Schwachsinnige hinaus!« sagte er darauf und schaute mich an. Nun hatte aber meine Tochter immer ihren eigenen Kopf, was ihre Würde betraf. Das Wort »Schwachsinnige« brachte sie auf, und ehe ich noch dazwischentreten konnte, stand sie zornentbrannt vor ihm. »Bitten Sie mich auf der Stelle um Entschuldigung!« schrie sie ihn an. »Sonst wird es Ihnen noch sehr leid tun. Ich kann Sie zugrunde richten, wenn ich den Mund auftue und Ihr Geheimnis verrate!« Meine eigenen Worte, die ich tags zuvor gesagt hatte! Sie wiederholte sie vor ihm, als wäre sie von selbst auf diesen Gedanken gekommen. Sprachlos starrte er sie an, und sein Gesicht wurde so weiß wie dieses Briefpapier, als er sie zur Türe hinausschaffte. Dann aber, als er sich wieder faßte –

Nein! Als anständige Frau kann ich seine Worte nicht wiedergeben! Schließlich bin ich Mitglied der hiesigen Kirchengemeinde und beziehe die »Mittwoch-Predigten« unseres Herrn Pfarrers . . . Wie kann man da von mir erwarten, derart ordinäre Flüche wiederzugeben? Es genügt, wenn Sie sich vorstellen, was der brutalste Kerl von ganz England im Zorn sagen würde – dann wissen Sie es!

Aber nun zu dem, was weiter geschah. Sie wissen wahrscheinlich ohnedies, daß er, um sich selbst zu retten, meine Tochter einsperren lassen wollte.

Vergeblich versuchte ich, ihn davon abzubringen. »Sie hat nur wie ein Papagei meine eigenen Worte wiederholt«, versicherte ich ihm, »sie weiß überhaupt nichts. Verdreht, wie sie ist, hat sie nur so getan, als wüßte sie etwas.« Ich beteuerte ihm, sie habe ihn bloß ärgern wollen, weil er sie angeschrien habe, sie sei auch sonst etwas sonderbar, geistig zurückgebliebene Menschen neigten eben zu derlei Phantastereien, und beschwor ihn, mir zu glauben – vergeblich! Er war fest davon überzeugt, ich hätte sein Geheimnis verraten. Kurzum, er bestand darauf, sie einzusperren.

So tat ich denn meine Pflicht als Mutter. »Ich will nicht, daß sie ins Irrenhaus kommt wie armer Leute Kind!« sagte ich. »Wenn es schon sein muß – dann in ein Sanatorium, zu den Angehörigen wohlhabender Familien. Ich bin immerhin ihre Mutter und habe Rücksicht auf meinen Ruf in dieser Stadt zu nehmen!« Ich setzte meinen Stolz darein, sie standesgemäß untergebracht zu wissen. Dank meiner Festigkeit hatte sie ja nie unter dem Makel der Armut zu leiden.

Ich setzte also meinen Willen durch. Eine private Anstalt für meine Tochter war gar nicht übel, ihr zwangsweiser Aufenthalt dort brachte auch mir gewisse Vorteile. Ich konnte allen Leuten erzählen, daß man sie dort wie eine Dame behandelte. Auch war sie gut aufgehoben und fern von neugierigen Menschen, vor denen sie meine unbedachten Worte hätte wiederholen können.

Zugegeben, die Sache hatte einen einzigen kleinen Nachteil: Da sie sich nun sozusagen in Gewahrsam befand und sich eingesperrt fühlte, wurde ihre leere Prahlerei zur fixen Idee. Als er sie beleidigte und sie sich zu dieser gehässigen Äußerung hinreißen ließ, da erkannte sie, wie leicht sie ihn in Angst zu versetzen vermochte. Schon bei ihrer Einlieferung ins Sanatorium sagte sie zu den Wärterinnen, er lasse sie hier nur festhalten, weil sie sein Geheimnis kenne – aber wenn die Zeit gekommen sei, werde sie alles sagen und ihn zugrunde richten.

Wahrscheinlich hat sie das auch Ihnen gesagt, als Sie so unvorsichtig waren, ihr auf der Flucht weiterzuhelfen. Sicher aber hat sie es jener Unglücklichen gesagt, die den bewußten feinen

Herrn später geheiratet hat. Hätte einer von Ihnen – entweder Sie oder diese Dame – meine Tochter näher darüber befragt, wäre sie unruhig und unsicher geworden und hätte in ihrer Verwirrung nichts Genaues sagen können – und somit bewiesen, daß ich hier nichts als die reine Wahrheit schreibe: Sie wußte lediglich, daß es ein Geheimnis gab – sie wußte, wen es betraf –, sie wußte, wem sie durch eine Preisgabe schaden könnte – doch darüber hinaus wußte sie nichts, auch wenn sie in ihrer Verrücktheit noch soviel Aufhebens davon machte.

Habe ich jetzt Ihre Neugier befriedigt, junger Mann? Jedenfalls habe ich mich bemüht, Ihnen alles über mich und meine Tochter zu erzählen. Nach ihrer Einlieferung in die Anstalt war ich von jeder Verantwortung frei. Irgendwann einmal mußte ich noch brieflich darüber Auskunft geben – eine Dame erkundigte sich nach den Umständen ihrer Einlieferung, wahrscheinlich, weil ihr so viele Lügen über mich zu Ohren gekommen waren, aus einem Munde, der in derlei Dingen Übung hatte. Diesen Brief schrieb ich nach einer Vorlage, die mir der bewußte Gentleman zukommen ließ. Später habe ich mein möglichstes getan, meiner aus dem Sanatorium entlaufenen Tochter auf die Spur zu kommen und sie daran zu hindern, Unheil anzurichten, forschte überall nach, wo man sie angeblich gesehen hatte. Aber nach allem, was Sie jetzt wissen, sind diese und ähnliche Nebensächlichkeiten sicher nur von geringem Interesse für Sie.

So weit, so gut. Doch ehe ich diesen Brief schließe, muß ich noch ein Wort der ernstlichen Mahnung und Mißbilligung hinzufügen, das Sie betrifft:

Als Sie mich kürzlich besuchten und mit mir über meine Tochter sprachen, hatten Sie die Kühnheit, in der Frage der Vaterschaft Zweifel zu äußern. Das war unfein und unschicklich von Ihnen! Sollten wir einander wiedersehen, denken Sie bitte daran, daß ich, was meinen Ruf betrifft, niemandem gestatte, sich Freiheiten herauszunehmen! Auch soll die Moral in dieser Stadt nicht durch lose Reden gefährdet werden (um eine Lieblingswendung meines Freundes, des Herrn Pfarrers, zu gebrauchen). Wenn Sie sich unterstehen, zu bezweifeln, daß mein Mann Annes Vater ist, betrachte ich das als schwere persönliche Beleidigung. Sollte Sie diesbezüglich noch immer eine unziemliche Neugierde plagen, rate ich Ihnen in Ihrem eigenen Interesse, diese ein für allemal zu zügeln. Auf dieser Seite des Grabes, Mr. Hartright, was auch immer auf der anderen sein mag, wird *diese* Neugierde niemals gestillt werden.

Vielleicht werden Sie sich jetzt verpflichtet fühlen, mich schriftlich um Entschuldigung zu bitten. Tun Sie es getrost – ich bin bereit, sie anzunehmen. Ich würde hierauf – sollten Sie ein zweites Gespräch mit mir wünschen – sogar noch einen Schritt weiter gehen und Sie bei mir empfangen. Meine Lebensumstände gestatten mir nur, Sie zum Tee zu bitten – nicht etwa, weil sie sich inzwischen zum Schlechteren verändert hätten; ich habe, wie bereits gesagt, nie über meine Verhältnisse gelebt und daher in den letzten zwanzig Jahren genug zurückgelegt, um bis zum Ende meiner Tage ein angenehmes Leben führen zu können. Ich denke nicht daran, von Welmingham fortzuziehen, denn ich will in diesem Städtchen noch so manches erreichen. Der Pfarrer grüßt mich zuerst, wie Sie selbst feststellen konnten. Seine Frau allerdings ist noch nicht so weit. Aber ich gedenke demnächst dem wohltätigen Frauenverein, in dem man Kleider für arme Leute näht, beizutreten, und dann bringe ich sicher auch die Pfarrersfrau so weit, mich als erste zu grüßen.

Sollten Sie mich mit Ihrer Gesellschaft beehren wollen, nehmen Sie bitte vorher zur Kenntnis, daß sich unsere Unterhaltung auf allgemeines beschränken muß. Jede Anspielung auf diesen Brief wäre nutzlos – ich werde mich keinesfalls dazu bekennen. Der Beweis für die Straftat wurde zwar durch das Feuer vernichtet, trotzdem halte ich es für geraten, vorsichtig zu sein. Deshalb habe ich hier keine Namen genannt, die Handschrift verstellt, der Brief ist ohne Unterschrift, ich werde ihn selbst abgeben und darauf achten, daß niemand vermutet, er könnte von mir sein. Für Sie besteht kein Grund, diese Vorsichtsmaßnahmen zu bedauern, da durch sie – dank meiner besonderen Gunst, die Sie sich erworben haben – die gewünschten Auskünfte nicht beeinträchtigt werden. Teestunde mit Toast und Butter ist bei mir um halb sechs, ich bin nicht gewöhnt zu warten.

Bericht
fortgesetzt von Walter Hartright

I

Nach der Lektüre dieses erstaunlichen Berichts war mein erster Impuls, ihn auf der Stelle zu vernichten. Dieses freche und schamlose Machwerk, das mich wiederholt mit einem tödlichen Unfall in Verbindung brachte, für den ich mich keineswegs verantwortlich fühlte – ja, den zu verhindern ich sogar mein Leben aufs Spiel setzte! –, widerte mich zutiefst an; und es fehlte nicht viel, so hätte ich den Brief zerrissen. Doch dann kam mir ein Gedanke, angesichts dessen ich es vielleicht doch für besser hielt, mit der Vernichtung des Briefes vorsichtshalber noch ein wenig zu warten.

Dieser Gedanke hatte mit Sir Percival überhaupt nichts zu tun; denn was mir Mrs. Catherick hier mitteilte, bestätigte bloß die Schlüsse, die ich bereits selbst gezogen hatte.

Alles hatte sich genau so abgespielt, wie ich vermutete. Da Mrs. Catherick das Duplikat des Kirchenbuches, das sich in Mr. Wansboroughs Tresor befand, nicht erwähnte, war ich jetzt fest davon überzeugt, daß auch Sir Percival von dessen Existenz (und dem sich für ihn daraus ergebenden Risiko) nichts geahnt hatte. Wie er bei dieser Urkundenfälschung vorgegangen war, schien mir somit restlos geklärt. Ich wollte diesen Brief nur aufheben, weil ich hoffte, mit seiner Hilfe auch noch das letzte Rätsel in dieser Angelegenheit zu lösen – nämlich die Identität von Annes Vater. Es fanden sich darin ein paar Sätze, auf die ich später noch zurückkommen wollte – sobald ich alle dringlichen Aufgaben erledigt und genügend Zeit hatte, die noch fehlenden Beweise zu suchen. Ich war recht zuversichtlich, daß ich das nötige Material noch finden würde; und war im übrigen nach wie vor daran interessiert, wer der Vater dieses armen Geschöpfs sein mochte, das nun in Mrs. Fairlies Grab die letzte Ruhe gefunden hatte.

So versiegelte ich denn diesen Brief und versteckte ihn sorgfältig in meiner Brieftasche, um ihn zur gegebenen Zeit zur Hand zu haben.

Der folgende Tag war mein letzter in Hampshire. Nach dem

Abschluß der Ermittlungen und einer Vorsprache beim Friedensrichter in Knowlesbury war ich endlich frei – und konnte mit dem Nachmittags- oder Abendzug nach London zurückkehren.

Wie immer führte mich mein erster Weg zur Post. Marians Brief war da, doch als ich ihn in die Hand nahm, fühlte er sich ungewöhnlich leicht an. Voll Sorge öffnete ich ihn. Das Kuvert enthielt nur einen zusammengefalteten Zettel mit ein paar hastig hingekritzelten Zeilen:

»Komm sobald wie möglich zurück! Wir mußten umziehen (Fulham, Gower's Walk Nr. 5). Mach Dir keine Sorgen um uns – wir sind gesund und wohlauf –, aber komm zurück! Ich erwarte dich. – Marian.«

Diese Nachricht, die ich sofort mit einem heimtückischen Anschlag des Conte in Verbindung brachte, warf mich fast um. Nach Luft ringend, stand ich mit dem zerknüllten Papier in der Hand ratlos da. Was war geschehen? Welche Bosheit hatte der Conte wieder ausgeheckt? Eine Nacht war seither vergangen – weitere Stunden mußten noch vergehen, ehe ich bei ihnen war! Vielleicht war inzwischen ein Unglück geschehen? Und ich mußte, meilenweit von ihnen entfernt, an Ort und Stelle bleiben und mich dem Gesetz als Zeuge zur Verfügung halten, bis die Untersuchung abgeschlossen war!

Wer weiß, ob ich nicht über meiner großen Angst und Besorgnis meine Pflicht vergessen hätte – wäre nicht mein Glaube an Marian so unerschütterlich gewesen! Mein uneingeschränktes Vertrauen zu ihr half mir, mich zu beruhigen und die Wartezeit zuversichtlich zu ertragen. Das erste Hindernis, das meine Handlungsfreiheit einschränkte, war die Leichenschau. Ich stellte mich rechtzeitig zur Verhandlung ein, die juristischen Formalitäten verlangten meine Anwesenheit im Saal, doch gottlob keine weitere Aussage als Zeuge. Ich ertrug diese unnötige Verzögerung nur schwer, obgleich ich mir alle Mühe gab, meine Ungeduld zu zügeln und der Verhandlung aufmerksam zu folgen.

Mr. Merriman, der Anwalt des Verstorbenen, war aus London herbeigeeilt, sah sich jedoch nicht imstande, etwas zur Wahrheitsfindung beizutragen. Er erklärte nur, wie unsäglich betroffen er gewesen sei, als er von diesem furchtbaren Unfall hörte, doch sei er nicht in der Lage, Licht in diese dunkle Angelegenheit zu bringen. Im Verlaufe der Verhandlung schlug er dem Coroner einige Fragen an die Zeugen vor, doch führten deren Aussagen ebenfalls zu keinem Ergebnis. Nach einer mit viel Geduld durchgeführten, fast dreistündigen Verhandlung, während der man jede nur mögliche Informationsquelle ausgeschöpft hatte, erklärte die Kommission, wie in solchen Fällen üblich, der Tod Sir Percivals sei als Folge eines selbstverschuldeten Unfalls anzusehen. Man habe außerdem weder feststellen können, auf welche Weise die Schlüssel in fremde Hände gelangt, noch weshalb plötzlich ein Feuer ausgebrochen sei, noch zu welchem Zweck Sir Percival die Sakristei betreten habe. Damit waren die Ermittlungen abgeschlossen und das Zeugenverhör beendet, und dem gesetzlichen Vertreter des Verstorbenen blieb es überlassen, für dessen Beerdigung zu sorgen.

Nichts hielt mich mehr in Welmingham. Ich bezahlte meine Hotelrechnung und mietete einen Einspänner, der mich möglichst schnell nach Knowlesbury bringen sollte. Ein Herr, der mich mit dem Kutscher reden gehört hatte, sprach mich an. Er wohne ganz in der Nähe von Knowlesbury, sagte er. Ob ich etwas dagegen hätte, wenn er mitfahre? Die Kosten könnten wir teilen. Ich nahm seinen Vorschlag an.

Während der Fahrt sprachen wir natürlich über jenes Thema, welches jetzt alle Leute hier beschäftigte.

Mein Reisegefährte war mit Sir Percivals Anwalt bekannt. Er habe mit Mr. Merriman darüber gesprochen, wer das Vermögen und die Ländereien erben würde – die Geldverlegenheit Sir Percivals sei hierzulande jedermann bekannt gewesen. Der Anwalt habe aus der Not eine Tugend machen und dies offen zugeben müssen. Sir Percival habe kein Testament hinterlassen – im übrigen habe er ohnedies kein bewegliches Vermögen besessen. Das von seiner Frau in die Ehe mitgebrachte Geld sei längst in die Hände seiner Gläubiger übergegangen. Der Erbe des unbeweglichen Vermögens sei der Sohn eines Cousins von Sir Felix Glyde – ein Marineoffizier, derzeit Kommandant eines Schiffs der Ostindischen Handelskompanie; er würde diese unerwartete Erbschaft aufs traurigste verschuldet vorfinden; sollte er jedoch sparsam wirtschaften, würde er allmählich die erheblichen Lasten zurückzahlen können und vielleicht noch ein wohlhabender Mann werden, bevor er stürbe.

Mich beherrschte zwar nur der Gedanke, schnellstens nach London zu gelangen, aber diese Mitteilungen ließen mich dennoch aufhorchen (sie erwiesen sich übrigens als völlig richtig). Nach allem, was ich erfuhr, schien es mir durchaus gerechtfertigt, die Sache von der Urkundenfälschung für mich zu behalten. Dem Erben, dessen Rechte Sir Percival an sich gerissen hatte, würde also das unbewegliche Vermögen zufallen. Die Einkünfte, die Sir Percival dreiundzwanzig Jahre lang daraus bezogen und bis auf den letzten Farthing durchgebracht hatte, waren unwiederbringlich dahin. Rückte ich mit der Wahrheit heraus, würde dies niemandem etwas nützen – sagte ich nichts, so schützte mein Schweigen den Ruf des Mannes, der sich durch einen Betrug Lauras Hand erschlichen hatte. Um ihretwillen wollte ich lieber schweigen, um ihretwillen erzähle ich diese Geschichte mit veränderten Namen.

In Knowlesbury trennte ich mich von meinem zufälligen Begleiter und ging unverzüglich ins Rathaus. Wie zu erwarten, dachte kein Mensch daran, Anklage gegen mich zu erheben. Man erledigte bloß die notwendigen Formalitäten, und ich konnte gehen. Als ich die Gerichtsstube verließ, übergab man mir einen Brief von Dr. Dawson. Darin teilte er mir mit, er habe aus beruflichen Gründen verreisen müssen, wiederholte jedoch sein Angebot, mir jedwede Unterstützung angedeihen zu lassen. Ich schrieb ihm rasch ein paar Zeilen und bedankte mich herzlich für die erwiesene Freundlichkeit; es tue mir leid, ihm dies nicht persönlich sagen zu können, doch eine dringende Angelegenheit rufe mich in die Stadt zurück.

Eine halbe Stunde später saß ich im Expreßzug nach London.

II

Es war schon zwischen neun und zehn Uhr abends, als ich in Fulham eintraf und endlich das Haus in Gower's Walk ausfindig machte. Laura und Marian warteten bereits an der Tür auf mich.

Ich glaube, es war uns bis zu diesem Abend, der uns wieder zusammenführte, kaum bewußt, wie eng das Band war, das uns drei verknüpfte. Wir begrüßten einander, als wären wir viele Monate lang getrennt gewesen – nicht nur ein paar Tage. Marian sah besorgt und bekümmert aus. Schon auf den ersten Blick erkannte ich, daß sie es gewesen war, die in meiner Abwesenheit alle Sorgen wegen der drohenden Gefahr auf sich genommen hatte. Lauras gute Laune und frisches Aussehen verrieten mir, daß sie vom Wissen um den gräßlichen Tod ihres Mannes und den wahren Grund für den Wohnungswechsel verschont geblieben war.

Der Trubel des plötzlichen Umzugs hatte ihre Stimmung sichtlich aufgehellt. Sie sprach lebhaft von diesem glücklichen Gedanken ihrer Schwester, die mich bei meiner Rückkehr habe überraschen wollen. Statt der engen, lauten Straße gebe es hier eine viel angenehmere neue Umgebung – Bäume, Felder und den Fluß. Laura war voller Pläne für die Zukunft. Sie redete von Zeichnungen, die sie jetzt vollenden wollte – für Käufer, die ich (wie sie glaubte) auf dem Lande gefunden hatte, und sie redete von den Silbermünzen, die sie zurückgelegt hatte; voll Stolz bat sie mich, das Gewicht ihrer Geldbörse selbst zu prüfen. Die Veränderung zum Guten, die während dieser wenigen Tage bei ihr eingetreten war, überraschte mich, darauf war ich wirklich nicht gefaßt gewesen – dieses unsägliche Glück hatte ich nur Marians Mut und Liebe zu danken.

Als Laura zu Bett gegangen war und ich mit Marian allein blieb, versuchte ich, die richtigen Worte zu finden, um ihr meine Dankbarkeit und Bewunderung auszudrücken. Doch dieses großherzige Geschöpf ließ mich nicht zu Worte kommen. Selbstlos, wie Frauen sind, die viel geben und kaum etwas fordern, lenkte sie das Gespräch immer wieder auf mich.

»Es blieb mir kaum etwas Zeit vor dem Abgehen der Post, sonst hätte ich nicht so abrupt geschrieben«, sagte sie. »Du siehst matt und müde aus, Walter, ich befürchte, mein kurzer Brief hat dich beunruhigt?«

»Ja, Marian, aber nur im ersten Moment, dann habe ich mich rasch wieder gefaßt, denn ich wußte ja, daß ich mich auf dich verlassen kann. Habe ich recht, wenn ich diesen plötzlichen Wohnungswechsel dem Auftauchen des Conte zuschreibe?«

»Vollkommen. Ich habe ihn gestern gesehen – und was noch schlimmer ist, ich habe mit ihm gesprochen.«

»Du? Kannte er denn unsere Adresse? Kam er denn zu euch nach Hause?«

»Ja. Er kam bis zum Haus, aber betreten hat er es nicht. Laura hat ihn nicht gesehen – sie ahnt nichts davon ... Ich glaube und hoffe, daß die Gefahr jetzt vorüber ist ... Die Sache war so: Ich brachte im Wohnzimmer gerade ein paar Sachen in Ordnung, Laura saß derweil an ihrem Tisch und zeichnete. Da warf ich zufällig einen Blick durchs Fenster auf die Straße hinunter – und sah ihn! Er stand auf der gegenüberliegenden Straßenseite und unterhielt sich mit einem Mann –«

»Hat dich der Conte am Fenster bemerkt?«

»Nein. Jedenfalls hatte ich nicht den Eindruck. Aber ich bin nicht ganz sicher – ich war ja so erschrocken.«

»Und mit wem redete er? Kennst du den Mann?«

»Ja. Als ich mich wieder gefaßt hatte, erkannte ich ihn. Es war der Leiter der Irrenanstalt.«

»Hat der Conte auf unsere Wohnung gezeigt?«

»Ich habe nichts davon bemerkt. Sie wechselten nur wenige Worte – wie Leute, die einander zufällig begegnet sind. Ich blieb am Fenster stehen, versteckte mich hinter den Gardinen und beobachtete sie. Laura war, gottlob, gerade in ihre Arbeit vertieft. Die beiden gingen bald auseinander, jeder in eine andere Richtung. Ich begann zu hoffen, daß sie nur zufällig hier vorbeigekommen waren, aber da sah ich den Conte wieder zurückkommen; er blieb stehen, nahm Bleistift und Visitenkarte aus der Tasche und begann zu schreiben. Dann überquerte er die Straße und betrat den Laden unter uns. Ich rannte an Laura vorbei und sagte, ich hätte oben etwas vergessen. Aber ich lief die Treppe hinunter – dort wollte ich ihn aufhalten, falls er es wagen sollte, in die Wohnung einzudringen. Doch er machte keine Anstalten. Da kam das Ladenmädchen die Treppe herauf und überreichte mir seine Visitenkarte – eine große Karte mit Goldrand, darauf sein Name und eine Grafenkrone. Auf die andere Seite hatte er mit Bleistift folgende Zeilen geschrieben: ›Teure Dame –‹ (du hast richtig gehört, Walter, dieser Schuft wagt es noch immer, mich so anzureden!) ›Teure Dame, auf ein Wort, ich flehe Sie an! Die Sache ist ernst – für uns beide.‹ Wenn man in einer schwierigen Lage überhaupt zu denken imstande ist, denkt man sehr schnell. Und ich wußte sofort, daß es bei einem Mann wie Conte Fosco ein verhängnisvoller Fehler sein konnte, nicht zu reagieren; lehnte ich es ab, ihn zu sprechen, würden die Folgen für mich – nun, da ich auf mich allein angewiesen war – viel unangenehmer sein. Ich ging also auf seinen Vorschlag ein und sagte dem Mädchen: ›Ersuchen Sie den Herrn, im Laden zu warten – ich komme sofort!‹ Rasch holte ich mir Hut und Umhang, da ich ihn keinesfalls im Hause sprechen wollte – kenne ich doch nur zu gut seine dröhnende Stimme, die vielleicht bis zu Laura hinaufdringen konnte. Im Nu war ich wieder an der Haustüre und trat auf die Straße. Er sah mich, kam aus dem Laden und ging auf mich zu. Da stand er nun, in Trauerkleidung und mit seinem gräßlichen Lächeln um die Lippen. Ein paar untätig herumstehende Frauen und einige herumlungernde Straßenjungen gafften ihn an, weil er einen so eleganten schwarzen Rock und einen Spazierstock mit goldenem Knauf trug. Als er sich höflich vor mir verbeugte und schwungvoll den Hut zog, kamen mir die furchtbaren Tage von Blackwater Park wieder in Erinnerung. Ekel und Abscheu erfüllten mich bei seinem Anblick. Er begann mit mir zu sprechen, als wären wir erst tags zuvor auf das freundlichste voneinander geschieden.«

»Und was sagte er?«

»Ich bringe es nicht über die Lippen, Walter! Was er über dich sagte, wirst du gleich erfahren, aber das andere kann ich nicht wiederholen, denn es ist noch schlimmer als die höfliche Impertinenz in dem Brief, den er mir seinerzeit durch Mr. Kyrle schickte. Meine Finger zuckten – am liebsten hätte ich ihm ins Gesicht geschlagen. Ich beruhigte mich, indem ich unter dem Umhang seine Visitenkarte zerriß. Ohne ein Wort zu sagen, ging ich weiter, denn ich mußte ja befürchten, daß uns Laura sehen könnte. Er folgte mir und redete mit sanfter Stimme auf mich ein. In einer Nebenstraße blieb ich stehen und fragte ihn, was er von mir wolle. Er erklärte, er möchte, sofern ich nichts dagegen hätte, seinen Gefühlen Ausdruck geben, doch ich wollte nichts dergleichen hören. Und dann sagte er, daß er die Warnung wiederholen möchte, die er mir ehedem habe zukommen lassen. Als ich den Grund dafür wissen wollte, bestätigten sich meine Befürchtungen. Erinnerst du dich, Walter, vor deiner Fahrt nach Hampshire sagte ich dir, daß Sir

Percival zu starrsinnig sei, um bei der Auseinandersetzung mit dir auf den Rat seines Freundes zu hören, und daß wir den Conte erst fürchten müßten, wenn er sich selbst bedroht sähe – dann würde er vor nichts zurückschrecken.«

»Ja, Marian, ich erinnere mich.«

»Nun, genauso ist es gekommen. Der Conte wollte ihm raten, doch Sir Percival lehnte jede Hilfe ab. Sein Denken beherrschten ausschließlich Starrsinn, Brutalität und der Haß auf dich. Der Conte mischte sich nicht mehr ein, traf jedoch bestimmte Vorsichtsmaßnahmen – für den Fall, daß seine eigenen Interessen gefährdet würden, ließ er unsere Adresse feststellen. Ja, Walter, man ist dir nachgegangen, als du von Blackwater Park zurückgekommen bist, und zwar waren es Leute aus dem Büro von Sir Percivals Anwalt. Auch der Conte ging dir nach – bis zur Haustüre. Wie er es vermied, von dir gesehen zu werden, hat er mir allerdings nicht gesagt. Jedenfalls wußte er seit damals unsere Adresse, machte jedoch keinen Gebrauch davon, bis er von Sir Percivals Tod erfuhr – dann handelte er in seinem eigenen Interesse, weil er Angst hatte, du würdest dich jetzt gegen ihn wenden. Unverzüglich traf er sich mit dem Leiter der Irrenanstalt und zeigte ihm das Haus, in dem sich die geflüchtete Patientin befand. Er hofft, dich in Schwierigkeiten zu bringen, dich in endlose Auseinandersetzungen vor Gericht zu verwickeln und dir auf diese Weise die Hände zu binden. Darauf hat er es abgesehen – das hat er mir gegenüber offen zugegeben. Das einzige, was ihn noch in letzter Minute davon abhalten könnte, sei –«

»Nun?«

»Ach, es fällt mir schwer, es zu sagen! Aber es muß sein! *Ich* bin der Grund für seine Rücksichtnahme, meinetwegen schreckt er vor diesem Schritt zurück ... Worte vermögen nicht auszudrücken, wie sehr ich mich gedemütigt fühle! Der einzige schwache Punkt bei diesem Menschen scheint jedoch seine Bewunderung für mich zu sein! Ich will es nicht wahrhaben – aber die Art und Weise, wie er mich ansieht und wie er sich mir gegenüber benimmt, zwingt mich dazu, an diese beschämende Tatsache zu glauben. Als er es mir gestand, wurden ihm die Augen feucht! Diese Ausgeburt an Schlechtigkeit hatte die Frechheit zu behaupten, er denke einzig und allein an mein

Elend, wenn man mich von Laura trennen, und an meine Schwierigkeiten, wenn man mich für ihre Flucht aus der Anstalt verantwortlich machen würde. Er riskiere zum zweiten Mal das Schlimmste, das du ihm antun könntest – um *meinet*willen. Er verlange von mir lediglich, daß ich mir dieses Opfers bewußt sei und dich von unüberlegten Handlungen abhalte, natürlich alles nur in meinem eigenen Interesse, das zu vertreten er später vielleicht nicht mehr imstande sei. Natürlich bin ich auf sein Ansinnen nicht eingegangen – lieber wäre ich gestorben! Aber ob es nun stimmt oder nicht, daß er den Anstaltsleiter unter einem Vorwand wieder fortgeschickt hat – jedenfalls habe ich bemerkt, daß dieser Mann keinen einzigen Blick auf unsere Fenster geworfen hat.«

»Du kannst ihm glauben, Marian! Die besten Menschen sind im Guten nicht konsequent – warum sollten die schlechtesten es im Bösen sein? Fast habe ich den Verdacht, daß er dich bloß erschrecken wollte – mit einer Drohung, die er nicht ausführen kann. Ich bezweifle, daß er uns über den Anstaltsleiter unangenehm werden kann. Sir Percival ist tot, und Mrs. Catherick steht nicht mehr unter seiner Kontrolle. Aber sprich weiter, Marian! Was hat der Conte über mich gesagt?«

»Von dir sprach er zuletzt. Sein Blick wurde dabei kalt und hart, sein ganzes Wesen veränderte sich, er wurde so, wie ich ihn von früher in Erinnerung habe: eine Mischung aus mitleidsloser Entschlossenheit und spöttischer Prahlerei, die man nie so ganz durchschauen kann. Voller Hochmut sagte er zu mir: ›Warnen Sie Mr. Hartright! Er hat es mit einem hochintelligenten Mann zu tun! Wenn er sich mit mir messen will, pfeife ich auf Gesetze und gesellschaftliche Konventionen. Wäre mein bedauernswerter Freund meinem Rat gefolgt, dann hätte man sich bei der Leichenschau mit den sterblichen Überresten eines gewissen Mr. Hartright befaßt. Doch mein bedauernswerter Freund war starrsinnig. Sehen Sie mich an! Ich betrauere seinen Verlust, nicht nur mit meinem Herzen, sondern auch mit dem schlichten schwarzen Trauerflor an meinem Hut. Diese Gefühle soll Mr. Hartright respektieren! Wagt er es, sie zu verletzen, könnte sich meine Trauer in maßlose Feindschaft verwandeln. Er soll zufrieden sein mit dem, was er erreicht hat – ich lasse es ihm und Ihnen und werde ihn nicht behelligen – Ihnen zuliebe!

Und sagen Sie ihm, mit meinen besten Empfehlungen: Wenn er mir zu schaffen macht, bekommt er es mit Conte Fosco zu tun, der vor nichts zurückschreckt! Und nun, teure Dame, wünsche ich Ihnen einen guten Tag!‹ Seine kalten grauen Augen ruhten auf mir, feierlich zog er den Hut, verneigte sich und ging.«

»Mehr sagte er nicht?«

»Nein. An der Straßenecke drehte er sich noch einmal um, winkte mir zu und klopfte sich mit der Hand auf die Brust. Dann verlor ich ihn aus den Augen. Ich rannte zu Laura zurück. Noch bevor ich das Haus erreichte, war ich fest entschlossen, von hier fortzuziehen. Aus einem sicheren Versteck war ein gefährdeter Aufenthaltsort geworden. Hätte ich genau gewußt, wann du wieder zurückkommst, wäre ich noch in der alten Wohnung geblieben, um dich dort zu erwarten. Aber so mußte ich auf eigene Faust handeln, und zwar unverzüglich. Du hattest ohnedies vor einiger Zeit davon gesprochen, um Lauras Gesundheit willen eine Wohnung in einer ruhigeren Gegend mit besserer Luft zu suchen. Das fiel mir ein, und da meinte ich, wir könnten dich überraschen, wenn wir dir die Mühe des Suchens abnähmen. Als Laura meinen Vorschlag hörte, war sie gleich Feuer und Flamme. Sie half mir, deine Sachen einzupacken, und stellte sie selbst hier in deinem neuen Arbeitszimmer auf.«

»Wie bist du eigentlich auf diese Gegend gekommen?«

»Ich kenne London kaum. Doch hier in Fulham war ich in einem Pensionat – daran habe ich mich erinnert. Außerdem hielt ich es für richtig, ans andere Ende der Stadt zu übersiedeln. So schickte ich per Boten einen Brief an meine ehemalige Institutsleiterin. Die Schule gibt es noch, sie wird von den Töchtern dieser Frau geführt; und diese haben mir freundlicherweise die Wohnung vermittelt. Knapp vor Abgehen der Abendpost kehrte der Bote mit der angegebenen Adresse zurück, die ich dir gleich mitteilen konnte. Laura und ich sind dann nach Einbruch der Dunkelheit herübergefahren – niemand hat uns beobachtet. Habe ich richtig gehandelt, Walter? Habe ich dein Vertrauen gerechtfertigt?«

Ich dankte ihr von ganzem Herzen. Doch die Sorge, die ich ihr anmerkte, ließ ihr keine Ruhe. Sofort kam sie wieder auf

Conte Fosco zu sprechen. Mir fiel auf, daß sich ihre Einstellung zu ihm geändert hatte. Sie ließ sich nicht mehr vom Zorn hinreißen, sie bat mich nicht mehr, endlich mit ihm abzurechnen. Vielleicht hatte sie das Gefühl, daß die Bewunderung dieses ihr so verhaßten Menschen aufrichtig war? Doch gerade das schien ihr Mißtrauen noch zu vergrößern und ihr noch mehr Angst einzujagen vor seiner Schlauheit, mit der er zielbewußt seine Pläne verfolgte. Als sie mich fragte, was ich von dieser letzten Botschaft hielte und was ich als nächstes zu unternehmen gedächte, wurde ihre Stimme leise, sie stockte, angstvoll suchten ihre Augen meinem Gesicht die Antwort abzulesen.

»Marian, seit meinem Gespräch mit Mr. Kyrle sind erst wenige Wochen vergangen. Ehe ich mich von ihm verabschiedete, habe ich ihm deutlich zu verstehen gegeben, wie ich über das an Laura begangene Unrecht denke. Danach sagte ich zu ihm: ›Limmeridge House soll ihr wieder die Türe öffnen, und zwar in Gegenwart aller, die ihrem vorgeblichen Begräbnis folgten; auf Anordnung des Familienoberhaupts soll diese Lüge vom Grabstein entfernt werden, und die beiden Männer sollen sich wegen ihres Verbrechens *mir* gegenüber verantworten, denn die strafende Gerechtigkeit ist machtlos und verfolgt sie nicht.‹ Der eine ist durch einen Unfall den irdischen Richtern entgangen, der andere aber ist noch hier – und ich stehe zu meinem Vorsatz.«

In ihren Augen funkelte es, ihre Wangen röteten sich. Sie sagte nichts, aber ich wußte, daß sie das gleiche dachte wie ich.

»Marian, ich will weder dir noch mir etwas vormachen. Unsere Aussichten auf Erfolg sind ungewiß. Was wir bis jetzt durchgemacht haben, mag wenig sein, verglichen mit dem, was uns vielleicht noch bevorsteht. Aber wir müssen den Versuch trotzdem wagen! Ich bin nicht so unbesonnen, mich unvorbereitet mit einem Mann wie Conte Fosco zu messen. Ich habe mich bisher immer in Geduld gefaßt und den richtigen Zeitpunkt abgewartet. Lassen wir ihn glauben, seine Botschaft habe uns entsprechend beeindruckt. Wir werden nichts von uns hören lassen. Geben wir ihm Zeit – er soll sich sicher fühlen! Seine Überheblichkeit wird, wenn ich richtig vermute, die Sache beschleunigen, und deshalb warte ich. Es gibt allerdings noch einen anderen Grund, einen wichtigeren. Ehe ich unseren letzten Versuch wage, Marian, sollte meine Position dir und Laura gegenüber stärker sein, als sie's jetzt ist.«

Überrascht blickte sie mich an. »Wie meinst du das, Walter?«

»Das erkläre ich dir, wenn es an der Zeit ist. Aber noch ist es nicht soweit. Vielleicht kann ich Laura nie etwas davon sagen – und vorerst muß ich auch dir gegenüber schweigen, bis ich, ohne jemanden zu verletzen, in Ehren darüber sprechen kann. Doch lassen wir das. Fürs erste scheint mir ein anderer Punkt noch dringlicher. Hast du Laura, um sie zu schonen, den Tod ihres Mannes bisher verschwiegen?«

»O Walter, wir werden noch lange warten müssen, ehe wir es ihr sagen können!«

»Da bin ich anderer Meinung, Marian. Es ist besser, du sagst es ihr, ehe sie durch einen Zufall, gegen den man sie nicht schützen kann, davon erfährt. Erspar ihr die Einzelheiten – bring es ihr so schonend wie möglich bei – aber sag ihr, daß er tot ist!«

»Du willst also, daß sie es erfährt! Walter, du hast außer dem genannten Grund noch einen andern?«

»Ja.«

»Einen Grund, der sich auf das Thema bezieht, das wir Laura gegenüber noch nicht erwähnen dürfen?«

Sie betonte jedes Wort bei dieser Frage. Auch mein »ja« klang bedeutungsvoll.

Da erblaßte sie. Traurig und teilnahmsvoll sah sie mich an. Zärtlichkeit schimmerte in ihren dunklen Augen, und ihr fester Mund hatte plötzlich etwas Weiches, als sie auf den leeren Stuhl blickte, auf dem noch kurz zuvor die geliebte Gefährtin unserer Freuden und Sorgen gesessen hatte.

»Ich glaube, ich habe dich verstanden«, sagte sie. »Ja, Walter, ich muß ihr vom Tod ihres Mannes erzählen – das ist meine Pflicht gegenüber ihr und dir.«

Sie seufzte, drückte mir die Hand und verließ rasch das Zimmer. Am nächsten Tag wußte Laura, daß sein Tod sie freigegeben hatte und daß der Irrtum und die Last ihres jungen Lebens ins Grab gesunken waren.

Sein Name wurde nie mehr erwähnt. Wir vermieden fortan selbst die leiseste Anspielung auf seinen Tod, und ebenso vorsichtig vermieden Marian und ich jenes andere Thema, von welchem wir vorläufig nicht sprechen wollten. Aber es war uns deshalb nicht weniger gegenwärtig, denn die selbstauferlegte Zurückhaltung hielt es in unserm Denken lebendig. Wartend und hoffend, zuweilen auch besorgt, beobachteten wir Laura aufmerksamer denn je – bis die Zeit dafür reif wäre.

Nach und nach kehrte der Alltag wieder bei uns ein. Ich nahm meine Arbeit wieder auf, die ich hatte unterbrechen müssen. Die neue Wohnung war teurer als das kleine bescheidene Quartier, das wir verlassen hatten. Vermehrte Ausgaben und unsere unsichere Zukunft zwangen mich, meine Anstrengungen zu verdoppeln. Ein plötzlicher Notstand konnte unser kleines Vermögen aufzehren, es konnte der Fall eintreten, daß wir einzig und allein auf das, was ich durch meiner Hände Arbeit verdiente, angewiesen waren. Eine regelmäßigere und einträglichere Beschäftigung als bisher erwies sich als notwendig – und ich bemühte mich nach Kräften, eine solche zu finden.

Man denke jedoch nicht, daß ich in dieser Zeit der Zurückgezogenheit, von der ich hier berichte, mein Ziel aus den Augen verloren hätte. Ihm galten nach wie vor mein Streben und Handeln. Pausenlos beschäftigte es mich. Das langsame Reifen meiner Pläne ließ mir Zeit, bestimmte Vorsichtsmaßnahmen zu treffen, ferner eine Dankespflicht zu erfüllen und zuletzt eine noch offene Frage zu lösen.

Die Vorsichtsmaßnahmen richteten sich natürlich gegen Conte Fosco. Vor allem mußte ich feststellen, ob ihn seine Pläne veranlaßten, in England (also in meiner Reichweite) zu bleiben. Dies gelang mir auf höchst einfache Weise. Da ich seine Adresse wußte, erkundigte ich mich in St. John's Wood nach ihm, und zwar fragte ich beim Wohnungsmakler nach. Ich erfuhr, daß das möblierte Haus – Forest Road Nr. 5 – in nächster Zeit nicht zu vermieten sei. Der Ausländer, der dort wohne, habe den Vertrag für weitere sechs Monate verlängert, und zwar bis Ende Juni des nächsten Jahres. Wir hatten erst Anfang Dezember. Beruhigt verließ ich den Makler. Conte Fosco konnte mir vorläufig nicht entwischen.

Die Dankespflicht, die ich erfüllen wollte, führte mich zu Mrs. Clements. Ich hatte ihr versprochen, nochmals zu kommen und ihr nähere Einzelheiten über Annes Tod und Begräbnis mitzuteilen, die ich ihr bisher verschweigen mußte. Nun lagen die Dinge anders; nichts hinderte mich mehr, der guten Frau von dem Komplott zu erzählen. Ich wollte mein Versprechen möglichst rasch erfüllen, denn meine Teilnahme und meine freundlichen Gefühle für sie drängten mich dazu. Gewissenhaft entledigte ich mich dieser Verpflichtung. Es würde zu weit gehen, hier zu beschreiben, was sich bei dieser Begegnung zutrug. Wichtiger in diesem Zusammenhang scheint mir, daß sich dabei zwangsläufig nochmals die Frage erhob, wer eigentlich Annes Vater war.

Etliche diesbezügliche Überlegungen – jede einzelne belanglos, zusammengenommen jedoch von einer gewissen Bedeutung – hatten bei mir zu einer Vermutung geführt, die man mir nur zu bestätigen brauchte. Marian war einverstanden, daß ich nach Varneck Hall an Major Donthorne schrieb (in dessen Haushalt Mrs. Catherick vor ihrer Heirat Zofe gewesen war) und ihm einige Fragen stellte. Ich tat dies in Marians Namen, und zwar unter dem Vorwand, es handle sich um persönliches Interesse an Familienangelegenheiten. Das war sozusagen die Entschuldigung für die Anfrage. Als ich schrieb, wußte ich nicht, ob Major Donthorne überhaupt noch am Leben war. Auf gut Glück schickte ich den Brief ab.

Schon nach zwei Tagen erreichte uns in Gestalt eines Briefes der Beweis, daß der Major noch lebte. Er war gerne bereit, uns zu helfen.

Von ihm erfuhr ich folgende wichtige Tatsachen:

Erstens habe »der verstorbene Sir Percival Glyde, Herr von Blackwater Park« nie im Leben Varneck Hall betreten, weder der Major noch seine Familie hätten ihn gekannt. Zweitens sei »der verstorbene Mr. Philip Fairlie, Herr von Limmeridge House« in seinen jungen Jahren der vertraute Freund und ständige Gast von Major Donthorne gewesen. Nachdem der Major durch alte Briefe und andere schriftliche Beweise sein Gedächtnis aufgefrischt hatte, konnte er mit Gewißheit sagen, daß Mr. Philip Fairlie sich im August 1826 in Varneck Hall aufgehalten habe und – wegen der Jagd – auch im September und im Oktober noch dortgeblieben sei. Anschließend habe er sich, wie sich der Major erinnerte, nach Schottland begeben und sei erst viel später als junger Ehemann wieder zu Besuch nach Varneck Hall gekommen.

Für sich genommen war diese Mitteilung nur von geringem Wert – aber in Verbindung mit gewissen Tatsachen, die nur Marian und ich kannten, ergab sich daraus ein zwingender Schluß:

Mr. Philip Fairlie hatte sich im Herbst 1826 in Varneck Hall aufgehalten, und Mrs. Catherick war zur selben Zeit dort Zofe. Zudem wußten wir, daß Anne im Juni 1827 zur Welt gekommen war, Laura erstaunlich ähnlich gesehen hatte und Laura selbst ein Ebenbild ihres Vaters war. Mr. Philip Fairlie hatte übrigens als einer der schönsten Männer seiner Zeit gegolten. Im Gegensatz zu seinem Bruder Frederick war er der verwöhnte Liebling der ganzen englischen Gesellschaft, vor allem der Frauen – ein leichtsinniger, liebenswürdiger Mann, unerhört großzügig, mit lockeren Ansichten und notorisch unbekümmert, was die Moral betraf. Solcherart waren die Tatsachen, solcherart war sein Ruf. Welche Schlüsse ergaben sich daraus für mich?

In diesem neuen Licht sieht auch Mrs. Cathericks Brief – ohne daß sie es wollte – ein wenig anders aus; er bestätigt meine Vermutung. Sie bezeichnet darin Mrs. Fairlie als »besonders reizlose Person«, die sich »einen der schönsten Männer ganz Englands geangelt« habe. Beide Bemerkungen sind in diesem Zusammenhang völlig überflüssig – übrigens auch unzutreffend. Eifersucht und Gehässigkeit (die sich bei einer Frau wie Mrs. Catherick eher in kleinlichen Bosheiten ausdrückt) scheinen mir der einzige plausible Grund für diese besondere Impertinenz.

Mrs. Fairlie betreffend erhebt sich hier eine weitere Frage: Ob sie wohl geahnt hat, wessen Kind es war, das sie so liebevoll bei sich aufgenommen hatte?

In diesem Punkte konnte ich mich auf Marians Aussage verlassen. Mrs. Fairlies Brief, den Marian mir einst vorlas – in dem sie von Annes Ähnlichkeit mit Laura spricht und ihrem Mann gesteht, wie groß ihre Zuneigung zu diesem fremden Kind ist –, beweist ihre völlige Ahnungslosigkeit. Es scheint mir sogar fraglich, daß Mr. Philip Fairlie die Wahrheit wußte. Die Ehe, die Mrs. Catherick einging, war nichts als ein schändlicher Betrug an ihrem Mann. Sie hatte etwas zu verheimlichen, und vorsichtshalber schwieg sie – vielleicht auch aus Stolz –, obwohl sie Mittel und Wege hatte, mit dem Vater ihres ungeborenen Kindes in Verbindung zu treten.

Während mir das alles durch den Kopf ging, fiel mir ein Satz aus dem Alten Testament ein – von Gott, »der da heimsucht die Sünden der Väter an ihren Kindern«. Ohne die verhängnisvolle Ähnlichkeit zwischen den zwei Töchtern eines Vaters hätte der verbrecherische Anschlag, bei dem Anne das unschuldige Werkzeug und Laura das unschuldige Opfer war, nie geplant werden können. Mit welcher Direktheit führt hier die lange Kette der Ereignisse vom Unrecht eines gewissenlosen Vaters zum Verbrechen an seinem Kinde!

Diese und andere Gedanken drängten sich mir auf und brachten mir den kleinen Kirchhof in Cumberland in Erinnerung, wo Anne Catherick jetzt begraben liegt. Ich dachte an den Tag, als ich ihr am weißen Marmorgrab begegnete – zum letzten Mal. Ich dachte an ihre zarten Hände, mit denen sie sich an den Grabstein klammerte, und ich dachte an ihre sehnsuchtsvollen Worte, die sie ihrer toten Freundin und Beschützerin zugeflüstert hatte. »Ach, könnte ich doch sterben und bei Ihnen ruhen, Mrs. Fairlie!« Kaum mehr als ein Jahr war seit ihrem Wunsch vergangen, und auf welch schreckliche Weise hatte er sich erfüllt! Auch die Worte, die sie damals beim Bootshaus zu Laura gesprochen hatte, waren Wirklichkeit geworden: »Ach, könnte ich doch neben Ihrer Mutter begraben werden! Könnte ich an ihrer Seite erwachen, wenn die Posaunen der Engel ertönen und die Toten auferstehen!« Welche Schrecken hat dieses arme verlassene Geschöpf erleben müssen, als es unter Gottes Führung auf dem finsteren Weg zum Tod zu jener letzten Heimstatt gelangte, welche sie nie zu erreichen gehofft hatte! In dieser heiligen Ruhe will ich sie lassen – möge sie in Frieden bei ihrer geliebten Toten schlummern!

So versinkt dieses geisterhafte Wesen, das in meinem Leben keine geringere Rolle gespielt hat als auf diesen Seiten, in undurchdringliches Dunkel. Wie ein Schatten tauchte es in der Stille der Nacht neben mir auf, wie ein Schatten entschwindet es in die Einsamkeit der Toten.

III

Vier Monate verstrichen – mit dem April, diesem wetterwendischen Monat, kam auch der Frühling.

In unserem neuen Heim hatten wir seit dem Winter eine friedliche und glückliche Zeit verbracht. Ich hatte sie gut genützt, hatte meine Einkünfte wesentlich verbessert und eine sichere Grundlage für unseren Unterhalt geschaffen. Befreit von den Sorgen und der Ungewißheit, die sie vorher so sehr bedrückt hatten, begann sich auch Marian zu erholen. Ihr Lebensmut und ihre Entschlußkraft zeigten sich wieder; sie war zwar nicht ganz, aber doch fast wieder die energische Marian früherer Zeiten.

Bei Laura, die wechselnden Eindrücken noch stärker ausgeliefert war als ihre Schwester, war der Fortschritt durch den heilenden Einfluß dieses neuen Lebens noch deutlicher zu sehen. Ihr Gesicht verlor den verhärmten Ausdruck; der natürliche Liebreiz, von dem in vergangenen Tagen der Zauber ihres Wesens ausgegangen war, kehrte als erstes zurück. Wenn ich sie genau beobachtete, konnte ich eigentlich nur noch eine einzige bedenkliche Folge des Schocks an ihr entdecken: der schändliche Anschlag, der ihren Verstand verwirrt und ihr Leben bedroht hatte, bewirkte, daß sie sich überhaupt nicht mehr an das erinnern konnte, was zwischen ihrer Abreise von Blackwater Park und unserem Wiedersehen auf dem Kirchhof von Limmeridge mit ihr geschehen war. Bei der geringsten Anspielung auf diese Zeit befiel sie ein Zittern, ihre Gedanken verwirrten sich, das Gedächtnis ließ sie im Stich. Hier, nur hier, hatten sich die Spuren des Erlebten so tief eingegraben – zu tief, um sich verwischen zu lassen.

Doch sonst hatte sie sich bereits in jeder Hinsicht erholt – an ihren besten Tagen sah sie beinahe so munter aus und plauderte so lebhaft wie in den glücklichen Tagen von Limmeridge. Diese Veränderung zum Guten blieb für uns beide natürlich nicht folgenlos. Bei ihr wie bei mir erwachten aus langem Schlummer die unauslöschlichen Erinnerungen an vergangene Zeiten – die Erinnerungen an unsere Liebe.

Ohne daß wir uns dessen bewußt waren, wurde unser Benehmen immer gezwungener. Die zärtlichen Worte, die ich in den Tagen der Not so leicht für Laura gefunden hatte, wollten mir nicht mehr über die Lippen. Damals, als ich befürchten mußte, sie zu verlieren, hatte ich sie jedesmal geküßt, wenn sie mich morgens begrüßt und mir abends eine gute Nacht gewünscht hatte. Diesen Kuß gab es jetzt nicht mehr – es war, als hätten wir ihn verloren. Wenn sich unsere Hände berührten, begannen sie zu zittern; wenn Marian nicht dabei war, wagten wir nicht, einander anzusehen; das Gespräch erstarb, wenn wir uns unter vier Augen fanden, wenn ich sie zufällig am Arm streifte, klopfte mir das Herz so wie damals in Limmeridge, und ich meinerseits konnte bemerken, daß ihr eine liebliche Röte in die Wangen stieg – so wie damals, als wir als Lehrer und Schülerin in Cumberland lebten. Manchmal war sie schweigsam und nachdenklich, und wenn sich Marian besorgt nach dem Grund erkundigte, bestritt sie, an etwas Bestimmtes gedacht zu haben. Eines Tages ertappte ich mich dabei, daß ich meine Arbeit vernachlässigte und vor dem kleinen Aquarell träumte, das ich nach unserm ersten Zusammentreffen im Gartenhäuschen von ihr gemalt hatte – so wie ich seinerzeit Mr. Fairlies Bilder vernachlässigt hatte, um vor demselben – damals eben vollendeten – Porträt zu träumen. Die Situation war jetzt natürlich ganz anders, doch in dem Maße, wie unsere Liebe wiederauflebte, erneuerte sich auch die zärtliche Beziehung zwischen uns beiden aus den goldenen Tagen von Limmeridge. Es war so, als hätte die Zeit uns vom Wrack der einstigen Hoffnungen zurückgetrieben an das altvertraute Gestade.

Jeder anderen Frau gegenüber hätte ich leicht die entscheidenden Worte finden können, ihr gegenüber zögerte ich jedoch, sie auszusprechen. Ihre völlige Hilflosigkeit, ihre Abhängigkeit von meiner Fürsorge, meine Angst, allzu bald eine empfindliche Stelle in ihrem Gemüt zu treffen, die zu erkennen ich als Mann nicht feinfühlig genug war – diese und ähnliche Überlegungen erlegten mir ein unsicheres Schweigen auf. Und doch wußte ich ganz genau, daß unsere beiderseitige Zurückhaltung ein Ende finden mußte, daß wir unseren Gefühlen nicht länger Zwang auferlegen durften, daß unsere Beziehung nach Klarheit verlangte – und daß es an mir lag, den ersten Schritt zu tun.

Je länger ich über unsere Situation nachdachte und je länger wir (nun schon seit dem Winter) unter diesen Bedingungen zusammenlebten, desto schwieriger schien mir der Versuch, daran etwas zu ändern. Ich weiß nicht, aus welcher Laune heraus das Gefühl entsprang – jedenfalls setzte sich in mir der Gedanke fest, es würde mir vielleicht ein Ortswechsel, der das tägliche Einerlei unseres Daseins unterbrach, die Sache erleichtern. Ich hoffte, in einer andern Umgebung endlich die richtigen Worte zu finden, mit denen ich Laura und Marian nicht in Verlegenheit brachte.

Dies vor Augen erklärte ich ihnen eines Morgens, daß wir drei ein paar Tage Ferien verdient hätten. Nach kurzer Überlegung beschlossen wir, für zwei Wochen ans Meer zu fahren.

Wir wählten ein stilles Seebad an der Südküste, wo wir zu dieser frühen Jahreszeit die einzigen Gäste waren. Strand, Klippen, Spazierwege – alles war noch menschenleer und so, wie wir es uns gewünscht hatten. Die Luft war mild. Dünen, Wälder und Hügel zeigten sich auf das hübscheste einmal im Licht, einmal im Schatten des wechselhaften Aprilwetters, indes unter unseren Fenstern die unruhige See tanzte, als freute sie sich ebenso wie das Land über die Frische und das Leuchten des Frühlings.

Ich hielt es für richtig, mich mit Marian zu beraten, ehe ich mit Laura sprach.

Am dritten Tag nach unserer Ankunft bot sich mir die Gelegenheit, mit Marian allein zu sein. Als sie meinem Blick begegnete, erfaßte sie sofort, was in mir vorging – ich brauchte gar nichts zu sagen. Energisch und zielbewußt wie immer ergriff sie selbst das Wort:

»Walter, du denkst jetzt sicher an das, was wir am Abend nach deiner Rückkehr von Hampshire besprochen haben. Ich habe erwartet, daß du darauf zurückkommst. An unserem Zusammenleben muß sich etwas ändern, so kann es nicht mehr weitergehen. Ich sehe das so deutlich wie du – und so deutlich, wie auch Laura es sieht, auch wenn sie nicht darüber spricht. Auf welch seltsame Weise sind die alten Zeiten von Cumberland wiedergekehrt! Wieder sitzen du und ich beisammen, wieder steht Laura im Mittelpunkt unseres Denkens. Fast könnte man glauben, dieses Zimmer hier sei das Gartenhäuschen von

Limmeridge und die Wellen, die wir hören, rauschten an der Küste von Cumberland!«

»Marian, ich habe damals auf deinen Rat gehört – auch diesmal bitte ich dich darum, mit noch größerem Vertrauen.«

Statt zu antworten, drückte sie mir die Hand. Ich bemerkte, wie sehr sie diese Erinnerung berührte. Wir saßen neben dem Fenster, und während ich sprach und sie zuhörte, schauten wir hinaus auf die Pracht des Meeres, das in der Sonne glitzerte.

Ich fuhr fort: »Wie immer auch das Ergebnis dieser Aussprache sein mag – ob glücklich oder traurig für *mich,* Lauras Wohl steht für mich an erster Stelle. Es bleibt bei meinem Entschluß: Sobald wir wieder in London sind, werde ich alles tun, Conte Fosco zu dem Geständnis zu zwingen, das sein Komplize nicht abgelegt hat. Keiner von uns vermag zu sagen, was dieser Mann gegen mich unternimmt, wenn ich ihn stelle. Wir wissen nur – denn darüber hat er uns nicht im Zweifel gelassen –, daß er keinen Augenblick zögern würde, Laura als Mittel zu benützen, um mich zu treffen. Doch so, wie die Dinge liegen, habe ich weder vor dem Gesetz noch vor der Gesellschaft das Recht, mich für Laura einzusetzen, sie zu schützen und mich gegen *ihn* zu wehren. Ich befinde mich dadurch ihm gegenüber im Nachteil. Wenn ich also unsere Sache gegen ihn vertreten soll, wenn ich für Laura kämpfen soll, kann ich dies nur für sie als meine Frau. Bist du auch dieser Meinung, Marian?«

»Ja, vollkommen.«

»Ich lasse jetzt die Gefühle meines Herzens beiseite, ich rede nicht von der Liebe, die alle Schrecken überdauert hat – die einzige Rechtfertigung meines Wunsches, von Laura als meiner Frau sprechen zu können, muß auf dem beruhen, was ich dir soeben sagte. Wenn es mir gelingt, dem Conte ein Geständnis abzutrotzen, ist dies für uns vielleicht die letzte Möglichkeit, Lauras Identität vor aller Welt zu beweisen – und zugleich der am wenigsten selbstsüchtige Grund, den ich für diese Heirat vorbringen kann –, ich glaube, darüber sind wir uns beide einig. Aber ich mag mich täuschen – vielleicht gibt es auch andere Mittel und Wege, die nicht so unsicher und gefährlich sind. Ich habe mir allerdings das Gehirn zermartert und keinen anderen Weg gefunden. Wüßtest du vielleicht einen?«

»Nein, Walter. Ich habe ebenfalls darüber nachgedacht, jedoch vergeblich.«

»Wahrscheinlich bist du in dieser schwierigen Angelegenheit auf die gleichen Fragen gestoßen wie ich. Sollen wir vielleicht, da Laura jetzt wieder ihrem früheren Selbst ähnelt, nach Limmeridge fahren und uns darauf verlassen, daß man sie im Dorfe wiedererkennt? Sollen wir es etwa auf eine Schriftprobe ankommen lassen? Gesetzt den Fall, wir würden diesen Weg versuchen: Angenommen, man erkennt sie im Dorf, man erkennt ihre Handschrift. Wäre dieser doppelte Erfolg mehr als nur ein guter Ausgangspunkt für einen Prozeß? Würde er auch Mr. Fairlie von Lauras Identität überzeugen und ihn demzufolge veranlassen, sie in Limmeridge House aufzunehmen – trotz gegenteiliger Aussage ihrer Tante und des amtlichen Totenscheins, trotz der Beerdigung und der Inschrift auf dem Grabkreuz? Nein! Wir könnten nur hoffen, durch unsere Beweise ihren Tod in Frage zu stellen; es ergäbe sich ein Tatbestand, den eine gerichtliche Untersuchung klären müßte. Angenommen, wir hätten genug Geld – was bestimmt nicht der Fall ist –, einen solchen Prozeß durch alle Instanzen zu führen; angenommen, man könnte Mr. Fairlie von seiner vorgefaßten Meinung abbringen, man könnte den Conte und die Contessa und alle anderen falschen Zeugen widerlegen; angenommen, es wäre unseren Feinden möglich, die Verwechslung Lauras mit Anne als Irrtum nachzuweisen oder ihre eigene Handschrift als geschickte Fälschung – all das sind, wohlgemerkt, Annahmen, die unwahrscheinlich sind, aber lassen wir sie gelten – was wäre die unausbleibliche Folge? Man würde als erstes Laura selbst über den Anschlag gegen ihre Person befragen. Du und ich wissen nur zu genau, was sich daraus ergäbe – denn wir wissen, daß sie sich an die Vorgänge nach ihrer Ankunft in London überhaupt nicht erinnern kann. Ob man sie nun allein befragt oder in aller Öffentlichkeit, sie ist nicht imstande, in eigener Sache auszusagen. Solltest du, Marian, anderer Meinung sein als ich, können wir morgen nach Limmeridge fahren und den Versuch wagen ...«

»Walter, ich sehe die Dinge genauso wie du. Auch wenn wir

das Geld für einen Prozeß hätten und Aussicht auf Erfolg bestünde, wäre jeder weitere Aufschub unerträglich. Nach allem, was wir bisher durchgemacht haben, würde uns die ständige Ungewißheit das Herz brechen. Du hast vollkommen recht, wenn du es für sinnlos hältst, nach Limmeridge zu fahren. Ich wünschte nur, ich könnte auch, was den Conte betrifft, deiner Ansicht beipflichten. Hat denn dieser Plan auch nur die geringste Aussicht auf Erfolg?«

»Ja, gewiß! Denn nur vom Conte können wir das Datum von Lauras Reise nach London erfahren. Ich will dir nicht nochmals meine Gründe nennen, aber ich bin nach wie vor fest davon überzeugt, daß sich Widersprüchliches ergibt, wenn man das Datum ihrer Reise mit dem auf dem amtlichen Totenschein vergleicht. Hier liegt der schwache Punkt dieses heimtückischen Anschlags – wenn man hier ansetzt, muß das ganze Lügengebäude in Staub zerfallen. Noch hat Conte Fosco die Mittel dazu in der Hand. Gelingt es mir, sie ihm zu entreißen, können wir beide, du und ich, unser Lebensziel erreichen. Mißlingt es mir, können wir das an Laura begangene Unrecht nie wiedergutmachen.«

»Befürchtest du, daß es dir nicht gelingen könnte?«

»Ich wage nicht, an einen Erfolg zu glauben, und eben deshalb spreche ich ganz frei und offen. Mein Herz und mein Gewissen sagen mir, daß es schlecht um Lauras Zukunft steht. Ihr Vermögen ist dahin, die einzige Möglichkeit, ihre frühere Stellung wieder zu erhalten, hängt von ihrem schlimmsten Feinde ab, einem Mann, der augenblicklich absolut unangreifbar ist und möglicherweise unangreifbar bleiben wird – das alles weiß ich sehr genau. Und nun, da man ihr alles genommen hat und die Aussicht, ihre einstige gesellschaftliche Stellung wiederzuerlangen, mehr als zweifelhaft ist, nun, da sie keine Zukunft vor sich hat – außer jener, welche sich ihr durch eine Heirat böte –, nun darf der arme Zeichenlehrer endlich ohne Scheu sein Herz auftun. Als sie noch im Wohlstand lebte, Marian, war ich bloß der Zeichenlehrer, der ihre Hand führte – jetzt, in ihrer Not, halte ich um ihre Hand an!«

Liebevoll begegnete mir Marians Blick. Ich konnte nicht weitersprechen, mein Herz war übervoll, meine Lippen zitterten – ohne daß ich es wollte, war ich nahe daran, in Tränen auszubrechen. Rasch erhob ich mich und wollte das Zimmer verlassen. Da erhob auch sie sich, legte mir sanft die Hand auf die Schulter und hielt mich zurück.

»Walter!« sagte sie. »Ich habe euch seinerzeit auseinandergerissen – zu deinem und zu ihrem Besten. Bleib hier, mein Bruder, bleib hier, mein liebster und teuerster Freund – bis Laura kommt und dir selbst sagen kann, wie ich jetzt darüber denke!«

Genauso wie damals beim Abschied von Limmeridge berührte sie mit den Lippen meine Stirn. Als sie mich küßte, fiel eine Träne auf mein Gesicht. Schnell wandte sie sich ab und ging aus dem Zimmer.

Ich setzte mich wieder ans Fenster und wartete. An diesem Wendepunkt meines Lebens wurde mir das Atmen schwer. Ich war nicht imstande, einen Gedanken zu fassen – nur meine Sinne hatten eine schmerzhafte Schärfe. Die grelle Sonne blendete mich, die weißen Möwen, die einander über dem Meer jagten, schienen dicht an mir vorbeizuflitzen, das leise Rauschen der Wellen am Strand klang mir wie Donner in den Ohren.

Da ging die Türe auf. Laura kam herein, allein. Am Tag meines Abschieds von Limmeridge hatte sie nur langsam das Zimmer betreten, war zögernd, Trauer und Sorge auf dem Gesicht, auf mich zugekommen. Jetzt hingegen eilte sie leichtfüßig herbei und strahlte über das ganze Gesicht. Sie breitete die Arme aus und umschlang mich. »Liebster, dürfen wir endlich offen sagen, wie lieb wir einander haben?« flüsterte sie und lehnte zärtlich den Kopf an meine Brust. »Oh, ich bin so glücklich!« sagte sie unschuldig.

Zehn Tage später waren wir noch glücklicher – wir waren verheiratet.

IV

Der Verlauf der Ereignisse, von denen ich hier berichten will, führt mich unvermeidlich fort von den ersten Wochen unserer jungen Ehe. Langsam nähere ich mich dem Ende dieser Geschichte.

Nach weiteren vierzehn Tagen waren wir drei wieder in London. Der Schatten der kommenden Auseinandersetzung legte sich allmählich über uns.

Marian und ich verheimlichten Laura den Grund unserer eiligen Rückkehr – nämlich den Conte zu fassen, ehe er uns ins Ausland entwischte. Es war jetzt Anfang Mai. Sein Mietvertrag für das Haus in St. John's Wood lief im Juni ab. Erneuerte er ihn (zu dieser Annahme hatte ich Gründe, auf die ich bald zu sprechen komme), konnte ich sicher damit rechnen, Conte Fosco zu stellen. Sollte er es sich aber anders überlegen und England verlassen, so durfte ich keine Zeit verlieren und mußte mich umgehend und so gut wie möglich für diesen Kampf rüsten.

Im ersten Überschwang meines jungen Glücks hatte es Augenblicke gegeben, in denen mein Entschluß ins Wanken geraten war – Augenblicke, in denen ich mich versucht fühlte, mich damit zufrieden zu geben, daß sich der größte Wunsch meines Lebens erfüllt hatte: Lauras Liebe zu besitzen. Erstmals befiel mich Verzagtheit beim Gedanken an dies ungeheure Wagnis und an all die Widrigkeiten, die sich uns entgegenstellen und unser hoffnungsvolles neues Leben und das so schwer erkämpfte Glück gefährden könnten. Ja, ich will es ehrlich bekennen: Meine Liebe trieb mich manchmal weit vom Weg ab, fast verlor ich das Ziel aus den Augen, zu dem ich mich in trüberen Tagen und unter schwierigeren Bedingungen stets bekannt hatte. Ohne es zu wollen, hatte mich Laura von meinem dornigen Pfad weggelockt – ohne es zu wollen, führte sie mich aber auch wieder zu ihm zurück.

Zuweilen nämlich riefen ihr, während sie schlief, unzusammenhängende Traumbilder die gräßlichen Erlebnisse zurück – jene Erlebnisse, von welchen ihr Gedächtnis im Zustand des Wachseins jede Spur verloren hatte. In einer solchen Nacht (kaum zwei Wochen nach unserer Hochzeit) betrachtete ich die Schlummernde. Da bemerkte ich, wie unter ihren geschlossenen Lidern langsam Tränen hervorquollen, und hörte sie Worte murmeln, denen ich entnehmen konnte, daß sie im Traum an ihre verhängnisvolle Fahrt nach London dachte. Diese Mahnung, rührend und beängstigend zugleich, brannte in mir wie Feuer. Gleich am nächsten Morgen reisten wir ab, und mit der

Rückkehr in die Stadt kehrte auch meine Entschlossenheit zurück und war fester denn je.

Als erstes nahm ich mir vor, Näheres über die Person des Conte in Erfahrung zu bringen. Bis dahin nämlich war mir die wahre Geschichte seines Lebens noch immer ein Buch mit sieben Siegeln.

Zunächst begann ich die spärlichen Informationsquellen zu sichten, die mir zu Gebote standen. Der schriftliche Bericht, den Mr. Frederick Fairlie verfaßt und Marian von ihm erhalten hatte, erwies sich für diesen besonderen Zweck als vollkommen nutzlos. Beim Lesen dieser Zeilen fiel mir all das ein, was mir Mrs. Clements erzählt hatte, die vielen Lügen, mit denen man Anne nach London gelockt hatte, um sie dort für den verbrecherischen Anschlag rücksichtslos auszunützen. Auch in diesem Falle hatte sich der Conte nicht kompromittiert, auch was diesen Bericht betraf, war er praktisch unangreifbar.

Als nächstes versuchte ich, Marians Tagebuch auszuwerten. Auf meine Bitte las sie mir nochmals eine Stelle vor, an der sie sich mit seiner Person befaßte und ein paar Eigenheiten schilderte, die sie damals an ihm entdeckte. In ihren Aufzeichnungen stellte sie fest, er habe »die Grenzen seines Vaterlands seit Jahren nicht mehr überschritten«, er sei bemüht, »keinen seiner in England lebenden Landsleute aus den Augen zu verlieren« und er habe wissen wollen, »ob in der nächstgelegenen Stadt Italiener lebten«. Er erhalte »Briefe mit allerlei seltsamen Marken«, sogar »ein Schreiben mit einem riesigen, amtlich aussehenden Siegel«. Sie vermutet, er sei »ein Opfer politischer Verfolgung«, kann aber diesen Gedanken nicht mit dem Empfang von Briefen vereinbaren, die solche Siegel tragen, zumal Briefe an politische Flüchtlinge nicht die Aufmerksamkeit der Postämter auf sich ziehen sollten.

Diese im Tagebuch vermerkten Feststellungen ließen in mir einen Verdacht aufkommen. Mich wunderte es, daß ich nicht schon früher zu demselben Schluß gekommen war wie seinerzeit Laura, als sie in Blackwater Park zu Marian gesagt hatte: »Der Conte ist ein Spitzel!«

Laura hatte ihn nur aufs Geratewohl so genannt, denn er war damals schuld daran gewesen, daß Sir Percival ihr beim Bootshaus aufgelauert hatte. Ich hingegen hielt ihn für einen Spitzel, weil ich fest daran glaubte, daß Spionage seine Haupttätigkeit war. Damit war auch der Grund, warum er weiterhin in England blieb, obwohl er das Ziel des schändlichen Anschlags gegen Laura längst erreicht hatte, einsichtig.

In dem Jahr, von dem ich hier berichte, fand in London, und zwar im Crystal Palace, die Weltausstellung statt. Schon jetzt waren Ausländer in großer Zahl eingetroffen – und trafen immer noch ein. Es gab in England Hunderte von Personen, denen die eigene Regierung mißtraute und heimlich Agenten nachschickte. Nun hielt ich einen Mann wie den Conte – auf Grund seiner Fähigkeiten und seiner gesellschaftlichen Stellung – nicht für einen gewöhnlichen Spitzel, sondern vermutete, daß er eine leitende Stellung innehatte und von der Regierung, für deren Geheimdienst er arbeitete, beauftragt war, die hierzulande eingesetzten Agenten, Männer und Frauen, zu organisieren und zu dirigieren. Wahrscheinlich gehörte auch Mrs. Rubelle, die in Blackwater Park in der Rolle einer Krankenpflegerin aufgetreten war, zu diesem Personenkreis.

Vorausgesetzt, daß meine Vermutung stimmte, war der Conte also doch leichter zu packen, als ich bisher angenommen hatte. Aber an wen sollte ich mich wenden, um etwas mehr über diesen Mann zu erfahren? In meiner Bedrängnis fiel mir ein, daß ein Landsmann von ihm, auf den ich mich absolut verlassen konnte, die geeignete Person dafür wäre – mein kleiner Freund, Professor Pesca, übrigens der einzige Italiener, den ich näher kannte.

Der Professor ist schon so lange nicht mehr auf diesen Blättern erschienen, daß er fast in Vergessenheit geraten wäre.

Nun gehört es aber zu den Eigentümlichkeiten dieses Berichts, daß die beteiligten Personen nur dann die Bühne des Geschehens betreten, wenn es der Verlauf der Ereignisse erfordert – sie kommen und gehen nicht nach meinem Gutdünken, sondern nach dem jeweiligen Stand der Dinge. Dergestalt sind nicht nur Pesca, sondern auch meine Mutter und meine Schwester eine Zeitlang im Hintergrund geblieben. Was sich innerhalb meiner Familie abspielte, habe ich bisher nicht erwähnt, weil es für den Bericht unwichtig war: beispielsweise meine Besuche in Hampstead; die beharrliche Weigerung meiner

Mutter, an Lauras Identität zu glauben; meine vergeblichen Versuche, Mutter und Schwester von ihrer vorgefaßten Meinung abzubringen, an der sie in ihrer Eifersucht festhielten; die peinliche Notwendigkeit, ihnen wegen ihres Vorurteils meine Heirat so lange zu verschweigen, bis sie meiner Frau endlich Gerechtigkeit widerfahren ließen. Natürlich trugen diese Nebensächlichkeiten etliches zu meinem Kummer bei, auch zu meiner Enttäuschung und Bitterkeit; doch der Gang der Ereignisse hat dies alles endgültig überholt.

Aus demselben Grunde erwähnte ich hier auch nicht, wie sehr mich Pescas brüderliche Zuneigung tröstete, als ich ihn nach meinem plötzlichen Abschied von Limmeridge wiedersah. Weder gedachte ich der Treue, mit der mein warmherziger kleiner Freund mich zur Einschiffung in Liverpool begleitete, noch der lauten Freude, mit der er mich bei meiner Rückkehr aus Mittelamerika begrüßte. Hätte ich mich berechtigt gefühlt, die Dienste anzunehmen, die er mir sofort anbot, wäre er schon längst wieder in meinem Bericht aufgetaucht. Ich habe zwar immer gewußt, daß man sich auf seinen Mut und seine Anständigkeit restlos verlassen konnte, doch seiner Schweigsamkeit vertraute ich nicht völlig. Nur aus diesem Grunde hatte ich bis dahin meine Nachforschungen allein durchgeführt. Pesca war also nicht aus meinem Leben verschwunden – er hatte nur bis zu diesem Zeitpunkt nichts mit dem Fortgang meines Berichts zu tun, war mir aber nach wie vor ein aufrichtiger Freund.

Ehe ich Pesca zu meinem Beistand herbeiholte, mußte ich selbst einmal wissen, wie mein Gegner überhaupt aussah. Ich hatte Conte Fosco ja noch nie zu Gesicht bekommen.

Drei Tage nach unserer Rückkehr in die Stadt machte ich mich zwischen zehn und elf Uhr vormittags allein auf den Weg nach St. John's Wood. Das Wetter war schön, und ich hatte gerade ein paar freie Stunden. Mir schien es durchaus möglich, daß ihn, sofern ich ein wenig wartete, die Sonne aus dem Hause locken würde. Ich mußte nicht befürchten, daß er mich erkannte, denn er hatte mich nur einmal gesehen, und zwar nachts, als er mir vom Bahnhof bis nach Hause gefolgt war.

An den Fenstern in der Vorderfront des Hauses ließ sich

niemand blicken. Ich bog in die Nebenstraße ein, die an der linken Seite vorbeiführte, und spähte über die niedrige Gartenmauer. Im Erdgeschoß stand ein Fenster offen, in dessen Rahmen ein Netz gespannt war. Niemand war zu sehen, aber aus dem Zimmer hörte ich Zwitschern und Trällern und dann die tiefe wohltönende Stimme, die mir durch Marians Schilderungen bereits vertraut war. »Kommt heraus, meine Hübschen! Auf meinen kleinen Finger!« hörte ich ihn rufen. »Heraus mit euch, und jetzt hüpft ihr die Finger hinauf! Eins, zwei, drei – oben! Drei, zwei, eins – unten! Eins, zwei, drei – piep-piep-piep!« Der Conte dressierte wieder einmal seine Kanarienvögel – genauso wie er es in Blackwater Park getan hatte.

Ich wartete eine Weile. Da hörten die Vögel plötzlich auf zu singen. »Kommt, ihr Hübschen, küßt mich!« gurrte die tiefe Stimme. Als Antwort ertönte ein Zwitschern und Zirpen, es folgte leises, schmeichelndes Lachen; dann trat Stille ein. Ich hörte, wie jemand die Haustüre öffnete; daher machte ich kehrt und ging ein paar Schritte zurück. Die herrliche Melodie des Gebets aus Rossinis ›Moses‹, gesungen von einem sonoren Baß, tönte durch die Vorstadtstille. Die Gartenpforte öffnete sich, schloß sich wieder – der Conte hatte das Haus verlassen.

Als ich um die Ecke bog, überquerte er gerade die Straße und lenkte seine Schritte in Richtung Regent's Park. Ich blieb auf meiner Straßenseite und folgte ihm in einiger Entfernung.

Marian hatte mich auf die mächtige Gestalt, die monströse Korpulenz und die betont auffällige Trauerkleidung vorbereitet. Doch auf diese Frische, diese Munterkeit und diese unerträgliche Vitalität war ich nicht gefaßt gewesen. Der Mann trug seine sechzig Jahre, als wären es nicht einmal vierzig! Er schlenderte dahin, mit federnden Schritten, den Hut aufs rechte Ohr gesetzt, den Stock schwenkend, und summte eine Melodie. Dann und wann betrachtete er, stolz lächelnd wie ein Hausbesitzer, die Villen und Gärten, an denen er vorbeikam. Hätte jemand behauptet, diesem Mann gehöre ganz St. John's Wood, so hätte dies niemanden überrascht. Nicht ein einziges Mal blickte er sich um, anscheinend nahm er von niemandem Notiz, weder von mir noch von anderen Passanten – Kindermädchen und Kleinkinder ausgenommen, denen er mit süßlichem, väterlichem Lächeln zunickte. So schritt er in einiger

Entfernung vor mir her, bis wir schließlich die Ladenzeile an der Westseite des Regent's Parks erreichten.

Dort betrat er eine Konditorei – wahrscheinlich, um eine Bestellung aufzugeben – und kam sofort wieder heraus, ein Fruchttörtchen in der Hand. Vor dem Laden stand ein Bettler mit Leierkasten, auf dem ein jammervoll aussehendes Äffchen hockte. Der Conte blieb stehen, biß ein Stück von dem Törtchen ab und schenkte den Rest dem Äffchen. »Armer Kleiner«, rief er mit komischer Zärtlichkeit, »du siehst hungrig aus! Im heiligen Namen der Humanität biete ich dir hiermit etwas zum Lunch an!« Der Leierkastenmann bat den wohlwollenden fremden Herrn demütig um einen Penny, doch der Conte zuckte nur verächtlich mit den Schultern und ging weiter.

Allmählich gelangten wir in das vornehme Geschäftsviertel zwischen New Road und Oxford Street. Wieder betrat der Conte einen Laden, diesmal den eines Optikers. Eine Tafel im Schaufenster wies darauf hin, daß Reparaturen hier auf das sorgfältigste ausgeführt würden. Als der Conte wieder herauskam, hielt er ein Opernglas in der Hand. Ein paar Schritte weiter blieb er vor einer Musikalienhandlung stehen und studierte aufmerksam das Plakat der Oper, das dort ausgehängt war. Nach kurzem Überlegen rief er eine leere Droschke herbei, die gerade vorbeifuhr. »Zur Opernkasse!« hörte ich ihn dem Kutscher zurufen. Dann fuhr die Droschke los.

Ich überquerte die Straße und warf nun meinerseits einen Blick auf das Plakat. Die angekündigte Aufführung war Donizettis ›Lucrezia Borgia‹ – sie sollte an diesem Abend stattfinden. Das Opernglas und die Fahrt zur Opernkasse deuteten darauf hin, daß Conte Fosco diese Vorstellung besuchen wollte. Durch einen alten Bekannten, der Kulissenmaler war, hatte ich jederzeit die Möglichkeit, zwei Stehplätze im Parterre zu bekommen. Auf die Weise hätte ich Gelegenheit, noch am selben Abend den Conte im Zuschauerraum zu beobachten und Pesca – sofern er mich begleiten wollte – zu fragen, ob er seinen Landsmann kenne.

Dies bedenkend, besorgte ich mir die Eintrittskarten und hinterließ eine Nachricht in der Wohnung meines kleinen Freundes. Um Viertel vor acht holte ich ihn ab. Mit einer

Blume im Knopfloch, unterm Arm das größte Opernglas, das ich je gesehen hatte, erwartete mich Pesca.

»Bist du bereit?« fragte ich ihn.

»Jaja, sicher-sicher!« rief er aufgeregt.

Wir machten uns auf den Weg in die Oper.

V

Gerade erklangen die letzten Takte der Ouvertüre, und die Stuhlreihen im Parkett waren schon dicht besetzt, als Pesca und ich den Zuschauerraum betraten.

Im Stehparterre, einem breiten Gang zu beiden Seiten und hinter den Sitzen gab es genügend Platz; dies war genau jener Standort, der mir für meinen Zweck am besten geeignet schien. Ich trat zuerst an die Barriere, die uns von den Sperrsitzen trennte, und hielt in diesem Teil des Zuschauerraums nach dem Conte Ausschau. Dort war er nicht. Also drehte ich mich um, ging den Gang zurück und musterte die Leute im Parterre. Da entdeckte ich ihn. Er saß auf einem guten Platz – in der dritten Reihe hinter den Sperrsitzen, ungefähr in der Mitte. Ich stellte mich neben diese Reihe, und Pesca stellte sich neben mich. Er hatte keine Ahnung, weshalb ich ihn mitgenommen hatte, und war daher ein wenig enttäuscht, daß wir nicht ganz nach vorne gingen.

Der Vorhang hob sich, die Oper begann.

Wir blieben während des ganzen ersten Akts an der gleichen Stelle stehen. Der Conte war so sehr in die Musik und in die Vorgänge auf der Bühne vertieft, daß er nicht einmal zufällig einen Blick in unsere Richtung warf. Kein Ton von Donizettis reizenden Melodien entging ihm. Da saß er, hoch über seine Nachbarn hinausragend, und lächelte und nickte zuweilen beifällig mit dem Kopf. Wenn die Leute nach einer Arie klatschten (was das englische Publikum bei Opernaufführungen immer tut – ohne Rücksicht auf die musikalische Überleitung durch das Orchester), blickte er sie vorwurfsvoll an und hob mit höflicher, bittender Geste die Hand. Bei anspruchsvolleren Passagen des Gesangs und zarterer Begleitmusik, wenn die Leute nicht applaudierten, patschte er gedämpft mit seinen fetten Händen, die in tadellos sitzenden schwarzen Glacéhandschuhen steckten – wie es sich eben für einen wahrhaft musikalischen Menschen ziemt, der auf kultivierte Art seiner Zustimmung Ausdruck verleiht. Jedes Mal murmelte er sein geschniegeltes »Bravo! Bra-a-a-!«, das wie das Schnurren eines riesigen Katers die Stille durchbrach. Seine Sitznachbarn – derbe, rotgesichtige Leute vom Lande, die sich verblüfft im Glanze des eleganten London sonnten – begannen seinem Beispiel zu folgen. So mancher Beifallssturm an diesem Abend ging vom Parterre aus, und zwar von diesem sanften Patschen der schwarz behandschuhten Hände. Er genoß sichtlich diesen seiner kritischen Überlegenheit gezollten Tribut, der seiner maßlosen Eitelkeit schmeichelte. In immer neuen Wellen lief das Lächeln über sein fettes Gesicht. Schwieg die Musik, blickte er um sich, heiter, zufrieden mit sich selbst und seinen Mitmenschen. »Jawohl! Von mir kann dieses barbarische englische Volk etwas lernen! Hier wie dort, überall, bin ich – Fosco – eine einflußreiche Persönlichkeit, eine Autorität!« Wenn je ein Gesicht gesprochen hat, dann seines – und das waren seine Worte.

Der erste Akt war zu Ende, der Vorhang fiel, und das Publikum erhob sich, um sich im Gebäude ein wenig umzusehen. Auf diesen Augenblick hatte ich gewartet. Jetzt wollte ich Pesca fragen, ob er ihn kannte.

Conte Fosco war ebenfalls aufgestanden und betrachtete durch das Opernglas die Leute in den Logen. Er kehrte uns den Rücken zu, doch während er die Logen musterte, eine nach der anderen, drehte er sich allmählich um, hob immer wieder das Glas an die Augen, ließ es wieder sinken. Als er, den Blick noch immer nach oben gerichtet, uns sein Gesicht zuwandte, war es soweit.

»Kennst du diesen Mann?« fragte ich Pesca.

»Wen meinst du?«

»Diesen großen Dicken, der gerade zu uns herüberschaut.«

Mein kleiner Freund stellte sich auf die Zehenspitzen. »Nein«, sagte er, »den kenne ich nicht. Ist der Mann berühmt? Warum machst du mich auf ihn aufmerksam?«

»Ich möchte Näheres über ihn erfahren, und zwar aus ganz bestimmten Gründen. Er ist ein Landsmann von dir und nennt sich Conte Fosco. Sagt dir dieser Name etwas?«

»Nein. Auch der Name ist mir unbekannt.«

»Bist du ganz sicher, daß du ihn nicht kennst? Schau ihn dir noch einmal an, ganz genau! Nach der Vorstellung sage ich dir, warum mir so viel daran gelegen ist. Warte! Ich helfe dir da hinauf – von dort kannst du ihn besser sehen!«

Mit meiner Hilfe stieg er auf den Rand des Podiums, auf dem die Tribünensitze standen. Von dort aus konnte er über alle Köpfe hinwegsehen.

Ein schlanker blonder Mann, der neben uns stand und den ich bisher nicht bemerkt hatte – ein Mann mit einer Narbe auf der linken Wange –, beobachtete uns aufmerksam, als ich Pesca hinaufhalf, und folgte, noch aufmerksamer, Pescas Blick. Vielleicht hatte er unser Gespräch gehört, vielleicht hatte es seine Neugier erregt.

Pesca betrachtete ernst das dicke, lächelnde Gesicht, das sich genau vor ihm den Logen über uns zugekehrt hatte.

»Nein«, erklärte er, »diesen großen dicken Menschen habe ich in meinem ganzen Leben noch nie gesehen.«

In diesem Moment senkte der Conte den Kopf, um die Parterrelogen hinter dem Stehplatz zu mustern.

Die Blicke der beiden Italiener begegneten sich.

Auf Grund von Pescas wiederholter Versicherung war ich vollkommen davon überzeugt, daß er den Conte wirklich nicht kannte, jetzt allerdings war ich ebenso sicher, daß der Conte ihn kannte!

Er kannte ihn, und was mich noch mehr überraschte – er *fürchtete* ihn! Ein Irrtum war ausgeschlossen. Zu deutlich konnte ich diesem Schuft am Gesicht ablesen, was in ihm vorging. Es nahm plötzlich eine bleierne Blässe an, die Züge wurden starr, reglos stand er da, seine kalten grauen Augen ruhten prüfend auf Pesca. Todesangst befiel ihn, und zwar, weil er Pesca erkannt hatte.

Der schlanke Mann mit der Narbe stand noch immer neben uns. Offenbar hatte er, als der Conte bei Pescas Anblick erstarrte, ähnliche Schlüsse gezogen wie ich. Dem Aussehen nach hielt ich ihn ebenfalls für einen Ausländer. Nach Art eines Gentlemans übersah er aber unser etwas auffälliges Benehmen und zeigte keine ungebührliche Neugierde.

Ich selbst war von der Veränderung, die ich am Conte wahrnahm, ganz betroffen. Die unerwartete Wendung der Dinge hatte mich so verblüfft, daß ich nicht wußte, was ich als nächstes sagen oder tun sollte. Erst Pesca brachte mich wieder zur Besinnung, als er vom Podium herunterstieg.

»Wie dieser Dicke mich anstarrt!« rief er. »Kennt er mich etwa? Bin ich denn so berühmt?«

Ich ließ den Conte nicht aus den Augen, und der Conte ließ Pesca nicht aus den Augen. Es interessierte mich, was er tun würde, wenn ich Pescas Aufmerksamkeit auf andere Dinge lenkte. Daher fragte ich meinen kleinen Freund, ob er in den Logen vielleicht eine seiner Schülerinnen entdecken könnte. Er hob sein riesiges Opernglas an die Augen, richtete es auf die Ranglogen hinauf und begann seine Suche.

Kaum zeigte er sich dergestalt beschäftigt, drehte sich der Conte um, drängte sich in der entgegengesetzten Richtung an seinen Sitznachbarn vorbei und verschwand im Mittelgang des Parterres. Sofort packte ich Pesca am Arm und zerrte ihn zu seiner Verblüffung zum hinteren Ausgang, um den Conte abzufangen. Merkwürdigerweise lief der schlanke blonde Mann vor uns hinaus. Er konnte gerade noch einer Gruppe von Leuten ausweichen, die sich von ihren Sitzen erhoben hatten und auf dem Gang herumstanden. Wir jedoch wurden dadurch aufgehalten, und als wir das Foyer erreichten, war der Conte verschwunden – und ebenso der Mann mit der Narbe.

»Komm, Pesca!« sagte ich. »Wir gehen in deine Wohnung – ich muß mit dir sprechen, und zwar sofort!«

»O Gott – o Gott! Was ist denn los?« rief der Professor betroffen.

Ich gab ihm keine Antwort, sondern schritt rasch weiter. Die überstürzte Flucht des Conte ließ mich befürchten, daß er in seiner Angst vor Pesca Hals über Kopf England verlassen und mir entkommen könnte. Mein ganzes Vorhaben war gefährdet, wenn ich ihm auch nur für einen einzigen Tag die Möglichkeit ließ, nach seinem Gutdünken zu handeln. Auch traute ich diesem Unbekannten nicht, der ihm offenbar mit einer bestimmten Absicht gefolgt und uns zuvorgekommen war.

Von Ungewißheit gequält, kam ich, sobald wir Pescas

Wohnung erreicht hatten, gleich zur Sache und erzählte ihm, worum es ging. Offen und rückhaltlos erklärte ich ihm, was ich vorhatte.

»Was kann ich für dich tun, mein Freund?« sagte er mitleidig und hielt mir beschwörend beide Hände hin. »Teufel-Teufel! Wie soll ich dir helfen, wenn ich diesen Menschen nicht einmal kenne?«

»Aber *er* kennt *dich* – er fürchtet dich –, er ist vor dir aus dem Theater geflohen. Pesca! Das muß doch einen Grund haben! Was ist passiert, ehe du nach England kamst? Denk nach! Du mußtest, wie du selbst sagst, deine Heimat aus politischen Gründen verlassen, die du mir allerdings nie genannt hast – und ich frage auch nicht danach. Ich bitte dich nur, in deinem Gedächtnis nachzuforschen – vielleicht findest du einen Grund für die gräßliche Angst, die dein Anblick bei diesem Mann hervorgerufen hat.«

Zu meiner Überraschung wirkten meine Worte, die durchaus harmlos gemeint waren, auf Pesca in ähnlicher Weise wie sein Anblick auf den Conte. Das rosige Gesicht meines kleinen Freundes wurde plötzlich kreideweiß, am ganzen Leibe zitternd wich er vor mir zurück.

»Walter, du weißt nicht, was du von mir verlangst!« flüsterte er und sah mich dabei an, als hätte ich eine drohende Gefahr beschworen, die auf uns beide lauerte. In weniger als einer Minute war mein munterer, lebhafter, kauziger Freund so verändert, daß ich ihn bei einer zufälligen Begegnung auf der Straße nicht erkannt hätte.

»Verzeih mir, wenn ich dir unabsichtlich wehgetan und dich erschreckt habe!« bat ich ihn. »Aber bedenke, welch bitteres Unrecht Conte Fosco meiner Frau zugefügt hat! Bedenke, daß dieses Unrecht nie wiedergutzumachen ist, wenn ich nicht Mittel und Wege finde, ihn dazu zu zwingen! Ich habe einzig und allein im Interesse meiner Frau gesprochen, Pesca! Und so bitte ich dich nochmals, mir zu verzeihen – mehr kann ich nicht sagen.«

Damit stand ich auf und wollte gehen. Doch ehe ich die Türe erreichte, holte mich Pesca zurück.

»Bleib!« sagte er. »Walter, du hast mich mit deinen Worten ganz aus dem Gleichgewicht gebracht! Du weißt nicht, wie und warum ich mein Land verlassen habe. Ich will versuchen, mich zu fassen – gib mir ein wenig Zeit –, laß mich überlegen!«

Ich kehrte auf meinen Platz zurück. Pesca ging ruhelos im Zimmer auf und ab und redete mit sich selbst – unzusammenhängende Sätze, in seiner Muttersprache. Plötzlich trat er auf mich zu und legte seine kleinen Hände auf meine Brust – mit einer Innigkeit und Feierlichkeit, die mich seltsam berührte.

»Walter, ich beschwöre dich! Gibt es keine andere Möglichkeit an diesen Mann heranzukommen, als durch mich?« fragte er.

»Ich weiß keine«, antwortete ich.

Er ging zur Zimmertüre, öffnete sie und blickte vorsichtig den Korridor hinunter. Dann schloß er sie wieder und kam zu mir zurück.

»Walter«, sagte er, »seit dem Tage, an dem du mir das Leben gerettet hast, hast du ein Recht darauf. Du kannst es jederzeit von mir fordern. Wenn du willst, gebe ich es für dich hin. Ja! Ich weiß, was ich sage – und ich meine es auch. So wahr ein Gott über uns ist: Ich lege es in deine Hände.«

Der feierliche Ernst, mit dem er das sagte, gab mir die Gewißheit, daß er die Wahrheit sprach.

»Wenn ich dir zuliebe Vergangenes in meine Erinnerung zurückrufe, mußt du wissen, daß es meiner Ansicht nach nichts Gemeinsames zwischen mir und diesem Mann gibt!« fuhr er heftig gestikulierend fort. »Solltest du jedoch etwas entdecken, dann behalte es für dich – sag mir nichts davon –, ich bitte dich auf Knien darum! Ich beschwöre dich, laß mich unwissend, laß mich in Blindheit!«

Er stammelte jetzt in abgerissenen Sätzen – plötzlich stockte er.

Ich bemerkte, wie schwer es ihm fiel, sich in dieser ernsten Sache auf englisch auszudrücken. Sein Wortschatz mit den vielen ausgefallenen, kauzigen Redewendungen reichte dazu nicht aus. Nun hatte ich, seit wir miteinander befreundet waren, seine Muttersprache zu lesen und zu verstehen (nicht aber zu sprechen) gelernt. Daher bat ich ihn, sich des Italienischen zu bedienen, indes ich etwaige Fragen, die sich für mich ergeben würden, auf englisch an ihn richten wollte. Er ging auf diesen Vorschlag ein. In seiner weich dahinfließenden Sprache begann er nun, mir von seinem Leben zu erzählen. Seine heftige Erregung drückte sich dabei nur in seinem Mienenspiel und in seinen lebhaften, mich fremd anmutenden Gesten aus – nie aber durch Lautstärke. Endlich erfuhr ich das, was mir die Waffen in die Hand gab für den letzten Kampf, von dem ich hier noch berichten will.*

»Von den Gründen, die mich bewogen haben, Italien zu verlassen, weißt du nur, daß sie politischer Art sind. Wäre ich vom Regime verfolgt und vertrieben worden, hätte ich vor niemandem ein Geheimnis daraus gemacht. So aber habe ich die Gründe verschwiegen, denn nicht als Verbannter kam ich hierher... Nun, Walter, du hast sicher schon von den geheimen politischen Gesellschaften gehört, die es in so mancher europäischen Großstadt gibt. Einem solchen Geheimbund habe ich in Italien angehört und gehöre ihm hier in England noch immer an. Ich bin auf höheren Befehl hierhergekommen, und zwar, weil ich seinerzeit etwas übereifrig war und dadurch in meiner Heimat nicht nur mich, sondern auch andere gefährdete. Aus diesen Gründen also mußte ich nach England auswandern – mit dem Auftrag, hier zu warten. Ich habe gewartet, und ich warte noch immer. Vielleicht ruft man mich morgen zurück, vielleicht erst in zehn Jahren. Mir ist es einerlei. Ich warte weiter und verdiene mein Geld durch Stundengeben. Ich breche keinen Eid – du sollst gleich hören, warum –, wenn ich dir den Namen dieses Geheimbundes nenne. Freilich, ich lege dadurch mein Leben in deine Hand. Wenn es je bekannt wird, daß auch nur ein einziges Wort über meine Lippen gekommen ist, bin ich – so wahr wir hier sitzen – ein toter Mann.«

Er flüsterte mir den Namen ins Ohr. Ich bewahre sein Geheimnis. Für den Zweck dieses Berichts genügt es, wenn ich diesen Männerbund im folgenden einfach die »Bruderschaft« nenne.

»Die Ziele unserer Bruderschaft«, fuhr Pesca fort, »sind,

* Ordnungshalber möchte ich an dieser Stelle vermerken, daß ich alles, was Pesca mir anvertraut hat, nur mit entsprechenden Auslassungen und Abänderungen wiedergebe. Meine Freundespflicht und die ernste Natur dieser Angelegenheit verlangen dies von mir. Da also äußerste Vorsicht geboten ist, sehe ich mich veranlaßt, in diesem Teil meines Berichts zum ersten und letzten Mal meinem Leser etwas zu verheimlichen.

kurz gesagt, die gleichen wie bei anderen politischen Geheimbünden ähnlicher Art. Die Tyrannen sollen gestürzt werden, alle Macht soll vom Volke ausgehen. Solange ein Mensch sein Leben nützlich gestaltet und niemandem schadet, hat er das Recht, sich dieses Lebens zu freuen. Tut er jedoch seinen Mitmenschen Übles an, hat er dieses Recht verwirkt. Ihn zu beseitigen gilt nicht als Verbrechen, sondern als Verdienst. Ich brauche dir nicht erst zu schildern, welch unsägliches Leid und welch furchtbare Unterdrückung dazu führten, daß dieser Geheimbund entstand. Hier in England würde man uns nicht verstehen, denn ihr habt schon vor so langer Zeit eure Freiheit erringen können, daß ihr bereits vergessen habt, wieviel Blut vergossen wurde und welche Mittel man angewandt hatte, um dieses Ziel zu erreichen. Es steht euch nicht zu, darüber zu urteilen, wie weit die zu äußerster Erbitterung gereizten Menschen eines versklavten Volks gehen dürfen. Das Schwert, das man uns ins Herz gestoßen hat, steckt zu tief – ihr könnt es nicht mehr sehen . . . Laßt den Flüchtling seiner Wege gehen! Lacht über ihn, mißtraut ihm und wundert euch über das unsichtbare Feuer, das in ihm schwelt – zuweilen ist es verdeckt durch Unauffälligkeit und Achtbarkeit wie bei mir, zuweilen ist es versteckt hinter Armut und entsetzlichem Schmutz – bei Menschen, die das Unglück haben, weniger geduldig und weniger anpassungsfähig zu sein als ich. Aber ihr sollt nicht über uns richten! Vor langen Zeiten, als Charles I. noch über England herrschte, hättet ihr uns vielleicht Gerechtigkeit widerfahren lassen. Doch der andauernde Luxus eurer eigenen Freiheit hat euch unfähig gemacht, uns zu verstehen.«

Endlich konnte er seinen tiefsten Gefühlen einmal Luft machen. Erstmals schüttete er mir sein Herz aus – dennoch blieb seine Stimme immer leise. Die Angst, entdeckt zu werden, verließ ihn nie.

»Nach allem, was ich dir bis jetzt erzählt habe, erscheint dir der Bund, dem ich angehöre, wahrscheinlich wie jede andere politische Organisation dieser Art; sein Ziel, so glaubt ihr, ist Anarchie und Revolution; er trachtet einem schlechten Herrscher oder einem schlechten Minister nach dem Leben, als handelte es sich um gefährliche wilde Bestien, die man bei erstbester Gelegenheit abschießt. Zugegeben. Doch die Gesetze der

Bruderschaft sind anders als die Gesetze anderer Geheimbünde. Ihre Mitglieder kennen einander nicht; sie hat in Italien ihre oberste Instanz – einen Präsidenten; auch im Ausland gibt es Präsidenten, und jeder von ihnen hat einen Sekretär; nur die Präsidenten und die Sekretäre kennen die Mitglieder, doch diese kennen einander nicht, es sei denn, die Präsidenten erachten es für politisch notwendig oder für die Bruderschaft erforderlich, bestimmte Mitglieder miteinander bekannt zu machen. Auf Grund dieser Sicherheitsmaßnahmen bedarf es keines Eids bei der Aufnahme. Man erkennt uns innerhalb der Bruderschaft an einem geheimen Zeichen, das wir alle tragen – bis ans Ende unserer Tage. Wir gehen unseren üblichen Geschäften nach, müssen uns aber beim Präsidenten oder seinem Sekretär viermal im Jahr melden, für den Fall, daß man unsere Dienste benötigt. Verrät einer die Bruderschaft oder schadet ihr durch andere Interessen, steht darauf die Todesstrafe – durch die Hand eines Unbekannten, der vielleicht vom anderen Ende der Welt geschickt wird, um den tödlichen Streich zu führen – oder sogar durch die Hand eines guten Freundes, der, ohne daß man es weiß, ebenfalls seit Jahren Mitglied ist. Manchmal wird die Hinrichtung auf später verschoben, manchmal folgt sie gleich nach dem Verrat. Unsere erste Pflicht ist es, warten zu können, die zweite, zu gehorchen, wenn der höhere Befehl kommt. Manche von uns warten ein ganzes Leben lang und werden nie gebraucht. Manche von uns können schon am Tag ihrer Aufnahme einen Befehl erhalten – zu einer Tat, die sie entweder durchführen oder auch nur vorbereiten müssen. Ich – dieser fröhliche kleine Mann, den du kennst und der freiwillig nicht einmal einer Fliege etwas zuleide täte – trat in meinen jungen Jahren der Bruderschaft bei, spontan und ohne lang zu überlegen, veranlaßt durch ein grauenvolles Erlebnis, von dem ich nicht sprechen will. Und jetzt komme ich nicht mehr los, ich bin gefangen bis zum Tod – auch wenn ich heute, mit kühlem Kopf und auf Grund verbesserter Umstände, vielleicht klarer denke. Als ich noch in Italien lebte, hat man mich zum Sekretär bestimmt, und alle Mitglieder, die zu meinem Präsidenten kamen, habe auch *ich* von Angesicht zu Angesicht gesehen.«

Jetzt begann ich ihn zu begreifen; ich sah, worauf seine Enthüllungen hinausliefen. Er schwieg eine Weile und beobachtete mich, ernst und angespannt – bis er offenbar erriet, was in mir vorging. Erst dann fing er wieder zu sprechen an:

»Walter, du hast bereits deine eigenen Schlüsse daraus gezogen. Ich sehe es dir an. Sag nichts. Laß mich deine Gedanken nicht wissen! Und nun gebe ich mich ganz in deine Hand. Aber dann ist dieses Thema ein für allemal erledigt – wir wollen nie wieder davon sprechen!«

Er bedeutete mir zu schweigen. Dann erhob er sich, legte den Rock ab und streifte den linken Hemdärmel hoch.

»Ich habe dir versprochen, dir alles anzuvertrauen«, flüsterte er dicht an meinem Ohr, wobei er die Türe nicht aus den Augen ließ. »Was auch immer geschieht – du sollst mir nicht vorwerfen können, ich hätte dir etwas verschwiegen, was du für deine Zwecke wissen mußt. Die Bruderschaft zeichnet ihre Mitglieder durch ein Mal, das man nicht entfernen kann. Sieh selbst!«

Er hob seinen entblößten Arm und zeigte mir unter der Achsel ein Brandmal von blutroter Farbe. Ich will es hier nicht näher beschreiben – es genügt, wenn ich sage, daß es kreisrund war und so klein, daß eine Shillingmünze es vollkommen bedeckt hätte.

»Wer ein solches Zeichen an dieser Stelle eingebrannt hat, gehört zur Bruderschaft«, sagte er und zog den Ärmel wieder herunter. »Jeder Verräter wird entdeckt, früher oder später, und dann muß er sterben. *Kein Gesetz kann ihn schützen.* Daher bedenke, was du gesehen und gehört hast, Walter! Zieh daraus deine Schlüsse, und handle so, wie du's für richtig hältst! Aber ich beschwöre dich: Was immer du entdeckst, was immer du tust – sag mir kein Wort davon! Laß mich frei von einer Verantwortung sein, an die ich nur mit Schaudern denken kann – auch wenn es nicht meine Verantwortung ist, wie mir mein Gewissen sagt! Noch einmal – bei meiner Ehre als Gentleman und bei meinem Eid als Christ –, wenn der Mann, den du mir in der Oper gezeigt hast, mich kennt, hat er sich so verändert oder so verkleidet, daß ich ihn nicht wiedererkennen kann. Ich weiß nichts über sein Tun und Treiben in England – ich habe ihn nie gesehen und habe nie zuvor seinen Namen gehört. Mehr kann ich nicht sagen. Laß mich jetzt allein, Walter! Was ich dir gesagt habe, hat mich bis ins Innerste aufgewühlt – ich bin zutiefst erschüttert. Wenn wir einander das nächste Mal begegnen, will ich versuchen, wieder ganz der alte Pesca zu sein.«

Er ließ sich auf einen Stuhl fallen, wandte sich von mir ab und bedeckte sein Gesicht mit beiden Händen. Leise ging ich zur Türe, denn ich wollte ihn nicht stören, und flüsterte zum Abschied nur ein paar Worte, die er zur Kenntnis nehmen konnte oder nicht – wie er wollte.

»Ich werde die Erinnerung an den heutigen Abend zutiefst in meinem Herzen bewahren«, sagte ich. »Du wirst das in mich gesetzte Vertrauen nie bereuen. Darf ich morgen kommen? Darf es schon um neun sein?«

»Ja, Walter«, antwortete er auf englisch und blickte mich dabei liebevoll an – als gälte seine ganze Sorge der Wiederherstellung unserer früheren Beziehung. »Komm zu einem kleinen Frühstück, ehe ich mich auf den Weg zu meinen Schülern mache!«

»Gute Nacht, Pesca!«

»Gute Nacht, mein Freund!«

VI

Als ich von ihm fortgegangen war, wurde mir bewußt, daß mir jetzt nichts anderes übrigblieb, als sofort zu handeln. Nach allem, was ich von Pesca gehört hatte, mußte ich noch in dieser Nacht den Conte stellen. Wenn ich es auf den nächsten Tag verschob, riskierte ich, Lauras letzte Chance zu verspielen. Ich warf einen Blick auf meine Uhr: Es war zehn.

Der Grund für die plötzliche Flucht des Conte aus dem Theater stand außer Zweifel. Heute war er vor uns geflohen, morgen würde er aus London fliehen. Auch er trug das Brandmal des Geheimbundes – dessen war ich sicher, so sicher, als hätte ich es mit eigenen Augen gesehen –, und auf seinem Gewissen lastete der Verrat an der Bruderschaft – das hatte ich bemerkt, als er Pesca wiedererkannte.

Daß dieses Wiedererkennen nicht gegenseitig gewesen war, konnte ich mir leicht erklären. Ein Mann wie Conte Fosco wußte nur zu gut, welch schreckliche Folgen eine Entlarvung nach sich zöge, und daher war er auf seine persönliche Sicherheit genauso bedacht wie auf klingende Münze. Das glattrasierte Gesicht, das ich Pesca gezeigt hatte, konnte früher einmal von einem Bart bedeckt gewesen sein, das dichte, dunkelbraune Haar konnte eine Perücke sein, auch einen falschen Namen konnte er angenommen haben. Vielleicht hatte auch die Zeit für ihn gearbeitet, vielleicht war er erst in späteren Jahren so korpulent geworden. Es schien mir also absolut glaubwürdig, daß Pesca ihn nicht wiedererkennen konnte, und ebenso, daß er Pesca, der durch seine kleine Statur jedermann auffallen mußte und jedermann in Erinnerung blieb, wiedererkannt hatte.

Die Absichten des Conte, als er uns entwischte, waren mir klar – hatte ich doch selbst bemerkt, wie er sich trotz seines veränderten Aussehens von Pesca erkannt und folglich bedroht fühlte. Falls ich ihn noch in dieser Nacht sprechen und ihm zu verstehen geben konnte, daß auch ich von der tödlichen Gefahr wußte, in der er sich befand – was würde sich daraus ergeben? Einer von uns mußte Herr der Lage bleiben – einer von uns beiden war dem anderen auf Gnade oder Ungnade ausgeliefert.

Ich war es mir schuldig, meine Erfolgsaussichten wohl abzuwägen, ehe ich mich auf diese Auseinandersetzung einließ, und ich war es meiner Frau schuldig, alles in meiner Macht Stehende zu tun, um das Risiko so gering wie möglich zu halten.

Über meine Chancen brauchte ich gar nicht erst lange nachzudenken. Das ließ sich in wenigen Worten sagen: Entdeckte der Conte bei unserer Auseinandersetzung, daß er sich nur retten konnte, wenn er mich aus dem Weg schaffte, so war er – hatte er mich erst einmal in seiner Gewalt – sicher der letzte, der vor einem Mord zurückschrecken würde. Um mein Risiko zu verringern, sah ich, je länger ich darüber nachdachte, nur einen einzigen Ausweg: Ehe ich ihm auf den Kopf zusagte, was ich über ihn herausgefunden hatte, mußte ich meine Entdekkung irgendwo schriftlich hinterlegen, damit man sie, ohne daß er es verhindern könnte, jederzeit zur Hand hatte und als Waffe gegen ihn verwenden konnte. Wenn ich also, ehe ich mit ihm zusammentraf, diese Mine legte und einen Dritten beauftragte, sie nach Ablauf einer bestimmten Frist hochgehen zu lassen (es sei denn, ich nähme selbst diesen Befehl wieder zurück), läge sein Schicksal in meiner Hand, sogar bei einer Auseinandersetzung innerhalb seiner eigenen vier Wände.

Als ich diesen Entschluß faßte, befand ich mich bereits in der Nähe unserer neuen Wohnung, die wir nach der Rückkehr aus dem Seebad bezogen hatten. Ohne daß mich jemand hörte, sperrte ich die Haustüre auf. In der Halle brannte noch Licht. Leise stieg ich die Treppen hinauf und ging in mein Arbeitszimmer. Bevor Laura oder Marian etwas von meinem Vorhaben ahnten, wollte ich dort meine letzten Vorkehrungen treffen und mich auf die Begegnung mit dem Conte vorbereiten.

Ein Brief an Pesca, in dem ich ihn von meinem Plan unterrichtete, schien mir die verläßlichste Vorsichtsmaßnahme. Er lautete:

»Der Mann, den ich Dir im Theater zeigte, ist Mitglied der Bruderschaft – und ein Verräter. Dessen bin ich sicher – trotzdem laß meine Behauptung sofort überprüfen. Du weißt den Namen, unter dem er hier lebt. Er wohnt in der Forest Road Nr. 5, St. John's Wood. Ich beschwöre Dich, mitleidlos und unverzüglich alle Dir zu Gebote stehenden Mittel einzusetzen, um diesen Mann zu vernichten! Ich habe alles gewagt und alles verloren – und diesen Fehlschlag mit meinem Leben bezahlt.«

Ich setzte Namen und Datum darunter und steckte den Brief in ein Kuvert, das ich versiegelte. Auf die Vorderseite schrieb ich: »Bis morgen neun Uhr früh ungeöffnet lassen. Wenn Du bis dahin von mir weder etwas hörst noch siehst, öffne mit dem Glockenschlag diesen Brief und lies ihn!« Ich fügte meine Initialen an und steckte dieses Schreiben in ein größeres Kuvert, das ich ebenfalls versiegelte und mit Pescas Namen und Adresse versah.

Jetzt mußte ich jemanden finden, der ihm meinen Brief sofort überbrachte. Damit glaubte ich alles, was in meiner Macht stand, getan zu haben. Sollte mir also im Hause des Conte etwas zustoßen, hatte ich dafür gesorgt, daß er für seine Tat mit dem Leben bezahlte.

Für mich gab es keinen Zweifel, daß Pesca, sofern er wollte, die Flucht des Conte unter allen Umständen verhindern konnte. Sein verzweifelter Wunsch, nichts über Foscos Identität zu erfahren (oder – anders ausgedrückt – darüber im Ungewissen zu bleiben, um sich aus der ganzen Sache heraushalten zu können), hatte mir allzu deutlich verraten, daß ihm die Mittel zu Gebote standen, ein von der Bruderschaft gefälltes Todesurteil vollstrecken zu lassen. Als human denkender Mensch hatte er sich jedoch gescheut, dies offen auszusprechen. Sogar mir als Außenstehendem (mit geringer Erfahrung in diesen Dingen) waren genug Beispiele dafür bekannt, daß die Rache solcher Geheimbünde den Verräter immer erreicht, auch wenn er sich noch so gut versteckt. Ich erinnere mich, in der Zeitung gelesen zu haben, daß man nachts in den Straßen von London oder von Paris des öfteren die Leichen von Ausländern gefunden hat, deren Mörder nie gefaßt wurden; ich erinnere mich, daß man in der Themse oder in der Seine Leichen oder Leichenteile entdeckt hat, doch nie einen Täter fand; ich erinnere mich an den einen oder anderen gewaltsamen Tod, für den es nie eine Erklärung gegeben hat. Was meine Person betrifft, habe ich in diesem Bericht nie etwas verschwiegen. Und ich will auch jetzt nicht verschweigen, daß mein Brief an Pesca – sollte dieser ihn öffnen müssen – gleichbedeutend gewesen wäre mit Conte Foscos Todesurteil.

Ich ging ins Erdgeschoß hinunter, um den Besitzer des Hauses zu bitten, mir einen Boten zu besorgen. Zufällig begegneten wir einander auf dem Treppenabsatz. Als er meinen Wunsch hörte, meinte er, sein Sohn würde diesen Auftrag sicher gern übernehmen. Ich übergab diesem aufgeweckten Jungen den Brief mit dem Auftrag, ihn so rasch wie möglich dem Professor zu überbringen; er sollte eine Droschke nehmen und von Professor Pesca den Empfang des Briefes bestätigen lassen; dann sollte er wieder zurückfahren und die Droschke vor der Türe auf mich warten lassen. Es war jetzt knapp vor halb elf – ich erwartete den Jungen in etwa zwanzig Minuten zurück. Aller Voraussicht nach konnte ich also nach weiteren zwanzig Minuten in St. John's Wood sein.

Der Junge machte sich auf den Weg. Leise ging ich wieder in mein Arbeitszimmer hinauf und ordnete meine Papiere – für den Fall, daß mir etwas zustoßen sollte. Den Schlüssel zu meinem altmodischen Schreibtisch, in dem ich alles Wichtige aufbewahrte, steckte ich in ein Kuvert, das ich versiegelte und mit Marians Namen versah. Dann ging ich ins Wohnzimmer hinunter, wo ich Laura und Marian vermutete, die sicher auf meine Rückkehr aus dem Theater warteten. Als ich meine Hand auf den Türgriff legte, bemerkte ich zum ersten Mal, daß sie ein wenig zitterte.

Marian befand sich allein im Zimmer. Erstaunt sah sie von ihrem Buche auf und blickte auf die Uhr. »Du kommst aber früh! Bist du eher weggegangen?«

»Ja. Pesca und ich haben den Schluß der Oper nicht abgewartet. Wo ist Laura?«

»Sie hatte Kopfschmerzen, und daher riet ich ihr, etwas früher zu Bett zu gehen.«

Unter dem Vorwand, nachsehen zu wollen, ob Laura schon schlief, ging ich aus dem Zimmer. Marian sah mir prüfend ins Gesicht – sie hatte sofort bemerkt, daß mich etwas bedrückte.

Im Schlafzimmer näherte ich mich mit leisen Schritten dem Bett. Die Kerze des Nachtlämpchens flackerte. In ihrem matten Schein sah ich meine Frau schlafen.

Wir waren noch nicht einmal einen Monat verheiratet. Und wenn mir das Herz jetzt schwer wurde, wenn mein Entschluß jetzt ins Wanken geriet, als ich ihr Gesicht sah, das sie sogar im Schlaf zu meinem Kissen hingewendet hatte, und ihre Hand, die auf der Decke liegend unbewußt auf meine Hand wartete – dann gab es doch sicher eine Entschuldigung für mich. Aber ich kniete nur kurz neben dem Bett nieder, um ihr ganz nahe zu sein – so nahe, daß ihr Atem mein Gesicht streifte. Zum Abschied berührte ich mit den Lippen ihre Hand und ihre Wange – sie regte sich im Schlaf und flüsterte meinen Namen, erwachte aber nicht. Zögernd blieb ich bei der Türe stehen und sah sie noch einmal an. »Gott segne und beschütze dich, Liebste!« sagte ich leise – und ging.

Marian war die Treppe heraufgekommen und wartete auf mich. In der Hand hielt sie ein zusammengefaltetes Blatt Papier.

»Der Junge hat das eben für dich abgegeben, Walter. Er läßt dir sagen, die Droschke wartet vor dem Haus – so wie du es angeordnet hast.«

»Gut. Ich brauche die Droschke – ich muß noch einmal fort.«

Während ich das sagte, ging ich an ihr vorbei ins Wohnzimmer hinunter, weil ich im Schein der Kerze Pescas Antwort lesen wollte. Sie bestand aus zwei Sätzen von seiner Hand:

»Ich habe Deinen Brief erhalten. Wenn ich Dich vor der angegebenen Zeit nicht sehe, öffne ich ihn.«

Ich legte das Blatt in meine Brieftasche und wollte gehen. Doch Marian stellte sich mir in den Weg und drängte mich ins Zimmer zurück, bis das Kerzenlicht direkt auf mein Gesicht fiel. Dann hielt sie mich mit beiden Händen fest und sah mich prüfend an.

»Heute nacht also!« sagte sie mit leiser, erregter Stimme. »Deine letzte Chance!«

»Ja – die letzte und die beste«, erwiderte ich im Flüsterton.

»Geh nicht allein, Walter! Um Himmels willen, geh nicht allein! Laß mich mitkommen! Ich bin zwar nur eine Frau, aber weise meine Hilfe nicht zurück. Ich muß mit dir gehen! Ich will mit dir gehen! Während du bei ihm bist, warte ich in der Droschke auf dich!«

Nun war es an mir, *sie* zurückzuhalten, denn sie versuchte, sich loszureißen und vor mir die Haustüre zu erreichen.

»Marian, wenn du mir helfen willst – bleib hier und schlaf heute nacht bei meiner Frau! Nimm mir nur die Sorge um Laura ab – alles andere überlaß mir! Komm, Marian, gib mir einen Kuß! Zeig mir, daß du den Mut hast zu warten, bis ich wiederkomme!«

Ich wagte nicht, ihr Zeit für eine Antwort zu lassen. Nochmals versuchte sie, mich zurückzuhalten, doch ich machte mich frei und stürmte davon. Noch ehe der Kutscher vom Bock springen konnte, um mir den Wagenschlag zu öffnen, saß ich bereits in der Droschke. »Forest Road, St. John's Wood!« rief ich ihm durchs Fenster zu. »Doppelter Fuhrlohn, wenn Sie in einer Viertelstunde dort sind!«

»Jawohl, Sir!« Ich sah auf die Uhr. Es war elf – ich durfte keine Minute verlieren.

Die schnelle Fahrt, das Gefühl, daß jede Sekunde mich meinem Ziel näherbrachte, und nicht zuletzt die Gewißheit, daß ich mich endlich auf dieses kühne Unterfangen eingelassen hatte, versetzten mich in derart fiebrige Erregung, daß ich den Mann antrieb, noch schneller zu fahren. Als wir die Straßen der Stadt hinter uns ließen und den Vorort St. John's Wood erreichten, übermannte mich die Ungeduld. Ich stand auf und steckte den Kopf aus dem Wagenfenster, denn ich wollte das

Ziel meiner Fahrt sehen, noch ehe wir es erreichten. Gerade als es von einem Kirchturm Viertel nach elf schlug, bogen wir in die Forest Road ein. Ich ließ den Kutscher halten, zahlte und schickte ihn fort, um den Rest des Weges zu Fuß zu gehen.

Als ich mich der Gartenpforte näherte, bemerkte ich, daß aus der entgegengesetzten Richtung jemand auf mich zukam. Unter einer Gaslaterne trafen wir zusammen und sahen einander an. Sofort erkannte ich den Mann mit der Narbe; und anscheinend erkannte auch er mich. Doch er sagte nichts, und anstatt vor dem Haus stehenzubleiben wie ich, ging er langsam weiter. War er zufällig hier? Oder war er dem Conte heimlich gefolgt?

Ich schob diese Fragen beiseite, wartete eine Weile, bis der Unbekannte langsam außer Sichtweite kam, und zog erst dann die Glocke. Es war jetzt zwanzig Minuten nach elf – spät genug, um es dem Conte leicht zu machen, mich mit der Ausrede, er sei bereits zu Bett gegangen, loszuwerden.

Gegen diese Möglichkeit konnte ich mich nur absichern, indem ich, ohne viel zu fragen, einfach meine Visitenkarte abgab und ihm ausrichten ließ, daß ich ernste Gründe hätte, ihn zu so später Stunde sprechen zu wollen. Ich schrieb daher auf meine Visitenkarte »dringend«. In diesem Augenblick kam das Dienstmädchen heraus und fragte mißtrauisch, was ich wünschte.

»Bitte bringen Sie diese Karte Ihrem Herrn!« sagte ich.

An ihrem Zögern erkannte ich, daß Conte Fosco sich hätte verleugnen lassen, wenn ich gefragt hätte, ob er zu Hause sei. So aber ließ sie sich durch mein energisches Auftreten einschüchtern. Bestürzt starrte sie mich an, nahm die Karte, ging damit ins Haus und schloß die Türe hinter sich.

Nach etwa einer Minute war sie wieder da und richtete mir eine Empfehlung von ihrem Herrn aus. Ich möge so freundlich sein und sagen, worum es sich handle. »Richten Sie Ihrem Herrn ebenfalls Empfehlungen aus, aber ich kann es nur ihm selbst sagen – sonst niemandem!« Wieder ließ sie mich an der Gartenpforte warten, wieder kehrte sie zurück – doch diesmal bat sie mich einzutreten.

Ich folgte ihr – und betrat Conte Foscos Haus.

VII

In der Halle war es dunkel, doch im matten Schein der Kerze, die das Dienstmädchen aus der Küche heraufgebracht hatte, sah ich eine ältere Dame lautlos aus einem Hinterzimmer huschen. Sie warf mir einen giftigen Blick zu, sagte jedoch nichts, sondern ging langsam und ohne meinen Gruß zu erwidern die Treppe hinauf. Marians Tagebuchaufzeichnungen waren mir so vertraut, daß ich Madame Fosco sofort erkannte.

Das Dienstmädchen führte mich in jenes Zimmer, welches die Contessa eben verlassen hatte. Ich trat ein und fand mich Aug' in Auge mit dem Conte.

Er war noch so gekleidet wie im Theater, nur den Rock hatte er abgelegt und über einen Stuhl geworfen. Seine Hemdsärmel hatte er umgeschlagen, doch nicht hochgeschoben. Hinter ihm stand eine Reisetasche, vor ihm ein Koffer. Bücher, Papiere und Kleidungsstücke lagen im Zimmer herum. Auf einem Tischchen neben der Türe stand der Käfig mit den weißen Mäusen, den Marian so gut beschrieben hatte. Der Kakadu und die Kanarienvögel befanden sich offenbar in einem anderen Raum. Der Conte saß vor dem Koffer und hielt ein paar Schriftstücke in der Hand. Als ich eintrat, erhob er sich. Sein Gesicht verriet noch immer die Spuren des Schocks. Schlaff hingen die dicken Wangen herab, wachsam folgten seine kalten grauen Augen meinen Bewegungen, auch seine Stimme klang mißtrauisch, als er auf mich zukam und mich mit zerstreuter Höflichkeit ersuchte, Platz zu nehmen.

»Sie kommen in einer dringenden Angelegenheit, Sir? Ich wüßte nicht, was das sein könnte«, sagte er.

Die unverhohlene Neugier, mit der er mich betrachtete, bestätigte mir, daß er mich im Theater nicht gesehen hatte. Nur Pesca hatte er bemerkt und von diesem Moment an offenbar keine Augen für andere gehabt. Mein Name allerdings mußte ihm sagen, daß ich in feindlicher Absicht kam, und doch hatte er anscheinend keine Ahnung vom wahren Grund meines Besuches.

»Glücklicherweise treffe ich Sie noch an – Sie scheinen verreisen zu wollen?«

»Hat Ihre dringende Angelegenheit etwas mit meiner Reise zu tun?«

»In gewisser Weise.«

»Wie meinen Sie das? Wissen Sie, wohin ich fahre?«

»Nein. Ich weiß nur, warum Sie fahren.«

Blitzschnell schlüpfte er an mir vorbei, versperrte die Zimmertüre und steckte den Schlüssel in die Tasche.

»Mr. Hartright, wir kennen einander vom Hörensagen zur Genüge«, stellte er fest. »War Ihnen beim Betreten dieses Hauses bewußt, daß ich ein Mann bin, der nicht mit sich spaßen läßt?«

»Allerdings. Ich bin nicht gekommen, um zu spaßen. Es ist eine Frage auf Leben und Tod – deshalb bin ich hier. Auch wenn die Türe, die Sie eben versperrt haben, noch offen wäre – nichts könnte mich dazu bewegen, diesen Raum zu verlassen, ganz gleich, was Sie sagen oder tun.«

Ich machte ein paar Schritte und stand jetzt auf der Matte vor dem Kamin – ihm genau gegenüber. Da schob er einen Stuhl vor die Türe, setzte sich darauf und stützte sich mit dem Arm so fest auf das Tischchen, daß der Mäusekäfig wackelte und die Tierchen aus ihren Schlafnestern krochen und ihn erwartungsvoll durch die bunten Gitterstäbe anguckten.

»Eine Frage auf Leben und Tod?« wiederholte er für sich. »Diese Worte bedeuten vielleicht mehr, als Sie denken. Was meinen Sie damit?«

»Was ich sage.«

Schweiß rann ihm in dicken Strömen von der Stirn. Seine Linke bewegte sich zur Tischkante hin. Darunter befand sich eine Schublade, ihr Schlüssel steckte im Schloß. Er berührte ihn mit Daumen und Zeigefinger, drehte ihn aber nicht um.

»Sie wissen also, warum ich London verlasse? Dann nennen Sie mir bitte den Grund!« Während er das sagte, sperrte er die Lade auf.

»Ich kann sogar mehr als das. Wenn Sie wollen, *zeige* ich Ihnen den Grund.«

»Was wollen Sie damit sagen?«

»Ihren Rock haben Sie schon abgelegt. Schieben Sie noch den linken Hemdsärmel hoch – dann sehen Sie ihn!«

Die fahle, bleierne Blässe, die ich schon im Theater an ihm

bemerkt hatte, überzog auch diesmal sein Gesicht. In seinen Augen glitzerte es gefährlich, als er mich musterte. Er sagte nichts. Doch seine Linke zog langsam die Schublade auf, seine Finger tasteten hinein. Ich hörte das kratzende Geräusch eines schweren Gegenstandes, den er dort bewegte. Die nun folgende Stille war so lautlos, daß ich das leise Knabbern der weißen Mäuse an den Gitterstäben deutlich hören konnte.

Mein Leben hing an einem Faden – und ich wußte es. In diesem entscheidenden Augenblick konnte ich mich ganz in ihn hineinversetzen; ich dachte, was er dachte, meine Finger spürten, was er spürte – und ich wußte ganz genau, als hätte ich es selbst gesehen, was er in der Schublade vor mir verborgen hielt.

»Warten Sie noch!« sagte ich. »Sie sehen – ich rühre mich nicht vom Fleck –, meine Hände sind leer. Warten Sie – ich muß Ihnen noch etwas sagen!«

»Sie haben schon genug gesagt«, erwiderte er mit einer plötzlichen Ruhe, die so unnatürlich und gespenstisch wirkte, daß sie mehr an meinen Nerven zerrte als ein unvermuteter Zornesausbruch. »Mr. Hartright, wenn Sie gestatten, möchte ich einen Augenblick in Ruhe nachdenken – erraten Sie, worum es geht?«

»Vielleicht.«

»Ich denke darüber nach, ob ich das Durcheinander in diesem Zimmer verschlimmern soll, indem ich mit einem gezielten Schuß Ihr Gehirn hier verspritze.«

Wäre ich nicht reglos stehengeblieben, hätte er seine Drohung wahrgemacht – sein Gesicht verriet es.

»Ehe Sie diese Frage endgültig klären, empfehle ich Ihnen, diese zwei Zeilen zu lesen«, sagte ich und zog Pescas Bestätigung aus meiner Brieftasche.

Mein Vorschlag erregte anscheinend seine Neugierde – er nickte mit dem Kopf. Ich überreichte ihm mit ausgestrecktem Arm den Zettel und kehrte auf meinen Platz vor den Kamin zurück.

Er las Pescas Worte laut, als wollte er sie sich einprägen: »›Ich habe Deinen Brief erhalten. Wenn ich Dich vor der angegebenen Zeit nicht sehe, öffne ich ihn.‹«

Jeder andere in dieser Situation hätte eine Erklärung verlangt –

bei Fosco war sie überflüssig. Er begriff meine Vorsichtsmaßnahme sofort.

Sein Gesichtsausdruck veränderte sich mit einem Mal, er nahm seine Hand aus der Schublade, sie war leer.

»Ich versperre die Lade nicht, vielleicht werde ich Ihr Gehirn doch noch verspritzen«, sagte er. »Aber ich bin gerecht, sogar meinen Feinden gegenüber – und daher gebe ich zu, daß es schade wäre um Ihren Kopf. Sie sind klüger, als ich dachte. Nun zur Sache, Sir! Sie wollen etwas von mir?«

»Jawohl – und ich werde es auch bekommen.«

»Was bieten Sie?«

»Ich lasse nicht mit mir handeln.«

Seine Hand griff wieder in die Schublade.

»Pah! Wir bewegen uns im Kreis, und Ihr kluger Kopf ist schon wieder in Gefahr. Sie sind leider unvorsichtig, Mr. Hartright – mäßigen Sie Ihren Ton! Ich riskiere weniger, wenn ich Sie auf der Stelle erschieße, als wenn ich Sie aus diesem Hause lasse – es sei denn, zu Bedingungen, die ich diktiere. Sie haben es in diesem Fall nicht mit meinem bedauernswerten Freund zu tun, sondern mit Fosco! Wenn ich, um mich in Sicherheit zu bringen, über zwanzig Leichen – und nicht nur über Ihre – gehen müßte, nichts würde mich erschüttern, ich würde es mit Ruhe und Gleichmut tun. Wenn Ihnen also Ihr Leben lieb ist, dann behandeln Sie mich gefälligst mit dem nötigen Respekt! Ehe Sie nochmals den Mund auftun, verlange ich von Ihnen, mir drei Fragen zu beantworten. Sie sind wichtig für dieses Gespräch, wichtig für mich. Passen Sie auf!« Er streckte einen Finger der rechten Hand empor. »Erste Frage: Sie besitzen Informationen, die vielleicht richtig, vielleicht aber auch falsch sind. Woher haben Sie sie?«

»Ich weigere mich, es Ihnen zu sagen.«

»Macht nichts, ich werde es auch so herausbekommen. Falls Ihre Informationen stimmen – wohlgemerkt, *falls* –, wollen Sie mich wahrscheinlich erpressen. Entweder sind Sie der Verräter oder ein anderer. Diese Tatsache präge ich meinem Gedächtnis, das mich nie im Stich läßt, gut ein – ich werde später davon Gebrauch machen. Nun die zweite Frage!« Er streckte den nächsten Finger empor. »Was Sie mir zu lesen gegeben haben, ist ohne Unterschrift. Wer hat diese Zeilen geschrieben?«

»Ein Mann, auf den *ich* mich ganz sicher verlassen kann – und den *Sie* ganz sicher fürchten müssen.«

Meine Antwort hatte diesmal ins Schwarze getroffen. Seine Hand, die er noch immer in der Lade hatte, zitterte so heftig, daß ich es hören konnte.

Der Ton seiner dritten Frage klang gemäßigter. »Wann öffnet man Ihren Brief? Wie lange geben Sie mir Zeit?«

»Zeit genug, um meine Bedingungen zu erfüllen«, erwiderte ich.

»Ich will es genau wissen. Bis zu welcher Stunde?«

»Wenn die Uhr neun schlägt.«

»Also morgen, neun Uhr früh? Jaja, jetzt sitze ich in Ihrer Falle. Vor neun Uhr kann ich meinen Paß nicht in Ordnung bringen, kann also London nicht verlassen. Aber vielleicht läßt sich da etwas machen – ich werde gleich sehen. Ich kann Sie als Geisel hierbehalten und Sie zwingen, Ihren Brief herbeizuschaffen, ehe ich Sie freigebe. Jetzt können Sie mir Ihre Bedingungen nennen!«

»Sie sollen sie hören. Sie sind einfach und schnell vorgebracht. Wissen Sie eigentlich, wessen Interessen ich hier vertrete?«

Er lächelte überlegen und machte eine lässige Handbewegung. »Ich will eine Vermutung wagen«, sagte er spöttisch. »Sie vertreten natürlich die Interessen einer Dame.«

»Ja, meiner Frau.«

Zum ersten Mal verstellte er sich nicht. Das Staunen auf seinem Gesicht war ehrlich. Ich bemerkte, daß ich in seiner Achtung gesunken war und für ihn nicht mehr als gefährlicher Gegner galt. Er schob die Lade zu, kreuzte die Arme über der Brust und hörte mir, als ich sprach, mit einem sarkastischen Lächeln zu.

»Sie wissen sehr genau«, fuhr ich fort, »daß ich seit vielen Monaten dank meiner Nachforschungen über Ihre krummen Wege Bescheid weiß. Es ist daher völlig sinnlos, mir gegenüber irgend etwas abzustreiten. Sie haben sich schuldig gemacht und sich durch Ihr schändliches Komplott ein Vermögen von zehntausend Pfund angeeignet.«

Er antwortete nicht, doch über sein großes Gesicht legte sich plötzlich eine Wolke von Sorge.

»Behalten Sie das Geld!« sagte ich. (Sofort hellte sich seine Miene auf, seine Augen wurden vor Staunen größer und größer.) »Ich will mich nicht erniedrigen und um Geld feilschen, das durch Ihre Hände gegangen ist. Es ist der Preis für eine niederträchtige Tat –«

»Sachte, Mr. Hartright! Ihre moralische Phrasendrescherei mag in England eine ausgezeichnete Wirkung haben – aber behalten Sie derlei Aussprüche gefälligst für sich und Ihresgleichen. Die zehntausend Pfund sind das Vermächtnis des verstorbenen Mr. Philip Fairlie an meine Frau. Erst wenn Sie die Sache so sehen, werde ich, wenn Sie Lust haben, mit Ihnen darüber sprechen. Doch für einen Mann mit meinem Zartgefühl ist das Thema leider sehr unerquicklich. Ich ginge lieber darüber hinweg und bitte Sie daher, auf Ihre Bedingungen zurückzukommen. Was also verlangen Sie?«

»Zum ersten ein umfassendes schriftliches Geständnis des Komplotts gegen meine Frau, das Sie in meiner Gegenwart mit Ihrer Unterschrift versehen.«

Wieder hob er einen Finger. »Erstens«, stellte er mit der Genauigkeit eines praktisch denkenden Menschen fest.

»Zum zweiten verlange ich den unwiderlegbaren Beweis – keine mündlichen Beteuerungen – für den genauen Reisetag meiner Frau.«

»Soso! Sie kennen die schwache Stelle recht gut«, meinte er gelassen. »Sonst noch etwas?«

»Vorläufig nicht.«

»Gut. Sie haben Ihre Bedingungen genannt – hören Sie jetzt meine. Mich zu dem zu bekennen, was Sie ein ›Komplott‹ zu nennen belieben, ist weniger folgenschwer für mich, als wenn ich Sie jetzt mit einem Schuß niederstrecke. Angenommen, ich gehe auf Ihren Vorschlag ein – allerdings zu meinen Bedingungen. Ich schreibe die von Ihnen verlangte Erklärung, übergebe Ihnen zudem ein Beweisstück, nämlich einen datierten Brief meines verstorbenen Freundes, der mich über Tag und Stunde von Lady Glydes Ankunft in London informierte, und schicke Sie zu dem Fuhrunternehmer, von dem ich damals den Wagen mietete, um Lady Glyde vom Bahnhof abzuholen – vielleicht gibt Ihnen sein Vormerkbuch Auskunft über das genaue Datum, sollte der Kutscher selbst keine brauchbaren Angaben machen können. Alles das könnte ich tun, und ich werde es tun – unter folgenden Bedingungen: Erstens, Madame Fosco und ich verlassen dieses Haus, wann und wie es uns beliebt – und ohne daß Sie uns daran hindern. Zweitens, Sie warten hier, und zwar in meiner Gegenwart, bis mein Agent morgen früh um sieben Uhr hier eintrifft und mit mir meine Angelegenheiten regelt. Der Mann, der Ihren versiegelten Brief besitzt, erhält durch meinen Agenten Ihren schriftlichen Auftrag, dem Überbringer das Schreiben auszuhändigen; Sie selbst bleiben hier, bis mein Agent mir den ungeöffneten Brief übergibt. Danach gewähren Sie mir noch eine halbe Stunde, um das Haus zu verlassen. Erst dann erhalten Sie wieder volle Handlungs- und Bewegungsfreiheit. Drittens, Sie geben mir Satisfaktion – wie es für einen Gentleman üblich ist –, weil Sie sich in meine Privatangelegenheiten eingemischt und mich durch Grobheiten beleidigt haben. Sobald ich außer Landes und in Sicherheit bin, verständige ich Sie, wann und wo wir das Duell austragen werden. In diesem Brief werden Sie einen Papierstreifen finden, der genau so lang ist wie mein Degen. Das sind meine Bedingungen. Nehmen Sie sie an? Ja oder nein?«

Die erstaunliche Mischung aus Entschlossenheit, Berechnung und Angeberei, mit der ich mich konfrontiert sah, ließ mich einen Augenblick lang schwanken – aber nur einen Augenblick lang. Handelte es sich doch darum – ob ich nun dazu berechtigt war oder nicht –, mir die Möglichkeit zu verschaffen, Lauras Identität feststellen zu lassen, und zwar um den Preis, daß dieser Schurke straffrei davonkommen würde. Ich wußte, daß mein Motiv – die Anerkennung Lauras in ihrem Geburtsort, aus dem man sie wie eine Betrügerin verjagt hatte, und die Entfernung der Lüge, die noch immer den Grabstein ihrer Mutter entweihte – frei war von jeder bösen Absicht, frei auch von jener Rachsucht, die mich ursprünglich zum Handeln getrieben hatte. Doch wenn ich ehrlich sein soll, kann ich nicht behaupten, daß meine moralische Überzeugung stark genug gewesen wäre, den Kampf in meinem Innern allein zu entscheiden. Die Erinnerung an Sir Percivals Tod kam mir dabei zu Hilfe. Auf welch gräßliche Weise war im letzten Augenblick das Werk der Vergeltung meinen schwachen Händen entrissen worden! Wie konnte ich armer Sterblicher, dem es nicht gegeben ist, die Zukunft vorauszusehen, mit Fug und Recht annehmen, daß auch dieser Mann ungestraft entkommen würde, nur weil er mir entkam? Abergläubisch wie ich bin, mußte ich jetzt daran denken; vielleicht aber war es auch eine Vorahnung, etwas, das meiner würdiger war als mein Hang zum Aberglauben. Natürlich fiel es mir schwer, ihn jetzt, nachdem ich ihn endlich gefaßt hatte, mit meiner Zustimmung davonkommen zu lassen – aber zuletzt überwand ich doch meinen inneren Widerstand und brachte das Opfer. Mit anderen Worten: Ich beschloß, mich von dem sittlich höheren Motiv leiten zu lassen, nämlich der Sache der Wahrheit zu dienen.

»Ich nehme Ihre Bedingungen an«, erklärte ich, »allerdings mit einem Vorbehalt.«

»Und der wäre?«

»Er betrifft den versiegelten Brief. Wenn Sie ihn erhalten, wünsche ich, daß Sie ihn in meiner Gegenwart sofort vernichten.«

Ich wollte damit verhindern, daß er einen schriftlichen Beweis mit sich nähme. Er erfuhr ohnedies, daß ich Kontakt zu seinem Landsmann hatte, da ich dem Agenten ja Pescas Adresse geben mußte. Doch ohne meinen Brief konnte Fosco – selbst wenn er es wollte – von diesem Wissen keinen Gebrauch machen, und ich setzte somit meinen Freund keiner Gefahr aus.

Mit ernster Miene dachte Fosco eine Weile nach. »Ich lasse diesen Vorbehalt gelten«, erklärte er dann. »Es lohnt sich nicht, deswegen zu streiten. Sobald ich den Brief bekomme, wird er von mir vernichtet.«

Er erhob sich von dem Stuhl, auf dem er die ganze Zeit gesessen hatte. Genüßlich streckte er die Arme aus, als würde er sich damit von einem Druck befreien, der während unserer Auseinandersetzung auf ihm gelastet hatte. »Uff! Das war ein heißer Kampf! Nehmen Sie Platz, Mr. Hartright! Später sind wir wieder Todfeinde, aber in der Zwischenzeit können wir, wie es sich für Gentlemen gehört, einander höflich gegenübertreten. Erlauben Sie mir, daß ich meine Frau rufe!«

Er sperrte die Türe auf und öffnete sie. »Eleanor!« rief er mit tiefer Stimme. Einer Schlange gleich glitt die Contessa herein.

»Mr. Hartright – Madame Fosco!« sagte der Conte zwanglos, als er uns einander vorstellte. »Mein Engel«, fuhr er, zu seiner Frau gewandt, fort, »läßt dir das Einpacken soviel Zeit, mir einen starken Kaffee zu machen? Ich habe noch Schriftliches mit Mr. Hartright zu erledigen und muß daher alle meine Sinne beisammen haben.«

Madame Fosco nickte zweimal mit dem Kopf – einmal streng zu mir herüber, einmal untertänig zum Conte hin – und glitt aus dem Zimmer.

Der Conte ging zu seinem Schreibtisch, der in der Nähe des Fensters stand, öffnete ihn und zog einen dicken Stoß Schreibpapier sowie ein Bündel Gänsekiele hervor. Er verteilte die Federn auf der Schreibplatte, damit sie griffbereit lagen, falls er eine neue benötigen sollte. Danach zerschnitt er das Schreibpapier in schmale Streifen, wie Journalisten sie für ihre Arbeit verwenden. »Das wird ein bemerkenswertes Dokument!« rief er mir über die Schulter hinweg zu. »Ich habe nun einmal das Zeug zu einem Schriftsteller in mir! Nur wenige Menschen besitzen die außerordentliche Gabe, ihre Gedanken ordnen zu können. Das ist ein ungeheurer Vorteil! Ich besitze diese Gabe – Sie auch?«

Während er auf den Kaffee wartete, schritt er im Zimmer auf und ab, summte vor sich hin und fuhr sich zuweilen mit der flachen Hand über die Stirn, als müßte er beim Ordnen seiner Gedanken das eine oder andere Hindernis überwinden. Die ungeheure Anmaßung, mit der er die Situation, in die ich ihn gebracht hatte, meisterte und sie für sich zu einer Bühne machte, auf der er sich produzierte und damit seiner maßlosen Eitelkeit schmeichelte, ließ mich aus dem Staunen nicht herauskommen. So sehr ich ihn verabscheute – seine Charakterstärke, selbst bei Trivialitäten, beeindruckte mich gegen meinen Willen.

Madame Fosco brachte den Kaffee. Dankbar küßte er ihr die Hand und geleitete sie bis zur Türe zurück. Dann ging er zum Schreibtisch und schenkte sich ein.

»Mr. Hartright, darf ich Ihnen auch eine Tasse anbieten?« fragte er, ehe er sich setzte.

Ich lehnte dankend ab.

»Sie glauben doch nicht etwa, daß ich Sie vergiften will?«

spottete er. »Die Engländer haben im großen und ganzen einen gesunden Menschenverstand, aber leider machen sie einen großen Fehler: Sie sind immer am falschen Platz vorsichtig.«

Er tauchte einen Gänsekiel in die Tinte, ließ die andere Hand auf einen Papierstreifen fallen, räusperte sich und begann mit laut kratzender Feder zu schreiben. Er schrieb rasch, seine Handschrift war groß und eigenwillig, die Zeilen weit voneinander abgesetzt. Alle zwei Minuten brauchte er einen neuen Streifen. Jeden versah er mit einer Nummer und warf ihn dann hinter sich auf den Fußboden. War der Federkiel abgenutzt, warf er auch diesen über die Schulter und griff zum nächsten. Streifen auf Streifen, Dutzende, Hunderte flatterten – einmal links, einmal rechts – über seine Schultern, bis sein Stuhl wie eingeschneit aussah.

Stunde um Stunde verstrich. Hier saß ich und wartete – dort saß er und schrieb und schrieb, ohne Unterlaß. Nur manchmal nippte er an seinem Kaffee. Die Uhr schlug eins, zwei, drei – und immer noch flatterten Papierstreifen zu Boden, kratzte die Feder, wuchs das weiße Chaos um ihn. Um vier Uhr hörte ich den Gänsekiel plötzlich ganz laut knarren – anscheinend malte der Conte einen Schnörkel unter seinen Namenszug. »Bravo!« rief er und sprang auf die Füße, behend wie ein junger Mann. Mit triumphierendem Lächeln sah er mir ins Gesicht.

»Geschafft!« verkündete er und klopfte sich dabei mit der Faust auf die Brust. »Ich bin höchst zufrieden mit mir – und Sie werden höchst verblüfft sein, wenn Sie lesen, was ich geschrieben habe. Das Thema ist erschöpft – aber ich, Fosco, bin nicht erschöpft. Es hat soeben vier geschlagen. Gut! Jetzt werde ich die Streifen ordnen, noch einmal durchsehen und Ihnen meinen Bericht vorlesen. Ordnen, durchsehen, vorlesen von vier bis fünf. Kurzer Erholungsschlaf von fünf bis sechs, letzte Vorbereitungen von sechs bis sieben. Um sieben Uhr kommt mein Agent und erledigt die Sache mit Ihrem versiegelten Brief, und um acht bin ich *en route*. Das ist ein Programm!«

Er saß jetzt mit gekreuzten Beinen auf dem Boden, fädelte mit einer langen Nadel und Bindfaden die Papierstreifen auf und vermerkte auf dem ersten Blatt alle seine Ehrentitel. Dann las er mir das Geschriebene vor, laut, emphatisch und mit theatralischen Gesten. Der geneigte Leser wird gleich Gelegenheit haben, sich über dieses Dokument eine Meinung zu bilden. Vorläufig möchte ich nur feststellen, daß es für meine Zwecke vollauf genügte.

Danach schrieb er mir noch die Adresse des Fuhrunternehmers auf, bei dem er den Wagen für Laura gemietet hatte. Auch Sir Percivals Brief übergab er mir. Er war vom 25. Juli datiert und kündigte für den darauffolgenden Tag Lauras Ankunft in London an. Demnach war sie also am 25. Juli – wie Sir Percival bestätigte – noch in Blackwater Park. Sie lebte also – obgleich sie laut Totenschein am selben Tag in St. John's Wood gestorben war! Nun fehlte nur noch die Aussage des Kutschers, mit dem Conte Fosco sie am 26. Juli vom Bahnhof abgeholt hatte – dann war die Beweiskette lückenlos.

Der Conte sah auf die Uhr. »Viertel nach fünf – Zeit für ein Schläfchen. Haben Sie schon bemerkt, Mr. Hartright, daß ich dem großen Napoleon ähnlich sehe? Nun, ich gleiche diesem Unsterblichen auch darin, daß ich den Schlaf sozusagen herbeikommandieren kann ... Entschuldigen Sie mich einen Augenblick – ich will Madame Fosco rufen, damit Ihnen inzwischen nicht langweilig wird!«

Natürlich wußte ich ganz genau, daß er seine Frau nur deshalb holte, damit ich, während er schlief, das Haus nicht verließ.

Die Dame kam herein – kühl, bleich, mit giftigem Blick. »Mein Engel, du mußt Mr. Hartright inzwischen ein wenig unterhalten!« sagte er, rückte ihr einen Stuhl zurecht und küßte ihr die Hand. Dann zog er sich auf ein Sofa zurück und schlief in weniger als drei Minuten so selig und friedlich wie der tugendhafteste Mensch auf Erden.

Madame Fosco nahm ein Buch vom Tisch, setzte sich nieder und sah mich boshaft und rachsüchtig an – eine Frau, die nie vergißt und nie vergibt.

»Ich habe Ihr Gespräch mit meinem Mann belauscht«, sagte sie. »Wäre ich an seiner Stelle gewesen – ich hätte Sie niedergeschossen.«

Nach diesen Worten schlug sie das Buch auf und würdigte mich keines Blickes mehr – bis Conte Fosco, genau eine Stunde später, wieder erwachte. Er machte die Augen auf und erklärte:

»Ich fühle mich unendlich erfrischt ... Eleanor, mein Engel, ist oben alles bereit? Gut so. Ich kann in zehn Minuten mit dem Packen fertig sein – in weiteren zehn Minuten bin ich in Reisekleidung. Was bleibt jetzt noch zu tun?« Er ließ seinen Blick durch das Zimmer schweifen und bemerkte den Käfig mit den weißen Mäusen. »Ach! Es zerreißt mir das Herz!« klagte er. »Meine unschuldigen Lieblinge! Meine geliebten Kinderchen! Was soll ich nur mit ihnen machen? Wir werden viel reisen, wir werden kein Heim haben – und je weniger Gepäck wir mit uns führen, desto besser. Mein Kakadu, meine Mäuschen, meine Kanarienvögel – wer wird sich um sie kümmern, wenn ihr guter Papa fort ist?«

Nachdenklich ging er im Zimmer auf und ab. Ein schriftliches Geständnis abzulegen hatte ihn keinen Moment in Verlegenheit gebracht, doch die für ihn viel wichtigere Frage, wo er seine Lieblinge unterbringen sollte, verwirrte und bekümmerte ihn. Nach langem Überlegen setzte er sich wieder an den Schreibtisch.

»Eine glänzende Idee!« rief er. »Ich schenke meinen Kadadu und meine Kanarienvögel dieser großen Stadt – mein Agent soll sie in meinem Namen dem Zoologischen Garten übergeben. Den Begleitbrief werde ich gleich abfassen.«

Laut vor sich hin redend begann er zu schreiben:

»Numero eins: Kakadu mit herrlichem Gefieder – eine Attraktion für alle Besucher mit Schönheitssinn. Numero zwei: Kanarienvögel, ohnegleichen, was Intelligenz und Lebhaftigkeit betrifft, des Paradieses würdig – würdig aber auch des Zoologischen Gartens im Regent's Park. Der britischen Zoologie gewidmet – von Conte Fosco.«

Wieder knarrte der Gänsekiel; Fosco hatte seiner Unterschrift den Schnörkel beigefügt.

»Du hast die Mäuschen vergessen!« mahnte ihn seine Frau.

Er verließ den Schreibtisch, ging zu ihr, nahm ihre Hand und legte sie auf sein Herz. »Alles hat seine Grenzen, mein Engel«, erklärte er feierlich. »Die Grenzen des Erträglichen habe ich erreicht, indem ich mich von meinem Kakadu und meinen Kanarienvögeln trenne – doch von den Mäuschen kann ich mich nicht trennen. Ich bitte dich um Nachsicht, mein Engel – hab die Güte und gib sie in den kleinen Reisekäfig!«

»Bewundernswertes Zartgefühl!« flüsterte Madame Fosco

und sah ihn verzückt an. Auf mich warf sie einen letzten giftigen Blick, dann nahm sie den Käfig und trug ihn aus dem Zimmer.

Der Conte hatte sich zwar vorgenommen, gefaßt zu bleiben, aber er schien mir jetzt doch etwas nervös, weil sein Agent noch nicht eingetroffen war. Die Kerzen waren längst gelöscht, das Sonnenlicht des neuen Morgens strömte ins Zimmer. Da läutete es an der Gartenpforte. Es war fünf Minuten nach sieben. Sein Agent, ein Ausländer mit dunklem Bart (dem Aussehen nach ein Spion, wie er im Buche steht), kam herein. Der Conte stellte uns vor:

»Mr. Hartright – Monsieur Rubelle!« Zuerst zog er sich mit ihm in eine Ecke zurück, wo sie miteinander flüsterten, und ließ uns dann allein. »Monsieur Rubelle« bat mich, kaum daß wir allein waren, mit ausgesuchter Höflichkeit um Instruktionen. Ich schrieb ein paar Zeilen an Pesca, die besagten, er möge dem Überbringer meinen Brief aushändigen, und gab sie Monsieur Rubelle.

Foscos Agent wartete auf seinen Auftraggeber. Als der Conte erschien, trug er bereits Reisekleidung. Ehe er den Mann entließ, warf er einen Blick auf die Adresse. »Das dachte ich mir gleich!« sagte er zu mir mit finsterem Blick und änderte von da an wieder sein Verhalten gegen mich.

Schweigend packte er seine Sachen ein, studierte dann eine Landkarte, machte Eintragungen in sein Notizbuch und sah immer wieder voll Ungeduld auf die Uhr. Jetzt, da er wußte, daß ich mit Pesca in Verbindung stand, galten seine Gedanken einzig und allein der Sicherung seiner Flucht.

Es war kurz vor acht, als Monsieur Rubelle ihm den ungeöffneten Brief übergab. Fosco zündete eine Kerze an und verbrannte ihn. »Mr. Hartright, ich erfülle mein Versprechen«, sagte er. »Aber damit ist die Sache noch nicht zu Ende.«

Monsieur Rubelle hatte die Droschke, mit der er gekommen war, vor dem Hause warten lassen und lud jetzt zusammen mit dem Dienstmädchen das Gepäck auf. Madame Fosco kam die Treppe herunter, dicht verschleiert, den Käfig mit den Mäusen in der Hand. Als Conte Fosco sie zur Droschke geleitete, flüsterte er mir zu: »Folgen Sie mir bis zur Haustüre! Ich muß Ihnen noch etwas sagen!«

Er kam allein durch den Vorgarten zurück und zog mich ein paar Schritte ins Haus hinein.

»Vergessen Sie meine dritte Bedingung nicht!« flüsterte er. »Sie werden von mir hören, ich werde von Ihnen Satisfaktion verlangen – vielleicht früher, als Sie glauben!« Ehe ich mich's versah, packte er meine Hand und drückte sie fest. Dann ging er zur Droschke, machte jedoch auf halbem Wege kehrt und kam nochmals zu mir zurück.

»Auf ein Wort noch«, sagte er – diesmal mit einer Vertraulichkeit, die mich überraschte. »Als ich Miss Halcombe das letzte Mal sah, schien sie mir mager und kränklich. Ich mache mir solche Sorgen um diese bewundernswerte Frau. Geben Sie gut acht auf sie! Ich beschwöre Sie: Geben Sie gut acht auf Miss Halcombe!«

Das war das letzte, was er sagte, ehe er seinen massigen Körper in die Droschke zwängte. Dann fuhr der Wagen los.

Monsieur Rubelle und ich warteten noch eine Weile bei der Haustüre und schauten ihm nach. Da bog aus einer Seitengasse eine zweite Droschke und folgte ihm. Sie fuhr an uns vorbei – drinnen saß der Unbekannte mit der Narbe im Gesicht.

»Mr. Hartright, Sie bleiben noch eine halbe Stunde hier!« sagte Monsieur Rubelle. Es klang wie ein Befehl.

Wir kehrten ins Wohnzimmer zurück. Ich war nicht gewillt, auch nur ein Wort mit diesem Menschen zu sprechen. So legte ich die gebündelten Papierstreifen, die mir der Conte übergeben hatte, vor mich hin und las jetzt in Ruhe die Geschichte des niederträchtigen Anschlags, den er geplant und durchgeführt hatte.

Bericht
fortgesetzt durch Isidor Ottavio Baldassare Fosco

(Conte des Heiligen Römischen Reiches, Ritter des Großkreuzes vom Orden der Eisernen Krone, lebenslänglicher Großmeister der Freimaurerloge Rosenkreuzer von Mesopotamien, Ehrenmitglied mehrerer musikalischer, medizinischer, philosophischer und wohltätiger Gesellschaften in ganz Europa etc. etc. etc.)

Die Beichte des Conte

Im Sommer 1850 kam ich nach England, betraut mit einer heiklen politischen Mission. Ich hatte den Auftrag, die Tätigkeit bestimmter Vertrauenspersonen, die in halbamtlichem Dienstverhältnis zu mir standen, zu leiten. Zu ihnen gehörten u. a. auch Monsieur und Madame Rubelle. Bis zur Aufnahme meiner Funktionen – als künftigen Wohnort hatte man für mich ein Villenviertel nahe der Metropole vorgesehen – verblieben mir noch ein paar freie Wochen. Begreiflicherweise wird jetzt der eine oder andere aus Neugierde die Frage stellen, welcher Art meine Funktionen waren. So groß mein Verständnis für ein solches Anliegen ist – die einem Diplomaten auferlegte Verschwiegenheit verbietet mit jede diesbezügliche Auskunft.

Es ergab sich, daß ich die mir noch verbleibenden Wochen des Nichtstuns auf dem Landsitz von Sir Percival Glyde, meinem mittlerweile verstorbenen und tief betrauerten Freund, verbringen konnte. *Er* kehrte damals gerade mit *seiner* Frau vom Kontinent zurück. *Ich* kam mit *meiner* Frau ebenfalls vom Kontinent. Wir kamen nach England, ins Land häuslichen Glücks. Madame Fosco und ich, die wir ein Herz und eine Seele sind, hätten kein passenderes Ziel haben können!

Die freundschaftlichen Bande, die mich mit Percival verknüpften, verstärkten sich bald auf ergreifende Weise durch die gleiche pekuniäre Situation. Beide benötigten wir Geld. Ja, wir brauchten Geld, immer und überall eine unumgängliche Notwendigkeit! In der ganzen zivilisierten Welt gibt es sicher niemanden, der nicht mit uns fühlen würde – es sei denn, er wäre dickhäutig wie ein Elefant – oder unendlich reich!

Wenn ich dieses Thema behandle, will ich mich nicht mit schmutzigen Kleinigkeiten befassen – sie sind mir ein Greuel. Sachlich und nüchtern wie ein Römer zeige ich dem entsetzten Publikum unsere leeren Geldbörsen. Nun, da diese beklagenswerte Tatsache festgestellt ist, fahre ich mit meinem Bericht fort.

Auf Percivals Landsitz empfing uns jenes herrliche Geschöpf, welches in meinem Herzen als »Marian« lebt – doch in der kühlen Atmosphäre der Gesellschaft als Miss Halcombe bekannt ist.

Du lieber Himmel! Welch kurze Zeitspanne genügte – und schon betete ich diese Frau an! Ich – mit meinen sechzig Jahren – verehrte sie mit der vulkanischen Glut eines Achtzehnjährigen. Alles Gold meiner reichen Natur schüttete ich ihr vor die Füße – meine Liebe war ohne Hoffnung. Meine Frau – der arme Engel! –, die mich anbetet, bekam nur Kupfermünzen. So ist die Welt, so sind die Männer, so ist die Liebe. Was sind wir denn anderes als Marionetten? O allmächtiges Schicksal, zieh sanft an unseren Fäden und laß uns dereinst auf nicht zu grausame Weise von dieser elenden kleinen Guckkastenbühne abtanzen!

Wer die vorangehenden Zeilen wirklich versteht, wird ein vollständiges philosophisches System dahinter erkennen. Es ist das meine.

Aber zurück zu meinen Bericht!

Die häusliche Lage zu Beginn unseres Aufenthaltes in Blackwater Park hat Marian selbst mit verblüffender Treffsicherheit und ebensoviel Einfühlungsvermögen geschildert. (Man gestatte mir die berauschende Freude, dieses herrliche Geschöpf wie einen Freund beim Vornamen zu nennen.) Die genaue Kenntnis ihrer Tagebucheintragungen, die ich mir heimlich verschafft habe und die mir jetzt in der Erinnerung unsagbar kostbar ist, hält mich davon ab, über Dinge zu reden, auf die diese unvergleichlich scharfsichtige Frau bereits genau eingegangen ist.

Meine Interessen – weitgespannte, atemberaubende Interessen! – kommen an jenem Punkt ins Spiel, da Marian das Unglück ihrer schweren Krankheit ereilte.

Zu diesem Zeitpunkt war unsere Lage wirklich ernst. Wegen eines Wechsels, der an einem bestimmten Tag fällig wurde, benötigte Percival eine große Geldsumme (von dem wenigen, das auch ich dringend benötigte, will ich erst gar nicht reden). In dieser Notsituation gab es für ihn nur einen einzigen Ausweg, um zu Geld zu kommen: seine Frau soweit zu bringen, daß sie ihm einen Teil ihres Vermögens überließ. Rechtlich gesehen, stand ihm davon bis zu ihrem Tod nicht ein einziger Farthing zu. Das war schlimm, aber es sollte – wie der unsterbliche Shakespeare sagt – noch schlimmer kommen. Mein beklagenswerter Freund hatte außer dieser Schwierigkeit auch einen privaten Kummer. Taktvoll, wie ich bin, wollte ich ihm trotz unserer freundschaftlichen Verbundenheit keine neugierigen Fragen stellen. Was ich darüber wußte, ist mit wenigen Worten gesagt: Eine Frauensperson, mit Namen Anne Catherick, hielt sich damals in der Gegend von Blackwater Park auf und versuchte, sich an Lady Glyde heranzumachen – angeblich, um ihr ein Geheimnis mitzuteilen, das den Ruin meines Freundes bedeutet hätte. Er selbst gestand mir, er sei verloren, wenn man diese Person nicht mundtot mache; im übrigen sei zu befürchten, daß seine Frau bereits von diesem Geheimnis wisse. Wie sollten wir nun angesichts seines drohenden gesellschaftlichen Ruins die pekuniären Schwierigkeiten meistern? Ich habe zwar große Courage, aber dieser Gedanke machte sogar mich zittern!

Daher scheute ich keine Mühe, diese Frau zu finden. Unsere finanziellen Probleme – so wichtig sie auch waren – mußten nicht sofort geregelt werden; immerhin blieb uns noch ein wenig Zeit. Die Ergreifung besagter Anne Catherick hingegen vertrug keinen Aufschub. Ich kannte sie nur der Beschreibung nach. Percival sagte mir, sie sähe durch einen unerklärlichen Zufall seiner Frau auffallend ähnlich. Er war es auch, von dem ich erfuhr, daß sie ein Jahr zuvor aus einem Irrenhaus entlaufen war. Diese beiden – an sich schon merkwürdigen – Tatsachen ließen in mir einen großartigen Plan reifen, dessen Verwirklichung bald zu erstaunlichen Vorkommnissen führen sollte. Ziel meines Plans war nichts Geringeres als die vollkommene Vertauschung zweier Identitäten. Lady Glyde und Anne Catherick sollten Name, Kleidung und Wohnort tauschen – mit dem Ergebnis, daß Sir Percival ein Vermögen von dreißigtausend Pfund zufiel und sein Geheimnis für immer unentdeckt blieb.

Ich machte mich nun an die Ausführung meines Plans. Mein Instinkt (der sich selten irrt) sagte mir, daß die bis dahin unsichtbare Anne Catherick früher oder später dort auftauchen würde, wo sie Lady Glyde schon einmal getroffen hatte, nämlich beim alten Bootshaus. Hier also hielt ich Wache, nachdem ich vorher der Haushälterin angedeutet hatte, daß ich mich an diesem abgeschiedenen Ort in die Lektüre eines Buches zu vertiefen gedachte; falls man mich benötige, sei ich dort jederzeit zu finden. (Ich halte mich nämlich an die Regel, jede unnötige Geheimnistuerei zu vermeiden. Man soll durch Mangel an Offenheit andere Leute nicht mißtrauisch machen.) Mrs. Michelson, die Haushälterin, hat immer an mich geglaubt. Diese taktvolle Frau (Witwe eines protestantischen Geistlichen) brachte mir unendlich viel Vertrauen entgegen. Von solchem Übermaß gerührt (zumal bei einer Frau in reiferen Jahren), öffnete ich mein großes Herz und nahm dieses Gefühl dankbar entgegen.

Mein geduldiges Warten wurde belohnt. Als ich wieder einmal auf Posten stand, erschien zwar nicht Anne Catherick selbst, doch eine ältere Frau, bei der sie, wie sich später herausstellte, in den letzten Monaten gelebt hatte. Auch diese Person floß vor Vertrauen über, das mir ebenso wohl tat wie in dem oben erwähnten Falle. Ich überlasse es Mrs. Clements, zu schildern – sofern sie es nicht schon getan hat –, wie und unter welchen Umständen sie mich zum Gegenstand ihrer mütterlichen Fürsorge führte. Als ich Anne Catherick erstmals sah, schlief sie gerade. Die Ähnlichkeit dieser Unglücklichen mit Lady Glyde elektrisierte mich. Bei ihrem Anblick nahmen die Einzelheiten meines großartigen Plans, der mir bis dahin nur in Umrissen vorgeschwebt hatte, Gestalt an und zeigten sich mir in meisterlich erdachtem Zusammenspiel. Gleichzeitig löste sich angesichts der leidenden Kreatur mein Herz in Tränen auf, ist es doch rührenden Eindrücken stets zugänglich. Sofort machte ich mich daran, Linderung zu verschaffen. Ich besorgte das nötige Stimulans, um die Kranke soweit zu kräftigen, daß sie die Strapazen einer Eisenbahnfahrt auf sich nehmen und nach London reisen konnte. Hier, an dieser Stelle, möchte ich mich entschieden gegen einen bedauerlichen Irrtum verwahren.

Die besten Jahre meines Lebens habe ich mit dem intensiven Studium der Chemie und der Medizin verbracht; namentlich die Chemie besitzt für mich eine unwiderstehliche Anziehungskraft – vor allem wegen der unbegrenzten Macht, die dieses Wissen einem Menschen verleiht. Die Chemiker könnten, falls sie wollten, die Geschicke der Menschheit lenken. Das stelle ich hier mit allem Nachdruck fest! Man gestatte mir, dies zu erklären, ehe ich mit meinem Bericht fortfahre.

Der Geist, so sagt man, regiert die Welt. Was aber regiert den Geist? Der Körper! Der Körper, wohlgemerkt, ist jedoch in der Gewalt des mächtigsten aller Herrscher – des Chemikers. Man gebe mir, Fosco, dessen Machtmittel, und Shakespeare, der eben den ›Hamlet‹ konzipiert hat und sich jetzt hinsetzt, um seinen Entwurf auszuarbeiten, wird durch ein paar Pulverkörnchen, die ich ihm täglich unter sein Essen mische, auf dem Umweg über seinen Körper geistig so reduziert, daß er nur noch das albernste Gefasel, das je einer zu Papier gebracht hat, zustande bringt. Auf dieselbe Weise verändere ich den berühmten Newton: Wenn er den Apfel fallen sieht, wird er ihn ganz bestimmt essen, anstatt das Gravitationsgesetz zu entdecken. Neros Abendbrot macht ihn, ehe er es verdaut hat, zum mildesten aller Menschen. Und Alexander der Große rennt nach dem Genuß seines morgendlichen Trunks beim Anblick des Feindes um sein Leben ... Mein heiliges Ehrenwort, es ist für die Menschheit ein ganz unbegreiflich glücklicher Zufall, daß die Chemiker heutzutage so harmlose Geschöpfe sind. Die meisten von ihnen besitzen einen Laden und sind würdige Familienväter. Die übrigen sind entweder Philosophen, die sich bei ihren Vorlesungen am Klang der eigenen Stimme berauschen, oder Träumer, die ihre Zeit mit Phantastereien hinbringen, oder Quacksalber, deren Ehrgeiz sich auf die Entfernung von Hühneraugen beschränkt. So erleidet die Menschheit keinen Schaden, und die unbegrenzte Macht der Chemie dient weiterhin nur unbedeutenden Zwecken.

Warum dieser Ausbruch? Warum die alles überflutende Beredsamkeit? Weil man mein Verhalten falsch ausgelegt, meine Motive falsch verstanden hat. Man unterstellt mir, bei Anne Catherick meine chemischen Kenntnisse mißbraucht zu haben. Man unterstellt mir, ich hätte sie, wäre es nur möglich gewesen, auch bei der unvergleichlichen Marian angewendet. In beiden Fällen eine infame Verleumdung! Ich hatte alles Interesse daran, Anne Cathericks Leben zu erhalten, wie man gleich sehen wird. Meine größte Sorge bestand darin, Marian aus den Fängen dieses examinierten Dummkopfes, der sie behandelte, zu befreien; schließlich hat auch der Londoner Arzt meine Diagnose vollauf bestätigt. Nur bei zwei Gelegenheiten – beide für die Betreffenden gleich harmlos – habe ich mein Wissen angewandt. Das eine Mal, als ich Marian zum Dorfwirtshaus folgte (und hinter einem Fuhrwerk die Harmonie ihrer Bewegungen studieren konnte), mußte ich die Hilfe meiner unschätzbaren Frau in Anspruch nehmen, um den Inhalt zweier Briefe zu erfahren, die meine angebetete Feindin einem entlassenen Dienstmädchen anvertraut hatte. Den einen ließ ich kopieren, den anderen abfangen. Das Mächen hatte diese Briefe im Ausschnitt ihres Kleides verborgen. Dank bestimmter Chemikalien, die ich meiner Frau in einem Fläschchen mitgegeben hatte, konnte sie diese Briefe öffnen, lesen, wieder versiegeln und zurückstecken. Die zweite Gelegenheit, bei der ich das gleiche Mittel verwendete, ergab sich nach Lady Glydes Eintreffen in London, von dem ich noch erzählen werde. Sonst habe ich mich nie meiner Kenntnisse bedient. Alle anderen Komplikationen und Notsituationen meisterte ich dank meiner angeborenen Fähigkeiten – und ohne chemische Hilfsmittel. Die Gabe eines alles durchdringenden Verstandes nehme ich für mich in Anspruch. Auf Kosten des Chemikers verteidige ich den Menschen.

Man verzeihe mir diesen Ausbruch edler Entrüstung – aber er hat mich unsäglich erleichtert. *En route!* Ich setze meinen Bericht fort.

Ich riet also Mrs. Clement (oder Clements, da bin ich mir nicht ganz sicher), ihren Schützling nach London zu bringen – ein Vorschlag, auf den sie willig einging, da ich ihr einredete, es sei der beste Weg, Anne davor zu bewahren, in Sir Percivals Hände zu fallen. Wir vereinbarten den Tag, an dem ich die beiden an der Bahnstation treffen sollte (um sicher zu sein, daß sie abreisten). Dann ging ich getrost nach Hause und wandte meine Gedanken den Schwierigkeiten zu, die es noch zu lösen galt. Was diese betraf, konnte ich der wahrhaft rührenden Ergebenheit meiner Frau sicher sein. Mrs. Clements hatte mir versprochen, Anne zuliebe Lady Glyde in einem Brief ihre Londoner Adresse mitzuteilen. Trotz dieses Versprechens schien mir die Sache ein wenig unsicher. Denn in meiner Abwesenheit konnte durch eine Intrige das Vertrauen dieser guten Frau erschüttert werden – jemand anderer konnte ihr vielleicht einreden, diesen Brief nicht zu schreiben. Ich brauchte daher jemanden, der im selben Zug nach London fuhr und ihr dort heimlich bis zu ihrem neuen Quartier folgte. Wen aber konnte ich innerhalb so kurzer Zeit für diesen Auftrag gewinnen? Die Antwort lag auf der Hand – natürlich meine mir zärtlich ergebene Frau!

Ihre Mission sollte einem doppelten Zweck dienen. Wir brauchten für die noch immer krank darniederliegende Marian dringend eine Krankenpflegerin, die der Patientin und mir gleich treu dienen würde. Glücklicherweise stand mir eine der tüchtigsten und zuverlässigsten Frauen zur Verfügung. Ich meine Madame Rubelle, eine achtbare Matrone. Meine Frau sollte ihr in London meinen Brief übergeben.

Am verabredeten Tag traf ich mich mit Mrs. Clements und Anne Catherick an der Bahnstation. Ich war ihnen beim Einsteigen auf das höflichste behilflich, desgleichen auch meiner Frau, die denselben Zug benützte. Erst in der Nacht kehrte sie nach Blackwater Park zurück. Meine Anweisungen hatte sie auf das genaueste befolgt; sie brachte Madame Rubelle und auch Mrs. Clements' neue Adresse mit. Diese letzte Vorsichtsmaßnahme erwies sich später allerdings als überflüssig, denn Mrs. Clements gab in einem Brief an Lady Glyde umgehend ihren neuen Aufenthaltsort bekannt. Vorsorglich habe ich den Brief aufgehoben.

Am selben Tag hatte ich eine Auseinandersetzung mit dem Arzt, weil ich aus reiner Menschlichkeit gegen seine Behandlungsmethoden protestieren mußte. Er war unverschämt – wie alle Ignoranten. Aber ich zeigte mich nicht verärgert und verschob den Streit mit ihm, bis ich einen besseren Grund dafür hatte.

Meine nächste Maßnahme führte mich für einige Tage von Blackwater Park fort. Im Hinblick auf kommende Ereignisse mußte ich endlich darangehen, in einem Villenvorort von London ein Logis zu mieten. Außerdem wollte ich nach Cumberland fahren und mit Mr. Frederick Fairlie Familienangelegenheiten regeln. Ich fand in St. John's Wood ein passendes Haus, und ich suchte Mr. Fairlie in Limmeridge auf.

Auf Grund meiner Vertrautheit mit Marians Korrespondenz wußte ich natürlich, was sie ihm geschrieben hatte; um Lady Glydes Eheschwierigkeiten zu beheben, hatte sie ihn gebeten, seine Nichte bei sich aufzunehmen. In weiser Voraussicht hatte ich dieses Schreiben den Empfänger erreichen lassen, denn ich hatte das Gefühl, es konnte nichts Übles anrichten, ja vielleicht sogar Gutes bewirken. Mr. Fairlie gegenüber unterstützte ich Marians Vorschlag – mit gewissen Änderungen, versteht sich, die infolge ihrer Krankheit unvermeidbar waren und meinen Plänen zugute kamen. Lady Glyde sollte Blackwater Park verlassen, und zwar allein; zudem sollte sie auf ausdrücklichen Wunsch ihres Onkels die Reise in London unterbrechen und, um sich auszuruhen, bei ihrer Tante übernachten – also in jenem Hause, welches ich in St. John's Wood gemietet hatte. Der Zweck meines Besuchs in Limmeridge war, von Mr. Fairlie eine entsprechende schriftliche Einladung an Lady Glyde zu erhalten, die man ihr vorweisen konnte. Wenn ich hier feststelle, daß ich die ganze Kraft meiner Persönlichkeit mit aller Macht auf diesen schwachen Menschen (körperlich wie geistig) einwirken ließ, habe ich genug gesagt. Ich kam, sah und besiegte Mr. Fairlie.

Bei meiner Rückkehr nach Blackwater Park (mit der Einladung für Lady Glyde in der Tasche) mußte ich feststellen, daß infolge der Dummheit des Arztes Marians Zustand jetzt besorgniserregend war. Sie hatte Typhus. Lady Glyde drängte sich ins Krankenzimmer – sie wollte selbst ihre Schwester pflegen. Zwischen uns beiden gab es weder Verständnis noch Sympathie. Sie hatte nämlich meine Gefühle auf das unverzeihlichste verletzt, als sie mich einen Spitzel nannte; überdies war sie ein Hemmschuh für Percival und mich. Trotzdem verbot mir mein Edelmut, sie durch meine Schuld der Gefahr einer Infektion auszusetzen. Ich legte ihr allerdings kein Hindernis in den Weg, sich selbst zu gefährden. Hätte sie sich angesteckt, wäre der verwickelte Knoten, den ich so langsam und geduldig zu lösen versuchte, durch eine schicksalhafte Fügung aufgegangen. Die Sache hätte sich von selbst erledigt. So aber schaltete sich der Arzt ein und trat zwischen sie und die Kranke.

Ich hatte schon vor einigen Tagen dazu geraten, aus London einen Arzt holen zu lassen. Inzwischen hatte man tatsächlich einen Boten in die Stadt geschickt. Als der Arzt eintraf, bestätigte er meine Diagnose. Die Krise war ernst. Doch am fünften Tag begannen wir für unsere bezaubernde Patientin wieder zu hoffen. Während dieser Zeit war ich nur ein einziges Mal abwesend, und zwar an dem Tag, als ich mit dem Morgenzug nach London fuhr und in meiner Wohnung die letzten Vorkehrungen traf. Zudem mußte ich mich versichern, daß Mrs. Clements in der Zwischenzeit nicht umgezogen war; und drittens mußte ich mit dem Mann von Madame Rubelle verschiedenes besprechen. Spät abends kam ich nach Blackwater Park zurück. Nach fünf Tagen stellte der Londoner Arzt fest, daß unsere bezaubernde Patientin außer Gefahr war und fortan lediglich sorgfältiger Pflege bedürfe. Das war der Augenblick, auf den ich gewartet hatte. Nun, da eine ärztliche Behandlung nicht länger notwendig war, tat ich den ersten Zug in unserem Spiel, indem ich mich endgültig gegen den Landarzt durchsetzte. Schließlich war er einer der vielen Zeugen, die mir im Wege standen und deshalb entfernt werden mußten. Ein lebhafter Wortwechsel zwischen uns (bei dem der von mir instruierte Percival durch eine grobe Antwort die Situation noch verschlimmerte) erfüllte seinen Zweck. Ich ließ auf diesen Unglücklichen eine wahre Lawine aus Spott und Hohn niedergehen und fegte ihn damit aus dem Hause.

Das nächste Hindernis, das ich aus dem Wege räumen mußte, war die Dienerschaft. Ich gab meinem Freund, dessen Mut ich immer wieder stärkte, entsprechende Anweisungen. Betroffen mußte Mrs. Michelson von ihrem Brotgeber hören, daß er den Haushalt aufzulösen gedenke. Alle Dienstboten wurden entlassen. Nur ein Hausmädchen, das von nun an den Haushalt führen sollte, durfte bleiben. Sie war so dumm und schwerfällig, daß sie sicher keine für uns peinlichen Entdekkungen machen würde. Als die Domestiken aus dem Haus waren, mußten wir noch Mrs. Michelson loswerden. Es fiel uns nicht schwer. Wir schickten diese liebenswerte Dame in ein Seebad, wo sie für ihre Herrin und Miss Halcombe eine Unterkunft suchen sollte.

Alles lief jetzt seinen vorgesehenen Gang. Lady Glyde blieb

durch ihr nervöses Leiden ans Zimmer gefesselt; das Hausmädchen (ich habe den Namen dieses Trampels vergessen) schlossen wir nachts bei ihrer Herrin ein, damit sie jemanden zur Bedienung hatte; Marian, die sich rasch erholte, mußte noch immer das Bett hüten und wurde von Madame Rubelle gepflegt. Außer Percival, meiner Frau und mir gab es im ganzen Hause keine Menschenseele mehr, alles stand zu unseren Gunsten. So konnte ich die nächste Hürde nehmen und tat den zweiten Zug im Spiel.

Der Sinn dieses nächsten Schritts war, Lady Glyde soweit zu bringen, daß sie Blackwater Park ohne ihre Schwester verließ. Wir mußten ihr einreden, daß Marian nach Cumberland vorausgefahren sei. Sonst wäre es unmöglich gewesen, sie aus freiem Willen aus dem Hause zu entfernen. Um sie davon zu überzeugen, versteckten wir unsere bezaubernde Patientin in einem unbewohnten Flügel des Herrenhauses. Im Schutz der Nacht gelang Madame Fosco, Madame Rubelle und mir (Percival war zu nervös, auf ihn konnten wir uns nicht verlassen) dieses Unternehmen. Die Aktion verlief höchst dramatisch, die Szene war pittoresk und geheimnisvoll. Unter meiner Anleitung hatten wir schon am Morgen unter Marians Bett einen stabilen Rahmen geschoben, den wir nur an beiden Enden hochheben mußten. So konnten wir die Patientin in ihrem Bett leise und vorsichtig wegtragen, nichts störte sie in ihrer Ruhe. Wir benötigten in diesem Fall kein chemisches Hilfsmittel, denn unsere reizende Marian lag im tiefen Schlummer der Genesung. Wir hatten vorher alle Türen geöffnet und auf den Korridoren brennende Kerzen aufgestellt. Dank meiner Kraft konnte ich das Kopfende des Betts allein halten, indes meine Frau und Madame Rubelle es am Fußende faßten. Zärtlich und umsichtig wie ein Vater trug ich meine kostbare Bürde. Wo ist der moderne Rembrandt, der unsere mitternächtliche Prozession hätte malen könne? Welch ein Verlust für die Kunst, daß diese pittoreske Szene nicht festgehalten wurde! Schade – der moderne Rembrandt ist leider weit und breit nicht in Sicht!

Am nächsten Morgen bestiegen meine Frau und ich den Morgenzug nach London. Marian ließen wir unter der Obhut von Madame Rubelle zurück, die freundlicherweise bereit war, sich für zwei oder drei Tage mit ihrer Patientin im unbewohnten Trakt des Herrenhauses einzuschließen. Vor meiner Abreise hatte ich meinem Freund den Brief für Lady Glyde übergeben, in dem Mr. Fairlie sie nach Limmeridge einlädt und sie anweist, die Reise in London zu unterbrechen und bei ihrer Tante zu übernachten. Sobald er von mir hörte, sollte er seiner Frau dieses Schreiben zeigen. Ich hatte mir von ihm die Adresse des Sanatoriums geben lassen, aus dem Anne Catherick seinerzeit geflohen war, desgleichen ein Schreiben an den Anstaltsleiter, in dem diesem die Rückkehr der wiedergefundenen Patientin angekündigt wurde.

Bei meinem letzten Besuch in der Hauptstadt hatte ich dafür gesorgt, daß in unserem bescheidenen Domizil in St. John's Wood nichts mehr fehlte, wenn wir in London ankämen. Dank dieser weisen Voraussicht konnten wir noch am selben Tag den nächsten Zug in unserem Spiel tun – Anne Catherick in unsere Gewalt zu bekommen.

An dieser Stelle sind Daten von Wichtigkeit. Ich vereine in mir die ansonsten einander ausschließenden Eigenschaften eines Mannes mit Gefühl und eines Mannes mit Geschäftssinn. Daher kann ich alle für mich wichtigen Daten aus dem Ärmel schütteln.

Am Mittwoch, den 24. Juli 1850, schickte ich meine Frau in einer Droschke aus, um zuerst einmal Mrs. Clements aus dem Weg zu schaffen. Zu diesem Zweck genügte eine fingierte Botschaft von Lady Glyde. Mrs. Clements war sofort bereit, mit meiner Frau in das Hotel zu fahren, in dem Lady Glyde angeblich abgestiegen war. Meine Frau ließ nach kurzer Zeit anhalten, gab vor, etwas besorgen zu müssen (während Mrs. Clements in der Droschke sitzen blieb), und kehrte unverzüglich nach St. John's Wood zurück, um dort den zu erwartenden Besuch zu empfangen. Unnötig zu sagen, daß man den Dienstboten gegenüber den Gast des Hauses »Lady Glyde« nannte. Unterdessen war ich in einer anderen Droschke unterwegs, und zwar mit einem kurzen Schreiben für Anne Catherick, in dem es hieß, Lady Glyde habe Mrs. Clements gebeten, den Tag mit ihr zu verbringen, und erwarte Anne nun ebenfalls. Sie möge nachkommen und sich von dem »freundlichen Herrn« begleiten lassen, der sie schon in Hampshire vor Sir Percival bewahrt habe. Der »freundliche Herr« schickte die

Nachricht durch einen Jungen zu ihr hinauf und wartete unten auf sie. Als Anne vor der Haustüre erschien, öffnete der »freundliche Herr« den Wagenschlag, schob sie hinein und fuhr mit ihr davon.

(Man erlaube mir hier einen Ausruf am Rande: Wie interessant ist das alles!)

Auf unserm Weg in die Forest Road zeigte meine Begleiterin keine Angst. Wenn ich will, kann ich so väterlich sein wie kein anderer – und in diesem Fall war ich besonders väterlich! Immerhin besaß ich ein Anrecht auf ihr Vertrauen. Ich hatte die Arznei zusammengestellt, die ihr so gutgetan hatte, ich hatte sie vor der Gefahr gewarnt, die ihr von Sir Percival drohte. Vielleicht verließ ich mich zu unbedacht auf dieses Anrecht, vielleicht unterschätzte ich die Schärfe des Instinkts bei Personen mit schwachem Verstand – fest steht jedenfalls, daß ich es versäumte, sie auf die Enttäuschung vorzubereiten, die sie in meinem Hause erwartete. Als ich sie in den Salon führte und sie dort nur meine Frau antraf, die ihr fremd war, regte sie sich furchtbar auf. Ihr plötzliches Entsetzen war mir unerklärlich. Es war, als hätte sie Gefahr gewittert – gleich einem Hund, der das Kommen eines Menschen spürt, noch ehe er ihn sieht. Vergebens versuchte ich einzugreifen. Ihre Angst hätte ich ihr vielleicht nehmen können – ihr schweres Herzleiden jedoch konnte ich durch Worte nicht lindern. Zu meinem unbeschreiblichen Entsetzen wurde sie plötzlich von Krämpfen gepackt. Angesichts ihres Gesundheitszustands war es ein schwerer Anfall, und wir mußten uns darauf gefaßt machen, daß sie uns jeden Moment tot zu Füßen fallen konnte.

So schickten wir nach dem nächsten Arzt, da »Lady Glyde« dringend einer Hilfe bedurfte. Zu meiner großen Erleichterung handelte es sich um einen tüchtigen Mann. Ich schilderte ihm die Patientin als Frau von schwachem Verstand, die zuweilen an Sinnestäuschungen leide. Wir vereinbarten, daß nur meine Frau Zutritt zum Krankenzimmer haben und sie betreuen sollte. Aber diese Unglückliche war ohnehin zu schwach, um sprechen zu können und uns dadurch Ungelegenheiten zu bereiten. Die einzige Sorge, die jetzt auf mir lastete, war, daß die falsche Lady Glyde sterben könnte, noch ehe die richtige Lady Glyde in London eintraf.

Ich hatte an diesem Morgen einen Brief an Madame Rubelle geschrieben und sie gebeten, sofort von Blackwater Park abzureisen und mich am Abend des 26. Juli – einem Freitag – im Hause ihres Mannes in London zu erwarten. Percival hatte ich instruiert, seiner Frau zu sagen, daß Marian bereits abgereist sei, ihr das Einladungsschreiben ihres Onkels zu zeigen und sie zu veranlassen, am 26. Juli mit dem Mittagszug nach London zu fahren. Wegen des schlechten Zustands der Kranken in meinem Hause schien es mir geraten, den Ablauf der Ereignisse zu beschleunigen und Lady Glyde früher eintreffen zu lassen, als ich ursprünglich geplant hatte. Welche neuen Anweisungen hätte ich in dieser schrecklich ungewissen Lage geben sollen? Mir blieb nichts anderes übrig, als dem Arzt und dem bloßen Zufall zu vertrauen. Meinen Gefühlen machte ich mit pathetischen Ausrufen Luft, wobei ich immerhin noch geistesgegenwärtig genug war, in Hörweite anderer stets von »Lady Glyde« zu sprechen. Sonst aber umhüllte mich, Fosco, an diesem denkwürdigen Tag totales Dunkel.

Anne Catherick hatte eine schlechte Nacht und erwachte völlig erschöpft. Im Laufe des Tages erholte sie sich ein wenig – und meine Lebensgeister kehrten langsam wieder zurück. Von Percival und Madame Rubelle konnte ich frühstens am Morgen des nächsten Tages eine Nachricht erwarten. Vorausgesetzt, daß sie meine Anordnungen befolgten (was ich, sofern sie nicht ein Unfall daran hinderte, von ihnen erwarten durfte), mußte ich also für diesen Tag (den 26. Juli, zwei Uhr) einen Wagen zu meinem Hause bestellen, mit dem ich Lady Glyde vom Bahnhof abholen wollte. Das tat ich denn auch. Um ganz sicher zu gehen, vergewisserte ich mich, daß der Fuhrunternehmer meinen Auftrag in sein Merkbuch eintrug. Dann ging ich zu Monsieur Rubelle und besprach mit ihm meine Pläne für den nächsten Tag, bei denen seiner Fremdenpension eine bestimmte Rolle zugedacht war. Auch sicherte ich mir die Beihilfe zweier Ärzte, die mir die nötigen Atteste für die Geisteskrankheit von Lady Glyde liefern sollten. Einen dieser Herren kannte ich persönlich, den anderen kannte Monsieur Rubelle. Beide waren – was Diagnosen betraf – eher großzügig in der Auslegung, beide kannten keine Skrupel, zudem befanden sich beide gerade in Geldverlegenheiten – und beide glaubten an *mich*.

Es war schon nach fünf Uhr, als ich endlich nach Hause kam. Entsetzt mußte ich erfahren, daß Anne Catherick tot war! Sie war am 25. Juli gestorben, und Lady Glyde konnte frühestens am 26. Juli in London eintreffen!

Ich war wie betäubt. Man stelle sich das vor: ein Fosco – betäubt!

Jetzt war es zu spät, um alles rückgängig zu machen. Um mir Mühe zu sparen, hatte es der behandelnde Arzt auf sich genommen, den amtlichen Totenschein auszustellen. Mein kühnes Vorhaben, bis dahin so unangreifbar, hatte nun seine Schwachstelle. Nichts konnte das fatale Ereignis dieses Tages ungeschehen machen. Ich nahm meinen ganzen Mut zusammen und sah mannhaft den kommenden Dingen entgegen. Schließlich ging es ja nach wie vor um Percivals und meine Interessen. So blieb mir nichts anderes übrig, als durchzuhalten und das Spiel zu Ende zu bringen. Ich gewann meine unerschütterliche Ruhe wieder zurück – und machte mich bereit für den nächsten Zug.

Tags darauf kam mit der Morgenpost ein Brief meines Freundes, in dem er mir die Ankunft von Lady Glyde mit dem Mittagszug ankündigte. Auch Madame Rubelle hatte mir umgehend geschrieben; sie wollte am Abend nachkommen. So fuhr ich um zwei Uhr mit der Droschke los, um die richtige Lady Glyde vom Bahnhof abzuholen, indes die falsche Lady Glyde tot in meiner Wohnung lag. Unter dem Wagensitz versteckt lagen in einem Reisesack alle Kleidungsstücke, die Anne Catherick getragen hatte, als sie in mein Haus gekommen war; sie sollten der Auferstehung der Toten in der Person der Lebenden dienen. Was für eine Situation! Ich empfehle dieses Thema den aufstrebenden Romanschreibern Englands – ich biete es den Dramatikern Frankreichs, deren Ideenvorrat längst erschöpft ist, als etwas völlig Neues an!

Lady Glyde traf zur angegebenen Zeit in London ein. Der Zug war überfüllt, es herrschte großes Gedränge (was mir unangenehm war, denn es hätten sich in der Menschenmenge ja auch Freunde von ihr befinden können). In diesem Durcheinander dauerte es eine Weile, bis Lady Glyde ihren Koffer hatte. Wir fuhren los, und ihre erste Frage galt ihrer Schwester. Ich ersann Auskünfte, die wunderbar beruhigend klangen, und versicherte ihr, sie würde Marian in meiner Wohnung antreffen. In diesem besonderen Fall befand sich meine »Wohnung« allerdings nahe beim Leicester Square und gehörte in Wirklichkeit Monsieur Rubelle, der uns in der Halle empfing.

Ich geleitete meine Besucherin in ein im ersten Stock gelegenes Hinterzimmer. Die beiden Ärzte warteten im Erdgeschoß. Sie waren hier, um die Patientin zu sehen, ihr Fragen zu stellen – und nachher die Atteste zu schreiben. Lady Glyde erkundigte sich wieder nach ihrer Schwester, wieder mußte ich sie beruhigen. Dann stellte ich ihr nacheinander meine beiden »Freunde« vor. Klug, ruhig und gewissenhaft erledigten die Ärzte die erforderlichen Formalitäten. Als ich danach wieder das Zimmer betrat, beschleunigte ich den Gang der Ereignisse, indem ich Lady Glyde mitteilte, daß Marians Gesundheitszustand sich plötzlich verschlechtert habe.

Der Erfolg dieser alarmierenden Nachricht war wie erwartet. Sie erschreckte Lady Glyde so sehr, daß sie in Ohnmacht fiel. Zum zweiten und letzten Mal bediente ich mich der Wissenschaft als Hilfsmittel. Ein Glas Wasser und etwas Riechsalz, beides mit Chemikalien versehen, befreiten sie von ihrer Angst und allen Sorgen. Etwas später – gegen Abend – verschaffte ihr eine weitere Dosis von diesem Präparat die unschätzbare Segnung einer guten Nachtruhe. Madame Rubelle traf rechtzeitig ein und übernahm die Aufgabe des Umkleidens. Ihre Matronenhände streiften ihr – unter strengster Beachtung der Schicklichkeit – alle Kleidungsstücke vom Leib und legten ihr am nächsten Morgen Anne Cathericks Kleider an. Während des ganzen Tages hielt ich unsere Patientin im Zustand teilweiser Bewußtlosigkeit, bis ich, dank der Unterstützung meiner ärztlichen Freunde schon früher, als ich zu hoffen gewagt hatte, den Einweisungsbescheid erhielt. Noch am selben Abend (es war der Abend des 27. Juli) brachten Madame Rubelle und ich unsere wiedererstandene »Anne Catherick« in die Irrenanstalt. Auf Grund der Einweisung, der ärztlichen Atteste, des Briefes von meinem Freund Percival, ihrer Ähnlichkeit mit Anne Catherick – und nicht zuletzt auf Grund ihres verwirrten Geisteszustands – empfing man sie dort höchst überrascht, doch ohne Argwohn. Mit den Kleidern und dem Gepäck der richtigen Lady Glyde kehrte ich nach Hause zurück und half meiner Frau, die Beerdigung der falschen Lady Glyde in die Wege zu leiten. Zugleich mit der Leiche traf auch die persönliche Habe der Verstorbenen in Limmeridge ein. In Trauerkleidung und mit angemessener Würde nahm ich dort am Begräbnis teil.

Mein Bericht über diese bemerkenswerten Ereignisse, den ich unter ebenso bemerkenswerten Umständen schreibe, schließt hiermit. Die kleinen Vorsichtsmaßnahmen, die ich bei meinem Kontakt mit Limmeridge House traf, sind bekannt – desgleichen der großartige Erfolg meines Projekts sowie die ansehnlichen pekuniären Ergebnisse, die uns das Vorhaben eintrug. Und ich bin fest davon überzeugt, daß man die einzige Schwachstelle bei dieser Sache nie gefunden hätte, wäre nicht eine schwache Stelle in meinem Herzen gewesen: Nur meine fatale Bewunderung für Marian hat mich davon abgehalten, im richtigen Moment etwas zu meinem eigenen Schutz zu tun. Nachdem sie ihrer Schwester zur Flucht aus der Anstalt verholfen hatte, habe ich mich auf das Wagnis eingelassen, darauf zu vertrauen, daß Lady Glyde als Person nicht mehr existiere. Falls Marian oder Mr. Hartright versuchen sollten, Lady Glydes Identität feststellen zu lassen, würde man ihnen einen raffiniert angelegten Betrug vorwerfen und keinen Glauben schenken; demzufolge könnten sie meine oder Percivals Interessen nicht gefährden. Als ich mich zu einer so kurzsichtigen Einschätzung unserer Chancen hinreißen ließ, beging ich einen verhängnisvollen Fehler. Einen zweiten beging ich, nachdem Percival für seine Heftigkeit und Halsstarrigkeit hatte büßen müssen; ich gewährte Lady Glyde nochmals einen Aufschub, brachte sie nicht ins Irrenhaus und ließ Mr. Hartright ein zweites Mal entwischen. Kurzum, Fosco war sich selbst in dieser ernsten Krise nicht treu. Es waren beklagenswerte – und für ihn so gar nicht charakteristische – Unterlassungsfehler. Man suche die Ursache in seinem Herzen und sehe in dem Bild, das er sich von Marian Halcombe machte, die erste und letzte Schwäche in Foscos Leben!

Im reifen Alter von sechzig Jahren lege ich dieses Bekenntnis ohnegleichen ab! Jünglinge – schenkt mir euer Mitgefühl! Mädchen – schenkt mir eure Tränen!

Ein Wort noch – dann will ich die Aufmerksamkeit des Lesers (die bisher atemlos auf mich gerichtet war) nicht länger beanspruchen.

Meine tiefe Einsicht in die menschliche Natur sagt mir, daß wißbegierige Menschen jetzt drei Fragen an mich stellen möchten. Ich will sie selbst stellen – und sogleich beantworten.

Erste Frage: Worin besteht das Geheimnis, daß sich Madame Fosco so rückhaltlos und hingebungsvoll der Erfüllung meiner kühnsten Wünsche und der Förderung meiner raffinierten Pläne widmet? Ich könnte mit einer Gegenfrage antworten, die sich ganz einfach auf meine Person bezieht: Wo gab es im Laufe der Weltgeschichte je einen Mann meines Formats ohne eine Frau im Hintergrund, die sich auf dem Altar seines Lebens geopfert hätte? Ach, da fällt mir ein, wir befinden uns ja in England! Ich habe eine Engländerin geheiratet und frage mich daher, ob hierzulande das Ehegelübde einer Frau darin besteht, daß sie sich über die Grundsätze ihres Mannes eine eigene Meinung bildet? Nein! Dieses Gelübde verlangt von ihr nur, ihren Mann zu lieben, zu ehren und ihm zu gehorchen. Genau das tut meine Frau. Und ich bescheinige ihr von meinem Standpunkt als hoher moralischer Autorität, daß sie ihre ehelichen Pflichten gewissenhaft erfüllt hat. Frauen von England – all eure Sympathien für Madame Fosco!

Zweite Frage: Was hätte ich getan, wenn Anne Catherick nicht gestorben wäre? Ich hätte in diesem Fall einem gänzlich erschöpften Leib zur ewigen Ruhe verholfen; ich hätte die Gefängnistore des Lebens geöffnet und die Eingekerkerte (die geistig und körperlich unheilbar krank war) befreit.

Dritte Frage: Wenn ich alles in Ruhe überlege – ist mein Vorgehen in irgendeiner Hinsicht zu tadeln? Nein, ganz entschieden nein! Habe ich nicht sorgfältig vermieden, mich dem Makel eines unnötig begangenen Verbrechens auszusetzen? Mit meinem Wissen auf dem Gebiete der Chemie hätte ich Lady Glyde jederzeit das Leben nehmen können. Unter unsäglichen persönlichen Opfern bin ich dem Diktat meiner Vorsicht, meines Scharfsinns und meiner Humanität gefolgt und habe ihr statt dessen nur die Identität genommen. Man beurteile mich nach dem, was ich hätte tun können. Vergleicht man es mit dem, was ich getan habe – wie relativ unschuldig, wie fast tugendhaft muß ich da erscheinen!

Ich wies schon anfangs darauf hin, daß ich ein bemerkenswertes Dokument zu verfassen gedenke. Jetzt sehe ich, daß es ganz meinen Erwartungen entspricht. Man akzeptiere daher dieses feurige Bekenntnis – mein letztes Vermächtnis an das Land, das ich für immer verlasse. Es ist der Ereignisse würdig – würdig auch eines

FOSCO.

Bericht
beendet von Walter Hartright

I

Als ich das letzte Blatt dieses Manuskripts auf die übrigen legte, war die halbe Stunde, die ich notgedrungen in diesem Hause hatte verbringen müssen, vorüber. Monsieur Rubelle sah auf die Uhr und machte eine kleine Verbeugung vor mir. Ich erhob mich und ging und ließ den Agenten allein in dem leeren Haus zurück. Ich habe ihn nie wiedergesehen, nie mehr von ihm oder seiner Frau gehört. Aus den finsteren Seitenpfaden von Trug und Niedertracht waren sie hervorgekrochen und hatten unseren Weg gekreuzt. In diese Seitenpfade schlichen sie jetzt wieder heimlich zurück und verschwanden.

Eine Viertelstunde später war ich zu Hause.

Mit wenigen Worten schilderte ich Laura und Marian, wie mein tollkühnes Unternehmen geendet hatte und welche Folgen sich daraus für uns ergaben. Einzelheiten wollte ich ihnen erst später erzählen. Es lag mir nämlich daran, jetzt so schnell wie möglich wieder nach St. John's Wood zu gehen und dort den Fuhrunternehmer aufzusuchen, bei dem Conte Fosco den Wagen bestellt hatte, als er Laura vom Bahnhof abholte. Die von ihm angegebene Adresse war die einer Droschkenvermietung unweit der Forest Road.

Der Fuhrunternehmer war ein höflicher, achtbar aussehender Mann, der für mein Anliegen bereitwilliges Verständnis zeigte, als ich ihn darum bat, wegen einer wichtigen Familienangelegenheit in seinem Vormerkbuch nach einem bestimmten Datum zu suchen. Er holte es hervor, und tatsächlich fand sich darin unter dem Datum des 26. Juli 1850 folgender Vermerk:

»Kutsche für Conte Fosco, Forest Road Nr. 5, zwei Uhr (John Owen).«

Auf meine Frage erfuhr ich, daß John Owen der Name des Kutschers war. Zufällig hielt sich der Mann gerade im Hof auf. Man ließ ihn holen, und so konnte ich ihn gleich befragen.

»Können Sie sich erinnern, vor etwa einem Jahr einen Herrn aus der Forest Road zum Bahnhof Waterloo Bridge gefahren zu haben?« wollte ich wissen.

»Hm, genau weiß ich das nicht mehr«, sagte der Mann.

»Vielleicht können Sie sich an den Herrn selbst erinnern – einen Ausländer, sehr groß, sehr dick ...?«

Seine Augen leuchteten auf.

»Ja, Sir, an den erinnere ich mich schon! Der dickste Mensch, den ich je gesehen habe – so schwer war noch keiner meiner Kunden. Jaja, jetzt fällt es mir wieder ein. Wir sind tatsächlich zum Bahnhof Waterloo Bridge gefahren, und es war auch das Haus Forest Road Nr. 5! Dort gab es einen Papagei – oder so was ähnliches –, der saß am Fenster und kreischte. Auf dem Bahnhof hatte es der Herr schrecklich eilig; er versprach mir ein gutes Trinkgeld, wenn ich das Gepäck der Dame aus dem Zug holte.«

Ach ja, Lauras Koffer! Sie hatte es mir selbst erzählt, daß irgend jemand, den Conte Fosco mitgebracht hatte, nach ihrer Ankunft das Gepäck suchen gegangen war. Dieser Mann also war es gewesen.

»Haben Sie die Dame gesehen?« fragte ich ihn. »Wie sah sie aus? War sie jung oder alt?«

»Also, bei dieser Eile und in diesem Gedränge weiß ich wirklich nicht, wie die Dame ausgesehen hat. Ich kann überhaupt nichts über sie sagen – nur ihren Namen weiß ich.«

»Sie erinnern sich an ihren Namen?«

»Jawohl Sir. Sie hieß Lady Glyde.«

»Wieso haben Sie sich ihren Namen, nicht aber ihr Aussehen gemerkt?«

John Owen grinste und scharrte verlegen mit den Füßen.

»Um die Wahrheit zu sagen, Sir, ich hab' zwar kein Gedächtnis für vornehmer Leute Namen, aber ich war gerade jung verheiratet, und Glyde hieß auch meine Frau, bevor sie meinen Namen angenommen hat. Die Dame hat mir ihren Namen selbst genannt, als ich sie auf dem Bahnhof gefragt hab': ›Madam, steht Ihr Name auf den Koffern?‹ Da hat sie gesagt: ›Ja, Lady Glyde.‹ Nur – wann das war, kann ich nicht genau sagen, vielleicht ist's knapp ein Jahr her, vielleicht auch nicht ... Jaja, Sir, den dicken Herrn und den Namen der Dame – das hab' ich mir gemerkt, das kann ich beschwören!«

Für mich war es nicht notwendig, daß er sich an den Tag erinnerte, fand sich doch das Datum im Vormerkbuch seines Herrn. Jedenfalls hatte ich jetzt die Beweise in der Hand,. um mit einem einzigen Schlag das ganze Lügengewebe zu zerreißen. Ich überlegte nicht lange und nahm den Fuhrunternehmer beiseite. Die Eintragung im Vormerkbuch sowie die Aussage des Kutschers seien für mich von größter Wichtigkeit, erklärte ich. Ob sich John Owen an den nächsten drei Tagen oder – falls nötig – etwas länger zu meiner Verfügung halten könnte? Für den kurzfristigen Arbeitsausfall seines Kutschers würde ich ihn entsprechend entschädigen. Der Fuhrunternehmer war damit einverstanden. Dann machte ich eine Kopie der Eintragung und ließ sie von ihm bestätigen.

Somit war ich im Besitz sämtlicher Unterlagen, die ich brauchte, denn die beglaubigte Abschrift des Totenscheins und Sir Percivals Brief an den Conte befanden sich, wie bereits erwähnt, wohlverwahrt in meiner Tasche.

Mit diesem Beweismaterial (die Aussage des Kutschers hatte ich Wort für Wort im Gedächtnis) ging ich zum zweiten Mal seit Beginn meiner Nachforschungen zu Mr. Kyrle. Ihm wollte ich mitteilen, was ich bis jetzt erreicht hatte, und überdies wollte ich ihm sagen, daß ich tags darauf mit Laura nach Limmeridge zu fahren gedächte, damit sie dort in ihrem Vaterhause anerkannt und in aller Form empfangen werde. Er sollte dann selbst entscheiden, ob er als Vertreter von Mr. Gilmore bei diesem Anlaß zugegen sein wollte oder nicht.

Ich brauche nicht zu erwähnen, wie sehr mein Bericht den Anwalt verblüffte und wie tief ihn meine konsequent durchgeführten Nachforschungen beeindruckten. Jedenfalls beschloß er auf der Stelle, uns nach Cumberland zu begleiten.

Am nächsten Morgen reisten wir mit dem Morgenzug ab.

Laura, Marian, Mr. Kyrle und ich saßen im selben Coupé, John Owen und ein Schreiber aus dem Anwaltsbüro hatten sich in ein anderes gesetzt. Als wir an der Bahnstation von Limmeridge ausstiegen, gingen wir zuerst nach Todd's Corner, denn ich hatte mir fest vorgenommen, daß Laura Limmeridge House erst betreten sollte, wenn die Pächter aller umliegenden Gehöfte sie als Nichte von Mr. Frederick Fairlie erkannt hatten. Wir teilten Mrs. Todd unser Anliegen mit. Die gute Frau brauchte eine Weile, um sich von ihrem Staunen zu erholen. So überließ ich es Marian, unsere Quartierfrage mit ihr zu regeln, und vereinbarte inzwischen mit Mr. Todd, daß John Owen beim Gesinde freundliche Aufnahme und eine Kammer zum Übernachten finden sollte. Nach diesen Vorbereitungen machte ich mich zusammen mit Mr. Kyrle auf den Weg zum Herrenhaus.

Ich will hier nicht des langen und breiten über unser Gespräch mit Mr. Fairlie berichten. Selbst in der Erinnerung ist mir diese Szene widerlich, nur mit Wut und Verachtung vermag ich daran zu denken. Daher halte ich hier lediglich fest, daß ich meinen Willen bei ihm schließlich durchgesetzt habe. Natürlich versuchte er, uns auf die übliche Art abzufertigen, doch wir ignorierten seine hinter höflichen Floskeln verborgene Impertinenz; ungerührt hörten wir ihm zu, als er beteuerte, wie sehr ihn unsere Enthüllungen niedergeschmettert hätten. Zuletzt wimmerte und winselte er wie ein launisches Kind. Wie hätte er wissen sollen, daß seine Nichte noch am Leben sei? Man habe ihm doch ihren Tod mitgeteilt! Selbstverständlich möchte er die liebe Laura herzlich willkommen heißen, aber wir müßten ihm Zeit lassen, sich von dieser Aufregung zu erholen. Wollten wir ihn denn ins Grab bringen? Doch sicher nicht! Warum also treibe man ihn in den Tod? Er wiederholte diese Einwände so lange, bis es mir zu dumm wurde und ich ihn zu einer Entscheidung zwang: Entweder mußte er meinen Vorstellungen entsprechend seiner Nichte Gerechtigkeit widerfahren lassen, oder er hatte die lästigen Folgen einer öffentlichen Bestätigung ihrer Existenz vor einem Gerichtshof zu tragen. Mr. Kyrle, den ich gebeten hatte, mir gegebenenfalls beizustehen, befahl ihm ohne Umschweife, sich in dieser Sache sofort zu entscheiden. Bezeichnenderweise wählte Mr. Fairlie jene Alternative, welche ihn am schnellsten von allen Unannehmlichkeiten zu befreien versprach, und erklärte plötzlich mit erstaunlicher Energie, daß er sich nicht kräftig genug fühle, sich noch länger von uns tyrannisieren zu lassen, und daß wir tun sollten, was uns beliebte.

Der Anwalt und ich gingen in den Salon hinunter und verfaßten gemeinsam ein Schreiben an sämtliche Pächter, die dem Begräbnis beigewohnt hatten, in dem wir sie im Namen des Gutsherrn aufforderten, sich am übernächsten Tag im Herrenhaus zu versammeln. Einem Steinmetz in Carlisle schickten wir den schriftlichen Auftrag, am genannten Tag auf den Kirchhof von Limmeridge zu kommen, um von einem Grabkreuz die Inschrift zu entfernen. Mr. Kyrle, der in Limmeridge House logierte, übernahm es, dem Gutsherrn beide Briefe vorzulesen und sie von ihm unterzeichnen zu lassen.

Den nächsten Tag nutzte ich in Todd's Corner für einen kurzen schriftlichen Bericht über das Komplott gegen Lauras Person, den ich den versammelten Pächtern vorlesen wollte. Ich fügte noch ein paar Fakten bei, die ihren Tod eindeutig widerlegten, und gab das Ganze dem Anwalt zur Durchsicht. Außerdem vereinbarte ich mit ihm, in welcher Form ich nach der Verlesung meines Berichts den Wahrheitsbeweis erbringen sollte. Nachdem wir das alles erledigt hatten, kam Mr. Kyrle auf Lauras Vermögensverhältnisse zu sprechen. Da ich von diesen Dingen nichts wußte (und auch nichts wissen wollte) und da ich überdies bezweifelte, daß er als Jurist meine Einstellung billigte (die Ansprüche meiner Frau auf das von Madame Fosco übernommene Vermächtnis betreffend), bat ich ihn, von diesem Thema abzusehen; es war, wie ich ihm wahrheitsgemäß versichern konnte, mit den Sorgen und Leiden einer vergangenen Zeit verknüpft, die meine Frau und ich weder erwähnen noch mit anderen besprechen wollten.

Meine letzte Aufgabe vor Einbruch der Dunkelheit bestand darin, mir das »Zeugnis des Grabsteins« zu sichern, indem ich mir die falsche Inschrift auf dem Grabkreuz notierte, bevor sie entfernt wurde.

So kam der Tag – jener denkwürdige Tag, an welchem Laura wieder den vertrauten Frühstücksraum in Limmeridge House betrat. Alle hier Versammelten erhoben sich von ihren Sitzen, als Marian und ich Laura hineinführten. Als sie ihr Gesicht erblickten, lief ein fühlbarer Schock der Überraschung, ein hörbares staunendes Gemurmel durch die Menge. Auf meinen ausdrücklichen Wunsch war auch Mr. Fairlie gekommen, begleitet von Mr. Kyrle. Hinter ihm stand sein Kammerdiener, in der einen Hand ein Riechfläschchen, in der anderen ein mit Eau de Cologne getränktes weißes Taschentuch.

Ich eröffnete die Versammlung, indem ich Mr. Fairlie aufforderte, mir vor allen Anwesenden zu bestätigen, daß ich hier mit seinem ausdrücklichen Einverständnis an seiner Stelle das Wort ergriff. Darauf streckte er je einen Arm nach Mr. Kyrle und dem Kammerdiener aus, wurde von beiden auf die Füße gestellt, und äußerte sich dann wie folgt: »Man erlaube mir, Mr. Hartright vorzustellen. Da ich krank und hinfällig bin, hat er sich gütigerweise bereit erklärt, in meinem Namen zu sprechen. Es handelt sich um eine furchtbar peinliche Sache. Bitte hören Sie ihn an – aber machen Sie nur ja keinen Lärm!« Mit diesen Worten sank er erschöpft in seinen Stuhl und suchte Zuflucht in seinem parfümierten Taschentuch.

Ehe ich von dem Komplott gegen Lauras Person berichtete, erklärte ich mit einigen Worten, worum es ging. Die Dame neben mir sei in Wahrheit die Tochter des verstorbenen Mr. Philip Fairlie; auf dem Kirchhof von Limmeridge habe man im Vorjahr eine andere Frau begraben – wie es dazu gekommen sei, würde ich nun kurz schildern. Dann las ich den versammelten Pächtern die Geschichte des Komplotts vor, wobei ich die Gewinnsucht der beiden Haupttäter hervorhob und – um die Sache nicht unnötig zu komplizieren – Sir Percivals Geheimnis nicht erwähnte. Ich rief meinen Zuhörern das Datum auf dem Grabkreuz in Erinnerung (den 25. Juli) und bestätigte dessen Richtigkeit anhand des Totenscheins. Dann aber las ich Sir Percivals Brief vor, der vom 25. Juli datiert war und für den nächsten Tag die Ankunft seiner Frau in London ankündigte. Hierauf bewies ich durch die Aussage des Kutschers, daß sie in London eingetroffen war, und zwar am 26. Juli – was auch aus dem Vormerkbuch des Fuhrunternehmers hervorging. Nach mir ergriff Marian das Wort und schilderte, wie sie ihre Schwester im Irrenhaus gefunden und ihr zur

Flucht verholfen habe. Abschließend berichtete ich von Sir Percivals Tod und von meiner Heirat.

Als nächster erhob sich Mr. Kyrle und stellte als Rechtsberater der Familie fest, daß der wahre Sachverhalt hiermit erwiesen und der Fall geklärt sei. Ich legte meinen Arm um Laura, zusammen traten wir vor die Leuten hin, und ich fragte: »Sind alle Anwesenden auch dieser Meinung?«

Die Wirkung meiner Worte war elektrisierend. Am anderen Ende des Zimmers sprang einer der ältesten Pächter auf und riß in seiner Begeisterung die anderen mit. Noch heute sehe ich den alten ehrlichen Mann mit dem eisgrauen Haar und dem sonnenverbrannten Gesicht vor mir; er hatte sich auf die Fensterbank gestellt und schwang die schwere Reitpeitsche über seinem Kopf im Takt zu seinem lauten »Hurra! Hurra! Hurra!«, in das die Menge jetzt einstimmte. »Wir haben sie wieder – gesund und munter! Gott segne sie!« rief er, und seine Rufe pflanzten sich durch die Reihen fort. Für mich war das die lieblichste Musik, die ich je gehört hatte. Die Landarbeiter und die Kinder aus dem Dorfe, die sich draußen auf dem Rasen zusammendrängten, nahmen den Jubel auf und gaben ihn mit einem lauten Echo zurück. Den Frauen liefen Tränen übers Gesicht, sie drängten sich um Laura, jede wollte ihr als erste die Hand drücken. Laura war so völlig überwältigt, daß ich sie befreien und ihr zur Türe hinaushelfen mußte. Dort übergab ich sie der Obhut Marians – sie hatte uns noch nie im Stich gelassen, und auch jetzt durften wir uns ihrer mutigen Selbstbeherrschung anvertrauen. Ich blieb zurück, dankte den Leuten in Lauras und in meinem Namen und forderte sie alle auf, mir zum Kirchhof zu folgen und mit eigenen Augen zu sehen, wie die falsche Inschrift vom Grabkreuz entfernt wurde.

Die Leute gesellten sich zu den Dorfbewohnern, die zusammen mit dem Steinmetz schon am Grabe warteten. In die atemlose Stille hinein erklang der erste scharfe Schlag des Stahls gegen den Marmor. Keiner sprach, keiner rührte sich. Erst als die drei Wörter »Laura, Lady Glyde« verschwunden waren, seufzten alle erleichtert auf, als wären hiermit die letzten Fesseln, die man Laura angelegt hatte, gefallen. Nur langsam löste sich die Versammlung auf, denn es dauerte eine Weile, bis die ganze Inschrift entfernt war. Später wurde an derselben Stelle lediglich eine einzige Zeile eingemeißelt: »Anne Catherick, gestorben am 25. Juli 1850.«

Am Abend ging ich nochmals ins Herrenhaus, um mich von Mr. Kyrle zu verabschieden. Er, sein Schreiber und der Kutscher John Owen fuhren mit dem Nachtzug nach London zurück. Als wir das Haus verlassen wollten, überbrachte mir ein Diener eine Nachricht von Mr. Fairlie, den man nach den ersten Hurrarufen völlig verstört hatte hinaustragen müssen. In seiner unverschämten Art sprach er uns seine Glückwünsche aus und ließ zugleich anfragen, ob wir in seinem Hause zu bleiben gedächten. Darauf ließ ich ihm ausrichten, daß ich meinen Zweck erreicht hätte und im übrigen auf niemanden angewiesen sei, da ich nicht vorhätte, in einem anderen als meinem eigenen Hause zu leben; Mr. Fairlie brauche nicht zu befürchten, uns je wiederzusehen oder je wieder von uns zu hören. Laura, Marian und ich verbrachten die Nacht bei unseren Freunden in Todd's Corner und wanderten am nächsten Morgen, begleitet vom ganzen Dorf und sämtlichen Pächtern der Umgebung, zur Bahnstation, um nach London zurückzukehren.

Als Cumberlands Hügel in der Ferne verblaßten, gedachte ich der entmutigenden Umstände, unter denen das lange Ringen, das nun vorbei war, begonnen hatte. Er war seltsam, zurückzublicken und zu erkennen, daß die Armut, die uns jede Hoffnung auf Beistand von außen genommen hatte, indirekt die Ursache unseres Erfolgs gewesen war, da sie mich nämlich zum Handeln zwang. Hätten wir genügend Geld gehabt, um die Hilfe des Gesetzes in Anspruch zu nehmen – wie wäre dann wohl die Sache für uns ausgegangen? Der Erfolg wäre mehr als zweifelhaft gewesen (schließlich hielt selbst Mr. Kyrle den Rechtsweg für aussichtslos) und unsere Niederlage um so sicherer, als man sich bei Gericht nur an nachweisbare Tatsachen hält. Das Gesetz hätte mir keine Gelegenheit zu einem ausführlichen Gespräch mit Mrs. Catherick gegeben, das Gesetz hätte es mir nicht ermöglicht, mit Hilfe von Pesca den Conte zu einem Geständnis zu bewegen.

II

Zwei weitere Glieder sind der Kette noch hinzuzufügen, bevor sie den Anfang der Geschichte mit ihrem Ende lückenlos verbindet.

Nach dem Druck, der so lange auf uns lastete, war für uns das Gefühl der Freiheit noch neu und ungewohnt. An einem der nächsten Tage ließ mich jener Freund, welcher mir die ersten Holzschnitt-Aufträge verschafft hatte, zu sich bitten, um mir wieder einmal sein freundliches Interesse an meinem Wohlergehen zu beweisen. Seine Auftraggeber wollten ihn nach Paris schicken, wo er eine neue Erfindung auf dem Gebiete der Holzschnittechnik begutachten sollte, deren Vorteile sie geprüft haben wollten. Sonstige Verpflichtungen ließen ihm jedoch nicht genügend Zeit zur Übernahme dieser Aufgabe, und so hatte er freundlicherweise mich dafür vorgeschlagen. Selbstverständlich nahm ich das Angebot dankbar an; denn erfüllte ich meine Mission zur Zufriedenheit der Auftraggeber, wie ich dies zuversichtlich hoffte, so stand mir bei der Zeitschrift, für die ich bisher nur gelegentlich gearbeitet hatte, eine Dauerstellung in Aussicht.

Ich erhielt meine Anweisungen und packte meinen Koffer für die Reise, die ich tags darauf antreten sollte. Als ich meine Frau (doch unter welch veränderten Voraussetzungen!) bei Marian zurückließ, bewegte mich ein ernster Gedanke, der Laura und mich schon wiederholt beschäftigt hatte – nämlich der Gedanke an Marians Zukunft. Hatten wir in unserer selbstsüchtigen Liebe eigentlich das Recht, die schrankenlose Hingabe dieses großzügigen Menschen einfach anzunehmen? War es nicht unsere Pflicht, als Ausdruck unserer Dankbarkeit unsere eigenen Wünsche hintanzustellen und an *sie* zu denken? Ich wollte mich gerade von Marian verabschieden und nützte die Gelegenheit unseres kurzen Alleinseins, ihr meine Bedenken mitzuteilen.

Sie aber ergriff meine Hand und fiel mir gleich ins Wort.

»Walter, nach allem, was wir zusammen durchgemacht haben, kann es keine Trennung geben – außer der allerletzten. Mein Herz und mein Glück sind bei Laura und bei dir. Warte noch ein bißchen, bis Kinderstimmen hier erklingen! Ich werde den Kleinen beibringen, für mich zu sprechen, und zwar mit *ihren* Worten, und das erste, was ich sie lehre, wird sein: ›Wir können unsere Tante nicht entbehren!‹ «

Ich machte die Reise nach Paris nicht allein. Im letzten Augenblick entschloß sich Pesca, mich zu begleiten. Seit jenem Opernabend hatte er seine gewohnte Heiterkeit noch immer nicht wiedererlangt; so wollte er sehen, ob nicht ein paar Ferientage seine Stimmung bessern könnten.

In Paris erledigte ich sofort meinen Auftrag und schrieb schon am vierten Tag nach unserer Ankunft den geforderten Bericht. Den fünften Tag wollte ich in Pescas Gesellschaft dem Vergnügen und der Stadtbesichtigung widmen.

Unser Hotel war so überfüllt, daß man uns nicht in derselben Etage hatte unterbringen können. Mein Zimmer lag im zweiten Stock, Pesca bewohnte ein Zimmer im dritten. Am Morgen meines ersten freien Tages ging ich zu ihm hinauf und wollte nachsehen, ob er bereit zum Ausgehen sei. Ich hatte schon fast den Treppenabsatz erreicht – da bemerkte ich, daß seine Zimmertüre ein wenig offen stand. Eine schmale, nervöse Hand (bestimmt nicht die meines Freundes!) lag auf dem inneren Türgriff, und ich hörte Pesca eben rasch und leise in seiner Muttersprache sagen: »An den Namen kann ich mich erinnern, doch an den Mann nicht. Sie haben im Theater selbst gesehen, daß er sich so stark verändert hatte, daß ich ihn nicht wiedererkannte. Den Bericht leite ich weiter, aber mehr kann ich nicht tun.« »Das ist auch nicht nötig«, hörte ich eine Männerstimme sagen. In diesem Moment ging die Türe ganz auf, und der Unbekannte mit der Narbe – derselbe Mann, der nach jener denkwürdigen Nacht der Droschke des Conte gefolgt war – kam heraus. Ich trat zur Seite, um ihn vorbeizulassen. Sein Gesicht war erschreckend blaß, er mußte sich am Geländer festhalten, als er die Treppe hinunterstieg.

Ohne anzuklopfen ging ich hinein, Pesca hockte in der merkwürdigsten Haltung zusammengekrümmt auf dem Sofa, und als ich auf ihn zukam, schien er vor mir zurückweichen zu wollen.

»Störe ich dich?« fragte ich ihn. »Ich wußte nicht, daß du einen Freund bei dir hattest. Ich bemerkte es erst, als er herauskam.«

»Das war kein Freund«, sagte Pesca rasch. »Ich habe ihn heute zum ersten und letzten Mal gesehen.«

»Hoffentlich hat er dir keine schlechte Nachricht überbracht?«

»Ach Walter – eine entsetzliche Nachricht! Laß uns nach London zurückkehren – ich will nicht länger hierbleiben –, ich bedauere, daß ich überhaupt hergefahren bin! Mein jugendlicher Fehltritt verfolgt mich«, sagte er und drehte sein Gesicht zur Wand, »er verfolgt mich noch immer. Ich habe versucht, diese Leute zu vergessen – aber sie vergessen mich nicht.«

»Leider werden wir erst am Nachmittag abreisen können«, antwortete ich. »Willst du inzwischen ein wenig mit mir spazierengehen?«

»Nein, mein Freund. Ich warte hier im Hotel. Aber bitte, laß uns noch heute zurückfahren – ich beschwöre dich, laß uns zurückfahren!«

Ich versicherte ihm, daß wir ganz bestimmt am Nachmittag abreisen würden. Am Vorabend hatten wir beschlossen, mit Victor Hugos herrlichem Roman ›Notre Dame de Paris‹ als Führer, die Kathedrale zu besteigen. In der französischen Hauptstadt gab es nichts, was mich mehr interessiert hätte als dieser Ausblick. So machte ich mich denn allein auf den Weg.

Als ich die Seine entlangging, kam ich an der Morgue, dem schaurigen Leichenschauhaus der Stadt vorbei. Menschenmassen wogten vor dem Eingang, man schrie, man trat einander fast nieder. Offenbar gab es dort etwas zu sehen, was ihre Neugier weckte und ihre Gier nach Entsetzen befriedigte. Ich wäre in Richtung Kirche weitergegangen, hätte ich nicht zufällig gehört, was zwei Männer und eine Frau, die eben herauskamen, zu den Wartenden sagten. Laut und aufgeregt sprachen sie von der Leiche, die sie gesehen hatten – einem ungeheuer dicken Mann mit einem höchst merkwürdigen Mal am linken Arm.

Sofort blieb ich stehen und drängte mich durch die Menge dem Eingang zu. Schon als ich durch die offene Zimmertüre Pescas Stimme gehört und kurz danach den Mann mit der Narbe gesehen hatte, hatte mich eine dunkle Ahnung überfallen – und nun bestätigte sie sich. Ihre Richtigkeit offenbarte sich mir durch die eben vernommenen Worte. Ein anderer

Rächer – nicht ich – war dem zum Untergang verurteilten Mann gefolgt, vom Theater bis zu seiner Haustüre, von der Haustüre bis zu seinem Schlupfwinkel in Paris. Ein anderer Rächer – nicht ich – hatte ihn zur Rechenschaft gezogen und ihn mit dem Tode bestraft. Von dem Augenblick an, als ich ihn in Hörweite des Unbekannten meinem Freund Pesca gezeigt hatte, war sein Schicksal besiegelt. Ich gedachte des Kampfes in meinem eigenen Herzen, als wir einander gegenüberstanden und ich ihn entkommen lassen mußte, und mir schauderte bei dieser Erinnerung.

Langsam, Schritt für Schritt, schob ich mich mit der Menge hinein, näher und näher kam ich der großen Glaswand, die in der Morgue die Toten von den Lebenden trennt, bis ich unmittelbar hinter der ersten Reihe stand und die Leiche sehen konnte.

Da lag er, allein und unbekannt, der frechen Neugier des französischen Pöbels preisgegeben! Das war das schreckliche Ende eines langen Lebens voll mißbrauchter Fähigkeiten und herzloser Verbrechen! In der erhabenen Ruhe des Todes bot sein massiver Kopf mit dem breiten, wohlgeformten Gesicht einen so eindrucksvollen Anblick, daß die plappernden Französinnen, die vor ihm standen, bewundernd die Hände hoben und in schrillem Chor riefen: »Ah, was für ein schöner Mann!« Die tödliche Wunde, die von einem Messer oder einem Dolch stammte, lag genau über dem Herzen. Sonst fand sich keine Spur von Gewalt – außer auf dem linken Arm; dort, an der gleichen Stelle, an der ich Pescas Brandmal gesehen hatte, machten zwei tiefe Schnitte in Form eines T das Zeichen der Bruderschaft unkenntlich. Seine Überkleider, die neben ihm hingen, bewiesen, daß er sich der Gefahr bewußt gewesen war; er hatte sich als französischer Handwerker verkleidet. Ein paar Sekunden lang, aber nicht länger, zwang ich mich, durch die Glasscheibe zu blicken. Weiter kann ich nichts darüber berichten, denn mehr sah ich nicht.

Die wenigen Fakten, die ich später im Zusammenhang mit seinem Tod (teils von Pesca, teils aus anderen Quellen) erfuhr, kann ich hier gleich mitteilen, ehe ich das Thema endgültig fallen lasse. Man hatte seine Leiche in oben erwähnter Verkleidung aus der Seine gezogen, jedoch nichts an ihr gefunden, das

Aufschluß über seinen Namen, seine Stellung und seinen Wohnort gegeben hätte. Die Hand, die ihn tötete, hat man nie entdeckt, warum er sterben mußte, nie herausgefunden. Ich überlasse es anderen, aus diesem Geheimnis ihre Schlüsse zu ziehen – so wie ich meine daraus zog. Wenn ich hier die Vermutung ausspreche, daß der Unbekannte mit der Narbe Mitglied der Bruderschaft war (man hatte ihn wahrscheinlich erst in den Geheimbund aufgenommen, als Pesca Italien bereits verlassen hatte), und wenn ich ferner behaupte, daß die beiden Schnitte in Form eines T das italienische Wort »traditore« bedeuteten, woraus hervorgeht, daß man Rache an einem Verräter nahm, so habe ich damit alles gesagt, was, von mir aus gesehen, Licht in diese Sache bringen könnte.

Die Leiche wurde tags darauf durch einen anonym an seine Frau gerichteten Brief identifiziert. Die Contessa ließ ihn auf dem Friedhof Père Lachaise beerdigen. Bis auf den heutigen Tag hängt sie immer wieder frische Kränze an die mit Ornamenten verzierten Bronzegitter der Gruft. Sie selbst lebt streng zurückgezogen in Versailles. Vor einiger Zeit veröffentlichte sie eine Biographie des Verstorbenen, doch das Werk läßt die wichtigsten Fragen offen. Weder erfährt man, wie er wirklich geheißen hat, noch kommt man hinter das Geheimnis seines Lebens. In dieser Biographie werden bloß seine häuslichen Tugenden gelobt, seine ungewöhnlichen Begabungen geschildert und die ihm zuteil gewordenen Ehrungen aufgezählt. Was zu seinem Tode führte, wird nicht geklärt. Auf der letzten Seite findet sich lediglich folgende Feststellung: »Sein Leben war ein einziges Eintreten für die Rechte des Adels und die geheiligten Prinzipien der Ordnung – er starb als Märtyrer für seine Sache.«

III

Nach meiner Rückkehr aus Paris gingen Sommer und Herbst rasch vorbei und brachten keine nennenswerten Veränderungen. Wir lebten so ruhig und bescheiden, daß mein nunmehr regelmäßiges Einkommen für unsere Bedürfnisse genügte.

Im Februar des neuen Jahres wurde unser erstes Kind, ein

Sohn, geboren. Wir hatten meine Mutter, meine Schwester und Mrs. Vesey zu einer kleinen Tauffeier eingeladen; auch Mrs. Clements war gekommen, um meiner Frau zu helfen. Marian war die Taufpatin, Pesca und Mr. Gilmore (letztgenannter durch einen Stellvertreter) waren die Taufpaten. Ich möchte hier vermerken, daß Mr. Gilmore, als er ein Jahr später nach England zurückkehrte, seinen Beitrag zum vorliegenden Bericht leistete. Er schrieb die Aussage nieder, die unter seinem Namen fast am Beginn der Geschichte zu finden ist, aber eigentlich der letzte Beitrag war, den ich erhalten habe.

Das einzige Ereignis, von dem ich noch berichten will, trug sich zu, als unser kleiner Walter sechs Monate alt war. Zu diesem Zeitpunkt hielt ich mich gerade in Irland auf; ich sollte Zeichnungen für einen Bildbericht der Zeitung machen, bei der ich ständiger Mitarbeiter war. Schon seit fast zwei Wochen reiste ich in Irland herum und korrespondierte regelmäßig mit Laura und Marian – nur während der letzten drei Tage war ich ununterbrochen unterwegs und hatte keine Möglichkeit, Briefe zu empfangen. Die Heimreise legte ich in der Nacht zurück. Als ich am frühen Morgen unsere Wohnung betrat, war niemand da. In einem Briefchen, das ich vorfand, teilte mir Laura zu meinem großen Erstaunen mit, daß sie, Marian und das Kind am Tag vor meiner Rückkehr nach Limmeridge House gefahren seien; Marian habe ihr jegliche schriftliche Erklärung verboten. Laura bat mich, sofort nachzukommen und völlig unbesorgt zu sein – in Cumberland würde ich alles weitere erfahren. Damit endete das Briefchen. Es war noch früh genug, um den Morgenzug zu erreichen, und ich traf daher schon am Nachmittag im Herrenhaus ein.

Meine Frau und Marian befanden sich im ersten Stock. Zu meinem größten Erstaunen hatten sie sich in dem kleinen Zimmer einquartiert, das seinerzeit mein Atelier gewesen war. Auf demselben Stuhl, den ich zum Arbeiten benutzt hatte, saß nun Marian, auf dem Schoß das Kind, das eifrig an seinem Beißring lutschte, indes Laura am mir so vertrauten Zeichentisch stand und das kleine Album, das ich ihr gewidmet hatte, in der Hand hielt.

»Was in aller Welt hat euch hierhergeführt?« fragte ich. »Weiß Mr. Fairlie, daß –«

Marian ließ mich nicht zu Ende sprechen. Mr. Fairlie sei tot, er habe einen Schlaganfall erlitten. Der Anwalt habe sie davon verständigt und ihnen geraten, sofort nach Limmeridge zu fahren.

Langsam begann ich zu ahnen, daß eine wichtige Veränderung bevorstünde. Ehe ich mir noch darüber klar wurde, schmiegte sich Laura an mich; sie genoß meine Verblüffung.

»Liebster«, sagte sie, »müssen wir dir erst erklären, warum wir hergefahren sind? Leider kann ich es dir nur sagen, wenn ich unsere Übereinkunft verletze und auf Vergangenes zu sprechen komme.«

»Dazu besteht nicht der geringste Anlaß!« meinte Marian. »Wir können es ihm auf viel interessantere Weise erklären, wenn wir von der Zukunft sprechen.« Sie stand auf und hielt das strampelnde und lachende Kind in die Höhe. »Walter, weißt du, wer das ist?« fragte sie, und Tränen des Glücks glänzten in ihren Augen. »Marian, alles hat seine Grenzen! Ich bin doch imstande, mein eigenes Kind zu erkennen!«

»Du sagst *Kind*?« rief sie fröhlich und munter. »So vertraulich sprichst du von einem englischen Aristokraten? Bist du dir bewußt, in wessen Gesellschaft du dich befindest, wenn ich dir dieses erlauchte Baby hinhalte? Offenbar nicht! Darf ich also zwei bedeutende Persönlichkeiten miteinander bekannt machen? Mr. Walter Hartright – der Erbe von Limmeridge!«

So sprach sie. Und mit diesen Worten habe ich alles geschrieben, was zu schreiben ist. Die Feder sinkt mir aus der müden Hand; die lange, glückliche Arbeit vieler Monate ist beendet. Marian ist in unserem Leben immer der gute Engel gewesen – so endet denn diese Geschichte nun mit Marian!

William Wilkie Collins wurde 1824, mitten im englischen Biedermeier, als Sohn des angesehenen Landschaftsmalers William Collins in London geboren. Sowohl väterlicher- wie auch mütterlicherseits waren die Vorfahren über Generationen hin mit Malerei befaßt, mit unterschiedlichem Erfolg zwar, aber jedenfalls in einer langen handwerklichen Tradition, die an die musikalische der Familie Bach erinnert. Wilkie und sein jüngerer Bruder Charles wuchsen in einer Umgebung und Atmosphäre auf, die von der Malerei beherrscht war. Der Vater malte Landschaften und Porträts und genoß es, wenn er durch seine Kunst Zutritt zu den »großen Häusern« gewann. Im Vordergrund stand für ihn das Handwerkliche, nicht das Experiment; die Fortsetzung und Interpretation der Tradition, keineswegs der spektakuläre Bruch mit ihr. Wilkie Collins wird in seinen Romanen später eine ähnliche Auffassung zeigen.

Der Vater war ernst, überbesorgt um seine Familie und sehr religiös, dabei aber kein furchterregender Familientyrann. Die Mutter, Harriet Geddes, besaß dagegen eine Frohnatur, die erst nach dem Tod des Vaters im Jahre 1847 so richtig zum Durchbruch kam. Doch vorläufig ordnete sie sich unter, offenbar ohne sich zu opfern, denn Wilkie erinnert sich später immer wieder an die glückliche Ehe seiner Eltern und seine harmonische, behütete, liebevolle Kindheit.

Die »Grand Tour«, im 18. Jahrhundert für den jungen Mann aus gehobenen Kreisen unerläßlich, unternahm man im 19. Jahrhundert ganz biedermeierlich en famille. Natürlich mußte ein Maler einmal nach Italien fahren. Daß aber gleich die ganze Familie mitkam, lag auch daran, daß die Lebenshaltungskosten auf dem Kontinent so viel niedriger waren als in England. Auch Charles Dickens verlegte in dieser Zeit einmal seinen – mit neun Kindern allerdings viel ausgedehnteren – Haushalt nach Frankreich. Im Jahre 1836 war noch keine Eisenbahn erfunden, die das Reisen erleichtert hätte. So ging es recht mühsam, per Schiff und Kutsche, immer wieder bedroht von Unbillen des Wetters und dadurch ausgelösten Krankheiten, zwei Jahre lang durch Frankreich und Italien.

Diese Reise machte auf den jungen Wilkie im besonders aufnahme- und bildungsfähigen Alter von zwölf bis vierzehn den tiefsten Eindruck. Zunächst verlieh ihm schon die fließende Kenntnis des Französischen und Italienischen, die er sich dabei aneignete, in seinem ganzen späteren Leben eine gewisse, nicht für jeden Engländer selbstverständliche weltmännische Gewandtheit. Diese wieder öffnete ihm die Augen, machte ihn hellhörig für die typisch englische, alles Ausländische abweisende Insularität, über die er sich wie in allen seinen Romanen auch in der ›Frau in Weiß‹ immer wieder lustig macht. Und während für seinen Vater in Italien vor allem die Besichtigungen im Vordergrund stehen, das Betrachten der alten und neuen Kunst, wirft sich der junge Wilkie auf das Studium der Charaktere, mit praktischen Folgen: Zwar ist es nicht gerade urkundlich bezeugt, aber doch wahrscheinlich, daß Wilkie mit dreizehn Jahren in Italien sein erstes Liebeserlebnis hatte, und dies mit einer etwa dreißigjährigen verheirateten Dame der Gesellschaft. Das ist nicht nur wegen seines Alters und seiner gesellschaftlichen Herkunft überraschend; denn er war weder damals noch später ein Adonis, sondern klein, von sehr zarter Figur und mit einem großen deformierten Haupt ausgestattet.

Nach England zurückgekehrt, kam er nach einem Zwischenspiel im Internat (wo ihn einer jener großen, starken, bösen Jungen angeblich gezwungen haben soll, ihm Geschichten zu erzählen – und wenn die Geschichten nicht spannend genug waren, setzte es Prügel) in ein Teegeschäft in die Lehre. Daß es ihm dort gar nicht gefiel, brachte er durch häufige Abwesenheit zum Ausdruck. Gern erholte er sich von der Fron in Paris. Auch eine juristische Ausbildung vermochte ihn nicht zu fesseln. Zur Malerei war er sicherlich begabt, eines seiner Bilder wurde sogar für die Jahresausstellung der Akademie angenommen – aber es war bald klar, daß Wilkies Material nicht Farben, sondern Worte waren. Nach dem Tod seines Vaters im Jahr 1847 unterbrach er die Arbeit an seinem ersten Roman (›Antonia‹, ein historischer Roman aus dem alten Rom) und brachte, in sechs Monaten geschrieben, sein erstes Buch heraus: eine Biographie seines Vaters. Zu diesem Entschluß trug außer Neigung und Achtung gegenüber seinem Vater vielleicht auch die Überlegung bei, daß die Biographie eines bekannten und angesehenen Malers ihre Käufer finden mußte. Eben dies geschah: Wilkies erstes Buch wurde nicht nur gut besprochen, sondern trug auch etwas ein. Damit stand für den nun Vierundzwanzigjährigen fest: seine Zukunft lag in der Literatur. Übrigens befaßte er sich im Unterschied zum jungen Dickens nie mit Journalismus, auch nie wieder mit einem Sachbuch. Sein Gebiet blieb nun vierzig Jahre lang, mit wechselndem, gegen das Ende seines Lebens abnehmendem Erfolg, aber gleichbleibender Intensität und nie abnehmender Fruchtbarkeit die »schöne« Literatur, die Belletristik. Er schrieb über zwanzig dicke Romane, dazu Erzählungen, Theaterstücke, und als Mitarbeiter von Charles Dickens zahllose Artikel für dessen Zeitschriften ›Household Words‹ und ›All The Year Round‹.

Von Anfang an ging er an seine Arbeit als Romanautor in einer Weise heran, die er sein Leben lang nicht änderte, nur höchstens weiter perfektionierte: mit ungeheurer Disziplin und als harter Verhandler und guter Geschäftsmann gegenüber seinen Verlegern. Es stand bereits von seinem ersten Buch an für ihn nie im Zweifel, daß er von seiner literarischen Produktion auch würde leben können – am Anfang zwar eher knapp, aber die Mutter half immer wieder aus, wenn er sich's in Paris wieder zu gut hatte gehen lassen und einen Scheck für die Heimreise brauchte. Bis zu seinem zweiunddreißigsten Lebensjahr blieb er überdies im Haushalt der Mutter, mit der ihn Temperament und Lebenslust verbanden. Mit der ›Frau in Weiß‹ kam dann 1860 der große Erfolg – der finanzielle vor allem, der Erfolg beim Publikum, weniger bei den Rezensenten.

Wilkie Collins war vor allem ein populärer Schriftsteller, und dies ganz bewußt und mit voller Absicht. Der Snobismus, von dem die englische Gesellschaft bis heute geprägt ist, war ihm zuwider. Aus dieser Einstellung heraus zeichnete er auch mit besonderer Einfühlungskraft Charaktere, denen das gesellschaftliche Vorurteil gern eine weniger bedeutende Rolle zuwies, im Leben, aber auch in der Literatur: Frauen, Ausländer, Dienstboten, Landarbeiter – und auch die »Bösewichter«, ohne die es nun einmal keine spannende Literatur gibt. Die interessanten, lebendigen, charaktervollen Gestalten in der ›Frau in Weiß‹ sind Marian Halcombe, die alte Jungfer, und Count Fosco, der ausländische Intrigant. Laura Fairlie, jung und schön, blond und gut, würde, wäre sie von Nestroy, immer nur sagen: »Es schiiickt sich nicht!« – und sehr viel Bedeutenderes legt ihr auch der englische Autor nicht in den Mund. Der Vertreter der englischen Aristokratie, ein Baronet und Großgrundbesitzer, ist ein Rüpel, dessen schönster Zug sein hochherrschaftliches Landhaus ist. Bei Collins sind auch die Dienstboten Menschen und als solche oft menschlicher als die Herrschaft. Und die Tiere in seinen Geschichten sind mit einem feinfühligen Verständnis gezeichnet, in dem sich Collins' Liebe zu ihnen spiegelt. Das alles erklärt aber noch nicht seinen Erfolg bei den Massen: dieser beruht auf der Spannung.

Es ist unglaublich, schon von der technischen Leistung her bewundernswert, wie in einem Wälzer vom Umfang der ›Frau in Weiß‹ auf 650 Seiten die Spannung durchgehalten wird. Hat man sich einmal in die Geschichte hineinziehen lassen, dann kann man das Buch kaum mehr weglegen. Derartiges gelingt heute eigentlich nur mehr vor einem dokumentarischen Hintergrund; das ausschließlich zwischenmenschliche Element regt uns heute einfach nicht mehr so auf, dazu brauchen wir schon Mafia oder CIA. Aber Wilkie Collins kann die tiefe Trennung zwischen den Gesellschaftsschichten, ohne die kaum ein älterer Autor auskam, noch mit bestem Effekt nutzen. In seinen späteren Werken tut er dies häufig in bezug auf Frauen, oft »gefallenen« Frauen, und zwar so ausführlich, daß er den Spott der Rezensenten hervorruft und ihm auch die Masse nicht mehr folgt. Keine Rede davon bei der ›Frau in Weiß‹. Der Roman, zuerst in Fortsetzungen in Dickens' Zeitschrift ›All the Year Round‹ erschienen, enthält in klassischer Ausgewogenheit die Elemente der erfolgreichen Erzählung: interessante Personen, Liebe und Haß, das Mysteriöse, Geheimnisvolle, ein dramatisches Gefälle von oben nach unten, schöne und düstere Landschaften und Orte, den Schauplatz der gehobenen Kreise, in dem sich die Leser allemal wohlfühlen, auch wenn sie ihm nicht angehören – und all das in präziser, elegant geformter, von Rhythmus durchpulster Sprache und mit einer Handlungsökonomie, die niemals zuläßt, daß die Spannung in nebensächlichen Episoden verlorengeht.

Wilkie Collins beschreibt – in den ziemlich ausführlichen

Vorworten, die er gegen den Rat seiner Freunde seinen Büchern gern mitgibt, aber auch in Briefen und eigenen Artikeln – seine Arbeitsweise: noch bevor er das erste Wort niederschreibt, steht der Handlungsablauf für ihn fest, nicht nur in groben Zügen, sondern bis ins kleinste Detail. Gerade bei der ›Frau in Weiß‹ hatte er aber lange Schwierigkeiten mit dem Anfang, mit der Art, wie er seine Titelgestalt einführen sollte. Da kam ihm, falls die von Freunden überlieferte Anekdote richtig ist, Zufall oder Schicksal zu Hilfe: in genau der im Buch beschriebenen Weise »erschien« ihm eines Nachts Caroline Graves, jene Frau, die von da an sein Leben teilen sollte. Nicht als Ehefrau – Wilkie Collins konnte sich bis an sein Lebensende nicht zur Heirat entschließen; heute würden wir sie vielleicht seine Lebenspartnerin nennen.

Caroline Graves, eine junge Witwe mit einer Tochter, war Wilkie von Herkunft und Bildung her keineswegs ebenbürtig. Wilkies Freunde konnten sich mit seiner häuslichen Situation nicht anfreunden, auch seine so lebenslustige und warmherzige Mutter nicht. Da Wilkie seinem großen Freundeskreis aufgrund der allgemeinen Ablehnung auch in Briefen nichts über seine Beziehung zu Caroline berichten konnte, wissen wir nicht viel darüber und können auch nichts dazu sagen, daß er sie später mit einem jungen Fleischermeister sozusagen »verheiratete«. Als ihr die Ehe nach zwei Jahren offenbar nicht mehr zusagte, nahm Wilkie sie ohne weiteres wieder auf. Allerdings hatte er sich inzwischen mit Martha Rudd, einem jungen Mädchen vom Land, verbunden, mit der er schließlich drei Kinder hatte, ebenfalls ohne Trauschein. Von Martha und den Kindern sprach er gern als »meine kleine morganatische Familie«. Wilkie sorgte vorbildlich für seine beiden Familien, kam für beide Wohnsitze auf (sie lebten sozusagen ums Eck) und wurde schließlich von beiden Frauen und deren Kindern aufs liebevollste betreut.

Eine solche Betreuung hatte er auch nötig. Was immer seine, wie die Ärzte es nannten, »rheumatische Gicht« auch war – eine syphilitische Infektion scheint nicht ausgeschlossen –, sie erschwerte ihm das Leben und Schreiben schon in jungen Jahren und machte ihn schließlich zum Krüppel, der aber mit jener liebenswürdigen Heiterkeit, die seine zahlreichen Freunde so an ihm schätzten, und äußerster Arbeitsdisziplin seine Romane schrieb. Um die immer größer werdenden Schmerzen zu ertragen, griff er schon früh zu Laudanum (einer Mischung von Opium mit Alkohol), das er schließlich in solchen Dosen zu sich nahm, daß ein Pferd daran gestorben wäre. Bereits bei der Abfassung seines zweiten »Bestsellers«, des 1868 erschienenen ›Monddiamanten‹, stand er zeitweise vollkommen unter dem Einfluß des Rauschgifts und kam bis zu seinem Tod zwanzig Jahre später nicht mehr davon los. Weit entfernt von jeglicher Rauschgiftromantik, nahm Collins aber Laudanum nur als Mittel gegen seine Schmerzen, in keiner Weise zwecks Erweiterung seiner kreativen Fähigkeiten, an denen er ohnehin nicht zu zweifeln brauchte. Der Titel »King of Inventors« (König der Erfinder), von Rezensenten verliehen, galt der unerschöpflichen Phantasie, die sich in seinen vielfältig verschlungenen und immer spannenden Handlungen dokumentiert.

Nicht nur »King of Inventors« hat man Wilkie Collins genannt, sondern auch den Erfinder des modernen Detektivromans. Im ›Monddiamanten‹ schuf er mit Sergeant Cuff, der in dem köstlichen Pastiche von Fruttero & Lucentini ›Die Wahrheit über den Fall D.‹ zu neuem Leben erwacht, die erste Detektivgestalt der englischen Literatur, obwohl natürlich der junge Zeichenlehrer Walter Hartright in der ›Frau in Weiß‹ bereits alle Fähigkeiten eines Meisterdetektivs besaß. Doch das sind Details, die vor allem für den Literaturhistoriker interessant sind – eine Spezies, an der Wilkie Collins selbst nicht sehr interessiert war. Hundert Jahre nach seinem Tod sind seine Romane heute wieder sehr beliebt, denn sie bieten uns einen Zugang zu den vielfältigen Absonderlichkeiten und Leidenschaften unter der Oberfläche des viktorianischen Lebens in England. Wilkie Collins beschrieb diese Leidenschaften nicht aus einer kühlen Distanz heraus, sondern stand zu ihnen und lebte sie selbst, ohne auf Klatsch und guten Namen zu achten.

Welchen seiner etwa zwanzig Romane er für den besten hielt, zeigt die Grabinschrift auf dem Londoner Friedhof Kensal Green, die er testamentarisch für sich selber bestimmte:

Wilkie Collins
Autor der ›Frau in Weiß‹ und anderer literarischer Werke

INHALT